日本ハードボイルド全集2

野獣死すべし／無法街の死

大 藪 春 彦

創元推理文庫

COLLECTION OF JAPANESE HARDBOILED STORIES

Vol. 2

by

Haruhiko Oyabu

目次

日本ハードボイルド全集2

野獣死すべし／無法街の死

野獣死すべし

深夜。しめやかな雨が、濡《ぬ》れた暗い舗道を叩《たた》いていた。

黒々とそびえる高い塀《へい》にかこまれた新井宿《あらいじゆく》の屋敷町。

青白い門灯が、あたりの鬱蒼《うつそう》とした樹木に異様な影を投げ、その邸宅の前には通りすぎる人影もない。遠くから、寝もやらぬ街のダイナミックな息吹《いぶ》きがかすかに伝わってくる。この雨に拾った客を乗せて、時々気違いじみたスピードでかすめ通った流しのタクシーも今はすでに途絶え、この一郭は静かに眠りをむさぼっていた。

黄色っぽい豹《ひよう》の両眼がぐんぐん接近してくると、やがてそれは目も眩《くら》むばかりの光で、ぼやけたスクリーンを貫くヘッド・ライトとかわった。

黒塗りのボデイを滑《なめ》らかに光らせたビュイック・エイトは、水をはね返す音をかすかにたてて滑《すべ》りこみ、その大邸宅の手前に止った。濡れたアスファルトに、車のシルエットが鮮《あざ》やかに映る。

車の中の男は、ヘッド・ライトと車内灯のスイッチを切った。

クッションにもたれて、ラジオから流れる甘美な深夜の調べに、夢見るような瞳《ひとみ》をあげて耳を傾けている。

ポマードをつけぬ漆黒《しっこく》の髪はおのずから渦を巻き、彫った様に浅黒く端正な顔は若々しい。甘い唇《くちびる》には孤独の影があるが、憂いを含んで深々と光る瞳には夢見る趣がある。

バックスキンのジャンパーに包んだ体は、強靭《きょうじん》な鞭《むち》を想わせてしなやかである。

ダッシュ・ボードの時計が一時二十五分を示した。

男の顔から夢見るような表情がかき消されると、目は冷やかに澄み、頬《ほお》から顎《あご》にかけて鋭い線が浮き出た。

くわえていたタバコを車の床に吹きとばし、スエードの手袋をぬいだ。

拳《こぶし》の関節は何回も鈍器で殴《なぐ》られたかの様に固く節くれだっている。

ジャンパーのジッパーを引きおろすと、腋《わき》の下に肩から吊《つる》したホルスターから、暗青色に冷たく光る銃身の長いコルト・ハンツマンを抜出した。

口径百分の二十二インチの自動拳銃《オートマチック》は、ホルスターから素早く引抜ける様に照星《しょうせい》を削《けず》り落してある。

銃把《じゅうは》の下の弾倉止め《マガジン・ストップ》を押すと、十発入りの挿弾子《クリップ》を抜きとり、点検して再び挿入《そうにゅう》した。

次いで安全装置を親指で下に押し、撃発装置に直した。

無骨な指に似ず、なめらかに素早く動く。

ハンカチをまいた左手をのばして、ドアについているハンドルを廻して窓を下げた。

細やかな雨がかすかに吹きこんで来て、柔らかに波うつ髪に可愛い水玉を光らせた。

一時三十五分。黒いソフトを目深《まぶか》にかむり、バーバリーのレイン・コートの襟《えり》を立てた長身の男が、門灯に淡く照らされながら車の前方から近づき、足早に横を歩みすぎようとした。一日の勤務を終え、家路をたどる警視庁捜査一課の岡田良雄警部である。

車の中の男は警部に声をかけた。

振りむいて車へ顔を寄せる警部へ、男は拳銃をつきつけた。

警部はさざ波の様に腋の下へ手を伸ばしたが、一瞬早く車の中の男は引金をひいた。

掌から肩にかけてつっ走る軽い衝撃と共に発する銃声は、パッと鋭く小さい。

警部は眉間《みけん》に小さい穴をあけて、くずれ落ちた。流れ出る血は見る見る雨に滲《にじ》んで、濡れたペーブメントにとけていった。

男は銃に安全装置をかけると、ショルダー・ホルスターにつっこんだ。

発射の際、遊底《ゆうてい》からエジェクターではじきとばされた空薬莢《からやっきょう》を靴で踏みにじって潰《つぶ》し、拾ってポケットにしまった。

再び手袋をつけると、身軽に車から降《お》りた。倒れた警部の手首を握って脈搏《みゃくはく》をさぐる。

横なぐりに吹きつけて来た冷たい雨が、上向けに倒れた警部の眼窩《がんか》のくぼみに溜《たま》って、血を吸ってこぼれ落ちる。

男は落着いた足どりで車の後ろに廻り、トランクの蓋《ふた》を開けた。

死体の所に戻り、後ろから両腋に腕を差入れた。肩から腕にかけて強靭な筋肉がふくれ上がり、盛りあがるのが、ジャンパーを通して感じられる。死体の足をひきずってトランクの中に押込んだ。

手早く死体をさぐり、黒皮の警察手帳、肩から吊したホルスターに入った拳銃、弾入れのサック、手錠、財布その他、手がかりとなりそうなもの一切を自分のジャンパーの中に移した。コートや背広、ソフトなどについているネームも鋭利な飛出しナイフを使って切り取った。

トランクの蓋を閉ざすと男は差込んだままの合鍵《あいかぎ》でイグニッションをまわし、スターターをかけた。

アクセレーターを踏むと、ビュイックは軽いうなりと共に、Uターンしながら滑り出た。引金を引いてから一分とたっていない。窓拭器《ワイパー》を動かしているにも関《かか》わらず、なお曇る前窓のガラス越しに黒いアスファルトの道路が捨てられたタイプ・ライターのリボンのようにうねり、ヘッド・ライトに切断された雨が、まばゆい光の筋の中を小さな無数の銀の矢となって踊った。

ハンドルにかけた手を軽くすべらす男の瞳には、再び夢見るような表情が甦《よみがえ》ったが、唇はかすかにひきつり、額には雨に湿った前髪が重くたれさがって、沈鬱の影をなげている。

今乗っているビュイックを盗んだ調布二丁目で車を止め、エンジンとライトを消すと車外に出た。

雨にうたれている緑色のダッジ・デ・ソートを見つけ、先端をつぶした針金で巧みにドアを開けた。

イグニッションに合鍵の束を一つ一つ試《ため》してみた。合鍵が合った。

そのダッジを駆ってまだネオンの褪《さ》めやらぬ渋谷を通って、千駄ヶ谷の外苑《がいえん》近くに廻った。

唇のかすかなひきつりは消え、無心の表情で前方の闇《やみ》を見つめている。

男はそこで、前日から一昼夜の契約で借りて停《と》めてあったドライブ・クラブの五十六年型トヨペット・マスターに、さらに乗りかえた。

車の屋根には風と雨に落ちた黄や褐色の銀杏《いちょう》の枯葉が点々とこびりついている。

廻り道をしながら車を進め、雑司ヶ谷のアパート「青葉荘」から百メートルばかり離れた空地で車を乗り捨てた。寒々としたコンクリートの建物には冷たい晩秋の雨が降りそそぎ、窓は一様に暗く、目覚めている人の気配は無い。

男は、かすかに軋《きし》む火災用の非常梯子《ばしご》から二階の自分の部屋に入り、濡れたラバー・ソールの靴をぬいだ。カーテンを閉じて灯をつけると、バスとキチネット付きの、見馴《みな》れた部屋が目に写る。皮のスリッパをはくと、ぐしょぐしょになった手袋をテーブルの上にほうり投げ、本《ほん》棚《だな》の下の酒壜棚《セラレット》に歩み寄った。

その足どりはしなやかで、ほとんど音もたてない。

トリスの大瓶《おおびん》から大きなグラスに八分目ぐらいに満たし、目を天井《てんじょう》に挙《あ》げると、息をつかずに三杯たてつづけに飲み干した。

回転式のセラレットをもとに戻し、ソファーに近づくと、くずれる様に腰をおろし、高々と足を組んだ。湿った皮ジャンパーを開け、奪った品を前のテーブルの上に並べる。

ホルスターのフラップを開けて、奪った拳銃を抜いた。引金の用心鉄《トリガー・ガード》が三角形をした、口径七・六五ミリのモーゼルのオートマチックHSCである。

冷たい威嚇《いかく》を秘める自動拳銃のメカニックな非情な輝きを見つめる男の目には、酔った様な光がある。

銃把の弾倉止め《マガジン・ストツプ》を押し、マガジンから挿弾子《クリツプ》をぬき出した。挿弾子の横にあいた小穴からのぞくと、鈍いギルテッド・メタルの肌《はだ》を光らせた弾が五発つまっている。八連発だが、警官は五発以上詰めないのだ。

挿弾子の最上部に顔を覗《のぞ》かせている弾を親指で前に押出し、バネの弾力で次々にせり上がって来る弾を皆抜出した。

銃の横側についている丸みを帯びた安全装置の弁を親指で圧《お》しあげながら水平に廻し、撃発装置になおした。次いで遊底を引いて、薬室につまっている弾をはじき出し、銃をからにした。マガジン・セーフティなので空のクリップ弾倉を銃把の弾倉に叩きこみ、遊底を前に戻し、引金をひいてみる。

乾《かわ》いた音をたてて、撃鉄は虚《むな》しく空をうつが、ヘア・トリッガーに慣れた彼には引金が重すぎる。引金の前のあたり、三角形の用心鉄についたボタンを圧しながら、遊底を少し前に押戻した。続いて遊底を後ろに引き、上手《じようず》に銃から外《はず》す。

ドライバーで銃を分解してみると、銃把の裏側にも登録番号が打ってある。

男は顔を曇らせ、小声で「畜生」と呟《つぶや》く。サックには装塡《そうてん》した予備の挿弾子とバラの弾が十発あった。

男は物憂げに立上がると、油をしませた布を持って戻り、分解した銃を包んだ。

それを手錠と共にベッドについている引出しの奥にしまった。

警察手帳と財布に目を通す。

神妙な顔の警部の写真が鋭い目付きで睨《にら》む。財布には現金三千三百円と共に、幼児をかかえた二十七、八の女が、写真からあでやかに笑いかけた。

男は低く口笛を吹くと、甘い笑顔でその写真に投げキッスを与え、ビリビリに引き破った。

他に印鑑や警視庁関係の名刺が二十数枚入っていた。

男はそれらを肩から外した自分のコルトと共に、ベッドのマットの下に押込んだ。

服を脱ぎすてると素裸になった。

裸になると意外に逞《たくま》しく、鋳鉄の像をなしてひきしまった筋肉が浮き上がった。

灯を消すとベッドにもぐりこみ、顎まで毛布をかぶったが、思いなおした様にカーテンを開き、窓を開けた。

雨は霧に変っていた。

ミルクをぶちまいた様な濃霧が渦をまいて流れこみ、熱い顔をやわらかく包んだ。

タバコをさぐって火をつけると、ぼおっと赤く火口の光るそれをくわえ、にぶい足どりで体中をめぐり始めたアルコールを意識しながら、男は身じろぎもせずに、じっと闇に目を凝らしていた。

伊達邦彦《だてくにひこ》はハルピンに生れた。ギリシャ正教寺院の尖塔《せんとう》に黄金色に燃える大陸の夕日が映《は》え、アカシアの並木に駆けるトロイカの鈴が軽やかに響く夢の町。

そして又、あらゆる民族のはきだめ。

父は精油会社を経営していた。

雪が街を白い砂糖菓子と変え、二重ガラスの窓から薄れ日のもれる室内で、大きなペチカが生活の中心となる酷寒の冬ともなれば、腹をくり抜かれたキジや野鹿が足を括《くく》られて吊され、台所へ続く長い廊下に並ぶ。

しかし、邦彦が幼い頃、父は会社を乗っ取られて建設関係の官吏となった。家族は父の任地につれて、北京《ペキン》、奉天《ほうてん》、新京《しんきょう》と移転し、戦争が始まった頃には北鮮の平壌《へいじょう》にいた。大戦がおしつまってくると父までが兵士として南方の戦地へ狩り出された。

その日も雪だった。目の前が見えぬほど吹雪が荒れ狂っていた。父を駅まで見送って帰った母は、髪に凍《い》てついた雪片に手を当てたまま玄関で気絶した。

授業は行われず、そろって山へ松根油を採りに出される。ガソリンの代用品である。

やがて死神は重々しい足並をそろえて行進して来た。毎日ずんぐりしたソ連機が焼夷弾《しょういだん》や小型爆弾をばらまき、低空から機銃を掃射する。自分の身内に関せぬかぎり、死は日常茶飯事である。

鮮人の召使たちの態度が目に見えて横暴になっていく。

そして敗戦。退却する軍隊が爆破した火薬庫の飛火で街の一角は数日にわたり燃え続ける。

この世の終りのような黒煙が頭上にただよい、その中を地響きをたててソヴィエトの誇る機動部隊が到着する。

それに続き、七十一連の巻取円盤の弾倉を持つ自動小銃バラライカを首から吊《つ》った精悍《せいかん》なコサック兵が、馬を駆って街に雪崩《なだ》れ込む。

しばらくは略奪の銃声が後を絶たない。

泥酔した兵士が鮮人を案内にたてて侵入し、狼藉《ろうぜき》のかぎりをつくす。

戒厳令がしかれ、夜十時以後外出する者にはずだ袋のように銃弾がぶち込まれる。街には西瓜《すいか》の様にふくれて千切れた死体がごろごろ転《ころ》がっている。だが、やがて士官等とロシア女の大量到着により治安が甦る。

広いベランダに藤と菫《すみれ》の匂《にお》う、煉瓦《れんが》作りの邦彦の家は奇蹟《きせき》的に接収をまぬがれ、戦災と接収で家を失った人々が入り込む。

混乱した日本人は売り食いの他に生きる途《みち》は無い。華《はな》やかな過去を物語る古代紫のお召、想い出を秘めたダイアは二束三文で叩かれてわずかの米と代る。

邦彦は街に出てロシア兵に食物をねだる。

「ワーニア・ハローシ・パコダー。ダワイ・ダワイ」

緑色の瞳の若いロシア兵が、炒《い》ったヒマワリの殻を器用に吐き散らしながら、でっかい黒パンや分厚い脂《あぶら》の層に木の葉の浮ぶスープをくれて、柔らかな黒髪が渦を巻いた邦彦の頭をなでてくれる。

母と共に豆腐や、飴《あめ》やタバコを売って歩くが、もうけは少ない。妹の晶子《あきこ》は薄暗いタバコ工場で吸いがらほぐしの仕事をするが、ニコチンで顔色が変る。

邦彦は昼は青空市場で次々に味見したり、くすねたりして腹をみたす。脂にとけて焦げるニンニクと、唐ガラシと様々な肉のむせる様な煙。夜は軍の食糧倉庫に米や豆を盗みに行く。

銀砂をばらまいたような星空に向けて、衛兵が威嚇射撃する自動小銃から発射された、緑や赤の曳光弾《えいこうだん》のえがく弾道が、夜空にくっきりと映えて美しい。

ウオッカに酔った番兵が、袋を背おって腹ばいでにじり寄る日本人にむけて、低く腰にかまえた銃を切れ間なく盲射する。

邦彦は聞き覚えたロシア語と、愛嬌《あいきょう》を頼りにハウス・ボーイになる。

サモワールを寝室にはこぶと、金色の生毛《うぶげ》を光らせた二人が素裸で抱き合ってクチュクチュたてる音。

夕暮。邦彦はあざやかな手つきで、新聞紙に巻いたマホルカ・タバコの煙をなびかせながら、咲き匂うアカシアの街路を家へといそぐ。

ポケットには手の切れる様な虹色《にじいろ》のルーブルがある。帰国船をよこさぬ政府にしびれを切らした日本人は、すべての品物を売って金を作り、グループになって、鴨緑江《おうりょっこう》河口の新義州《しんぎしゅう》に集まる。南鮮の仁川《じんせん》まで脱出するのだ。

夕焼けに黄土色の肌を血色に染めて、果しなく拡がる江に浮ぶ数隻の小さな機帆船につめこまれる。皆、日本に帰れば何とかなると思う。海は次第に暗緑色と変り、波は途方もなく荒く、ポンポン船はシーソーさながらに揺れる。夕暮にはサメが不気味な腹を見せて空中にとび上がり、追われた飛魚《とびうお》が船に飛込んでくれる。皆、嘔吐《おうと》を始めるが、横になる隙《すき》も無い。

食糧は腐り、飲料水は足らなくなる。

岸に近づくと、機関銃の猛火にマストを射《う》ち倒される。迫り来る死の足音に発狂した人々が絶叫しながら海中にとびこむ。

船長はたびたび船を停めて割増しを要求する。一週間後、まだ生きていた邦彦と母、妹晶子は、ぼんやりかすむ目で仁川の港町のまたたく灯火を眺《なが》めている。

アメリカ軍のスピード・モーターが、くたびれきった船のまわりを水すましの様に舞い、巡洋艦の波で船はあやうく転覆しかける。

山奥のキャンプ場まで、口もきけぬほどへばった人々の死の行軍が続く。足を動かすのは唯、意志の力によってのみである。

落伍《らくご》した者は埃《ほこり》と泥にまみれて路端にへたばり、虚《うつ》ろな目を青空に投げている。

DDTをぶっかけられ、馬にでも使う注射器を体じゅうにつっこまれ、邦彦はチクチクする毛布をしいた地面で久しぶりに横になる。しぶとい者、したたか者だけが生き残るのだ。

丸煮の小麦と罐詰《かんづめ》の食糧が続き、共同便所の前には慢性の下痢に悩まされる者の長い列が絶えない。

まだ乾いた糞《ふん》の残っている家畜車で釜山《ふざん》に送りこまれ、リバティ船で佐世保《させぼ》に着く。

初めて見る祖国の山の緑が目にしみる。

澄みきった内海は、群れ遊ぶ小魚やクラゲと共に底の砂つぶまで見とおせる。

しかし汽船が東上するにつれ、戦争の傷は破壊された都市の残骸《ざんがい》となって、醜いあざをさらけ出して来る。

故郷四国では、戦地から一足先に帰国した父が彼等をむかえてくれる。

久しく離れたまま、それぞれ己《おの》れの過去を持った父子の出会いは、何か旧友再会の感がする。

父は県庁の土木課長の職についていた。

邦彦は中学一年のクラスに入るが、本を読むのは二年ぶりである。

他国者の邦彦が息をつけるまでには、一歩一歩を戦いとらねばならない。

自転車のチェーンで破れた皮膚がもとどおりになり、悠長《ゆうちょう》な方言を操《あやつ》り出した頃には、彼は、チンピラどもの一員として認められる。生徒の二割ぐらいはポン中であり、モクを吸わない奴《やつ》はめずらしい。

学校をさぼっては皆で大阪まで、関西汽船で米や野菜を運び、金やヒロポンと代える。

久しぶりの書物からの知識は、熱砂に落ちた雨の様に邦彦の頭に吸いこまれる。

ツルゲーネフの「猟人日記」から、ロシア文学に入り、次々に古本屋で買い集めては読む。

邦彦はロシア文学の中に、権力への反逆と地鳴りの様に巨大な民衆のエネルギーを見た。そして、イヴァン・カラマーゾフの大審問官に人類の意識の極致を見た邦彦は、神々の黄昏《たそがれ》に思いをひそめ、大戦の惨害に人間性の根底まで蹂躪《じゅうりん》され、しかも次の大戦の不可避を知る絶望は、「神は死んだ。人類への絶望のため……」という、ニーチェ流のニヒリズムを思想としてでなく、実感として受取る。

だが、邦彦はチェーンやドスを振りまわしての出入りには必ず加わる。

自分は選ばれた者だという盲信が、向う見ずな糞度胸《くそどきょう》となり、闘争の際に彼が示す狡猾《こうかつ》さ、素早さ、冷静さは比類がない。

名門の高校を難なくパスするが、ここではポン中なぞ数えるぐらいしかいない。「鋼鉄はいかにして鍛えられたか」のニコライ・オストロフスキーを知る。

宗教といえども、この様に美しい人間を作らなかった。

来世の償いが無かろうと、燃える様なコミュニズムとソヴィエトへの信念と、厳《きび》しい義務を果したという満足の他何も無くとも……。歌う明日のために！　コミュニズムは世界の青春である。

「流れよ、悲しい涙。泣け、ロシアの人々！」

ファシズムに反抗して散って行ったコミュニストの苦渋に満ちた魂につちかわれた、邦彦のくすぶりは火を吐く。

借り手の無い図書館のマル・エン全集をむさぼり読んでいく。

新聞部に入って激烈な調子で論説を書きなぐるが、原稿は検閲の教師によって赤線によごれて返ってくる。職員室に絶えず呼ばれておどかされるが、文化欄の文芸批評をかりて革命近しと呼びかける。

発行日近くなれば、検閲をのがれるために、鉛とベンジンの悪臭で頭がズキズキして来る印刷所にたてこもり、印刷寸前に原稿を活字に組んでもらう。

インクの香《におい》のきつい刷りたての新聞を自転車で学校に運び、登校生に門口で手渡す。天皇を罵《ののし》った記事の出た新聞は没収され、ガソリンをぶっかけられて校庭で焼かれる。燃え上がる炎を見つめて、傲慢《ごうまん》な侮蔑《ぶべつ》と苦悩の表情を、烈《はげ》しく迫った眉《まゆ》に刻んで立ちつくす邦彦は、涙と共に自分の中にあったあらゆるセンチメンタルなもの、人間的なものを流し去り、鋼鉄のごとく硬《かた》く非情な人間たらんと決意する。

一週間の停学を喰《くら》うが、この頃父が脳溢血《のういっけつ》で死ぬ。酸いも甘いもかみわけた、優しいオールド・リベラリストの父であった。

死後、金庫を開けると、親子が何年か食える金と、かなりの株券があった。

来る者は拒まずで、生前土建屋からまきあげた金であろう。

しばらくは失った夫への悲しみに沈んだ邦彦の母も、もともと楽天的な気性ゆえ、新しくやとった女中に家中をまかせ、華やかによそおって娘時代にもどったかのようである。

失意にさまよう邦彦に、若くして決闘で倒れたロシア悪魔派の天才、レールモントフの毅然《きぜん》たる姿が圧倒的にのしかかってくる。

華やかに雅《みやび》やかな挙措と、内に荒れ狂う暴君の血。

己れの破滅にまでみちびく絶望につかれ、悪行の中にのみ生きがいを感ずるペチョーリンの姿は邦彦の偶像とまでなる。

人生は芝居だ。幕間《まくあい》喜劇にすぎないとふれまわって、芝居の方法論をまなぶ。

誰もがたどるスタニスラフスキーやダンチェンコやクレーグの演出手法の丸覚え。それは彼の頭の中で、一つの物へとすり変えられる。計算しつくされた自然さだ。

文芸部で知合った連中の紹介で演劇部にもぐり込む。

選ばれたる者の誇りと不安と嫉妬《しっと》の交錯する絢爛《けんらん》たる世界。

夜は背広に着変え、顧問の教師や先輩たちと女をはり合って飲み歩く。嘔《は》くごとに強くなる。

泥酔すると顔色は蒼《あお》く、愴絶《そうぜつ》になる。

部長の小林久美子と事毎に衝突する。

紫色に近い髪を思い切ってカットした火の様な女である。

かつて邦彦が文芸欄で彼女の小説を酷評して以来、彼には執拗《しつよう》な関心をはらっている。

邦彦は用事で彼女の家、旅館「無月荘」をたずねる。観光客の途切れた初冬の屋島。

ケーブルで二人して展望台まで上がる。

眼下には内海がぼうっと霞《かす》み、霧笛を鳴らして行き交《か》う連絡船のデッキからもれる灯が静かな波にゆれてさざめき、無数の宝石をきらめかしている。

夜も更《ふ》け、風も出て来た。

血がのぼって頭の中がジーンとしてくる。

被《おお》ってくる銀線を張りつめた様な沈黙に堪えかね、ひまを告げようとベンチから腰を上げかけた邦彦は、いきなり抱きすくめられ、知らぬ間に二人の熱い唇は、からみ合っている。暗い青春に狂い咲いた不倫の花。

抑《おさ》えられた激情の怒濤《どとう》が鎮《しず》まると、体をぴったりとあわせて、久美子は「あんた、どこかほかの人とちがうとこがあるんやわ……」と囁《ささや》く。使い古された、そのくせいつも甘く心に媚《こ》びる言葉。

その女の事も、女が卒業して大阪へ嫁《とつ》ぎ、手紙の行き来だけになると忘れがちになる。

世の中にもっと綺麗《きれい》な女がいるから、と自分に弁解する。

外面の繊細さと内面のしぶとさ。

彼の年では冷酷さは誇りでさえある。

真船豊《まふねゆたか》の「たつのおとしご」から本格的に演出をやる。舞台効果を計算しつくした、洒脱《しやだつ》で虚しいファース。

脚本のプリントは書きこみで色が変る。

主役の塙雅子《はなわまさこ》を口説いてみせると宣言する。それは彼女が他の男と恋仲であるからでもあるし、又、相手を屈服させずにはおかぬ邦彦の凶暴な支配欲と、破壊欲の現われでもある。無論、目的のためには手段を選ばない。

入神の演技でどんな役でもこなし、どの様な人間にだって化けてみせる。

夏、降る様な星の下。あたりに人気の無い河の土手、草叢《くさむら》でキリギリスが鳴きやむ。

「久美さんに悪いわ」

雅子が目を閉じたままポツンと言う。

夜霧がおりて来て、邦彦は心まで冷える。

目的を追究している時に感ずる充実感は失われ、虚しくなげやりな悲哀感に襲われる。

生命を賭《か》けた恋もする。三島由紀夫の近代能楽集の一つ、「卒塔婆小町《そとばこまち》」の立ち稽古《げいこ》の時、舞台では、黒いトックリのセーターを典雅な身にまとった邦彦が瞳をキラキラ光らせ、左手に握った脚本をいらだたし気に動かし、熱演する役者たちに指示をあたえている。

適当にベンチをおいた公園の場。

詩人　不思議だ。二十歳あまりの涼しい目をした、いい匂いのする素敵な着物を着た……君は不思議だ!

老婆　ああ、言わないで。私を美しいと言えばあなたは死ぬ。

詩人　何かをきれいだと思ったら、きれいだと言うさ、例え死んでも。

邦彦、「待った!　今のセリフの時、そんな大げさな身振りで悲痛な声をふりしぼったりしたら、ブチこわしになるんだと何回教えたら解るんだ。こいつは努めてさり気なく、それでいて無類の想いをこめてしゃべってくれないと三島が泣くぜ。さあ、気をとり直して三番前の老婆のセリフからやりなおしだ!」

ホールの隅《すみ》では、バンド・ネオンの啜《すす》り泣くラ・クンパルシータのレコードに合わせて、ソロを踊っていた新納《にいのう》千佳子《ちかこ》が、ダンス・シューズの紐《ひも》を結びなおすふりをして立上がり、邦彦の熱した横顔を見つめている。

気配に振りむいた邦彦の視線と、彼女のそれが交わり、無言の契約が交わされた。

新納千佳子は、キャバレー「フラミンゴ」を経営する白系ロシアの血をひいた父と、日本人の妻との間に生れた。

しなやかにのびた豊満な肢体《したい》を持ち、瞳は青みがかった妖《あや》しい翳《かげ》をおびて暗く美しい。

わずかにひらいて、軽くまくれあがった豊かな唇は好き心をそそってやまぬ。

ひたぶるにマノンを恋いしたって破壊の道をたどるシュバリエ・ド・グルーの役は、彼には目くるめくように新鮮である。

「ああ、マノン、マノン」と興奮にかすれた熱い声で囁きながら押しつけた彼の唇の下で、むせる様な芳香のしみ出る千佳子の乳房がふくれ上がる。

溶けるような肌の素晴しい体をそり返し、眉の下の目をあらぬ方に投げて、千佳子はまだ夢からさめない。

生命のありどころを知る幾夜。そして別れ。

「とうちゃんが絶対許さん言わはって、今度あんたと一しょにいるのを見つけたら、かたわにするというのや……それにうち、あんたがほかの女の人と色々あったのを聞いてしもうたんや。もう何もかもわからんようになってしもうた。もうだめやわ。何も言わんと、うちの事わすれて……」

薄暗い喫茶店のボックス。けだるい音楽の流れる物静かさの中で、彼は放心した目で彼女の口もとを眺めている。

これとそっくりの場面が、今まで無限にくりかえされて来たような錯覚に陥る。

しばらくは指をからませたまま、無言で坐っている。

こらえきれなくなった女の啜泣《すすりな》きと共に、電蓄からセントルイス・ブルースにのったルイのトランペットがけたたましく鳴り響き、はじかれたように席をたって、まばゆいほど明るい街に出る。

虚脱状態がすぎると、失った者の残した痛手は烈しいうずきをともなって彼を襲う。

それと共に、十九歳の彼の心の奥深く残っていた何物かが音をたてて崩《くず》れ、死の深淵《しんえん》を垣間《かいま》見た気がする。

二日後、彼女の服毒自殺を聞いた。

遺体は無かった。暗い、突詰めた目で、物陰から葬儀車を食い入るように凝視する邦彦は、この時初めて「野獣死すべし」の不気味な不協和音の幻聴をきいた。

邦彦の無頼の結果は、福田恆存《つねあり》の「竜をなでた男」を告別公演とし、学校当局による演劇部強制解散によって喜劇の幕を閉じた。

受験勉強の合間に、以前から心にあり、ノートをとっていたキリストの評伝を百枚にまとめて発表する。

イエスを、虐《しいた》げられ苦しみ疲れたユダヤ民族が、「彼こそかくあれ」とした願望が生んだ革命家の、悲壮美の極と見た冒瀆《ぼうとく》の書。

東大を受けるだけ受けて落ち、米人神学者を教授にかかえるプロテスタント系の神学校に入る。寮生活に入ってもチャペルに出ない。旧約も新約もやればやるほど解らなくなる。奇蹟が信仰を生むのでなくて、信仰が奇蹟を生むからだ。

「貧しき者に幸いあれ」と寮生にひどい物を食わせ、教授たちは快楽を求めて豪壮な住宅から夜の街に車を駆る。

邦彦はサッカーに熱中する。

広いキャンパスの緑の芝。

草を噛《か》んで小きざみにバウンドしながら猛烈に襲ってくるボールに呼吸を合わせ、力一杯に蹴《け》り込む。タイミングがきれいに合い、快音と共に弧をえがいてぐんぐんとのび、青空を真二つに区切るボールは、偽善のかたまりとも言える米人学長の赤ら顔であり、叩き潰すべき権威そのものである。

また彼一人で美術部を作り、ペインティング・ナイフでホルベインの絵具をキャンバスに叩きつける。

分厚くなすりつけた絵具を乾かしては削り、削りとっては塗りたくって何重にもかさねていくと、底光りする重厚なマチエルが出来る。紫色の河に映って炎上する家々、破壊された故国の焼野原を、プルシアン・ブルーとダーク・グリーンの重なった空を見上げて昂然《こうぜん》と進む、白馬にまたがったジャンヌ・ダーク。

「笛吹けども、民踊らず」暗いクローム・イエローの斜陽と、波だつ黒藍《こくらんしょく》色のゲネサレ湖を背にたたずむ物悲しい目のキリスト。

華やかな戦衣をまとって倒れた巨人ゴリアテの死体に蹲《うずくま》る裸身の青年ダビデ。

その体からは、目的を達した者だけの知る虚脱感がにじみ、明るいレモン・イエローの太陽には死臭を嗅付《かぎつ》けた禿鷹《はげたか》の羽が懸っている。愛するシャガール、ブラマンク、ルオーの色調……中からゆらめく幽鬼の炎。

隣の部屋では、バルト、赤岩、ヤスパースと、いつ果てる事ない議論を蒸返している。プロテスタントのいやらしさに嘔気《はきけ》を覚え、久美子にふっと会いたくなり、大阪に行く。

幸いに紙問屋の主人は出張中である。

腕をくんで、しばらくは物を言わずに歩く。

水堀にネオンが映って揺れてわびしい。

心斎橋筋を横に折れ、法善寺横丁で一息つく。人生の黄昏……鳥居の陰での長い口づけ。お好み焼屋の座敷で酌み交わす酒、情緒をそそって身にしみる。

髪をアップにし、玉虫色の和服がすっかり身についた久美子は、「初めはあんたを殺したかったんやけど、いそがしさにまぎれて……。それにうちの人、親切で優しゅうて、うち、ほんまに幸せやと思ってたのに……」と柔らかく怨《えん》ずる。

酔いにポッと上気した目が成熟を感じさせる。弱い弱い男と女が一緒になって、慎《つつ》ましい家庭の幸福を築く。これが人生の最高の逸楽であり、安らぎかも知れぬ。しかし今の彼には破壊者となれても建設者とはなれぬのだ。

少なくとも、これから先、己れの内部にくすぶる狂暴な自我にはけ口を見いだし、己れの才能と死を賭けて、現世の苦楽を味わいつくしてしまうまでは。

時が来たら、可愛い足の指を折らねば十から上を数えられぬほどの、楚々《そそ》たる無垢《むく》の少女を妻として、そのあどけない海の泡《あわ》を現世の女神、生きた美神にまで育てあげるのだ。

大阪には二日いた。

神学校は試験の時、割礼を科学的に説明した答案を書いて放校になるが、ここでレイモンド・チャンドラーを知り、又、留学生から手ほどきを受けてポーカーのインチキに熟達した。

翌年私立の大学に入る。

入学金受付場で、無造作に行李《こうり》に投込まれる札束を見ていると、焦《あせ》りに体が熱くなる。入ってしばらくは波にまかせてすごす。

新宿西口を毎夜痛飲して廻る。

夜の早慶戦。酔っぱらった学生が、母校の勝利に狂喜乱舞し、ラジオ・カーのアンテナをへし折り、バーのガラスを叩き割る。まやかしの青春に幻滅を感じることの無い世代。戦いに傷つき、血みどろになって自己模索して来たアプレゲールの最後の生残りである邦彦との間に、越えがたい溝《みぞ》を持つ戦争を知らぬ世代。

愚にもつかぬ講義を必死でノートに写し、試験の成績に一喜一憂するあわれっぽい飼い鼠《ねずみ》ども。就職と、男は女、女は男をこしらえる事だけを目標とし、試験の頃には出来る奴のまわりに街娼《がいしょう》のように群がる女学生。馬鹿おどりを踊り続ける仮面の下からのぞく、ひやりとする冷酷なエゴイズム、小ずるさ。みじめな頭には、けち臭い夢がふさわしい。邦彦は授業には何の興味も無い。

頭脳はまだ把握力《はあくりょく》を失っていない。

試験など茶番劇に等しい。下宿で寝ころがってアメリカン・ハードボイルドの探偵小説にとっくむ。己れの苦痛を他人事《ひとごと》として受取り、己れのみを頼みとするニヒルでタフな非情の男の群れ。耐えて耐えぬくストイシズムの生む非情の詩。

部屋には安っぽい表紙にかざられた二十五セント判のポケット・ブックがたちまちのうちに数百冊読みとばされ、うず高く積まれていく。

計算しつくされた冷たく美しい完全犯罪の夢が彼の頭中にくすぶり始め、やがて積りつもった彼の毒念はついにその吐け口を見いだし、次第にそれは確乎《かっこ》たる目的の型をなした。失った己れを見いだした邦彦は、絶望の淵《ふち》から死と破壊をもたらすために、苦々しく蘇生《そせい》したのだ。

大学生活はその準備期間であった。

月曜と水曜の夕方から東洋拳のジムにかよい、汗にまみれて練習にはげむ。己れの中にある毒念を汗と共に叩き出そうとでもするかの様に、異様なほどの情熱を傾ける。

サッカーで鍛えた強靭でしなやかな脚は、バネの様なフット・ワークを見せ、冷徹な頭脳は相手の出方を正確に見抜き、素早く反応する。三年後、そのジムのウエルター級のうちで、彼の殺意を秘めたパンチの鋭さとスピードと絶妙のタイミングに匹敵出来る者は少なくなる。

一方、大学の射撃部に加わって銃に慣れる。

薄暗く、ひやっこいトンネルの中。

プローンの姿勢で、ヘンメリ小口径ライフルのピープ・サイトを通し、蛍光灯《けいこうとう》に浮び出た五十メートル先の標的をじっと狙《ねら》っていると、涙が上から下に筋を作って移動するのが解る。ダブルにしたヘア・トリッガーの引金にかけていた人差指の第二関節を軽く絞ると、トンネル中に銃声が反響する。

発射の反動はほとんど感じられない。

ボルトを引いて遊底を開けると、空薬莢がエジェクターではじき出され、スモークレス火薬の甘酸っぱい臭《にお》いが鼻をうつ。

望遠鏡でのぞくと、標的の十点のセンターにポツンと白い穴があいている。邦彦は満足の吐息をもらし、ゴザを敷いた冷たいコンクリートの床に仰向けにひっくり返って目を休ませる。

この時だけは疼《うず》く暗い怒りは鎮まっている。

部をやめる前に、防衛大学からコルトの自動拳銃を盗み出している。これに合う二十二口径の弾はレミントン・ハイスピードのクリーン・ボアが、一箱五十発入り六百円で、いくらでも手に入る。

休暇には国に帰り、家庭の幸福を大事に守りぬく。己れを虚しくして母や妹につくす事には自虐的なまでの幸福がある。

銃を買ったり、ジムに通ったり、自動車の免許をとったりするためには、疲れきった体に鞭うってバイトでかせがねばならぬ。

バイトの帰り、電車の吊皮《つりかわ》にぶらさがった彼の耳には「野獣死すべし」の旋律が、発狂しそうになるほど繰返し繰返し轟々《ごうごう》と鳴り響く。自動車のドアやイグニッションを合鍵や針金を使って開ける術にも上達した。

免許証も本物の他にいくつか偽造した。

深夜、道路に止めてある新型の外車にもぐり込んで、人気の無い道を百マイル近い速度でフッ飛ばし、追跡の白バイを撒《ま》いて、車をもとの場所に返すスリルを好んだ。

そして女たち。

彼の女に対する態度は優しく快活だが、やはり投げやりな事は隠せない。

美貌《びぼう》の女と金の有る女にしか関心が無い。

女に精神を求める様な間抜けには死んでもなりたくない。

関係が出来ても長続きしない。

もし本気で愛して、その愛情を女に利用されたらと思うと虫酸《むしず》がはしってくるし、彼の心にある破壊欲は一つの所に止まるに耐えられない。雌鹿《めじか》を追いつめて、銃のサイトにぴたっと捕えたら、それでおさらばだ。

失った女への愛惜感なぞさらに無い。

孤独とは己れを失うことであるかぎり、己れのみ頼りとし、目的に向って突き進む彼には、青白い孤独感なぞ有り得ない。

教科書を買う金が無くなっても、瀟洒《しょうしゃ》な外面だけはととのえずにいられない。

お前のようなナルシストは、潜在的ホモ・セクシャルかも知らんなと友人に指摘され、骨っぽく苦笑する。四年になってから、多産をもって鳴る翻訳業教授の口ききで、アメリカの小説の翻訳の下請けをやる。

卒論は「ハメット＝チャンドラー＝マクドナルド派に於《お》けるストイシズムの研究」である。大学院に残り、アメリカ文学を専攻する。

休む事ない暗い怒りは、ますます烈しく彼を駆りたてる。何かを憎悪《ぞうお》していなければ生きていられなくなっていた。

犯罪、特に殺人には生命の昇華がある。

それを守るためには全力をおしまぬ人命を、あらゆる捜査の目をくらます巧みな方法で、冷静に奪いさる行為には一種の非情美がある。

物心ついた時には戦争の真只中にあり、自己を摑《つか》む間も無く、慣れっこになるほど死人を見て来た彼には、他人の生命は少しも特別な価値を持たなかった。

彼には大戦によって失うべき自己の幻さえもほとんど持っていず、ただそれによって醜い傷だけを負った世代の最後の生残りなのだ。

それに無論、金の魅力がある。

自分以外に頼りになるのは、金と武器だけだ。金で買えない物に、ろくな物はない。稼《かせ》げるチャンスがある間に稼ぎまくるのだ。そのため誰が死のうと知った事でない。

アパートを借りる金は、家の金庫から株券を持出し、処理して作った。

歯車はきりきりと音をたてて廻り始め、加速度に乗って轟々と回転した。

それを止めるには死の威嚇も非力である。

翌朝、日曜日。

邦彦はカーテンからもれる高い陽射《ひざ》しに目を覚ました。まばたきをしてから腕をのばし、時計をとって見る。もう十時を過ぎている。タバコに火を点《つ》けて吸込むと、まるで雑巾《ぞうきん》を銜《くわ》えている味がした。

シャワーを浴びてから髭《ひげ》をあたり、ゆったりとした部屋着をつけた。

部屋を出ると、廊下のつきあたりの壁に開いている焼却器の穴に新聞紙に包んだ財布や印鑑や名刺などの昨夜の証拠物を投込んだ。廊下をぶらぶらしているアパートの住人と当りさわりの無い会話を交わす。

下に降りて朝刊を持って戻る。

蒼白《そうはく》になった顔をこわばらせて三面をはぐって見る。

その目は忙しく上下に動いたが、やがて顔面のこわばりはゆるみ、己れの醜態を恥じるかのように見る見る血がのぼり、唇は自嘲《じちょう》的な冷笑にゆがんだ。

三面も、都内版のページも、昨夜の小さな出来事について何も伝えてなかった。

台所になるキチネットでベーコンとピーマンを炒《いた》め、それとコーヒーで朝食をとった。タバコに火をつけ、コーヒーを啜っては煙を吸込む。タバコをコーヒー皿において、わずかな微風に立ちのぼる煙がゆらめき、ぶつかりながら空に消えていくのを、ぼんやりと放心したような目で見ている。

コーヒー三杯とタバコ五本を灰にして朝食を終えた。食器を片づけるとベッドに近づき、分解して布に包んであったモーゼルとヤスリとドライバーを持ってテーブルに戻った。

銃把の裏に打ってあるナンバーをダイアモンド・ヤスリで根気よく削り取る。黒い燻《いぶ》しの仕上げが剝《は》げ、鈍い銀色の地肌が現われた。職業的な正確さでヤスリを動かす彼の額には、汗が薄くにじみ出て、引締った男性的な容貌《ようぼう》をくっきりと浮きたたした。

引金の内部のスプリングを調節し、逆鉤《ぎゃつこう》の爪をダイアモンド・ヤスリとオイル・ストーンで削って、引金を軽くした。

ドライバーで銃を組立てて、引金をひいてみた。さしたる抵抗も無く引金はすべり、撃鉄は軽い乾いた音をたてて虚を撃った。

ショルダー・ホルスターのバンドを短く切って、右脚に括り着けられるようにした。装弾した挿弾子をマガジン・ハウジングに嵌《は》め、薬室には弾頭をナイフで斜めに削ってダムダム弾にしたのを詰めた。これを人間の腹にブチ込むと、弾を喰った個所は小さな穴があくだけだが、臟腑《ぞうふ》をめちゃめちゃに引裂いて、背に擂鉢《すりばち》状のでかい出口を残す。

仕事を終えて三時のニュースに耳を傾ける彼の瞳に星が宿りだし、その光はアナウンサーの声を追って絶えまなく変化して、心の明暗を綴《つづ》った。

都内大田区田園調布二丁目五百九十番地に住む、旭《あさひ》ゴム株式会社専務浅野五郎氏五十三歳の乗用車ビュイック・エイト五十六年型A—七二三一のトランクから今日午前十時頃、眉間に穴のあいた身長五尺八寸体重十九貫ぐらい、推定年齢三十五歳の身元不明の男の、射殺死体が発見されました。

警察で発見者の浅野氏に事情を聴取したところ、氏は現在の住居に移って間もないため、ガレージは目下建築中であり、車は前夜路上に放置してあった事が判明しました。

浅野氏はこれまでに、死体の男を見たことはないと言っています。

当局は、手口から見て職業的な凶悪犯、あるいはヤクザ同士の出入りによる犯行と見て、車に残された二十数種の指紋をただちに鑑識課に送り、全都のヤクザ、前科者の指紋カードと照合中です……。

アナウンサーの声は淡々と流れ、ニュースは都議の汚職発展に変った。邦彦はスイッチを切ると深呼吸をし、部屋着を脱いで手と顔を洗った。

チャコール・グレーのズボンをはき、裾《すそ》を捲《まく》って脚にモーゼルをつけた。

黒いスポーツ・シャツの上に、ソフト・トーンのモヘアの上着をつけ、空色がかったスプリング・コートを羽織って部屋を出た。

スカーフの色は黒みがかった真紅と紫のミックスである。

玄関でアパートの管理人と立話した。

「日比谷でやっているロード・ショーをのぞいてみようと思ってね。たまの日曜というのに独《ひと》り者はつらいよ」

「いやあ、若い人は気楽でうらやましいですな」

と、恐妻家の管理人はパイプの煙を天井に吹っかけて、遠くを見る目つきをする。しばらく歩いてから知人がいないのを見すまし、偽造免許証を使って借りた昨夜のトヨペットに乗込んだ。

三時間ほど当ても無く乗廻して、スピード・メーターの中についている走行距離計を廻し、新宿のドライブ・クラブに着けた。

三千円の代金を払いながら、箱根も昨夜はあいにくの雨でね、と受付の娘にぼやいてみせ、じゃあまた、と片目をつぶってウインクを送って街に出た。

その彼の後ろ姿を受付嬢は物思わし気な目つきで頬杖《ほおづえ》をついて見送っていたが、ふーっと鼻をふくらませて溜息《ためいき》をつき、やけに書類をひっくり返した。

東口のバー「サテイユロス」に入った邦彦は、止り木に腰をおろすと、肘《ひじ》を、研《みが》きあげたカウンターに乗せ、これでもかと飾りたてた色とりどりの洋酒の瓶を眺めながらゆっくりと飲んだ。

まわりには三、四人ちらほらと客が見える。バーは孤独を楽しむもの。タバコの紫煙と静かに流れるムード音楽に包まれてゆったりと寛《くつろ》ぐと、どっと疲れが出て、瞼《まぶた》が重たく落ちてくる。思いだした様にグラスを口に運ぶ彼の横顔に、薄くルージュをぬり、重たいほどアイシャドウをまぶしたゲイ・ボーイが、媚《こび》を含んだ視線を蛾《が》のようにへばりつけていた。

客が騒々しくたて込んで来たので、邦彦は勘定を払って外に出た。

雑沓《ざっとう》する街はすでに狂った毒蜘蛛《どくぐも》のネオンに色どられ、襟をたてたスプリングを通して湿気を含んだ晩秋の夜気がしのびよった。

すでに酔客が千鳥足でそぞろ歩き、バーやアルサロの客引きやサンドイッチマンがうるさく寄りそう歌舞伎町で、つけて来たゲイ・ボーイを撒いた。新宿駅東口のスタンドで、四、五種類の夕刊を買って池袋まで乗った。

混んだ国電の中では、夕刊をコートのポケットにつっこんだままである。

池袋で降りると、西武デパート前の広場に帯状をなして続く車と人の波をくぐり、ラーメン屋に入って焼ソバを二人前注文した。

夕刊を開くと、三面のトップにある大見だしと、被害者及びその死体を呑《の》んでいた車の写真が目を射た。

記事は、今朝十時頃、浅野五郎氏のビュイック・エイトのトランク内から発見された被害者の身元は警視庁捜査一課警部、岡田良雄氏と判明、慶大病院で解剖に付せられた結果、死因は眉間から入って大脳を貫き、頭蓋骨《ずがいこつ》に当って止った短銃弾による即死と解った。弾丸は原形をとどめぬほどに潰れているが、二十二口径と推定される。

大森駅まで被害者と共に終電に乗車し、そこで別れた大木勝警部補の証言により、被害者は大森駅から自宅への帰途殺害され、自動車に詰込まれて運ばれたものらしい。

犯人は警部に遺恨を持つヤクザかと見られるが、被害者の所持していた短銃及び手帳などの奪われているところから見て、さらに深刻な動機を持つ知能犯も考えられる。

いずれにせよ、鮮やかな手口から見て、単独犯でなくして、経験を積んだ数名の共犯と考えられ、この凶悪な警官殺しに、捜査当局は全力をあげて捜査に乗出した。

以上の意味の記事に、同警部の略歴、遺族の事、関係者の談が付け加えられていた。

焼ソバを食いながら、すべての夕刊の記事に目を通した邦彦は、徒歩でアパートに戻り、早目にベッドに横になった。

目を閉じると酔醒《よいざ》めの白々しい気分が襲いかかり、頭は痛く、胸の中がうつろになった。

素足でカーペットの上に降りたち、セラレットからラムの大瓶を取出した。

コップになみなみと注ぎ、目をつむって胃の中に流しこんだ。

咳込《せきこ》んで涙をぬぐうと、アルコールが体中を駆けめぐり、軽く血の昇った顔に安らぎの表情が甦った。

ベッドに戻って、両手を頭と枕の隙間《すきま》に差入れ、タバコを口にくわえたまま吸っている。東京はどこかに火事がある。消防車がけたたましいサイレンや半鐘を乱打して通り過ぎた。その音が去ると、絶え間なく行き交う自動車のうなりと警笛、それに電車の轟音《ごうおん》が入交って都会の騒音を形づくり、暗い地霊の咆哮《ほうこう》となって窓ごしに伝わって来た。

スタンドの淡い桃色の灯に浮ぶ秀麗な顔は穏やかであるが、光線とタバコの陰になった瞼と浮き出た鼻梁《びりょう》は、暗く愁いを含んだ線を造っている。

こぼれ落ちて顔にかかった灰に気づき、枕もとの卓子《テーブル》においた灰皿でタバコを揉《も》み消した。

犯罪は引合う、と彼は考える。

しかし、それには大きな条件が要《い》る。

組織の力を利用したビジネスか、徹底したローン・ウルフの単独犯かだ。

前者の傭《やと》われ殺しでは、明白な動機が外部に見当がつかない。殺人請負業だから動機は報酬の金だけだ。一面識のない被害者に二、三十発機銃弾をブチ込めば、逃げ道はちゃんと買収によって用意されている。失敗して喰い込んでも、アリバイはでっち上げる事が出来る。法だって金と権力で買える。

大手を振って保釈で出て、ほとぼりのさめるまで遊ぶだけだ。借りを踏倒して消えたバクチ打ちにもう仲間など無く、見つけられ次第かたわになるのと同様、組織を裏切った者は常に死と同居する。

後者にはチーム・ワークの摩擦からくる手違いが起らず、逃亡する際の足手まといも無い。それよりも有利なのは、いざという時に怖気《おじけ》づく臆病者、逆上して無益の殺傷を重ねて自分の墓穴を掘るトリガー・ハッピー、仲間割れ、裏切者などの出る危険性が無い事だ。

しかし、いずれの場合にも、必ず事前に徹底的に計算しつくされなければならない。練りに練った計画と、チャンスと、柔軟性を持った機敏な行動さえあり、完璧《かんぺき》のチーム・ワークが加われば、ツーメン・ジョブやスリーメン・ジョブの場合、古典的ともいえる見事な完全犯罪が生れる。

この場合、一番成功率の多いのはチェスタートンのパラドックス、「一枚の木の葉を隠すには森の中へ、一つの石ころを隠すには砂浜へ」という人間の盲点をついた緻密《ちみつ》で大胆な犯罪であろう。

景色の一つにまでとけ込んだ犯行者が、待ちに待った時が来た時、機械の様に機敏、正確に行動を起し、捜査の裏をかいて、あっと言う間も無く姿を消す。

邦彦は目を開き、新しいタバコに火をつけて深々と吸込みながら、今まで計算しては消し、消しては計算しなおした入学金強奪計画を再び検討した。

締切直後の経理課事務所。

室外では掃除夫が熊手で散らかった紙くずを集めている。傍《そば》のベンチでは二人の学生がタバコをふかしながら何やら話合っている。電話修理工の服装をした一人が、外部から電話線を切断した瞬間、事務所の両方の戸口には銃を手にした掃除夫と、学生服の一人が立ち、邦彦自身が課長に銃をつきつけて金庫を開かせる。奪った金は車に積む。

しかし、いつもどこかに人影のある大学のキャンパスから易々《やすやす》と逃亡出来るはずはない。数十人の職員が騒げば、始末がつかない。それに共犯者に、つまり他人に自分の生命を託す事は、己れのみを頼りとするローン・ウルフである邦彦にとって、自殺行為に等しい。邦彦は青ざめた額に玉の汗をにじませ、からからに干上《ひあ》がった口を開けて重い呼吸を続けた。目は血走り、どうにもならぬ壁を模索する心を表わす顔には、苦痛と焦慮の影が濃い。

二カ月が走りすぎた。

新聞、ラジオは警官射殺事件の迷宮入りを伝え、急速に人々の心から忘れ去られた。

邦彦は昼は大学院に通い、ノーマン・メイラーに没頭し、帰宅後はジェームス・ケインの調べに費やした。

「ミルドレッド・ピアース」を毎日三十枚の機械的スピードで訳して行った。

人あたりが柔らかで快活な学徒に見えた。

肉体的トレーニングも怠らなかったが、その他の時間は次の犯行の準備や聞込み、現場の下調べに費やした。

銀座二丁目のナイトクラブ「マンドリン」。狂乱のクリスマス・イヴの翌朝。

華やかに繰りひろげられた、恒例の仮面舞踏会と博奕《ばくち》祭りの興奮から醒めた午前三時半。

華麗な五色の水玉を綾《あや》なして廻り狂ったミラー・ボールのライトも今は消え、金糸をちりばめた真紅の緞帳《どんちょう》をバックに漆黒のドーランに真白い歯を煌《きら》めかしたバンド・メンのきらびやかな楽器から流れる狂熱のリズムに乗って、絢爛たる扮装《ふんそう》を凝らして熱帯魚の様に踊りぬいたあらゆる国籍の客も、飛魚のように尻尾《しっぽ》を張った車で散っていった。

砕けたシャンペーンの泡はフロアにまで流れ、食い散らかされたオードブルはカクテル・グラスの中を泳ぎ、乱立したタバコの吸殻からはもう煙はたたない。

フロアの騒音を越えて、かすかに漏れて来た二階の秘密クラブでのカードやルーレットやダイスの響きも絶え、快楽の戦場跡はひっそりと静まりかえっていた。

蘭《らん》と檳榔樹《びんろうじゅ》の大鉢《おおばち》の陰、目だたぬ様にとりつけた賭場《とば》へ続く階段の手摺《てすり》に背をもたせ、ピンクのシャツにクリーム色のメス・ジャケットをつけた、うんざり顔のボデイ・ガード「はじきの安」から睡気《ねむけ》が消え、身体をしゃんと起して廻し、慇懃《いんぎん》な微笑を浮べて階上を見上げた。

左の胸元に、一目でわかる銃のふくらみを見せびらかし、大胆にカットした紫系統のタータン・チェックの背広に長身を包んで、物柔らかな、そのくせ虚ろな微笑を端麗な顔に刻んだ用心棒頭「レディ・キラー徹」こと、三田徹夫を右手に従えた、マネージャーのチャーリー陳《ちん》が、階段をゆっくり降りて来た。

縁無し眼鏡の下の平べったい顔は脂ぎってテカテカ光るが、さすがに疲労の色は隠せない。細い三白眼にはふだんの傲慢の趣が褪《あ》せ、肥満した体軀《たいく》にタキシードが窮屈である。

右手に提《さ》げた水色のバッグには、イヴの稼ぎの四分の一に当る分厚い紙幣がつまっていた。徹はすでに人気の無くなったクロークに近づき、みずから毛皮の襟のついた豪奢《ごうしゃ》なオーヴァーを二枚とると、一枚は腕を通さずに軽く自分の肩に羽織り、他の一枚を陳に着せた。

フィリッピン人のドア・マンに顎をしゃくって石段を降り、酷寒の夜空を仰ぐと、先程まで天空を赤紫に染めていた歓楽街のネオンはあらかた消え、星影がしんしんと降っていた。徹と陳は肩を並べ、無言で白い息を吐きながら、クラブから五十メートルばかり先にある有料駐車場へ疲れた足をむけた。

クラブの斜め向いにあるスーヴェニールの店「オリエンタル」は、三時間ほど前からすでに鎧戸《よろいど》を閉め、灯を消していた。

邦彦は先程からその円柱の陰の暗がりに立ったまま、タバコに火を点けては捨て、捨てては点けていた。

街路を通る二人の影を認め、掌でおおって銜えていたタバコを強く吸込むと、指先で軽く背後に弾《はじ》きとばし、灰色のオーヴァーのボタンをはずした。目は軽く細められ、凄味《すごみ》をおびて、碧《あお》く冷たく光っている。左腕につけたオメガのシー・マスターは三時三十四分を示している。

黒いソフトの庇《ひさし》に手をやって目深にかぶり直し、二人から十歩ばかり離れて後を追った。徹を先にたてた陳は、まだ二十台ばかり残っている間を通り、群を抜いて豪華な緑色のリムジーンへあゆんだ。凍てついたコンクリートに二人の足音が鋭く響く。

リムジーンのドアに手をかけた徹が、くるりと体を廻して振向いた。冷たく整った顔からは微笑が消え、凍てついた様に頰をこわばらせている。

「動くな！　不法賭博容疑により逮捕する」

瞳を冷たく据えた邦彦の声は、抑えつけた様に嗄《しやが》れて夜のしじまを裂き、それと共に足早に二人に近寄った。左手に持った警察手帳を、振向いた鼻先に突付け、その手を返してポケットにおさめると見るや、陳の左手首を握って逆にねじ上げた。自分の右手で陳のそれを背後に廻し、素早く両手首に手錠をかけた。

ピーンという手錠の嚙み合う音と、陳の手から落ちたバッグがコンクリートに当る鈍い音が入り交った。すでに縁無し眼鏡は下に落ちて微塵《みじん》に割れている。

陳の顔に現われた苦痛と狼狽《ろうばい》は、毒々しい嘲《ちよう》笑《しよう》に変った。

「徹、弁護士をたのむぞ。それよりもあんた、逮捕状を見せて貰《もら》おう。何の事だか、さっぱり見当がつかないね」

と、ふてぶてしく白を切り、カーッと痰《たん》を切って足もとに吐きつけ、さり気なく片目を細めた。

　ぱっと羽織った外套《がいとう》を撥《は》ねのけた徹が、ズボンのヒップ・ポケットに手をまわすと、いきなり邦彦に襲いかかってきた。

　身を沈め、片膝《かたひざ》をついてさっと右へよけた邦彦の左肩を掠《かす》めて、殴打用の凶器ブラック・ジャックが、シュッと風を切って力一杯振りおろされた。

　邦彦は身を低くしてとび込み、自分の力で前へよろける徹の鳩尾《みぞおち》に、鈍い音を発して手首まで埋まるほどの左フックを炸裂《さくれつ》させた。

「グウッ」と呻《うめ》いて俯《うつむ》くところを、渾身《こんしん》の力をこめた右のストレートが蛇《へび》の舌の様に素早く延び、喉笛《のどぶえ》を正確にとらえた。

　邦彦は腰の回転しきった瞬間、パッととびのき、為す事なくつっ立っている陳を、目の隅から盗み見た。

　徹は一間ほど後方にすっとぶと、両手で胃の上を押え、半ば意識を失ったまま、不気味な音をたてて口から血と胃の内容物をコンクリートの上に撒き散らしている。

　吐くたびに、背中が大きく波うってひきつる。皮袋の中に砂と鉛を詰めた牛乳瓶ほどのブラック・ジャックは、手首に巻きつけた皮紐《かわひも》のためまだ徹の右手から離れていない。その手は無意識のうちに、汚物でよごれた服の、腋の下につっこもうと痙攣《けいれん》している。つっと近寄った邦彦は、狙いすまして徹の顔面を靴先でもろに蹴込《けこ》んだ。

　歯の砕ける音と共に、血みどろになった徹は完全に失神した。

くるりと振向きざま、邦彦は電光の素早さで腋の下からコルトを引抜き、夢から醒《さ》めたように、手錠から背後の手をもがき抜こうとしている陳の背を銃口でこづいた。

「車まで歩くんだ」

と低い声で命じる。

陳の足は木造人形の様にギクシャク動き、目は恐怖にひきつり、口から垂れる唾液《だえき》が堅く糊《のり》づけした真白なシャツの烏賊胸《いかむね》を汚《よご》す。車の後部座席に、崩れるように腰を下ろした陳の顔を、銃身で横なぐりにはらうと、ヒーッと喉の奥で奇声をあげて意識を失った。

邦彦は銃を仕舞うと車から降り、バッグを拾って車の前部座席に投げ込んだ。

足を返して倒れた徹に近づき、靴先で汚物と血にまみれた背広の胸を開くと、これ見よがしにショルダー・ホルスターに差した輪胴式リヴォルヴァーを自分のベルトに移した。

徹の体を、そばに落ちているオーヴァーでくるみ、腋の下に両手を差込んで引摺《ひきず》り、陳の横に押込んだ。

徹の顔は、ほとんど原形をとどめていない。

その手からブラック・ジャックを外すと、力をこめてその頭部にはたきつけ、返す手で自分のオーヴァー・ポケットにおさめた。グシュッと頭蓋骨のひっこむ音が聞えた。

内ポケットをさぐると、皮のケースにつまった弾が三十発ほど見つかった。

邦彦がイグニッション・キーを探《さが》し当てて、フロント・シートにまわり、前席と後席を仕切るガラス戸に影をおとして、イグニッションに差込んだ時、騒ぎを聞きつけて怖々《こわごわ》顔を出した若いチケット・マンが、小さな悲鳴をあげた。

「騒ぐな！　手入れだ」

邦彦は警察手帳を開くと、おだやかに告げて彼を安心させ、ハンドルを握って未明の銀座へ抜けた。

動物的直感で、歳末警戒の出ている場所を巧みに避け、完全に人気のない麴町清水谷公園《こうじまちしみずだに》でリムジーンをとめた。

陳と徹はまだ失神したままである。

後席にまわり、陳の顔を五、六回平手で張りとばすと、朦朧《もうろう》とした目を開いたが、邦彦と横に倒れた血まみれの徹、それに廻りの不気味な森の黒い影を認め、悲鳴をあげようとした。邦彦はすっと左手をのばすと、唾《つば》で濡れた陳の上顎《うわあご》と下顎の蝶番《ちょうつがい》の部分を強く挟《はさ》んで口を開かした。そのため、悲鳴は高い音とならない。

陳の顔色は紫に近くなり、脂汗《あぶらあせ》が全身に滲み、漏らした尿の悪臭が車内にたちこもり、徹の体から発する血と汚物の臭いと交って、耐えがたいほどである。

邦彦はそのままの姿勢で、ゆっくりと陳に話しかけた。その瞳からはすでに冷酷の輝きは消え、からかう様な色とユーモアが交る。

「いいか。よく自分に言いきかせるんだ。——俺はひどいヘマをやって捕《つか》まった。しかし、俺をパクった刑事は小遣銭《こづかいせん》を欲しがっている。俺さえ黙ってりゃあ、博奕場《ばくちば》の事は表ざたにしねえと言っている。俺だってテッド・リーガン親分の息がかかった身内のはしくれだ、これぐらいの端《はし》た銭でじたばたしねえ。近づきのしるしに貸してやらあ。この銭《ぜに》をおしんで密告でもしたら、この若《わけ》えのは俺をバラすに違《ちげ》えねえ。そう自分に言い聞かせるんだ。分ったか！」

邦彦の左手が陳の顎から外れると同時に、右手がなめらかに閃《ひらめ》き、コルトを抜出した。それを陳の眉間につきつけ、音をたててゆっくりと安全装置をはずした。

「うつ、射つな！　射たないでくれ、金をやる」

陳は腰を浮かし、切れぎれに啜り泣きながら哀願した。目は今にも眼窩から飛び出しそうになるほど、白眼をむいている。

不敵な笑みを浮べた邦彦は、陳の喉のあたりを、銃口で愛撫《あいぶ》でもするようになでまわす。今度は血に飢えた様なしわがれ声で「分ったか？」と聞き返すと、陳は「オーケイ」と呟くと共に、大きく身震いしてガックリ首をたれ、再び昏倒《こんとう》した。

邦彦は、陳の手首にかかっている手錠を外して自分のポケットに仕舞った。

ハンドルやドアのノブ等、手をふれたあらゆる場所をハンカチでぬぐい、バッグを持って、停めてあった旧式のフォードに移った。公園を出ると車はスピードを増し、テール・ライトは見る見る闇の中に消えていった。

半時間後、フォードは池袋の街外れで静かに停車した。道路にたまった水は硬く凍り、ピーンと張りつめた冷たい夜の静寂は、かすかに聞える犬の遠吠《とおぼえ》によって、ますます強く深められた。

邦彦はクッションの下からドライバーを取り出し、それを持って車の後ろに廻った。

重ねたナンバー・プレートの、かすかな隙間にドライバーを差込み、力を入れてこじると上側のプレートは外れ落ち、その下から接着セメントの跡をわずかに残して、正式のナンバー・プレートが現われた。

東京中に三十数万台も走っている自動車の前と後ろのナンバーの食違いに気付くだけの烱眼《けいがん》を持つ市民は絶無であろうし、被害者の認めるのは逃亡する車のバック・ナンバーのみであろう事は邦彦の計算ずみであった。

それを持って車に戻り、ドライバーと共にクッションの下に隠した。

アパートから数ブロック離れた角に車を廻し、グローヴ・コンパートメントからジンの小瓶を取出した。

胸に垂らしながら三分の一ぐらい飲込み、さらにシャツの胸にもたっぷりぶっかけて、アルコールの匂いを発散させた。

瓶の栓《せん》をしめてポケットに捩込《ねじこ》み、バッグを提げて車外に降り、車のドアに鍵《かぎ》をかけた。青灰色の空は東の方がほのかに白みかけ、星屑《ほしくず》が頼りな気にまたたき、光芒《こうぼう》を失った弱々しい鎌《かま》のような月には、流れる密雲がかかって、その色は緑から血の色にまで絶え間なく変化した。

夜の寒気がきびしく肌に食込み、邦彦はせかれる様に足を早めた。

寝静まったアパートに入ると、顔の筋肉をゆるめ、目を半眼に閉じて、酔払いの表情を作った。足音高く階段を踏みしめて登りながら、呂律《ろれつ》の廻らぬ舌で騒々しくジングルベルを歌う。部屋の外でガチャガチャと大きな音をたてて鍵を探す。勢いよく部屋に入ると、扉をバタンとしめ、電灯のスイッチを入れた。泥酔の表情は跡形もなく消え、憔悴《しょうすい》した顔には、五時の影と呼ばれる髭が薄黒い隈《くま》をつくって沈痛な趣をあたえている。

バッグをベッドの上に投出すと、水道に近づき、蛇口《じゃぐち》からゴクゴク飲んだ。満々と注《つ》いだ水差しを持ってソファーの前のテーブルに置き、ガス・ストーブに点火した。オーヴァーはまだ脱いでいない。

水とジンを交互に飲み干すと、立ってベッドに近づき、バッグをとって戻った。

膝の上で開こうとしたが鍵がかかっているのを見て、ズボンのポケットから出したナイフで、スッと皮を断ち切った。

顔をのぞかしたズック・サックをひきずり出して紐をゆるめた。

新旧さまざまな千円札の他に、袋の底からは、細長い緑色のドルがころがり出た。邦彦の指は素早く動き、札を数える。

それは邦貨で二百五十万円、米貨で二千ドルの額にのぼった。口をすぼめ、感歎《かんたん》の口笛を吹くまねをして、ズックに札をもどし、ソファーに背をもたせたままじっと動かない。

甘美な唇には明るい微笑がのぼり、虚空に高く眉をあげ、藍色《らんしょく》に近いほど黒い瞳には星がきらめいている。

時を刻む振子の音と、ガスの炎が、物憂い単調なリズムをかなでた。

想い出した様にコートの下に手をやり、ズボンのベルトに差した徹のリヴォルヴァーを抜出した。

かつて米陸軍のサービス銃であり、当時では国警の制式銃となっていたスミス・アンド・ウエッスン（S・W）の、見馴《みな》れた無骨な図体が、ずしりと掌に重い。

四十五口径の銃口がでかい死の穴をあけ、頑丈《がんじよう》な骨組にシリンダー状の輪胴が鈍く光る。無論、撃鉄は倒してハーフ・コックにある。

弾倉止め《マガジン・ストップ》を前に圧すと、輪胴になっている弾倉が左横にせり出してきた。薬莢の尻に、センター・ファイアの印である円型の雷管《らいかん》を見せて、六発共つまっている。開いたままの弾倉をねじって銃から抜きとり、排莢子桿《エジエクチング・ロツド》を押してその弾倉から弾を抜いた。

銃の骨組《フレーム》を調べたが、出所の怪しい銃と見え、銃身と銃把の下側のナンバーは消してあった。戸棚《とだな》からマシーン・オイルをとって銃にさし、再び手早く組立てた。引金をひいてみると軽やかに動く。さすがに徹は腕に覚えがあったらしい。弾倉に弾をこめて、サックに入った弾と共に下着入れの奥にしまった。

ズック・サックをベッドの脚の下に置き、バッグを戸棚にしまった。

水差しに再び水を満たすと、ベッドの枕もとにある卓子《テーブル》にのせて、着ているものを脱いだ。肩から吊ったコルトと、脚につけたモーゼルのホルスターを外して、マットとふとんの間に押込んだ。

動くと酔いがまわって来たとみえ、目がかすかに血ばしり、顔色は反対に青くなった。タバコを一本吸い終ると、電灯とガス・ストーブを消し、ベッドにひっくり返って、顔にカブサるぐらいに蒲団《ふとん》をひっぱり上げた。

一時間程すると、苦し気な寝息をたて始めたが、その翳りには、思いなしか死の臭いがある。

夢を見ていた。

裸身を妖しく光らせた千佳子が、金ピカの服をダイアで飾りたてた、脂ぎった中年男に抱かれて、うっとりと目をつぶっている。

殴りつけようとしても、腕は水の中で動かすように力が入らず、銃を乱射しても、弾は線香花火となって地面に落ちて砕ける。

体が硬直し、ぐんぐんと地面にひきずりこまれ、心臓は破れんばかりに苦しい。

自分の口から漏れる苦痛の呻きで、邦彦は目を覚ました。全身が脂汗にまみれている。

手を伸ばして、枕もとの卓子《テーブル》にのせた水差しを取上げ、寝たままで飲込むと、喉笛が独立した生き物のように動く。

口から垂れた冷たい水が枕を濡らし、邦彦ははっきりと目をあけた。もうとっくに陽《ひ》はあがっている。

よろけながらベッドを離れたが、頭は打撲傷でも受けたかの様にズキズキ痛み、心臓の苦しさもまだ去っていない。

顔を洗ってから、新聞をとりに廊下に出ると、隣のスーツの住人と顔を会わした。

邦彦の血走った目を見て、

「昨夜は大分御機嫌だったようですな」

と苦笑する。

「いやあ、お恥ずかしい。とんだ醜態をお目にかけて……」

邦彦は眩《まぶ》し気に面をふせ、はにかみの微笑を見せた。笑うと子供っぽいほど若々しい。

アスピリンを飲んでから、熱いシャワーを長い間浴び、念入りに髭をあたると、頭痛は拭《ぬぐ》われ、充血も去った。タルカム・パウダーを顔に擦込《すりこ》んでから鏡の前に立ち、髭の剃跡《そりあと》がつやつやと輝く、若々しい生気の甦った己れの容貌を、暫《しば》し飽かずに見入っていた。

昨日の残りのでかいポーク・ステーキの塊《かたまり》と二本のビールで朝食をすまし、タバコをくゆらしながらベッドに横になっていた。

ラジオは「シェエラザード」の幻想的なシンフォニーを終え、次いでオイストラッフの弾《ひ》く、スラッブの憂愁を湛《たた》えたチャイコフスキーのバイオリン・コンチェルトの冴《さ》えた調べが鳴り響いた。この曲には想い出があった。

邦彦の瞳は、この曲にまつわる回想に静かに深く燃え、心は過去の世界へ手探りしながら融《と》け込んでいた。


陳は十五分程してやっと正気にかえり、自分でリムジーンのハンドルを握ってクラブに引返した。徹はまだ昏倒したままである。睡気から覚めた守衛と居残りの用心棒「はじきの安」の手で、徹は事務室に運びこまれた。大きな金庫と事務机の前の隙間にソファーを置き、その上に動かぬ徹を寝かした。

開いた口は前歯が失《う》せ、頭はフットボールの様にふくらみ、顔面には固まりきらぬ血がへばりついている。

陳は守衛と用心棒に固く口止めをしてから、用心棒の「はじきの安」に車の鍵を手渡した。守衛にウイスキーと水を運ばせ、黙々としてあおり続ける。

しばしは居心地悪げに濡れたズボンの股《また》のあたりを動かしていたが、酔いがまわるとその顔から屈辱と恐怖の表情が消え、血走った細い目には憤怒と憎悪が凶暴な火を爆発した。

ダイアをちりばめた金のケースから、細身の葉巻を取出し、ライターの火を当てた時、外からタイアのきしむ音が聞えた。

お抱《かか》えのもぐり医者、薄田《すすきだ》正吉が「はじきの安」に黒皮の医療カバンを持たせて、ゆっくり歩み寄った。絹の様な髪を、わずかに残してぬけ上がった額に、麻薬中毒者独特の瞳孔《どうこう》の縮まった摑み所の無い目を持っている。

六尺を越える長身だが、全身のたがが外れた様に、今にもばらばらになりそうである。物も言わずに徹の瞼をひっくり返し、瞳孔の拡がったうつろな目を見て「フン」と鼻をならした。

骨と皮ばかりの痩身《そうしん》を折ってカバンをひらくと、聴診器をとりだし、胸をはだけた徹にあてて目をつぶる。

カンフルのアンプルを切ると、注射器に吸込ませ、静脈にたっぷりぶちこんだ。

青ざめた徹の顔がわずかに生気をおび、見守る人々の口から安堵《あんど》の吐息が漏れた。

医師は徹の体中を、細長い指先でまさぐっていたが、唇をゆがめてせせら笑い、大儀そうにその長身を起した。

傷口に応急手当をすると、カンフルのアンプルを数本と注射器をデスクに並べた。

「死ぬ事はない。頭の骨が割れて、歯が折れて、喉の気管がひしゃげただけだ。もしかしたら、胃が裂けているかも知れない。夜が明けたら俺の所に運んでくれ。手術して一月も寝てりゃあ元どおりになるさ。カンフルはここにおいとく。三時間おきでいい。目が覚めて痛がるようだったらモルヒネでも打ってやるんだな。ぺーならおたくにあるだろう」

自分の知った事でないといった調子で淡々としゃべる。

陳が一万円の小切手を切ると、医師は無言でポケットに収めた。

クリーム色のメス・ジャケットの用心棒「はじきの安」にカバンを持たせ、医師は東方の白みかかった街を、車に納まって去った。

それを見送って事務室に戻った陳の顔は憎しみにゆがみ、上前をはねた若僧に対する呪《のろ》いを、母国語ですさまじく吐き散らした。

顔色は赤紫に近くなり、鼻の穴は大きく開き、つばが四散する。銃身で殴られた跡からは、今にも血が吹き出しそうになった。

体は怒りに震え、喉はゼーゼーとなり、再び卒倒しそうな勢いであった。

徹が回復するには、義歯と二週間の流動食と一月半の静養を要した。

陳は警視庁に探りを入れた結果、上前をはねた若僧が偽刑事だと気づいた。それでマニラのリーガン親分に電話をかけ、隠語で話を交わし、指示を仰いだ。

「ねむらせろ」というのがリーガンの命令であった。

己れの不手際《ふてぎわ》に恥入り、自分の事は自分で始末をつけんものと、日に日に青白い怒りの炎を燃やし続ける徹は、この命令を伝え聞いて、必殺の復讐《ふくしゅう》に気おいたった。

一方、真相を知った「はじきの安」は、これこそ、のし上がる絶好のチャンスと心に決め、外出の折りはなるべく徹と行動を共にし、ひたすらに邦彦との出会いを待った。

銃は無論、弾もたっぷり、いつも肌身離さずに持ち歩いた。


年が改まり、暦の上では早春となった。

訳し終えた「ミルドレッド・ピアース」は原稿用紙で千枚を越えた。

下請翻訳者の稿料は安い。今でも惚《ほ》れたはれたの噂《うわさ》の絶えない精力的な教授から三万円を受けとった。次の仕事であるアメリカ・ユーモア文学選集の一つ、デモン・ラニヨンの短編集を抱えて、邦彦は明るい蛍光灯が白々とまたたく教授室を出た。

暗い仕事で荒稼ぎしたら、暫《しばら》く国外に出て、ほとぼりの冷めるのを待つつもりだった。それにはアメリカ留学が一番自然である。その目的のためには、この様な仕事で業績を作るのが確実な方法であった。

目だたぬ国産の中型車を、目白駅近くに駐《と》め、和服の着流しに眼鏡をかけ、セパードをつれて散歩する邦彦の姿が、学習院の裏から高田馬場の中間に位置する工場地帯に見うけられ始めた。

高く陰気なコンクリート塀で囲まれて、まがりくねった都会の谷間の様な道筋。両側を朝野セメントやライオン鉄工所などの大工場がえんえんと並ぶ。澱《よど》んだ空気と、耳を聾《ろう》する機械の轟音が響き、巨大な熔鉱炉《ようこうろ》や煙突から噴出する煤煙《ばいえん》でくすんだガタガタ道。

朝夕、職場へ、家庭へといそぐ勤労者の群れをのぞけば、通りすぎるのは重役たちが納まり返った社の車と、重たく醜いトラックの列ぐらいであった。

この谷間を、会社名を横腹にぬたくった明治製薬の現金輸送用トラックが、毎月末に八百人の従業員の月給を積んで、日本橋の銀行からこの谷間の奥のはずれにある会社にむけて通り抜けた。

運転手の横には、棍棒《こんぼう》を提げた屈強な警備員が、油断の無い目をあたりに走らせていた。

邦彦は、その車が大抵の場合、午後二時から二時半までの間にその谷間の入口に差しかかる事を知った。

彼は年の暮に、口実をもうけてアパートを出、鷺《さぎ》ノ宮《みや》にある煉瓦作りの貸家に移っていた。この家は、ちょっとした小高い丘にあって隣家と離れていたし、二間の部屋と台所と風呂との他に、不釣合なほど広い物置がついて、月七千円は安かった。

彼はここに移るとすぐに、偽造免許証を使って、中古プリンスを安く買った。

所々青ぬりのラッカーが薄くなったボデイはそのままにして、エンジンやそれにつながるあらゆるシャシーを新品と取りかえた。

時間があいている時には、電気や機械に関した専門書にとっくみ始めた。

家主の許可を得てガレージに改造した物置の、仕切った一隅には様々の機械類が買いこまれた。難解と思われた電波学や機械工学も必要に迫られてやってみると、試験勉強と同じく、児戯に等しい事が分った。

パトカーの呼出しを盗聴するため、車のラジオは特別の超短波ラジオととりかえ、運転台の前の足の当る部分の、マットを敷いた床の下には、バネで蓋が開く様にした盗品入れを作った。その蓋は非常にピッチリと床と合っているため、彼以外にその存在は分らない。

同様なのをダッシュ・ボードの下にもつけ、拳銃入れとした。ナンバー・プレートも簡単に取り外しがきく様に細工をした。

革のトランクの床にも隠し物入れを作り、数種類のナンバー・プレートをしまった。

寒気が身を刺す毎朝、彼は白いトレーニング・パンツと黒のポロシャツをじかに肌に着け、三キロばかり離れた石神井《しやくじい》公園まで、霜柱を砕きながら、なわ跳《と》びで走った。

このあたりは、雑木林と農家の藁屋根《わらやね》と田畠が散在し、武蔵野の面影をとどめている。

廻りに薄く氷の張った三宝寺池の中島では、無数の野鳥がさえずりながら飛交《とびか》い、水面には波紋を残して魚が跳《は》ね、たちこめた朝霞《あさがすみ》を吸い込んだ。

大学院にはほとんど顔を出さず、日に二時間は家にこもって翻訳の筆を進めた。

寒々として平野に太陽が悲し気にひきずり込まれ、夕焼けに次いでネオンに空が燃える時刻ともなれば、疲れた体を休めに、ふらりと新宿や池袋に現われ、軽く飲む事もある。

月に数回は必ず銀座に出て、どっしりと底光りする支那服《しなふく》の上に豪奢なミンク・シールのコートを羽織って、新橋へぬける河っぷちに佇《たたず》む蝶《ちょう》を拾った。

しかし、いかに気に入った女が見つかっても、女の方からどんなに打込んで来ても、同じ女と三度とは遊ばなかった。

こうやって「マンドリン」の近くに立寄るだけでも十分危険なのに、痴話喧嘩《げんか》のあげく情婦に密告されて、後悔の念にほぞを噛む間抜けた色男役は邦彦の性分に合わなかった。

陳からまき上げた紙幣はナンバーがまちまちなので、安心して使えた。

毎日三十分は、空《から》射ちによる射撃練習を怠らなかった。神奈川県の富岡射撃場に車をとばし、新しく買ったシュルツ・アンド・ラーセンの小口径ロング・ライフルの射撃練習をしながら、あたりに人の居ないのを見すまし、慎重にサイトを合わせながらモーゼルやS・Wから数発ずつ標的にブチ込み、弾着修正をすると同時に、銃の癖を覚えた。

セパードを飼ってジョニーと名づけた。

思案の時期は既にすぎ、手袋を投げた以上、命も安楽も野心も一しょくたに賭けた入学金強奪の実行は、今年も不可能と分った。だが、彼は決して敗北に甘んじなかった。己れの能力の最後の一しずくまで傾けて目的にかじりつき、それに執着させる屈することなき決意は、いささかもゆるがなかった。

好むなら、それを虚栄心とも、偏執狂とも、強烈な自我とも呼べ。彼はすでに、不吉な観念に生きる一個の悪霊《あくりょう》と化していた。

しかしながら、運がむかない時には黙って待ち、それでも芽が出そうにない時には素早く降りて、悪あがきせずに次のテーブルに移る。それは、彼がポーカーで得た最大の教訓であった。邦彦は来年に廻した入学金強奪を前にして、別のテーブルで大博奕を試みようとしていた。

二月二十八日。不吉な金曜日。

空は朝からどんよりと鉛色に曇り、湿気を孕《はら》んだ寒気が吹きすさんで、今にも雪になりそうな気配を示していた。

平和タクシーの運転手西山明は、頑丈な体軀を持つ赤ら顔の中年男であった。

彼の運転する黄色のトヨペット・クラウンは、池袋駅東口で邦彦を乗せた。

淡いコーデュロイのハンチングを目深にかぶり、白いマスクで口と鼻をおおって、時々軽い咳《せき》をしている。

ぴっちり合った薄い手袋をつけた左手には、クリーム色の小型スーツ・ケースを提げ、右手には新聞紙で巻いた花束を持っている。

燻《いぶ》し銀《ぎん》の下地に、藤紫のチョーク・ストライプの入った絹のマフラーを、柴色をしたバックスキンの皮ジャンパーの開いた襟のあたりからのぞかしている。プレスのきいたズボンは暖色である。

運転手の左後ろに坐り、スーツ・ケースを床に置き、花束をその上にのせた。

「雑司ヶ谷の墓地にやってくれ」

と命じ、軽く目を閉じた。

タクシーは三、四分すると、白い塀に囲まれた墓地に着いた。無限に続くかと思われる、整然と延びた死者たちの家々を、落葉した巨木の群れが無言で見守り、今日は身を刺す寒風のため、墓石に花をたむける人影もない。

「ここらでいいですか？」

「真ん中辺でとめてくれ」

運転手がエンジンを止めてメーターを揚げた瞬間、ズボンのポケットからのびた邦彦の手に握られたブラック・ジャックが、その後頭部に鈍い音を発して命中した。

運転手は前にのめり、烈しい勢いでハンドルに額をぶっつけて昏倒した。

墓地の中央近く、物わびしい芥焼場《ごみやきば》の横に、中が空洞《くうどう》となったセメント造りの大きな碑があった。空洞には鉄の扉がついて開閉出来るようになっている。

邦彦はブラック・ジャックをポケットにおさめると、倒れた男を座席の左側にまわし、自分でハンドルを握って碑に車をつけた。

鉄の扉を開けて、車からひきずり出した運転手をとじ込めた。中腰になってその手足を用意した麻縄《あさなわ》でしばり、もう一度ブラック・ジャックで頭を殴りつけた。

運転手のポケットを探って、財布と共にハンカチを奪った。財布は現金だけを抜出してもとに戻した。五千円とちょっとあった。

ハンカチを、気絶した男の顎をこじって、口につめた。

鉄扉を閉めて車に戻り、運転手が倒れた時、その頭からころげ落ちた平和タクシーの制帽を頭にのせた。ハンチングはポケットにねじこみ、花束を持って車から降りると、それを分割して近くの墓にそなえた。

タクシーを墓地の反対側の出口に廻し、石畳の坂道をくだった。空車札は倒している。手を振ってタクシーを止めようとするアベックを無視して車をとばし、例の谷間へ通ずる入口の前を走っている広いアスファルト車道の、歩道寄りに車を停めた。

二時十分前である。

エンジンをかけたまま、ゆったりとクッションにもたれかかり、スーツ・ケースから取出した週刊新潮を眺めるが、目は活字を追っていない。白い息を吐き、背をまるめて足早に歩道を通る男女も、すべるように横をかすめる車も、彼のタクシーに注意をはらう者はない。

二十分後、カーキ色のボディに緑色のエナメルで、明治製薬株式会社と鮮やかに記した目的の輸送車が、タクシーのバック・ミラーに映った。邦彦の右手がのび、スルスルと窓ガラスを降ろし、左手は白いマスクをもぎ取ってポケットにしまった。

輸送車が谷間に入ったのを見すまして、クラッチにかけていた足を外し、左手でハンドルを握ってカーブをきり、ゆっくりと追った。手袋を脱いで膝の上に置いた右手には、いつの間にかすらりと細長いコルト・ハンツマンが、安全装置を外して握られていた。

両側を灰色の塀で区切られ、延々とのびた谷間の道を、十五メートルばかり間隔をおいて輸送車に続いた。あたりは空気を震わす工場の轟音に満ちている。

輸送車が曲り角で左へターンし、そのバック・ミラーからタクシーが死角に入った時、邦彦は足でブレーキを踏みながらハンドルを左にきり、右手を突出して、機関銃の早さで三発、輸送車の後輪に射込《うちこ》んだ。

掌の中で拳銃は小さな音をたてて軽やかに踊り、エジェクターで弾きとばされた空薬莢が、薄い煙をはきながら弧を描いてタクシーのボデイに当り、かすかな金属音をたてた。発射音は、両側の工場の轟音と、自分のエンジンの音に紛れて、輸送車には聞えない。輸送車はタイアをブチ抜かれてパンクし、軋りながらしばらく前進したが、ついに停車した。

邦彦はハンドルをたて直しながら拳銃をポケットにつっこみ、タクシーをエンコした輸送車の後ろに止めてクラクションを鳴らした。警備員は車の助手席からとび降り、逞しい体を折って、パンクした車輪にかがみこんだが、人の気配と近づく足音にはっと体を起し、黒いオーヴァーの上に締めたバンドから吊った樫《かし》の棍棒を握りしめた。

タクシー帽をかぶった邦彦が、すでに車から降りて背後に立っていた。

「パンクですね。手伝いましょうか？」

人なつっこく笑いながら、大声でたずねる。

タクシーの運ちゃんと見て、警備員は気を許し、

「すんません……」

といいながら、再びかがみこもうとした。

そのオーヴァーの左背に、邦彦は拳銃を押しつけて引金をひいた。

圧迫された音と共に、火薬はオーヴァーを焦《こが》し、弾は肩胛骨《けんこうこつ》の下から入って肋骨《ろっこつ》の隙間をくぐり、心臓を貫いて肋骨をへし折った。警備員は、はじかれたようにトラックにもたれかかったが、ズルズルと地面に崩れ落ちた。申し分ない即死である。

運転手は、かすかな銃声を聞きつけてハンドルを離し、左の窓から身を乗出したが、左眼を滅茶滅茶《めちゃめちゃ》に潰して大脳を引裂き、後部頭蓋骨を砕いて止った小さな鉛の弾を喰って、運転台の内へふっとばされた。

邦彦はクリップを引抜くと、手早く五発あらたに装塡し、マガジンに押込んだ。

その拳銃に安全装置をかけると、ジャンパーの胸元を左手で開き、肩から腋の下に吊ったホルスターにしっかり納め、手袋をつけた。地面に落ちた二つの空薬莢を素早く踏みにじってつぶした。

滲み出る血に黒いオーヴァーの背を染めた警備員の服をあらためて鍵束《かぎたば》を見つけ、その中で一番大きな鍵を、ワゴン型のトラックの後扉についた鍵穴に差して廻した。

扉を開いて跳び乗ると、大小さまざまのメイル・サックが十ばかり目についた。

スイッチ・ナイフの刃を起し、サックの上部を次々に断ち切って内部を調べ、五千円札と千円札のつまった二つの袋だけを持って、トラックから降りた。

サックを地面に降ろし、力を振り絞って重たい死体をトラックの中に押上げ、扉を閉めて鍵をかけた。

鍵束をポケットにおさめると、サックを両手に提げてタクシーに近寄ったが、前方の地面に落ちて鈍く光っている真鍮《しんちゅう》の空薬莢を見つけ、車を通りこして三つとも踏み潰した。

車内に戻り、二つのサックをスーツ・ケースに入れ、それをクッションの下の隙間に押込んだ。三分ほどすると、タクシーは谷間を通り抜け、反対側の広い道路に出た。

迂回《うかい》しながら墓地に近づいた時、逃げまどう車を蹴散《けち》らかしながら、派手にサイレンを鳴らしっ放して、さかりのついた雄牛のように驀進《ばくしん》してくるパトカーと擦《す》れ違った。

夢見るようだった邦彦の瞳は冷やかに冴え、唇は挑《いど》むように不敵な微笑にゆがんだ。

都電鬼子母神《きしもじん》停留所を過ぎ、左へ曲って二分後、石畳の坂道を登って再び墓地へ着いた。

タクシーを運転手が停めた場所にもどし、帽子を脱ぎすてて自分のハンチングをかぶると、スーツ・ケースを持って立去りかけたが、踵《きびす》を返して碑廟《ひびょう》に歩み寄った。

右手を固く冷たい腋の下の銃把に当てたまま、左手で鉄扉をゆっくりと開けた。

腰を折って中に入り、ぴっちり合った左手の手袋をはずして、運転手の脈をとってみる。心臓はまだ活動している。

ぐらぐらする体を引張りあげて坐った姿勢にさせ、左手でささえておいて、右手に抜出したブラック・ジャックに渾身の力をこめ、その後頭部を狙って強振した。運転手は首の骨を折られて絶命した。

その鼻から噴《ふ》き出る血の匂いが、鋭く邦彦の鼻をうった。

鉄扉を閉め、スーツ・ケースを持って、邦彦は歩み出た。

穏やかな顔に緊張の色は少しも見られず、寒さで両耳はバラ色に染まり、無邪気といっていいほどの表情であった。

この冬の名残《なご》りの雪が降って来た。

重たく柔らかな牡丹雪《ぼたんゆき》が大地に当っては溶け、乾いた土を黒っぽく湿らしていたが、やがて風が乾いた冷たい粉雪を吹きつけると、銀色の雪煙が音をたてて舞い狂った。

十五分ばかり歩いた時には、雪はもう屋根や樹の枝にだけでなく、歩道や車道にまで薄く積り、靴の下で心地よい軋みをたてた。

邦彦は、目白の学習院近くに停めてあった、自分のプリンスに乗込んだ。

ハンチングや肩や眉についていた雪が溶け、水滴が美しい玉となってこぼれ落ちた。

マットをはぐってから、計器のボタンの一つを押すと、隠し戸が開いた。

その中にスーツ・ケースと拳銃、予備の弾などをしまって蓋を閉じた。

煤煙に汚れた街をクリスマス・ケーキの様に塗りかえて、いよいよ烈しく降りしきる雪に包まれた銀世界を、スリップに気をつけながらライトをつけた車をゆっくり進めた。

超短波ラジオのダイヤルを合わせ、パトカーの呼出しを盗聴して捜査側の動静を探知しながら、警戒網をかいくぐって、一時間後には重たく雪をかぶった車をガレージに納めた。

主人の帰宅に狂喜して尻尾をふるジョニーの頭を優しくなでてやった。

スーツ・ケースや拳銃を部屋に運び入れ、ガス・ストーブに点火すると、身震いしながら濡れた服装を変えた。

カーテンを開き、一面に霜のおりた窓ガラスの、眼前のあたりを指先で擦《こす》った。

ジャニー・ギターの悲愴《ひそう》な調べを口笛に吹きながら、外を舞う雪の描く幻想的な冬景色を眺めて、しばし立ちつくしていた。

やがてガス・ストーブがゴーゴー音をたてて熱気を運ぶと、ガラスに凍てついた霜の結晶はぼやけ始め、水滴となり、筋をなして流れ落ちた。

それにつれて、窓ガラスの外の風景は怪奇な形をなして歪《ゆが》み、刻々と変化した。

窓を離れ、ストーブに手をかざしていると、凍えた体に血がめぐり始め、瞳にまで物憂い暖か味が甦ってきた。

奪った金を数えてみると、五千円札で千百枚、千円札で三千二百五十枚、つまり八百七十五万円の額にのぼった。

これらの紙幣は、銀行から直接送られたため、通しナンバーの札が多かった。

五千円の大部分は、一度ホンコン・ドルと交換してから、小額の日本紙幣になおす必要があった。その様な事を考慮に入れると、六百万円ほどが今日の邦彦の純利益であった。サックはすぐに焼却し、紙幣は分割してさまざまの場所に隠した。

死体が、社用の帰りの朝野セメント人事課長とその運転手によって発見された時には、すでに犯行から十数分が過ぎていた。

興奮したラジオ、新聞、それにテレビやニュース映画は、鳴物入りで、戦後屈指の凶悪かつ大胆不敵な殺人強盗事件を報じた。

捜査陣は、不眠不休の活動を続け、無数のデータが集められた。一瞬にして二つの貴い人命を奪った凶弾と、タイアを貫いた弾は鑑識課に廻され、弾道学のエキスパートの手によって、これまで犯罪に使われた二十二口径弾の顕微鏡写真と照合された。

特にチューブの中に留っていた弾はほとんど原形のままであり、ライフルの溝がつけた条跡が鮮明に残っていたため、鑑識課は色めきたったが、その弾と合致する肝腎《かんじん》の他弾はフィルム・カードの中に発見出来なかった。

輸送車じゅうの指紋をとられ、全国前科者の指紋カードと照合されたが徒労に終った。そして犯行推定時間に谷間に入った中型タクシーがあった事もパン屋の証言によって判明した。そして犯行の翌日、現金を奪われて撲殺された平和タクシーの運転手が発見されるに及び、捜査陣はスワッとばかりに緊張したが、輸送車強盗事件とタクシー運転手殺しを結びつける決め手は、どうしても発見出来なかった。

邦彦は新聞、ラジオによって、タイアに射込んだ弾から完全に近い螺旋痕跡《らせんこんせき》がとられたという事を知り、ここしばらくはこのコルト・ハンツマンを使わぬと決心した。

現金輸送車を襲った時も、スミス・アンド・ウエッスンを使って警部射殺事件と何の関連も無いように見せたかったのだが、でかい四十五口径のリヴォルヴァーから発する轟音は、工場のたてる音やエンジンの音とまぎれるには、あまりにも大きすぎた。

警部の脳を貫いた弾は頭蓋骨に当って、原形を留めぬほど完全に潰れていたため、輸送車のタイアから取出された弾丸との一致が確認されなかったのは幸運であった。

弾が発射される時、それは銃身の内側に彫られた螺旋状の溝、つまりライフル・クルーヴに沿って回転しながら銃口から離れる。したがって弾のまわりには、顕微鏡下では鮮明に浮ぶ螺旋状の疵《きず》が、ライフルによって刻まれる。

銃のライフルは指紋と同じく、それぞれ個性を持っているため、同じ銃から発射された弾は皆同一の疵が出来、口径は同じでも他の銃から発射された弾と区別される。

これは薬莢の場合でも同じで、薬莢の尻を撃鉄が叩いて内部の火薬を爆発させる時、銃の個性にしたがって、撃鉄によって凹《へこ》む場所や形態が異なる。

火薬の爆発物は窒素酸化物の微粒子となって飛散り、皮膚や服についてかなり長いあいだ消えない。それはヨード澱粉《でんぷん》反応によって検出される。邦彦の様に射撃競技用の小銃から絶えずその微粒子を浴びている者には弁明が出来るはずであった。

邦彦はすでに、来春実行する入学金強奪の目標を、地理的に有利な池袋の関東大学と決めていた。三月末の入学金受付の数日間、毎日新入生に紛れて、状況を調べぬいた。

一方では、輸送車破りのほとぼりが冷めかけた頃から身をいれて四十五口径S・W用の消音《サイレン》器《サー》作成に着手した。

ほとんど毎夜、ガレージの隅の仕事場にこもって、ガン・ダイジェストに出ている分解図を参照し、旋盤と鋼鉄にとっくんだ。

幾たびかの失敗をなめた。

発射の圧力でサイレンサーが吹っ飛んだ時もあったし、銃に物凄《ものすご》い衝撃がきて、弾の威力が半減した時もあった。

しかし、関東大学経理課室の見取図をフィルムとスケッチ・ブックに納めるのに成功した邦彦は、夕食を終えると共に、ジーパンとジャンパーのいでたちで、屈する事なく再び仕事場にこもった。

三時間後には、長さ八センチ、ポツポツとガス穴のあいたチューブ状のサイレンサーが、照星を削り落して銃身の外周に溝を彫った拳銃にキュッキュッと音をたてて嵌め込まれた。

五メートルばかり先の砂袋に立てた二寸角の板に銃口を向け、左の掌で撃鉄を押えて発射の反動を利用して撃鉄を起すファンニングで、続けざまに三発試射した。銃が生き物の様に跳ねると、銃声は圧迫されて、籠《こも》った鈍い音と変り、銃弾はほとんど威力を殺《そ》がれずに厚板を貫通した。

三つの弾痕は五ミリと位置を違えず、互いに重なって白い木肌を浮ばした。

大きなリヴォルヴァーの輪胴を開き、空薬莢をひっぱり出すと、新しい弾をこめ、カチッと音をたてて輪胴をもとにもどした。

手の中でずっしりと黒光りする銃器は、彼の心を蝕《むしば》み苛《さいな》む、暗い破壊欲の象徴であった。望むならば、生れ落ちたイエス一人をこの世から抹殺《まっさつ》するため、ベツレヘムのすべての幼児を虐殺したヘロデに比べられる悪名を売る事も出来るのだ。

しかし、彼の野望は一般に「悪」とされている事をやってのけ、うまく逃げとおす事にあった。彼にとって、「悪」とは己れの行手をはばむ障害物でしかなかったし、「悪」を行う事は追い詰められた人間のとる必然の行為であった。

若いうちに死んで綺麗な死体を残せ、というセンチメントは、彼の硬く冷やかな心に忍びよる余地がなくなっていた。

狡智《こうち》と度胸と、方法としての倫理によって、しぶとく生残り、「どぶ鼠ども」の世間を密《ひそ》かに嘲《あざけ》り笑ってやるのだ。

彼の中にあった一切の人間的なものを、無慈悲に奪いさった巨大な機構に対して、飽く事なき執拗な反逆を企てるのだ。

現世の快楽を極《きわ》めつくし、もうこの世に生甲斐《いきがい》が見出《みいだ》せなくなった「時」が来たら、後はただ冷やかに人生の杯を唇から離し、心臓に一発射込んで、生れて来た虚無の中に帰っていくだけだ。

彼にとって、快楽とは何も酒池肉林のみを意味するもので無かった。キャンバスに絵具を叩きつけるのも肉体的快楽であり得たし、毛布と一握りの塩とタバコと銃だけを持って、狙った獲物を追って骨まで凍る荒野を、何カ月も跋渉《ばっしょう》する事だって、彼には無上の快楽となり得た。

快楽とは、生命の充実感でなくして何であろうか。


四月四日。

孤独な倒錯者たちの狂気と錯乱の祭りの夜。

その夜、邦彦は誤算を犯し、悪運に見舞われた。彼はその夜遅く有楽町で降り、銀座四丁目の交差点を左へまがって、御木本《みきもと》のショー・ウインドウを覗き込んでいた。

グリーンと黒の混ったコートの下から、淡いトキ色縞《じま》のワイシャツと、コートに合わせたダーク・グリーンのネクタイがのぞき、その上にはエメラルドのネクタイ・ピンが深々と燃えている。

飾窓の中の、大粒の真珠で出来たカフス・ボタンに目をとめ、よく見ようと体の角度を変えた時、二人の尾行者を目の隅に捕えた。徹と相棒らしき男である。

さり気なくウインドウを離れ、明るい所を選《よ》って歩いた。いかに無謀な者でも、この人混みの中で射ちかけてはこないであろう。

その気さえあれば、執拗につけて来る二人を撒く事は容易だった。しかし、縺《もつ》れた結び目は必ず解かなければならなかったし、自分の暗い顔を覚えている者はどうしても死ななければならなかった。

松屋の横で右に折れて裏道に入った。

その顔にはいささかの表情の変化も現われぬが、腋の下には薄《う》っすらと汗がにじんで来た。

立て掛けてあるバーの広告板の陰に屈《かが》み、靴紐《くつひも》を結び直すふりをして、右脚につけたモーゼルをコートの右ポケットに移した。

歩きながら、ごく薄い手袋をつける。

ゲイ・パーティからあぶれたゲイ・ボーイが次々にまつわりついて来た。

ルージュを塗った唇に、はにかむ様な微笑を湛えた少年を拾って腕をくんだ。

紫色のダスターに包まれた繊細な体はすらりとのび、伏せた睫毛《まつげ》は長く濃い。

邦彦の左腕は少年の右腕にしっかりと絡《から》み、右手は手袋をとおしてなお冷たい、ポケットの中のモーゼルの銃把を握っていた。

肩を並べて歩きながら、少年に顔を寄せ、

「綺麗だね。アドニスやヒアシンスは君みたいだったろうね」

と甘く囁く。その目は、人混みの中を見え隠れしながら、二十メートルばかりの間隔をおいてつけて来る尾行者を盗み見ていた。

少年は睫毛をまたたかせ、媚を含んだ瞳を挙げて、

「お兄さまこそアポロン……」

と、向日葵《ひまわり》のように輝いた美しい笑顔を見せた。

立並ぶバーやアルサロや飲屋のネオンやイルミネーションの光を頼りに、邦彦は到る処に置きっぱなしになっている自動車の内部を目の隅で覗き込んでいた。

若々しい、優しい笑顔に唇だけが動いて、少年と意味の無い会話を続ける。

歌舞伎座の裏をぬけた時、彼の目はイグニッション・キーを差し忘れたまま、乗り捨てられていた車をとらえた。ぐっとボデイが低く、尾翼の尖《とが》った、黒塗りのキャデイラックである。

「お兄さんが、いい所につれてってやる」

無論、ドアに鍵はかかってなかった。

「すごい。お兄さま、すごいお金持ね！」

上ずった声ではしゃぐ少年を自分の右に坐らせて燃料計を見た。ガソリンは十分ある。キャ

デイは軽々と発車し、ごくゆっくりしたスピードで大通りに出、次から次に行交《ゆきか》う車をぬって、日本橋へむかった。

徹と連れの男がルノーのタクシーを呼び止め、転がるようにして乗込むのがバック・ミラーに映った。

キャデイはそれを見とどけると、ぐんぐんスピードをあげ、やがて八十キロ近くなった。かぶと虫の様なタクシーは、五十メートルばかり後からヨタヨタとくっついてくる。

手袋をつけた邦彦の左手はハンドルの上を滑り、右手はネクタイ・ピンを外してポケットにしまうと、再び少年の肩にまわした。

うっとりと身をもたせかける少年の耳を軽く嚙むと、強烈な香水の芳香が漂ってきた。

通行人でごった返す上野広小路をすぎ、公園の横を左に曲り、荒川へ車をむけた。

人影はぐんぐん疎《まば》らになり、ライトで紫色の霞《かすみ》を引裂いて行交う車も、数えるほどになった。

空いっぱいに被いかぶさった分厚い黒雲が月を隠し、星影一つない闇である。

人影もまったく見当らなくなった。前方に闇を通して、汚水処理場の輪郭がぼうっと浮ぶのが認められた。

邦彦はミッション・レバーをトップに入れ、力一杯アクセレーターを踏んだ。

キャデイは空中に浮ぶほどのスピードで驀進した。風が鋭い音をたてて前窓を叩きながら後ろに逃げてゆく。

つけて来るルノーとの差はぐんぐん開いた。「しっかりつかまってなよ」と少年に言って、筋肉を引緊《ひきし》めて急ブレーキをかけながら次々とシフト・ダウンしていった。

車は金属のきしむ音をたて、大きく身震いしてスリップしながら急停車した。

タイアが砂を噛んで擦《す》れるバリバリという音が伝わる。車内の二人はぐっと引張り込まれ、前につんのめったが、危うく身を立て直した。変速レバーをNにし、エンジンはかけっぱなしたまま、すべてのライトを消した。

夢からさめた様に啞然《あぜん》としている少年の手をひいて、闇の中を走った。

前方十メートルばかりの所に、ドアを横に立てたほどの高さと幅を持つ何重にも重なった煉瓦の山が三つ四つ、闇の中になお一層暗い輪郭を浮ばしていた。

邦彦はその煉瓦山の一つの裏側に廻った。

背後には倉庫のコンクリート壁が続き、前方は広場、絶好の足場である。

盗んだキャデイからはエンジンの響きが伝わってくる。

「こわいっ！　どうしたの？」

顔面を蒼白にして慌《あわ》ただしく尋ねる少年の頸動脈《けいどうみやく》を、手袋を脱いだ右の手刀で軽く殴りつけると、クラクラッと倒れかかってきた。

両手を逆にとって背後で捩《ね》じ上げて膝をつかせ、その両手首を自分の右手で押え、左手で少年の口をしっかりと閉ざした。少年は恐怖に汗を流し、目は今にも飛出しそうに見開き、身をもがいたが、もがけばもがくほど強くなる痛みのためぐったりとなった。

片膝をついて少年の背後に身を重ねて蹲っている邦彦にまでドッドッと早い音をたてて高鳴

る少年の心臓の動きが伝わり、自分の心臓の鼓動と交った。

口の中が乾き、ねばねばして来て、邦彦は無性にタバコが吸いたくなった。

徹はキャデイラックが急にスピードをあげるのを認め、運転手をせきたてた。

「エンジンが焼ききれるまでブッとばせ！」

左手で眼前の運転手の肩を掴み、右手にスマートなルーガーを抜出して、その背を小突く。

「ヒヤッ、無茶な。この車じゃあ無理ですぜ！」

大げさに叫びながら、運転手は防犯灯のボタンをそっと左手に押しかけた。

「ふざけるな」

徹のドスのきいた罵声《ばせい》が車を震わせ、運転手の背に銃口をぐりぐり喰込《くいこ》ますと、「ら、乱暴はよせっ！」と悲鳴をあげて手をひっこめ、力一杯アクセルを踏んだ。

冷たい徹の目は復讐の念に鬼火を発し、失った面子《メンツ》と職を賭けた殺意が全身に燃える。無意識のうちに義歯がむき出され、鼻先には縦皺《たてじわ》が刻まれ、硬く整った顔を歪めている。いらだたしげに足をゆすり、左手は運転台の背を握り潰しそうな力でひっつかんでいる。

その左に坐った「はじきの安」の右手にも獅子鼻《スナッブ・ノーズ》とよばれる銃身の極端に短いリヴォルヴァーが握られていた。窓ガラスを降ろすと、派手な手つきで撃鉄を起し、目を細めて軽く腰を浮かしている。

もみあげを伸ばし、パーマで縮らしたカーチス刈りの頭はポマードで黒紫色に光り、オリーブ色の顔には、向う見ずの若者に特有な、あけっぴろげで不敵な輝きがある。

生来のバクチ打ちである彼にとっては、邦彦を仕止めるかどうかは問題でなく、うまく仕止めた暁にリーガン親分に認められて、意気揚々とマニラにもぐりこみ、殺し屋として名声を売るのが野望であった。

「兄貴、奴は消えちゃったぜ。感づきゃがったかな」

「心配するな。行きさきは汚水場に決ってら。今にあの野郎に地獄のおもいを味わわせてやるからな」

かつて邦彦に喉笛が潰れるほど殴打されたため、徹の声はひしゃげたようにかすれている。

ルノーのヘッド・ライトは二分後、二百メートルばかり先のキャデイラックを浮び上がらせた。

「止れ。ゆっくりとだ。エンジンとライトをとめて、あの車の右に横づけするんだ」

ルノーは惰力で突進し、エンジンの活動音を発しているキャデイの五メートルほど横に止った。徹が運転手の頭にルーガーの銃身を力一杯振り下ろすと同時に、逸《はや》りたった安はリヴォルヴァーの醜い鼻づらをキャデイにむけ、ファンニングで六発、続けざまに乱射した。

キャデイの窓ガラスは微塵に散り、ボデイのクロームはメリメリと音をたててひっこみ、塗装のはげた地肌を点々とさらけ出した。すさまじい轟音の中で、安は己れの勇姿に酔ったかの様に、しかるべき表情を作っている。弾倉を射尽した安は、窓から身をひっこめると車の床に屈み、銃を折って輪胴を開いた。空薬莢を捨てると、左手にわしづかみにして、弾をあわただしい手付きで詰めかえた。

あせりと暗さで弾が二、三個床に転げ落ちる。その安の肩ごしに徹が安全装置を外したルーガーの銃口をキャデイに向けて構えている。ドイツで生れたこの自動拳銃は、スタイルといい、四十五口径に劣らぬ殺傷力を持つ性能といい、九ミリ口径中最高である。

「畜生、車の中にいねえのかな。安、お前、行って見てこい」

徹は失敗にこりて用心深く、かすれ声で囁く。

安は左手でドアを開くや、腰に拳銃を構え、身を低くして闇の中にとび出した。

キャデイに近づくと、砕けた窓ガラスから銃だけ差入れて二発盲射し、身を起して覗き込んだ。

「畜生、空っぽだ!」

うなり声を上げると、息をきらしてルノーに駆け戻った。

その声は、煉瓦山の後ろに隠れた邦彦に達した。少年の口に当てていた左手を離すと、自由になった口からは、肺が張り裂けんばかりの悲鳴がもれて闇を裂いた。

煉瓦山の隅から外をうかがうと、ルノーの扉がパッと開き、二つの黒い影が転げ出て車の両《りょう》脇《わき》にうずくまるのが見えた。

二丁の銃からオレンジ色の閃光《せんこう》がパッパッと十数回ほとばしり、銃弾は邦彦の顔のすぐそばの煉瓦の角を削り取り、青白い火花を散らして縦横無尽に跳ねた。

砕けた煉瓦の破片が、邦彦や少年の頭から肩にかけて飛散り当って、目も開けられない。ふっとばされた煉瓦が少年の眼前を掠めた。キューンという音を発して後ろにそれた弾は、コンクリートの倉庫に当って跳ねっかえり、轟音が耳を聾せんばかりに響き、大地をゆるがした。

何秒か死の沈黙が続いた。車の陰から弾をつめかえる金属のふれ合う音が聞えた。

少年の悲鳴は、とぎれとぎれの啜り泣きに変っていた。犬の様にズボンを濡らしている。

「じたばたするな。おとなしく手をあげて出て来い」

邦彦を追いつめた事を確信した徹の、勝ち誇った声が夜のしじまを破った。

「しっかりしろ。俺が先に逃げるから、後に続いてとび出すんだぞ。そら、一、二、三」

邦彦は小さな、しかし車の陰の二人には十分聞えるだけの声の高さで、少年に向って囁いた。

三を数えると同時に少年を煉瓦山の左、徹から見て右方へ突きとばし、自分は素早く左方へ廻った。

血迷った少年は、犬に追われる傷ついた鳥さながらに走った。あまりの恐怖に喉がひきつって悲鳴は声とならない。

その黒いシルエットを狙って、閃光が夜の闇を切り刻み、続けざまに銃声がひびき、ついに一弾が少年の右こめかみを貫いた。

独楽《こま》のように回転してぶっ倒れた少年を邦彦と勘違いした二人は、車の陰からとび出すと拳銃を乱射した。数発が小さな土煙をあげ、次いで少年の体にブスブスと食い込んだ。

発射の閃光に、ボッと浮び上がる安の右手首に、邦彦は慎重に狙いをつけて引金をひくと同時に、振向いた徹の下腹部に目にも止らぬ早さで三発ぶち込んだ。

二人は巨大なハンマーで殴られたかのように後方へふっとばされた。

ゴーッという発射音が消えると、木霊《こだま》となった轟音と共に呻き声が聞えて来た。

邦彦は死体と化したアドニスには目もくれずに、引金の用心鉄《トリガー・ガード》に指をかけたモーゼルをひっさげ、大またで倒れた二人に近づいた。月にかぶさっていた黒雲が切れ間を現わし、ぼやけた月光が地上に降ってきた。

徹はおびただしい血と内臓を地にばらまいてむこう側に倒れ、その下から赤黒く濡れたルーガーが顔をのぞかしている。

射出口となった背は大きな穴をあけ、柘榴《ざくろ》を踏みにじった様に、肉が滅茶滅茶に爆《は》ぜている。安は弾頭を斜めに削ったダムダム弾に右手を砕かれて千切られ、そこから血がどくどくと流れ落ちる。衝撃を喰って、肩の関節から外れた右腕は背に廻り、しびれて動かない。尻餅《しりもち》をつき、肘をまげた左手を血溜《ちだま》りの池について、かろうじて体を支《ささ》えている。近づいた邦彦の目は暗い。ビロードの様な眉の下に深い影を刻み、唇は怒りと沈鬱《ちんうつ》の影をとどめて、固く結ばれている。

モーゼルのクリップを引き抜いて補弾すると、撃鉄安全をかけてポケットに入れた。

ピースの箱を取出し、タバコを抜いて火を点け、胸一杯に深く吸込んだ。

安の口からは唾液と胆汁がとめど無く垂れ、邦彦の顔を魅せられた様に上目づかいに見上げて動かない。その目に、火のついたマッチを弾きとばすと、声もたてずに気絶し、二度と目覚めなかった。

俺達は皆、同じ世界に生きているのだ。へまをやった者が死に、あくまでも冷静さを失わなかったタフな奴だけが生き残るのだ。遠くからパトカーのサイレンが近寄ってきた。邦彦は自分のモーゼルを脚につけたホルスターに突込み、まだ銃身の熱い安のリヴォルヴァーを拾った。安のポケットにあるだけの弾を奪うと手早く装弾し、残りの弾は左ポケットへ、銃は右ポケットへ入れた。

キャデイへ跳び乗り、左手でルーム・ライトをつけた。バルブは割れてなかった。ガラスの破片が車中に散乱し、右側のドアは目も当てられぬ惨状を呈していたが、エンジンは滞りなく動いていた。

邦彦は右手にも手袋をつけると、運転席のガラス片をはらい、車内灯を消して発車させ、Uターンさせた。

車を停め、頭と背に三つばかり穴のあいた少年の血みどろな死体を引きずって運転台の右側の床に置き、自分のズボンの裾を捲った。道路に出て三百メートルと行かぬうちに、赤いスポット・ライトをつけて驀進する最初のパトカーとすれちがった。

それから半時間、彼はどぶ鼠のように追われ、秘術をつくして逃げ廻り、鼠は鼠なりに抵抗した。追跡のパトカーと白バイは続々数を増し、気狂《きちが》いじみた熱意で射って来た。

まるで日頃の練習不足に対する不満が爆発したかの様に、無茶苦茶に掃射してきた。

キャデイはキンキンと音をたてて裂け、窓ガラスとライトは粉微塵に散り、銃弾は彼のまわりをピシピシと空気を割《さ》いて掠め、計器もあらかた穴をあけたが、奇蹟的にもタイアはまだ健在であった。背後から三台のパトカーに追われ、身をふせてハンドルを握りながら、前方の道をふさいでいるパトカーの横を間一髪すりぬけたが、その車の二丁の銃と追跡する三台の車から、物すごい猛射を浴びた。そのうちの幾弾かは、空中で衝突するのではないかとさえ思われた。

邦彦は左手でハンドルを握り、まったくの勘にたよって乱暴にジグザグを描きながら、窓からリヴォルヴァーを突き出し、正確な速射弾を浴びせて銃火を静まらせた。

後ろから追って来た車がよけそこねて、僚車同士衝突し、火を吹くのがバック・ミラーに映った。他の一台は横転し、残りの一台は歩道に乗り上げて、戸を閉めたタバコ屋に突入して、死傷者の数を増した。

ガラスの破片が邦彦の首筋から入り、下シャツを血に染めた。目を開けていられないほどの勢いで、ガラスの無くなった窓から冷風が吹込み、「野獣死すべし」の不気味な十二音R階を響かせた。どこをどう逃げ廻ったか見当がつかなかった。生涯でこれほど、自分がまだ生きていると感じた事はなかった。

彼の悪魔のような大胆で巧みな運転術と、正確な射撃術が命を保たせた。

少なくとも五台のパトカーと十台近い白バイが、運転手やタイアやシリンダーを射たれて、衝突したり、横転して戦闘力を失った。

最後まで喰いついて来る三台の白バイから浴びせかけられた銃弾がガソリン・タンクをぶち抜いたと見え、燃料計がぐんぐん下がった。後輪のタイアも射抜かれ、シューッと空気のもれる音がする。

邦彦は、ほとんどスピードをゆるめずに、傷だらけのキャデイを鋭くUターンさせた。

車体は今にも分解しそうに異様な音をたて、内側になったタイアはパンクし、続いて他の後輪もパンクした。キャデイの尻は振幅度の大きいバイブレーターのようにゆれ、少年の死体が邦彦の右足に烈しくぶつかった。

邦彦は、三本足をくじかれた犬のような瀕死《ひんし》の車を、あわてふためいた白バイの一つにぶつけた。

フェンダーは折れ、オートバイはグリルに当って跳ねとばされ、首を折られた警官の死体はキャデイの車輪の下で裂けた。

残る二人は、右手に持った安のリヴォルヴァーから最後の弾を続けざまに絞り出して、けりをつけた。

ヨタヨタするキャデイを後ろの方向に廻した。追跡のパトカーはちょっとの間とだえた。

三百メートルばかり進むうちに、異変を聞きつけた家々の灯がつき、数人の男が大声で叫びながら、五、六十メートルばかり後ろから追って来た。邦彦はリヴォルヴァーを床に捨てると、モーゼルを抜出し、先頭の男の胸を一発で射抜いた。人々は悲鳴をあげて道路に伏せ、ある者は四つんばいになって這《は》いずりまわった。廻り角に高いコンクリート塀で囲まれた大きな洋館があった。塀の外には柳の巨木が数本そびえて重苦しい影をつくっていた。

邦彦は車を廻して一本道に出し、クラッチを切った。

スピードの鈍ったキャデイは十メートルといかずに停車した。邦彦は血に染まった靴を、少年のダスターの乾いた場所でぬぐうと車から降りた。モーゼルをポケットに突込み、車の後ろに廻ってみると、タンクから流れたガソリンがトランクにたまり、隙間からもれて光っていた。マッチをすってそれに点火すると、素早く座席に戻り、少年の頭をアクセレーターの上に乗せ、グラグラと千切れそうな半開の扉から車外に飛出し、ズボンの裾をおろした。運転する者の無い車は、赤黒い炎を尻から吐きながら、暗闇を照らして危う気に走った。邦彦は落着いた足どりでさっきの邸宅へ歩んだ。幸いに人影はない。

柳の下で素早く靴を脱ぐとズボンの両ポケットにねじこみ、栗鼠《りす》の様にその木に攀《よ》じ登った。火に包まれたキャデイが、街灯柱をへし折った衝撃で、ガソリン・タンクに引火したとみえ、目も眩む白銀色の火柱を天に吹上げ、一瞬樹木におおわれた庭園まで幽《かす》かに照らした。塀にとび移ると内側にぶら下がり、足跡をつけぬように硬い場所を選んで、柔らかく飛びおり、樹陰《こかげ》に隠れた。

二階の一室と階下に灯がつき、窓が開かれた。樹の陰で身をちぢめていた邦彦は拳銃を引き抜くと、銃身を握って待った。発見されたら、一撃のもとに殴り倒すつもりであった。

やがてパジャマの上にローブをひっかけた老夫婦と、寝巻の上にコートを羽織った女中らしき三人が、興奮した面持で邸《やしき》の玄関から出て、門を開いて街路に走り去るのが見えた。緊張がゆるむと共に急に尿意を覚えた。ゆっくりと用を足すと、直ちに行動に移った。

洋館の屋根に大きな暖炉用の煙突が見えていた。邦彦は身を低くして邸に走り寄ると、樋《とい》を伝って音もなく二階の屋根に登った。

スレート瓦《がわら》に身を伏せ、煙突ににじり寄ってみると、それは現在使用されていないらしく、重いコンクリートの蓋がついていた。

音をたてずにそれをずらすには非常な力が要った。パトカーや消防車、それに救急車がサイレンを鳴らして過ぎ、野次馬の騒音と交って、夜の闇は生きかえった様にざわめいた。煙突の内部にもぐりこんだ。

埃がもうもうと舞上がって烈しくむせ返った。三尺四方の真すぐな煙突には、煉瓦で出来た掃除用の足がかりが方々についていた。

それに両足をかけて上の蓋をしめたが、再び月が雲間を破ったとみえ、隙間から透明な月光がちらちらと斜めに射しこみ、下は地獄へ続くかの様な闇であった。しかしマントルピースの火口の上に、外気を遮断《しやだん》する鉄板が嵌め込んであるはずだった。

手探り足探りで足場を求めながら、にじり降りた。大掃除の煤《すす》はらいをしてから火を焚《た》いた事がないとみえ、煤はほとんどなかった。ついに鉄板にたどり着いた。膝を立てて坐り、煉瓦にもたれて、しばらく目をつぶって息を整えた。

バンドをゆるめて背中に入ったガラス片を落した。埃も落着いて来た。

タバコに火をつけて、ジャリジャリする口にくわえて吸っていると、外から足音が伝わって来た。邦彦はタバコを揉み消し、壁に耳を当てて全神経をそこに集中させた。

暖炉は居間にくっついているはずだ。

この家の住人たちが戻って来たらしい。興奮した話声がかすかに伝わって来た。

「お前、あの滅茶滅茶に潰れて焼けた車の中を見たかい。黒焦げの死体があってな。わしは今まであんな胸くそ悪くなるようなひどいのを見た事ないわ。もっとも随分人を殺したり、傷つけたりしたそうじゃから当然の報いじゃけどのう」

「そうですよ。身から出た錆《さび》ですよ。でもね、あなた、いくら悪人といっても、ああなってしまえば可哀《かわい》そうなものね。思い出してもぞっとするわ。わたくし、今夜ねむれそうにないわ。おお、怖《こわ》い」

「ねえ旦那《だんな》様、あの黒焦げの人、三発も射たれてたそうですわよ。よくここまで来られたもんだってお巡《まわ》りさんが感心してましたわ」

会話はしばらく続き、「お休み」で切れた。

邦彦は翌朝の七時まで闇の中にいた。

空腹と喉の渇《かわ》きは耐えがたい痛みで襲い、体は硬《こわ》ばり感覚は失われ、下腹は石塊を飲んだ様になった。

その日の午後二時頃に、家宅捜査に来た警官隊が、女中や老夫婦に訊問《じんもん》するのが途切れ途切れに伝わって来た。邦彦の心臓は鉄槌《てつつい》で乱打され、口から漏れた荒い呼吸を止めようと、握った左拳《ひだりこぶし》を噛みしめた。銃を固く握りしめている右手は硬直を起して痙攣した。

しかし彼等も、煙突の中までは調べなかった。死の足音は急速に遠のいていった。

せきを切ったように全身から汗が噴出し、額から流れ落ちた。それは睫毛を伝わって目にしみ、その痛みが邦彦を正気に戻らした。

銃把に巻きついた右指を外すには、左手の助けを借りねばならなかった。

恐らく死体はすでに解剖に付せられ、死体から摘出された弾は鑑識課に廻されて、真犯人である邦彦は必死に追及されているはずであった。何とかして、一刻も早くここから脱出しなければならなかった。

六時半頃、夕食を終えた老夫婦は外出した。

「じゃあ、いつもの能会に行くから留守をたのむぞ。帰りは十一時すぎじゃろう。片付けがすんだら、自分の部屋でゆっくり本でも読むなり、ここでテレビを見るなり勝手になさい」

出しなに女中に告げたこの言葉が彼女を一週間病院に送りこんだ。

女中は高くかけたラジオの歌謡曲に合わせて歌いながら、台所でガチャガチャと音高に食器を洗っていた。

邦彦は突出た煉瓦に足をかけ、弱った力を振絞って鉄板をずらして開き、大きな暖炉の中に降り立った。

食堂を隔てて台所へ続く居間の開けっぱなした扉の陰で、邦彦はモーゼルの銃身を握って待ちに待った。硬ばった体は頭をもたげるにも努力を要した。

パタパタと足音が近づき、鼻唄と共に香水の匂いをまき散らして、ヘップバーン刈りにした可愛い女中が居間に入ってきた。

その後頭部に銃把がキーンと音を立ててめり込み、彼女は闇の中に真逆様《まっさかさま》に落ち込んでいった。邦彦も自分の勢いでよろよろっと倒れかかったが、気力を奮《ふる》ってバスに駆込み、放尿した。

たまりにたまった液体は、泡をたてて渦まいて下方へ吸い込まれた。

水道でガブガブ水を飲み、煤に汚れた手袋を脱ぎ、よく血をふいて靴をはいた。体を洗い、そこにかかっているブラッシをハンカチで握って服の煤や埃を落し、鏡の前で服装を整えた。ハンカチで蛇口や、ノブの指紋をぬぐって居間に戻った。

女中は股《もも》のあたりまでまくれ上がったレースのペチコートの下から、むき出しになった長く白い素脚を惜し気もなく投出して倒れていた。形のいい唇がねむっているようにあどけなく開いている。

邦彦の視線は、その頭の先から足の先まで嘗《な》める様にはいずりまわる。

乾いた唇をなめ、感にたえぬといった顔付きで低く口笛を吹くと、肩をすぼめて外に出た。

月光と街灯のもとに、ちらほら通行人が行き交っていた。

生きようが死のうが、人前で毅然たる姿を崩す気は無かった。

足どりはいつの間にかシャンとなり、頭は昂然と挙がり、瞳には夢見るような涼し気な趣が甦ってきた。

人混みにまぎれてタクシーに乗りこみ、途中何回か乗り変えて家にたどりついた。

ベッドにぶっ倒れると、そのまま眠りに落ちた。

その年の初秋。

修士論文「ノーマン・メイラーにおけるヴィタ・セクシュアリティと宇宙的エナージーの研

究」、タイプ用紙百枚を叩き終ってほっとした邦彦は、新宿のおでん兼焼鳥屋「お吉」で一人の男を待合わしていた。

焼鳥のタレが熾《おこ》った炭火に落ちて香ばしい煙をあげ、銅の容器の中ではおでんが湯気をたてて食欲をそそっている。

邦彦のまわりは一日の疲れを癒《いや》すあらゆる風体《ふうてい》の男がいっぱいである。二本目の銚子《ちょうし》に手をつけた時、待っていた男がやってきた。深くくぼんだ目は知的だが、虚無の表情をたたえ、青ざめた唇は常に自嘲的な苦笑に歪んでいる。目で笑って邦彦の横に腰掛け、しばらく黙々として杯を交わしたが、

「伊達《だて》さん、すまんな。今日も駄目なんだ。今度こそ間にあわすから、ね、頼む……」

と、手を合わして懇願する。

「そうか、駄目か……駄目だったんだな。まあいい、こっちも頼んで待ってもらうから、さあ、真田《さなだ》君、元気をだして、グッと一杯あけて……」

頭を涼し気なクール・カットにした邦彦は、軽い失望の色を浮べながらも、勢いよく銚子を突き出した。

真田とは大学で初めの二年間同級だった。滅多に他人とは付合わず、いつも深刻な顔をして何か考えこんでいた。高校時代、何回か自殺を計った事があると言っていた。酔うと太宰《だざい》の文章を暗誦《あんしょう》した。典型的な文学青年である。

卒論は確かオスカー・ワイルドだったはずだ。そのくせ自分の生活に関しては多くを語らな

かった。邦彦は真田が秘密を守れる男だと目星をつけた。

邦彦は、六月に彼と偶然に会った。

全国的騒ぎを引起した火の車ドライブ事件の熱は、その時にはもう冷めかけていた。

何回か一緒に飲んだ。邦彦は相手の心を和らげ、解きほぐすには自信があった。

真田は金に困って競馬に凝っていた。

何ら定職につけぬ夢想家であったから、父の知らぬ間に岐阜の山を抵当に入れて金を借り出し、家からは勘当同然の身である事などが文学談の合間から聞き出せた。

三回目に会った時、邦彦は深い同情の念を現わして、ポツポツと自嘲的に語る真田の身上話を聞き、別れ際《ぎわ》に五千円を貸した。

酔いに顔の輪郭をくずした真田は、涙に汚れた目を挙げて、必ず返すと約束した。

しかし、一度スランプに陥った賭博師《とばくし》が再び芽を吹くには、長い辛抱が要る。

すぐに返すはずであった五千円は決して返されず、次々に場所を変えて落合うたびに、五千円は一万円になり、五万円になり、今まで十万近くの金が真田の手に渡った。

それについて邦彦は、自分も人から借りた金だから決して口外してくれるなと、釘《くぎ》をさしておいた。

真田は肺も悪化し、ヤケ糞《くそ》になっていた。この泥沼から足を洗えるなら、身を売ってもいいとまで口走るほどになった。

二人で銚子を八本ほどあけ、邦彦が勘定を払って夜の街に出た。

烟《けむり》っぽい濃霧に、ネオンや街灯が潤んでいた。しっとりと重い夜霧がたちまち体中を包み、背の中に秘めやかに忍び入った。

軽く酔った真田を、タクシーで代々木の木造アパートまで送っていった。

霧はますます深さを増した。

こうこうたるヘッド・ライトにも関わらず、視界は狭く、思いがけぬ近さで前方から車が現われ、タクシーの脇をのろのろと通りすぎていった。

酒屋の前でタクシーを止め、サントリーとコーンビーフを二罐《かん》買って、赤鉛筆で汚れた競馬の予想新聞と、五百冊近い文学書が乱雑な調和を見せている真田の部屋に上がった。

一つの煎餅《せんべい》蒲団に並んで腹ばいになり、コーンビーフをつつきながらゆっくり飲んだ。邦彦は沈痛な表情で、実は今まで誰にも隠していたが、医者に胃癌《いがん》と宣告されてヤケ糞になっている。どうせ長くない命だから死ぬ前に何かでかい事をやってみたい、と口火を切った。真田は、自分もそうだと言った。

夜の白むまで二人はしんみりと語り合った。サントリーの瓶が空になって転げた時、邦彦は入学金強奪を一場の座興のように持出し、一も二もなく賛成した真田を見て、冗談から駒《こま》が出る様に話を持っていった。

翌朝早く真田と別れた時には、彼が加わってくれるなら今までの借金は帳消しにし、新たに月二万円ずつ貸し、それは収穫の山分けのうちから差引くという、現実的な話にまで進んだ。

それから新年まで有料便所やニュース映画館の待合室、デパートの屋上などで落合うたびに進物用の包装紙でくるんだ金が、邦彦の手から真田の手に渡り、計画はさらに検討を加えられた。

年が明けると、初めて彼は真田に灰色に塗り変えた車と拳銃を見せ、二人して郊外に車を駆り、予備練習を何回も繰返した。

その間に、邦彦は事務所の合鍵を蠟《ろう》でとり、また十一月には日光と中禅寺湖にかけて旅行し、鬼怒川《きぬがわ》温泉でしばらく疲れをいやしたが、帰りのスーツ・ケースの中には、鉱山用のダイナマイトが十数本無造作につめこまれていた。

ある時は真田を酔い潰しておき、彼のアパートに忍び込んで、日記その他の記録をつけてない事を確かめた。

近く嫁ぐ妹の晶子には株が大当りして雪だるま式に増えたと称して、三百万円を手向《たむ》け、残りはドルに代えた。

大学院の修士課程を折紙付きで卒業し、そうそうたる面々の推薦状をそえて願書を出しておいたハーバードの大学院からは、九月の新学期から入学を許可する旨の通知が届いた。

関東大学は、さほど遠くない左手に立教大学を持ち、それに続いて池袋西口の繁華街を控えていたが、右手はポツンと取り残された様に地味な住宅街が軒を並べていた。

入学金受付最終日の経理課事務所。午後七時二十分。

長蛇《ちょうだ》の列を作った新入生の姿は今は跡もなく、もうもうたるタバコの煙にかすむ蛍光灯に照らされた屋内では、低く仕切った木柵《もくさく》の窓口の後ろで、二十人を越える職員が忙しく立働いていた。

束になってうず高く積まれた紙幣は、単位金額によって選《よ》り分けられ、次々に巨大な金庫に納められていった。

夕食にとった丼物《どんぶりもの》の残器が室の一隅におかれた机に山積みになり、構内を一巡して戻った守衛と、近くの交番から駆り出された警官が、さし向いで天ぷら蕎麦《そば》をすすっていた。

校内の他の主要部にも明々と灯がつき、居残りの人々の影が、窓ガラスをとおしてぼんやりと漏れていた。

外は暗い空がのしかかり、数少ない星が自分のまわりだけを青灰色に染めて、弱々しくまたたいていた。校内の裏門近く、池袋署と事務所を結ぶ警報線を支えた電柱に、邦彦の黒い影がするするとよじ登った。

手袋をつけた手にもつ大きなニッパーをしばらく動かすと、警報線と電話線が切断され、空気を切裂く鋭い音をたててぶら下がった。ニッパーは、あるガレージからの盗品であった。

建物の陰から真田が事務所に向った。邦彦と秒針まで正確に合わした時計は七時二十一分を示している。

真田は学生服の上にチャンと襟を折ったダブルのスプリングのバンドをしめ、浪人帽をかぶり、太縁の近眼鏡をかけている。

手にしたスーツ・ケースを左手に持ち変え、すでに締切った扉をドンドン叩く。

内側から足音が近づき、ガラスごしに太った若い職員の顔が見えた。

「遅いなあ、もう締切りましたよ」

と、冷たく言いきる。

「すみません、開けて下さい。北海道の島から出て来たんですが、連絡船が故障して汽車に間に合わなかったんです。駅からタクシーで駆けつけたんです。お願いします」

慣れぬ標準語をむりやりに使う者のイントネーションで、真田は泣声に近い言葉を出した。

職員は奥にもどると、課長の意見をうかがっていたが、やがて勿体《もったい》ぶった足どりで戸口に帰り、

「気をつけなさい。何の場合でもギリギリは困る」

とブツブツ呟きながら、守衛から借りた鍵で扉をあけた。

感謝しながら屋内に入った真田は、荒い木枠《きわく》の窓口に立ち、ポケットに手を入れた。

「あれ、たしか受験証をここに入れたはずだが……」

汗をかきながら、職員たちの冷たい視線を浴びてポケットをさぐる。

電柱から降り、ニッパーを捨てた邦彦は、コンクリートの新校舎二棟《むね》に挟まれた二階建ての旧校舎に素早く走り寄っていた。

重たいほど腰にさげたダイナマイトの、導火線に一斉に火をつけると窓から投込み、真田が時を稼いでいる事務所に駆けより、壁にぴったりとへばりついた。

時計を盗み見た真田が「あった。ありました！」と喜色を湛えて叫んだ瞬間、パッと目も眩むばかりの閃光がひらめき、ガーンと轟音がとどろき、校舎はグラグラと震動すると共に、ガラスは吹っとび、乾いた木は火を呼んで炎が走った。

事務所にも物凄い轟音と震動が伝わり、積上げた丼がコンクリートの床に崩れ落ちて粉々に割れた。爆風に叩きつけられたガラス戸は何枚か割れ、扉はまだふるえている。

職員たちと守衛は「何だ、何だ」と大声でわめきながら、我勝ちに裏口から走り出た。

あとは茫然《ぼうぜん》と腰を浮かした課長と五人の事務員、それに警官が残った。

真田の右手がポケットから出ると、手の先にモーゼルが鈍く光った。

先ほど多量のトランキライザーを飲んだにもかかわらず、その手はブルブル震えている。砕けた丼に足をとられながらも、警官がスッと横に動き、腰の拳銃に手をやった。

戸口から圧《おさ》えつけたような鈍い音が響くと、警官は苦痛の呻きを発して右肩に手を当てかけたが、四十五口径のでかい弾の衝撃に一たまりもなく後ろに吹っとぶと、机の角に頭を割られ、砕けた丼の上に音をたてて転がった。

胸からだけでなく、口と鼻からも吹出した血が断末魔の痙攣にひきつる黒い制服を見る見る赤黒く染めていく。

銃口につけたサイレンサーから薄く煙のもれるスミス・アンド・ウエッスンを握った邦彦が、いつの間にか戸口に立っていた。

茶色のソフトを目深にかむり、顔は白い覆面でおおい、極端に肩を怒らせたパットをつめた青いスプリングの襟をたてている。

「手をあげろ」

低い、腸《はらわた》にしみ込むようにドスのきいた声で命じ、窓口に近づいた。課長は、映画もどきに高々と空に手を上げながらも、足はブザーを踏んでいた。無論、線を切断された警報が署に届くはずはない。奥の出口に一番近い職員が、くるりと背をむけざま前かがみに二、三歩走ったが、荒い木枠の間から差しのべられた邦彦の銃が躍《おど》り、ブォンと鈍い音をたてると、銃弾に後頭部を抉《えぐ》られて前につんのめった。

骨のそげた頭から血がサーッと吹出す。

邦彦は窓口の横手のくぐり戸を蹴り開けて内部に入った。カチッと音をたてて親指で撃鉄を起すと、事務員たちは顔をひきつらせてカタカタと歯を鳴らした。

「オーケイ。みんな立って向うの壁に並ぶんだ」

と、邦彦は銃口で金庫を示す。

彼等はガクガクする膝を踏みしめて、どうにか手をあげたまま、壁の前に向うむきに一列に並んだ。

衝撃にそなえて一様に壁に顔をへばりつけている。啜り泣いていた一人は遂《つい》に脱糞《だつぷん》した。

「けつの穴をしっかり閉じとくんだ」

言い捨てざま邦彦が振下ろした重い銃床が、左の端の男の頭を割り、その衝撃で引金がはずれ、発射された弾が壁に当って漆喰《しつくい》が崩れ落ちてきた。

男達は悲鳴をあげて、揺らぐ壁にかじりつこうとしたが、次々に頭蓋骨を砕かれて、コンクリートの床に長々とのびた。

一人残され、マラリアにでもつかれたかの様に震えている課長の震える指先は仲々ダイヤルの文字板に入らず、やかましく鳴る歯の音が、外から聞える炎のゴーゴー吠えたてる音と人々の罵り騒ぐ声を圧して、高く響いた。

金庫のダイヤルがカチッと外れると同時に、課長は背から腹に抜け、握りこぶし大の射出孔を残した弾を喰って、蛙《かえる》のように床に叩きつけられた。

蒼白となった額に汗をたらして、それでも銃を離さずに掩護《えんご》していた真田が走り寄ると、金庫にあるだけの五千円札をスーツ・ケースに移し、外に走り出た。爆発が起ってからわずか一分四十秒しかたっていない。

弾倉の六発のうち四発を射ち尽した邦彦は、その間に弾倉を開いて手早く弾をつめかえ、四個の空薬莢はハンカチで包んでポケットにしまった。

「火事だ。火事だ。爆発したんだ!」

血相を変えて守衛を先頭に四、五人が一団となって、裏口から駆戻って来たが、屋内の光景を一目見て声を呑み、一斉に立ちすくんだ。邦彦は素早く撃鉄を起すと守衛の鳩尾《みぞおち》を狙って射った。

守衛は両手を胃の上に当てて後ろに続く男にもたれかかったが、守衛の腹を引裂いて貫通した弾がその男にも命中したとみえ、大袈裟《おおげさ》な悲鳴をあげると勢いよく尻餅をつき、両手で血のしみ出る下腹をおおい、白眼をむいて気絶した。支える物のなくなった守衛もコンクリートの床に後頭部をブチ当てて動かなくなった。その下は見る見る血溜りと化していく。

残りの男達は腰を抜かしてその場にすわりこむと、耳をふさいで床に伏した。一人の男は四つんばいになって逃げかけたが、尻に一発射込まれて平たくなり、犬ころの様な泣き声をたてた。

外からクラクションの音が響いた。

邦彦は銃を構えたままあとずさりし、蹴開けた扉をしめて鍵をかけ、外でエンジンをかけて待っているプリンスに駆けこんだ。

車は炎の反射で橙《だいだいいろ》色に染まっている。

真田が座席の左に寄ると、邦彦がハンドルを握り、火災の恐怖状態にある酷熱のキャンパスから抜け出た。スーツ・ケースはすでに、車の隠し穴の中にしまわれている。

運転しながら邦彦が、銃、残りの弾、ハンカチに包んだ空薬莢、覆面と次々に手渡すと、真田がダッシュ・ボードの出張りの下に仕込んだ隠し戸を開き、次々とその中に納めた。すでにモーゼルもその中に隠してあった。

超短波ラジオをつけっ放した車は、逆をついて池袋の繁華街にむかった。

続々と消防車とすれちがった。

下駄やサンダルを突っかけた野次馬が興奮した面持で駆けて来た。振りむいて見ると、大学校舎は巨大な熔鉱炉と化してすさまじく燃えていた。赤紫色の巨大な火が炎々と天を焦がし、黒い濃煙におおわれた暗い空にはオレンジ色の照り返しが躍っていた。

建物の一部が焼け崩れたと見え、黒や赤の燃えがらや灰がもうもうと舞上がった。

突然邦彦の内部を、白い炎を閃かせて敗戦の日の光景がかすめさった。夜空に舞い狂う火の粉は、絶え間なく轟発する無煙火薬の臭い、炎になめつくされる街の身をふるわす臭い、焦げた人肉の臭いを鋭く甦らせて消えていった。

立教大学の裏手に、夜は人気のない草むらの広場があり、その中に空井戸があった。彼等は大通りから外れると、そこに車を停めた。邦彦はコートとソフトをぬぐと真田に渡し、ドライバーとスパナーで素早く後ろのナンバー・プレートを外すと、車のトランクの床に作った隠しにしまい、車頭についているナンバー・プレートと同じ奴をひっぱり出して付け変えた。

真田は、邦彦のコートとソフトを井戸に投込むと、自分の浪人帽、眼鏡、スプリングも投げこんだ。

それらの品々は、全部いたる所で他の品物にまぎれて買った大量生産の安物であり、メーカーの印や商標は切りとってあった。

スプリングを脱ぐと、胸から上だけの変てこな学生服が現われた。

彼はそれを脱ぎすてると、使う人もない空井戸の蓋をしめ車に戻った。

「今やっと署やパトカーに連絡がついたらしい。君はこれでも飲んで酔ったふりをしてくれ」

邦彦がいたずらっぽく笑いながら、グローヴ・コンパートメントから取出したウイスキーの小瓶を真田に手渡した。真田は額の汗をハンカチでぬぐうと、時々むせかえりながらもゴクゴク音をたてて飲込み、瓶を窓から捨てた。

蒼白な顔にたちまち血がのぼってきた。

邦彦はそのウイスキーに、粉末にしたイソミタールを多量にとかしこんであった。

立教大学の前で初めてパトカーとすれちがった。短波ラジオからは、さかんに逃げた車の型と、彼等の人相が流れてきた。邦彦のプリンスは橙色に塗った中型車と伝えられた。ナンバーも正確に読みとった者は無かったが、幸いな事に取りかえる前のそれに近かった。真田の人相は、ぐっと若くなって二十歳ぐらいの浪人風、五尺五寸ぐらい、飴色の眼鏡をかけ、スプリングの下に学生服を着ている。スーツ・ケースは空色、言葉に訛《なま》りがある。邦彦は五尺七、八寸、非常にガッチリとした幅広の体つき、コートをつけ、その色は青。ソフトは黒、覆面をしている。

この風体の二人組を見つけしだい拘留せよ、と何回も何回も繰返し、「第何号了解」というパトカーからの合の手が入った。

池袋の街から出るすべての要所はかためられ、正に袋の鼠となった。しかし原色のネオンにぬりたくられた街に灰色の車を乗入れる邦彦の唇には、明るい微笑さえ浮んでいた。

自動車専用の踏切を渡って、東口へ出る所に、車の帯が立往生していた。

その先には勇みたった警官たちや、鉄かぶとに身を固めた白バイの連中が、カンテラを振りまわして車をせき止めていた。

随分待って、邦彦の車の順番になった。

真田は車を止められた時から目に見えてソワソワし、落着かすのに手間をとらせたが、薬の効果でうつらうつらし始めていた。

型どおり運転免許証とナンバー・プレートがチェックされ、訊問を受けた。巧妙に偽造した免許証がばれる気づかいは無かった。

邦彦は丁寧だが、少々うんざりした口調で訊問に答えた。目をこすりながら、真田も筋書どおりしゃべった。

藤色と濃紺が柔らかくミックスした渋い背広にすらりとした体を包み、輝く様に美しい笑顔を見せる邦彦と、地味な鉄色の背広にきちんと毛編のネクタイを結び、酔っているとはいえ知性の面影をとどめる真田が、凶悪な殺人強盗の二人組とは思えなかった。車の色もナンバーも違い、人相服装もちがった。警官たちはあっさりと通した。

東口に出て千登勢橋《ちとせばし》へ登る途中でも止められた。職務上がまんしてください、と言訳がましく呟きながら車の中まで調べた警官の目に、何もあやしい物が映るはずはなかった。

そこをパスすると真田は大きな吐息をついて本式に寝こんでしまった。千登勢橋から右へまがり、椎名町《しいなまち》に抜け、豊島園《としまえん》のそばを左にまわって一時間半後には車をガレージに乗入れた。途中この様に長くかかったのは、超短波で盗聴したパトカーの配置所をさけて廻り道をとったり、その移動をやりすごそうと路地に車を停めたりしたからだ。

家の近くでは、ねむりこんでいる真田の体を座席に倒し、明るい所はさけて通った。裏口から家の中に入り、表のベルの間にはさんだ紙切れを見ると、つめてあったまま元の位置におさまっていた。安堵に全身の力が抜けていくようだった。

ガレージに戻って重い扉をぴっちり閉めて閂《かんぬき》をおろした。こうすれば内部の音は外に漏れる気づかいは無かった。

前後不覚に眠っている真田の体をかついで車からおろし、薄いマットの上に寝かした。車に戻るとダッシュ・ボードの下から、サイレンサーのついた拳銃を取りだし、二発をつめかえた。邦彦はそれを持って真田の近くに寄り、安らかな寝顔を見つめながら長い間立ちつくしていた。

邦彦は、もうこの男に用は済んだはずだった。一度己れの秘密を分ち合った以上、真田はどんな事があっても死ななければならなかった。この男がいるかぎり、邦彦は罪の十字架を共に背おわなければならなかった。

邦彦は銃の撃鉄をあげ、狙いをつけた。しかし獲物に対し、一度も慄《ふる》えた事のなかった手は大きくふるえ、銃口は縦横無尽にゆれた。顔色は蒼ざめ、黄色っぽくなり、暗い影に翳った目は充血してふくらんだ。あえぐように口から大きく呼吸するため、喉はからからに乾いてきた。すべてを賭けた目的に成功し、こうして静かなガレージにいると、何だか虚しさに胸の中ががらっぽになり、張りつめていたものが音をたてて崩れ、生死を共にした真田だけがこの世の伴侶《はんりょ》にさえ思われてきた。煎餅蒲団に並んで語り明かした一夜が、胸がうずくほどの生々しさで想い起された。

邦彦は銃を降ろすと目を閉じ、しばらく荒い息をついていたが、やがてそれも鎮まった。今となっては唯一瞬も早く、なるべく苦痛のないように真田を永遠の眠りの国へ送りこんでやらなければならなかった。

夜の静寂が重苦しくのしかかってきた。邦彦は再び銃を持ち挙げると、慎重に心臓の中心を狙った。もうその手は震えず、暗い顔は静かだったが、厳しい表情があった。瞳は心臓の上の一点を見つめて澄み渡った。引金を絞る指先がかすかに白くなった。押えつけられた銃声がガレージにこもり、真田はピクリと痙攣したが、そのまま静かに横たわっていた。

初めの一発は、恥じらう処女から奪う最初の接吻《せっぷん》のようなものであった。邦彦は真田の顔に向けて、続けざまに発砲した。焼けて熱くなった銃身と、鼻を刺す硝煙《しょうえん》の下で、肉と血と骨が四散し、人間の顔というよりは一個の残骸と変った。

顔を砕かれようと、セメント樽《だる》につめこめられて海に投げこまれようと死人の知った事ではない。一度死んだ者はどんな事も苦にならず、どんな事にも煩《わずら》わされずに、永遠の眠りをむさぼるだけだ。

弾倉を射ち尽した邦彦の瞳には、再びあの夢見るように物憂い趣が甦ってきた。

奪った金は千六百万円あった。

顔は銃弾で吹っとばされ、ほとんど白骨と化した死体を呑んだセメント樽が、東京湾の深みで朽ちている頃、ハーバードの食堂では、広重がフランス後期印象派、特にゴッホやルノアールに与えた影響について、邦彦は瞳をキラキラ輝かせながら、数人のフランス留学生と語り合っていた。

無法街の死

目次

暗い翳《かげ》の男

1

東海道線杉浜駅、午前二時半。

駅前にたむろして客を奪《うば》いあっていた旅館の客引きもすでに姿を消した。がらんとした駅の待合室では破れた毛布をかぶった浮浪者たちが高いびきをかいていた。改札係も火鉢《ひばち》をかかえるようにして居眠りしている。

点々とついた常夜灯が、海から漂ってくる夜霧にかすみ、駅前広場も静まりかえっていた。近くのデパートの屋上についたネオンが脈はくのように点滅している。

広場の片隅《かたすみ》――自転車置き場の近くで、タバコの火がぼうっと光った。その火は黒塗りのクライスラーから漏れていた。クライスラーの右窓ガラスは破れている。

運転席に坐《すわ》った男は、牡牛《おうし》のような上体を持った若い男だった。分厚い唇《くちびる》がいつも唾《つば》でぬれている。後の座席でタバコを横ぐわえにしている男は、仏《ほとけ》づらをした中年男だった。いつもニヤニヤ笑っている。

「情報は確かでしょうな、兄貴」

運転席の光井《みつい》が言った。

「そりゃね。野郎だって、嘘《うそ》の情報を流したと分ったら痛い目にあうのは知ってるはずだからな。それにさ、奴《やつ》がやってくることの論より証拠には、この車のトランク・リッドをあけてみれば分るって事さ」

後部シートの五味《ごみ》はニヤリとした。

「そうそう、そういえばそうだった」

光井は口の中でモグモグ呟《つぶや》いた。ハンドルにかけた手袋の手をいらだたしげに動かす。

汽笛と汽車の震動音が遠くから近づいてきた。下り列車だ。

「兄貴、頼りにしてるぜ」

「まかしときな」

五味は左の脇腹《わきばら》のあたりを軽く叩《たた》いた。光井はイグニッション・キーを回した。

二番線のホームに下り急行が滑りこんできた。

デッキにたった人影は背が高かった。浅黒くひきしまった顔に眼が深くおちくぼんでいた。左右の耳や顎《あご》のあたりには、何回も鈍器で殴られたような傷跡がある。

その男は左手にヴァイオリンのケースを軽々とさげていた。ホームに降りたって、口笛を吹き鳴らしながら改札口にむかう。トップ・コートの左胸のあたりが、かすかにふくらんでいる。

男の名は高城《たかぎ》といった。

居眠りから醒《さ》めた改札係は、あくびをしながら東京駅発行の切符を受けとったが、ふっと顔をあげて、高城の全身から発する暗い翳《かげ》に気おくれしたように目をそらした。

高城が広場に足を踏みだすと同時に、さきほどのクライスラーが滑るように近づいた。

車の後部ドアが開き、五味が地面におりたった。

「やあ、お待ちしてましたよ。高城さんでしょうな?」

「お出むかえ御苦労さん」

「さあ、さあ。どうぞ、どうぞ」

五味は腰をかがめた。

高城はうなずいてシートに腰をおろした。ヴァイオリンのケースをドアにたてかける。左側に浅く腰を下した五味の右腕が閃《ひらめ》いた。左の腋《わき》の下に電光のように走らせた高城の右腕が、ビクッととまった。

「右手をおろしな。ゆっくりとな」

五味は高城の脇腹に小さなベルギー製ベアード自動拳銃《けんじゆう》の銃口をくいこませた。〇・二五口径の六連発だ。カチッと安全止めを倒す。

車は発車した。高城は無表情に右手をおろした。

「両手を膝《ひざ》の上で固く組んで頂こうか」

五味がニヤニヤした。

高城は素直に命令にしたがった。五味の左手がのびて、高城の左肩からホルスターに入れて吊《つる》したドイツ製口径九ミリ・ワルサーP38ダブル・アクション自動拳銃の重量がとりのぞかれた。

「さすがは殺し屋だ。いいハジキを持ってやがる」

五味は横目でいかにも迫力がある九連発のスマートな自動拳銃を一瞥《いちべつ》した。それを左のポケットにつっこむ。

「一体、何の冗談なんだ？」

高城は言った。

「殺しはしないよ、あんたのように。俺達《おれ》が誰《だれ》だか大体は見当がついたろう？　そうさ、俺達はあんたが雇われた協和会と反対側にたつ和田組の者さ」

「俺の腕をかりたいって言うのか？」

「さぁてね。この俺にあっさりハジキをとりあげられるほどだから、そのほうはあんまり頼りになりそうにはないけどな。そのヴァイオリンのケースの中身に用があるのさ」

「どうして知った？」

「中身が、分解した短機関銃だって事か？　それぐらい察しがつくさ。ところがね、俺達は残念ながら組み立て方を知らない。だからお前さんの命はその短機関銃を組み立て終るまでは保証されているわけだ。まあ、気を楽に持ってドライヴでもたのしんでくれよな」

五味はベアードの銃口を高城の肋骨《ろっこつ》にぐりぐりくいこませた。

2

車の外を、海岸ぞいの風景が流れていった。暗い海の間に、点々と貨物船の灯火が散っていた。アスファルトの道路は広く、ヘッドライトの下を黒いリボンのように流れた。向こうからヘッドライトを怒らせた砂利トラックが驀走《ばくそう》してきた。強烈なライトが目を射た。五味が低い声で罵《ののし》り、目《ま》ばゆげに顔をしかめた。銃口がわずかに高城の体を離れた。高城は左肘《ひじ》で五味の左手首を強打した。同時に、体をひねりざまベアード自動拳銃の遊底被《スライド》をつかんだ。

拳銃がバキューンと突きぬけるような発射音をたてて暴発した。高城は掌の下につかんだ遊底被の排莢孔《エジエクチング・ポート》からエジェクターの力ではじきだされようとする空薬莢《からやっきょう》の熱さをこらえた。

暴発した弾《たま》は車のドアを貫いた。高城の掌でおさえられているため、排莢子孔からとびだしそこなった空薬莢は、再び遊底と薬室の間に逆戻《ぎゃくもど》りした。そこへ、バネの力で前へ戻りながら銃把《じゅうは》の弾倉上端の弾をひっかけた遊底の力が加わった。空薬莢は遊底と薬室の間でゆがんで潰《つぶ》れた。こうなると、引き金をひいても何も起らない。

五味は狼狽《ろうばい》した。高城の右手を拳銃から離そうとして自然にうつむいた姿勢になった。高城は薄ら笑いを浮かべて、その首筋の後に凄《すさ》まじい力をこめた左手の空手チョップを振りおろした。

五味は砂袋のように車の床に昏倒《こんとう》した。

キーッとブレーキを軋《きし》ませ、タイヤの焦げる匂《にお》いをたたせて、光井がクライスラーを急停車させた。車は大きくスリップして車道からはみだしそうになりながら停《とま》った。

光井はあわててグローヴ・コンパートメントに手をやりかけた。

その時すでに――高城は気絶した五味の左ポケットから抜きだした自分のワルサー自動拳銃を光井の項《うなじ》につきつけていた。

素早く安全止めを親指で外し、遊底被を引いて放《はな》ち、弾倉の弾を薬室に送りこむ。

光井は不気味な金属の軋みを聞いて悲鳴をあげ、顔をハンドルにくっつけて精一杯銃口から遠ざかろうとした。

「おとなしくするなら、射《う》ちはしない」

高城は穏やかに言った。左手をのばしてグローヴ・コンパートメントを開く。タオルにくるまった〇・三八〇口径イタリー製ベレッタ七連発の自動拳銃が出てきた。

高城はそれを自分のポケットに落した。昏睡《こんすい》から醒めないように、五味の頭を蹴《け》っとばした。

「車を発車させるんだ、死にたくなかったらな。俺の行き先の協和会の本部まで車を回せ」

高城はワルサーの銃口を光井の背すじにそって撫《な》でおろした。

光井は唇の端から泡《あわ》を吹いて巨体を弓なりにそりかえした。

「わかった。あんたの言うとおりにするから……頼む、ハジキだけはしまっといてくれ」

車はアスファルト道路をUターンして反対側にむかった。高城はワルサーの安全装置をかける。撃鉄は自動的に倒れる。高城はシートにゆったりとくつろいでいた。

クライスラーは駅前の広場で左に折れ、人っ子一人通らぬ観光道路を驀進《ばくしん》した。速度計は百キロ近い時速を示していた。破れた車窓から吹きこむ風が冷たすぎた。

「もっと速度を落せ。スピード違反でパクられてサツに救《たす》けてもらおうなんて甘い考えは、よしたほうがいいぜ」

高城は嘲《あざけ》った。光井は車のスピードをゆるめた。

観光道路のつきあたりは有料公園になっていた。光井はそこで車を右に回した。公園の樹木が頭上からのしかかってくるような気がする。

車は空き地の向こうの広いコンクリート塀《べい》に囲まれた石黒《いしぐろ》家の門をくぐった。協和会の名札も出ていた。

「兄貴、頼む。俺は何もしなかったんだ。本当だよ」

光井は大男に似あわぬ泣き声をたてた。

二階建ての洋館の玄関から、肩を怒らせた若者たちがバラバラッととびだしてきた。

「野郎っ？　タコ八の野郎が乗りこんできやがった」

「酢づけにしてしまえ！」

若者たちは口ぎたなく罵った。

彼等の背後から、漆黒《しっこく》の背広に緑色のネクタイを細身にしめた男が現われた。若者たちはサ

ッと道をひらいた。黒服の男は高城に目礼して、

「このたびはどうも。私、協和会の大幹部を務めさせていただいております水原《みずはら》という者でして……」

「高城です。なるほどこの市《まち》は、聞きしにまさる所ですな」

高城は安全装置を掛けたワルサー拳銃を一閃《いっせん》させて、背広の下に左肩から吊《つ》ったホルスターにしまった。左手に短機関銃を分解しておさめたヴァイオリン・ケースをさげ、車から降りて、水原と握手を交わす。

タコ八と呼ばれる和田組の光井は、車の外にひきずりおろされ、協和会の若者たちのパンチを浴びてうめいていた。

「この車に乗ってこの高城さんを迎えに行った徹《とおる》と政《まさ》はどうしたんだ！　言えっ、言わねえとてめえの耳をそぎ落すぞ！」

水原は高城に対する時とうってかわって光井に凄味《すごみ》をきかせた。飛び出しナイフのボタンを押してシューッと刃を起し、光井の眉間《みけん》に切っ先をむけた。

光井は大きく喘《あえ》ぎながら、クライスラーの後尾部分を指さした。

「おっ、血だ！」

「トランクからもれてやがる」

若者たちは叫んだ。

水原はイグニッションにさしこまれたままになっている鍵束《かぎたば》を引き抜いた。トランクの鍵を

選びだして、トランクの蓋《ふた》をあける。

トランクの中は血の海だった。そのなかに、海老《えび》のように体をまげた男が二人つめこまれていた。服の背中がギザギザにさけ、ザクロをふみにじったような射出口の肉片が見えていた。

水原が死体の脈をさぐってみて頭を横にふった。

若者たちの瞳《ひとみ》はつき刺すような憎悪をこめて光井をにらみつけた。

「俺がやったんでない！　俺じゃないんだ。俺がやめてくれって言ったのに、兄貴が聞いてくれなかったんだ」

腫《は》れあがった光井の顔の奥で絶望的な目が哀願していた。

「そのタコ入道と五味の野郎を会長の所に運び込め！……さあ、高城さん、なかに入りましょう。皆が待ちかねてますので」

水原が腰をかがめた。

高城は分解した短機関銃を秘めたヴァイオリンのケースをさげて水原のあとについていった。

3

二階の大広間で行なわれていた協和会の月例慰安パーティが高城の歓迎会に切り替えられた。すでに深夜の三時を回っている。

協和会の会長石黒は、鉛色の顔をした小柄な男だった。会の大幹部や中堅たちが、カクテル・ドレスや華やかな和服をまとった情婦を連れていた。

宴席は方々にしつらえたテーブルから、各人が思い思いの料理をくい、ビールやスコッチやカクテルを痛飲するカクテル・パーティの形式をとった。チンピラがボーイになっていた。新興暴力団、しかも経済ヤクザがかった協和会だけに、やり方がスマートだった。

協和会の息のかかったナイト・クラブのバンドが即製のステージで演奏した。客席のライトを薄暗くしていた。

スポット・ライトを浴びて、一糸まとわぬストリッパーが恍惚《こうこつ》とした顔つきで腰をつきあげるヴァンプに移っていた。隅のソファから女のしのび笑いや鼻声が聞えだした。

高城はコニャックを呷《あお》りながら、なぜか気分が落ちつかなかった。長く孤独の生活になれているため、ひっきりなしに彼の席にやってきて彼の腕前に対する賛辞を浴びせかける連中に応対しなければならぬのにうんざりしてきたせいかも知れない。

あるいは——彼の横に寄りそってつつましく注文をうけついでくれる毬子《まりこ》に無意識にでも神経をつかっているのかも知れない。女を女として見るのは久しぶりのことだ。

毬子は二十二、三の華奢《きゃしゃ》な印象をあたえる女だ。しかし、和服ごしにも、よく発達した胸の弾力がうかがわれた。毬子のように肘に笑窪《えくぼ》の浮くほどむっちりとあぶらののった見事な肌《はだ》にはしばらくふれたことがない。毬子は市《まち》で最高級のデラックス・バー〝リーザ〟のホステスだ。その店にも協和会の息がかかっているので、手伝いにきたのだ。

戦後から、この人口三十万の杉浜市の暗黒街の地図は次々と塗りかえられていった。新しい勢力が興《おこ》り、たたかい、滅び、他の勢力に吸収されていった。

そして――いまこの市の夜の地図を二分しているのが、この協和会と戦前から博徒集団の旗頭であった和田組である。

和田一家はさらに香具師《やし》、ダフ屋、艶歌師《えんか》など傘下《さんか》におさめ、和田組として下町の歓楽街や青線地帯に根強い力を持つ。歓楽街の街角や露地でシキテンをきっているのは、大ていが和田組のチンピラと思って間違いない。

協和会は、名前からもわかるように、戦後追放された右翼の再建資金獲得のための秘密結社じみたものだった。

会社や土建屋の地方政治家の不正や醜聞《スキャンダル》などを嗅《か》ぎつけ恐喝《きょうかつ》を兼ねている間に、いつのまにか初めの右翼再建の目的は失われ、インテリ・ヤクザを抱えこんで、パクリやサルヴェージや総会屋などをやるまでにふくれあがっていった。杉浜銀座の一流バーやクラブ、料亭にはこの協和会の息がかかっている。

最近まではこの二派はあまり互いの領分を犯さずに共存してきた。

しかし、売春防止法以来この市の青線、白線に悪病が蔓延《まんえん》したため、客が用心してしまった。そのため、和田組はボロいもうけが出来なくなり、勢い麻薬売買に主力をそそぐようになった。しかし、麻薬は利ザヤは大きいが、地方都市では需要者数が限定されてくる。和田組は矛先《ほこさき》を転じて、協和会のもうけに食指を動かした。協和会にパクられた手形の回収《サルヴェージ》や、つぶれた幽霊会社への、借金取り立てなどに乗りだすようになった。

協和会にしてみれば、自分たちの領域を犯されて黙ってはいられない。まして、このごろのように経済界の変動の少ない時勢では、市内で毎日二、三軒ずつ商店や会社が倒産したり発足したりした四、五年前の頃の面白いほどの儲《もう》けにくらべると成績はガタ落ちしているのだ。

当然、二派はいたるところで血の雨を降らせることになった。

そして——金で雇われて人を眠らすのを世すぎのみちにしている高城に、協和会から口がかかってきたわけだ……。

パーティは朝の六時に終った。

毬子を送ろうとした高城にボーイ姿のチンピラが、会長が呼んでいる、と耳うちした。高城は、いずれ毬子のバーに行くから、と弁解した。毬子はなかなか高城のさしだす車代を受けとらなかったが、では、こんどお店にいらしたとき、私にお会計を持たせてね、と言った。

高城はボーイに連れられて、地下のガレージに降りた。ガレージには幹部連中が十人ほど集まっていた。その真ん中に、目を血走らせた五味とフットボールのように顔を腫らせた光井が坐らされていた。二人とも背後で手錠をかけられている。その横に、毛布で包まれた二つの死体があった。高城を迎えに来る途中、殺《や》られた協和会の男たちだ。

「いまから、この男たちを葬りに行こうと思うんだが、あんたも一緒に行かないかね？　まんざら縁がないわけでもないだろうからな」

小柄な会長が言った。持っている鞭《むち》のように、ひきしまった鉛色の顔をしている。もとは特務機関にいたそうだ。

「御一緒させて頂きましょう」

「来てくれるか？　それは有り難い。ついでに君のヴァイオリンも持ってきてもらいたいね。墓場に行く途中、和田組の連中に襲われたときに役に立つだろうし、むこうについたらついたで、それで、一仕事してもらわなければならんともかぎらないしな」

石黒会長は乾いた声で笑った。

五味が、ひきつるような冷笑を浮かべようとして失敗した。光井が額《ひたい》をコンクリートにこすりつけて、助けてくれと哀願した。

「この連中も連れて行け」

石黒は誰にともなく言った。

二つの死体と五味たちは、ワゴン車につみこまれた。

高城は分解した短機関銃トムスンM一A一トミー・ガンの遊底《ボルト》に撃針を入れた。あとは、銃身と遊底と銃床を手早く組み立てるだけだ。引き金の用心鉄前の弾倉室に、〇・四五口径の被甲弾を二十発つめた長いボックス弾倉をはめた。遊底をひいて安全止めをかけておく。短機関銃はファイア・フロム・オープン・ブリーチ・システムといって、引金を絞ると遊底が前進し、薬室が閉じた途端に、遊底に固定されていた撃針が薬莢の尻《しり》の雷管を叩いて発射させるのだ。

予備の弾倉五個にも装弾してポケットに入れる。協和会の幹部たちは、短機関銃のメカニックな美しさに感嘆した。高城は車の中では、大きな風呂敷をかぶせてカムフラージュした。

三台の車は港のはずれの埠頭《ふとう》についた。大型のモーター・ボートが待っていた。皆はそのモーター・ボートに乗り移った。スコップや、つるはしを持っている者が二人いた。光井が助けを求めて叫ぼうとするのを、水原が口許を張りとばして黙らせた。

荒い海を一時間ほど船は進んだ。コンクリートの崩れた大きなかたまりがゴロゴロ転がる殺風景な小島が近づいてきた。

「もと海軍が高射砲の射撃練習に使ってたんですがね。水が出ないから、今は誰も住む者もないし、訪ねる者もめったにいませんよ」

水原が言った。

船が砂浜に着き、高城も上陸した。雑草とコンクリートと小石だけの島だった。少し登った所に高射砲の砲座の跡があり、そのあたりは縦横二百メーターほどの台地になっていた。台地の一方だけは山の断崖《だんがい》がかぶさっていた。

石黒は泣きわめく光井や、ふてくされた五味に鞭をふるって、スコップとつるはしで断崖の近くに塹壕《ざんごう》ほどの穴を二つ掘らせた。

すでに日が高くのぼり、奴隷たちのシャツは汗にぬれた。

二人の死体が左側の墓におろされ、幹部たちや石黒の手で土がかけられた。その間、高城は短機関銃で五味たちを威嚇《いかく》していた。

黙禱《もくとう》が終った。

「さぁてと、じゃあ次の仕事に移るかな」

石黒が言った。五味の顔色が初めて変った。

「ただ何となくこいつらを殺したんでは面白くない」

石黒はニヤリと笑った。

「この墓から七十メーター離れたところでお前たちは拳銃をかまえろ。そして、こいつらを二十メーター先に並ばせる。私が声をかけたら射ち始めるのだ。もし、こいつらがこの断崖まで何とかたどりついたら命を助けてやる事にする」

こうして、残忍なスポーツが始まった。

「一、二、三射てっ！」

五味は走った。光井は地べたにしゃがみついて震えた。八丁の拳銃は一斉《いっせい》に火を吹いた。五味はジグザグを描いてたくみに走った。その足もとから土煙がババババッとたったが、五味は拳銃の射程を走りぬけ、墓の近くまで逃げのびた。

その時——高城の短機関銃がチュン、チュン、チュンと軽快にさえずった。

はじきだされた空薬莢の雨が流れた。五味の背からババババッとシャツの布地がとんだ。五味は自分の掘った墓に転げ落ちた。

皆の感嘆の口笛をあとにした高城は地面にしがみついて震える光井に近づいて、焦げるように熱い銃口を背におしつけた。

「この中に、仲間を売って、俺が来る列車時刻を和田組に密告した者がいるはずだ。そいつの名を聞かせてもらいたい」

私刑

1

「しゃべるんだ、密告者《いぬ》の名前を！」

高城は短機関銃トムスンM一A一の熱い銃口で光井の背をつついた。

俯向《うつむ》けに倒れて喘《あえ》いでいた光井は、絞殺されたような悲鳴をあげた。

「言うんだ！　犬のようになぶり殺しになりたくなかったらな」

高城は薄ら笑いを浮かべた。

「どうした？」

「どうしたんだ？」

協和会の幹部連中が近よってきて、二人のまわりを囲んだ。

「知らねえ、俺は何んにも知らねえ！」

光井は泣き声をたてた。

「裏切り者がこの中にいると言ったが？」

会長の石黒が鉛色の顔の中で、灰色がかった瞳《ひとみ》を光らせた。

「そうとしか思えませんな。私がこの市《まち》に来るのが和田組につつぬけになっていた」

「………」

「それだけなら噂《うわさ》だけで奴等《やつら》に知れるってこともあるだろう。しかし、殺された徹と政の二人が私を迎えに車を飛ばして来ているのだとどうして奴等は分った？」

高城は静かに言った。

「そうか。分った。前からうちの情報がもれているような気がしていたんだが、今日ははっきりとスパイが誰か糾明をする」

石黒はジロッと幹部連中を見回した。

「光井、スパイが誰だか教えてくれないか？　え、光井」

高城は無気味なほど穏やかな声をだした。

「い、言えないんだ」

光井は必死の声をふりしぼった。

「言えない？　じゃあ知ってるんだな」

高城はゆっくりと言った。

光井は涙に汚れた顔をあげて、険悪な目で自分を見下している幹部連中に哀願するような視線をむけた。

「言わないならいい」

高城は短機関銃の安全装置を外した。二、三歩後に退《さが》って、短機関銃の銃床を十分に腋の下にひきつけた。左手で把手《はしゆ》を握り、引き金にかけた人差し指に力をこめる。

短機関銃は小刻みに躍った。

投げ出した光井の左手の五本の指が、第一関節の先から千切れてとんだ。

光井はけもののような悲鳴をあげた。骨が露出し、血の吹き出る傷口に噛《か》みついて、地面にゴロゴロ転がってのたうった。

「まだ言えぬのか？　案外強情な奴だ。それとも——それともここでしゃべると、そのスパイがこの場でお前の命を奪うというのか」

高城は不気味に唇をゆがめ、まわりに立つ幹部連中を見回した。

怒った目、まごついたような目、ふてくさった目が高城を見返した。

「しゃべる……その男の名は……」

光井は絶え入りそうな声で呟《つぶや》いた。

「動くな！」

裂帛《れっぱく》の気合がかかった。皆はハッと息をのんだ。

声の主は大幹部の水原だった。ベルギー製ブローニングを抜きだし、石黒会長の脇腹に銃口をつきつけていた。

「みんな手をあげろ。そうでないと、会長の背中に穴があくぜ」

水原の目はつりあがり、額《ひたい》は脂汗がにじんでどす黒く光っていた。追いつめられたけだものの表情だ。

水原は石黒の背を銃口でつついた。

石黒はけだるげに両手をあげた。鉛色の顔に変化は認められない。

「みんな、ぐずぐずするなっ！」

水原はギラギラ目を光らせ、ヒステリックな声で叫んだ。

幹部連中は、ふてくされたように手をあげた。高城の手から短機関銃が滑り落ちた。運よく暴発はしなかった。

「やっぱり犬は貴様だったんだな。貴様は俺が到着することを和田組に密告した。てっきり俺はやられてしまったと思ってたところが、運は俺の方に強く出た。貴様は狼狽《ろうばい》した。だから、それを気付かれまいとして、貴様は昨夜、いかにも俺や、殺《や》られた二人の身を気づかうような振るまいをしたのだ」

高城は言った。

「黙れ！　俺はこれから会長を楯《たて》にしてこの場を離れる。みんな、ちょっとでも動くと会長の命がないぞ」

水原は歯をむきだして喘いだ。

2

「この短機関銃は持っていかないのかい？」

高城は顎《あご》で地面に転がった自分の愛銃を示した。猫撫《ねこな》で声を出した。

「持っていきたくない事はなかろう？　ええ、水原さん？　持っていきたいのはやまやまだが、あんたは怖《こわ》いんだ」

「俺は何も怖がってなんかいねえよ！」

水原はピクピクひきつる唇から、吐き出すように答えた。小柄な石黒より顔一つだけ背が高い。光井は千切れた指先をくわえたまま気絶していた。

「怖くないなら短機関銃を拾ってみろよ。拾えないか？　そうかといって俺に拾わせて渡してもらうのも怖いんだな」

「そんな誘いに乗るもんか。いいか、みんな、そのままの姿勢でじっと動くなよ」

水原は石黒の後襟《うしろえり》に左手をかけた。

拳銃の銃口を石黒の腰のあたりにあてがい、じりっじりっと後退していく。

協和会の幹部連中は歯ぎしりしてくやしがった。

「そろそろ腕がくたびれてきた。おろしてもいいか？」

高城は、石黒を弾丸よけとして、すでに三十メーター以上後退した水原に尋ねた。

「ふざけるな！」

水原は銃口を石黒の背から離し、威嚇《いかく》するように高城の方にむけた。

高城の体が沈んだ。右手は背広の下に左の肩からつったホルスター革ケースにむかって閃《ひらめ》いた。

水原はあわててブローニングの引き金を引いた。

轟音《ごうおん》を残して発射された被甲弾は、チューンと尾をひいて高城たちの頭上を高く飛び去った。左膝をついた高城の右手に、抜き出されたワルサー自動拳銃が安全装置を外して握られていた。

ワルサーの轟音が、風に吹きとばされて消えていった。遊底からはじき出された空薬莢がくるくる舞いながら落ちてきた。

水原のブローニングは快音を残して吹っとばされた。水原の手首は着弾のショックに挫《くじ》けてしびれた。

石黒が茫然《ぼうぜん》と膝をついた水原に躍りかかり、顎を力一杯蹴《け》っとばした。よけそこなった水原は地ひびきたてて引っくりかえった。高城は拳銃に安全装置をかける。P38独特の安全機構によって撃鉄は自動的に倒れるが、撃針も自動的に固定されるため暴発することはない。高城はその拳銃を肩かけ革ケース《ショルダー・ホルスター》に突っこみ、素早く短機関銃をひろう。

「裏切り者を殺せ」

「なぶり殺しにするんだ」

元気づいた幹部連中は、芋虫のように這《は》って逃れようとする水原に殺到した。

「た、救《たす》けてくれ！」

水原は背中を痙攣《けいれん》させた。

「今になって虫のいい事をぬかしやがる。兄貴分だったからって、容赦はしてやらねえからな」

さい。

幹部の村瀬《むらせ》が水原の尻《しり》を蹴っとばした。村瀬は頰《ほお》のこけた四十男だ。顔だけは、インテリく
「救けてくれ！　さっきだって俺は射とうと思えば、あんたらを射てたんだ。だけど俺は射たなかった。さっきのは、せっぱつまってしかたなく射ったんだ！」

水原は、自分の顔をめがけて蹴りつけてくる幹部の靴先《くつさき》を、腕で顔面をおおい、横に転げまわってさけようとした。

「本当ですかい？　口は重宝だね。本当いうと、あんたは怖気《おじけ》づいてたんだ。もし、あんたが誰か一人を射てば、射ってる間はかならず他の方に隙《すき》を与える。その隙を狙《ねら》って射たれては困るからな」

高城は嘲《あざけ》った。

「スパイの運命は死だ。だが、命を救けてやれないこともない。お前の内通していた和田組が何をたくらんでいるのか教えてくれたらな」

会長の石黒は無表情な声で言った。

「ここは離れ小島だ。銃声は市《まち》までとどかないし、船頭が聞いても鴨《かも》の沖猟でもやってると思うだろう」

と、誰に言うともなく呟く。

「伏せろ！」

高城は叫んで地面に身を投げ出した。途端に、村瀬が巨大なハンマーで殴られたように後に

フッとんだ。ウォン、ウォーンと大口径小銃《ライフル》特有の重い銃声が三発同時に響いてきた。断崖《だんがい》と反対側の台地のはずれで、三丁の小銃の銃身が動いた。

「和田組だ。畜生！　水原の野郎、俺たちがここに来ることまで奴等に告げ口しやがったんだ」

ゴボゴボと血のわきでる腹の傷口をおさえてのたうちながら、村瀬は苦しい息のしたで言った。

「散れ！　かたまるんでない。腹這《はらば》いになったままバックするんだ」

両肘で上体を支えた高城は、短機関銃の弾倉室から弾倉をぬきとり、ポケットに入れていた予備の弾倉とつめかえた。

「ざまあ見やがれ」

狂ったような声をあげて嘲笑《あざわら》った水原がはね起きた。狂笑しながらライフルの銃列の方に駆けだしていく。ふたたび一斉射撃のライフルの銃声がこだました。

水原は二、三歩走り続け——砂袋のように転がった。石のように死んでいた。

3

「まずい。こっちは台地にいて、奴等は台地のはずれの低位置から銃だけをつき出して射ってきている。タコツボのようなもんだ」

高城の近くに腹ばいになった石黒が、じりじり後退しながら叫んだ。協和会の男たちは、みんな拳銃を抜き出しているが、ライフルまでの距離が拳銃の有効射程をはずれているために射つことが出来ない。石黒が言うように、相手側が高城たちの視界に曝《さら》しているのがライフルと顔面の一部だけなのも、こちら側の立場を絶対的に不利にしている。

「よし、みんな、さっき掘らせた墓穴の中にもぐりこむんだ。五味の死体が転げこんだ所にな！」

高城はニヤリと笑い、

「みんな、頭をあげるなよ。地面にくいつくようにして後退しろ。落ちつけよ。あわてて、足をあげてはならん。あげた足に射ちこまれると、痛くてとびあがる。すると心臓が絶好のまとになる」

と、後退しながら、皆に落ちついた声で教えてやる。

ふたたび三たび……ライフルは吠《ほ》えた。頭上すれすれを、ピシッと鋭く大気を嚙んで銃弾がとび去った。あるものは地面にくいこんで砂ぼこりをまきあげた。

高城に狙い射ちされ、背中は白熱の弾を続けざまにくらって、焼けこげた五味の死体の転がる墓穴に、高城たちは次々に転げこんだ。ちょっとした塹壕《ざんごう》ほどの穴だから十人近くの男たちは楽に並ぶことが出来た。膝をつき、目の高さに拳銃を構えて待ち伏せの体勢にはいった。

「この穴が、文字どおり俺たちの墓穴にならねえようにお祈りでもするとしようか」

左端の松村《まつむら》が言った。

「村瀬のおっさんも、とうとう死んでしまった。俺等も夜までもちこたえられるかどうか……」

「嫌《いや》な事を言うなよ。奴等がちゃんとこっちの射程に入ってさえくれば一コロでやっつけるさ」

顔は蒼白《そうはく》になって膝を震わせながらも、男たちは強がりを言った。

「さっぱり射ってこないが、どうしたのだろう？」

石黒は、はじめて不安げな様子を見せて、高城の耳にささやいた。

「奴等の手のうちが読めませんか？　奴等は断崖の上にまわりこんで、上から俺達を狙撃《そげき》するつもりですよ――」

高城はすぐ背後に、のしかかるように切りたった断崖を示した。

「ところがどうして、そううまうまと奴等が成功するはずはない。この位置から見ればわかるが、崖《がけ》の上端は実際、俺たちの頭上のあたりまで張り出してますからね」

「なるほど、じゃあ私達は崖の上から死角に入るわけだな」

石黒はつかみどころのない笑顔を見せた。

「死角とまではいかなくても、崖の上からは、身を乗り出さないかぎり狙い射ち出来ない。小銃では無理です。恐らく拳銃でくるでしょう。そうなれば人数が少ないだけに、むこうにハンデキャップがつく。おまけに不安定な足場だ」

「ここから崖の上までの距離は？」

「五十から五十五メーターほど。射つときはうんと高めに狙いをつけてください。俺は今からこの穴を出て奴等をやっつけてくる。うまくいったら、ボーナスをはずんで頂きますからね。おっとみんな、俺が危くなったら、援護射撃を頼むぜ」

高城は白い歯を閃かせてニヤリと笑った。短機関銃を抱えて、壕の左端からとび出し、崖の下に沿って這っていく。

石ころだらけの地面だ。ズボンの膝は破れ、肘もたえがたいほど痛んできた。

この台地の左端は、割りになだらかなスロープが海に面していた。浜ではさきほど乗りつけた三隻のモーターボートが燃えていた。もう残骸《ざんがい》のようになってくすぶっている箇所もある。和田組の連中が火をかけたのだ。和田組の連中の乗ってきたらしい小型の快速艇が、そこからあまり離れていない浅瀬でゆれていた。

砂浜には、島の裏側の山にむけて歩いていったらしい数人の足跡がついていた。やはり、推察したとおり和田組の連中は、山に登って断崖の上端に近づこうとしているのだ。

高城は、ところどころひねこびた灌木《かんぼく》の生えた岩石だらけの禿山《はげやま》に目をあげた。人影はわからない。彼等の足跡がとぎれた砂浜の地点から、岩の間をぬって追跡するほかない。

乾ききった足もとの土くれや岩のかけらは崩れやすかった。足が滑り、短機関銃の表面が岩に当って傷ついた。呼吸が苦しくなってきた。

嶮《けわ》しい山の中腹を越えると、一面枯草と灌木の広場になっていた。

高城がホッと一息ついて額の汗をぬぐった途端——断崖のほうで鋭い銃声が交錯した。銃声はほとんどとぎれる間がなく次々に吠え続けた。高城は靴をぬいだ。四方に目を配り、短機関銃を腰だめに構えて走った。体の痛みはどこかにけしとんでしまった。足の裏を刺す鋭い小石やトゲの痛みも感じなかった。

4

断崖のふちから身を乗り出すようにして、三人の男が拳銃を乱射していた。絶え間なく響く、発射の轟音に、足音を殺して走り寄る高城に気づかない。彼等のそばには光学照準器のついたライフルが転がっている。

彼等の背後五十メーターのあたりまで忍びより、高城は短機関銃を扇形に掃射した。無我夢中で拳銃を乱射していた三人の男たちは、突然背後から襲われて仰天した。罵《のの》り声やわめき声をあげて向きを変えようとしたが、バランスを失った二人の男は、絶叫をあげて断崖から墜落していった。

残った男は、狂気のように高城をめがけて射ちまくった。引き金さえ引いていれば、その間だけは安心出来るといった射ち方だった。

狙いは当然不確実をきわめた。その男の握った自動拳銃モーゼル軍用の長い十連発の弾倉はたちまち尽きてしまった。

その男は、鼬《いたち》のような顔をした小男だった。高城はその男の足もとすれすれから着弾の土煙があがるように二、三発ずつ点射した。

その男の顔は恐怖でゆがんだ。眼球がとびだしそうになった。弾をよけようと、踊るように足をはねあげながら崖っぷちに追いつめられていった。

足許の岩がくずれた。男の体はずるずると滑り落ちはじめた。

男は悲鳴をあげて拳銃を放りだした。両手は空間をまさぐった。その手は奇跡的に、張り出した灌木の根っこをつかんだ。崖下の塹壕から猛烈に射ってきた。

宙ぶらりんになった男は弾が近くをかすめるたびに絞殺されそうな悲鳴をあげた。

「みんな射つな！　射つのを止《や》めろ！　口を割らすんだ！」

高城は走りながら、声をかぎりに叫んだ。

下からの銃声はピタッととまった。

高城は断崖のふちに立った。

塹壕のなかの連中が喊声《かんせい》をあげた。協和会のなかに、死人は出なかった模様だ。

崖から墜落して、石ころだらけの地面に叩《たた》きつけられた二人の男は血まみれのボロ人形のような格好でのびたまま動かない。首が折れて、皮膚からつき出している。

「救けてくれ！」

根っこにつかまって宙ぶらりんになった男は、必死に哀願した。

「救けてやらないこともない。尋ねる事に答えたらな」

高城は不敵に笑った。

「そいつらは和田組のやとった殺し屋らしい。今まで見た事のない奴等だ」

崖の下から叫び声がはねかえってきた。

「なるほどね。そういうわけだったのか——」

高城は低い声で笑った。

「雇われてきたのはお前さんたち三人だけか？」

「まだ来る予定らしい。俺達は新宿から来たんだ」

「まだ来るって？」

「機関銃を持った連中まで来ると言ってた。くわしい事は知らない、早くひっぱりあげてくれ！　腕が抜けそうだ」

「お前さんたちが乗ってきた快速艇には、まだ誰か残っているのか？」

「この島に来たのは俺等だけだ」

血管がきれそうにふくれあがった男の額には、玉の汗が吹き出ていた。体重にたえかねた腕が痙攣していた。

「本当だな？」

「嘘《うそ》は言わない。それよりも……」

「よし、分った。すぐ引きあげてやる。和田組の連中はいま何をしている？　港で待ち伏せしているのか？　協和会の本拠を襲っているのか？」

「そんな事は何も知らない！」

「知らない？　本当に知らないんだな」

「奴等は俺等だけを表にたてるつもりだ。奴等はまだ蔭にまわって口をぬぐう気なんだ」

「じゃあ、和田組の連中は動いてないんだな」

「そうらしい……早く、早く救けてくれ」

「よし、どうも有り難う。御苦労さん」

高城は静かに言って、根っこにしがみついているその男の指を蹴っとばした。男は人間のものとも思えぬ絶叫をあげ、空しい死の踊りをおどりながら落下していった。

狙《そ》撃《げき》者《しゃ》

1

虐殺の島から杉浜の市《まち》に逃れ帰った高城には、協和会会長石黒の別館が提供された。

その別館はコンクリート塀《べい》にかこまれた広い石黒家の庭のはずれにあった。小さいが、がっちりしたコンクリート・ブロックの平屋だ。寝室と居間とバス・ルームになっている。食事は本館から女中が運んだ。

雇った殺し屋を虐殺された和田組が、いずれ協和会に対して大攻勢に出るのは、火を見るよりもあきらかだった。

協和会の会長石黒は、その日のために、高城に月三十万円の給料と、相手を一人倒すごとに十万から五十万のボーナスを与えた。ダットサン・ブルーバードの車も貸した。

高城はある夜、毬子のいるデラックス・バー〝リーザ〟にふらりと現われた。

〝リーザ〟は市の歓楽街、杉浜銀座のどまんなかにあった。

バーと名はついていても、ナイト・クラブのような店がまえだ。

酒を楽しむだけの者はカウンターで飲み、さらに逸楽を味わいたいものは、奥のフロアのボックス席につく。

トレンチ・コートの襟《えり》をたてた高城は、案内のボーイのあとに従って、緋色《ひいろ》のカーペットを敷きつめた廊下を奥に入った。

クロークのあたりでは、深くカットしたドレスやチャイナ服の女給たちが、外からかかってくるなじみ客の電話を受けていた。

銀盆を持った制服のボーイが、コマ鼠《ねずみ》のように右往左往していた。

高城はクロークの娘にトレンチ・コートをあずけた。入り口の飾りとなっている円柱に背をもたせ、値踏みでもするかのように場内を見回した。

フロアでは、頰《ほお》と腰のあたりを密着させた踊りの群れが、ゆっくり動いていた。

一段と高くなったステージでは、金糸銀糸をちりばめた揃《そろ》いのコートに身を固めたバンドマンが、哀調を帯びたコンチネンタル・タンゴを奏していた。

毬子はボックスで口髭《くちひげ》を生やしたレスラーのような男の席にはべっていた。

その男は、細縞《ほそじま》の背広をまとっていた。アルコールのまわった顔にギラギラ目を光らせ、毬子に抱きついて、無理やり裾《すそ》の間に手を差し入れた。

救いを求めるように見回した毬子の瞳《ひとみ》は、円柱の前にたたずむ高城を見つけて輝いた。

高城はまっすぐ彼女のボックスに近づいた。口髭の男は、毬子の背中に回した右手をのばして乳房を揉《も》もうとしていた。左手は毬子の手を摘んで自分のズボンのジッパーを開かせようとしている。

「よしなよ」

高城は男の牡牛《おうし》のように盛りあがった肩を軽く叩いた。

「何っ？」

口髭の男は毬子を抱いたままジロリと見あげた。

「よしなって言ったのさ。露出狂じゃあるまいし、そんな事は人の見てない所でやるもんだよ」

高城はタバコに火をつけた。

「よけいなお世話だ！　てめえ、わざわざ俺に文句をつけるとはいい度胸だな。こい、相手になってやる」

男は毬子の体から手を離した。

「よして、乱暴はよしてちょうだい！」

毬子は男の腕にぶらさがった。

「うるさい」

男は腕の一振りで毬子をボックスの隅《すみ》まではねとばした。

高城は通路をさがって、足場をかためた。

口髭の男は立ちあがった。百八十五センチは優に越していた。体重は百キロ近いのではないかと思われた。

踊りの群れは足をとめた。ボックスは静まりかえった。バンドの演奏がむなしく響いた。

髭の男は歯をむきだして高城の頭を摑《つか》もうとした。ヘッド・ロックでもかけようとする気だろう。

高城は素早く跳《と》びのきざま、無雑作に火のついたタバコを弾《はじ》きとばした。タバコの火口は、男の左の目に当って火花を散らした。

男は悲鳴をあげて目をおさえた。棒立ちになった。顎《あご》のガードが完全にガラあきになった。

高城は狙い定めて、パンチング・ボールでも打つようにその顎を一撃した。

口髭の大男はズシーンと音をたてて床に仰向けに転がった。

高城はその顎を鋭く蹴った。

男は口から血の泡《あわ》を吹きだして気絶した。ボックスでかたずを呑《の》んでいた客は、自分が殴られたように呻《うめ》いた。

2

口髭の大男は、ボーイが四人がかりで運び出していった。

人々は何事もなかったかのように再び、飲み踊り女達を口説いた。

高城は空いたボックスに坐ってビールを注文した。その横に毬子が滑るように寄りそった。

「高城さん、大丈夫？　あの男をあんなひどい目にあわせて？　あとが大変よ」

「何かあの男はバックがあるのか？」

「あの人を知らないの？　まあ、知らなかったの！　あの人は刑事《デカ》さんなのよ」

「デカ？　柄の悪いポリがいるもんだな」

高城は感心したように唸《うな》った。

「あの人は保安課の大久保というの。この店の風紀を調べるんだって言って、よくタダ飲みに来るのよ」

「そいつはお笑いだな」

「でも、あの人なんか、まだましな方なの」

毬子は言った。

「悪徳刑事はこの市にゴロゴロしているってことかね？」

高城はかすかに瞳を光らせた。

「ええ、そうとしか思えないわ。誰でもそうでしょうけれど、警察の人も一度甘い味を覚えたら、なかなかそれを忘れられないのね。いいえ、忘れられないどころか、ますます深みに入っていくものなのね。あなたにこんな事いってもよく分ってらっしゃるでしょうけど、この市《まち》は協和会と和田組が対立しあって、まるで戦国時代でしょう。刑事さんも、結局どちら側かについて甘い汁を吸っているんだわ」

「買収されてるわけかね？」

高城は笑った。

「そうはっきりとは私なんかに分んないけど……」

「さっきの大久保とかいうゴリラ野郎はどっち側？」

「協和会の方よ。そうでないと、このお店でタダ飲みは出来ないわよ」

「そいつは悪い事をしたな。俺達は内輪もめしたってわけだな」

　高城はニヤリと笑った。

「でも、あなたでよかったわ。もし大久保さんをやっつけたのがあなたでなかったら、たちまちその人は生きていられないでしょうから」

　毬子は高城の肩に頬をよせた。

「さあ、飲もう。ここに来たときぐらいは商売の事はよしにしよう。君も飲めよ。ゼニのほうは心配しないでくれ。ともかく、俺はゼニのことで女に心配をかけない主義だから」

　高城はビールのコップを高くあげた。

「私に恥をかかすおつもり？……でも、いいわ。今夜は愉快にいきましょう」

　毬子はビールのコップを傾けた。

　二人はしばらく、たわいないことを話しあいながら飲んだ。

「踊らない？」

　毬子がさそった。

二人は手をとりあってフロアに歩み出た。

毬子は羽毛のように軽く動いた。高城は毬子のように柔軟で反応ゆたかな腰を知らなかった。

いつしか二人はチーク・ダンスの姿勢をとった。

「今夜、いつ店がはねる?」

「十二時半……」

「裏口で待ってるよ」

高城は囁《ささや》いた。

毬子はかすかにうなずいた。

二人はさらに密着した。

毬子の胸の谷間から漂ってくる芳香を嗅《か》いで、久しく女に触れてなかった高城の男は疼《うず》きだした。

「この固いものはなあに?」

毬子は高城が左の腋《わき》の下に吊《つ》ったワルサー拳銃を服の上からおさえた。

「うん、これか? これはね、俺のお守りさ。そして、俺の飯のタネでもあるがね」

高城は照れたように笑った。

何曲か踊って二人はボックスに戻った。

やがてバンドは〝蛍《ほたる》の光〟を繰り返しはじめた。終業が近づいたのだ。

「じゃあ、裏口で待ってるよ。緑色のブルーバードに乗っている」

高城は言った。

「ええ」

毬子はかすかに頬をそめた。

勘定をすませた高城は、クロークでトレンチ・コートを着こみ、外に出た。近くにとめてあった緑色のダットサン・ブルーバードに乗りこんで〝リーザ〟の裏口に車を回した。

同じようにホステスを待つ自家用車やタクシーが十数台並んでいた。向かいの寿司《すし》屋のそばに立って待ちくたびれている者もあった。

やがて、化粧を軽く落した女給たちが裏口から吐きだされはじめた。高城は車の窓ガラスをおろして毬子に呼びかけた。

3

ナイト・クラブ〝マイアミ〟に寄ってから、高城と毬子がたどりついたのは、港近くにあるホテル〝梨園《りえん》〟であった。すでに夜中の二時を回っていた。

〝梨園〟は、五階建ての洋式ホテルだった。フロントのクラークはロイド眼鏡をかけた背の高い男であった。

二人は偽名で宿帳にサインした。

二人は三階の部屋に通された。無論、バスもついていた。

高城は上着を脱ぐとき、巧みにワルサー拳銃の入った肩かけ革ケース《ショルダー・ホルスター》を外し、それをベッドのマットレスとスプリングの間に差しこんだ。

「好きだ！」

高城は横たわった毬子の首筋に唇《くちびる》を這《は》わせ、胸のほうに移していった。右手は柔らかく毬子の内腿《うちもも》を愛撫《あいぶ》した。

毬子は息をはずませて、固くとじた両足をゆるめた。高城は濡《ぬ》れた柔らかい部分にふれた……。

その頃、黒塗りのルノーが、カブト虫のような背にネオンの色を写して、夜の街を疾走してきた。

車には二人の男が乗っていた。夜だというのにサングラスをかけていた。ソフトを目深にかむり、コートの襟を深くたてていた。

車はブレーキの音を軋《きし》ませて、ホテル〝梨園〟の前に停《とま》った。

ルノーの車から降りたった二人は、そろって音のたたぬラバー・ソールの靴をはいていた。

二人はまっすぐにホテルのフロントに歩みよった。

「何か御用でございますか？」

ロイド眼鏡のクラークはインギンに腰をかがめた。

「用がなければ来ねえよ」

肩幅の広い方がむっつりと言った。頬に刀傷があった。

「………？」

クラークは愛想笑いを浮かべた。

「高城は何号室だ？」

鼠のように貧相な顔をした方が尋ねた。その男は体も小さく痩《や》せている。

「さあ、そのような方は……」

クラークは言葉尻《じり》をにごした。

「さっき女《スケ》と来たはずだ。割りにいい男だ。背も高くってな。スケもいい女だ。目だたぬはずはない」

鼠のような顔の男が言った。

「は？」

クラークは当惑したような顔つきになった。

「案内してくれとは言わねえよ。ただ、部屋の番号だけでも教えてくれれば有り難てえと思ってね。それに……」

「何でございますか？」

「あんたも怪我《けが》はしたくないだろう？　見たところ女房も子供もいそうだし」

鼠のような男はニタリと笑った。

「はあ、その方なら三百五号室にいらっしゃいます」

クラークは恐怖をたたえた目つきで言った。

「そうかい、どうも有り難う」

「でも、御面会でしたら、御部屋に連絡いたしませんと」

クラークは電話器に手をかけた。

「よしな！」

肩幅の広い男が鋭い声をだした。

「俺達は警察の者だ。いまから何がおっぱじまっても騒ぐんじゃあないぜ」

鼠のような男は、黒革の手帳をチラッと見せてポケットにしまいこんだ。

相手の胸倉をつかまんばかりに詰めよって、

「合鍵《あいかぎ》をかしてくれ」

と、肩幅の広い男が言った。クラークは震える手で三百五号室の合鍵を渡した。

二人の男はエレベーターを使わずに、階段を登っていった。

三階の廊下に出たとき、二人はどちらともなく足をとめた。

肩幅の広い男は、口径〇・三五七のコルト・パイソンの輪胴式拳銃《リヴォルヴァー》をショルダー・ホルスターから抜きだした。弾倉止めラッチを引き、振り出したシリンダー弾倉をあらためてみる。

鼠のような男は、口径〇・二五の小さく平べったいブローニング自動拳銃を抜きだした。遊底被《スライド》を引いて、弾倉の弾を薬室に送りこんだ。

「敵は手ごわいぜ。まごまごするなよ」

鼠のような男が言った。

二人は拳銃を構え、殺気だった顔つきで高城の三百五号室に近づいた。

二人は三百五号室にたどりついた。肩幅の広い男がドアの向こう側に跳んで、壁にピッタリ身をへばりつけた。

4

鼠のような男が、ブローニングの銃身でドアをノックした。

「ごめんください。ボーイでございます」

返事はなかった。

「済みません、開けてください。ルーム・サービスのボーイでございます」

鼠のような男は猫撫《ねこな》で声を出した。

高城は毯子の体から身を離し、マットレスの下のワルサー拳銃を手さぐりした。

「何の用だ?」

と、いまいましげに叫び、ズボンをつっかけた。毯子は顔の上に毛布をずりあげた。

途端に、ドアから木片がとびちった。

ドアを貫いた弾は、高城の声のした方にむかって集中した。凄《すさ》まじい銃声がした。

高城はサッと身を伏せた。

その体のすれすれを、パシッと鋭く空気を裂いて数発の銃弾がかすめ、壁に当って漆喰《しっくい》をはねとばした。

高城は一発で、スタンドの電灯を射ちくだいた。部屋は一瞬にして闇《やみ》とかわった。

裸体の毯子が悲鳴をあげた。

部屋の外から再び続けざまの銃声が吠《ほ》え狂った。

毯子がベッドから転げ落ちた。

高城はドアを目がけて続けざまに三発射った。

ドアの外から、けもののような悲鳴が聞えた。ドサッと人の倒れる音と、駆けながら逃げていく足音が入り交った。

高城はドアの所までゆっくり這っていった。弾痕《だんこん》の穴から廊下の光線がもれていた。再びドアの外にむけて一発射ちこみ、身を起してドアの左の壁に身をへばりつけた。

差しこんだままの鍵に手をのばし、カチッと回した。ノブを握って回し、勢いよくドアを引きあけた。

サーッとまばゆい廊下の光線が流れこんだ。

高城は拳銃を構えたまま、そっと首をのばして廊下の外をうかがった。

鼠のような男が廊下のカーペットを血で汚して倒れていた。動かない。

ほかの部屋から圧《お》し殺したような悲鳴がもれてきていた。

高城は、頭から廊下に転がり出た。

銃弾はとんでこなかった。高城は転がりながら、あたりの様子をうかがった。

倒れた鼠色の男の手もとにブローニング拳銃が転がっていた。男は死んでいた。その近くに、胸のポケットから落ちたらしい黒革の手帳が開いていた。

高城はハンカチでその手帳をつまんだ。その手帳は巧妙に作ってはあったが、ニセの警察手帳であった。

部屋に戻った高城は、床に倒れている毬子の体をゆすった。

毬子は生きている。

「逃げるんだ。すぐに服を着てくれ」

高城は命令した。自分も手早く服装をととのえた。ワルサーの弾倉室から弾倉を抜き出して、ポケットのサックの実包を五発補弾した。

膝《ひざ》のガクガクする毬子の手をひっぱって、高城は廊下に走り出した。階段の踊り場に集まったボーイやクラークが、小さな悲鳴をあげて両手をあげた。

「むこうから先に射ってきた。死体の始末を頼む」

高城は財布から一万円札を出してクラークに投げつけた。

遠くからパトカーの唸り声が聞えてきた。

毬子は階段でつまずいた。

高城は毬子を軽々と左の肩に背おい、疾風のように階段を駆けおりた。右の手でいつでも抜けるように、ワルサー拳銃は右のポケットにつっこんだ。

ホテルの構内にとめたブルーバードの中に毬子を投げこみ、ハンドルを握って車をホテルから出した。高城はスピードをやたらと出して逃げまくるようなヘマはしなかった。

角をまがってしばらく行ったところで、サイレンを咆哮《ほうこう》させ、赤いスポット・ライトを点滅させて突進してくる最初のパトカーが目に写った。高城はあわてずに制限速度で自分の車をすすめた。

ワルサー自動拳銃

1

脈搏《みゃくはく》のように点滅するパトカーのスポット・ライトはフードに反射して不吉な血の色に見えた。

高城は無表情な瞳《ひとみ》を驀進《ばくしん》してくるパトカーに放《はな》ったまま、歩道よりに車を寄せた。毬子は啜《すす》り泣きに似た声を出して、ブルーバードのハンドルをあやつる高城の左腕にしがみついていた。

パトカーはさらにスピードをあげて、高城の車の右側をかすめ過ぎた。高城が落ち着きはらっているので、局外者と思ったらしい。

毬子が長い溜息《ためいき》をついた。高城は左手をハンドルから離し、タバコの箱を出した。

「火をつけてくれ」

毬子は細かく痙攣《けいれん》する唇にタバコをくわえ、ハンドバッグから出したマッチの火を移した。

高城が深く吸いこんだ煙をフーッと吐き出して交叉点《こうさてん》を左にハンドルを切ったとき、再び全速力で驀走してくるパトカーと遭遇した。

パトカーはブレーキを軋《きし》ませ、タイヤの焦げる悪臭を発して急停車した。サイレンをブザーのように鳴らした。

高城はタバコをペッと吐きだし、アクセルを踏む右脚に力をこめた。特装のダブル・チョーク・ウェーバー・キャブが激しく混合気をエンジンに送りこむ。

パトカーの両側のドアが開け放たれ、拳銃を腰の革ケースから抜き出した警官が二人とびおりた。

「待てっ！」

二人の警官はS・W《スミス・アンド・ウエッスン》制式拳銃の撃鉄を親指で起した。蓮根《れんこん》状の弾倉が回った。

「待たぬと射つぞ！」

警官たちはペーブメントに片膝をついた。

しかし、高城の車は見るまに彼等の視界から遠ざかっていった。

左側の若い警官が、慌《あわ》ててパトカーに駆け戻った。無線のマイクを外し、息せききって報告しはじめた。

高城は車を大通りからそらせ、石黒の邸宅《やしき》にむけて近道をたどった。両側をえんえんと続く工場のコンクリート塀でかこまれた暗く狭い道なので、スピードを落さなければならなかった。

石黒の邸宅に五百メーターに近づいたとき、道のむこうでヘッド・ライトが二つの目をむいた。

ヘッド・ライトの後に、大型トラックの輪郭が浮かんだ。道幅は大型トラックと高城の車がすれちがう事が出来るほど広くない。高城は低い声で罵《ののし》ってブレーキを踏んだ。バックするほかない。すこし後の工場の門のむかいにこれも狭い道がある。

大型トラックは発車した。唸《うな》りをたてて、ぐんぐんスピードをあげてきた。

車をバックさす高城の顔が蒼《あお》ざめた。背筋に熱い電流が走った。

「しまった、和田組だ。奴等はぶっつける気だ！」

と、心のなかで叫び、バックのスピードを早めた。

トラックは十数メーターの距離に迫った。

高城は勘とバック・ミラーにたよって、工場の門の向かいの横道に車を尻の方から入れはじめた。ハンドルをあやつる手が、目まぐるしく動いた。

毬子がその腕にしがみついて甲高《かんだか》い悲鳴をあげた。横道に車体の四分の三ほどを入れた高城のブルーバードに、地ひびきたてて襲いかかったトラックが激突した。凄《すさ》まじい轟音《ごうおん》とともに、砕かれた窓ガラスの雨を浴びた高城は、右側のドアに叩きつけられた。毬子がその上に勢いよくぶつかってきた。

トラックは高城のエンジン・ルームを無惨に叩きつぶしていた。高城の車は宙に浮いて、あやうく横転しそうになり、反対側のコンクリート塀にぶつかってへしゃげた。

高城はハンドルにしがみついて、車から放り出されるのをふせいだ。体中に激痛が走り、頭がガーンと鳴った。

トラックはそのまま三十メーター近く突進し、急ブレーキをかけて停車した。バンパーとラジエーター・グリルがひんまがっていた。

毬子は髪の毛の間から血の雫《しずく》を垂らして気絶していた。高城は右ポケットに入れたワルサーを抜きだし、親指で安全止めを外した。肩がひどく痛む。

毬子の体を乗り越えて、左側のドアのノブを試してみた。ひんまがったドアは開かなかった。

高城は窓ガラスの吹っとんだドアに、左の肩から体当りした。車のドアは、メリメリと軋んで開いた。

高城は危く転げ落ちそうになる体をたてなおした。

気絶した毬子の体を抱えて車から降りた。毬子の体は車の下においた。

高城は親指で撃鉄を起した拳銃を構えたまま地面を這っていった。

三十メーターほど先で停車したトラックの荷台《ボディ》に蹲《うずくま》った男が、右腕と大型輪胴式拳銃《リヴォルヴァー》だけをつきだして射ちまくってきた。

狙いは不正確この上もなかった。

弾は土煙をあげて両側のコンクリート塀に青白い火花を散らし、あるいは高くそれて闇空《やみぞら》に消えていった。

高城はワルサー自動拳銃を構えた右手首を左手でささえ、慎重に引き金を絞った。

パキューンとつきぬけるような銃声とともに、快い反動が腕から肩に抜けた。

トラックの荷台で乱射していた男の〇・四五口径のリヴォルヴァーが快音を残して吹っとんだ。

リヴォルヴァーの持ち主は、手首を挫《くじ》いた凄まじい弾着の衝撃をうけて、わめきながら本能的に立ち上がった。

高城はその牡牛のような顔つきの男の額のどまん中を一発で射ちぬいた。

大型トラックは唸り声をあげて発車し、見る見る視界から消えていった。

高城は気絶した毬子を肩にかつぎ、あたりに目をくばりながら石黒の邸宅《やしき》の方に歩みだした。

2

「じゃあ、車は駄目《だめ》になったんだな」

石黒は灰色の顔を憂鬱そうにしかめた。

「心配なのは車の事だけですか？　どうせ偽造ナンバーをつけてるんだから、あなたの車だって事は分らないですよ」

高城は少しムッとしたように言った。

「エンジンのナンバーは消してないが……まあ、いい。盗まれた車だということにしよう」

石黒は陰気に笑い、

「女には気をつけて欲しいね。いまは、君の部屋に寝かしてあるそうだが」

「御迷惑をおかけしてます。しかし、警察も毬子のあとを追っているはずですから」

高城は卓の上の箱からタバコをとった。

協和会会長である石黒のサロン風な応接間であった。

ガウンをまとった石黒と、硝煙の匂いをただよわせた高城は、テーブルを挟《はさ》んで向かいあっていた。

「いや、どうも言い方が悪かったようだ。気にしないでくれたまえ。そうか、今夜は君は合計二人の敵をやっつけたわけだな。いつもながら見事な腕前。報酬はあとで差しあげる。お祝いに乾杯しよう」

石黒はみずから立ち上がり、小柄な体をサロンの片隅にしつらえたバーに運んで、チューリップ・グラスとナポレオンのブランデーの瓶《びん》を持って戻ってきた。

金色の液体はグラスを八分目ほど満たして宝石のように輝いた。

「チェリオ!」

二つのグラスは涼しい音をたてて触れあった。

高城は一気に飲み干した。

石黒は両の掌でグラスを暖めながら少しずつ啜っていた。高城は空《から》になったグラスに、瓶のブランデーを注いだ。

「そうだ。バーであなたとの関係を知らずに大久保とかいう刑事を痛めつけてしまったんですが……」

高城は思い出したように言った。

「それはまずいな。どうせ金で片がつく事だが、今度ここに来たとき、頭の一ぺんでもさげてやってくれたまえ」

石黒は言った。

「この市《まち》のポリさんは、大久保のような男が多いわけですか?」

「そうだな。署長だけはちゃっかり私と和田の両方から賽銭《さいせん》をまきあげているから、中立派という事になっているが……」

「あとは?」

高城はブランデーを啜った。

「私の側が三分の一、和田の側が三分の一、どっち側につく才覚もないのが三分の一。これで杉浜市の平和と秩序が保たれているっていうわけだよ」

石黒は珍しくニヤリと笑った。

「平和と秩序がねえ」

高城は感心したように大げさなゼスチュアをした。

「君は和田組に完全にマークされてしまったようだな。これからもちょっとでも隙《すき》を見せると射ち殺されるよ」

石黒は真面目《まじめ》な顔に戻って忠告した。

「分ってます。せいぜい防弾チョッキでも買いこんでおきましょう」

高城はニヤニヤした。

「では、警察の方は私がうまくとりつくろっておこう。そのために、警察《サツ》に札束をばらまいてあるんだからな」

石黒は言った。

「どうもお手数をかけます。では、お休みなさい」

高城は立ち上がった。

「お休み」

石黒はテーブルの隅のブザーを押した。廊下で見張りしていた石黒の用心棒二人がドアを開いた。

サロンから出た高城は、彼等にも、お休み、と声をかけ、広い中庭の飛び石を伝って、別館の中に入った。

顎《あご》のあたりまで掛け蒲団《ぶとん》を引きあげた毬子は、高城のベッドで静かに目をつむっていた。

ベッドの足許の揺り椅子《いす》に坐って看病していた石黒家の女中が高城におじぎをして部屋から出ていった。

女中を別館の玄関まで送った高城は、そのドアに鍵をかけて寝室に戻ってきた。

女中の腰かけていた揺り椅子に坐って、毬子の寝顔をじっと見つめていた。

毬子の頭から垂れていた血は、きれいに拭《ふ》きとられてあった。蒼白《そうはく》な美しさをたたえた顔に、長い睫毛《まつげ》がビロードの扇をひろげたように伏せられていた。

高城は洋服ダンスの鍵を外し、タオルのパジャマを出した。隅に短機関銃を入れたヴァイオリンのケースが立てかけられてあるのを確かめた。

服を脱ぎ、パンツまでとってパジャマをつけた。服を脱いでみると逞《たくま》しい裸身だ。服を洋服ダンスにしまい、ホルスターに入ったワルサー拳銃をぶらさげてベッドに戻った。

ホルスターをベッドの頭部にぶらさげ、毬子の横に滑りこんだ。

眠っていると思った毬子が瞳をひらき、高城の背中に腕をまわした。

「もう大丈夫なのか、体は?」

高城は両手で毬子の顔をはさみ、その瞳を覗《のぞ》きこんで笑った。

「心細かったわ……抱いて。きつく抱いてちょうだい。もう離さないで……」

毬子は高城の首筋に顔を埋めた。

3

事件は、協和会と和田組の揉《も》み消し運動が功を奏して、結局うやむやになった。両派とも弱身があるので、ひたすら真相をかくすのに全力をあげた。儲《もう》けたのは、漁夫の利を占めた警察側だけであった。署長は国産の自家用車をベンツに買替える金を稼《かせ》ぎ、事件の捜査主任になった吉村警部などは妾宅《しょうたく》まで買いこんだ。

事件があって一週間も過ぎ、ホトボリも冷めてきた頃——高城は毬子を説きふせて、石黒の家の別館から出てもらった。協和会の密事が漏れるのを恐れた石黒の要請によるものであった。そのかわり高城は石黒の邸宅からあまり遠くない所にある高級アパートを毬子のために借りてやった。協和会の仕事の暇を見て、デパートから運ばせた家具の配置の手伝いなどをしていると、このささやかな安らぎがいつまで続くのかと、自分の職業を自嘲《じちょう》したくなるときがあった。

事件後十日ほどたったある日、高城は石黒から命令を受けた。不渡り手形を出した東海商事が和田組の暴力サルヴェージ屋数人におしかけられて弱っているから、ちょっと行って助けてやってくれ、というのだ。

その東海商事は、石黒の親類の者が社長をしていた。

高城は松村と安西《あんざい》という二人の幹部とともに、黒塗りのオースチンに乗りこんだ。松村は口許がしまりのない細長い男だ。しまりのない分厚い唇はいつもニタニタ笑っている。安西はちょっと目には少壮弁護士とも見えるなかなかの押しだしのインテリ面《づら》だ。ちゃんと大学の法科を出たのだが、法律の裏ばかりくわしい。

二人とも、高城には一目《いちもく》おいていた。車は安西のものだった。エンジンの調子はよかった。安西はハンドルを操りながら口笛を吹きならしていた。

東海商事は港の近くにあった。三階建てのちっちゃいビルだ。ビルの前には三台の車がとまっていた。それぞれの車の外では、エンジンのフードに背をもたせたヤクザ風の若者たちが、道行く人々を睥睨《へいげい》していた。オースチンの車をビルから少し離れたところに乗り捨てた三人の男は、ぶらぶらした足どりで、ビルの中に入った。受付の前で、黒いサングラスをかけたチンピラが、震える受付の娘をからかいながら、張り番をしていた。

三人の前に立ちふさがって、

「どこのオッさんか知らねえが、帰った、帰った。まごまごしているとロクな事はねえぜ」

「ロクな事がねえとは？」

高城は表で見張りしている和田組の連中から見えぬ死角の方に回りこんでいった。

「野郎、俺たちゃどこの者と思ってやがるんだ」

チンピラは高城を見上げて黄色い歯をむきだした。

「エロ写真でも買えというのか？」

高城は冷笑した。安西と松村がすっとチンピラの後に回りこみ、両腕を左右から摑《つか》んだ。チンピラが声をあげる間もなく、高城のフックがその顎に炸裂《さくれつ》した。チンピラの頭は思いきり後に反《そ》った。その顔がはねかえってくるところに、高城は力一杯のアッパーを喰わせた。チンピラはたあいなく気絶した。

安西と松村はチンピラの体をひきずって、壁の隅に坐らせた。上着をぬがせて頭の上にかぶせてやった。チンピラは銃器を携帯していなかった。

受付の娘は少し反《そ》っ歯《ぱ》気味だったが、そのためになかなか色気があるように見えた。

「石黒のオヤジの言いつけで来たんだ。騒がないでくれたよな」

安西がニッコリ笑った。

一階の事務室から、わめきたてる音と、机や椅子のひっくり返る音がしていた。

三人の男は一瞬顔を見あわせ、広い営業課の部屋に進んだ。派手にガラス窓の割れる音が加わった。営業課長のデスクの上に、幹部級らしい蒼黒《あおぐろ》い顔色の男があぐらをかいていた。書類を窓に投げつけたり、椅子をデスクに叩きつけたりする四人の男を、手に持ったムチ代りの自動車のアンテナで指揮していた。営業課の従業員十二、三名は壁ぎわに並んで震えていた。

高城たち三人は部屋の中に足を踏み入れた。ジロッと睨みつけたデスクの上の男の顔色が変った。

「森谷だな。いいところで会ったな」

松村はニタッと笑った。

部屋で暴れていた和田組の部下たちは、一斉《いっせい》にわめいた。高城はその一人の中背の男を一撃で殴り倒した。

「き、貴様は、高城？」

森谷と呼ばれた和田組の幹部は、やっと声を絞りだした。

「俺だ。文句があるなら相手してやる」

高城は凄味《ドス》のきいた声で、叩きつけるように言い、腋《わき》の下に手をつっこんだ。

森谷はてっきり射たれると思ったらしい。言葉にならぬわめき声をあげ、ガラスを破った窓から街路に転げ出た。残りの者もパニックに襲われて森谷のあとを追った。窓からとびだしたのはいいが、足をくじく者、尾骶骨《びていこつ》を痛めて立ちあがれない者がほとんどだ。

「ほかの奴等は？」

高城は壁ぎわの課員たちにむかって尋ねた。

「二階の社長室です」

オールド・ミスといった感じの娘が叫んだ。

高城たちは、足音を忍ばせて二階に上がっていった。階段の真上の廊下で、肩の筋肉の盛りあがった大男が見張りしていた。

高城はここに来て初めてワルサー拳銃を抜いた。安西と松村もブローニング七・六五ミリ、インチに直すと三十二口径の七連発を引きぬいた。大男はあっさりと両手をあげた。鈍重な目つきだ。拳銃を構えた三人の男は、横に並んで静々と階段を登っていった。

松村が二、三歩前に出た。

先に階段を登りつめ、大男の胃に安全装置を外したブローニング拳銃をくいこませた。そうしておいて、左手で大男のポケットや腰を素早く叩いて拳銃を持っていないかを確かめはじめた。

大男は動いた。予期せぬ素晴しいスピードであった。左手が閃《ひらめ》いて、松村の右肩を手刀で強打した。同時にスッと身をひねって、胃にあてられていた銃口をそらせた。右腕のしびれた松村は、ブローニングを発射出来なかった。次の瞬間、ブローニングは魔術のように大男の掌の中に移っていた。

三人の逃走者

1

一瞬にして松村からブローニング拳銃を奪った和田組の大男は、牡牛のような唸《うな》り声を発して松村の肩を左手で掴《つか》んだ。力にまかせて松村の向きを回転させた。

松村は大男に背をむけた形になった。大男はその背に拳銃をくいこませ、歯をむきだして冷笑した。

「みんな、ハジキを捨てねえとこの間抜け野郎を射ち殺すぜ」

大男の声はしゃがれていた。声帯に異状でもあるような声だった。安西の手から拳銃が滑り落ち、階段を跳ねながら転げ落ちていった。

しかし――高城はワルサーを握ったまま、捨てる気配を見せなかった。

「ただのおどかしと思ってるのか？　そのハジキを捨てねえと、本当にこの野郎を射つぜ」

大男は威嚇《いかく》した。

「そいつが射たれようと、俺の知ったことでない」

高城は冷たく言い捨てた。松村が、絞殺されたような呻《うめ》き声をたてた。大男の顔にも、誤算の狼狽《ろうばい》が表情に現われた。

「何を！」

と、かすれた声で叫びざま、松村の背から銃口を外して、高城に狙いをつけようとした。高城は一瞬、発射するのを躊躇《ためら》った。下手をすると松村に当る。

ブローニングを握った大男の右手は、松村の脇腹の所にきた。高城は覚悟をきめてワルサーの引き金を絞った。発射音はコンクリートのビルの内部に反響して、とてつもなく大きくひびいた。松村から、出来るだけそらそうとしたため、ワルサーから発射された九ミリ・ルーガー被甲弾は、大男の腕の肉を浅く削って横に逃げた。

高城は発射と同時に身を沈めていた。大男は腕を射たれたショックで、無意識にブローニング自動拳銃の引き金をひいた。薄い白煙とともに迸《はし》った弾は、高城の頭上をかすめ、階段の踊り場のコンクリートにくいこんで、粉末をまきあげた。

松村が大男のブローニングを持った右手にぶらさがった。その手から血が噴き出していた。大男は傷を物ともせずに抵抗した。怪力で松村を吊りあげて振りとばそうとした。松村は大男の腕に嚙《か》みつきながら、巧みに手を移動させて、ブローニング七・六五ミリ口径自動拳銃の弾倉止め《マガジン・ストップ》を押して弾倉を抜きとった。実包がつまっている弾倉を階段に投げ捨てた。

それを空中で受けとめた高城はニヤリと笑った。ブローニング七・六五ミリには、マガジン・ディスコネクター・セーフティという装置がついていて、弾倉室から弾倉を抜きとると、薬室に入っている実包を発射することが出来ない。薬室にうっかり実包を残したまま分解掃除しようとして暴発させる事故が多いので、それをさけるためにマガジン・セーフティの装置がつけられているのだ。

左手でブローニングの弾倉を持った高城は、右手にワルサーを構えて、身軽に階段を駆け登った。松村を振りとばして壁に叩きつけた大男は、慌てて高城に射ち込もうとした。ブローニングは当然の事ながら沈黙を守った。

狼狽した大男は、安全止めでもかかったのかと、視線をブローニングの遊底被に走らせた。

高城はその横に跳び上がりながら、ワルサーの銃身を大男の後頭部にキーンと音をたてるほど凄《すさ》まじい勢いで叩きこんだ。大男はブローニングを放り出し、両手で頭を抱えた。頭を後にそらすようにしながら膝をついた。起きあがった松村が、あるったけの憎悪をこめて、大男の頰を蹴りつけた。切れた唇から奥歯をとび出させた大男は、烈しくバウンドしながら、階段を頭から先に転げ落ちていった。

「さっき、ああ言ったのは作戦だった。俺の方に銃口をむけさそうと思ってな」

高城は松村にブローニングの弾倉を渡した。

「気になんかするわけねえよ。救《たす》けてもらったんだから」

手をかがめてブローエング拳銃を拾った松村は、手渡された弾倉を銃把《じゅうは》の弾倉室に叩きこんだ。照れくさそうに笑っていた。

自分の拳銃を拾った安西も二階に登ってきた。

「どうも気味が悪い。あんなに大きな銃声がしたというのに、社長室に押し入ってるサルヴェージ屋たちはウンともスウとも言ってないようだな」

安西は廊下の奥の左側にある社長室に顎をしゃくった。

2

「確かに気にくわねえよ。奴等、待ち伏せしてやがるのかな?」

松村が声をひそめた。

「たぶんな」

高城はあたりに目を配りながら、合槌《あいづち》をうった。

「試しにドア越しに射ち込んでみるか」

松村が言った。

「馬鹿な。なかには社長もいる。かえって藪蛇《やぶへび》になるぜ」

高城は答えた。

「あの大男を楯《たて》にしてみようじゃないか」

弁護士風の安西が囁《ささや》いて、階段の踊り場にのびている大男を拳銃で示した。高城はうなずいた。

百キロ近くの大男を二階まで運びあげるには三人がかりでも、そうとうな力が要った。

安西は大男がズボンの脛《すね》のあたりに隠した小さな平べったい自動拳銃ベアード〇・三八口径

六連発を見つけて自分のポケットに移した。〇・三八口径のなかで最も小さい。

気絶した大男を二階に運びあげた三人の男は、社長室のドアの前にその体を放り出して素早く後退した。耳をつんざく数発の轟音《ごうおん》とともにドアの磨《す》りガラスにパパッと放射状のひびが走った。次いで甲高《かんだか》い悲鳴をたてて、ガラスが四散した。一発は大男の耳を吹っとばした。

激痛によって気絶状態から覚めた大男は、唸り声を発してはね起きた。立ちあがったところに、血迷った室内の男たちがふたたび一斉射撃をあびせてきた。大男は何度も尻餅《しりもち》をつこうとする体をかろうじてこらえた。射出口となった背中の服地がギザギザに裂け、白っぽい肉が露出していた。

大男はよろめきながら、ガラスの吹っとんだドアにむかって歩みだした。恨めしげに歪《ゆが》めた唇からゴボゴボと血塊が逆流してあふれだした。

社長室のなかにこもった和田組のサルヴェージ屋たちは、重大な勘違いに気づいた。味方を射ってしまったのだ。大男は、地響きたてて前むきにのめった。

パニックに襲われた三人のサルヴェージ屋たちは、逃げ口を求めて窓ぎわに殺到した。窓の下に、ビルの外壁にそって幅三十センチほどの一階の庇《ひさし》が走っていた。窓ガラスを銃把で叩き割り、桟《さん》をへし折ったサルヴェージ屋たちは、先を争って窓から庇に抜け出た。

高城たちは拳銃を構えて社長室に殺到した。腰が抜けた禿《は》げ頭の社長と、ポマードで固めた髪を乱した秘書が、カタカタ鳴る歯の間から不明瞭《ふめいりよう》な言葉をあげて、無茶くちゃになった窓を示した。二人とも散々殴られたと見えて顔の形が変っていた。高城はニヤリとした。

「オーケイ、松村さんは右側の部屋から入って窓を固めてくれ。安西さんは左側だ。庇の上で袋の鼠《ねずみ》にするんだ」

と、早口に命令し、窓から顔をつきだした。サルヴェージ屋たちは、狭い庇の上に横向きになり、外壁に手をあてて、そろそろと横這《よこば》いしながら右隣の部屋に逃げこもうとしていた。

松村と安西は、左右の部屋の鍵孔《かぎあな》に拳銃弾をブチこんでとびこみ、窓にかけよった。窓を開け放った。庇の上のサルヴェージ屋たちは、恐怖に駆られた顔を見合わせて立ちすくんだ。窓から腕をつきだした松村が、面白半分と言った調子で、ブローニングを発射した。

サルヴェージ屋たちがへばりついた壁の上に、シューッと弾がコンクリートを削る火花が走った。

「た、救けてくれ！」

首をすくめて壁にへばりつくサルヴェージ屋たちは、小さな悲鳴をあげはじめた。高城は左手にワルサーを持ちかえ、サルヴェージ屋たちの靴に当るように狙いをつけて次々に射ちまくった。

松村も射ち続けていた。

サルヴェージ屋たちは、靴の踵《かかと》に弾をくらって足を跳ねあげた。足を踏みはずし、絶叫をあげながら、次々に地面に落ちていった。

弾倉を射ち尽した高城は、その弾倉を引き抜いて弾薬をつめた。カチンとクリップ弾倉を弾倉室に叩きこみ、

「さあ、ずらかろう」

と、仲間に声をかけた。

高城たちは廊下に集まった。パトカーのサイレンが、あたりじゅうで吠え狂っていた。

「どうする？」

安西が乾いた唇を舐《な》めた。

「裏のビルに出よう。そこに隠れるか、強硬に突破するかは、その時になって決めるんだ」

高城は不敵に笑った。拳銃を構えた三人の男は階段を駆けおりた。

階下には誰もいなかった。気絶している連中をのぞけば、銃声に驚いて外にとび出してしまったらしい。

ビルの裏口に鍵はかかってなかった。

高城が先頭になって裏庭に脱《ぬ》け出た。あたりは、ゴチャゴチャしたビルがたてこんでいた。三人の男は拳銃に安全装置をかけてホルスターにつっこみ、じめじめした裏庭を横切って、六階だての隣りの新日ビルの非常階段を、這うようにして登っていった。

事務をとっている人々は、みな、表通りに面した窓ぎわに集まり、殺到してくるパトカーや白バイに見とれていたので、高城たちが屋上に忍び上がる姿を見つける事は出来なかった。高城たちは屋上にたどりついた。隅の方にビルの換気モーターを操作する小屋が建っていた。

屋上から見下すと、パトカーの群れは、新日ビルでなくて、予想通り騒乱の震源地である東海商事のビルにむかっていた。視線を転ずると、つい鼻先に静かな海が広がる港があった。

高城は腕時計を覗《のぞ》いてみた。四時すこし前であった。

「日が暮れるまでここで頑張《がんば》ろう。あとは、闇《やみ》にまぎれて逃げる」

「あの小屋かい。狙っているのは？」

安西は緊張を鎮めようとタバコを唇にくわえた。何本もマッチを無駄《むだ》にした。

「あの小屋だ」

高城はジポーのライターをつけてやった。風に炎がはためいた。安西は胸一杯のタバコの煙を吐きだした。高城と松村もタバコを吸いつけた。

三人の男は屋上の金網に寄りかかってうずくまり、掌でおおったタバコをひっそりと吸い終った。煙は風に吹き散らかされてほとんど見えなかった。

「じゃあ、そろそろ」

高城は吸い終えたタバコの巻《ま》き紙をほぐして、吹きとばした。立ちあがりかけてすっと体を低くした。

「やっぱりポリたちはこっちにやってくる。急ごうぜ」

「オーケイ」

安西と松村はあとに続いた。

換気モーターの小屋は、船のキャビンか機関室に似ていた。

ジーン・パンツに黒い革ジャンパーの青年が計器を横目で見張りながら、映画雑誌によみふけっていた。開いているページは、皮肉にも、ギャング映画の歴史であった。

3

闖入《ちんにゅう》した高城は、いきなり一万円札を映画雑誌のページの上に叩きつけた。

足音を殺して入ってきた高城たちの気配にも気づかずに、ジョニー・ディリンジャーの銀行破りの項を熟読していた若者は、息をつまらせて腰を浮かせた。

「くれてやる。取りなよ」

高城はニヤリと笑った。

ニキビの残る若者は、紙幣を摑むと拝むような格好をしてポケットにねじこんだ。

「ここには誰も上がってこないのか？」

安西が尋ねた。

若者はうなずいた。パニックから覚めて、好奇心の方が働きだしたらしい。

「お宅さんたちは、お尋ね者ですか？　それなら喜んでかくまってあげますよ」

と、物知り顔にウインクした。もっとも、唇の端はピクピク痙攣《けいれん》していたが。

「言いにくい事をいやにハッキリ言うじゃないか。まあ、それに近い者だ。お世話になろうと思ってな」

高城は凄味《すごみ》のきいた笑顔を見せた。

「お、俺はポリが大きれえなんだ。うまく追っぱらってみせますよ。まかしといてください」

「名前は?」

「吉野。吉野五郎って言うんです」

「オーケイ、吉野君。うまく頼むぜ。裏切り者の掟《おきて》は知ってるだろうからな。これを使わないで済むように祈ってるぜ」

高城は腋の下の革ケースからワルサーを抜きだし、十分に死の穴を覗かせた銃口を見つめさせてやってから、流れるようにスマートな動作でしまいこんだ。

「ルーガーですか」

吉野は近頃の青少年に多い拳銃ファンらしかった。

実物の銃器を見たり射ったりするチャンスがほとんどないので、眼前に黒光りする実物をつきつけられて興奮していた。声は熱っぽくかすれていた。

「ワルサーさ。同じドイツ製で、実包も同じ奴を使うけどな」

高城は苦笑した。

「俺たちがうまく隠れる場所はあるだろうな」

安西が二人の会話をさえぎるように、冷たい口調で言った。奥の部屋のドアに目を移した。

「あすこが俺の宿直室なんだ。ベッドにあがると、屋根裏のあげ蓋《ぶた》に手がとどく」

吉野は鍵を外してドアをあけた。三畳ぐらいの板張りの床の隅に、粗末なベッドがおいてあった。

殺風景な部屋は薄暗かった。窓がどこにもないのだ。

「悪いが鍵はあずかっておくぜ。疑うわけではないが、気まぐれにしろ、ドアに鍵をかけられたら袋の鼠だからな」

松村はあいかわらずニヤニヤ笑いながら吉野から鍵を受けとった。

「ベッドにあがるとき、靴を脱いでくださいよ」

疑われたのをムッとしたように、吉野はふてくされた。

「わかった、わかった。何事も用心だからな。そのかわり、うまくやってくれればこれをやる」

高城は安西に近づいて、大男から安西が奪ったベアード〇・三八〇を取り出した。

吉野の瞳が異様に輝いた。喘《あえ》ぐように息をついた。

「本当だな?」

「あんたの腕次第だよ。楽しみにしててくれよな」

高城はニヤリと笑った。吉野は生つばを飲みこんだ。三人の男は靴を脱いで、埃《ほこり》っぽい屋根裏によじ登った。靴をぬいだのは、吉野に言われたからでない。シーツについた靴跡から警官に隠れ場所を発見されない用心だ。

吉野は気をきかせてその部屋の裸電灯を抜きとり、屑箱《くずばこ》の中に叩きつけた。電球はひびが入って役にたたない。

待つほどもなく、足音も荒々しく警官隊の一団が登ってきた。とぼけた調子で警官隊をあしらう吉野の声が聞えてきた。

「へえ、あいつらが、そんな兇悪な連中とは知りませんでしたね」

「ここに来ただろう？　ここ以外に逃げこむ場所はないはずだ」

刑事の威嚇的な声が聞えた。

「ああ、確かに来ましたよ。屋上でうろついてやがるんで、誰だ、と声をかけたらスッとんで非常階段から逃げていきましたぜ。なるほどね、あいつらがね」

吉野は大げさな声を出した。

「白ばっくれるのはよしたまえ」

「白ばっくれてなんかいませんよ。何なら探してごらんなさいな。それに、大体、僕が犯人たちをどうしてかくまわなくてはならない理由があるんだ？」

吉野は喰ってかかった。

「まあ、まあ、そう興奮せずに。我々は何も君を責めてるわけではないのだから」

中年の刑事らしい声が聞えた。

「わかって頂けばけっこうです」

吉野は機嫌《きげん》を直したような声で言った。

「だが、一応、形式だけでも探させてもらうよ」

「どうぞ。鼠でも出てきたら退治してくださいよ」

吉野は嘲《あざけ》るように言った。警官たちは機械室の戸棚《とだな》をあけたり、キャンヴァスをひっぱがしたりしはじめた。

「ここにはいない。いるとしたら、次の部屋だ」

刑事の声が聞えた。

足音が天井裏の下に近づいてきた。高城はそっとワルサーを抜き出し、不敵な微笑を浮かべた。

「ここの電気はつかないのか」

不審気な刑事の声が聞えてきた。

奇襲

1

「この部屋の電灯はどうした？」

刑事の追求はしつこかった。屋根裏に隠れた三人の男たちは緊張した。

安西は生つばを飲みこみ顔面を紅潮させていた。ピクピクこめかみの血管がひきつった。松村は歯を食いしばった。高城は拳銃を握りしめた掌に汗をにじませた。

「切れちゃいましたよ。どうせ寝るだけの部屋だから、そのままにしてあるんですがね」

吉野は答えた。

「念のため、調べさせてもらうよ」

刑事の声がした。

「御自由に」

吉野は答えた。刑事たちは懐中電灯に点火した。黄色い光の筋は、ベッドの下の暗がりをしばらく照らして離れた。

「いないようだな。どうも迷惑かけて済まなかった」

刑事はわびた。

「だから言わないことなかったでしょう」

吉野は嘲笑《ちょうしょう》した。

刑事たちの立ち去る足音が屋根裏まで聞えた。安西が大きな溜息《ためいき》をついて、ガックリ頭を垂れた。

「やけに小便がしたくてたまらねえや」

松村が囁《ささや》いて、腰のあたりをモゾモゾ動かした。

「怖くて濡《ぬ》らしてしまったんでないかい?」

高城がからかった。足音が天井裏のあげ蓋《ぶた》の下に近づいた。高城は再び緊張した。

「奴等は出ていきましたぜ。もう降りて来てもいいでしょう」

吉野が下から声をかけた。

「よくやってくれた。降りたいのはやまやまだけど、夜になるまでここで頑張ってみる。デカたちが様子を見に戻ってきたら、また一騒ぎしないとならんからな」

高城はニヤリとした。

「おいおい、そんな事を言ったって、生理的欲求はどうしてくれるんだ? もうブチまけそうだぜ」

松村が不満を鳴らした。

「お気の毒様と言いたいところだな。おい、吉野君、何か空《あき》びんのようなものはないか?」

高城はあげ蓋をずらせた。

「さあね……。仕方がない、これを使ってもらおうかな」

ベッドの上に乗った吉野は、ビールの空びんをかかげた。高城は礼を言ってそれを受けとり、もどかしげに松村に手渡した。あげ蓋を閉めた。ビールびんの中に放出される松村の液体の音が物わびしかった。安西は腹這いになって顔を伏せたまま、身動きもしなかった。

「ああ、やっとサッパリした」

松村は満々と液体をたたえたビールびんを屋根裏の奥に押しやった。

高城は顔を伏せた安西の肩に手をかけてゆすぶった。

「どうした、気分でも悪いのか?」

しかし、安西は反応を示さなかった。

「気絶したのかな?」

松村が手をだして、安西の重い頭を横にむけた。高城がジポーのライターをつけた。

黄色っぽい光の中に、紫がかった安西の顔が浮かんだ。高城はその瞼《まぶた》をこじあけてみた。虚《うつ》ろな安西の瞳孔《どうこう》は、左右の大きさが違っていた。

「しまった、脳溢血《のういっけつ》だ」

高城は、安西の脈をさぐっている松村に、狼狽《ろうばい》気味の瞳をむけた。

「本当だ、脈もきれてるぜ」

松村の声も上ずっていた。

「人工呼吸も無駄だろうな」

「まずいときに死にやがったもんだな。捕まった恐怖とショックがかさなったらしいや。死体の始末はどうする?」

松村は溜息をついた。

「ともかく仏様の持ち物を取りあげておかないとな。服のネームもはぎとるんだ」

高城は熱くなってきたライターを床においた。松村は安西のポケットの中身を自分のポケットに移した。安西が肩から吊《つ》っていたホルスターと拳銃も同じ運命をたどった。安西は用心深く服にネームを入れてなかった。

下の方から人声が聞えてきた。

高城は松村に手で合図し、ライターを消して屋根裏の床板に耳をへばりつけたが、声は、換気モーター室の外でしているとみえて、よく聞きとれなかった。

話し声は三分間ほど続き、足音が遠ざかっていった。

「ビルの管理人が来やがってね、物騒だから今日はビルを五時に閉めてしまう、と言うんだよ」

吉野の声が登ってきた。高城は腕時計を覗いてみた。蛍光《けいこう》針は四時半近くを示していた。

「ビルの戸を閉めてしまっても、非常階段から裏庭に脱け出せる」

松村が言った。

「駄目でしょうね。裏庭は四方を建てこんだビルにかこまれてるから、外に出るにはよそのビルの中を一度通らないと」

吉野は言いかえした。

長い間、沈黙が続いた。

2

高城は屋根裏のあげ蓋を開いた。下の部屋で、薄闇《うすやみ》の中に吉野の痩《や》せた顔が浮いていた。

「悪いが、ちょっとばかり痛い目にあうのをがまんしてくれないかい？」

高城は吉野の顔にむかって笑いかけた。

「…………」

「暗くなったら俺たちは出る。堂々とビルの出口からな」

「管理人は？」

「しばらくのあいだ眠ってもらう」

「…………」

「君も気絶した振りをしてくれ。手足を縛られてな」

「なるほど、そうすれば警察も信用するぜ」

松村が口をだした。

「縛るだけですかい？　殴るんじゃないでしょうね？」

吉野はあわてた。

「なるべく痛くないように殴るよ。頭にコブぐらい作っておかないと、サツに疑ぐられてまた家宅捜索をくうぜ。せっかくさっき見せた拳銃を手に入れても、奴等に見つけられて取りあげられたんではもとも子もないだろうからな」

高城はニヤリと笑った。吉野は考えこんだ。決心したように、

「よし分った。ただし条件がある」

「と、言うと」

「早く約束の拳銃を渡してもらいたいんだ」

「よかろう」

高城は、安西が和田組の大男から奪ったベアード〇・三八〇のベルギー製小型自動拳銃を投げてやった。受けとめた吉野の顔は歓喜に輝いた。愛《いと》おしげに左手で銃を撫《な》でまわし、瞳はギラギラ燃えてきた。

「安全装置に手をふれるな。安全止めが外れると、引き金に触れただけで暴発する事がある」

高城は警告した。吉野は、

「どこかいい隠し場所はないかな」

と呟《つぶや》きながら宿直室から出ていった。長い時間がすぎて戻ってきた。

屋根裏の二人は、夜のとばりが四界を黒々と包むのをいらいらしながら待ちうけた。

六時がきて、二人の男は屋根裏から降りた。硬直した安西の死体を降ろすのに苦労した。

吉野は死体を見て恐怖のあまりあとずさった。空《から》つばを飲みこんで喘《あえ》いだ。

「心配するな。運び出すから」

靴をはきながら高城は冷やかに言った。

「管理人の部屋はどのあたりだ?」

松村が尋ねた。

吉野は死体から目を離さずに、管理人はビルの裏口の近くの宿直室に泊りこんでいる、と答えた。

「管理人は独身者《ひとりもの》なのか?」

高城は尋ねた。吉野はうなずいた。

「よし、では始めるとするかな。済まんがベルトをズボンから抜いてくれ。それで手首を縛るから」

高城は命令した。

「ここより、屋上の方がいいんじゃないですか。ここで縛られていたら、俺があんたたちをかくまってた事がバレてしまう」

吉野は気をとりなおして抗議した。

「なるほどな」

高城は先に立って歩きだした。吉野を真ん中にはさみ、そのあとに松村が続いた。安西の死体はしばらくのあいだベッドの上に置きざりにした。

「ポリたちはまだ近所をうろついているのかな？」

屋上に出た高城は呟いた。

「そうらしい」

吉野は細い革ベルトを抜き、屋上に腰をおろして両手を背後で交錯させた。

「ポリに聞かれたら、俺等にいきなり後から殴られて気絶したと言うんだぜ。無論、俺等の顔も見る暇もなかったし、声も聞かなかった。分ったな？」

高城はベルトで吉野の両手首をきつく結んだ。ベルトが皮膚に鋭く食いこんだ。

「分ってますよ」

歯をむきだして苦痛をこらえながら吉野は答えた。

「有り難く思うぜ」

高城の右手が閃《ひらめ》き、脇《わき》の下の革ケースから抜き出されたワルサー拳銃の銃身が、流星を描いて吉野の後頭部に叩きこまれた。吉野はつんのめるように前むきに倒れ、コンクリートに顔をつっこんで、気絶した。

松村が換気モーター小屋に駆け戻り、安西の死体をかついで、よろよろしながら出てきた。

屋上の金網ごしに、五彩のネオンの影をゆらめかせた黒い海が見えた。漁火《いさりび》があちこちに点在していた。連絡船のデッキからこぼれ落ちた光が波に千切れた。

ワルサー拳銃を腰のあたりに構えた高城と、硬直した安西の死体を背負った松村は、足音をたてぬように気を配って、階段を降りていった。

屋上から六階に降りた。廊下の両脇の会社事務所はすべて灯火を消していた。踊り場についた小さな電灯が、高城たちの長い影を階段に写した。死体の重さに松村は顎《あご》をつきだして喘いでいた。

一階まで降りるのに、五分近くかかった。

管理人のいる宿直室の窓から明るい光線があふれ出ていた。

「身軽になった方がいいぜ」

高城は松村の耳に囁いた。松村が背負っている安西の死体に顔がふれた。

松村はグロッキーになった顔でうなずいた。

高城は安西の死体を抱えて階段の蔭においてやった。松村は死体の上に腰をおろし、荒い息を鎮めながら首筋をもんだ。頭を振ると骨がボキボキ鳴った。

高城は靴を脱いだ。体を低くし、音を殺して宿直室にしのび寄っていった。松村が深呼吸してそのあとを追った。

高城はドアの横の壁にぴったりへばりついた。松村にむかって、そこで待っていろ、と手で合図し、ポケットからナイフをとりだした。それをビルの裏口のドアに投げつけ、再び壁にへばりついた。

宿直室のドアが勢いよく開かれ、五分刈りの頭の小男がとびだしてきた。管理人だ。

高城は、はずみをつけてその頭に銃身を叩きこんだ。

管理人は軒下の床に蛙《かえる》のように叩きつけられた。

高城は血の流れる管理人の頭を、再び銃身で殴りつけた。

松村が駆けつけてきて、靴先で五分刈りの頭を蹴《け》りつけはじめた。はじめ鋭い音をたてていた頭蓋骨《ずがいこつ》は、グシャッ、グシャッと粘土を踏みつけるような音に変りだした。

蹴りやめた松村は、憑《つ》きものが落ちたような顔をして、管理人の服で靴の血をぬぐった。

「いい運動になったろう。肩のこりが直ったか」

高城は冷笑した。管理人がバンドに吊っていた鍵束《かぎたば》から、表の入り口の鍵らしいものを見つけ鍵穴に差し入れた。鍵は合った。

3

いくら夜だと言っても、死人をかついで街を歩く事は出来ない。松村から、車の鍵を受けとった高城は、さりげない足どりで歩道にあゆみ出た。

車は、サルヴェージ屋にかこまれた社長を救いに東海商事に駆けつけたとき、そのビルから、四、五十メーター離れた場所に乗り捨ててあったのだ。

東海商事のビルだけは灯火がついていた。見張りの警官の姿がチラホラした。

車は乗り捨てた場所にそのままあった。高城は自然な態度で車に乗りこんだ。車種はオースチンだ。

イグニッション・スウィッチに鍵をさしこみ、スターターをかけ、ギアを入れ替えて発車させようとした途端、サイレンを咆哮《ほうこう》させて、近くのビルのガレージにひそんでいた白バイがとび出した。高城は躊躇《ちゅうちょ》なく車を捨てた。ドアを開いてとび降りると、露地の中に駆けこんだ。ビルに挟《はさ》まった露地は暗かった。白バイから降りた警官が露地に駆けつけたとき、すでに高城は反対側の通りに抜けていた。

運よくタクシーが通りかかった。高城は手をあげてそれをとめた。素早く客席にもぐりこんだ。

「繁華街にやってくれ、いそいで」

高城は命じた。

「杉浜銀座ですか?」

発車させながら、運転手は尋ねた、中年の男だった。

「ああ、なるべく人の多い所に。俺は淋《さび》しがり屋だからな」

高城は言った。車はスピードをあげた。露地を抜けて、高城がタクシーを拾った方の通りに出た警官は、走り去るタクシーのナンバーを読みとることが出来なかった。杉浜銀座の入り口にあるMデパートの前でタクシーを捨てた高城は、そぞろ歩く人ごみにまぎれて歩きだした。

公衆電話のボックスを見つけて中に入った。協和会石黒会長の秘密ナンバーのダイアルを回した。

「私だ」

石黒の声がはねかえってきた。

「高城です」

「高城か！　どうした。傷は受けなかったか？」

「安西は死にました。くわしい話はまたあとで……松村が安西の死体と一緒に東海ビルの裏の新日ビルにいるんです。私はそこまで回そうとしたんですが、隠れて見張ってた白バイにつかまった。車を捨ててやっと命びろいといったところです」

「いま、どこにいる？」

「杉浜銀座の真ん中あたり。セントラル劇場の近くの公衆電話からかけてます」

「よし、その近くで待っていろ。使いの者に車を運転《ころが》せて迎えにやる。その男と一緒に乗って、松村を救い出しに行ってくれ」

石黒は口早に言った。

「分りました。使いの者の名前は？」

「多田だ。顔を知ってるだろう」

「覚えてます。じゃあ……」

高城は電話を切った。公衆電話のボックスのそばで、続けざまにタバコを灰にしながら待った。
四、五人のチンピラ・グレン隊のグループが高城をとりかこんで、頭の先から靴先まで見上げたり見下したりした。
「よお、オッさん。ちいとばかりゼニを貸してくんねえか?」

グループの親分株が凄《すご》んだ。

「うるせえ」

高城は低い声で言った。

「なにい! 俺等をなめる気か?」

ポン中のようなリーダー格が、トックリのセーターをはぐり、サラシの中にブチこんだ白柄のドスを見せびらかした。高城は不気味にニヤリと笑い、右手でサッと上着の襟《えり》をはためかせた。肩から腋《わき》の下に吊ったホルスターからワルサーの銃身がつき出ていた。チンピラ・グレン隊のリーダー格は、目をむいて後退《あとじさ》りした。高城は銃把《じゅうは》に手をそえて一歩踏み出した。リーダー格は、言葉にならぬ悲鳴をあげて逃げ出した。転げるように走った。仲間たちもわめきながら遁走《とんそう》した。

高城の肩が軽く叩かれた。高城はパッと跳びずさって身がまえた。お洒落《しやれ》の謙の仇名《あだな》のある多田が、気取った微笑を浮かべて立っていた。高城は苦笑して拳《こぶし》をおろした。

「近くに車がおいてあります」

多田は頭をさげた。渋い服をスマートに着こなした長身痩軀《そうく》の若者だ。

「オーケイ、行こう」

高城はうなずいた。

車は杉浜銀座の大通りにとめてあった。ヒルマンのスーパー・デラックスだ。

多田がハンドルを握った。両脇《りょうわき》の街灯が飛び去っていった。大回りして、海岸ぞいの通りから、松村のひそんでいる新日ビルに近づいた。

「会長は御機嫌《ごきげん》斜めじゃないのかい？」

高城はハンドルをあやつる多田に尋ねてみた。

「さあ、ずい分心配はしてたようですよ」

多田は答えた。

ヒルマンは新日ビルの表の歩道に横づけになった。

高城は車から降りた。足早に表の入り口に近より、ドアを軽くノックした。

「松村、松村！　俺だ。高城だ。開けてくれ」

高城は囁いた。答えたのは、ドアを破った数発の銃弾だった。

非常線突破

1

新日ビルの入り口のドアを破った銃弾は、高城の左肩の服地を引き裂いた。

高城は尻餅《しりもち》をついて横に転がった。左肩から吊った革のホルスターがずり落ちそうになった。銃に吊り革を削られたのだ。

ヒルマンの窓ガラスをおろしたお洒落の謙こと多田がビルの入り口のドアにむけて、引き金の用心鉄の前に十発入りの長い弾倉のついたモーゼル軍用拳銃を乱射した。

青白い発射の炎がひらめくたびに、ドアから飛んだ木片が乱舞した。

ビルの中から絶叫が聞えた。高城も切れ落ちそうになったホルスターからワルサー自動拳銃を抜き出し、ドアのそばに蹲《うずくま》った。多田は全弾倉を射ち尽して、新しい保弾子《クリップ》を弾倉に挿入《そうにゅう》した。

高城はドアの鍵穴に銃口をおしつけるようにして、三発発射した。高熱を発した金属のかけらと煙がとびちった。鍵は破壊された。

高城は体をドアの横に離し、右足をのばしてドアを蹴っとばした。

ドアは開いた。多田が盲射《めくらう》ちした。高城のそばを、鋭く夜気を嚙《か》んで焦げた弾が通過した。ビルの内からは応射してこなかった。

高城は頭からビルの中にとびこんだ。硝煙と血のにおいが鼻をついた。

見なれぬ男が二人、四十五口径の大きな輪胴式拳銃《リヴオルヴアー》を握って、倒れていた。

高城は用心深く、彼等に弾をブチこんでとどめをさした。二人の男は手足を痙攣《けいれん》させて絶命した。

松村は左側の壁ぎわに腰をおろしていた。深く頭をたれ、両手をロープで背後にくくられていた。頭には大きなコブがついていた。高城はあたりに目をくばりながら松村に近づいた。脈をとってみると、松村はまだ生きていた。気絶しているのだ。

高城は左手で尻のポケットから飛び出しナイフを出した。ボタンを押して刃を閃めかせた。

松村を縛ったロープをナイフで断ち切った。ナイフをしまい、重い松村の体を背おった。

多田は車にエンジンをかけ、後部座席のドアを開けて待っていた。

松村の体を後部座席に投げこんだ高城は、再びビルの方に足をむけた。

「どうしたんです？」

多田が尋ねた。

「松村のハジキをとってくる」

高城は答えた。松村だって、いつも持っているブローニングには人知れぬ愛着を感じているに違いない。それを置きざりにして松村だけ運び出せば、あとで気まずくなる。

松村のブローニングは、右側の若い男の死体のポケットにあった。それを取りあげた高城は、ヒルマンの後部座席に駆け戻った。

待ちかねていたように、多田が勢いよく車をスタートさせた。車はガクンととび出した。

パトカーのサイレンが吠《ほ》えだした。高城はうんざりしたように舌うちした。短機関銃さえあったら簡単なのだが。

多田は車のスピードをあげた。後から赤いスポット・ライトを点滅させて、三台のパトカーが追ってきた。

「一度、海沿いに出て奴等をまくんだ」

高城は命令した。多田はうなずいた。

パトカーは凄《すさ》まじくスピードをまして、みるみる接近してきた。

こうなれば、スピードだけでは勝負にならない。高城はワルサーの銃把でヒルマンの後部ガラスを強打した。

五度目にやっとガラスに裂け目が出来た。十数度目にガラスは破れた。

高城はそのガラスの穴からワルサー拳銃をつき出し、パトカーのエンジンを目がけて続けざまに発射した。

グリルの間をぬい、ラジエーターを貫いた弾は、先頭のパトカーのエンジンに命中した。

先頭のパトカーはブレーキをきしませて急停車した。そのパトカーの運転手は、致命的な誤算をおかした。

さける間のなかった後《うしろ》の二台のパトカーは、大音響を発して先頭のパトカーに衝突し、ガソリン・タンクから火を吹いて炎上しはじめた。

高城はワルサーの弾倉を抜いて、素早く装弾した。

「さすがですね」

バック・ミラーの中で多田の顔がニヤリと笑った。

耳もとで炸裂《さくれつ》した銃声に、気絶していた松村が、呻き声をあげて目を覚した。高城は松村の顎に左手をかけて強くゆすぶった。

2

「こ、ここはどこだ?」

松村は充血した目をしばたたいた。

「パトカーに追われて逃走中さ。一体どうしたんだ?」

高城は尋ねた。

「管理人の部屋に、逃げおくれた和田組の奴が二人かくまわれていたんだ。あんたが車をとりに出ていくとすぐに、拳銃を構えて現われた。俺はハジキを抜くひまはなかった。射たれるのは御免だから手をあげたのさ。壁にむかって立たされた。頭にガーンと一撃をくらって、それっきり目の前が暗くなった」

松村は自嘲《じちょう》的にしゃべった。

「その二組は、多田の盲射ちで天国行きになったよ」高城は知らせてやった。

「どうも済まん」

松村は運転台に声をかけた。

「なあにね……それより、これからどう逃げます？」

多田は言った。

「この車で街に戻ることは無理だろうな」

高城は言った。

「さあ、さっきのパトカーの連中が全部くたばってくれたら、この車のナンバーをほかのパトカーに連絡していないはずだから、うまく街なかに逃げこむことが出来るかも知れませんよ」

多田は答えた。

「やってみるか。どうせ石黒会長の所に逃げこめば治外法権のようなものだからな」

高城は呟いた。奪い返した松村にブローニングを手渡した。受けとった松村は、うれしそうに笑って銃把に唇をあてた。殴られた頭に痛みが走ったとみえて、顔をしかめた。

多田はハンドルを回して、左側の間道に車をそらした。

田舎《いなか》道だった。途端に、道路のまがり角のそばに隠れていた二台の白バイが、サイレンを鳴らして追跡に移ってきた。

「しつこい奴等だな」

高城は唸《うな》った。

「まかしといて」

松村が、ふだんのおどけた口調をとりもどし、高城があけた後部ガラスの穴からブローニングを突き出した。

車は猛烈にバウンドしているし、白バイも凄まじいスピードで動いているので、松村の放つ拳銃弾は、いずれも虚《むな》しく夜空に消えていった。

あせった松村は、歯をくいしばってブローニングを速射した。弾はますます白バイを外れた。たちまちブローニングは弾倉が尽きてしまった。

「うまくいったら、おなぐさみ」

高城は松村のあとにかわった。

高城のワルサーは二度、青白い炎を閃《ひらめ》かせただけであった。

乗り手を射殺された二台の白バイは、惰力で十メーターほど走り、横転して銀輪を目まぐるしく回転させた。

「あんたにはかなわんよ」

松村が溜息をついた。

「ただし、ハジキの腕だけでは、と言いたいんだろう」

高城は苦笑した。

「女にかけてもだよ。この市《まち》に着いたと思ったら、あれよと言うまに杉浜一の美女をモノにしてしまったんだからな。あの女には、俺が惚《ほ》れて惚れて惚れぬいてたんだぜ」

松村は高城の背中を叩《たた》いた。

「おせじがうまいな」

高城は頭をさげた。

「彼女、つまり、毬子さんをどこに囲ったんだ？　俺にも教えないとは水臭いぜ」

「隠しだてをしてるわけではないんだがね……いずれ、あんたも御招待するよ」

高城は言葉を濁した。毬子と二人だけの世界に、他人に踏みこまれたくない。松村は唇をゆがめて何か言おうとしたが、言葉をのみこんだ。

「むこうに見えるのはバリケードじゃないですか？」

緊張した口調の多田が、ヘッド・ライトの光芒《こうぼう》のかなたをすかし見た。

松村は罵《ののし》った。確かに交通止めのバリケードだ。

「引っ返すわけにはいかない。車のスピードをあげてつっこむんだ。木製のバリケードだから、うまくいくとはねとばせるかも知れない」

高城は喰いしばった歯のあいだから命令した。

ヒルマンのスピード・メーターは百キロ近くなった。悪路で車体が分解しそうになる。バリケードは目前に迫った。バリケードの後で白バイにまたがって頑張《がんば》っていた警官の一団が、慌《あわ》てふためいて白バイから降り、左右に散った。

「伏せろ。伏せて、しっかりしがみついていろ」

高城は叫んだ。

強風に叩きつけられたようなショックがきた。ヒルマンのフェンダーはひんまがり、バンパーは吹っ飛び、ライトは消えた。車体はバリバリッと不気味な音をたてて震動した。折れたバリケードが左右にはじけとんだ。逃げおくれた二、三人の警官が、飛んできたバリケードの下敷きになって重傷をおった。

ヒルマンは、足をくじいた犬のように不具になりながらも、ほとんどスピードをゆるめずに非常線を突破した。

しかし――ライトをやられているので、運転は極度に困難をきわめた。

多田は、背後から浴びせかけてくる警官隊の銃弾の雨を無視して、車が道路からはずれぬように全神経を集中していた。

ジグザグを描きながらも、傷ついたヒルマンは、またたくまに、警官隊の四十五口径スミス・アンド・ウェッスン輪胴式拳銃の射程をはずれた。白バイは、バリケードを叩きつけられて故障したのか、追ってこなかった。

多田のカンと技術は素晴しかった。ライトの消えた車を、所々に灯柱の点在するだけの薄暗い田舎道に猛スピードで進めていった。

公園の森が左手に見えてきた。

「しめたっ、本部は近いぞ！」

松村が叫んだ。

協和会の本部である石黒会長の邸宅は、公園のすぐそばなのだ。

そのとき道のむこうで、ヘッド・ライトが幻のように浮かんだ。ヘッド・ライトは大きさをましてきた。トラックのヘッド・ライトのようだった。

「駄目だ。どこのどいつが乗っているか知らんが、トラックをブッつけられたら、この車はペシャンコになってしまう!」

ハンドルをあやつる多田が、絶望的に叫んだ。

「車を停めろ。俺達はこの車から出て、畠《はたけ》の中でトラックを迎え射つんだ」

高城が口早に叫んだ。

ブレーキを焦がして傷ついたヒルマンは急停車した。乗っている三人は、前に叩きつけられそうになった。

三人の男は、拳銃をつかんで車から跳び出した。

右側に広がった麦畠の中に駆けこんで身を伏せた。

トラックは、停車したヒルマンの十数メーター先に急停車した。目のくらむようなヘッド・ライトが車体のひしゃげたヒルマンを浮かびあがらせた。

3

高城は、麦畠のあぜに腹ばいになったまま、ルーム・ライトを消したトラックの運転台に拳銃の狙《ねら》いをつけた。

「待てっ、早まるんでない。迎えに来たんだ！」

ホロを張ったトラックの運転台から、叫び声が聞えてきた。

「なんだ、その声は杉山じゃないか」

松村がほっとしたように言って、立ちあがった。

「俺だ。迎えに来てくれたとは、地獄に仏だとはこの事だよ」

と叫んだ。

トラックの助手席から、一人の男が降りたった。準幹部の杉山だった。ひねこびた体つきの小男だ。

フライ級のボクサーといったところだ。高城たちに近寄り、

「この先にもポリが勢ぞろいしてますぜ。奴等の目をうまくくらますのにこのトラックを使え、というのが会長の命令でね」

「トラックを使って？」

松村は問い返した。

「そうですよ。なあにね、兄貴たちがこれに乗り移ったら話は簡単だが、そうすりゃ、その小型の車をここに残す事になる。証拠物件を残すと同じ事だからマズイですよ」

「と言うと？」

「その小型をそっくりトラックの荷台に乗せちゃうわけですよ。そしてホロの垂れ幕をおろし

て知らん顔をしろというわけで」

杉山は鼻をうごめかせた。

「なるほどな」

松村は笑った。

「そんなに、うまくいくものかな？　垂れ幕をはぐられたら万事パーになってしまうじゃないか？」

高城は疑問を発した。立ち上がって、服の土を払った。

「ああ、高城さんも御無事で……なあに、案ずるほどの事はないですよ。この先の道路を固めているポリさんたちは、ほとんどが会長に買収されている連中でしてね」

「なるほどな。それでは、いっそのこと俺達はあのヒルマンをここに置きざりにしておいて、あとからポリさんに会長の家までとどけてもらおうか」

高城は皮肉な口調で言った。

「冗談おっしゃってはいけませんや。そこまで大っぴらにやっちゃあ、やはり世間の目ってものがありますんでね」

杉山は肩をすぼめた。

トラックはエンジンを唸らせて畠に前輪をつっこんだ。バックしてUターンし、車の向きを反対にした。荷台から長い厚板がつき出ていた。運転台から、レスラーのようにたくましい運転手が降りた。顔は様々な鈍器で殴られたあとを残して変形していた。

「新藤《しんどう》という新入りです」

新藤は腰を折ってあいさつした。トラックの後に回り、荷台の後枠《わく》を降ろした。荷台の中に積んでいた幅三十センチほどの分厚い板を二枚、ヒルマンの両輪の幅にあわせて、荷台のふちと地面に渡した。一種の橋だ。

「頼みますよ、多田さん」

杉山が声をかけた。

運転に自信たっぷりの多田は、トラックから十数メーター後のヒルマンを、さらに遠くバックさせた。ギアを切りかえてヒルマンを前進させると、グウンとアクセルを踏みこんだ。

充分なトルクを持って走ったヒルマンは、正確に車輪の下に二枚の板を敷き、目ばたきするまにトラックの荷台の中にとびこんだ。急ブレーキをかけるほどのこともなく、ヒルマンは前進力を失っていた。橋のかわりとなった二枚の厚板は、バタンと音をたてて跳ねあがった。

杉山が体に似合わぬ力でその板をかつぎあげ、畠の中に投げすてた。

高城、松村、多田の三人は、トラックの荷台の中で、ヒルマンの蔭にうずくまった。

杉山が後のホロの垂れ幕をおろした。

無論、荷台の両脇もホロでおおっているので、中は非常に暗かった。

トラックは発車した。道は悪くトラックは大揺れに揺れた。

「下手に話なんかしたら舌を嚙みきっちゃうな」

松村が軽口をたたいたとたん、頭をヒルマンのボデイにぶっつけられて悲鳴をあげた。

三分ほど進んで、トラックは警官隊の非常線にひっかかった。トラックをとめた主任の警部補はニヤニヤしながら運転手の大男に冗談を言った。

トラックは再び発車した。しばらくすると、公園の森の近くの石黒会長の邸宅の門の中に吸いこまれた。

高城たちは、トラックの荷台から跳び降り、大きく背のびをして深呼吸した。駆けよってきた幹部たちが、彼等の苦労をねぎらった。

石黒会長は、例のサロン風の応接間で待っていた。非常に不機嫌《ふきげん》だった。安西の死は大きな痛手だった。高城にまで八つ当りした。

「どうして、安西の遺体を運んでこなかったんだ!」

石黒は額に青筋をたてた。

「何しろ、こっちは自分の身を守るだけで精一杯でしてね」

高城は鼻で笑った。

「笑う気か? しかし、君、今日の君の行動は失敗だらけだ。こんな大騒ぎをひきおこしたというのも、君達の頭の使い方が悪いからだぞ」

石黒は声を震わせた。安西の死で取り乱したとみえ、滅多に感情を表に出さぬ石黒が、今夜はヒステリー女のようだ。

「まあ、現場にいない者は、何とでも言えますよ」

高城は隅《すみ》のホーム・バーに近づき、勝手にジョニー・ウォーカーをラッパ飲みした。

「まったくだ。高城さんがいなかったら、今ごろ俺は地獄で鬼とオイチョカブでもやってる所ですぜ」

松村がとりなした。電話が鳴った。

多田が受話器をとりあげ、二言、三言、問答を交して高城に受話器をさし出した。

殺し屋と女

1

受話器をさし出した多田の顔は無表情だった。受けとった高城は、左手でタバコをさぐって唇《くちびる》にくわえた。

「もし、もし……高城だが？」

「高城さんあたし、ルミ子。あなたは御存知ないでしょうけど、〝若葉荘〟で、毬子さんのお隣りの部屋に住んでますの」

若い女の声が高城の耳に入ってきた。〝若葉荘〟とは、高城が毬子のために借りてやったアパートの名前だ。高城は、その廊下で見かけたことのあるルミ子という女の顔を想い浮かべた。水商売の女らしかった。

「それはどうも。いつもあれが御世話になってます。で、何か?……」

高城はいぶかった。サロンにいる石黒たちに背をむけた。

「今日の夕方、毬子さんと一緒にマーケットに行ったんです。夕食の仕度をととのえに……」

「すると?」

「帰りに二人の男の方に会いました。毬子さんを道のわきに呼んで、しばらく話しこんでましたの。あたし、お店に出るのに間にあわなかったら困ると思ったもので、失礼して先に帰りましたわ」

「………」

「ところが、あたしがアパートに帰ってしばらくしても、毬子さんは帰ってこないんです。気になったままお店に出ましたが、さっきフッとアパートにお電話してみましたの。毬子さんはお部屋にいらっしゃらないんです。管理人の黒田さんに聞いてみても、あれから毬子さんの姿を見なかったっておっしゃるんです。毬子さんのお店の〝リーザ〟に電話してみても、出てきてない、ということで……」

「なるほど」

高城の頰《ほお》はひきしまってきた。

「あたし……毬子さんから、あの方に何か変ったことが起ったときにはここに掛けるようにって、この電話番号を教えられたもんですから……」

ルミ子の声には、さしでがましいことをしたことをわびるような調子があった。

「有り難う。知らせてくれて、本当に有り難う……。あなたのお店は？」

「杉浜銀座三丁目の〝ルドン〟というバーです」

「そうか。何時まであいてる？」

「十二時までということになってますけど、場合によっては一時二時でも珍しくないですわ」

ルミ子は言った。高城は腕時計を横目で睨《にら》んだ。十時半をすぎていた。

「店がしまる前に、何んとかして〝ルドン〟に顔を出してみる積りだが……毬子と話していた男達は、どんな顔つきをしていたかね？」

高城は言った。

「二人とも、上等のトレンチ・コートを着た三十前の人でしたわね。コートの色はチャコール・グレー、ズボンも同じ色だったと思います。顔は二人ともあまり特長はなかったし、背も高からず低からず……そうそう、一人の男は、コートの襟《えり》をスカーフで隠してましたけど、左の首筋に痣《あざ》のようなものがあったと思います」

「有り難う」

高城は受話器をおろした。汗でねばつくほど受話器を固く握りしめていたことに気づいた。

唇からぶらさがった、火をつけぬタバコをもぎとり、乱暴に揉《も》みつぶして灰皿《はいざら》にすてた。

――どうしたんだ？――

と、言いたげな視線が高城に集中した。

「毬子が誰かに拉致《らち》されたらしいんですよ。二人組らしい奴に。首筋の左側に痣のある男を知りませんか?」

高城は、会長の石黒とむかいあって、ソファにズシンと腰をおろした。

石黒は灰色の薄い唇をつきだして仏頂づらをしていたが、

「女に夢中になると、かならずむくいがくるものだ」

と、不機嫌に言いすて、内ポケットから四、五枚の写真の束をひっぱり出した。

「和田組が新しく雇った殺し屋の顔写真だ。これを私に売りつけたデカは、礼金で車を買いこむらしい」

噛んではきだすようにしゃべりながら、写真を一枚一枚めくっていく。

「これかな」

と呟《つぶや》き、隠しカメラで盗みどりしたらしいピントの少々ぼけた写真をかざした。

その男は、トレンチ・コートの襟をたてて笑っていた。スカーフで隠しきれぬ大きな痣が、喉笛《のどぶえ》のほうに広がっていた。顔は平凡な顔だった。サラリーマン風な表情をしていた。背景に、喫茶店か、バーの棕櫚《しゅろ》の植えこみが写っていた。

写真の裏側に、濃い鉛筆で書きこみがしてあった。

石黒は写真をひっくりかえして、書きこみを読みあげた。

「通称サドの五郎、本名は三枝《さえぐさ》五郎。仇名《あだな》の由来はサディスト的傾向を多分に有しているため。その加虐性は、掌大な痣を持つ劣等感の裏がえしと思われる……か。ええと、身長は約一メーター六十五、体重は推定六十キロ。前科は無し。何度も殺人容疑で逮捕されるも、常に証拠不十分で釈放されている。知能犯らしいな」

「よく見せてください」

高城は腰をあげてその写真を手にとった。

2

「女を奪《うば》いかえしに行く気だな?」

石黒は、ギラギラ光りだした高城の瞳《ひとみ》を見つめた。

「行ってはいけませんか」

高城は静かに言った。

「ああ、よくないね」

石黒は嗤《わら》った。

「どうしたわけで?」

高城の声は高くなった。

「君の体は私が買ってある。少くともある時期まではな。買い主の命令に逆らう事はならぬ」

石黒は冷たく言った。

「俺はあんたに雇われたんだ。体まで売ったおぼえはない」

高城の声も冷たかった。

「なるほど、君の体を買ったと言ったのは、言い方がまずかったかも知れない。しかし、君の時間は私が買い切ってあると言ったらどうだね。意味するところは同じでも、少しは君の自尊心が満足するかね？」

石黒は嘲笑《ちょうしょう》した。

「…………」

高城は石黒を睨みつけていたが、ニヤリと苦笑してタバコに火をつけた。

「私は君に女に溺《おぼ》れないようにと何度も忠告したはずだ。殺し屋は感情を持ってはならない。感情を持つと弱味ができる。みすみす不利だと知っている事にも当って砕けてしまう」

石黒はねちねちした口調で言った。

「そんな事ぐらい、言われなくても分ってますよ」

高城は言い返した。

「分ってながら、なぜ自分から罠《わな》にとびこむのだ？」

「罠ですかね？」

「きまっているじゃないか。和田組は、君の女を餌《えさ》にして、君をここからおびき出し、罠の中に誘いこもうとしているんだよ」

「なるほどね。そいつは面白い。それではこっちの方が一枚上手《うわて》をいって、罠師のほうをかえって罠にかけてやったら？」

高城の目の光には挑《いど》むような趣があった。

「そううまく君の思う通りに事が運んだらな……」

石黒はゆっくり首を左右に振った。

高城が口を開きかけたとき——再び電話のベルが鳴った。

お洒落《しゃれ》の多田が、素早く受話器をすくいあげた。すぐに高城の方に受話器をまわしてよこす。

「またですよ」

「どうも」

高城は受話器をとった。

電話線を通じて流れてくる声は、先ほどのルミ子であった。レコードの音も混っていた。高城は緊張をとどめる事が出来なかった。

「すぐ来てください！　さっき毬子さんを連れ出した男の一人がこの店に来てるんです。私を狙ってるんだわ！　私をおどして、口どめさせようとするつもりだわ！」

圧《お》し殺したようなルミ子の声は恐怖で震えていた。

「わかった。すぐ出かける。うまくあしらって、そいつを店に釘《くぎ》づけにしてくれ」

高城は口早に言った。

「あ、あの人がおトイレから戻《もど》ったわ！」

電話はルミ子の方から切った。

「なるほど、どうしても行くつもりなんだな？」

石黒は意外なほどおだやかな声で言った。

「そいつを絞めあげて、口を割らせてみせますよ。この仕事には報酬は要らない。経費は俺の持ち出しということでどうでしょうかね?」

高城は言った。

石黒は珍しくニヤリと笑った。

「手伝おうか?」

松村が口をはさんだ。

「有り難いが、あんたまでまきぞえにしたくない。何しろ、さっきまで、二人して逃げまわったんだから、二人で連れだってたらヤバイよ」

高城は首を横に振った。

皆に中座のわびを告げ、高城は石黒の庭内にある別館に戻った。

寝室に入り、洋ダンスのロッカーの鍵《かぎ》を開いて、ヴァイオリンのケースを取り出した。

ケースを開き、分解したM一A一タイプのトムスン短機関銃をひっぱり出した。

ケースのなかの五個の長い弾倉に〇・四五口径ACP(コルト軍用自動拳銃弾)が二十発ずつ、つまっているのを確かめた。

高城は手早く短機関銃を組み立て、弾倉を弾倉室につっこんだ。

残りの四個の弾倉を右側の内ポケットに入れると、重みで服が右側に傾いた。

短機関銃はコートに包んだ。銃の形が外観からは判別できないようにするのに頭をひねった。

肩からショルダー・ホルスターに差したワルサー自動拳銃の弾薬サックは、尻《しり》のポケットに移した。

高城は、コートに包んだ短機関銃を抱え、別館から歩み出た。散弾銃を持って裏門に頑張っているいかつい顔の門番に顎《あご》をしゃくり、夜の街に歩み出た。

警官の姿は見えなかった。三十メーターほど歩いたとき、流しのタクシーを見つけた。

高城は左手をあげてそれをとめた。

タクシーの車種はトヨペット・マスター、運転手はくたびれきった顔つきをした中年男だった。

後の座席に乗りこんだ高城は、いきなりタクシーの運転手の首筋に、コートで包んだ、短機関銃トミー・ガンを叩きつけた。

運転手はハンドルに顔をブッつけて昏倒《こんとう》した。切れた額から血がしたたった。

高城は車から降り、運転台のドアをあけた。昏倒した運転手の体をひきずり降し、両脇をかかえて、後の座席に移した。

車を発車させ、Uターンさせて、石黒の邸宅の裏門に横づけした。

呼びリンをおすと、鉄門についた防弾ガラスの覗き窓の後から、さきほどの門番がいかつい顔を見せた。

高城の顔を認めて、重い門をひらいたが、タクシーを見て不審げな顔をした。

「運チャンを気絶させた。あのタクシーを無断借用するんだが、俺が帰ってくるまで、運チャンの体を預っててくれないか。無論、目隠しをして、手足を縛るのを忘れずにな」

高城は頼んだ。門番は無言でうなずき、高城がタクシーから抱え降した意識不明の運転手を、門の中に運びこんだ。

3

バー〝ルドン〟は、裏通りに面したありふれたサントリー・バーの一つだった。夜になると鎧戸《よろいど》を閉じるアクセサリーの店の地下にあった。

近くにタクシーを停めた高城は、コートに包んだ短機関銃を抱えて、急角度の階段を降りていった。

長いカウンターの後に、年増のマダムと五人のホステスがいた。客はまばらだった。四人しかいなかった。深く胸をカットしたドレスを着たルミ子は、カウンターのはずれにひっそりと腰をおろした客の前で、神経質にダイスを振っていた。その客は、平凡な顔つきをしていた。しかし、見る者が見たら、その男の背からたちのぼる暗い殺気と、チャコール・グレーのトレンチ・コートの胸の下にふくらんだ拳銃の輪郭を見わける事はむずかしくないだろう。

「いらっしゃい」

「いらっしゃいませ」

ホステスやマダムの声に迎えられた高城は、その男を見むきもせぬ風をよそおって、反対側のカウンターの端、つまり、入り口から一番近いスツールに腰をおろした。カウンターはゆるい馬蹄形《ばてい》を描いているので、横目でその男を覗き見ることが出来る。

「お荷物をお預りしましょうか?」

蒸しタオルを持って近づいたホステスが言った。髪を赤みがかった金髪に染めていた。

「いや、結構。黒のダブルをオン・ザ・ロックにしてくれ」

高城は言った。

殺し屋の前でもじもじしていたルミ子が、飲みかけのグラスを取りあげた。

「氷がとけてしまったようね。替えましょうか?」

殺し屋は目でうなずいた。

ハイボールのグラスを持ったルミ子は、カウンターの真ん中に戻り、氷を割っている金髪に染めた女給と、小声で会話を交した。

殺し屋は、飾り棚の酒ビンを眺めているふりをしながら、ルミ子の方にチラチラと視線を走らせた。それを、高城は目の隅でとらえていた。ルミ子はソーダ水を注ぎこんだハイボールのグラスを持って、殺し屋の前に戻った。髪を金色に染めたホステスは、高城の前に氷を浮かせたダブルのウイスキーを置いた。

「君の名前は?」

「朱美《あけみ》よ。どうぞよろしく」

「俺はコーさんと覚えてくれ」

「ルミのお友達?」

朱美は声をひそめた。

「ああ」

高城は合槌《あいづち》をうった。

「ルミさんの方を振りかえらずに、私の言う事を聞いてちょうだい。ルミさんからの伝言よ」

「………」

「いまルミさんの前にいる人に気をつけなさいって、どういう意味かしら」

「俺にわかる。どうも有り難う。どう、君も飲まない？」

「スロー・ジン・フィズをいただくわ」

朱美は答えた。

高城は、朱美と冗談を交しながら時間をつぶした。

「あの人、しつこいのよ。ずっとルミさんを離さないんだから」

アルコールの回ってきた朱美は、とろんとした目で殺し屋の方を見た。高城はそっと腕時計を覗いてみた。十二時をとっくにすぎていた。残っている客は、殺し屋と高城だけであった。

高城も酒が強かったが、トレンチ・コートに身を固めた殺し屋もタフだった。すでに、ダブルのハイボールを二十杯以上飲み干していると思われるのに、顔面がかすかに蒼《あお》くなっているだけだ。

「済みません。もうカンバンですから……」

和服のマダムが、顔一杯の愛想笑いを造った。殺し屋は、ルミ子にむかって、

「外で待ってるぜ。送らせてくれよ」

「結構ですわ、御親切は感謝しますけど」

ルミ子はことわった。

「どうせ、車に乗ってきたんだ」

「歩いてすぐですから」

「人の親切を無にするもんじゃないぜ。な、いいだろう？　待ってるからな」

殺し屋は一万円札を投げだし、

「おつりは、君がとっといてくれ」

と、言いすて、ルミ子の呼びとめる声も聞かずに足早に階段を登って消えていった。

高城はスツールから腰を浮かせた。ルミ子がその前に立った。唇の端が痙攣《けいれん》していた。

「…………？」

高城の指示を仰ぐような目の光だった。

「行くんだ。俺は奴の車のあとから尾行する。安心していたまえ」

と、言いすてて、高城はバーから出た。

奪ったタクシーに乗りこんで、バー〝ルドン〟の入り口を眺めていた。黒塗りのオースチンが、バーの入り口の近くに停車した。消えやらぬネオンの反射を浴びた殺し屋の顔が運転台に見えた。十五分ぐらいして、バーの入り口から、華やかな娘たちがあふれ出た。

殺し屋は、運転台のドアを開いて、ルミ子の名を呼んだ。ルミ子はしばらくためらったのち、同僚から離れてオースチンに乗りこんだ。ハンドルを握る殺し屋が運転席である右側、ルミ子が左側の位置をしめた。オースチンは発車した。空車札を外した高城のタクシーが適当な間隔をおいてそのあとを追った。オースチンは、街をはずれて海岸ぞいを走った。ルミ子のアパートとは方角がちがっていた。殺し屋は、右手で巧みにハンドルをあやつりながら、左手に握った拳銃をピッタリとルミ子の腰に圧しつけていた。

片道切符

1

ヘッド・ライトの先に、黒いアスファルト道路が果てしなくのびていた。

ルミ子を連れ出した殺し屋は、彼女の腰に左手で握った口径〇・三八〇スペッシャルのS・W輪胴式拳銃《リヴォルヴァー》をおしつけ、右手で巧みにオースチンのハンドルをあやつっていた。

ルミ子の顔から血がひいていた。蒼白《そうはく》な頬が痙攣《けいれん》した。体は洗たく板のように硬直していた。切れ切れに、喉の奥から悲鳴をもらしていた。

「どうだい、夜のドライブの気分は、まんざらでもないだろう」

殺し屋は低い声で笑った。

道路の左右の広告板の夜光塗料が、ヘッド・ライトに真赤に照らされて飛びさっていった。

「ピストルをしまってちょうだい！」

ルミ子は喘《あえ》ぎ声を出した。

殺し屋はニヤニヤ笑ったが、ルミ子の腰におしつけた拳銃をしまおうとしなかった。

「ど、どうして私をこんな目にあわせるのよ？」

ルミ子はシートの上で動いた。

「動いたら射つぜ」

殺し屋は注意した。

「私に何の恨みがあるの？」

「恨みなんかないよ」

「私の体が欲しいの？」

「自惚《うぬぼ》れなさんなよ」

殺し屋は嘲笑《あざわら》ったが、口ほどでもなく鼻の穴がふくらんだ。

「じゃあ、どうして？……」

ルミ子は身をよじった。

「うるさいな。静かに夜の景色を楽しもうじゃないか」

殺し屋は言った。

車は左側を山にはさまれた海岸ぞいを走っていた。街をはずれてすでに五分、すれちがう車は見えなくなった。高城のタクシーは、百メーター以上離れて尾行していた。

「殺す気？」

ルミ子はカラカラに渇いた喉から、やっと声を出した。

「黙ってろ！」

殺し屋は怒鳴った。

ルミ子は黙りこんだ。口の中でお祈りをしていた。目をあげると、バックミラーの中に、後からつけてくるタクシーの輪郭が浮かんで消えた。

ルミ子は捨て身の体勢に移った。

「ねぇえ」

と、鼻声を出して、殺し屋の方に体を傾けた。

「離れてろ！」

殺し屋は怒鳴ったが、唇は好色そうにまくれあがった。

「ねえ、お兄さん」

「何だ？　気持の悪い声を出すなよ」

「意地悪いわないで。覚悟をきめたわ。あたし、お兄さんのように男らしい人なら、体をおもちゃにされても後悔しないわ」

ルミ子は殺し屋の肩に頭をおしつけた。

「よせやい。運転の邪魔になるじゃないか」

殺し屋は言った。まんざらでもない口調だった。

「その冷たい所がたまらないの」

ルミ子はくどいた。ルミ子の腰に当てていた拳銃の銃口は、すこし角度がずれてきた。

「ふん、うまい事を言ったって、その手には乗らねえぜ」

殺し屋はニヤニヤした。

車窓の右側を流れる海岸は、淡い月光を浴びた砂浜になっていた。人影はまったく見当らず、所々に朽ちた廃船が影をおとしていた。

殺し屋は車のスピードをゆるめた。拳銃のほうの注意が留守になった。

ルミ子は、殺し屋が左手でおしつけている拳銃の銃身を両手で摑《つか》んだ。全身の力をこめて、銃口を自分の腰から外した。

殺し屋は、声をあげて罵った。ブレーキを踏みこみながら、拳銃をルミ子の手から離そうとした。

ハンドルのおろそかになった車は、ジグザグをえがいて進んだ。

ルミ子は、殺し屋の耳に嚙みついた。

殺し屋は悲鳴をあげた。ハンドルから手を離し、両手で拳銃を奪いかえそうとした。

轟然《ごうぜん》と音をたてて拳銃が爆発した。銃口から炎がひらめき、ルミ子の袖《そで》をかすめた弾は車のドアを貫いた。物凄《すご》い反響音が起った。

ルミ子は、爆発のショックにしびれた手を、拳銃の銃身から離した。驚愕《きょうがく》のあまり、殺し屋の耳にかみついた歯を開いた。

「糞《くそ》っ！」

歯形のついた左耳から血を垂らした殺し屋は、拳銃の銃身でルミ子の額を一撃した。

ルミ子は頭をおさえて、呻《うめ》きながらシートの上を転げまわった。額から血が流れた。

車は道路の右側の端に、あやうく停っていた。殺し屋はイグニッションを切ってエンジンをとめた。ライトも消した。

2

奪ったタクシーを運転する高城の姿が、殺し屋の車を左側から追いぬき、前方に消えた。追いぬきざま、オースチンの車内の光景を素早く目におさめていた。

殺し屋は高城に気づかなかった。血のあふれ出る耳をおさえ、憎々し気にルミ子を睨みつけていた。ルミ子は頭をかかえてシートの上に蹲《うずくま》っていた。

殺し屋は、傷ついた耳から左手を離し、血まみれなその手でルミ子の髪をつかんだ。

髪をつかんで、ルミ子の顔を吊《つ》りあげた。ルミ子の瞳は、恐怖につりあがっていた。

「この売女《ばいた》め！」

殺し屋は歯をむきだした。

いかにして、最も惨虐な復讐《ふくしゅう》をしてやろうか、というように、ギラギラ目を光らせて考えこんだ。長い時間がたった。

「降りろ！　言うことを聞かねえと……」

殺し屋は、銃口をルミ子の股間《こかん》に差しこんだ。ルミ子のスカートは、争いでまくれあがっていたのだ。ルミ子はパンティをはいていなかった。

「やめて、言うとおりにしますから！」

ルミ子は叫んだ。

殺し屋は、銃口を乱暴に引きぬいた。恐怖のあまり漏らした小便に、銃口が濡《ぬ》れていた。

殺し屋は不敵に笑った。耳から頬を伝って垂れた血を舐《な》めた。

ルミ子は震える手でドアを開いた。

殺し屋は拳銃をつきつけて、ルミ子のあとから降りた。

「砂浜にむかって歩け」

殺し屋は命令した。

ルミ子はガクガクする膝《ひざ》を踏みしめ、オースチンの前を回り、砂浜にくだる堤を降りはじめた。

足をすべらしてよろめいた。

「ふざけるな！」

背後で殺し屋が罵った。

ルミ子は、喉の奥でヒーヒー悲鳴をあげながら、ゆっくり斜面をくだった。

殺し屋は薄笑いを浮かべて、そのあとからついてきた。

ルミ子の足は柔らかい砂地に達した。屠所《としょ》にひかれる羊のように、ルミ子は力なく歩いた。

「あの木の所まで行くんだ」

殺し屋が言ったのは、三十メーターほど先の砂上に打ちあげられた巨大な流木のことであった。

その流木は、大木の根の部分らしい。怪奇な姿はオブジェのようだった。

ルミ子はよろけながら歩いた。耐えきれなくなって啜《すす》り泣いていた。

「よし、止れ」

ルミ子が流木のそばにきたとき、殺し屋は声をかけた。ルミ子はクタクタと坐りこんだ。

「馬鹿、甘えるんじゃない！」

殺し屋の声は冷たかった。

ルミ子は砂上につっぷして泣きわめいた。

「そこに穴を掘れ。出来るかぎり大きく深い穴を掘るんだ」

殺し屋は命令した。

ルミ子は泣き続けていた。

殺し屋はルミ子に近寄り、背中を蹴《け》っとばした。ルミ子は横倒しになった。

殺し屋はその下腹部を靴《くつ》で踏んづけた。

「言う事を聞かねえと……」

ゆっくりと、不気味な声で言って、靴に力をこめた。ルミ子は激痛にたえきれずに、ゴロゴロ転がった。スカートがまくれて、白い腿《もも》がむきだしになった。

「早く！」

殺し屋はせかせた。

ルミ子は無我夢中で、両手を使って砂地に手をつっこんだ。喘ぎながら、穴を掘りはじめた。

殺し屋は、右手に拳銃を構えたまま、唇をゆがめてルミ子の動きを見下していた。

ルミ子は狂ったように穴を掘った。爪《つめ》のあいだから血が流れてきたのにも気づかず穴を広げていった。

三十センチほどの深さのあたりから、水がわいてきた。ルミ子は自分の掘った穴の中に体を入れ、崩れやすい砂をかい出した。膝から下は泥水の中に埋った。

「よし、その中に坐れ」

穴の深さが五十センチを越したとき、殺し屋はニヤリと笑って命令した。

ルミ子は疲れた体から力をぬいた。坐ると、腰の上まで身をきるように冷たい水につかった。

「どうだい。自分の墓穴を掘った感想は？」

殺し屋は嘲《あざけ》った。

ルミ子は口をきく力もなくうなだれた。

「遺言はないかい？　何でも聞いてやるぜ」

「…………」

「お前のようなベッピンさんを殺《や》りたくはないさ。さっきは、勘弁してやろうかな、と思ってたんだ。お前さんが、おかしな真似《まね》をするまではな――」

殺し屋はゆっくりしゃべった。

「もうこうなったら、お前さんを助けることは出来ない。俺がお前さんにしてやれることといったら……まあ最後の一服でもつけてやるぐらいのことか」

両足を軽く開いて拳銃の狙いを穴の中のルミ子におろした殺し屋は、左手でポケットのタバコをまさぐった。耳の血は乾いてこびりついていた。

殺し屋はシガレット・ケースから唇でピースをぬきとった。そのタバコをくわえ、ケースをポケットに入れた。

ポケットから出す手でライターを引っぱり出し、カチッとつけてタバコの先に炎をもってきた。ジポーの軍用ライターだった。大きな黄緑色の炎が、潮風を受けてはためいた。

殺し屋はフーッとうまそうにタバコの煙をはいた。

鋭く銃声が響いた。

3

殺し屋のライターが、銃弾にひっぱたかれてフッとんだ。グシャグシャにつぶれて海中に叩きつけられた。

銃は、ライターだけを破損したのではなかった。それを持っていた殺し屋の掌を貫いた。殺し屋は、けものの悲鳴をあげ、拳銃を放り出して、星型に穴のあいて肉と骨が露出した左掌をおさえた。砂上に膝をつき、わめきながらゴロゴロ転がった。背中が波打って痙攣した。

ワルサー自動拳銃を構えた高城が、しっかりした足どりで堤の斜面をくだってきた。

殺し屋は意味のわからぬ叫び声をあげ、砂上に落ちた拳銃にとびかかろうとした。

高城のワルサーがふたたび吠《ほ》えた。遊底からはじきとばされた空薬莢《からやっきょう》が、淡い月光をはねかえして舞い上がった。

殺し屋のリヴォルヴァーは凄《すさ》まじい音をたてて跳ねた。九ミリ弾をくらった輪胴《シリンダー》が潰《つぶ》れた。殺し屋は、一瞬のあいだ痛みも忘れて、使いものにならなくなった輪胴式拳銃《リヴォルヴァー》を呆然《ぼうぜん》と見つめた。勝負にならないと思ったのだろう。

高城は海を渡って反響する銃声の中で、一歩一歩と殺し屋に近づいた。

ルミ子は、伏せていた顔をあげて、高城の姿を認めた。助かったという意識が脳裡《のうり》にひらめいたと思うと、スーッと目の前が暗くなった。それっきり気絶して、グッタリ頭をたれた。

高城は殺し屋に近づき、銃弾をくらったリヴォルヴァーを海中に蹴りこんだ。殺し屋は右手で傷ついた左の掌をつつみ、砂に顔をこすりつけて背を波うたせていた。

「どうしてこの女を殺そうとした？」

「…………」

高城は、倒れた殺し屋のそばにうずくまった。

殺し屋は声にならぬ呻き声をもらして、苦痛をこらえようとした。

「言えっ！」

「………」

「言わないならいい、貴様の右の掌も射ちぬいてやるからな」

高城は圧《おさ》えつけたような声で言った。

殺し屋の顔はさらに歪《ゆが》んだ。

「待ってくれ！　あんたは刑事《デカ》か？」

「そう見えるか？」

高城は苦笑した。

「バーでも俺を見張ってた」

「俺の事は何でもいいだろう。貴様がしなければならぬことは、俺の質問に答えることだけだ」

高城は言った。

「しゃべったら助けてくれるか？」

「貴様が嘘《うそ》をつかなかったらな。どうしてこの女を殺《や》ろうとしたんだ？　毬子を連れだすところを見られたからか？　毬子と立ち話をしているときに、貴様はこの女に顔を覚えられている。だから、目撃者は消そうとしたのだな」

高城は口早に言った。

「どうしてそこまで知っている？……もしかしたら……もしや、あんたは……高城？」

殺し屋は愕然《がくぜん》とした。

「間の抜けた殺し屋先生だな。今ごろやっと気がついたのか」

高城は冷笑した。殺し屋は恐怖の波にとらえられた。気違《きちが》いじみた声をあげ、四つん這《ば》いになって逃げ出そうとした。

殺し屋が五メーターほど必死に這ったのを待ち、高城はゆっくり狙い定めてワルサーを発射した。

殺し屋の右の人差し指が千切れて吹っとんだ。ちょうど、第二関節のあたりからだった。殺し屋は砕けた骨の露出した人差し指を口にくわえ、七転八倒の苦しみを示した。高城はあたりに目を配ってからタバコに火をつけ、殺し屋の苦悶《くもん》ぶりを冷やかに見下しながら静かに吸っていた。殺し屋は仰むけに倒れ、傷ついた両手を犬のように舐めていた。顔はしたたり落ちた血と涙と脂汗でヌルヌル光っていた。

「毬子をどこに連れていった?」

高城は、殺し屋のそばに腰をおろした。

「ウッ、しゃっ、しゃべる。もう射たないでくれ!　射たれるのはいやだ!」

殺し屋は声をあげて泣いた。

「どこに毬子を連れていったのか?」

高城はくりかえした。

「相棒が車にのせて行った」

殺し屋は呟いた。

「だから、どこに連れて行ったのだ？」

「山小屋だ」

「どこの？」

「この海岸ぞいの道路をこれから先四キロほど進むと、左の山にのぼっていく坂道がある」

「…………」

「その坂道を登りつめたところに山小屋があるんだ」

殺し屋は言った。

「そこに誰がいる？　貴様は和田組に雇われている者だろう？　和田組の連中がその山小屋に隠れているのか？」

高城は尋ねた。

「俺はただ雇われているだけだ。命じられたことだけする使い走りと同じだ。俺の役目はこの女を消せと命令を受けただけで、山小屋に誰がいるのか、そんな事は知っちゃいねえ」

殺し屋は言った。

「今までその山小屋に行った事はあるのか？」

「一度だけ」

「よし、お前さんに案内してもらう事にしよう」

高城はニヤニヤと笑った。気絶しているルミ子を抱えあげ、左手で四、五回その頬を平手打ちした。目にもとまらぬ早さだった。ルミ子は呻いた。高城はその肩をつかんで乱暴にゆすぶった。ルミ子は薄目を開いた。意識をはっきりさせようと頭を振った。拳銃を握ってそばに立つ人影を認め、ハッと体を引いたが、それが高城とわかってズルズルッと倒れかかってきた。高城はルミ子の体を受けとめた。

両膝をついて中腰になっていた殺し屋は、そのわずかな隙《すき》を見のがさなかった。声もたてずに肩から先に高城に体当りしてきた。高城は素早く跳びのこうとした。

しかし——ルミ子にしがみつかれているために、行動の自由を制限された。殺し屋の肩は、高城の左胸に激突した。高城は衝撃を受けて砂上に仰向けに倒れた。暴発によってルミ子を傷つけるのを怖《おそ》れ、無意識に親指で拳銃の安全止めをかけていた。殺し屋は倒れた高城の上にのしかかった。人差し指の千切れた右手を固め、高城の顔面を乱打しようとしながら、むきだした歯はワルサー拳銃を握る高城の右手首に噛みついた。

浜辺にて

1

高城は盲滅法に殴りつけてくる殺し屋の右拳から巧みに顔をそらした。ワルサー拳銃を握った右手には殺し屋の歯が食いこんでいた。

高城は、狙いすまして、左手で殺し屋の鼻を強打した。

殺し屋はグシャッと不気味な音をたてて鼻が潰《つぶ》れた途端、悲鳴をあげる格好に口を開き、高城の手首から歯を外した。鼻血がとびちった。

「馬鹿な真似をするな！」

高城は言った。素早く跳ね起きた。

殺し屋は傷ついた両手で泡《あわ》のように血の吹き出る鼻をおさえ、口で荒い息をつきながら高城の横に倒れていた。その口から落ちる唾液《だえき》にも血が混っていた。

高城は、ワルサー拳銃を腋の下の革ケース《ホルスター》におさめ、嚙みつかれた右手首をなでた。歯形が皮膚を所々破って肉にくいこんだ跡がついていた。

ルミ子は少し離れた左側に蹲《うずくま》って、おびえきった瞳を見開いていた。

「ちょっと油断したらこうだ」

高城は苦笑した。嚙まれたあとが、ズキズキ痛んできた。血もにじみでてきた。

苦笑を嘲るような笑いに変え、高城は倒れた殺し屋の頭を左手でつかんでひきずり起した。身をもがいて暴れる殺し屋を、気絶しない程度にひっぱたいた。

とび散った血痕《けっこん》が高城のシャツのカラーまでも汚した。手を離すと、骨ぬきのようになった殺し屋は、砂袋さながらに砂浜に崩れ落ちた。

いつの間にからか、雲が月を隠しはじめていた。湿気をはらんだ黒雲が天上を走っていた。

高城はタバコを三本唇にくわえて吸いつけた。一本をルミ子、一本を喘ぐ殺し屋の口に差しこんでやった。

殺し屋は吸い口を唾液で濡らしながら、むさぼるように煙を吸いこんだ。右手の人差し指をさきほど高城の弾で吹っとばされているので、親指と中指でタバコをつまんでむさぼり吸った。

そのあいだにも鼻血はとまり終らなかった。

高城も早いピッチで一本を吸い終り、新しいタバコにチェイン・スモークした。

「立て」

と、殺し屋に命令する。殺し屋は、苦し気に呻きながら立ちあがろうとした。何度か失敗したが、ついによろよろっと立ちあがった。

「車の鍵を出しな」

高城は左手を出した。

殺し屋は顔をしかめてポケットをさぐった。オースチンのイグニッション・キーを差し出した。

「オーケイ、車まで歩くんだ」

高城は顎《あご》をしゃくった。ルミ子もよろめきながら立ち上がった。

月の翳《かげ》った砂浜の上を、三人の足跡が、乗りすてられた車の置いてある道路にむかって点々とつながっていった。

砂浜を過ぎて道路をあがる斜面にきたとき、殺し屋は苦しさに耐えきれず、這《は》うようにして登った。何台もの自動車が、ヘッド・ライトを怒らせて道路を疾走し去ったが、高城たち一行には無関心であった。

殺し屋の乗ってきたオースチンの助手台に、殺し屋を坐らせた。そのズボンからベルトを抜き取り、両足首を縛った。

高城がハンドルを握り、ルミ子は後のシートに崩れるように身を投げた。

発車してから三分といかぬまに、高城が街から奪ってきて乗りすててあったタクシーがヘッド・ライトに浮かんだ。

高城はタクシーの近くにオースチンをとめた。用心深くイグニッション・キーを抜きとっておいてオースチンを降りた。

タクシーのトランクを開き、コートに包んだトムスン短機関銃を抱えた。コートのポケットは装弾した予備の弾倉で重く垂れさがっていた。

トランクの蓋《ふた》をとじてオースチンに戻ろうとした。オースチンから、凄まじいルミ子の悲鳴が洩《も》れてきた。

2

高城は無意識にコートの間をさぐって短機関銃の槓桿《こうかん》をさぐりあてた。ボルトを引いて撃発装置にしながら、オースチンの方を振りむいた。

クッションの背から後部座席に身を乗り出して、歯をむき出した殺し屋が右手をつき出していた。その右手に西洋カミソリが握られ、刃が鋭く冷たく光っていた。ルミ子はとび出しそうに瞳を見開き、シートの隅にちぢこまっていた。カミソリの刃は痙攣《けいれん》するルミ子の喉もとすれすれの所にあった。

車にはルーム・ライトがついていた。ダッシュ・ボードの横のグローブ・コンパートメントの蓋があいていた。そのなかに、カミソリを隠していたらしい。

「手をあげろ!」

殺し屋は潰された鼻から新しい血をたらしながら、重苦しい声で高城に命じた。

高城はそれに応えず、コートの下で引き金に人差し指を滑りこませた。

「手をあげろって言ってるんだ! 聞えないのか!」

殺し屋は精一杯の声で怒鳴った。

高城は無言で後部座席のドアに一歩近づいた。

「とまれ! とまらぬと女の喉を搔《か》き切るぞ」

「悪あがきはよせと言ったはずだ。カミソリをすてなよ」

高城は足をとめなかった。

「くそっ、この女が死んでもいいのか?」

殺し屋は悲鳴に似た声で叫んだ。

「そのときは貴様も死ぬときだ」

言いすてた高城は、パッと短機関銃にかぶせたコートをはぐった。コートはアスファルトに重い音をたてて落ちた。殺し屋は、車の窓ガラス越しに死の穴をむけた短機関銃の銃口を見て、化石したように体をこわばらせた。

高城はそろそろと体を移動させ、開け放った前部座席のドアの所から銃身をさしこんだ。

銃口は大きく喘ぐ殺し屋の首筋にピタッとおしつけられた。

殺し屋は電流にうたれたように身振いした。顎がたれさがって、痴呆《ちほう》的な顔つきになっていた。

「刃物をすてるんだ!」

高城は腹にズシンとひびくような声で命令した。

殺し屋の右手から離れたカミソリが光を撥《は》ねかえして落ちていった。

高城は短機関銃の銃身を横に払った。

鋼鉄の銃身は、キューンと音をたてて殺し屋の額《ひたい》を砕いた。

殺し屋はダッシュ・ボードに叩きつけられ、床にずるずるっと崩れ落ちて呻いていた。

ルミ子は安堵《あんど》の溜息《ためいき》とともに再び気絶し、後のシートの隅に身をちぢめたままガックリ頭を垂れていた。身動きしなかった。高城は左手で殺し屋の髪をつかんで、シートにひっぱりあげた。手の中に脱けた一つかみの髪に毛根がくっついていた。

コートを拾って、再びオースチンを発車させた。短機関銃はハンドルを握る高城の右側に立てかけておいた。無論、安全装置をかけておいた。

しばらく車を進めると、殺し屋が言ったとおり、山の中に入りこむ坂道が左側に見えてきた。ハンドルを左に切り、ギアをセカンドにして坂道に車を乗りあげた。割りにゆるい勾配《こうばい》の坂だった。左右をかこんだ杉林の木立が、ヘッド・ライトに浮かんで流れていった。

助手台の殺し屋は、大分意識がはっきりしてきたのか、傷ついた右手でヒビの入った額や潰された鼻をマッサージしていた。なかなかタフな男だ。原始的生命力だけは発達している。

それを横目でチラッと覗きながら、高城はモーター船で追っかける鴨猟《かもりょう》の事を想い出していた。

鴨も生命力が強い。

霰弾《さんだん》を脳天にくらった奴でも、海から拾いあげて船倉の箱に放りこんでおくと、気絶から覚める奴がいる。頭からペンキのように濃い血をたらしてしばらくキョトンとしているが、やがて悠々《ゆうゆう》と羽づくろいをはじめたり、大あくびをしたりする。神経が人間と違うのだ。

殺し屋は何かブツブツ呟いているようだった。高城は耳を澄ませて、エンジンの唸りの中から、男の言っていることを聞きとった。

「参った。参ったよ——」

殺し屋は呟いていた。

「お前さんにはかなわねえ。どうにでも好きなようにしてくれ」

「よし、よし」

高城は赤ん坊をあやすように言った。殺し屋の方をチラッとむいて、

「例の山小屋というのはまだなのか?」

「もう五百メーターぐらいだ」

殺し屋は素直に答えた。

高城はヘッド・ライトをぐっと下向きにして車のスピードをゆるめた。

右側の丘の上にバンガロー風の小屋の輪郭が見えてきた。灯火はついてなかった。

「あれか?」

「そうだ」

殺し屋は答えた。

高城は右にハンドルを切った。バンガロー風の家にむけて車を進めた。車と山小屋との距離は、百メーター以内に縮まった。

「お前さんが帰ってきたときの合図は? 合図があるはずだ」

高城は車のスピードを殺しながら尋ねた。

「クラクションを短く三度鳴らすことになっている」

殺し屋は呟いた。高城はブレーキを踏みこみながら、クラクションを三度鳴らした。

小屋からは何の反応もなかった。

高城は用心してオースチンを山小屋の五十メーターほど前に停めた。エンジンをとめライトを消すと、イグニッション・キーを抜きとってポケットにおさめ、再びクラクションを三度鳴らした。

今度も返答がなかった。

高城は左側に坐った殺し屋に顔を近づけた。唇が嘲るようにまくれあがった。

「罠《わな》にかけようとしてもそうはいかないよ」

「罠でなんかない！」

「じゃあ、なぜ家の中の奴等は返事をしないんだ？」

「中に誰もいないんだろう」

「本当かどうか試してみることにしよう」

「………」

「ただし、実験材料はお前さんだぜ」

高城はニヤリとした。

「……………？」

「俺が持っているのは何だか分るだろうな？」

高城は右側のトミー・ガンをちょっと持ちあげた。

「短機関銃……」

「よく知ってるじゃないか？　五発ずつ曳光弾《えいこうだん》がつまっているから、夜でも弾道がよく見える。お前さんは逃げようとしたら、背中から火を吹くことになるんだ」

高城はハッタリをかました。曳光弾は火事を引きおこすおそれがあるので、今夜は用意してきてない。

「…………！」

殺し屋は目をむいた。

「分ったか？　分ったら、これから俺の命令通りに動いてもらおう。まずお前さんはこの車から出る。玄関の所まで歩いていってドアを開けさすんだ」

「…………」

「返事がなかったら、この車の所まで戻ってくる。奴等がドアを開いたら、車が故障したとかなんとか口実を作って建物の中からおびき出す」

「…………」

「分ったか？」

「分った」

殺し屋はガクガク頭を振った。

「よし、ヘマをやるとお前さんの生命とひきかえだぜ。地獄への片道キップにならぬように気をつけてもらいたいな」

高城は一語一語をゆっくり区切って言った。左腕をのばしてドアを開け放った。殺し屋の体を車の外に押し出す。

3

殺し屋は足をひきずりながら、山小屋にむかって歩いた。

高城も車を出た。ポケットに予備弾倉をつめこんだコートを羽織っていた。車の蔭で短機関銃を構え、膝射ちの姿勢をとった。

暗い闇《やみ》を透かし見ると、今にも倒れそうな足どりで山小屋に歩み寄る殺し屋の背が見えた。

殺し屋は玄関にたどりついた。勢いよくドアをノックした。

「俺だ。開けてくれ」

建物からは返事がなかった。

「車が事故を起したんだ。早く開けてくれよ」

殺し屋は叫んだ。

何の予告もなく、玄関のドアは内側から開かれた。

殺し屋は、身を伏せるようにして玄関の中にとびこもうとした。

チュ、チュン、チュン……軽快な連続発射音をたてて、高城の短機関銃が青紫の炎を吐き散らした。銃身が小刻みに躍りあがった。玄関にとびこもうとした殺し屋は、背中から胸に抜けた数発の弾のショックで、その場に叩きつけられた。

悲鳴をあげる余裕もなく即死していた。

バンガローの表に面した三つの窓から、発射の銃火がほとばしった。鋭く夜気を嚙んで襲ってきた銃弾は、高城のそばをかすめ、車のボデイをけずって青白い火花を散らした。あるいは高くそれてチューンと尾をひいて背後に飛び去り、あるものは地面にくいこんで土煙を跳ねあげた。高城は身を低くして、車の後に駆けこんだ。

バンガローからの銃火はとめどなく続いた。

車の窓ガラスは弾を喰ってみじんに砕け散った。不気味な音をたててボデイの鉄材が裂けた。その轟音《ごうおん》によって気絶状態から目を覚まされたルミ子が、無我夢中でシートから立ちあがろうとした。途端に——襲ってきた銃弾に額をけずられ、その衝撃に悲鳴を発し、コマのように回転しようとした途端、次弾に首の骨を砕かれて即死した。

ルミ子の悲鳴が山小屋までとどいたのか、バンガローから射撃は小止みになった。

高城は短機関銃を抱え、這いながら車の後を離れた。銃弾は襲ってこなかった。この暗さでは、高城の動きはバンガローの中の男たちに分らない。高城のように猫属の鋭さを持った瞳だけが、この暗闇で相手の動きを見透せるのだ。

匍匐《ほふく》しながら、高城は杉林の中にまぎれこんだ。

バンガローの表側の窓からは、まばらな銃火がオースチンの車に弾を叩きこんでいた。

高城は音をたてぬように気を配りながら、杉林の中で立ちあがってバンガローの裏側を目ざして回りこんでいく。撃発装置になったトミー・ガンを構え、鋭い目をくばっている。

バンガローの裏側に出てみて高城は眉《まゆ》をしかめた。バンガローの裏側といま立っている杉林の間に、三十メーターほどの長さの空き地があるのだ。再び、這いながら近寄るほかなかった。

高城は林のはずれに蹲り、腋の下に吊ったホルスターからワルサー拳銃を抜き出した。

銃把の弾倉室からクリップ弾倉を引き抜き、革の弾薬サックから出した弾を補弾した。音がしないように気を配って、そのクリップ弾倉を弾倉室に戻した。全弾装塡《そうてん》したワルサーを、腋の下のホルスターに戻す。素早く抜き射ち出来るように、コートの胸のあたりのボタンはとめなかった。

しばらく考えたが、短機関銃の弾倉も予備のととりかえた。さきほどの弾倉は、殺し屋をめがけて射ったときに五、六発消耗している。

高城は再び腹這いになった。バンガローの裏口めがけてにじり寄っていく。バンガローからの銃声はやんでいた。様子を見ているのであろう。気づかれもせずに、高城は建物の裏口にしのび寄れた。建物の壁に耳をつけると、内部の物音やひそひそ声が聞えてきた。もっとも、聞えたけれどもその内容までは聞きとることが出来なかった。

高城はそろそろと立ちあがり、身近な窓ガラスの隅から建物の内部を覗いてみた。灯火を消してあるので、中の様子は分らなかった。足音をしのばせ、身をかがめて裏口のドアに近よった。そっと左手でドアのノブを試してみた。掛け金がかかっていた。高城は尻のポケットから飛び出しナイフをひっぱり出した。音がせぬように刃の峰の方を押えながら、ナイフのボタンをおした。ナイフはゆっくりと薄い刃を起した。高城はその刃をドアと柱の隙間にさしこんだ。器用に裏側の掛け金の下にあてがって持ちあげる。

掛け金が動きだした。

そのとき——再び一斉射撃の轟音が夜空を震わせた。高城の方にでなく、表の自動車にむけて射っているのだ。高城はその射撃の轟音とダブらせて掛け金を外した。

「出てこい！　出てこねえと、可愛い女をなぶり殺しにするぜ」

高城がまだ車の方にいると思っている男たちは叫んでいた。

「鉄砲を捨てて出てこい！　それとも、女がなぶり殺しになるところをゆっくり見物する気か？」

別の男が叫んだ。殴りつけるような音と、毬子の悲鳴が重なって聞えてきた。

高城は体をかたくした。

変態野郎

1

バンガロー風の山小屋の前面では、屋内からのサーチ・ライトに照らし出された毬子が、玄関の敷居の上で見事な曲線を描いた肉体のシルエットを浮かばせていた。両手は背後で縛られていた。

「出てこい、高城！」

「鼠《ねずみ》じゃあるまいし、こそこそするな！」

サーチ・ライトの後で拳銃を構えた三人の男は、思い思いに叫んだ。

男達の中にはサドの五郎の異名のあるサディストの三枝がいた。喉笛《のどぶえ》のあたりに大きな痣《あざ》があった。

「高城、隠れてねえで出てこい。出てこねえと、可愛い女をなぶり殺しにするぜ」

サドの五郎は叫んだ。舌なめずりして、こぼれ落ちそうになった涎《よだれ》を吸いこんだ。

すでに裏扉の掛け金を飛び出しナイフで外した高城は、音をたてぬように気づかいながら、そろそろと扉をあけはじめていた。ナイフは折りたたんでポケットにしまい、短機関銃は安全装置をかけ、銃身を下むけにして肩から吊っていた。

短機関銃を掃射すれば、毬子も傷つくおそれが多分にある。したがって高城は、ワルサー自動拳銃を右手に握って、目に写る相手を即座に射殺する用意をととのえていた。

「出てこねえか?」

「怖気《おじけ》づきやがったな、高城!」

「だらしがねえぞ!」

サーチ・ライトの後に蹲った男たちは、口ぎたなく罵《ののし》った。

毬子は、背後から目くるめく光線に照らされ、玄関の敷居の上で今にも倒れそうだった。足もとには、高城の短機関銃で射殺された殺し屋が、どろどろした血の海の中に転がっていた。

サドの五郎は唇を舐《な》めた。蝮《まむし》のような舌が、よく動いた。

「別嬪《べつぴん》さん——」

と毬子に呼びかけ、

「そのまま、歩き出してもらおうか？」

と注文をつけた。命令だった。

毬子は立っていた位置から動こうとしなかった。

「耳が遠いのかね？　歩くんだ！　歩くんだったら別嬪さん！」

サドの五郎はねばっこい口調で言った。毬子は命令にしたがわなかった。

サドの五郎の黄色っぽい瞳が歓喜に輝いた。〇・三八スペッシャルのコルト輪胴式拳銃を構えた右手を十分にのばし、慎重に狙いをつけた。ゆっくり引き金をしぼった。

発射の轟音に、夜のしじまは粉々に千切れた。銃声は木霊《こだま》となってはねっかえってきた。

熱く焦げた弾《たま》は、立ちすくんだ毬子の耳たぶをかすめ、チューンと尾をひいて闇のかなたに飛び去った。

毬子は焼け火箸《ひばし》をおしつけられたような耳たぶの激痛に悲鳴をあげた。手でおさえようとしたが、両手は背後で縛られていた。

毬子は足をもつれさせて走りだした。スピードはのろかった。今にも膝をつきそうだった。

山小屋から十五メーターほど離れた。

サディストの五郎は、目を細め声をたてて笑った。今度は毬子の左耳をねらってリヴォルヴァーの照準をあわせた。

興奮していた。頬に血がのぼり、犬のように舌をだして喘《あえ》いでいた。ズボンの前がふくれていた。

高城は、体の通れるだけの隙間にドアを開いて、裏口から山小屋の中に忍びこんだ。膝をつき、ついで身を伏せて、中央のサロンの方ににじりよった。右手に握ったワルサー自動拳銃は、安全装置を外され、撃鉄を起されて、快適な重量とバランスを保っていた。

そのサロンでは、サーチ・ライトの後に蹲った五郎が、再びリヴォルヴァーの引き金を絞った。毬子は鬢《びん》のほつれ毛を吹っとばした銃弾に仰天した。膝と腰から力がぬけて地面に崩れ落ちた。無我夢中で這いながら、山小屋からすこしでも遠ざかろうとした。

「高城、どこに隠れてるんだ！　見たか、女の姿を？　てめえの惚《ほ》れてる女がこんな目にあってるというのに、どうして援《たす》けに来ないんだ」

五郎の横の男が嘲《あざけ》った。嘲りの笑いを唇に刻んで十連発のハイスタンダード〇・二二口径自動小銃を速射した。

弾は当ると大きく開く実猟用のホロー・ポイントを使っていた。ハイ・スピードだ。這いながら逃れようとする毬子の体のまわりに、パパパッと土煙が舞いあがった。

2

高城は、肘《ひじ》と膝を使って這いながら、湿っぽい台所を横切っていった。心臓が痛いほど動悸《どうき》をうつのを自覚していた。瞳には、祈るような光が宿っていた。

サーチ・ライトに照らされた毬子は、絶望的に高城の名を呼びながら、体のまわりに土煙をあげる不気味な銃弾の唸りを必死に耐えていた。

一弾はついに毬子の内腿《うちもも》を薄くえぐった。毬子は両足をはねあげ、奔放な姿態を示して暴れ狂った。白い腿があざやかな鮮血に染まりだした。

サドの五郎は、荒々しく喘ぎながら毬子の苦悶《くもん》と血を目で貪《むさぼ》っていたが、体の内部から奔流のようにつきあげてきた快感をおさえきれず、動物的な長い呻き声をあげて背中を痙攣《けいれん》させた。瞼《まぶた》をとじ、鼻の穴をふくらませていた。

両脇の男たちは、嗜虐《しぎゃく》によって快感の極に達する五郎を知っているので、またかと言うように顔を見あわせて冷笑した。

五郎は不気味なほど背中を痙攣させていた。唇は陶酔の笑みにまくれあがり、呻き声と熱い息を吐いていた。

高城は台所から玄関につながったサロンに通ずる敷居までたどりついた。

小型のサーチ・ライトを、苦悶する毬子に照らしつけて悦に入る三人の男が視界に入った。

高城は半身を起し左膝をついた。

「変態野郎」

と、声をかけて、振り向いた五郎の喉笛の上を射抜いた。

五郎は茫然《ぼうぜん》としたまま、拳銃を放り出してマグロのブツぎりのような裂け目をみせた喉に両手をやった。高城のワルサーが銃火を閃《ひらめ》かせると同時に、サドの両脇にいた男たちは、罵声《ばせい》をあげて振りむこうとした。

高城のワルサーP38は、たて続けに二度短く吠《ほ》えた。

不意うちを喰って、高城の方角にむけて盲射しようとした二人の男は、射出口となった脳天の穴から血と脳味噌《のうみそ》のしぶきをあげて即死した。文句なく死んでいた。

高城は、まだ這ったまま、サーチ・ライトの後に近づいた。吐き気がするほど濃い血の臭さが鼻を刺した。

「毬子！――」

高城は叫んだ。

「毬子、生きてくれてるか！」

答えたのは毬子が安堵《あんど》のあまり漏らした啜《すす》り泣きの声だった。

「毬子」

高城は死体をとび越え、玄関の敷居をまたいで、倒れたまま啜り泣いている毬子に走りよった。

毬子を抱き起そうと身をかがめた途端――ピシッと鋭い摩擦音を残して、〇・三八口径弾が高城の頭上をかすめた。ほとんど同時に発射音がした。

高城はとっさに身を伏せた。

第二弾が、肘のそばを通過していった。

高城はバンガローの中の射手に狙いをつけようとした。しかし、ギラギラ輝くサーチ・ライトに目がくらんで、敵の位置がわからなかった。

こうなれば、途《みち》は一つだ。高城は光の中心点にむけてワルサーの弾を続けざまに二発叩きこんだ。

甲高《かんだか》い轟音を発して、サーチ・ライトの分厚いガラスが発散した。

ギラギラ輝いていた灯は消え、一瞬にしてあたりは濃い闇《やみ》に包まれた。

「高城さん!」

毬子が高城の位置を確かめようとした。

「しっ、黙って! 声を目がけて射ってくるから」

高城は囁《ささや》いた。ワルサー拳銃の弾倉をつめ替え、闇の中をすかし見る。

敵もこちらの出方をうかがっているのだ。発射の銃火は隠れている位置を知らすことになるので、なかなか射ちかけてこない。

高城は毬子のそばに静かに這いよった。毬子の耳に口をつけるようにして優しく囁いた。

「毬子、あとはまかしといてくれ。射ち合いに捲《ま》きこみたくないから、静かに這って雑木林の中に逃げこんで待っててくれないか?」

「もう安心したわ。でも、手がしばられているのよ」

毬子は高城の唇を求めながら囁いた。

高城は拳銃に安全止めをかけて地上に置き、毬子のそばに腰をおろして、その両手を背後でしばってあるロープを解きはじめた。

ロープはかたかった。爪《つめ》がもげるのではないかと思われるほど解きにくかった。

ロープが解け落ちるころには、瞳が闇になれてきた。山小屋の輪郭もはっきり見えてきた。

高城は毬子に囁き、拳銃を腋の下のショルダー・ホルスターにおさめ、肩の短機関銃を外した。

「さあ」

毬子は高城の頬を唾《つば》でぬらしてから、雑木林の方に這っていった。

山小屋は沈黙を守っていた。

高城はそばに落ちていた石を山小屋にむけて投げつけた。

窓ガラスが甲高い悲鳴をあげて割れたが、山小屋からの銃火は応えなかった。

高城は立ちあがった。短機関銃を腰だめに構え、鋭くあたりに目をくばりながら山小屋の玄関に近づいていった。

短機関銃の安全装置を外した。玄関の所で、殺し屋の死体につまずきそうになった。

高城は膝をつきながら、短機関銃を高く低く縦横無尽に掃射した。

チュン、チュン、チュン……軽快な連続発射音を発して短機関銃の銃口は踊り、弾にはねとばされた壁の漆喰《しつくい》や木片がもうもうと立ちのぼった。

遊底から空薬莢《からやつきよう》が雨のように流れ出た。さきほど倒した死体にもブスブス弾がくいこんだ。

高城は、手さぐりで素早く短機関銃の弾倉をつめかえて射ち続けた。

第二次大戦で、米軍や独軍が採用したゲリラ討伐の戦法と同じだった。敵がひそんでいると思ったら、まず無茶苦茶に盲射して威嚇《いかく》するのだ。

天井にむけて数弾を絞り出した。暗闇の中に青紫の火箭《かせん》が美しくのびた。

天井裏から、人間の声とも思えぬような絶叫がほとばしった。

高城は射撃をひかえた。天井裏から聞えた絶叫は、次第に悲鳴と啜り泣きに変っていた。

3

「降りてこい！　武器を捨てて降りてきたら殺しはせぬ」

見えぬ相手のいる位置にむけて銃口をあげ、高城は圧《お》し殺したような声で命令した。

天井から、血のしずくがたれ落ちてきた。その音は不気味なほどはっきり高城の耳をうった。

「返事をしろ」

高城は天井にむかって言った。

低い天井からは返事がなかった。必死になって嗚咽《おえつ》をのみこもうとしている喉声だけが聞えてきた。

「よし、返事をせぬなら射殺する！」

高城は威嚇した。

「た、たすけてくれ！」

天井裏から、あわれっぽい声が啜り泣きにまじって聞えてきた。

「救《たす》けてやるから降りてこい」

「う、うごけない」

「どこだ、傷は？」

「両足をやられた。痛い、痛いよ。かたわになったよ」

天井裏の男は子供のように泣き叫んだ。

「足がイカれたんなら、手を使って這い降りてこい、階段はどこだ？」

高城は尋ねた。

「梯子《はしご》がないと降りられない。このすぐそばに昇降口があるけど……」

「天井は低い。とびおりるんだ」

高城は命令した。

「嫌《いや》だ、嫌だ、嫌だ！」

「馬鹿、下に降りないと医者に見てもらえないぞ。せっかく医者に連れていってやろうと思っているのに」

高城はニヤリとした。

「ほ、本当か？」

「医者に弾を抜いてもらわないと、お前の足は鉛毒でくさっていく。両足とも、切断されてもいいのか？」

「わ、わかった」

天井裏で男が這いずる気配がした。

「上には、お前のほかに誰もいないのか？」

高城は尋ねた。

答のかわりに、ズシーンとバンガローをゆるがして、天井から男が落ちてきた。落ちた場所は高城の左約一メーター、サドの五郎の死体の上にであった。

落ちて来た男は、サドの五郎がクッションになって危く気絶するのをまぬがれた。

しかし、グウッと肺中の空気を絞り出されて、しばらくのあいだ身動きならぬ様子であった。

高城は万年筆型の懐中電灯を照らした。

男はしなびたような顔だった。

二十歳にならないぐらいの若い男だった。まだニキビが残っていた。

高城は懐中電灯の光を移動させた。

男のズボンは、血で重くぬれていた。

高城は懐中電灯を床に置いて光が顔面に固定するようにした、短機関銃の銃身で、男の顔を仰向かせた。男は悲痛な顔に隠しきれぬ恐怖をうかべて、必死に逃れようとした。

「動くんじゃない」

高城は言った。

「医者を！」

男は喘いだ。

「あわてるんじゃない。あとで呼んでやるよ。その前に尋ねたいことがある。お前さんの名前は？」

「サブという」

「和田組だな？」

サブはうなずいた。

「俺の女をここに拉致《らち》したのは何のためだ？　俺をここに誘い出すのが目的か？」

「そうだ。早く医者を呼んでくれ！」

サブは苦し気に言った。

「お前も新しく和田組に入ったのか」

「安月給で雇われて、こんなひでえ目にあうのはこりごりだ。そのおっかねえ短機関銃をひっこめてくれ。おねがいだ」

「あわてるな。射ちはしないよ。俺の言うことに答えてくれたらな」

高城は歯をむきだして笑った。サブは蒼白《そうはく》な顔にニキビを浮かべて生つばをのみこんだ。

「誰かを待っているのか？」

「…………」

「誰かがあとからここに来るのか？」

「知らねえ」

サブは烈《はげ》しく頭を振ろうとしたが、銃口に顎《あご》をさえぎられて顔をこわばらせた。

「俺はここでやられる手はずになっていたはずだ」

高城はニヤリとした。

「違う。生けどりにするはずだった」

「それならなおさらだ。生けどりにした俺をなぶり殺しにするために、幹部連中が楽しみに来るんじゃないか？」

高城は銃口でサブの顎をつついた。

「そ、そうだ」

サブは喉をゴクリと言わせた。

「そういう事になってたのか」

高城は不敵に笑った。短機関銃の銃身が弧を描いてサブの額に叩きつけられた。サブはあっけなく気絶した。

高城は短機関銃に安全止めをかけ、肩にせおった。懐中電灯で床を照らして、落ちている数丁の拳銃をひろっていった。ポケットは重たくたれさがった。床は血でねばついていた。高城は玄関の敷居近くに転がっている、殺し屋の死体を中にひきずり入れた。これで、玄関のドアが開閉出来るようになった。外に出て、前庭を渡り、雑木林に近づいていった。

「毬子！」

高城は腋の下のホルスターにおさめたワルサー拳銃の銃把に右手をかけ、声をひそめて呼んだ。

「ここ、ここよ」

意外な近さで毬子のおびえた声がした。

駆けよった高城と、立ちあがった毬子は固く抱きあった。

毬子は、血のにおいのする高城の唇をむさぼった。恐怖からの解放感が大胆な行動をとらせたらしい。

「まだ戦いは済んでいない」

高城は熱っぽく囁いた。

「…………」

「奴等は今に大挙しておしかけてくる。それを迎えうたないといけないのだ」

「毬子は？」

「毬子は屋根裏に隠す。小屋に戻って待ち伏せだ」

高城は毬子を抱えて小屋に歩きだした。小屋に入ると、鼻を刺す血のにおいに毬子はむせた。吐き気がした。高城は毬子を天井裏におしあげて待った。玄関のドアを開けはなし、敷居の後に四個の死体をつみかさねてバリケードにした。

虐殺の森

1

高城はバリケードがわりに積みあげた四個の死体の後に伏し、短機関銃をひきつけて待った。

無限とも思える時間が過ぎた。

林を吹き通る風の音と、木の葉のすれる音が強く続いていた。屋根裏で啜り泣いていた毬子の声も聞えなくなった。

耳を澄ますと、遠くから近づいてくる自動車のエンジンの唸りが、風と木の葉の音を越えてかすかに響いていた。

高城は短機関銃の安全装置を外した。カチッという音が暗闇《くらやみ》に鋭く響いた。

腕時計の蛍光《けいこう》は一時五十分を示していた。腹這《はらば》いになり、顔をたてて待ち伏せしていたので、凝った首筋がコチコチになってきた。

高城は短機関銃トミー・ガンの銃床の上に顔を伏せた。目をとじて、はっきり聞えだしたエンジンの唸りと地ひびきに、じっと耳を傾けていた。

目をあげたとき、杉林の間にチラチラするヘッド・ライトの光芒《こうぼう》を認めた。車は一台だけでなかった。少くとも二台だ。

杉並木の木肌を明滅させていたヘッド・ライトは、方向をかえて小屋を照らした。二台の車の四つのヘッド・ライトが目をむいてぐんぐん接近してきた。

二台の車は、山小屋の手前五十メーターのあたりで急ブレーキをかけた。上り坂だったので、車は十メーターほどしか滑らずに停車した。

車の中の男たちは、山小屋の玄関に積まれた死体に愕然《がくぜん》としたらしい。車をとめるとともにヘッド・ライトも消した。

二台の車の両側のドアが開き、男たちが転がるように跳《と》び降りるのが見えた。手に手に拳銃や散弾銃を握っていた。跳び降りた人数は合計して十人ほどだった。罵声を発していた。

高城は死体のバリケードの後に蹲《うずくま》り、左手で短機関銃の把手《はしゅ》を握った。銃床をぴったり頬と肩に密着させ、三発ずつ連続的に点射した。

車のそばで苦痛の絶叫があがった。短機関銃のリズミカルな発射の間をぬって凄《すさ》まじく耳をうった。

相手はただちに逆襲に移った。車の背後からブローニングの自動装置式《オートマチック・ロッディング》の散弾銃をつきだした二人の男が、続けざまに射ってきた。

真赤な火の玉が銃口から噴出するごとに、発射の炸裂《さくれつ》音がダイナマイトのように耳を聾《ろう》した。

ブローの散弾銃の番径は十二番だった。彼等はそれにBBの霰弾《さんだん》をこめていた。

高城は散弾銃の銃声とともに身を伏せていた。銃口をフル・チョークの全絞りにしてもこの距離で直径二メーターほどに拡がる霰弾だ。姿を露出していると、そのうちの何発かは絶対に喰らってしまう。無数の霰弾は、高城が楯《たて》にした四つの死体に、鈍い音をたてめりこんだ。死体は次々に霰弾を受けて血にそまった濡《ぬ》れ雑巾《ぞうきん》のようになってしまった。

車の蔭からつき出したブローのオートマの銃身にはポリ・チョークがついて霰弾のパターンを変えられるようになっていた。

二人の射手はたちまち薬室と弾倉の五発ずつを射ち尽くし、遊底の下から、チューブ状の弾倉に緑色の紙ケースに包まれた弾をつめはじめた。

高城は素早く半身を起した。短機関銃を構えて射ちまくった。

発射の衝撃に銃口はググッと上にあがっていった。

腰につけた弾薬ベルトからぬいた弾をつかんだ散弾銃の射手が、額を熱く焦げた弾に削られて横転した。もう一人の散弾手は、銃の遊底に弾を喰い、着弾のショックにたえかねて銃を落した。遊底はひしゃげて、高城の短機関銃から放たれた四十五口径弾が海星《ひとで》のようにへばりついていた。

拳銃を持った残りの男たちは、腕だけを車の蔭からつき出してきた。顔を見せると射ち抜かれる怖れがあるので、狙いもさだめずに射ってくるのだ。

一人の男が、転がりながら車の蔭を離れ、山小屋の後に回りこもうとした。

高城の短機関銃は再び吠えた。

その男は背を弓なりにそらして痙攣《けいれん》し、ついで芋虫のように地面を這いながら逃れようとしいた。高城の短機関銃の弾倉が尽きたとき、その男は苦しまぎれに地面をかきむしって息絶えていた。

高城は短機関銃の弾倉を、素早く予備の弾倉とつめ替えた。

そのわずかな間を利用して、頬骨の尖《とが》った男が、車の横に転がるブローの散弾銃を取り戻そうとした。高城は遊底のコックを引いた。

頬骨の尖った男は、銃身の極端に短いコルト〇・三八のスナッブ・ノーズのリヴォルヴァーを乱射しながら、地面に転がったブローの散弾銃をすくいあげていた。

拳銃を左手に持ち替え、散弾銃の狙いを山小屋の玄関にむけて引き金を絞ろうとした途端、さえずりはじめた高城の短機関銃弾に顔面を吹っとばされた。車の蔭でそれを見ていた若い男が、物も言わずに気絶した。

2

夜気を震わし続けていた銃声は中断した。車で乗りつけた和田組の幹部連中は、十人のうちすでに半数の五人の死者を出していた。生き残った者は臆病風《おくびようかぜ》に吹かれて車の蔭にへばりついた。

「出て来い、鼠《ねずみ》ども！」

高城は叫んだ。

「馬鹿野郎、貴様が出てくりゃあいいんだ」

和田組の幹部の一人が叫び返した。

「お前たちは鼠以下だ。弱い者いじめは出来ても、十人がかりで俺一人をやっつけられないのか？」

高城は大声で嘲笑《ちょうしょう》した。

「あわてるなって言うんだ。いまに貴様をなぶり殺しにしてやる。髭《ひげ》でもそって待ってなよ」

先ほどの幹部が怒鳴った。

高城は唇を歪《ゆが》めて笑い、引き金を絞り続けた短機関銃の銃身をザーッと横に払った。

機銃掃射をくらった二台の車は、轟音《ごうおん》と火花をボデイから散らし、ポンコツ同然の姿になった。エンジンのシリンダーをブチ抜かれたので、発車させることは出来なくなった。

高城の体のまわりには、短機関銃の遊底からエジェクターではじき出された空薬莢がばらまかれていた。

高城は射撃戦の中断を利用して、空になった三つの弾倉に、ポケットから出した弾箱の四十五口径ACP弾をつめはじめた。

三本目の弾倉に八発ほどつめたとき——高城は背後の気配を感じて振りかえった。

気配はサブと名乗った男だった。銃声で気絶から覚めたらしい。割られた額から血をたらし、膝をつかってにじり寄ってきた。射ち抜かれた両脚はうしろにひきずっていた。

サブは絶望的な勇気で高城に襲いかかってきた。素手だった。

高城は、背後の敵に対する防禦《ぼうぎょ》に移るには、不利な体勢にあった。死体の後で体を低くしていたので、急には方向転換がきかなかった。短機関銃をサブにむけるにしても、距離があまりにも接近しすぎていた。

サブは残った最後の力を振りしぼって、高城の喉笛を背後から狙って絞めつけてきた。

高城は顎《あご》をひいて、サブの手が喉笛にかからぬようにした。立ちあがりさえすれば、サブを投げとばす事が出来るのだが、立って車の蔭の敵に姿をさらしたら、たちまち銃弾の餌食《えじき》にされてしまう。彼等は、味方のサブをそれ弾で傷つけることぐらい意に介さぬだろう。

高城はサブにのしかかられながら床に身を伏せ、腋の下のワルサー拳銃を求めて服の下に右手をさしこんでいった。冷たい銃把の感触は、いつもながら安心感を与えてくれた。高城はワルサー拳銃を体の下から抜きだし、右手を背後に回した。親指で安全止めを外し、引き金をひいた。

圧迫されたような銃声とともに、銃口をおしあてられたサブの右股が千切れかかった。

サブは人間のものとも思えぬような絶叫をあげ、両手を高城の喉から離して、発作的に棒立ちになった。途端に——車の蔭から放たれた味方の拳銃弾に額を射ち抜かれ、半回転しながら床に叩きつけられた。

車の蔭の連中は、山小屋の中が真暗なため、自分たちの犯した誤殺に気づかなかった。それどころか、弾が人体に当ったことさえもわからなかった。

高城はわざと悲鳴をたてた。和田組の五人は、気負いたって猛射を開始した。

高城のまわりを、鋭い摩擦音を残して鉛と真鍮《しんちゅう》の弾がかすめた。壁にあたって漆喰と木片をはねあげた。

数弾は、バリケードにした死体を貫通し、射出口からおびただしい肉片を吹きとばして通過した。高城の顔は死体の血と酢《す》っぱい肉片でベトベトになった。しかし敵弾は、概して、高めに集まる傾向を見せていた。小屋の内部が真暗なので、狙いはどうしても上になるのだ。

高城はワルサーP38自動拳銃を腰のベルトにはさみ、短機関銃トミー・ガンを右手に持った。左手には弾を塡《つ》めた弾倉を握り、肘と膝で這いながら隣りの部屋に忍び寄った。背中の上を無気味に唸って銃弾が通過した。

高城が忍びこんだ部屋は居間になっていた。暗くてよく様子はわからないが、ソファや椅子《いす》がおいてあった。それにつまずきそうになった。

中腰になって前庭に面した窓ぎわににじり寄った。数時間前、高城が外から放った短機関銃弾でガラスは砕けていた。気をつけて進まぬと、靴《くつ》がガラスを踏みつけてけたたましい音をたてた。

和田組の連中は、高城がまだ玄関にいると思っているらしい。しきりに玄関にむけて銃火をあびせていた。玄関からこの部屋に来て視角を変えたため、高城にはさきほどは見る事が出来なかった敵の姿を二人ほど、闇の中から識別することが出来た。

高城は窓の隅に目を寄せて、和田組の動きを偵察《ていさつ》していた。いま射てば、連中のうちの二人は必ず倒すことが出来るが、射撃を控えて、全員が姿を見せるチャンスを待っていた。

興奮していたため気付かなかったが、冷静に和田組の動きを見きわめている今の高城の耳には、天井裏で啜り泣く毬子の声がはっきりと聞えてきた。高城は一瞬胸をしめつけられるような憐憫《れんびん》の情にとらえられた。

3

和田組の銃火はおさまった。弾をつめかえているらしく、金属の触れ合う音が聞えてきた。

「どうだ、くたばりやがったか？」

「いいかげんで鉄砲を捨てて降参してこいよ」

車の蔭から男たちは叫んだ。

高城はそれに応えず、息をひそめていた。

「手をあげて出て来い！　命だけはたすけてやるから」

中堅幹部らしい中年男の声がした。

高城は沈黙を保った。

「武器を捨てて出てくるんだ！　命は助けてやる」

中堅幹部はくりかえした。

高城は応えなかった。じっと耳を澄ましていた。

「野郎、死にやがったな？」

「返事がないところを見ると、そうかも知れねえぞ」

「何しろ、あんだけ弾をブチ込んだんだからな。俺だけでも確か五十発は使ったぜ。見ろよ、銃身がこんなに熱くなっている」

圧し殺したようなヒソヒソ声が、車の蔭で囁《ささや》きかわしていた。

「待て、待て。奴《やっこ》さん怪我《けが》でもして声が出せねえのかも知れねえ」

中堅幹部の声が聞えた。

「だけど、あの野郎、敵ながら大した奴だな。サドの五郎と一緒にいた連中は全滅したらしいじゃねえか」

「俺たちだけでも、もう五人やられた。何しろあのトミー・ガンってえ、おっかねえ代物《しろもの》を持っていやがるからな。あれがチュンチュンさえずりはじめたら、さすがの俺も胆《きも》っ玉がちぢみあがるよ」

「金玉がじゃねえのかい？」

男たちは忍び笑いをした。

「よし、俺が様子を見てくる。奴が射ってきたら、援護射撃してくれよ。合図したら俺のあとから一人ずつ跳び出してこい」

中堅幹部がしゃがれ声で言った。

高城はまだ銃身が焦げるように熱い短機関銃を握りしめた。予備の弾倉をそっと足許においた。

言葉通りに、右側の車の後から、口髭《くちひげ》をたてた痩身《そうしん》の中堅幹部が這い出してきた。外も闇だったが、鋭い高城の瞳は、その男の動きを正確にとらえていた。

その中堅幹部は、御ていねいにも、両手に二丁の自動拳銃を握っていた。肘をたてて腹這いになりながら忍び寄ってきた。一メーターほど進むごとに、この男は這い寄るのをやめ、用心深く闇をすかし見ていた。

しかし、用心深いくせに、這いよる際にはひどく騒々しい音をたてた。腕時計をしたままなので、男の動きにつれて文字盤の蛍光がきらめいた。一見して、野外生活に慣れていないのがわかった。高城ならば、何の物音もたてずに前庭を横切ることが出来るだろう。

中堅幹部は、車と玄関の中間で停った。アメリカの戦争映画の真似《まね》とみえ、左腕を後から前へ振って前進の合図をした。腕時計の蛍光が半円を描いた。

車の後から次の男が這い出してきた。これは両手で拳銃を握り、不細工に体をくねらせて動いた。すぐに、第三、第四の男が這い出てきた。一番最後から這い出た若いヤクザは、死者の落した散弾銃を抱えていた。

五人の男は、山小屋めがけてのろのろと這い寄った。生まれたての子鴨《こがも》が一列に並んで、幅広い道路を横ぎるときの光景によく似ていた。

高城は滑らかに動作を起した。短機関銃の銃身を、破れた窓から突き出した。

初めに狙ったのは、無論、先頭の中堅幹部だった。突如として飛襲した短機関銃の弾に、中堅幹部は苦痛を感じないまま即死した。弾は左の眼球を潰《つぶ》して脳にくいこみ、右側の耳から抜けたのだ。

高城は掃射を続けた。銃口が躍りながら小刻みに発射の閃光《せんこう》を吐きちらすごとに、悲鳴と絶叫がおこった。

高城は弾倉を射ちつくして掃射を中止した。弾倉をつめかえたが、もう射撃の必要はなかった。四人の男が死んでいた。列の一番最後の男が、尻に二発の弾をくらって呻いていた。

高城は身軽に窓を乗り越え、硬い地面に降りたった。用心深く銃をかまえ、生き残りの男の方に歩き寄った。

尻に重傷を負った若いヤクザは、近づく高城を認めて恐怖に駆られた。意味もなさぬ叫び声をあげ、重いブローニングの自動装填式散弾銃を持ちあげようとした。

高城は短機関銃の銃口を斜め下にむけて三発点射した。重傷のヤクザの目の前に土煙が舞いあがった。ヤクザはブローの散弾銃を放り出し、両手で目をおおってガックリ頭を垂れた。

高城はその男の体の下に靴先をさしこみ、力まかせにひっくりかえした。ヤクザはゴロンと上向きに転がった。熱く焦げた銃口をヤクザの耳におしつけた。ヤクザは悲鳴をあげて短機関銃の銃身をつかもうとした。あまりの熱さに驚いて手をひっこめた。

高城は身をかがめ、地面に落ちたブローの散弾銃を遠くに投げすてた。若いヤクザの体をさぐると、右のポケットに口径七・六五ミリのエンフィールド自動拳銃があった。

「生き残ったのはお前さんだけだ」

高城は静かに言った。

「た、助けてくれ！　俺は死にたくない。俺を待っててくれるお袋がいるんだ！」

「こういうときだけ、お袋を想い出すってことか。まあ、いい。待ってるのがお袋であろうと情婦であろうと……」

「たすけてくれ！」

若いヤクザは涙をこぼして哀願した。

「お前さんらは和田組だな？」

「みんなは幹部連中だが、俺はまだ三下だ。どうか、どうか、見逃してくれ」

「和田親分はどこにいる？」

高城は尋ねた。

「お、俺が出てくるときには、親分の家にいた」

「警戒は？」

「若いのが三十人ばかりで守っている」

「和田が雇った殺し屋は何人だ？」

「十三人。そのうちの半分以上はあんたにやられてしまった。今度また新しく五人ほど雇い入れたようだ」

「殺し屋はどこに住んでる」

「親分の家の地下室」

「そうか……」

高城は言葉を切った。

遠くから、パトカーのサイレンが聞え、それは数を増して急速に近づいてくるのだ。

高城は唇をかみ、若いヤクザの心臓に銃口をおしあてた。ヤクザは仰天して跳ねおきようとした。

高城は一発でその男を射殺した。男が苦しまずに死んでくれるのを望んだ。

山小屋に駆け戻り、椅子を踏み台にして天井裏に顔をつっこんだ。毬子が這いよってきた。

「パトカーがやってくるから、俺は逃げる。逃げて一足先に町に帰っておく。毬子はここにいろ」

「連れていって！」

「毬子を連れては逃げられない。君は警察には俺がここに来た事を伏せておけ。知らぬ存ぜぬで通すのだ。あとは石黒会長がうまくやってくれるはずだ。そのために会長は警察を買収してあるのだから」

高城は不敵に笑った。

非常線

1

パトカーのサイレンの唸りはますます接近してきた。

屋根裏の毬子に、投げキッスを与えた高城は、短機関銃トミー・ガンを肩に背負った。山小屋を出て、杉林の中に駆けこんだ。

車を使うことは出来ない。もし動かすことが出来たとしても、道路は完全に閉鎖されていることだろう。一本道なので、途中のバリケードを突破したとしても無駄な事だ。

夜陰に乗じ、徒歩で山を越えて市《まち》に戻るほかなかった。遠く困難な道程だが、捕まるよりはましだ。

星がないので、市への方角は、カンで決めるよりほかなかった。

高城は走るように林の中にわけいっていった。靴にあたった下生えが、乾いた音を立ててはじけることがあった。

杉林の中を三百メーターほど歩いたとき、パトカーが山小屋の前でとまり、スピーカーが吠《ほ》える音を、高城はかすかに聞いた。

パトカーは五台だった。そのあとに武装警官を満載したトラックがつづいた。

警官隊は、まずタクシーの中に伏せた女の射殺死体を発見した。つづいて、前庭に並んだ二台の車の後に数個の死体が転がるのを発見した。

警官隊は、S・W制式拳銃を抜き出して、パトカーやトラックからとび降りた。

警察トラックの上でサーチ・ライトが目をむき、銀黄色の光の洪水《こうずい》が流れ出た。サーチ・ライトは山小屋にむけて照らされた。山小屋の玄関にむかって点々と転がった五個の死体を浮かびあがらせた。

警官隊の指揮は、顎の張った岩下警部がとっていた。どちらかというと中立派だ。

「全員、膝射ち用意！　目標物は山小屋！」

おびただしい死体を見て愕然とした私服の警部は、パトカーの横でマイクにむかって叫んだ。

警官たちは腰をかがめて走り、扇形に展開して片膝をついた。親指で輪胴式《リヴォルヴァー》拳銃の撃鉄をカチッと起した。

「武器を捨てて降服しろ！　包囲されている！」

警部は、生きているものは毬子しかいない山小屋にむかい、気負いたって命令した。

滑稽《こっけい》な茶番劇は続いた。

ついに警部は、山小屋の玄関にむけて発砲を命じた。

射撃練習の不足している警官たちは、大っぴらに乱射出来るので、酔ったような表情で射ちまくった。玄関のドアの四方に当った弾は、十発に三発ぐらいの割りにしかならなかった。

轟音と夜空を震わし続けた銃声が、慌《あわただ》しく弾倉に弾をつめかえる音と代ったとき、山小屋の外壁は弾痕《だんこん》で穴だらけになっていた。

屋根裏の毬子は、最初の銃声で気絶していた。玄関を狙った警官の弾は遠くはなれて毬子が倒れた屋根裏にとびこむものさえあった。

山小屋から応射してこないので、業《ごう》を煮やした警部は部下に突撃命令をくだした。

警官たちは、気違いじみた叫び声をあげて玄関に殺到し、死体のバリケードにつまずいて悲鳴を漏らした。

五分後、屋根裏部屋で気絶していた毬子が発見された。

矢つぎ早にあびせかけられる質問に対し、毬子は虚《うつ》ろな微笑をもって応じた。警部たちは、毬子が恐怖とショックで一時的に虚脱しているのだ、と解釈した。

2

高城は、警官隊が山小屋にむけて放つ威嚇《いかく》射撃の銃声を聞いて、はじかれたように足の速度を早めていた。

一時間ほど歩いた。追跡者は無いようだった。短機関銃の重量が肩にくいこんだ。不意に、林の間から光が見えてきた。高城は足音をしのばせてその方向に忍び寄った。

杉林の丘は、砂を敷きつめた道路で断ち切られていた。道路は谷のように眼下にのびていた。

常夜灯の柱が二、三十メーターおきに立ち、道路の百五十メーターおきほど左側には、白バイにまたがった警官があたりに目を配っていた。白バイの警官の姿は二百メーターほど右側にも見えた。

谷のような道路のむこうに畠《はたけ》と家なみが見えた。そのかなたに街のネオンが輝いていた。

高城は杉林の丘のはずれにそっと腰をおろし、荒い息を鎮めながら考えこんだ。

ポリたちが追って来なかったのは無理ない。この杉林の丘をとりまく道路には、何百メーターおきかに警備の警官が見張りしているのであろう。

引きかえすわけにはいかなかった。引きかえして海岸側に出たとしても同じことであろう。それに、見張りの警官をうまく殺《や》ったとしても、逃れるのは海上にしかない。快速艇でもあれば話は別だが、すぐに追いつかれてしまう。

高城は丘のはずれと下の道路の間の崖《がけ》の高さを目算してみた。十メーターといったところだろう。ごつごつした大きな畳岩が重なってゆるやかな断崖《だんがい》をつくっている。岩と岩の間からは、灌木《かんぼく》やひねこびた松が這うようにのびていた。

無理せずに下の道路まで這い降りることが出来そうだった。厄介《やっかい》なのは見張りの警官だ。それも、オートバイにまたがって、こちらの丘の方をむいて見張っている。

夜があけるまでに、必ずこの非常線を突破しなければならない。明るくなってから山狩りでもやられると、この狭い丘では隠れ場がないだろう。

見張りの警官を射殺するのはやさしい。しかし、それでは騒ぎを起して高城の現在位置を教えるようなものだ。たちまち白バイやパトカーがフッとんでくるだろう。

高城はそっと林の中にバックし、短機関銃を肩から外して仰むけに寝ころがった。

夜霧で落ち葉がぬれていたが、高城にとっては少しでも、体力を回復するほうが重要だった。湿った落ち葉の床も苦にならなかった。

火を見つけられぬように、タバコを両手の掌で包んでひっそりと吸った。ニコチンは緊張をほぐした。吸いこむごとに火口が輝き、おおった掌をオレンジ色に染めた。

痛んでいた肩から苦痛が去った。息をするのも楽になった。

高城は短くなったタバコを揉《も》み消し、立ちあがって再び短機関銃を肩にかけた。今度は右でなく左の肩にだった。

足音をしのばせ、脚が下生えの小枝に触れぬように気をつかって、高城は左側の警官の前の断崖のふち近くまで忍び寄った。

見張りの警官は、丘の上の杉の木の蔭にかくれた高城に気付かなかった。

蹲《うずくま》った高城の足許には大小の岩が転がっていた。断崖のふちには灌木のしげみがあった。

高城は小さな岩を断崖に沿って転がした。岩は斜面をバウンドしながら下の道路に落ちていった。

警官は若かった。まだ二十歳そこそこの青年であった。農村出身の顔つきをしていた。転がり落ちてきた小さな岩を認めてハッと緊張し、腰のホルスターに差したS・W制式拳銃の銃把《じゅうは》を握りしめた。

高城は巧みに梟《ふくろう》の鳴き声を真似た。

若い警官は苦笑して拳銃から手を離した。

高城は灌木の茂みの後に腹這いになって、梟の鳴き声をくりかえした。軽く枝をゆすって、羽ばたきしたような迫真性をそえた。

若い警官の顔に、なつかしげな表情が浮かんだ。白バイから降りて、断崖の方に歩いてきた。

高城が梟の声を出した灌木を見上げて、若い警官もホーッ、ホーッと梟の声を真似した。なかなかたくみだった。

高城は息を殺して動かなかった。

警官はしばらく梟の鳴き声を真似したが、任務を思い出したのか、白バイの方に逆もどりを始めた。断崖に背をむけた。

高城はその警官に大きな岩を投げつけようと思っていた。しかし白バイの警官は硬いヘルメットをかぶっているので、うまくいくかどうかわからず、不安だった。

高城はほとんど無意識に、空中に体を跳躍させた。その体は弧を描いて、背をむけた若い警官の上に落ちていった。若い警官は、気配を感じて身をよじろうとした。

そのときは、もう手おくれだった。加速度がついて落下してきた高城の体重をまともに背中に受け、声をたてる余裕もなく道路に顔からつっこんだ。首の骨が外れていた。

高城も打撲傷を負った。しかし、痛みにひるむひまはなかった。昏倒《こんとう》した警官の体をひきずってオートバイのそばに投げ出した。

道はゆるいカーブをえがいているので、左右それぞれ四百メーターほど離れた仲間の警官たちは、惨劇を発見することは出来なかった。

3

逃げのびた高城が、公園の近くにある石黒会長の邸宅にたどりついたときは、すでに午前三時を回っていた。

協和会本部を兼ねた石黒の邸宅には、和田組の殴り込みにそなえて、武器を持った若い連中が庭に陣どっていた。ビールやウイスキーをラッパ飲みしながら、石油罐《かん》の焚《た》き火であぶったソーセージをむさぼり食い、しきりに気勢をあげていた。

大広間には幹部連中が集まっていた。ソファや肘掛け椅子に思い思いの格好に寝そべったり坐ったりして話をかわしていた。誰も上着をつけているものはなかった。ワイシャツや派手なスポーツシャツの上に、これ見よがしに革ケース《ホルスター》を吊り、磨《みが》きこんだ拳銃の銃把を突き出していた。

石黒会長は、灰色の顔を陰鬱《いんうつ》にしかめ、葉巻をグシャグシャ嚙みながら、暖炉の一番近くの揺り椅子を腰でゆすっている。

庭に陣どった若い連中の歓声に送られ、よろめく足を踏みしめて憔悴《しょうすい》した高城が大広間に入ってきた。幹部連中は総立ちになって高城をむかえた。石黒の陰鬱な顔にも光がさした。

「ど、どうだった？」

石黒はめずらしく興奮した。

「まず酒を一杯。赤のブドー酒でいい」

幹部の一人に支えられた高城は、いまにも膝をついて横転しそうなほど疲労していた。

幹部の多田が菰《こも》かぶりのブドー酒の瓶《びん》を取ってきた。フランス産の本物だ。

高城はそれを両手で持ちあげ、口の端から赤い液体をあふれさせながらゴクンゴクンと飲みこんだ。二リッターは入る瓶はたちまち空になった。高城はその瓶を暖炉の中に投げこむと、一人の幹部があけてくれた肘掛け椅子に崩れるように坐った。

「罠《わな》だった」

高城は言った。

「やっぱり罠だったか？　だから私が……」

石黒はちょっと唇をゆがめた。

「合計して十人以上は確実に殺《や》っつけましたよ」

高城は薄く笑った。

「そのことなら、買収してある警察の連中から報告を受けたよ。君を救け出しに行きたかったんだが、そこまで大っぴらにはやれないしな」

石黒は葉巻に火をつけた。

「山小屋でやっつけたうちには和田組のなかでも幹部クラスがほとんどですよ。俺が勝手にやったこととは言え、報酬はある程度頂きたいですね」

高城は言った。

「それは考えてない事もないが……」

石黒は言葉尻をにごした。

「ただし、それを俺が受けとるかわりに、毬子を警察《サツ》から引き取るために使っていただきたいのだ」

「………？」

「サツの連中は会長に知らせてくれたと思うが、俺は毬子を山小屋に置きざりにしなければならなかったんですよ。毬子は重要参考人の保護という名目で、サツに拘留されるのは火を見るより明らかだ。俺は毬子に、黙否権を行使していろ、と言い残しておいたんだ。会長が、あとはうまく始末をつけてくれるからと……」

高城は独白するようにしゃべった。

「私が始末をつけてやるなんて、君が勝手に決めてくれては困るな」

石黒会長は陰気な顔つきに戻った。

「助力しては頂けないわけですか？」

高城は瞳《ひとみ》をすっと細めた。

「いや、そうは言ってないんだ。ただ……な」

「ただ……」

「金の問題だよ、君。……確かに君がさきほど和田組の幹部連中や殺し屋を十数人やっつけてくれたことは有り難い。和田組も大分弱っただろう。君には感謝してるさ。しかしね、君はただ人を巧みに殺すのが商売だから、その仕事だけでいいがね……私にはそのあとが大変なんだよ。つまり、君の身柄を、いかにして警察に引き渡さずに済ますかの仕事だ。無論、私は君を雇ったのだから、君がブタ箱にブチこまれないように色々と手をうつのは私の責任だがな」

石黒は唇だけで笑った。

「それに、俺が逮捕されたとしたら、現実にすぐ困るのは、あんた、会長さんですよ。まあ、ここの兄弟分のなかに大分腕のたつ者が多いとは思いますがね……」

高城は言った。

「いや、どうも私の言い方が君の誤解をうけたようだ。私の言いたいのはね、私は君と契約したのであって、君の女とは赤の他人だということだ」

石黒は視線をそらした。

「…………」

高城の額に癇《かん》の筋が浮いてきた。

「君は簡単に考えているか知らないが、警察《サツ》との交渉ってやつはなかなか面倒なものなんだよ。しかもサツの連中は、このごろ甘い汁を吸いつけているので、法外な値段を吹っかけてくるんでな」

「…………」

「このままずるずるいくと、儲《もう》けるのは警察と地検の連中ばかしになってしまうよ。和田組から絞りあげ、私の所から絞りあげる。いま杉浜署の警部クラスで自家用車を持ってない者は誰もないぐらいだよ」

石黒はいまいまし気に言った。

「おっしゃる事はよくわかりました。これ以上サツの連中に貢ぎあげるのは癪《しゃく》だし、算盤《そろばん》にも合わないと言うわけでしょう」

「まあ、そういったところだな」

石黒は珍しく笑った。灰色の笑いだった。

「お気持はよくわかります。しかし、山小屋での事件の唯一人の証人は毬子ですよ。毬子さえ口を割らなかったら、山小屋での殺戮《さつりく》者は俺であるという証拠は立証されないわけだ」

「…………」

今度黙りこんだのは石黒の方だった。

「現場にいた者はみんな死んだ。生き残ったのは俺と毬子だけだ。毬子には黙否権を使えと命じてある。指紋や弾の条痕《ライフル・マーク》から俺が犯人だということがわかるかも知れないが、俺はサツに指紋をとられるようなヘマな事はしないつもりだ。発射した弾頭にライフルの旋条痕《こん》がつくライフル・マークにしたところで、俺が自分の持っている銃を提出しなければ話にならないんじゃないですか?」

高城はゆっくりとしゃべった。

「しかし、毬子が証人としてそんなに重要なのなら、警察はなかなかのことで追及の手をゆるめないだろう。市民の間で警察は何をしているのか、と非難の声があがりっぱなしだから、警察としてもたまにはいいとこを見せたいだろうからさ」

石黒は呟《つぶや》いた。

「正直な話、今度の事件を揉み消すには、いくらぐらいの金がかかるんです?」

高城は尋ねた。

「安く見積って五百万かな」

石黒の声は元気がなかった。

「和田組を殲滅《せんめつ》するための踏み石とすれば安いもんじゃないですか。あとになれば、何倍にもなって返ってきますよ」

「それはそうだが、警察に貢ぐのは今回きりでないからね。いままでも散々貢いできたし、これからもゲッソリするほど絞られるんだから……」

「よし、分った。分りましたよ。それではサツの連中にも一泡《あわ》吹かしてやらねばなりませんな」

高城は瞳をギラッと光らせた。

「と、言うと?」

「警察に殴りこみをかけるんですよ」

高城はあっさりと言った。

「警察に! 無茶だ。よしてくれ」

石黒は声を荒くした。

「なぜ、無茶ですか?」

高城は平然としていた。

「警察とはいままで何とかトラブルを起さずにやってきた。まあ、面倒な事は起ったことは起ったが、そこはビジネスでうまくやってきたんだ」

「ゼニの束で奴等の顔をひっぱたいてね」

「そうだ。ゼニさえ続けば、これからも何とか警察とはうまくやっていけると思っているさ」

石黒は熱心に言った。

「そのゼニを、会長は出しおしみはじめたじゃないですか」

高城は冷笑した。

「君の女のためにまでゼニを出す義理はないと言っているんだ」

「だから、会長のお世話になりません。俺が一人でやります」

高城は言い捨てた。

「面白そうだな。俺にも手伝わしてくれよ」

協和会にやとわれた殺し屋の一人が口をはさんだ。三田《みた》という長身の男だ。

「俺にもやらせてくれ。俺はサツには恨み骨髄に徹しているんだ」

畑中《はたなか》という殺し屋も申し出た。石黒は自制心を忘れ、頭をかかえこんで呻いた。

奪還

1

翌日は雨になった。

冷たい霧雨が、音もたてずに暗い空から降りしきり、港近くにそびえる杉浜城の外堀の水面を濁らせた。

小鴨《こがも》や鴛鴦《おしどり》がかたまって震える外堀のむかいに、古ぼけた三階建ての警察署があった。

正面玄関の石段には、レインコート姿のカメラマンや新聞記者が群がって警察の悪口を並べていた。デンスケをかついだ放送記者も混っていた。玄関の両脇につったった立ち番の警官は、何をいわれても無表情な顔つきを変えなかった。

「チェッ、署長のやつもたもたしやがって、こっちは写真一枚とったら用はねえんだ。早く女の顔を見せてくれよ」

「なあに、奴《やっこ》さん袖《そで》の下の勘定にいそがしいんだろうぜ」

カメラマンや記者は、姿をなかなか現わさぬ署長を罵《ののし》りはじめた。

「俺もブン屋なんか廃業してポリさんになりてえよ」

「まったくだ。俺の息子は野球選手にしようかと思ってたけど、この調子じゃあ警察学校に行かすとするかな」

彼等が毒舌を叩きあっていたとき、スカーフで顔を隠すようにした毬子をしたがえて、署長の萩原が肥満した巨軀《きょく》を現わした。まわりには警部クラスや警部補がしたがっていた。

フラッシュがひらめき、マイクがつき出された。

署長は胸をそらして、暴力追放の大演説を一席ぶった。記者たちは不遠慮に失笑を漏らした。

「……で、ありますから、警察当局といたしましては、我が杉浜市から暴力を一掃するため、誠心誠意をもちまして日夜奮闘しているものであります。市民の皆様におかれましても、この点をよくお含みおきになりまして、おしみない御協力を賜りたく存じあげる次第であります」

署長がやたらに敬語を使って結びの言葉をおえると、たまりかねた記者たちのあいだに馬鹿笑いがまきおこった。

署長は、記者たちが質問する暇をあたえずに、警部クラスをひきつれて、さっさとひっこんでしまった。

記者たちの質問は、昨夜の山小屋での惨劇の唯一人の目撃者とみなされる毬子に集中した。

毬子は何の質問を受けても、沈黙を破らなかった。

「強情な女だな」

「いや、ショックを受けて頭にきてるのかも知らんぜ」

記者たちは囁《ささや》きあった。

「さあ、諸君。もういいかげんにこの女性を解放してやってくれよ。これから地検に行ってもらって、重要参考人として事情聴取をしなければならないんだ。諸君があんまり騒ぎたてると、ますますこの女性の頭が混乱してしまうからね」

シェパードのような顔つきの警部補が記者団にむかってウインクした。

「チェッ、これじゃあ暖簾《のれん》に腕おしだ」

「また出直すとするか」

記者団はブツブツ呟きながら、社旗をひるがえした車やオートバイで散っていった。虚《うつ》ろな瞳で雨に濡れる堀の水鳥を眺《なが》める毬子のそばには、シェパードのような顔の警部補と二人の私服刑事が残った。

署の裏手から、尾行用のセダンが回ってきた。黒塗りのスチュードベーカーだ。事件があったときには、車の屋根から赤いスポット・ライトを突き出し、サイレンを咆哮《ほうこう》させることも出来る。無線通信機もそなえていた。

正面玄関の石段の前に、その黒塗りのスチュードベーカーは停車した。

警部補と刑事たちは、毬子を両脇から抱えるようにして石段を降りていった。

車を運転しているのも刑事だった。車のドアを開けて待っていた。

後のシートに毬子をはさんで、警部補と梟《ふくろう》のような顔の刑事が坐った。連れのもう一人の刑事は助手台に坐った。地方検察庁は、堀に沿って市の中心部へ七百メーターほど行った所にあった。城の反対側に当る。警察署と地検の建物が離れているわけは、戦災で焼け残った署の建物が、復興期に移動した市の中心部からとりのこされたからだ。

毬子を乗せたスチュードベーカーは、霧雨をついて地検にむかった。警部補は嫌《いや》がる毬子のスカートに手をさし入れて御満悦の体《てい》だった。

2

尾行用のスチュードベーカーが、堀に沿って四百メーターほどいったとき、一台の巨大なダンプ・カーが横通りから跳び出してきた。危く堀に前輪をつっこみそうになって急停車した。荷台から数人の男が跳び降りた。

スチュードベーカーのハンドルを握る刑事は、口の中で罵って急ブレーキを踏みこんだ。車はキーッとタイヤをきしませ、バンパーとフェンダーをダンプ・カーの後部車輪に突き当てて、二、三十センチうしろにはねとばされた。

車中の刑事たちは衝撃で転がった。運転していた刑事は、ハンドルに顔をぶっつけて気絶した。

梟のような顔の刑事が車の外に転がり出た。素早く立ちあがり、口汚なく怒鳴りつけようとした。

——しかしその口は、罵声《ばせい》を発しようと開かれたまま二度と閉じなかった。

軽快な連続発射音をたてて、ダンプ・カーの荷台の蔭から、短機関銃の閃光《せんこう》が舌なめずりしたのだ。短機関銃の引き金を絞っているのは高城であった。ダンプ・カーは盗んだのだ。高城の左右には、畑中や三田をはじめとする協和会の雇った殺し屋が四人並んで、それぞれ拳銃を構えていた。

梟のような顔の刑事は、拳銃を抜き出す間もなく、胸と顔をグシャグシャに銃弾に潰《つぶ》された。濡れた砂袋のようにペーヴメントに倒れた。

スチュードベーカーの車の警部補や刑事たちは、やっと体勢をたてなおして、私服の下に隠していたブローニング〇・三八〇自動拳銃を引っぱり出した。一番スタンダードなスタイルをした六連発だ。

それと同時に——今度はうしろから追ってきたクレーン車が、スチュードベーカーの尻に勢いよくバンパーをブッつけて急停車した。

轟音を発したスチュードベーカーのトランク・ルームは完全に潰れてしまった。

ショックで、安全装置を外した警部補のブローニングが暴発した。

助手台にいた刑事は、背中から胸に抜けたブローニングの〇・三八〇口径の弾をくらった。一瞬、背を弓状にのけぞらせ、ついでズルズルとシートに崩れ落ちた。

警部補は、自分の手にあるブローニング自動拳銃を、信じられぬように見つめた。暴発した証拠に、銃口から薄煙がたっていた。

警部補の顔が、泣き出しそうに歪んだ。

クレーン・カーの体当りによって生じた車体の物凄《すご》い震動と衝撃で、毬子は前のシートの背に叩きつけられていた。意識は朦朧《もうろう》としていた。

シェパードのような警部補の顔に恐怖の影が濃くなった。運転台の刑事はハンドルに顔をブッつけて気絶しているし、助手台の刑事は暴発した弾を肺にくらっている。車から転がり出た刑事は、高城の短機関銃弾で即死している。したがって戦闘能力の残っているのは、警部補一人きりだ。

恐怖のあまり警部補は、車の前窓越しにダンプ・カーにむけて拳銃を乱射した。窓ガラスが甲高《かんだか》い悲鳴をあげて飛び散った。

クレーン・カーの運転台から、殺し屋の一人が拳銃をつき出した。〇・四四マグナムの輪胴《リヴォル》式《ヴァー》だった。

殺し屋は、この寒いのにサングラスをかけていた。その色は焦茶色をしていた。警部補の後頭部に慎重に狙いを定めた。

〇・四四マグナムの発射音は耳が千切れそうなほど凄《すさ》まじかった。

後窓ガラスを破り、警部補の頭部を貫通したマグナム弾は、ダッシュ・ボードに穴をあけてエンジン部分を破壊した。

パトカーのサイレンが吠え狂って近づいてきた。

高城は短機関銃トミー・ガンを首からぶらさげ、ひんまがって潰れた警察用のスチュードベーカーに走り寄った。

気絶しかかった毬子を抱えあげようと身をかがめた途端、警官隊の〇・四五口径スミス・アンド・ウェッスンの轟音が一斉に炸裂《さくれつ》した。

スチュードベーカーの前後をせきとめたダンプ・カーとクレーン・カーを挟《はさ》んで、十五、六台のパトカーが進退をはばんでいた。前後、五十メーターのあたりに七、八台ずつのパトカーが道幅一杯に停車して通せんぼをしているわけだ。

パトカーの後からスミス・アンド・ウェッスンの大口径リヴォルヴァーを突き出して、警官隊はビクビクしながら射ってきた。

射撃は不正確だった。ある弾はペーヴメントを削り、他の弾は空に消えた。ダンプ・カーやクレーン・カーに当った弾は三割にも満たなかった。

ダンプ・カーに乗って来た協和会の雇われ殺し屋四人は、パトカーが平行して停車したとき、早くも車の左側、つまりダンプ・カーのボデイを楯《たて》にする位置に逃げこんでいた。うしろからの弾は、クレーン・カーが楯になる。

クレーン：カーにいた二人の殺し屋も、パトカーの警官たちが拳銃を構えた途端、運転台から跳び降りて、ダンプ・カーの仲間と合流していた。

高城や殺し屋たちを挟みうちにした警官隊は、再び一斉射撃を浴びせて来た。

今度は、すこし着弾の正確度が増した。全弾の五割ほどが、ダンプ・カーやクレーン・カーに当って火花を散らした。

高く空に消えていく弾はよかった。しかし厄介なのは、ペーヴメントのアスファルトを削ってはねっかえる跳弾だ。どこにバウンドするか見当がつかない。現に、殺し屋の一人が、跳弾に左のふくらはぎを破られて声高に罵声をあげた。

3

「ポリの弾なんかに当ってたまるもんか。二手に分れて射ち返すんだ！」

毬子から離れた高城は、短機関銃を握って叫んだ。

「ようし、やるぞ！」

「ポリには恨みがあるんだ！」

殺し屋たちは口々に叫び、二手にわかれてダンプ・カーとクレーン・カーのフードの蔭から拳銃を突き出した。

高城はクレーン・カーのフードのうしろに回った。パトカーのうしろから顔と拳銃を突き出した警官にむかって、短機関銃を、二、三発ずつ点射した。

殺し屋たちも、射って射って射ちまくった。あまりにも発射の轟音が凄まじいので、耳はガーンと鳴り続けて麻痺《まひ》したようになった。

警官たちは、次々に命中弾をくらって天国に直行した。

数えただけでも高城が七人、残りの殺し屋たちが合計五人の警官を射殺した。

怖気《おじけ》づいた警官たちはパトカーのうしろに隠れたまま姿を現わさなかった。

警察署の方から武装警官を満載したトラックが駆けつけたが、高城たちにむかって発砲するどころでなく、ただ弾に当らぬように確実な掩護物《えんご》を求めるのに必死だった。

「よし、俺と三田が援護射撃をするから、その間に一人ずつ逃げ出せ」

高城は銃身が焦げるように熱くなった短機関銃の弾倉をつめかえて叫んだ。

「さっきの角で待っている車にか？」

畑中が尋ねた。さっきの角とは、先ほどダンプ・カーが跳び出て来た横道の奥の四辻《よつつじ》を意味した。そこに、これも盗品の自動車が二台、彼等を待っているのだ。

「一台はさきに逃げろ。あとの一台は俺達二人が乗りこむ」

三田が、ドイツ軍用拳銃であったモーゼル七・六三ミリ口径マシーン・ピストルM一九三二を振りまわした。

長い銃身が露出した大きな拳銃だ。普通の自動拳銃は銃把の中に弾倉室がついているのだが、小銃のように引き金の前に弾倉室がついている。弾倉も長い。

このモーゼル軍用マシーン・ピストルは、銃の右側についたスイッチ・レヴァーを前に回すと、長い弾倉に装塡《そうてん》された二十発の弾をフル・オートマチックに発射出来る。つまり、引き金を絞り続けることによって、短機関銃のように連続射撃が可能なのである。

一発ずつ確実に狙いを定めて発射するときには、スイッチ・レヴァーを後に戻すといいのだ。

「女は？」

殺し屋の一人が言った。

スチュードベーカーの車内で気絶している毬子に視線を走らせていた。

「心配してくれるのは有り難い。しかし……」

高城はパトカーの群れを睨《にら》みつけながら口ごもった。

「しかし……とは？」

「なあに、出来るかぎり一緒に連れて逃げる積りだが、出来なかったら今回はあきらめる」

「せっかくここまでやったのに……」

畑中が残念そうに言った。

「君達の骨折りが無駄になってしまうのは口惜しいが、毬子に手間どっていたら、俺たちは全滅してしまうからな」

高城は淡々と言った。

「あんたの女を連れ出すいい方法はないかな？」

三田が口をはさんだ。

銃声とともにヒューンと唸りをたてて、警官の弾が高城の頭上を飛びこした。

「馬鹿なポリたちだ。怖いもんだから、パトカーの後からハジキだけを突き出して射ってやがる」

鼻のわきにホクロのある殺し屋が冷笑した。

「いや、かえってあのほうがおっかねえや。まともに狙われたんなら、ポリの弾なんか当りっこねえんだがな……だからよ、奴等が威嚇《いかく》射撃するとき、ちゃんと背中を狙われたら安心して逃げればいいっていうだろう？」

頬に刀傷のある殺し屋が言った。

「そうなのさ。かえって足を狙われた方があぶねえんだ。足を狙われた奴は、大ていが背中に喰ってるよ」

いつもチューインガムをクチャクチャ噛んでいる殺し屋が、笑いながら言った。

スミス・アンド・ウェッスンの、すでに米国では製造を中止したあまり上等とはいいかねる
○・四五口径ダブル・アクションの輪胴式拳銃《リヴォルヴァー》が、警官の制式拳銃である。
警官の使用拳銃は国家の所有物であるから、いかに引き金が固くて発射しにくくても、みだりに警官が引き金の調子を軽くすることは許されていないのだ。おまけに実弾演習の時間と発射数が極度に少ないので、一般警官の射撃技術の水準はあまり高くない。引き金が固すぎると、ガク引きになって銃口が上がり、弾は上にそれるのだ。

「ねえ、高城さん。あんたの女をここに残したんじゃあ、俺たちのやった事は骨折り損になるし、大体メンツが丸つぶれになりますぜ」

三田がそう言って、パトカーめがけてモーゼルをフル・オートマチックで二、三発連続発射した。空薬莢《からやっきょう》が真上にむかってピーン、ピーンと舞い上がった。

「よし、いい事を考えついた。逆手でいくんだ」

高城はニヤリとした。

「逆手というと?」

三田が尋ねた。

「毯子を人質のように見せかけるのだ」

「はっきり言ってくれよ」

畑中が言った。

「毯子に拳銃《ハジキ》をつきつけてこの場を離れるんだ。ポリさんが発砲したら、この女を射殺するとハッタリをかまして……」

高城は説明した。

「よし、一かバチかその手でいってみるか」

三田が笑った。

「では、俺と三田がここに残って援護する。君たちが、無事に待たしてある車にたどりついた頃を見はからって、俺達二人もここから脱出する」

「二人だけで大丈夫か」

畑中が心配した。

「短機関銃で乱射したら奴等も手が出せまい」

高城は銃身を軽く叩いた。火傷《やけど》しそうに熱くなっていた。

「チェッ、なまじっかいいハジキを持ってたために、貧乏くじを引き当ててしまったぜ」

三田が苦笑して、空になった弾倉に薬莢の首のすぼまった七・六三ミリモーゼル弾をつめていった。短い拳銃薬莢の首がすぼまっているのは、この弾と七・六五ミリ・ルーガー弾ぐらいのものだ。二つとも米国式にインチに直すと〇・三〇口径だ。

高城はスチュードベーカーに近づき、気絶している毬子の両頬を平手で張りとばした。

目を覚ました毬子は、夢中で高城にしがみつこうとした。

高城はそれを突きはなして、

「頭をはっきりさせろ。あとで十分に可愛がってやるから、いまは俺のいうことを聞くんだ」

高城は毬子をスチュードベーカーから引きずり出した。

「いいか、ポリさんたち！」

高城は声をかぎりに叫んだ。

「俺たちはこの女に用事があるんだ。連れて行くのを邪魔されたくない。もし、お前さんたちが邪魔して射ってきたりしたら、この女にまず熱い鉛の弾を御馳走《ごちそう》してやるからな！　わかったか？」

警官隊は声をひそめて返事をしなかった。

それを見極めると、

「よし、行け！」

高城は短く言った。

畑中が毬子の腰に拳銃を圧《お》しあてて歩かせた。高城と三田を残した四人の殺し屋たちは、拳銃で左右に七、八台ずつ、ずらりと並んだパトカーの群れを威嚇しながらあとに続いた。

真昼の死

1

腰に拳銃をつきつけられた毬子は、後にそりかえるようにして歩いた。

四人の殺し屋たちを狙って、七、八台ずつ左右に並んだパトカーの蔭から警官がS・W拳銃をつき出したが、毬子に当るのを怖れて誰も射ってくるものはなかった。

堀の前の通りから、横に入って百メーターほど行ったところに、逃走用の車が、二台乗り捨ててあった。フォードのコンサルだった。

「うまいぞ、その調子でな」

毬子に拳銃をつきつけた畑中が、耳に口を寄せて囁いた。

そのとき――横通りがT字形に分れる地点にある協栄商事の三階建ての小さなビルの屋上から、青黒く光る小銃《ライフル》の銃身がつき出た。銃はスエーデンのシャープ・アンド・ハート社のシュルツ・アンド・ラーセンのボルト・アクション・スポーターであった。ラーセンは、世界最高の射撃競技銃を造っているメーカーの一つである。

そのラーセン銃について倍率八のビューラー望遠照準鏡から、一人の男が畑中に狙いをつけようとしていた。杉浜署の刑事であり、フリー・ライフルの国体選手である福島であった。その背後では、福島を買収した和田組のヤクザが二人かたずをのんでいた。

ラーセン銃と毬子たちが逃げこもうとするコンサルとの間の距離は楽に三百メーターあった。和田組のヤクザたちは、冬なのにサングラスをかけ、真白なスカーフを風になびかせていた。二人とも双眼鏡を目にあてていた。

「どうでえ、あの女のバストのいいこと」

左側の猿《さる》のような顔のヤクザがニヤニヤした。

「サドの兄貴が痛ぶりたくなった気持はわかるな。あんな女が、涙をいっぱいためて、命だけは助けて、なんてぬかしやがったら俺はもう……」

「死ぬのはベッドの上でだって死ねるさ、っていうか？」

「あったり前よ。ベッドがきしみすぎてブッこわれても俺は知らねえぞ」

「チェッ、もう気分を出しやがる」

二人のヤクザは勝手なことをしゃべっていた。

「うるさい！　狙いがつけられんでないか」

福島刑事は銃をおろして深呼吸した。狙撃《そげき》兵によく見うけられる冷たい鋼鉄のような瞳をしていた。

「すんません」

右側のヤクザが舌を出した。揉《も》み上げを長くしたジゴロ風の男だ。

毬子を先頭にたてた協和会の四人の殺し屋は、コンサルから三十メーターほどのところまで近づいてきた。

「よし」

と呟いた福島刑事は銃の負い革《スリング》を固く左肘にまきつけ、慎重に狙いをつけはじめた。

「あの女にだけは当てねえようにお願いしますぜ」

猿のような顔のヤクザが口を出した。

ムッとした福島刑事は、思わず引き金にかけた人指し指に力をこめた。

射撃競技銃の引き金は極端に軽くなっている。かすかに指が触れただけで発射するのもある。

「しまった！」

刑事の悲痛な声は、ラーセン銃から暴発された鼓膜が破れるようなノルマ六・五ミリ弾の轟音にかきけされてしまった。

白熱した弾は畑中の頭上をはるかに越え、パトカーの近くのアスファルトを削った。

仰天した警官たちは、たちまちパトカーの後に身をひそめた。

口の中で罵った畑中は、毬子をせきたててコンサルに駆けこもうとした。

高城はライフル銃の銃声の方にむけて応射しようとしたが、三百メーターは短機関銃トミー・ガンの有効射程を外れていた。

協栄商事の屋上では、初弾を外して頭にきた福島刑事が、次々に槓桿《ボルト》を操作して、シュルツ・アンド・ラーセンを連射した。

一発は刀傷のある殺し屋の一人を地に這わしたが、あとの弾はむなしくアスファルトを削った。

遠距離から動く標的を狙撃するのは難しいことだ。鹿《しか》や猪《いのしし》を射つときでも、大ていは最初の一発が勝負だ。

弾倉を射ち尽した福島刑事は、ボルトを開いたまま、上からノルマ六・五×五五ミリの弾薬を固定弾倉につめはじめた。

その間に、毬子と畑中をはじめとする生き残りの殺し屋たちは、後側のコンサルの中に駆けこんだ。

一番若いホクロの殺し屋がハンドルを握った。畑中は後のシートに膝をつき、あたりかまわず拳銃を乱射した。その横で毬子は身を固くしていた。

屋上からの銃声で、すでに道行く人々は屋内に跳びこんでいた。車は歩道寄りに身をよせ、車内の人々はシートに身を伏せていた。

コンサルの中型車は巧みにUターンし、ジグザグを描きながらバックしはじめた。T字型になった道路のつきあたりに、狙撃者がひそむ協栄商事のビルがあるのだが、反対側に出ればパトカー群が道をふさいでいるので、どうしても協栄商事の前に出て右か左に曲らなければならなかった。

「来ました。来ましたぜ。飛んで火に入る夏の虫……こんどこそはガッチリやってくださいよ」

ジゴロ風のヤクザがおどけた口調でひやかした。

「馬鹿野郎！　貴様たちがギャーギャーわめくから殺《や》りそこなったんだ」

福島刑事は怒鳴った。神経がたかぶると、沈着に狙いをつけることは出来ない。刑事はあわただしくシュルツ・アンド・ラーセンを乱射した。たちまち銃身が熱くなり、陽炎《かげろう》のような熱波がたちのぼって望遠サイトを曇らせた。

しかし、いくら乱射したといっても、競技で鍛えた福島刑事の腕だ。数発はコンサルの屋根を突きやぶって、畑中たちの肝を冷やさせた。

刑事は再び弾をつめかえはじめた。耳をおさえて轟音の音波をふさいでいたヤクザたちは、耳から手をはなしてもガーンと頭が鳴っていた。

ビルの屋内では、蜂《はち》の巣をつついたような大騒ぎになっていた。階段をかけ登って様子を覗《のぞ》きに来た事務員は、屋上の光景を一目見て腰をぬかし、跳ねながら階段を転げ落ちていった。

2

福島刑事がシュルツ・ラーセンの弾倉をつめ終ったとき、毬子たちを乗せたコンサルは、ビルの近くまで来ていた。

刑事は屋上の低いコンクリート柵《さく》から身を乗り出すようにして、疾走してくるコンサルに狙いをつけはじめた。

ダンプ・カーとクレーン・カーの間に隠れた高城は、覚悟をつけて立ちあがった。

短機関銃を構え、狙いを四メーター先の福島刑事の頭上一メーターほどのあたりにつけた。弾道のカーブを計算に入れたのだ。

短機関銃トミー・ガンは、シュルツ・ラーセンのライフル銃から較《くら》べると、はるかに軽快な連続発射音を吐きちらした。

福島刑事は、眼下に疾走してくるコンサルのエンジン・フードに一発射ちこんだ途端——高城の短機関銃弾に頬を削られて頭をそらせた。構えていたラーセン小銃は滑り落ちそうになり、肘にひっかけた負い革《スリング》のおかげで危く道に落ちるのをまぬがれた。

刑事の右頬は白骨が露出していた。頬を削った弾は、ついでに右耳も吹っとばしていた。

刑事は苦痛の呻き声をあげて、柵の蔭にうずくまった。吹き出る血が服を染めていった。

高城は屋上の刑事にむかって十発近く点射するとともに、素早く身を低くしようとした。

そこに、パトカーの蔭からの警官隊の銃火が交錯した。

一瞬、高城が身をかがめるのがおそかったら、その顔はどこかに吹っとんでしまったかもしれない。

高城の頭上すれすれをピシッピシッと叩きつけるような音を発して交錯した弾は、ちかくのビルや堀の石垣《いしがき》にそれて木霊《こだま》となってはねかえった。

毬子たちの乗ったコンサルは、福島刑事が最後に放った弾によって、フードを貫かれエンジンを破壊された。惰力でT字型の角を曲ったコンサルは、十五メーターほどのろのろと走って停車した。

屋上では、ジゴロのようなヤクザがグロッキーになった福島刑事からシュルツ・ラーセンのライフルと弾薬サックを取りあげた。

へっぴり腰でライフルを構え、一心に望遠サイトを覗きこもうとするが、うまくいかない。首を不自然にまげている。

「馬鹿！　左の目でない。右の目で覗くんだ」

刑事は不明瞭《ふめいりよう》な声で叱《しか》った。

ヤクザは照れくさそうな顔つきで、ラーセンの狙いをコンサルにつけようとした。

「遊底、遊底！　ボルトをひかないと！」

猿のような顔のヤクザが横から叫んだ。さっき刑事は発射したままボルトを引く間もなく弾をくらったので、薬室には空薬莢が残っている。

「分ってるよ」

ジゴロ風のヤクザは、慌てて槓桿《ボルト》をあげて引き、空薬莢を排出しようとした。

コンサルの車窓から、畑中が拳銃をつき出した。ルーガー九ミリの自動拳銃だ。

ルーガーが蹴《け》とばすような発射音をたてた。遊底からエジェクターではねとばされた空薬莢が、車の屋根に当って乾いた音をたてた。

ジゴロ風のヤクザは、首の左側に弾をくらって、コマのように回転した。屋上のコンクリート柵から乗り出していた体が、砂袋のようにアスファルトの上に落ちてきた。スリングを肘にかけたライフルも同時に落下してきた。

アスファルトに叩きつけられたヤクザは、肋骨《ろっこつ》をきしませて気絶した。首の骨が折れて即死したのかも知れない。

それを見た猿のようなヤクザは、舌打ちして身を翻《ひるがえ》した。階段の降り口の所で小型のリヴォルヴァーを抜き出し、下の様子をうかがった。停車したコンサルから、いつもチューインガムを嚙んでいる殺し屋がとび出した。右手に長い銃身の〇・四四マグナムのアメリカン・ルーガー・ブラック・ホークのリヴォルヴァーを握っている。

とび出した殺し屋は、リヴォルヴァーであたりを威嚇しながら、アスファルトに叩きつけられたまま身動きもしないヤクザのそばに転がるシュルツ・アンド・ラーセンの小銃を奪った。

素早くポケットをさぐって、二十発ほど残っている重い弾薬サックも奪った。

転げるように殺し屋はコンサルの中に戻った。屋上から落ちたのに、小銃《ライフル》の機構《アクション》はこわれてなかった。ただ、望遠サイトのレンズが粉々になっていた。

「望遠サイトを外すんだ！　そうすれば、照星と照門で狙いがつけられる」

畑中が言った。

ペッとチューインガムを吐き捨てた殺し屋は、十円玉を使って巧みに望遠サイトを台《マウント》から外した。

「エンジンがブッこわされたんじゃ、話にならねえ。ニッチもサッチもいかねえよ。どうします？」

ホクロの殺し屋が、スターターやギアを操作するのをあきらめて、ふてくされた顔つきをした。

「あきらめるのは早い。車なんざ、いくらでも転がってるじゃないか。イグニッション・キーさえありゃ文句ないんだろう。俺が鍵《かぎ》を取ってくる。お前さんたちは援護射撃をしてくれ」

九ミリ・ルーガー自動拳銃を握った畑中が、上半身をすくめて跳び出した。

車内に残った男たちは、協栄商事の屋上にむけて拳銃を乱射した。

毬子は耳をおさえて顔を伏せていた。

3

畑中は協栄商事の隣に建つ、八田不動産の事務所に跳びこんだ。木造二階建ての小ぢんまりした事務所だ。

事務所の中では、人相の悪い男たちが、野球のバットや棍棒《こんぼう》を持って、奥の方にかたまっていた。五人ほどいた。

闖入《ちんにゅう》して来た畑中を見て、彼等は罵声をあげたが、畑中の右手の中にずしりと重いアメリカン・ルーガー拳銃を認めては、声をのむより仕方がなかった。

「表に停めてあるオースチンは誰のものだ？　鍵を貸してもらいたいんだがね」

畑中は言った。

男たちは目だけを光らせて答えなかった。

「車の鍵を出せ！」

畑中はピリピリと腹にひびくような大声を出した。

「車のキーなんかないよ」

「さっさと帰ってくれ。物騒な物をひっこめてさ」

男たちは強がりを言った。

「出せ」

畑中はくりかえした。

「無いって言ったらないんだ、しつこいぜ」

男たちの真ん中の、チョビ髭《ひげ》をたてた中年男が言った。これが主人らしい。

「これでも無いと言うのか？」

畑中は左端の若僧の膝を一発で射ちぬいた。

膝の皿《さら》を砕かれた若僧は、頭の天辺《てっぺん》から悲鳴をあげて横むきに転がった。

「まだ、無いと言うのか？」

畑中は右端に立つ、しなびた顔の中年男の腿《もも》を射ちぬいた。

脚をはねあげて尻餅《しりもち》をついたその男は、白目をむいて気絶した。

「わかった。射たないでくれ」

チョビ髭をたてた不動産屋が泣き声をたてた。

「初めっから渡してくれれば世話はなかったんだ。さっさと渡しな」

畑中は冷たく言った。

チョビ髭の主人は、痙攣《けいれん》するようにポケットをさぐり、キー・ホールダーから一本の鍵を抜きとろうとした。

「鍵束を全部よこしな」

畑中は命令した。イグニッション・キーと違った鍵を渡されては困る。

チョビ髭の男は、泣き出しそうに顔を歪《ゆが》めた。

「俺の方に投げろ」

畑中は左手をつき出した。

ちょっとためらったのち、主人は鍵を投げた。畑中はそれを受けとめた。

「じゃあ、車はお借りするぜ。返すときは弾痕《だんこん》で穴だらけになってるかも知らんが、保険はかけてあるだろうな?」

ニヤリと笑った畑中は、拳銃を構えてあとずさりした。膝の皿を砕かれて床に転がった男が医者を呼んでくれと、泣きわめいていた。

外に出た畑中は、歩道寄りに停めてあるオースチンに走り寄った。

鍵でドアを開き、イグニッション・スウィッチに試してみた。鍵は合った。

畑中はオースチンをバックさせ、エンジンをやられたコンサルの横にとめた。

それぞれ武器を持った仲間がオースチンに乗り移った。

毬子は、ホクロの殺し屋が軽々と抱えてオースチンに移らせた。

畑中が左側に寄り、ホクロの殺し屋がハンドルを握った。

新しいチューインガムを嚙みはじめた殺し屋は、後部シートの車窓のガラスを降ろし、シュルツ・アンド・ラーセンの小銃《ライフル》をつき出した。

オースチンは発車した。見る間にスピードをあげていった。

協栄ビルの屋上に、猿顔のヤクザが再び姿をあらわし、疾走するオースチンの車尾をめがけて拳銃を乱射したが、オースチンはたちまち射程距離を外れてしまった。

一方ダンプ・カーとクレーン・カーを楯《たて》にした高城と三田は、左右をとりまいたパトカーの蔭の警官たちと様子のさぐりあいをしていた。

トラックで乗りつけた武装警官たちは、杉浜城の堀とむかいあったビルにもぐりこみ、屋上から高城たちを狙い射とうと行動を起しはじめた。

トラックの蔭から出た武装警官は、アスファルトを這うようにして向かいのビルに忍びよった。

二十メーターほどずつ間隔をおいて、一列になって這っていた。

三田がそれを発見した。クレーン・カーの、フェンダーの上に跳び乗り、モーゼル二十連のスイッチ・レヴァーをフル・オートマチックにして、引き金を絞りつづけながら銃口をザーッと横に払った。銃把を握った右手を左手で押さえていた。

雨のように空薬莢をはじきとばした口径七・六三ミリのモーゼルマシーン・ピストルは、目に見えぬ糸に引っぱられるように銃口が反動で上向きになりながら、小刻みに躍り続けた。

ビルにむかって這いよっていた四人の警官は、芋虫のように痙攣して悶絶《もんぜつ》した。

弾倉を射ち尽した三田は、素早く弾倉をつめかえた。

武装警官隊は、トラックの蔭に釘《くぎ》づけになった。射たれた仲間を救けに行くことも出来ない。

「無駄な抵抗をよせ！」

トラックからスピーカーが吠えはじめた。

「そちらさんこそ、俺たちをやっつけようと思うのがどうかしてるぜ」

三田が叫び返した。

「もうすぐヘリコプターが来る。お前らは、いま降服しないと、地上と空中からの総攻撃をうけることになる」

警察トラックのスピーカーは威嚇した。

葦《あし》は深い

1

「もう一度くりかえす。もうすこしすればヘリコプターが応援に飛んでくる。貴様らはいまのうちに武器を捨てて降服しないと、生命の安全は保証出来ない」

警察トラックのスピーカーは再び吠えた。

「ふん、おどかしやがる」

ダンプ・カーとクレーン・カーを楯《たて》にした高城は、包囲したパトカーの群れから空に瞳をあげた。

鉛色の空には、まだヘリコプターの姿は現われなかった。霧雨が熱した額を柔らかく撫《な》でた。

「そろそろ、ここを逃げだしたほうがよさそうだぜ」

二十連のモーゼル・マシーン・ピストルを握った三田が囁いた。

「らしいな」

高城は合槌《あいづち》をうった。

「どうやって逃げる?」

三田の声には不安が隠せなかった。

「それを考えてるんだ」

高城は唇を嚙んだ。

「悪いようにはしない。早く武器を捨てて出てこいよ」

スピーカーは猫撫《ねこな》で声で言った。

高城も三田も、それを聞いてはいなかった。いかにしてこの絶体絶命の窮地から逃れることが出来るかを計算していた。

「そうだ」

高城はニヤリと笑った。

「……………？」

三田が目で尋ねた。

「地面に伏せて、車輪のあいだから奴等の足をブッとばしてやるんだ」

高城はいった。

「なるほど」

「奴等がパニックに陥ったとき、ダンプ・カーに乗って逃げまくる」

「やってみるか？」

三田もニヤリと笑った。

二人の男は、愛銃を抱えて腹這いになった。高城はダンプ・カーの車輪の間から堀の右側のパトカーの群れにむき、三田はクレーン・カーの下から左側のパトカーの方にむいた。

高城の短機関銃トミー・ガンも、三田の軍用モーゼルも、遊底の下に長い弾倉がつき出ているので伏せ腹するには銃を横に寝かせなければならなかった。

パトカーや警察トラックのむこうから、地面にむかってつき出た警官隊の足が見えた。

「一……二……三、射てっ！」

高城の声が終るとともに、二丁の全自動銃《フル・オートマチック》は、小刻みに躍りながら掃射を開始した。

高城も三田も、弾を射ち尽すと、すぐに予備の弾倉につめかえて射ち続けた。

銃声のたびに、パトカーの後から苦痛の叫びが聞えた。パトカーの車輪もチューブを射ちぬかれて次々にパンクしていった。

脚を射たれて転がった警官たちは、高城たちにむけて乱射してきた。

白熱した弾は、トラックのボデイに当って轟音を発したが、射手は高城と三田の掃射弾をくらって即死していった。度肝を抜かれた警官たちは、悲鳴をあげて堀の中に跳びこんだ。いたるところで水しぶきがあがった。

堀の水は深かった。二メーター近くあった。跳びこんだ警官たちは、重いS・W拳銃を捨てて必死に泳いだ。

「オーケイ、ずらかろう！」

耳をつんざく銃声の中で、高城は三田にむかって叫んだ。

「わかった。エンジンを動かして待っててくれ」

フル・オートマチックにした七・六三ミリ口径のモーゼル・マシーン・ピストルを射ちまくりながら、三田は叫び返した。

高城は短機関銃トミー・ガンを脇《わき》にかかえ、ダンプ・カーのドアを開けはなった。左手でイグニッション・キーをダッシュ・ボードの点火スイッチにさしこもうとした。

たちまち警官隊の銃火が集中した。運転台の窓ガラスは微塵《みじん》に割れとび、金属に当った弾が火花をちらしてシューッ、シューッと跳ねた。

高城は素早く運転台から身を離した。応射しようと短機関銃を構えたとき、轟々《ごうごう》と空を震わすヘリコプターが飛来する爆音を聞いて頬をひきつらせた。

三田もギクッとしたらしい。射撃をやめて高城のそばに駆けよってきた。

ヘリコプターは見る間に近づいた。操縦手の横で、口径三〇のM一カービン銃を構えた警官が下に狙いをつけていた。カービンからは三十連発の長いバナナ弾倉がつき出ていた。

カービン銃の狙撃手は高城たちを目がけてパンパパーンと連射してきた。三十二口径自動拳銃弾の薬莢をちょうど倍の長さにした小さな空薬莢の雨が飛びちった。

ヘリコプターは急速に高度を落しながら、高城たちの頭上を旋回した。カービンの銃弾が、ダンプ・カーやクレーン・カーの金属を削り、アスファルトに当って跳弾した。

「糞《くそ》っ!」

罵った高城は、ヘリコプターにむけてトミー・ガンを掃射した。ヘリコプターの下腹にパパパパッと弾痕《だんこん》が走ると見えるや、そのエンジンはチョロチョロと黒赤い炎を吹き出した。

高城は素早く短機関銃の弾倉をつめかえて、ダンプ・カーの下にもぐりこんだ。その横にモーゼル軍用の自動拳銃を握った三田が寄ってきた。

「やったな!」

三田はニヤリとした。

ヘリコプターのエンジンから吹き出る炎は白熱してきた。ヘリコプターはグラグラゆれながら、次第に失速し、高度を失ってきた。

操縦手は必死になって操縦桿《かん》を動かした。射手はカービン銃を連射したが、グラグラゆれる機体の動きのため、着弾はダンプ・カーのむこうのパトカーの群れのなかにそれた。

仰天した逃げ残りの警官たちは、パトカーの下にもぐりこもうとした。

「射てっ！」

高城は低く叫んだ。

高城の短機関銃と三田のモーゼルが軽快な発射音をたてて唸りだした。パトカーの下にもぐりこんだ警官たちは、次々に射殺された。

2

大きく揺らいだヘリコプターは、突然ローター・ブレードの動きをとめると、凄《すさ》まじい速度で落下してきた。吹き出る炎は機の胴体にそって勢いよく走っていた。ヘリコプターは、クレーン・カーのむこうの、パトカーと警察トラックの中につっこんだ。

目もくらむような閃光《せんこう》と爆風がすぎたあと、空には爆発で吹きとばされたヘリコプターの破片が舞っていた。

パトカーの数台とトラックにも火がついた。熱風が疾走した。火だるまになった警官たちは、悲鳴をあげ真逆さまに堀の水にとびこみだした。

「今だ！」

「オーケイ」

高城と三田は不敵な笑いを交した。三田がダンプ・カーのハンドルを握った。エンジンはこわれてなかった。高城が助手台に坐った。

三田は乱暴にダンプ・カーをバックさせた。高城はガラスのとんだ車窓から短機関銃をつき出した。車体を軋《きし》ませ、エンジンを咳《せき》こませながら三田はダンプ・カーの車首を、さきほど畑中や毬子たちが逃げたT字型の道にむけた。

生き残った警官たちが乱射してきたが、臆病風にとりつかれているので、その狙いは不確実だった。タイヤに当った弾はなかった。

三田はダンプ・カーのスピードをあげた。百メーターほど行って逃走用のコンサルのそばに急停車した。

高城が先にダンプ・カーから跳び降り、後にむけて威嚇射撃した。

三田が素早くコンサルに乗り移り、エンジンを始動させた。

高城も助手台にとびのり、車窓のガラスを降ろした。

「よし、逃げて逃げまくるんだ！」

高城は叫んだ。

「まかしとき」

三田はグウンと車をとび出させた。高城は車窓から短機関銃をつき出して威嚇していた。

たちまち、T字型のつきあたりにきた。協栄ビルの前で、墜死した和田組のヤクザの死体が、アスファルトを濃い血でべっとりと染めていた。

T字型の右側に、二台のパトカーが待ち伏せしていた。左側にいないのは、乱射戦の場合に同士射ちをさけるためであろう。キーッとブレーキをきしませ、もうもうとタイヤから煙を吐いて、三田の運転するコンサルは左にカーブをきった。

パトカーの後からS・W制式拳銃をつきだした警官たちが、一斉射撃をあびせてきた。

S・W四五口径の一斉射撃音は、まさに鼓膜を吹きちぎるほどの物凄《ものすご》さだった。射った当人の警官たちが、その轟音と音波に目がくらんだ。弾は二人の乗ったコンサルのボディをつきやぶった。エンジン部分がやられなかったのは幸運だったが、高城は左の脇腹《わきばら》を薄く弾に削られた。

「…………！」

声にならぬ罵声を発した高城は、短機関銃の銃身も焼き切れよとばかり続けざまに掃射した。

パトカーに弾痕が走り、その後で警官たちが苦悶《くもん》の絶叫を発した。

三田は弾痕だらけになったフォード・コンサルでカーブを曲り終り、再び車のスピードをあげた。

「大丈夫か?」

三田は前方を見つめたまま尋ねた。

「心配ない」

高城は左手で脇腹をおさえた。薄く血がついた。

「やられたのは腹か?」

「脇腹だ。大したことはない。内臓にまでとどいてない」

高城は車の床に置いた弾箱から空の弾倉に弾をつめかえながら答えた。弾倉に掌の血が移った。

「車のボデイを貫いた弾だから、失速してたんだな。内臓をやられなくてよかったぜ」

三田が笑った。

「畜生、白バイがつけてくる」

バック・ミラーに目をやった高城が舌打ちした。

「知っている。ザコの一匹や二匹に追っかけられても怖くないが……」

三田が言った。

「片付けてやる」

高城は言った。短機関銃を右手だけで握り、後の座席に移った。脇腹がギクンと痛んだ。

途端に――白バイの方から発砲してきた。左手でハンドルを握りながら、右手のS・W拳銃を乱射してきた。

コンサルの後窓ガラスはすでに、さきほどの射撃戦で所々破れていたが、白バイの警官の放った弾によって、ビラビラしていた破片が崩れ落ちた。天井につき上がった弾が跳ねて、ウインド・シールドに放射状のヒビを走らせた。

「死ねっ！」

左手で把手《はしゆ》を握り、右手で銃把を握った高城は続けざまに五発掃射した。熱く焦げて陽炎《かげろう》のような熱波がゆらめいていた短機関銃の銃身は、小刻みにはねあがった。

胸を三発の弾で潰《つぶ》された白バイの警官は、空中にはねあがって即死した。白バイは乗り手を失ったまま惰性で二十メーター近く走り、歩道に乗りあげて、洋装店のショー・ウインドウをつき破った。

3

それから約二時間――警官たちと断続的に銃火を交しながら、高城と三田の乗ったコンサルは、杉浜市から十二キロほど離れた無人の海岸に逃げのびた。

ボデイは弾痕でひしゃげ、ラジエーターをやられた車は、まさにポンコツ車同然であった。

二人は弾をくらってボロのはみ出たシートに並び、黙々とタバコを吸った。潮風に、強く吐き出した煙は吹きちぎられて形をなさなかった。

「どうする?」

高城は、荒涼とした砂浜と波しぶきをあげる灰色の海に目をやった。

「どうする?」

三田は虚脱したように尋ねかえした。

「ともかく、こんな所でジッとしてもいられんだろう」

高城はダッシュ・ボードの時計に目をやった。銃弾で破壊されていた。自分の腕時計に目を移したが、舌打ちして、

「あんまり射ちまくったんで、ショックで腕時計までとまりやがった。いま何時だ？」

「三時半」

三田は答えた。

「日が暮れるまでに、まだ二時間以上ある」

「日が暮れたら街に戻れるんだがな」

「よし、それまでどっかに隠れておこう。その前に銃を分解掃除しておくんだ。火薬や鉛のカスが大分たまったから、いざというとき回転不良を起すかも知れない」

「わかったよ」

三田はタバコを捨てた。

車のグローヴ・コンパートメントにクリーニング油や継ぎ竿《ざお》式になった銃腔洗滌《じゅうこうせんじょう》用ブラッシ棒があった。高城と三田はドライヴァーを使って銃を分解した。遊底は火薬カスと、空薬莢から削られた真鍮でドロドロしていた。銃腔は分厚くくいこんだギルテッド・メタルと火薬カスでラセンが埋まっていた。徹底的に掃除したので、組みたて終るまでに十分ほどかかった。銃腔はラセンをとりもどし、油を吸った遊底は滑らかに動くようになった。

「オーケイ、君はモーゼルとこの短機関銃を持って外に出てくれ。弾箱もだ」

高城は車の床に蓋《ふた》を外されたカーキ色の金属性の弾薬を示した。二つあった。一つは高城の短機関銃にあう〇・四五口径ＡＣＰ軍用弾五百発入りで二百発ほど残っていた。もう一つは、三田のモーゼル二十連にあう七・六三ミリの軍用弾五百発入りだ。これは半分以上実包が残っていた。

三田は不審気な目つきをした。

「と、言うと?」

「この車を海に捨てるんだ。発見されぬようにな。運よくいまは干潮だ。潮が満ちてくれば、海の中に消える」

高城は上着を脱いだ。左肩から腋の下に吊った、ワルサー自動拳銃のホルスターも外した。スポーツ・シャツもズボンも脱いだ。

三田は車の外に降りた。砂が踵《かかと》までくいこんだ。コンサルの車輪も五センチ以上砂浜に埋まっていた。素裸になった高城は銃や脱いだ服を三田に手渡した。脇腹の血は乾いて黒くかたまっていた。傷は意外に浅かった。コンサルにエンジンをかけた。ギアをローやセカンドにして発車させようとしたが、柔らかい砂にくいこんだ車輪はいたずらに空転した。

「後から押してくれ!」

高城は叫んだ。三田はひしゃげたコンサルのトランクに肩をあてて全身の力をこめた。

エンジンはもうもうと煙を吹き、不気味に唸ったが、ついに車は動きだした。次第に加速度がついて、海水を車輪ではねとばしながら海中に突進していった。

ハンドルをあやつる高城の腰のあたりまで海水がかぶったころ、車は動きをとめた。

高城は力まかせにドアを押しあけた。海水が勢いよくなだれこんだ。

海中に出た高城は、車の後に回った。トランクを両手でつっぱって、車を押していった。脇腹の傷が再び出血しだしたが、そんなことはかまっておられなかった。胸の高さまで海水の表面がとどいたとき、車は完全に海中に没した。おびただしい油が浮いた。

高城は水をしたたらせながら浅瀬に戻ってきた。緊張していたので気づかなかったが、急に寒気に襲われて小刻みに震えだした。

「済まんな。火を起そうか。流木がたくさんあるからうまくいくだろう」

三田が気の毒そうな顔をした。

「やめとこう。煙で俺たちの現在位置を知られてはまずい」

高城は乾いた砂浜にあがってきた。

「大丈夫か？　傷からまた血も出てるし……」

三田が言った。

「いいんだ、すぐ止まる。それより、乾いた布はないかな。そうだ、アンダーシャツをタオル代りにしよう」

「これだな？」

三田が高城のアンダーシャツを手渡した。

高城はそのシャツで体をぬぐった。すぐにアンダーシャツは濡れて重くなったので、砂にうめて隠した。

肌にじかにスポーツ・シャツをつけた。仕度を終えると、少しずつ体温をとりもどしてきた。

「むこうに、河口があるらしい。葦《あし》や茅《かや》が茂っている。あのなかに隠れよう」

高城は、左手一キロのあたりに目をそそいだ。市寄りだ。重い弾薬箱と機銃を持った二人は、砂にめりこむ足をひきずって歩きだした。

「畑中たちはどうしたかな？　お前さんの女も一緒だったが？」

三田が荒い息の下で言った。

「なんとかなっただろうよ」

高城はそっけなく答えた。いまは、自分のことで精一杯だ。茅の茂みにたどりつくと、三田は両足をなげ出して坐りこんだ。

「もっと奥まで行くんだ。見つかりにくいところに」

高城は叱った。三田は不精ったらしく立ちあがった。二人は穂をつけた茅の茂みの中部に横たわり、夜が黒いヴェールをかぶせてくれるのを待った。

脱　出

1

風に乗って銃声が聞えてきた。続けざまに数発聞えた。海からだった。

「…………！」

茅の間に伏せた三田が聞き耳をたてた。血相がかわってきた。

「あれは拳銃や小銃の音でない。散弾銃だぜ。船でハンターが鴨《かも》でも追っかけてるんじゃないかな」

高城は言った。

再び銃声が流れてきた。ポン、ポーンとクラッカーのはじけるような音だった。

「なるほど。あれは散弾だな」

三田は緊張した筋肉をゆるめた。

「いい身分だな。ハンターなんて」

高城は茅の茎を折って嚙みはじめた。

「まったくだ。船代四千円に弾を百発射って四千円……それでも一日中、別世界でウサをはらすことが出来る」

三田はタバコに火をつけた。もう一本つけて高城に渡した。

二人は腹這《はらば》いになったまま、黙りこんでタバコを吹かした。

高城は、能登半島の沿岸に船を出して、渡りの鴨を射った日のことを想い出していた。

羽白や黒鴨は、ときによると何キロもの長さにわたって群れていた。焼玉エンジンをそなえた小さな船でトントンと近づいていくと、鴨の群れはイナゴの大群のように飛びさっていく。飛びたつ鴨の群れがちょうど船の上にかぶさるようにもっていくのが、船頭の腕なのだ……。

「何を考えてる?」

三田が尋ねてタバコを土に押しつけた。

「なんでもない。人殺しもこう続くと少々飽きてきたな」

高城は答えた。

「まあ、日本の人口過剰が少しは緩和されるさ。失業対策にもなるしな」

三田はゴロンと仰向けになった。

「あんたに家族はいるのか？」

高城は話題を変えた。

「俺たちには、過去や家族の話は御法度《ごはつと》だったはずだぜ――」

三田は唇をねじまげて笑ったが、フッと沈んだ顔つきになって、

「戦争のときに俺は飛行機乗りだったんだ。みんな死んでしまったよ。死んだ奴はみんないい奴だった。俺のようなグズだけが生き残ってしまった。南方から帰ってみたら、親爺《おやじ》やお袋は焼け死んでやがった」

「…………」

「いい奴はみんな死んじまったのによお。俺だけがのうのうと生きていかれるかい？　悪いやな。それで俺は散々悩《なや》んだ。悩んだすえに択《えら》んだ商売が殺し屋とは、落し話にもなりゃしねえ」

三田は曇った空に瞳を放っていた。

「…………」

高城は黙っていた。陳腐な話だし、本当に三田がパイロットであったかは疑問だが、黙って

三田にセンチメントに浸らせておいてやりたかった。再び凄惨《せいさん》な殺し合いがはじまるまで、あと数時間しか間がないだろう。それまでは……。

「だけど、考えてみれば何でも慣れだな」

三田が想い出したように言った。

「そうかも知れない」

高城は合槌《あいづち》をうった。

「初めて人を消したとき、俺は三日間というもの、飯が喉にとおらなかった。水を飲んでも吐いてしまうんだ」

「目をつぶると、悪い夢にうなされどおしだな」

「あんたもそうだったか？　ところが、今じゃあ、消す相手が札束を背負ったカモに見えるんだからな」

三田は笑った。

「もっとも今日の殺しはポリ公ばかりだったからゼニにはならず、散々な目にばかりあった。どうも済まなかった。勘弁してくれよな」

高城はわびた。

「気にするなって事よ。ツイてねえときはこんなもんさ。まあ、命があっただけ儲《もう》けものだな。あんたの射撃の腕にはホトホト感心したよ」

三田は言った。

岸辺の葦を洗う波の音が高まってきた。

「風が出てきたな。もうすぐ日が暮れるぜ」

高城は呟いた。

「それまで、あんたも仰向けになって体を休めたらいい」

三田は忠告した。

高城は三田の忠告にしたがった。ただし、仰向けに寝ころがった胸の上に短機関銃を抱えていた。

陽の暮れだした鉛色の空をV字型の編隊を組んで雁《がん》の群れが陸にむかってとんでいた。眠たくなるような単調なエンジンの音をたてて、海から戻った小船が河口を溯《さかのぼ》っていった。

高城は仰向けになったままタバコに火をつけた。煙は毬子の胸の形をしてのぼり、風に吹きけされた。

2

夜が黒いビロードのような帷《とばり》をおろした。

「行くか?」

三田が目を光らせた。

「行こう」

高城は短機関銃を摑《つか》んで立ちあがった。左手に暗い黄緑色の弾箱をさげた。三田も身軽に立ちあがった。

潮は満ちていた。葦の生い茂っていたあたりは、すっかり水につかっていた。河口の幅は倍になったように見えた。釣り船のオールが水を光らせていた。

「きれいだな。映画で見たヴォルガの夜のようだ」

高城は深呼吸した。

二人の男は茅の穂を踏みしだきながら、河口に沿って国道にむかった。国道には河を横断する橋がかかっていた。

暗い水面に鯔《ぼら》が跳ねた。高城は一瞬足をとめてそれを見つめた。

「獲《と》れたかね？」

近くで間の抜けた声がした。

高城は素早く銃を構え、安全装置を外した。

声は葦の間につないだ小船からだった。手ぬぐいで頰かむりした年寄りの漁夫が、投網《とあみ》を整える手を休めて鼻水をすすった。

「だめだよ」

高城は咄嗟《とつさ》に短機関銃の銃口をおろし、安全装置をかけた。

「鴨かね？　鴫《しぎ》かね？」

老いた漁夫は、二人をハンターと間違えているらしい。

「どっちともだめだった」

腰のバンドに差したモーゼル・マシーン・ピストルから手を離して三田がうるさそうに言った。

二人の男と小舟の間は十メーターほど離れていた。高城は射ちたくなかった。銃声が民家までひびくかも知れない。

「あんりゃ！　あんたさん、珍しい鉄砲を持ってなさるね？　ブローかや？」

老人は高城の短機関銃に目をつけた。ブローニング自動装塡式散弾銃の機関部の下に九発入りの箱型弾倉をつけることがあるが、老人はそれと間違ったらしい。

「ああそうだよ」

高城は答えて歩きだした。三田もそっと背後に目をくばりながら歩きだした。

老漁夫はブツブツ呟きながら彼等を見送っていたが、急に彼等がどんな人種か気づいたらしい。シャープな背広にソフトをかむったハンターはいない。いたとしても長靴か防水靴をはいている。

「…………！」

老漁夫は呻《うめ》いた。反射的に立ちあがった。不安定な小船は大きくゆらいだ。老漁夫は自分から水中に跳びこんで、逃れようとした。

高城は短機関銃ごと、くるっと後むきに振りかえろうとした。それより、三田の方が早かった。抜き出した口径七・六三ミリのモーゼルがオレンジ色の閃光《せんこう》をほとばしらせた。

銃声は風に吹きちぎられて、それほど反響もしなかった。波も銃声を打ちけすのに作用した。老漁夫は、銀色の髭《ひげ》が生えた顎《あご》の下から入り、うなじに抜けた自動拳銃弾をくらって水中に叩きつけられた。吹き出る鮮血が水に薄められて、煙のように渦《うず》まいた。

「銃声を聞かれなかったかな?」

モーゼルに安全装置をかけた三田が不安気に言った。

「ハンターの銃が暴発したと思ってくれればたすかるんだがな」

高城は短機関銃を右肩にかけた。

「やむを得なかったんだ。あの爺《じじ》いめ、ほっといたら部落中にふれ歩いて、ポリがとんで来ただろうからな」

三田は射殺の弁解をした。

「あの爺さんは、もう寿命が来てたのさ」

高城はあっさり言ってのけた。

松林に出た。国道にたどりつくまで、二人は人目をさけるため、しばしば身を伏せて松林の中を這わなければならなかった。

「車をとめる。弾薬箱は一寸《ちよつと》の間あずかっといてくれ」

高城は、ヘッド・ライトを怒らせて三百メーターほど離れた橋を渡ってくる車に顎をしゃくった。左手に持った弾薬箱を、国道の横の木立ちに隠れた三田のそばに置いた。

肩から短機関銃を外し、腰だめに構えて国道のアスファルトの真ん中に立ちふさがった。

車はトラックだった。杉浜市にむかっていた。

「止まれ！」

高城は驀走《ばくそう》してくるトラックにむかって、声をかぎりに叫んだ。ヘッド・ライトの光線を浴びて冷酷な瞳が殺気を帯びて光った。

トラックはスピードをゆるめなかった。高城を轢《ひ》き殺そうとするかのように突進してきた。

高城は両足を軽く開き、短機関銃の銃床を肩と頬に密着させて発射の体勢をととのえた。

トラックは急ブレーキをかけた。タイヤから煙をたてスリップしながら、高城の前三メーターのあたりでとまった。

トラックは工場から送られるオートバイを数十台積んでいた。荷台の上に整然と並べられていた。

高城は運転台のドアを乱暴に開けはなち、短機関銃トミー・ガンの銃口を、工場技師風の運転手に突きつけた。

白い作業服を着た技師風の運転手は顎をガクガクさせて喘《あえ》いだ。

「止まれと言ったら、止まるんだ」

高城は唇を歪《ゆが》めた。

「は、はい」

運転手は首振り人形のようにうなずいた。

その横の助手が、シートから滑り落ちてにげようとした。

左手に重い弾薬箱を二つ提げた三田が、機敏にトラックの反対側に回りこんでいた。

「馬鹿！」

と、罵って、モーゼルの銃口を助手の額につきつけた。

助手は恐怖のあまり、だらしなく失神した。

3

「降りろ！」

高城は低い鋭い声で命令した。

運転手はハンドルにしがみついて、シートから離れまいとした。

「馬鹿、殺しはしない」

高城はクックックッと柔らかく笑った。笑いながら左手で運転手の襟首《えりくび》をつかんで車からひきずりおろした。

「どうする?」

三田が高城に目で尋ねた。

「弾薬箱を運転台におけ」

高城は目で答えた。

三田は高城がやろうとしていることをのみこんだ。弾薬箱をフロアに置き、トラックのヘッド・ライトを消した。気絶した助手を軽々とかつぎあげた。

「歩きな」

高城は運転手の背中をつついて、松林の方に向けた。

運転手ははじかれたように足を踏み出しガクガクする膝を踏みしめて歩きだした。

運転手と高城のあとに、気絶した助手を背負った三田が続いた。トラックのイグニッション・キーを抜きとり、ドアをロックしてきた。

「停まれ」

高城は狭い松林の中央で命令した。

運転手はクタクタッと砂地に坐りこんで放心したような顔をした。

三田は、砂地におろした助手から白い作業服をはぎとっていた。自分のソフトや背広をぬぎ、手早く作業服をつけはじめた。

「こ、殺さないでくれ」

運転手は弱々しく哀願した。

「殺しはしないと言ったろう。こっちの条件を聞いてくれたらな」

高城は尻をついた運転手のそばに蹲《うずくま》り、おだやかな声で言った。

「条件?」

「いまから、その男が助手になる。分ったな?」

高城は作業服を着こんだ三田を顎で示した。

「わかりました」

「なかなか物わかりがいいじゃないか？　出世するよ……俺たちが大体どんな人間だかも見当がついてるだろうな？」

高城は薄く笑った。

「ラジオやテレヴィで何回も、今日も事件を……」

「それじゃますます話が早い。たしかに俺等はお尋ね者の殺し屋さ」

「助けてくれ！」

殺し屋とはっきり聞いて、運転手は悲鳴をあげた。

「あわてるなよ。お前さんを殺したところで儲けにならないから、お前さんがヘマをしないかぎり消しやしないよ」

高城は言った。

「………？」

運転手は少し落ち着いた。

「トラックの荷台に積んであるオートバイのあいだには俺が隠れる。市の入り口には検問所が設けられてるだろうからな、それを突破しないとならないんだ」

「じゃあ、ぼ、僕のすることは？」

運転手は尋ねた。

「ポリさんにトラックをとめられて尋問を受けたとき、なるべく平静な顔と声で答えたらいいんだ。お前さんの役目はたったそれだけだ」

「…………」

「うまくやってくれれば、指一本ふれずに解放してやる。ヘマをやったら、お前さんの命だけでなく、可愛い奥さんの命も保証しないぜ」

「俺たちは組織を持ってるからな」

三田が口をはさんだ。

運転手の顔に、底知れぬ恐怖の表情が浮かんだ。

「まあ、そう深刻になることはないさ。落ち着け、落ち着け。ここでしばらく深呼吸でもして息を鎮めなよ」

高城はニヤリと運転手に笑いかけた。

気絶したままの助手を松の幹の蔭に放置し、三人の男がトラックに戻ったのは、五分ほどたってからだった。三田は脱いだ自分の服を抱えていた。

あいついで通った数台の車をやりすごし、高城はトラックの荷台に跳びのった。オートバイを少しずつ移動させて真ん中に隙間《すきま》を作り、その隙間にもぐりこんだ。

三田は弾薬箱や自分の服を、シートの下の荷入れにつっこんだ。

「出発だ！」

高城は口笛を吹いた。

三田はハンドルを握る運転手の腰を、作業服の大きなポケットに入れたモーゼル自動拳銃の銃口で軽く突ついた。

トラックは轟音《ごうおん》をたて、アスファルトをゆるがせて発車した。運転手は諦《あきら》めきったのか、大分落ち着いていた。

市の東南の入り口に当る国鉄線ガードの前には、長い車の列がせきとめられていた。ランタ一ンを振りまわしたヘルメットの警官が、短くホイッスルを吹いて走りまわった。トラックは、せきとめられた車の列の尻にくっついた。運転手は落ち着きをなくした。

「楽に、楽に」

三田は片手で器用にタバコの箱をあけ、運転手にも一本くわえさせてやった。上着の裾で隠したモーゼルを握りしめたまま、ライターに火をつけた。

そのタバコには、ほんのわずかだがヘロインが混ぜられていた。麻薬はたちまち運転手に作用をおよばせた。落ち着かせ、度胸をつけさせた。二十分以上待って、三田や高城の乗ったトラックの尋問の番がまわってきた。

麻薬で緊張から解かれた運転手は無雑作に免許証や営業許可証を警官に示し、工場の製品を納入に行く途中だと答えた。かえって、横の三田の方が緊張し、腋の下にべっとり冷や汗をかいたほどだった。

取り調べの警官は、あっさりトラックの通行のオーケイを出した。三田と高城は、公園近くの石黒会長の邸宅近くでトラックから降りた。約束を守って運転手に手をかけなかった。

二人が鉄柵《てっさく》の門をくぐると、それぞれが武器を持って群らがる、殺気だった協和会の男たちのあいだをかきわけて、毬子が転げるように駆けてきた。

襲撃隊

1

「心配で気が狂いそうだったわ」

毬子は高城の胸にとりすがった。安堵《あんど》の涙が頬を濡《ぬ》らしていた。

「生きててよかった」

高城は毬子の髪に頬を寄せた。

広い庭に集まった男たちが野卑なヤジをとばし、ピーピー口笛を吹いた。

「行こう。中に入ってゆっくり話をしよう」

高城は短機関銃M一A一を持った右腕で毬子の体をおした。短機関銃の銃身は焚《た》き火をはねかえして、鈍く光った。

広い石黒邸の前庭のあちこちでは、焚き火をかこんで殺気だった男たちがウイスキーをラッパ飲みにしていた。竹串《たけぐし》にさしたソーセージをあぶっている者もいた。

大ていの者が上着を脱いでいた。ワイシャツやスポーツシャツの左の肩に吊ったホルスターから拳銃の銃把が突き出ていた。

三田が玄関に駆けていった。毬子と並んだ高城がそのあとに続いた。

「どうでした？」

焚き火を離れた男たちが高城をとりかこみ、熱心に質問をあびせた。

「射って射って射ちまくって逃げてきたのさ」

高城は何でもなかったような口調で答えた。左手に提げた弾薬箱が、急に重くなってきた。

玄関のドアが開き、石黒会長がみずから跳び出してきた。キニーネでも嚙みつぶしたような渋面をしていた。

「どうも御心配をおかけしまして」

高城は頭をさげた。

「心配もいいところだ。騒ぎを大きくしおって！」

石黒は罵《ののし》った。

「でも、こうやって生きて帰ったんだから、いいじゃないですか」

高城はムッとした。

「君の身勝手から、とんでもないことになった」

石黒は吐きすてた。毬子にも憎悪のこもった視線をなげた。この女がもとで、全警察を相手にしなければならなくなったのだ。

「おや、そうですかね。じゃ、私はやめさせていただきましょう。東京に帰るとしますかな。

高城はうそぶいた。毬子が強くその腕を握った。

「馬鹿な！　さんざん火をつけておきながら、いまになって逃げようとしたって許さんぞ！

――」

石黒は怒鳴ったが、フッと表情を変え、猫撫《ねこな》で声で、

「さあ、さあ、早くなかに入りなさい。苦労したろう。心配したよ」

と、愛想笑いをした。

「そうおっしゃられるなら」

高城は歩き出した。石黒は媚《こ》び気味に高城の弾薬箱を持ってやった。

豪華なサロン風の応接室には、生き残りの大幹部級や殺し屋が集まっていた。

「君はあっちに行ってなさい。会議だから」

石黒は毬子に命じた。

「いや、離れたくないわ」

毬子は高城の胸に顔をうずめた。

「さあ、いい娘《こ》だ。いうことをきくんだよ。ここに帰ったからには、心配ない」

高城はそっと毬子をおしはなした。毬子は何度もあとを振りかえりながら、廊下のむこうに後ずさりしていった。

応接間の中央のテーブルには、スコッチやウオツカの瓶《びん》が並び、キャビアや炙《あぶ》り肉が食いち

らかされていた。

堀ばたの戦場から一足先に逃げ出してきた殺し屋たちが、入ってきた高城と三田を見て、声をあげ、次々に、スコッチのグラスをさしつけた。

三田も飲みっぷりがよかったが、高城もグイグイ飲んだ。空腹と緊張のゆるみとでアルコールがよくまわった。雉《きじ》の丸焼きを頬ばって空腹をみたした。

「ど、どうやって逃げてきたんだい？」

舌がもつれはじめた三田が畑中に尋ねた。

「あんたたちが、ポリたちをひきとめてくれたおかげさ。もっとも頬傷の野郎は死んじまったがね。だけど、あんたたち、よく生きのびれたな。よくよく悪運が強いぜ」

畑中は笑った。

「タマが続くかぎり、死にゃしねえよ――」

三田はニヤニヤし、高城を顎で示して、

「とんでもねえ射撃の名人がいるからな」

「さて、これで首脳部は全部集まったわけだ。もっとも冥土《めいど》に行ってしまった者もいるが」

肘掛け椅子におさまった石黒は苦笑した。

「和田組はやっぱり攻めてきますかね？」

畑中が独りごとのように言った。

「スパイから入った情報でも、奴等は懸命に武器弾薬を集めてるらしい。そして、恐らく今夜にでも夜襲をかけてくるだろう。高城たちに散々痛めつけられた警察《サツ》は、今夜はビクビクしているからな」

石黒は言った。

「じゃあ、今夜も徹夜か」

大幹部の一人が溜息をついた。

「君たちを四組に分けて、三時間交代で指揮をとってもらうことにする。非番の時間でも、いつでも戦闘に移れるように準備をととのえておけよ」

石黒は言った。

クジ引きで組をきめた。高城は再び三田と一緒の組になった。もう一人は、陰気な顔をした野村だ。

高城たちは朝方の五時から八時までが責任時間だった。まだ間がある。高城は石黒邸の離れの自分の部屋に戻った。毬子がネグリジェにかえて待っていた。

2

夜は更けていった。

焚き火をかこんだ男たちは、膝の上に顔をふせて、いびきをかきはじめた。石造りの本館の二階の窓から小銃や散弾銃をつき出した見張りも、重くたれさがってくる瞼《まぶた》をしきりに指で揉《も》んでいた。

高城は毬子のむき出しの胸に顔をうずめて、静かな寝息をたてていた。毬子は高城の髪を飽かずに愛撫《あいぶ》していた。

ドアの所に二人の不寝番をたてた石黒は、一番奥の寝室で書類を焼いていた。暖炉にうず高く灰がたまった。

闇《やみ》をヘッド・ライトで貫いて、十台以上のウイリスのジープが石黒邸にむかっていた。銃身が闇に鈍く光った。分乗しているのは、和田組の選抜隊だ。

ジープの一行は、石黒邸を四方からとりかこむように停車した。門の前には四台のジープがとまった。

「来たっ！　戦闘準備！」

二階の窓に並んだ見張りが叫んだ。

たちまち石黒邸の廊下に、眠りをさまされた幹部や殺し屋がとびだした。焚き火をかこんで居眠りしていた男たちは、あわてて火に石油罐《かん》の水をブッかけた。

途端に――門前に停車したジープから一斉射撃の轟音がひびきわたった。焚き火に水をかけていた男の一人が即死した。まわりの男たちは狂気のようにジープをめがけて拳銃を乱射した。敵味方の射撃の轟音で、叫び声も聞えなかったほどだった。

高城は毬子をはねのけ、手早く服をつけた。右手に短機関銃、左手に実包を補充した弾薬箱を持った。

「待って！」

毬子は叫んだ。

「まごまごしてると俺も殺《や》られる。毬子はベッドの下に入って隠れろ。騒ぎが一まず落ちついたら、アパートに戻って待っててくれ」

高城は口早に言いすてて部屋をとびだした。離れから本館まで走る間にも、それ弾が数発長い尾をひいて頭上を通りすぎた。

二階に駆けのぼった。三田や畑中も二階の窓から拳銃を乱射していた。

門前にとまった四台のジープは弾痕に穴だらけになった。五、六個の死体がジープの上におりかさなっていた。しかし、そのジープの死体の横に、口径三〇三ブリティッシュの水冷式ヴィッカーズの重機関銃がすえつけられていた。

「あれを狙《ねら》うんだ。早く片付けないと大変なことになる」

高城は叫んだ。重機にむかって、短機関銃を連射した。弾は重機の防弾楯《ぼうだんたて》にあたってむなしく跳ねた。

そのとき、石黒邸の裏門を破って和田組の一隊がなだれこんだ。あたりかまわず銃やカービン銃を乱射した。庭で門前の敵を防戦していた協和会の男たちは、背後からの敵に驚いて目茶苦茶に引き金を絞った。同士射ちまではじめる始末だった。

二階の幹部たちも、裏庭になだれこんだ敵に気づいた。反対側の窓に駆けより、銃口を下にむけて狙い射ちをはじめた。敵も射ちかえしてきた。前庭に面した窓に残ったのは高城だけだった。七十メーター先のヴィッカーズ重機関銃の機関部に慎重な狙いをつけた。

ジープの蔭から放たれる口径〇・三〇のカービン弾が、高城のまわりに集中しだした。

高城は低く罵って左側の窓に身を移した。

その一瞬の隙をうかがい、重機の助手役の男が、五発に一発ずつ曳光弾《えいこうだん》のつまった弾薬ベルトを重機の装塡ブロックに差しこんだ。射手は重機のクランク・ハンドルを二度ひいた。機関部のうしろについている引き金のボタンを圧《お》した。

重機は吠《ほ》えはじめた。曳光弾が闇を横切り、弾薬ベルトは右から左にコンベアーのように流れた。空薬莢《からやっきょう》がうず高く積っていった。

高城は床に身を伏せた。

重機からの掃射弾は、二階の壁やガラスをブチぬき、天井や家具にあたった。曳光弾の火熱で二階の天井にメラメラッと炎が走った。煙が渦まいた。

高城は一番左側の窓から短機関銃をつき出し、重機の弾薬ベルトをささえる助手を射殺した。それを見とどけると、左から右に流れる弾薬ベルトを狙って、弾倉の尽きるまで射ちまくった。

重機の曳光弾は炎の尾をひきながら高城にむかってのびてきたが、高城の放った短機関銃弾の一発は、弾薬ベルトにささった曳光弾に命中した。

凄《すさ》まじい爆発音とともに、重機の弾薬ベルトは炸裂《さくれつ》した。重機の遊底はひしゃげた薬莢を嚙んで回転不能をおこした。絶え間なく毒々しい銃火を吐いていた重機関銃は沈黙した。高城は煙に咳《せき》こみながら、次々に目標をとらえて射殺していった。

窓の裏手では、三田たちが裏門を破って侵入してきた連中とまだ射ちあっていた。

前庭の男たちは、半分ほどが敵弾にやられていた。生き残りの男たちは、ヤケクソの喊声《かんせい》をあげて、ジープにむかって突進した。一瞬でも射ち止んだら、自分が殺されると思って、盲射ちに拳銃を乱射しながらだった。

銃痕《じゆうこん》で孔だらけになったジープの蔭から、M一《ワン》ガーランド小銃《ライフル》がつき出された。銃身につけた手榴弾《しゆりゆうだん》放出器に、M一ライフル専用の手榴弾がさしこまれていた。射出された手榴弾は、シューッとヒューズの燃える音をたてて闇に弧をえがいた。殺到してくる協和会の男たちのまっただなかに落下した。

目もくらむような閃光がひらめき、爆風が走った。

手榴弾は続けざまに三発落下してきた。物凄《ものすご》い土煙が鎮まったとき、地面に深くえぐられた穴の中に骨や肉片がちらばっていた。

3

石黒邸の両脇にまわったジープから、携帯用の大型ドリルを持った和田組の男たちが跳びおりた。

高く分厚いコンクリート塀に穴をあけていく。電源はジープに積んだ強力なバッテリーだ。

表と裏からの相手を防ぐのに気をとられている協和会の男たちの目をかすめ、コンクリート塀の両脇に、たちまち、直径十センチほどの穴が二十近くあけられていった。

電気ドリルを持った男たちがジープに駆け戻ると、そのジープからダイナマイトの束を抱えた和田組の連中が跳び降り、コンクリート塀にあけた穴に差しこんだ。

長い導火線をつなぎ、ライターの火を移してジープに駆け戻った。ジープはエンジンをかけて待っていた。男たちが跳び乗るとともに発車した。爆風をよけようと疾走しだした。ジープが石黒邸から百メーター以上はなれたとき、鼓膜の千切れるような轟音とともにダイナマイトが爆発した。

コンクリートの破片は、物凄い勢いで四散した。天空高く舞いあがった破片は、くるくる舞いながら落下した。

煙を吐く石黒邸の窓ガラスは、射撃戦で相当に破れていた。そこに、ダイナマイトの爆風とコンクリートの破片が叩きつけられた。

爆風は、離れの寝室のベッドの下にひそんでいた毬子を、壁に叩きつけるほどだった。ガラスが霧のように吹っとんできた。

「射て、射てっ！」

煙と炎の渦巻きはじめた二階に姿を現わした石黒が絶叫した。

高城は、カービンや拳銃を乱射しながら玄関に殺到する和田組の連中に対し、短機関銃の銃身も焼き切れよとばかり、弾倉をつめかえて射ちまくった。

和田組の連中は、次々に射ち殺されていった。

脚を射ちぬかれて地面に転がった一人が、歯で手榴弾のヒューズをひきぬき、玄関にむけて投げつけた。

高城の短機関銃がその男の息の根をとめる前に、玄関のホールに転がった手榴弾は轟然と火を吹いた。

火の回りは早かった。乾ききった絨毯《じゅうたん》に炎が走った。

それが合図でもあったかのように、爆風をさけて逃げていたジープの一隊が車首をかえし、爆破された塀にむかって突進してきた。四輪を駆動《くどう》させて、強引にコンクリートのかけらの山を乗りきろうとした。

「このままでは、蒸し焼きになってしまう」

高城は叫んだ。叫びながらも射撃はやめなかった。

「ここから離れてならない。どんなことがあっても死守するのだ!」

手提げの金庫を足許においた石黒は、気狂いじみた瞳で叫んだ。煙を吸ってはげしく咳こんだ。

「馬鹿な! 包囲を突破して、反撃に移る方が大事だ」

高城は言い返した。

「そうだ。みすみすここで焼き殺される道理はない」

畑中が言った。

「そうだとも。俺たちはクリスマスの七面鳥でないからな」

三田がモーゼル二十連の弾倉をつめかえながら言った。

「よし、君たちがそう言うなら仕方がない。一まずここから逃げ出すことにする」

石黒は、下手にさからうと殺されそうな気がしたらしい。二階に生き残っている幹部クラスは合計して十四人ほどだった。煙にまかれながらも威嚇《いかく》射撃をくりかえし、階段を駆けおりた。

階下に降りると、待ちかまえていた和田組が一斉射撃を加えてきた。畑中が喉をかきむしって前のめりに倒れた。射出口となった首の後から、頸骨《けいこつ》が露出していた。

高城は腰だめにした短機関銃をガ、ガ、ガと横に払った。

闇の中からけもののような悲鳴が続けざまに起った。

高城が先頭に立ち、転げるように玄関からとび出した。途端に、今まで沈黙していた重機関銃が毒々しい炎を吐いた。あたりを真昼のように照らして、白熱した曳光弾が高城の頭上をかすめ、ソフトを焦がした。

高城は右に転がりながら、トミー・ガンを掃射した。一発は偶然にも重機の防弾楯の銃眼をくぐり、射手の額をザクロのように割った。

「今だ、逃げろ！」

高城は叫び、身軽に立ちあがった。近くに転がった弾薬箱をすくいあげた。炎に包まれだした建物のなかから、石黒を中心にした男たちが跳び出してきた。凄まじい形相《ぎょうそう》をしていた。

破壊したコンクリート塀の上にエンコしたジープから、耳を聾《ろう》する一斉射撃の轟音がひびいた。

焦げる銃身

1

コンクリートの塊に乗りあげたジープからの一斉射撃をくらい、生き残った協和会幹部の一人が、腹をおさえて前のめりに倒れた。射出口となった背広の背に、ギザギザの孔があいていた。血のあぶくがメタンガスのようにふきでていた。

「糞《くそ》っ！」

「野郎！」

協和会の連中はただちに反撃に移った。自動拳銃の遊底からはじきだされた空薬莢《からやっきよう》があたりじゅうに舞いあがり、リヴォルヴァーはオレンジ色の閃光《せんこう》を銃口から吐いて輪胴《シリンダー》が回転した。弾薬箱を投げだし、地面に左膝をついた高城は、弾倉を素早くつめかえて射って射って射ちまくった。

熱く焦げた銃身は陽炎《かげろう》のような熱波をゆらめかせ、照準をつけるのをさまたげた。続けざまの発射の反動で、高城の肩はうずいてきた。頭がガクガクした。

協和会の幹部たちも射ち倒されていったが、和田組の男たちも絶叫をあげて次々にブッ倒れた。高城の短機関銃は執拗《しつよう》に目標体を追い続けた。

次々に射殺される味方の死に動転した和田組の男たちは、一台のジープに逃げこんだ。乱暴に車をバックさせようとし、コンクリートの塊に後部車輪を乗りあげた。

そのジープに対し、協和会の幹部たちは銃を乱射した。耳はつんぼになり、発射の衝撃で手首がしびれるほど射ちまくった。

ジープを運転する男は、恐怖にかられ、無茶苦茶にハンドルを回した。ジープは重心を失い、下腹を見せてひっくりかえった。

ジープから投げだされた和田組の男たちは、身をたて直して防戦に移った。高城たちは容赦なく銃弾を浴びせかけた。

耳をつんざく銃声の中から、悲鳴と絶叫が交錯した。ガソリンタンクを射ちぬかれたジープは炎に包まれはじめた。

石黒邸も燃えていた。風に煽《あお》られ、身もだえして燃え狂っていた。夜空は炎の照りかえしにオレンジ色に染まっていた。髪が焦げそうな熱風が高城たちに吹きつけてきた。

「待って!」

毬子の悲痛な叫びが、屋根に火の移った石黒邸の別館から聞えてきた。

高城はくるっとその方向に振りむいた。途端に、敵弾が頰をかすめた。

高城は銃声の方向に短機関銃を掃射しておき、毬子のほうにむき直った。

髪を振り乱した毬子が、転げるように高城に走りよってきた。裸足《はだし》だった。足の裏に血がにじむのも気づかずに、無我夢中で駆けてきた。

その毬子を狙って、燃える石黒邸を囲んだ生き残りの和田組の連中が銃火を浴びせてきた。毬子の足もとに、パパパパッと着弾の土煙がたった。

高城は素早く弾倉をつめかえ、援護射撃に移った。短機関銃トミー・ガンの排莢孔から、煙を吐いた空薬莢の雨が四散した。

「救けて、高城さん!」

毬子はやっと銃弾のスクリーンを通過した。高城の足許に身を投げ出した。安堵《あんど》に気がゆるんでぐったりとなった。

「逃げるんだ!」

自分もブローニング・ハイ・パワーの十四連自動拳銃を射ちまくりながら、小柄な石黒が叫んだ。九ミリ口径オートマチックは、石黒の小さな掌のなかで異様に大きくみえた。

石黒は、重い手提げ金庫を、左手で胸にかかえていた。金庫の扉には一発の弾がめりこんでいた。もし手提げ金庫を抱えてなかったら、石黒は即死していたところだ。

「オーケイ」

二十連のモーゼル自動拳銃を振りまわして、三田が叫びかえした。頰を弾に削られ、骨が露出していた。上着には血しぶきが飛び散っていた。

高城は左腕で軽々と毬子を抱きあげた。毬子は気絶していた。

高城は短機関銃とともに、右手で弾薬箱をさげた。筋肉はふくれあがった。

サイレンを鳴らして駆けつけた消防車の群れは、燃えさかる石黒邸を遠まきに囲んでいた。射ちあいに巻《ま》きこまれるのを怖《おそ》れて、火事を消しとめるどころではなかった。

警察のパトカーは、一台も姿をみせなかった。警官の姿さえ見当らなかった。野次馬は流れ弾に当るのをさけて、近所の家々に隠れて様子をうかがっていた。

前後左右にむけて威嚇射撃しながら、生き残りの協和会の男たちは遁走《とんそう》に移った。数は八人に減っていた。毬子をいれて九人しか残ってない。

2

幽鬼の群れのような協和会の男たちを見て、消防車に乗っていた男たちは悲鳴をあげて逃げまくった。

「車を徴発するんだ」

石黒は言った。

「消防車を？」

三田が尋ねた。

「やむをえない」

石黒は手提げ金庫の重さに喘いでいた。

「まずい。それではどこに行っても目だってしまう」

高城は反対した。

「じゃあ、どうしたらいいんだ？」

「このあたりの家に押し入るんですよ。ガレージに車をおいてあるところを狙って、鍵をまきあげたらいい」

高城は言った。

「よし、誰か行って、車を徴発してこい」

石黒は叫んだ。

部下の二人が群れから離れた。拳銃で近くの大きな邸宅の門の鍵を射ちとばした。金属は火花を散らして砕け、銃声は夜空に反響した。

二人は、鍵のこわれた門に体当りした。門は軋《きし》んで開いた。二人の姿は邸内に吸いこまれた。

邸内から一発の銃声が木霊《こだま》し、三分ほどして男たちは一台のクライスラーを運転して現われた。

消防車の蔭に身をひそめていた石黒たちは、ただちにその車に乗りこんだ。スシづめになった。

男たちは車窓のガラスを破って拳銃をつき出した。高城は車の後窓を銃身で叩き割り、短機関銃を据えた。毬子は車のフロアに丸くなっていた。

男たちは、滅多やたらに車窓から銃火を吐きちらし、ヤケクソの喊声《かんせい》をあげて深夜の街にクライスラーを疾走させた。道路わきの家々の窓ガラスは、銃弾をあびて微塵《みじん》に砕けた。

和田組の二台のジープが追ってきた。短機関銃を構えた高城の耳もとで、ジープを狙撃《そげき》する協和会幹部たちの拳銃が轟音を放ち続けた。銃声で頭の芯《しん》がしびれ、無煙火薬の紫がかった煙が車内に充満した。

ジープからも射ってきた。クライスラーはジグザグを描いて逃げまくった。

先頭のジープがクライスラーのうしろ七十メーターのあたりに迫ったとき、それを待っていた高城は短機関銃をガ、ガ、ガッと続けざまに掃射した。

銃身は、小刻みに跳ねあがった。高城はその銃身をサーッと横にはらった。

ジープの前窓に弾痕が走った。運転手は額を射ちぬかれて即死した。ハンドルから手が離れた。運転手の横の男が、右肩を射たれながらも、慌ててハンドルを摑《つか》もうとした。

遅かった。ジープはコンクリートの電柱に激突した。物凄いショックが車体を震わせ、鈴なりに乗っていた和田組の男たちは惰性で前のめりに倒された。

コンクリートの電柱を大きく抉《えぐ》ったジープは、前のエンジンを潰《つぶ》され、右にはねかえって車道の真ん中に横倒しになった。

そのジープに、スピードをゆるめずに突進してきた後のジープが衝突した。

数十丁の散弾銃を一斉に射撃したときのような轟音を発し、二つのジープは同時に火を吐いた。

ショックで気絶し、あるいは頭や首の骨を叩かれて昏倒《こんとう》した男たちに、火がついたガソリンのかたまりが降りかかった。

黄白色の火焔《かえん》がゴー、ゴーと音を発して燃え狂った。ポンコツ車同然となった二つのジープの残骸《ざんがい》を炎が包み、死体にも火が移った。

男たちの髪が焦げ、皮膚も煙と湯気をたてはじめた。熱で気絶から覚めた男たちは、ガソリンを吸って燃えあがる服を狂気のようにはぎとろうとし、人間のものとも思えない悲鳴をあげてアスファルトの車道を転げまわった。

クライスラーはさらにスピードをあげた。高城は空になった五個の弾倉に、弾薬箱の〇・四五口径弾をつめはじめた。

「御苦労」

手提げ金庫を抱いたままの石黒が、前部座席から後の高城の顔を見つめて礼を言った。

「なに、大したことはないですよ」

高城はひきつるような笑いを浮かべた。

「車を別荘にむけてくれ」

石黒は運転する男にむかって言った。

「交通止めになってるんじゃないかな？」

クライスラーのハンドルを握る顎《あご》の短い男は呟いたが、車を次の十字路で左にむけた。

家々はかたく扉をとざしていた。どの家からも灯火は漏れてなかった。人々は畳を窓口にたてかけ、声をひそめて飛ばっちりのかかるのをさけようとしていた。

無人の車道をクライスラーは百六十キロ近いスピードでフッとばした。いまにも車体は空中に浮きあがりそうだった。ほかの車は一台も通ってなかった。

杉浜市の北西のはずれの十字路の先に、バリケードが築かれ、その後に三台の警察トラックが道一杯に並べられていた。クライスラーのヘッド・ライトは、その光景を鮮かに浮かびあがらせた。

「糞っ、急ブレーキをかけるから、みんなそのつもりでいてくれ!」

クライスラーを運転している顎の短い男が叫んだ。男たちはシートの背やダッシュ・ボードにつかまったり、足をふんばったりした。

3

キーッとブレーキを軋ませ、タイヤから摩擦熱による煙を吹きあげ、クライスラーは猛烈にスリップしながら急停車しようとした。

凄《すさ》まじいスピードが加わっているので、百三十メーターほど車はひきずられた。バリケードの手前五十メーターのあたりでやっと停った。

乗っていた男たちは、もつれあい、ぶつかりあって罵声を発した。毯子の上に叩きつけられた一人の男は、それをいいことに、毯子の胸に顔を埋めて気絶したふりをした。高城はたくみにバランスを保って座席から投げ出されるのを防いだ。

白塗りの警察トラックは、予想に反し、赤いスポット・ライトを照射しなかった。

「奴等どうしたんだ！」

「怖気《おじけ》づきやがったかな」

協和会の幹部たちは身をたて直し、口々にわめきあった。

「罠《わな》かも知れない」

高城は言った。

「どういう意味だ？」

石黒が尋ねた。

「奴等は怖気づいて逃げだしたと見せかけて、十字路の左右に火線を張ってるかも知れないからね」

高城は呟いた。

「罠かどうか知らないが、ここでぐずぐずしてたら包囲されるぜ」

三田がモーゼル二十連の安全止めを外しながら言った。

「そうだ、試してみないとな」

陰気な男の野村が言った。

「どういうふうに試してみるんだね？」

石黒が尋ねた。

「この車を十字路で右か左にむけるんだ。どっちか警備の手薄な方を強行突破したらいいじゃないか」

野村がボソボソと呟いた。

「そして、みすみす奴等の張った罠にとびこむのか？」

「罠ときまってはいない」

「それよりもっといい方法がある。あれを使うんだ」

高城は、歩道寄りに駐車しているトヨペットを顎で示した。

「どういう風に」

石黒が尋ねた。

「まず、あの車をバリケードにつっこませてみる」

「誰がやる？」

「俺がやりましょう。三田、これをあずかっててくれ」

高城は短機関銃を三田にあずけ、右手にワルサー拳銃を抜き出してクライスラーから跳び降りた。

駐車している黒塗りのトヨペット・クラウンの三角窓をワルサーの銃把で叩き割った。窓の割れ目から腕をのばしてボンネット止めのレヴァーを引いた。

前に回ってエンジン・フードを開いた。エンジンを直結にした。エンジンは唸《うな》りだした。

ドアの鍵穴にワルサーをおしつけるようにして一発ブチこんだ。鍵穴はグシャグシャに砕かれ、金属の破片が赤く熱せられてとびちった。力まかせにドアを引きあけた。ハンドルの前に坐り、グローブ・コンパートメントを開いてみた。重いスパナーが入っていた。高城は車を発車させた。まっすぐにバリケードにむけて突進させた。

十字路の手前十メーターのあたりで、高城はアクセルの端に重い大きなスパナーをおき、開いたままのドアから横に転がり出た。高城は右の肩からアスファルトに落ちた。

何度か回転してふらふらっと立ちあがった。肩がしびれたように痛んだ。

無人のトヨペットは、バリケードにむけてつっこんでいった。

途端に十字路の右左に隠れた警官隊の放った一斉射撃の轟音が炸裂した。トヨペットはタイヤを射ちぬかれ、ボデイをグシャグシャになるまで射たれて、十字路の真ん中に停車した。高城は気力を奮ってクライスラーに駆け戻った。

「やっぱり罠だった。この車をＵターンさせて向きをかえろ」

高城は喘ぐように叫んだ。

「すまなかった」

「あやうく命びろいした。有り難うよ、高城さん」

石黒と野村が頭をさげた。

「気にすることはないですよ」

高城は痺《しび》れた右の肩を揉んだ。少し楽になってきた。左側の男が、痛みどめのモルヒネの錠剤を手渡してくれた。高城はそれを無理やり飲みこんだ。

クライスラーは何度かギアを切りかえ、バックと前進をかさねてＵターンした。スピードをあげて、もと来た方に逃げだした。

十字路の左右に隠れていた警察トラックは、エンジンを咆哮《ほうこう》させてクライスラーのあとを追おうとしたが、十字路の真ん中でエンコしたトヨペットの残骸にぶつかりそうになり、スピードを落さねばならなかった。

クライスラーは大通りの左にハンドルを切り、裏通りをぬって逃げまわった。交番の警官は、暴走してくるクライスラーを見てあわてて身をかくした。

半時間後、クライスラーはフルスピードで市から遠くはなれた海岸ぶちの道路を突進していた。行きかう車は慌てて道の端に寄った。

石黒の別荘は、海にむかって突きだした長さ四キロ、幅三キロほどの岬のはずれにあった。岬は岩と砂浜とひねこびた木の生い茂る山とから成りたっていた。

クライスラーは、石黒が市議を買収して市の費用で作らせた私設道路を登っていった。エンジンとアスファルトをこするタイヤの音のほかに、聞えるのは風と波の音だけだった。

「別荘に着いたらどうする気です?」

沈黙を破って高城が尋ねた。

「私だけしか分らぬ地下室に、大量の武器弾薬と食糧がしまってある。一まずその地下室に落ちついて再起をはかるのだ」

石黒はブスッと答えた。

私道の突きあたりに、一階建てコンクリート造りの別荘が黒々とそそりたっていた。別荘は断崖《だんがい》のふちに建ち、背後は海に面していた。

男たちはホッと安堵の息をついた。その時、別荘の窓から閃光が続けざまにひらめき、クライスラーのそばを数発の弾がかすめた。

崩壊

1

「しまった！」

スシづめの車の内で石黒が叫んだ。

「先回りされたらしい。ヘッド・ライトを消せ」

高城は短機関銃トミー・ガンのコックを引きながら運転する男に命じた。

その声は、再び別荘の窓から炸裂した銃声によってかき消された。

協和会の男たちの乗ったクライスラーは同時にヘッド・ライトを消し、急ブレーキをかけた。

タイヤを一弾が貫き、車は大きくスリップした。

「畜生、別荘を占領しやがったのはポリ公かな」

「いや、和田組の奴等かも知れねえぜ」

男たちは車からとび出そうと身がまえながら、口々にわめきあった。

石黒の別荘に先まわりして待ち伏せしているのは和田組の男たちだった。窓から拳銃やライフルをつき出した幹部連中にまじって、組長和田の姿もあった。防弾チョッキを着こみ、両手に〇・二二口径十一連発のハイ・スタンダード自動拳銃を握っていた。

和田は、浅黒いのを通りこして、ドス黒い肌をした巨漢だ。背は一メーター七十ぐらいの中背なのに、体重は優に百キロをオーバーしている。両頬がブルドッグのようにたれさがっていた。

「射て、射て！　奴等を一人でも生かしておくな。みな殺しにするんだ！」

和田は鉄火場で鍛えたドスのきいた声でさけんだ。

「やるぞ！」

「来やがれ！」

幹部連中は、ライトを消したクライスラーにむかって乱射した。

ブレーキを軋《きし》ませ、大きくスリップしたクライスラーから、協和会の男たちが先を争ってとび出した。

その足もとに、弾着の火花が散り、跳弾はシューッと不気味な音をたててはねた。頭上を鋭く夜気を嚙んで数弾が通過した。

石黒と高城はクライスラーの後に隠れた。毬子は高城のそばに蹲《うずくま》って両手で目をおさえた。

あとの男たちは、転げるようにして、私道の両側の木蔭にとびこんだ。

別荘と、クライスラーとの距離は約七十メーターだった。別荘から続けざまに射ってきたが、闇《やみ》で照準がつけにくくて拳銃弾はなかなか命中するものではなかった。

石黒はブローニング・ハイ・パワー、高城は短機関銃トミー・ガンを車の屋根越しにつき出し、別荘の窓から閃《ひらめ》く銃火にむけて応射していた。

「ふん、奴等は別荘の下に、秘密の地下室があることをまだ知らんらしいな」

石黒がニヤリと笑った。

「なぜです?」

高城は唇だけ動かして尋ねた。

「奴等が軽機を使ってないからだよ。地下室には軽機関銃が二丁隠してある」

石黒は答えた。

「………」

「それに、ダイナマイトも五十キロほどあるしな」

「その地下室の入り口は?」

高城は尋ね、銃火が絶え間なく閃く別荘の窓にむけて四、五発短機関銃を点射した。窓から悲鳴があがった。木蔭に隠れた男たちも、別荘にむけて射ちかえしていた。

「一つは別荘の中からでないと入れないが、もう一つ別の入り口がある」

轟々《ごうごう》と鳴りひびく銃声が一瞬静まった隙《すき》を縫って石黒は言った。

「と、言うと?」

高城は瞳を光らせた。

「別荘の右側の空き地のはずれに、大きな空井戸《から》があるんだ。井戸にかぶせてあるコンクリートの蓋《ふた》は、三度左に回すとバネの支柱が外れて自動的に開くようになっている」

「それから?」

「井戸の内壁には石段がついているんだ。下に降りると、目だたぬようにドアが作ってある。それを開くには、内壁にはめこんである煉瓦《れんが》をのけて、なかについたボタンを押せばいい」

石黒は嚙んでふくめるようにしゃべった。

「わかった。じゃあ、そこから地下室までトンネルが続いているわけですな」

「そう、トンネルの突きあたりが地下室の武器弾薬と食糧倉だ」

「じゃあ、その地下室を通って別荘の中に出ることも出来るわけですな?」

「そうだよ。地下室は、別荘の中の書斎の本棚の後に続いている」

石黒はニヤリと笑った。

「よし、それで話はきまった。俺と三田とおしゃれの謙の三人は、奴等の真っただなかに殴りこみをかける。毯子を頼む」

高城は足許に置いた弾薬箱を持ちあげた。

ていた。

2

三田は、モーゼル二十連のスイッチ・レヴァーをセミ・オートマチックにして、慎重に狙っていた。

右手に短機関銃、左手に暗いカーキ色の弾薬箱をさげた高城は、松の幹を楯《たて》として応射している三田に走り寄った。

三田はビクリと肩を震わせ、モーゼルの銃口を高城にむけた。

「あわてるな。俺だよ」

高城は言った。

気付いた三田は照れくさそうに笑った。

「いい計画があるんだ。ちょっと聞いてくれないか……」

高城は地下室を通って和田組に逆襲をかけることをしゃべった。

「そいつは気がきいてるな。さっそく、おしゃれの謙を呼ぼう」

高城の話に耳を傾けていた三田は答えた。

三田と高城は十メーターほど離れた木蔭で応射している謙のそばに走り寄った。

謙も計画に賛成した。

「よし、スタートだ。援護射撃を頼む」

高城は近くの男にむかって言った。その言葉は次々に協和会の男たちに伝えられていった。石黒をはじめ、協和会の男たちが別荘の正面に猛射を浴びせている間に、高城と三田と謙は木立ちの右側から空井戸にむけて回りこみはじめた。

直径一メーター半ほどの井戸は、別荘の右側三十メーターのあたりにあった。石黒が言ったようにコンクリートの蓋がついていた。

高城たちがその井戸の近くに忍びよったとき、別荘の窓からクライスラーの方向にむけて、さかんに曳光弾《トレーサー》が放たれた。

銀白色の凄じい光の尾をひいた曳光弾は、あたりを明るく照らし、クライスラーのまわりに着弾した。着弾の半径は次第にせばめられ、ついに数弾はクライスラーのエンジンを貫いて炎を吹きあげはじめた。

声高に罵った石黒は毬子を抱え、曳光弾のとぎれる間をぬって間近な木蔭に転げこんだ。

曳光弾は口径三〇―〇六のM一ガーランド小銃《ライフル》から放たれていた。炎を吹きあげはじめたクライスラーを狙って射ちまくってきた。車の燃える炎によって浮かびあがる協和会の男たちを仕止めようとする魂胆だ。

高城と三田は力をあわせて井戸の蓋を回しはじめた。おしゃれの謙が見張りをした。

別荘の右側の窓ぎわに立った男が井戸の方を凝視し、大声で仲間に警告を発した。警告を発しながらカービン銃を乱射した。

井戸の壁に着弾の火花が四散した。高城と三田は身を伏せた。謙が慌ててその後に這いこんできた。

高城は井戸の蔭から短機関銃をつき出した。窓からの銃火にむけて続けざまに引き金を絞った。銃口は激しく躍りあがった。カービン銃は沈黙した。

蹲ったまま、高城と三田は力をあわせて井戸の蓋を回した。カチーンとバネの支柱が外れる音がして、蓋が開いた。

高城は胸ポケットから万年筆型の懐中電灯を取り出した。井戸の内側に光を差しこんだ。内壁に沿って十数段の足掛りがつき、その横に鉄の手すりが降っていた。

左手に短機関銃と弾薬箱を提げた高城がまっさきに井戸の中に入った。懐中電灯を下にむけた右手で鉄の手すりを握った。

再びさえずりはじめた敵の銃弾をかいくぐって、三田と謙が高城のあとに続いた。

天井から水滴が落ちてくる湿ったトンネルをくぐりぬけると地下室に出た。トンネルは長かった。

地下室の真ん中には本物の井戸があった。左側に罐詰《かんづめ》が山積みになり、右側の棚にはホッチキス式軽機関銃二丁のほかに十数丁の小銃や拳銃があった。むろん弾薬も無数にあった。ダイナマイトもあった。

「どうする?」

三田が高城の方をむいた。

「軽機を運び出すのもいいが、その前に奴等に一泡《あわ》吹かせてやろう」

「殴りこみをかけるのか？」

「十分に弾を用意してな」

高城は言った。空になった予備の弾倉に弾をつめはじめた。

三田は戸棚を開き、全弾装塡《そうてん》されたモーゼル七・六三ミリの弾倉を探しあてた。その弾倉を十個近くポケットにつっこんだ。おしゃれの謙は自分のコルト・スーパー三八自動拳銃の弾倉室に合う弾倉を探しあてた。

地下室の反対側のドアを開くと急な階段がついていた。そこまで来ると、屋内で乱射する和田組の幹部たちの罵りや銃声がはっきり聞えるようになった。

急な階段を登りつめた所は平べったいドアになっていた。その隅に小さなボタンがついていた。

「すぐに射ちまくれるように用意しておけ」

高城は二人に命じ、短機関銃の銃口でボタンをおした。

むこう側を本棚でカモフラージュしたドアは勢いよく開いた。本が床に落ちる音がした。

短機関銃の引き金を絞り続け、銃口からガ、ガ、ガッと銃弾を吐き散らせながら高城は跳び出した。モーゼル二十連のスイッチをフル・オートマチックにした三田が、高城の横で連射しながら銃口を横に払った。

書斎の窓ぎわで外にむけて射ちまくっていた男たちは、背後からの奇襲をくらってバタバタなぎ倒されていった。

高城と三田は素早く弾倉をつめかえた。パニックに陥った和田組の男たちの数人は、断崖に面した裏窓にむけて転がり走った。

途端に——海上から強烈なスポット・ライトの筋が十数本、別荘の裏側にむけてのびてきた。スポット・ライトとともに百発を越す銃弾も飛襲してきた。

スポット・ライトは海上保安庁の巡視艇からだった。デッキに据えつけられた機関銃が吠え続けた。

別荘の裏窓に駆けよった男たちが五人近く、悲鳴をあげ、絶叫を発して、くるくる舞いながら断崖を落ちていった。波間につき出た岩にぶつかってグシャグシャになった。灰色の波を、どろどろした血で染めた。

異変を感じた高城たちは、サッと地下室に降りる階段にひっこんだ。パニックに陥った和田組の連中は、わめき声をあげて右往左往しながら、出鱈目に盲射ちしていた。

海からの機銃射撃は激しさを増した。別荘のコンクリートの外壁はモウモウと破片を吹きあげだした。窓ガラスは粉々に砕かれた。

「よく見張っててくれ。とびこんでくる野郎がいたら即座に射殺するんだ」

高城はおしゃれの謙に命じ、戸棚からホッチキス軽機関銃をかつぎ出した。疲れ切った体には背骨がきしむほど重かった。三田が五十キロほども重さのある軽機の弾薬箱をかついだ。喘ぎながら悪態をついた。

謙のコルト・スーパーが三度舌なめずりし、逃げ場を失って地下室にとびこんできた和田組の男を射殺した。

銃声は壁に反響して凄まじいほどだった。頭がクラクラした。

「よし、謙さん。ダイナマイトに何本も導火線をくくりつけて長くのばしてくれ」

高城は命じた。

「………………?」

「導火線を長くのばすんだ。火をつけても俺たちがむこうの空井戸から出る前に爆発しないように」

高城は説明した。

「そういうことですかい」

おしゃれの謙はあるだけの導火線をむすんで長さをのばしていった。全長は十数メーターになり、空井戸に通じるトンネルの中にまで達した。謙はカチッとライターの火を起した。

3

高城をはじめ三人が、やっとのことで空井戸から這いのぼり、背中の荷物を放りなげてひきずりだしたとき——地下室に貯蔵された五十キロのダイナマイトに火が移った。

凄まじい衝撃波と轟音は、三人の男を地面に叩きつけた。

別荘は悲鳴をあげて激しくゆらいだ。鉄筋から外れたコンクリートの大きな塊がなだれるように落ちてきた。

和田組長は落下してきた八十キロ近いコンクリートの塊に腰をつぶされ、その重みにはさまれて泣きわめいた。

高城は空井戸の蓋の上にホッチキス式軽機関銃を据えた。三田はさっそく弾薬ベルトを機銃の装塡ブロックに差しこんだ。

遊底《ボルト》を引いて射撃準備をととのえた高城は、素早くあたりを見回した。

クライスラーは炎に包まれてはいたが、すでに火勢はおとろえていた。しかし、その明りでまわりの物がよく見えた。協和会五人の幹部が死んだり重傷をおったりして、地面にころがっていた。

崩れ落ちたコンクリートの塊で傷をうけた和田組の男たちが、

「射つな！　射たないでくれ！」

と叫びながらよろめき出た。

「聞えねえよ」

高城は軽機を発射した。肩はリヴェットをうちこまれているようだった。

弾を喰ってコマのように回転した和田組の男たちは、岩のようなコンクリートの塊に頭をブッつけて即死していった。

そのとき——遠く半島の入り口から警官隊の喊声《かんせい》があがった。断崖にロープをかけて、海上保安官も蟻《あり》のようにおしよせてきた。

高城は軽機を射って射って射ちまくった。弾薬ベルトが流れ、空薬莢が見る見る山積みになっていった。

海上保安官たちは絶叫をあげて海にフッとばされたが、おしゃれの謙が額を射ちぬかれて絶命した。

石黒や毬子や生き残りの協和会の者の姿が見えなかった。岬の端の方で、しきりに警官隊に応射する銃声をたてているのが彼等らしい。

次々と断崖に這いあがって射ち落される同僚の死を見て恐怖にとらわれたためか、保安官は断崖をよじのぼるのをあきらめた。

高城と三田は、銃身が真赤に焼けた軽機関銃を放棄した。手慣れた短機関銃を構えて、銃声の轟《とどろ》く岬の入り口の方に駆けていった。

半島の入り口は無数の警官が渦まき、協和会の幹部の死体がゴロゴロ転がっていた。高城と三田は木蔭を選んで近づいていった。

「毬子!」

高城は圧《お》し殺した声で叫んだ。

途端に、声を目がけて警官隊のS・W拳銃が一斉に吠えた。

松の幹を貫いた一弾が三田の心臓にくいこんだ。三田は幹を抱くようにして倒れかかり、ズルズルと膝をついた。

「高城さん!」

毬子の弱々しい声が背後で呼んでいた。高城は息をひそめてきき耳をたてた。

「高城さん！」

確かに毬子の声だった。空耳《そらみみ》ではなかった。

高城は警官隊にむけて短機関銃を乱射しながら、毬子の声のほうにむけて走りだした。石ころだらけの地面だった。ところどころに丈の低い灌木《かんぼく》が生えていた。高城は転げるように走り、背中に焼けるような衝撃をくらって前のめりに倒れた。

射出口となった腹から腸がはみ出しかかった。高城は足がしびれて立ちあがることが出来なかった。

喘ぎ声と共に毬子の名を呼びながら、血の筋を地面につけて這っていった。警官隊の放つ拳銃弾が面白半分のように、高城のまわりで土煙をはねあげた。

毬子も這いながら近づいてきた。腰を射たれていた。二人は熱にギラギラ光る両の瞳を見つめあいながらにじりよった。

一杯にのばした手をとって、高城は毬子の体を引きよせた。毬子は柔らかな溜息をついて高城の上にかぶさった。

貪《むさぼ》るようにして二人の唇はあわされた。

再び放たれた警官隊の一斉射撃の轟音が二人の苦悶に終止符をうった。死体のかたわらに無心に転がった短機関銃の引き金に一弾があたり、銃は主人を失っても軽快な発射音を響かせていた。

狙われた女

翳《かげ》ある女

一

猟期が終って一カ月もたたぬうちに、射撃シーズンに入る。オリンピック選抜民間人拳銃射撃チームの一員として、自衛隊富士学校での強化合宿練習に参加していた田島は、ほとんど春一杯の生活を射撃のために奪われた。その田島が、久しぶりに有楽町の事務所に顔を出したのは、蒸し暑い六月のはじめのことであった。

田島が留守にしているあいだ、探偵事務所は副所長の入江が責任者となって、素行調査や信用調査などで食いつないできたようだ。

「やあ、お嬢さん。相変らず別嬪《べっぴん》だな」

受付の京子に声をかけてから、田島は奥の事務所に入っていった。褐色に陽焼けした田島は、精悍《せいかん》さが増して、腹の贅肉《ぜいにく》が消えている。

田島のデスクには、留守役の入江が坐っていた。所員の堀内の姿は見えず、接客用の椅子に、二十七、八の女の後ろ姿が見える。

ちょっと目には弱々しそうだが、ヴォリュームを秘めた体だ。田島が入ってくる物音を聞いて、怯《おび》えたように振りかえる。藍《あい》色に近く見える黒い瞳《ひとみ》が、病的なほど大きく翳《かげ》が濃かった。

「お帰りなさい……」

田島を認めた入江が席を立とうとした。

田島はそれを手で制し、右側の入江のデスクにだらしなく腰を乗せて、舐《な》めるように女の体に視線を這《は》わす。

「こちらさんは、依頼にいらっしゃった藤倉秋子さん……こちらが、当事務所の所長です——」

入江は紹介し、

「話を伺ってたところなんですが、どうもあたしにはよく呑みこめなくてね」

と、貧弱な肩をすくめる。デスクの上では、文鎮の重しを乗せられた五枚の一万円札が、扇風機の風を受けて小さく躍っていた。

「救《たす》けてください。狙われているんです！」

秋子は、上向きに尖《とが》った胸を両手で抱きしめるようにして喘《あえ》いだ。

「ほう、誰にですか？」

田島は笑った。陽焼けした顔なので、歯の皎《しろ》さが鮮やかだ。

「救けてください。お願い……」

秋子はくりかえした。

「私は美しい方には弱いんでね。あなたのお役に立つなら、たとえ火のなかにでも、と言いたいところですが、ただ狙われているとおっしゃられただけでは分らない。誰に狙われてるんです？」

田島は言って、タバコに火をつけた。

「お願い……何もお尋《き》きにならないで、わたくしを守ってやってください。あれで不足だとおっしゃるのなら、もっとお払いしても結構ですのよ」

女は、デスクの上の紙幣に流し目をくれ、膝《ひざ》の上に乗せていたハンド・バッグを引寄せた。上体が傾いた拍子に、V字型に深く切れこんだスーツの襟《えり》から、蒼《あお》みがかった胸の谷間が覗《のぞ》ける。

「さっきから二時間ほど、同じような事の繰返しでしてね。誰に狙われてるんだか、おっしゃってくれない。どうします、所長？」

入江は言った。

「引受けましょう。あなたのような方を、哀《かな》しい目に会わせたくないんでね」

田島は秋子の胸から視線を外さずに答えた。

見つめられていることを意識し、秋子は頰を染めて襟を引っぱり、

「有難うございます。お願い出来たわけね」

と、小娘のように瞬いた。長い睫《まつげ》が音をたてそうだ。

「お礼には及びません。こちらは商売ですからね」

田島は呟《つぶや》き、入江のほうを向いて、

「そうと話が決れば、その手付けの領収証を差しあげてくれないか」

と、言った。

田島が預けてあった印鑑を押した領収証を書いた入江は、それを秋子に渡すと、

「しばらく待合室でお待ち願えませんか。所長と相談事がありますので」

「分りましたわ」

秋子は笑った。笑うと、口許《くちもと》に皺《しわ》が寄ってセクシーだ。立上って待合室に消える。背は田島の耳まであり、腰のくびれも申し分ない。

ドアが閉じると、田島は、口笛を吹く格好に唇をすぼめた。

「相談事って何だい?」

と、乱暴な口調になる。

「嫌ですぜ所長、あたしのまずい面《つら》を見てても面白くないか知りませんが、そうソワソワしないでくださいよ」

入江は言った。

「そういうわけではないがね」

「今度の仕事は、あの女の体《てい》のいい用心棒ってとこですか。すると、また所長は事務所を空けるわけですな」

「俺の留守のあいだ、あんたはよくやってくれた。感謝するよ。わかった、わかった。ついでに、俺にかわって、あの女の用心棒役を引受けてくれるってわけか?」

田島は皎い歯を閃《ひらめ》かせた。

「そいつはいいですな。あの女と一緒の部屋に泊るチャンスがあると思うと、武者震いしてきますぜ」

「そのかわり、寝首を掻《か》かれるチャンスもあるかも知れんし、おっかない兄《あん》ちゃんに拳銃をつきつけられるチャンスもあるだろうな」

「そいつは御免だな。あたしは命のやりとりのスリルよりも、うまい物を食うことと濡れ事のほうが大好きな、平凡な市民ですからね――」

入江はニヤリとしてから真面目な顔になって、

「実はね、所長は冗談のつもりで寝首を掻かれるかも知れぬと言ったんでしょうが、どうもあたしはあの女は臭いと思いますね。名前にしたって、藤倉秋子と名乗ってるが本名でないような気がする。女の言った住所をいま堀内に捜させているんですが、ちょっと前に奴《やっこ》さんから電話がかかってきて、その住所にも近所にも藤倉という姓の人間も、あの女の人相に合する女も住んでないっていう知らせがあったんです。所長も鼻の下は短くないほうだから、充分に気をつけてくださいよ」

「わかったよ。せいぜい首に繃帯《ほうたい》でも捲《ま》いとくことにする」

田島は言って、入江の肩を叩いた。

二

田島と秋子が事務所のあるビルを出たときは午後の三時であった。容赦なく照りつける西陽を受けた田島は、秋子と並んで、有楽町駅近くの貸しガレージに向けて歩いていく。

秋子の耳のうしろからは、夜の匂いのする香水の芳香が漂ってきた。薄暗い地下ガレージに預けてあるポルシェ一六〇〇ロードスターの助手席に秋子を乗せた田島は、エンジンを掛けながら、

「さてと、どこに行ったらいいんでしょうな。おとなしく、あなたのお宅に閉じこもりますか？」

と、尋ねた。

「あら、そんなの嫌だわ。このところ、家にばかし閉じこもっていましたのよ。あなたがついていてくだされば安心ですから、今日は気儘《きまま》に遊び廻ってみたいの。失礼でしょうけど、お勘定は、わたくしに持たせてくださいますこと？」

秋子は、田島に許しを請うような視線を送った。

「遠慮はしませんよ。役得ですからね」

田島は言ってポルシェを発車させた。空冷エンジン特有の金属的な排気音を残して、ポルシェは跳びだした。

青山のボーリング場で陽暮までの時間を潰《つぶ》し、二人は赤坂の中華飯店で夕食をとった。そこを出るときには、秋子は田島を信用しきったような風情《ふぜい》で、腕を預けてきた。

それから、ナイト・クラブ廻りがはじまった。秋子はアルコールに強いらしく口では酔ったと言っているが、実際にはそう効いてないようだ。

四軒目のクラブは〝ゴールデン・ホース〟という店であった。飯倉片町《いいくらかたまち》の有名なロシア料理の店の地下にあって客は日本人と外人が半々の入りであった。

コニャックを注文してから、二人は踊りに立った。ステージでは、バックの繻子《しゅす》よりも黒光りしたニグロが、〝マイ・ファニイ・ヴァレンタイン〟を嫋々《じょうじょう》と歌いはじめた。

秋子の体は吸いつくように柔らかく、そのくせ弾力があって、体温をじかに田島に伝えてきた。田島の指に指を深くからませ、官能の陶酔にひたっているような表情で瞼《まぶた》を閉じ、腰を密着させたままほとんど同じ位置から動かない。

頰を寄せて秋子のほつれ毛を軽くねぶっていた田島は、強化合宿からの解放感が一度に出て、おかしな気分になってきた。気分をまぎらわすために、

「事務所では言えなかったか知れないが、私にだけは教えてくれてもいいでしょう。依頼人の秘密をよそに漏らしたりは絶対にしません。誰に、何のことで追われているんです?」

と、商売の話を囁《ささや》いた。

「黙っていて……お願い、このままで、気分をこわさないで」

秋子は囁き返したが、不意にその体が硬《こわ》ばった。

「どうしたんです。気分でも悪くなられたんですか？」

「ビックリした顔なさらないで……このまま踊り続けながら、客席の左隅のゴムの木の鉢植えの蔭に隠れるようにして立っている男が見える位置に、あなたの体を廻してくださらない？その男が、わたくしを狙っている男たちの一人なの」

秋子の体の硬直は解けた。自分から田島をリードするようにしてターンする。

毒々しく光を反射するゴムの木の葉蔭に、二十五、六の瘦《や》せた男が立っていた。夜なのにサングラスをかけて目を隠し、遊び人風のクリーム色の背広を小粋《こいき》に着こなしている。左手は、ズボンのポケットに深く突っこまれていた。

「誰なんです。奴の名前は？」

田島は唇をほとんど動かさずに呟いた。

「知らないの」

「本当ですか？」

「本当よ。気付かなかった振りをして、早くここを出ましょう」

秋子は言った。

曲が終り、ステージのライトが消えた。テーブルに戻った。二人は、コニャックのグラスを干すと、ボーイに勘定を命じた。

階段を登って歩道に出た。サングラスの男は十数歩離れてついてくる。秋子は田島の腕にすがりつくように力をこめていた。

田島のポルシェは、店の入口から二十メートルほど離れた位置の車道にとめてある。秋子を助手席に乗せた田島は、

「運転中だけは私の腕を自由にしといてくださいね」

と秋子に笑いかけ、エンジンを始動させた。サングラスの男が、ポルシェとのあいだに、三台ほどはさんだ後方のフィアット＝アバルト八五〇スコーピオンのスポーツ・カーに乗りこむのを見ていた。

サソリのエンブレムを持つその八五〇は、車中はスバルよりほんのわずか広いだけの小粒だが、加速や最高速度だけから言えば、田島のポルシェをしのぐ。そのアバルトには、別の男が待機していたらしく、サングラスの男が助手席にもぐりこむと同時にエンジンが唸《うな》りだした。

三

ポルシェを発進させた田島は、三十メートルほど離れて尾行してくるフィアット＝アバルトを撒《ま》いてしまう自信は充分にあった。

しかし、相手の出方を見きわめたかった。だから、夜のタクシー・スピードである六十キロ程度の中速に押えて行き交う車の流れに乗りながら、神谷町《かみやちょう》のほうに車を走らしていく。夜の十一時半であった。

神谷町の交差点を右折し、浜松町一丁目でも右に折れた。大門《だいもん》を左折して港に近づいていく

と、行き交う車は数えるほどになり、二、三台の車をはさんでつけてきていたアバルトは、十メートルほどに間隔をせばめて真後ろにきた。田島はアバルトのプレート・ナンバーを、はっきりと読みとることが出来た。

秋子は呼吸を早め、瞳を輝かせていた。

「むこうが射ってきたら、射ち返してくださるわね」

と、喘ぐように言う。

「冗談じゃない。まさかブッ放してきたりはしないでしょうな。そんなことされたら、お陀仏《だぶつ》ですよ」

田島は眉を吊《つ》りあげた。

「あら、あなたピストルを持ってらっしゃらないの?」

「どうして、そんな事を考えるんです?」

「だって、探偵さんって、みんな悪い人をピストルでこらしめるじゃない?」

「そいつは、テレビ映画の見過ぎですよ。ともかく、今夜の私は拳銃なんか持ってませんからね」

田島は答えた。

車は人影のまばらな浜松町駅の前のガードをくぐり、竹芝桟橋のほうに入りかけながら、貨車引込み線路の手前で右折し、芝海岸通りに入っていく。アバルトもタイヤを軋《きし》ませてあとを追ってきた。

掘割りの橋を越えた。左右に倉庫が並ぶ通りに人影は見当らない。田島のポルシェのバック・ミラーには、急激に加速しながら追い抜こうとするアバルトのスマートな姿がひろがった。

危険を直感した田島は、

「伏せて！」

と鋭く秋子に命じた。自分も、運転席のバケット・シートから尻をずりさげるようにして体の位置を低くしながら、ブレーキを踏んだ。

左から追い抜くアバルトのエンジンの咆哮《ほうこう》と、銃声と、ガラスの砕ける轟音《ごうおん》が、ほとんど同時に田島の耳を襲った。続いて、夜気を鋭く裂《さ》いて頭上をかすめる弾の唸りと衝撃波が、一瞬、田島の頭を痺《しび》れさせた。

ポルシェは、右側の並びの倉庫にバンパーを接触寸前にしてとまった。アバルトの赤いテール・ライトは、見る見る闇のなかに消えていく。

上着を脱ぎ、スポーツ・シャツの襟をつまんで揺ぶってガラスの破片を振り落しながら、田島は床に坐りこんだような格好になった秋子のほうを見てみる。

秋子は被弾してなかった。ショックで茫然としているだけのことらしい。秋子を助け起して助手席に坐り直させ、田島は車内を見廻した。

後ろのベンチ・シートの横の左右窓ガラスに弾痕《だんこん》があいていた。弾痕のまわりに放射状のヒビが走っているだけなのは、安全合わせガラスのせいだ。日本製の大ていの車がつけている強化ガラスなら、ガラス全体が微塵《みじん》に砕けていたであろう。

蒸し暑いので助手席と運転席の車窓を降ろしてあったため、二発目の弾は車内を素通りして、倉庫の一つに当ったらしい。倉庫番が鉄扉《てつぴ》を開く音が聞えたので、田島は素早くポルシェを発車させ、思いきりスピードを上げていった。

田島が車をとめたのは、芝浦自衛隊の近くの、雑草と石ころの埋立地であった。

「教えてください。もう、こうなったら、しゃべってくださっていいでしょう？　さっきの奴等は誰なんです？」

と、猫撫《ねこな》で声で尋ねる。

秋子は返事をせずに俯《うつむ》いた。田島はいきなり、平手で秋子の頰を続けざまに張りとばした。手加減したつもりだが、秋子は振り子のように揺れた。

「俺は、あんたのお蔭で、棺桶《かんおけ》に足を突っこむところだった。もう、隠れんぼ遊びは御免こうむる。降りさせてもらうぜ」

田島の口調は変った。

秋子は、涙の滲《にじ》んだ瞳をあげた。田島の手型が赤く残った頰が痛々しい。

「言いますから、わたくしを見捨てないで！　わたくし、殺人が行われているところを目撃してしまったんです。それでこうやって追われているんです」

「いつ、どこで行われた殺人だ？」

「五日前の夜のことでした。場所は石神井《しやくじい》公園の池のそばの野外音楽堂です。散歩をしていましたら、呻《うめ》き声がするので、雑木林を通って近づいてみましたわ。そうしたら、四人の男が手足を縛った一人の男の人をナイフで滅多切りにしているのです。わたくし、悲鳴をあげました。男たちは、わたくしに気付いて追っかけてきました。わたくし、夢中で逃げ、道に出ると、タクシーを拾って家に戻ったんですけど、それからは、牛乳のなかに毒が入っていたり、車に轢《ひ》き殺されそうになったりして、本当に怖くなったの……」

「君が事務所で言った住所は品川じゃないか。品川から練馬の石神井まで散歩かい？」

田島の頬は歪《ゆが》んだ。

「すみません。本当は上石神井ですの」

「新聞でも警察でも、石神井公園から死体が出たとは言ってない……」

「死体は消えたのよ。それで、わたくし困ってるんです。警察に保護をお願いしても、気違いと間違えられるぐらいが関の山だわ」

「こいつを見せてやれば、警察はすぐに信用するさ」

田島は窓ガラスの弾痕を指さした。

「困ります……本当に。そんなことで、もしわたくしが新聞に出たりしたら、ますます狙われます。お願い、警察には内緒にして……」

秋子は、田島の背広の襟に取りすがり、いまにも泣きだしそうな表情で田島を見つめた。

「そんな目付きで見つめられると、君の言うことを信じないわけにはいかなくなってくるな」

田島は苦く笑うと、秋子の頬に自分の頬をこすりつけた。

小さな凶弾

一

秋子がボタンを押したカー・ラジオが、甘酸っぱいムード音楽を流していた。しばらくして田島は、なおもしがみつく秋子を突き離すようにした。

「ともかく、弾痕を消しておかないことにはな」

と、不粋に呟《つぶや》いてポルシェから降りた。秋子はシートの背に頭をあずけて、霞《かすみ》がかかったような瞳《ひとみ》で田島の広い背を見つめている。

田島は、リア・エンジン車であるポルシェの前に廻り、トランク室から、ジャッキ用の鉄棒を出した。

弾痕のまわりに放射状のヒビが走った後部座席の窓ガラスを鉄棒で強打する。秋子は夢から醒《さ》めたように、反対側のドアから跳びだした。

二十回ほど鉄棒で殴りつけると、車窓ガラスはクモの巣のようになった。しかし、合わせガラスだから、砕けた破片の集まりとはなっても、たがいにくっつきあってはがれない。ガラス自身の重さで撓《たわ》んできた。

それを鉄棒でこじり外した。右側の車窓ガラスも同じようにして外した。

「これで、何とかごまかせるだろう。涼しくて丁度いいや――」

田島は苦笑いして鉄棒をしまい、

「さてと、これから御帰館というわけだな。上石神井のどこだっけな、君の家は?」

と、運転席にもぐりこむ。

「カソリックの修道院のすぐそばですの……でも、なんだか家に帰るのは怖いわ。どこか、安心して泊れるようなところを御存知ありませんの?」

助手席に戻った秋子は、すがりつくような視線で田島を見上げた。

「気のきいたホテルよりも、目立たないホテルがいいだろうな」

田島は呟いて、ポルシェを発車させた。ラジオは消して、ヘッド・ライトの光芒《こうぼう》の先と、バック・ミラーに神経を集中していた。

水産大のそばで御楯橋を渡ったが、そこに警官の姿は無かった。鉄扉に弾を浴びた倉庫の番人は、そのことを交番に届けなかったのであろう。

深夜の街を疾走するポルシェは、麻布富士見町の奥の高台にある〝ホテル・コロニアル〟の玄関の前にとまった。ボーイがキーを預かって、ポルシェを地下駐車場に廻していく。

〝ホテル・コロニアル〟は、地上五階建てだが、ホテルとしての規模は、むしろ小さいぐらいだ。表通りから大分ひっこんでいるのだが結構客があるのは、各室完全防音になっているせいもある。田島は二年ほど前に、このホテルを根城にしていた三国人のペテン師を見張っていたことがあるが、そのお蔭で手こずらされた。

クラークの差しだす宿帳に、田島は自分と秋子の適当な偽名を書いた。荷物を持ってないので、秋子が前金を払った。部屋の鍵《かぎ》をもらい、ボーイに案内されて三階の部屋にエレベーターで登る。

ボーイがダブルのベッドをつくったり、風呂の温度を見ているあいだに、田島は電話で、ジャーに入れた氷水を注文した。部屋に冷房は効いているのだが、喉《のど》の渇きが激しかった。

注文の品が届いた。チップをもらったボーイが去ると、秋子は羞《は》じらいの表情を見せて、処女《むすめ》のように頰を染めた。ハンド・バッグは、しっかりと脇の下に抱えている。

「君、先に湯に入れよ」

氷を齧《かじ》りながら田島は言った。その目は、さり気なくハンド・バッグに向けられている。

「あなたが、お先に……」

秋子は答えた。

「じゃあ、一緒にだ」

「ええ……」

秋子は顔をそらすようにして頷《うなず》いた。

裸になった秋子の体は、年より三つ以上は若く見えた。子供を産んだことは無いらしく、豊かな曲線は、わずかな崩れも見せていない。

浴室も浴槽《よくそう》も、和洋折衷で広かった。両手で顔をおおった秋子の胸を洗ってやっていた田島は、秋子を抱きあげると、立ったまま犯していった。

爪先立ち、田島の背に爪をたてて喘《あえ》いでいた秋子は、恍惚《こうこつ》の瞬間が襲ったとき、背を弓なりに反らせた。足を滑らせ、二人の体は浴槽に転げ落ちて湯しぶきをあげた。

田島より先に秋子は浴室を出た。水のシャワーを浴びた田島が部屋に戻ったとき、秋子は下着もつけぬまま、ベッドに俯《うつぶ》せていた。部屋の蛍光灯は、雪洞《ぼんぼり》を模したスタンドの淡い灯に替えてあった。田島の姿を見て、秋子は誘うように毛布をかぶった。田島はその毛布をはぐった。

痙攣《けいれん》と共に二人が終ったときは、午前三時に近かった。秋子はそのまま眠りに落ちたらしく、安らかな寝息をたてている。

苦労して田島は秋子から身を離し、絨毯《じゅうたん》に降りた。テーブルの上のジャーから氷水を飲み、ベッドのそばのサイド・テーブルに置かれたハンド・バッグへ、そろそろと手をのばしていく。熟睡しているように見える秋子の表情を見つめながらだ。

秋子の表情に変化は起らなかった。田島はそっとハンド・バッグを引きよせ、それを開いてみる。一万円札の束が田島の興味をそそったぐらいで、あとは女なら持っている品物ばかりだ。それと、どこかの貸しロッカーのものらしくナンバーが刻まれた鍵が一つだ。

ハンド・バッグを閉じてサイド・テーブルに戻した田島は、ベッドのマットと蒲団のあいだから、わずかに覗《のぞ》いている黒い物体を目にとめた。

そっと、それを取出してみる。掌に入るほど小さい自動拳銃、ベレッタのミンクスだ。弾倉を抜いてみると、可憐《かれん》なほど小さな二十二口径ショートの弾が六発つまっていた。

田島はしばらくのあいだそれを見つめていたが、弾倉を銃把《じゅうは》の弾倉室に戻した。拳銃をもとの位置に突っこんで、スタンドの灯を消した。

二

夜が明けた。田島が目を覚ましたのは、九時過ぎであった。秋子は化粧を終って窓の下に広がる風景を眺めていた。

「お早う」

「お早うございます。凄《すご》い鼾《いびき》でしたわよ」

秋子は、いたずらっぽく笑った。

朝食のとき、田島はベーコン・エッグを三人前平らげた。野菜ジュースを飲み終ると、呟く。

「しなければならない事があるんで、出かけてくるよ」

「嫌……一人にしないで」

「子供みたいなことを言うなよ。どんなに遅くなっても、夕方までには戻ってくるからな。俺が戻ってくるまで、おとなしくここで留守番をしててくれよ」

田島は言って立上った。

ホテルの玄関を出ると、ボーイがポルシェを廻してきた。田島はそれを運転して、有楽町の自分の事務所に向った。途中で朝刊を買って交差点で待たされるごとに、社会面に目を走らす。

昨夜の狙撃弾に関する記事は出てない。

事務所には入江も堀内も出勤していた。受付の京子をからかいながら入ってきた田島を見て、

「まだ、頭は首の上についてるようですな」

と、入江はニヤニヤした。

「そのかわり、頭に風孔《かざあな》をあけられるとこだった――」

田島は鼻を鳴らして、昨日の夕方からの出来事をしゃべった。お茶を運んできた京子の反応をうかがいながら、秋子のベッド・マナーについても、かなり微妙なところまで付言した。

京子は、怒ったようにハイ・ヒールを鳴らして、受付のデスクがある待合室に立った。田島の話に相槌《あいづち》を打っていた入江は、

「なるほど、話が少し分りかけてきた。あの女の目当ては、どうやら所長の拳銃らしいですな。拳銃を扱う所長の腕ですよ」

と、呟いた。

「冗談じゃない。あの女は俺の色男振りに惚《ほ》れてるのさ」

田島はふてぶてしい笑顔をつくったが、入江の言うことを肯定している目付きだ。

「ポルシェの窓ガラスを破っちゃったんですか。さっそく直しとかないと」

堀内は口をはさんだ。堀内の関心は、車だけらしい。

「いつもの修理工場に放りこんできてくれ――」

田島は堀内にキーを渡し、

「車の窓ガラスなんて、待ってるうちに取替えられるだろうから、それが終ったら、陸運局でアパルトの持主を調べてきてくれ」

と、メモ用紙にナンバーを書いて渡す。

「それよりも、アバルトのディーラーの山野モータースに廻ってみましょう。アバルトの八五〇スコーピオンなんて、日本には何台も入ってない車だから、すぐに分るでしょう」

堀内は跳びだしていった。

田島は金庫を開き、ホルスターに包まれたワルサーPPK自動拳銃と、携帯許可証を取出した。田島が拳銃をホルスターから抜いて尻ポケットに突っこんでいるのを見て、

「そいつを身につけるのは、みすみす罠《わな》にかかっていくようなもんじゃないですか？ 所長が射てば、必ず狙ったところに弾はいくから」

と、入江は忠告する。

「分ってるよ。だから、心臓を狙わなければいいわけだろう」

田島は苦い声で答えた。

事務所を出た田島は、地下鉄で新宿に廻った。おびただしい車が一寸刻みに這《は》っている大ガードのそばを横切って、西武新宿駅に入る。西武線に乗込んだが、誰も尾行《つけ》てはいないようだ。尻の拳銃の重みにも、すぐに慣れた。

上石神井の駅で降りた。秋子が言っていた修道院は、富士街道に向けて駅から五百メートルほど歩いたところにある。

すぐに商店街を外れたが、数年前は畠であったところが、いまは次々に宅地に変っている。埃《ほこり》っぽい道を、田島は汗をふきながら、修道院のそばまで歩いてきた。

緑の林にかこまれた修道院のそばに、似たような小住宅が並んでいる。藤倉と表札の出た家はすぐに見つかった。

前庭の芝生を白ペンキで塗った低い木柵《もくさく》が囲んだ、のどかな感じの平屋建てだ。田島は木柵を跨《また》ぎ越え、玄関のベルを押してみた。

返事はなかった。窓という窓にはブラインドのカーテンが降りている。田島は裏手に廻り、ズボンの裾の折り返しから、先端を潰《つぶ》した短い針金を取出した。それを裏口のドアの鍵孔に差しこもうとして、すでに鍵を毀《こわ》されているのを知った。

そのドアを開くと台所であった。所帯道具は少なかった。電灯をつけて見るまでもなく、それらがすべて無様に床の上に転がっているのがわかった。大きなメリケン粉の罐《かん》なども、中身をブチまけられていた。

田島は低い口笛を漏らし、居間や寝室にも足を踏みいれた。ベッドの蒲団は切り刻まれてパンヤがはみ出し、マットからはスプリングが跳びだしている。

絨毯もめくり上げられ、寝室の床ははがされていた。この荒しようでは、家捜しをやった人物は、どうやら目的のものを捜し当てることが出来なかったらしい。

三

次に田島は右隣の家に行ってみた。玄関に出てきたのは、エプロンを掛けた三十女だ。丸っこい顔とオチョボ口は、舌の回転が活溌そうな印象であった。

「失礼します。私、貴金属関係の月賦販売会社の集金係の者ですが、ちょっとお隣の藤倉さんの奥さんについてお尋ねしたいことがありまして……」

田島は揉《も》み手をしながら言った。

「どうぞ……あの女《かた》、また家を空けてらっしゃるのね」

「私のところからお買上げになったプラチナの残金が、まだ大分あるのでございますが、何度参りましてもお会い出来ません。いよいよとなれば親御《おやご》さんの方にでも手を廻さなければ、と思っているのですが……」

「さあ、大家《おおや》さんなら親御さんを御存知かも知れないわね」

女は上り框《かまち》にしゃがみこんだ。

「と、おっしゃいますと、借家ですか？」

「このあたり一帯は、昔からの地主の板橋さんの借家が多いわけよ……話は逆戻りだけど、お金が取れないのなら、あの女の御主人に払ってもらっては？」

「御主人がいらっしゃるんですか」

田島は唸《うな》った。

「正式な結婚かどうかは知らないけど、仲が良さそうだったわ。もっとも、あの人は昼間はいつも、居るのか居ないのか見当がつかないような暮しぶりだし、旦那のほうはここ十日ばかし姿を見かけないけど……」

女の口調から、社交辞令が薄れてきた。

「御主人というのは、どんな方です？　二十五、六の痩《や》せた方ですか？」

田島は、昨夜発砲してきた男を想い浮べて、当てずっぽうに尋ねた。

「いいえ、四十過ぎの、骨太の人です。あの人たちがお隣に越してきてから二カ月しかたってませんし、何の御商売だかも存じあげませんけど、私だって三十前の男の人と四十過ぎの人との区別ぐらい出来ますわ」

その家を辞した田島は、神学校の近くに住んでいる大家の板橋を訪ねた。板橋は家賃さえ入れば誰が家を借りてようと無関心のようであった。

田島は次に、区役所の出張所に廻ってみた。秋子たちは住民登録をしてなかった。田島は出張所から出ると近くの喫茶店に入り、冷たい飲み物を注文してから電話を借りた。有楽町の事務所の番号を廻す。堀内の返事があった。

「やあ、早かったな。分ったか？」

「所長の教えてくれたナンバーのアバルトは、山野モータースで扱ったことは無いと言っています。仕方ないので陸運局の登録課で調べてもらうと、そのナンバーはアバルトでなくて、ブルーバードに交付されてます。所有者の名義は酒井正和、住所は目黒区駒場町九四番となっています」

「ナンバーを付け替えたんだな。下手な小細工をしたもんだ……どうも御苦労さん、ポルシェのほうは直ったかい？」

「大分ボラれました。勘定は例の通り月末でいいそうです」

「よし、その車を西武新宿駅の前に廻してきてくれ」

田島は命じて電話を切った。

新宿で西武電車を降りてみると、堀内がポルシェを駐めるところを捜していた。田島は堀内にかわってハンドルを握り、堀内を残して発車させた。

甲州街道を初台《はつだい》で左折し、環状七号を右折して、古くからの邸宅が並んだ駒場に入っていく。目ざす家は、東大教養学部のそばにあった。かなりの大邸宅だ。まわりを高いコンクリート塀《べい》で囲い、スパイクのついた鉄柵の門が固く閉ざされて、容易にはもぐりこめそうもない。ガレージの扉は降りていた。

あとで出直すことにして、田島は麻布富士見町の〝ホテル・コロニアル〟に戻った。ボーイに車を預け、三階の部屋に登っていく。午後の二時を過ぎていた。

部屋のドアをノックすると、秋子の上ずった声がかすかに応えた。

「俺だ、開けてくれ」

田島は怒鳴った。

ドアが細目に開いた。部屋のなかに体を滑りこませた田島は、苦虫を嚙《か》み潰したような表情になった。

部屋の中央の肘掛《ひじか》け椅子に斜めに体を投げだすような格好で、若い痩せた男が死んでいた。昨夜、狙撃してきたサングラスの男だ。そのサングラスは、絨毯の上に転がっていた。

死体の垂れさがった右手は、細身のナイフを握っていた。クリーム色の背広の下の真っ白なワイシャツの胸に、小さな痕《あと》と、小さな血のシミが見える。心臓の真上のあたりだ。

後ろ手にドアを閉じた田島は、手さぐりでドアの錠を廻した。俯いて体を震わせている秋子の顎《あご》に手をかけて仰向かせ、

「どうしたんだ、言ってごらんよ」

と、精一杯の優しい声を出す。秋子は田島の胸に顔を埋めて啜《すす》り泣いた。

「何が何だか分らなかったの……はじめにドアがノックされたとき、ボーイかと思ったわ。ドアを開けると、その男がナイフを構えて私に向ってきたの」

「それで?」

田島は呟いた。秋子の髪越しに、凄味を帯びてきた瞳で窓の外を睨《にら》みつけている。

「殺されると思ったわ……そのとき、小さなピストルを持って、別の男が入ってきたの。二人とも、お互いを見てビックリしたようだったわ……この男が、あとから入ってきた男にナイフを投げつけようとした。そしたら、ピストルが怖い音をたてたの。わたしの覚えているのはそこまで……気を失ってしまったの」

秋子は背を震わせた。

「お伽話《とぎばなし》はそれで終りか」

田島は無表情に言うと、秋子をベッドに突き倒した。サイド・テーブルの上のハンド・バッグを開いてみる。ロッカーの鍵は無くなっていた。

田島はそれから、ベッドや浴槽から屑箱《くずばこ》のなかまで調べてみた。ベレッタ拳銃や空薬莢《やっきょう》は出てこない。秋子の腿《もも》を無理に開かしてみたがそれも無駄だと知ったとき、田島の額は脂汗で湿ってきた。

「わたしを信じて……警察には知らさないで、この死体をどこかに片付けて……わたしの体だけでは物足りないのなら、もっともっとお金を出すわ！」

ベッドを跳び降りた秋子は、膝《ひざ》まずいて、田島の下腹に涙に濡れた顔を寄せてきた。

牝猫

一

「仕方ない。君の言うことを信じよう。だけど、これっきりだぜ。今度こんなことがあったら、容赦なく警察に突きだすからな」

秋子を見おろしながら、田島は苦い口調で言った。

「嬉しいわ……」

秋子は田島の腰を強く抱いた。

田島は秋子の肩に両手を置いた。

「さあ、立てよ。いつまでもそんな格好をしてないで。もっとも、その前に一つだけ言っておきたいが、俺は色仕掛けに参って君の言う通りになるような男じゃない」

「分ってますわ。でも、色仕掛けなんてひどい……わたくし、あなただけが頼りなんです。心の底からお慕いしてますのに」

秋子は熱い息を吐いた。

「もういい、それよりも、死体をどうするかが問題だ」

田島は秋子から離れ、肘掛け椅子の上で死んでいる若い男の服をさぐった。タバコやライター、それに小銭などが出てきただけで、身許《みもと》がわかる品は身につけてない。

タバコに火をつけた田島は、檻《おり》のなかの狼《おおかみ》のように部屋中を歩きまわっていたが、

「おとなしく待ってるんだよ。誰が来ても部屋に入れないことだ、たとえ、ボーイでもな」

と、秋子に命じて部屋を出た。廊下に人影は無い。廊下をはさんで、二十ばかしの部屋のドアが並んでいる。田島は自動エレベーターで一階のロビーに降りた。

ロビーは閑散としていた。ボーイが二、三人、立ったままテレビを眺めている。そのなかには田島の部屋を受持っているボーイもいて、田島を認めて頭をさげた。田島はそのボーイを手

招きして、隅のソファに呼んだ。素早く千円札を制服のポケットに捩《ね》じこみ、

「お願いがあるんだ」

「何でございましょう？」

ボーイはニキビ面《づら》に警戒の表情を浮べた。

「馬鹿なヤキモチ亭主だ、と笑ってくれ。でもな、女房のことが気になるんだ。俺が外出してから、女房はずっと部屋にいたかい？」

「そのような事でしたか――」

ボーイは警戒の表情を解いて笑ったが、気の毒そうにと言いたげな顔で、

「はい、あなた様が外出なされるとすぐにお出かけになりました。お帰りになったのは、一時間ほどしてからです」

「一人で戻った？」

「はい」

「そうか……すまないが、女房が外に電話したかどうか調べてくれないか。出来たら、相手の電話番号も」

田島は、さらに三枚の千円札を渡した。

「こんなにしていただいては困ります」

ボーイは押し返す振りをしてから、足早にカウンターの奥の交換台のほうに消えていった。

田島はロビーを歩きまわりながら、フロントのクロークの後ろに並んだ郵便受けに目を走らせ

た。そこに鍵が突っこんであるのは、外出中のしるしだ。

ソファに戻ってタバコを一本灰にしたとき、ボーイがやってきた。

「分りました。相手様の番号は、七一二局の一七五番、電話に出た相手の方の声は、若い男の声だとか……」

「どうも有難う。ついでに電話帳を持ってきてくれないか」

田島は言った。七一二局は目黒局だ。

ボーイに運ばせた電話帳を繰ってみる。田島と秋子を狙撃しようとした若い男――いまは死体となった男が乗っていたアバルトのナンバー・プレートが交付されている酒井の住所は、目黒の駒場なのだ。だが、電話帳にのっている酒井の電話番号は、ボーイが教えてくれた番号と違っていた。田島は電話帳をソファに投げだした。

エレベーターで三階に戻った。フロントの郵便受けの偵察で、三階の半分以上が外出中であるか空き部屋になっていることが分っている。

田島は三階の左端に向いあった部屋の一つの前に立った。念のためにノックしてみて返事が無いのを確かめてから、ズボンの裾の折り返しに隠してあった短い針金を二本取出した。だがそのとき、廊下の突当りについている非常口のノブと閂《かんぬき》が、最近動かされた形跡を残しているのに気付いた。

薄い手袋をはめた田島は、閂を外して、重い鋼鉄製の非常扉を細目に開いた。非常口の外には、建物の外壁に沿って、松葉状の非常階段が、ホテルの横庭につながっていた。横庭は植込みが多く、身を隠すのにも有利だ。

田島は非常扉を元通りにした。先端を潰した二本の針金で、苦労して部屋の錠を解いた。ドアを開いて室内《なか》に身を滑りこます。

その部屋には、外人が泊っているらしい。部屋の空気の匂いだけでもそれが分ったが、部屋に散らかっている持物や、けばけばしい土産物の包みを見ても明白であった。

田島は自分たちの泊っている部屋に戻ると、若い男の死体を抱きあげた。死斑はまだ薄かったが、顎から上は硬直がはじまっていた。それと、ナイフを握りしめている右手にも硬直が激しいので、ナイフは外れない。

死体を同じ階の端の部屋に運びこんだ。備えつけの洋服ダンスのなかに押しこんで扉を閉じた。

自分たちの部屋に戻ると、秋子は身支度を整えていた。田島は死体が落したサングラスをポケットにしまってから、思いついてトイレに入った。手袋を脱ぎ、腕まくりしてから、トイレの窓の敷居の上によじ登った。水洗の貯水槽の蓋をずらし、なかの水に手を突っこんだ。カンは当っていた。田島の右手は、貯水槽の水底に沈んでいる軽くて小さなベレッタ・ミンクス自動拳銃をさぐり当てた。

田島はタイルの上に降りてから、弾倉を抜き、遊底を開いて調べてみた。濡れた薬室に一発と、弾倉に四発――つまり五発の二十二口径ショートの弾が見えた。田島が昨夜調べたときは六発であったから、一発は使ってある勘定になる。

ベレッタを見つめる田島の唇は歪《ゆが》み、鋭い犬歯がむきだしになった。瞳は苦痛に耐えるような表情を湛《たた》えていた。

二

田島と秋子は、それから二十分後には別のホテルに移っていた。今度のホテルは、九段上の靖国神社に近い、五階建ての〝パブリック・ホテル〟だ。

二階の一室に部屋をとったが、まだ西陽が高い。田島はスコッチを壜《びん》ごとと氷を持ってこさせた。秋子はブラインドを閉じ、ソファに横ざまに坐って、田島を盗み見ている。

田島はダブルのグラスに三杯のスコッチをたちまち空にすると、ポケットから、まだ乾ききってないベレッタ拳銃を取出した。実包は抜いてある。

秋子の唇が、かすかに震えた。田島は拳銃をテーブルに置き、受話器を取上げて、有楽町の自分の事務所に通話を申しこんだ。秋子は猫のような光の瞳で田島を見つめている。

すぐに電話は通じた。交換台の女の声に続いて、入江の眠そうな声が聞えてきた。

「やあ、俺だ。いま〝パブリック・ホテル〟の二〇五号にいる。すまないが、七一二局の一七五番は、誰になってるのか調べてくれ。ああ、一〇四番で尋ねたって、電話番号からお名前や住所はお教え出来ません、の一点張りだろうからな——」

田島はそれから、秋子のほうにニヤリと笑って見せ、

「君は忘れたか知らんが、俺の留守中に君が掛けた番号だ」

「言います。電話を切って！」

秋子は駆け寄ってきた。

「さっきの頼みは取消しだ。じゃあ、またな」

入江に言った田島は電話を切り、テーブルの拳銃を弄《もてあそ》びながら、

「ついでに、このハジキについても一席しゃべってくれれば有難い。それと、あんたの亭主についてもな。大丈夫、警察に密告《サシ》たりはしないよ」

と、無理に優しい声を出した。

「わたくし、嘘を言ってました——」

秋子は田島の膝を抱きよせ、泣きじゃくりながら、

「悪気じゃなかったんです。怖かったからなんです」

「分った、分った。怒らないから言ってごらん」

田島の手は秋子の髪を愛撫《あいぶ》する。

「誰だか知らない人が石神井公園で殺されるところを目撃したと言いましたけど、その殺された男というのは、わたくしの夫だったのです。愛は冷えて、それも内縁の夫ですけど、夫は夫です……」

「殺された理由は？」

「知りません。仲間争いのようでした。殺したのは、あの人の仲間だった男たちです」

「君の御亭主だった男は、何をやって食ってたんだね?」

「何かブローカーのような仕事でした。くわしい事は存じません」

秋子は、涙に濡れた瞳を挙げた。

「そんなもんかな――」

田島は鼻を鳴らしたが、

「その仲間と言うのが、俺たちを狙撃してきたハンサム・ボーイたちかい? そして、君に射殺された」

「射殺したなんてひどいわ。矢代と争っているうちに暴発したの……どうしようもなかったわ!」

「奴さんの名前は矢代といったのか。はじめっから筋道たてて話してくれないことには俺のように脳の弱いのは混乱する。俺が出かけてから、君はどこに行った? さっきの電話番号は、矢代の家のなのか?」

田島の声は掠《かす》れていた。

「外に出たのは、衛生器具を買いに出たの」

「ホテルだって薬局はあるし、ホテルの近所にだってあるだろう」

「でも、はずかしかった。矢代に電話したのは、警察には絶対におしゃべりしませんから命を狙うのだけはやめて、と言ったんです」

「あなたがついていてくれるから安心……なんて俺の鼻の下をくすぐりながらか。まあ、いい。

続けてくれ」

「そしたら、矢代は言ったんです。話は分った、手を引こう。だけどオヤジは俺を裏切り者と思うだろう。だから俺は高飛びする。高飛びには金が要《い》る。金を受取りにいくから用意してろ、って」

「ほう。非常口の扉を通って入るからと言ったかね?」

田島は苦笑いした。

「あら!——」

秋子は無邪気そうに睫《まつげ》をパチパチさせ、

「そうなんです。非常扉の閂を外しておけって言うんです。わたくし、言われた通りにして待ちました。ところが、部屋に入ってきた矢代は、いきなりナイフを構えて襲ってきたのです。逃げまわっているうちに、わたくしの手はハンド・バッグに触れたの。夢中でピストルを取出した途端に椅子につまずいたわ。そうしたら、弾が勝手に飛びだして矢代が倒れた……」

「薬室にあらかじめ装塡《そうてん》でもして待ち伏せてないかぎり、引金に指が触れても暴発するわけがないが……空薬莢は水洗ででも流したのか?」

「ええ、あなたが戻られたら、何とかなるだろうと思って。本当のことを言いたかったのに、言いそびれていて御免なさい」

秋子は田島の手に接吻した。

「まあいい。ところで、オヤジと言うのは?」

「駒場に住んでいる酒井正和、とっても凶暴な男なの」

「話は変るが、鍵はどうした？　ロッカーの鍵のようなものは？」

「タクシーの料金を払うときに、落っことしてしまったらしいの。大事な品でもないわ。どうして、そんな事をお尋《き》きになるの？」

秋子は小娘のように首をかしげた。

三

部屋に運ばせた夕食を食い終ったときは午後の八時を過ぎていた。

ボーイがテーブルを片付けると、田島はソファの上に仰向けになって、秋子の腿に頭を乗せ、次々にタバコを灰にしていった。九時半が過ぎて、しばらくしたとき、はずみをつけて立上る。

「どうなさるの？」

「ちょっと出かけてくる。あ、そうだ、酒井の番地はどこだっけな」

田島は、わざとらしいさり気なさで尋ねた。それに答え、心細いから出来るだけ早くお戻りになってね、と囁《ささや》いて唇を求める秋子の瞳の奥に、青白く光るものがあった。

「じゃあ、今度こそ外に出ないでくれよ。それに、部屋にはボーイを入れては駄目だぜ」

田島は秋子の顎に手をかけて、鼻の頭に軽く唇を押しあて、大股《おおまた》に廊下を歩み去った。

玄関を出ると、ボーイが廻してきたポルシェに乗りこんだ。グローブ・ボックスに弾を抜いたベレッタを放りこみ、エンジンの調子を見ているような振りをして、なかなか出発しない。非常階段から降りてきたらしい秋子が、田島が顔を上げると建物の蔭に身を隠すのが見えた。

田島はそれを見とどけて、ポルシェをスタートさせた。タクシーを停めた秋子が、慌て気味にそれに乗込むのをバック・ミラーで捉《とら》えた。カー・ラジオをつけて走るポルシェを、秋子の乗ったタクシーがつけてくる。ポルシェは、お濠端《ほりばた》を三宅坂で右折し、青山通りを抜けていくコースをとっている。

ラジオのニュースは、〝ホテル・コロニアル〟の三〇一号室で外出から戻ったアメリカ人バイヤーが、洋服ダンスのなかの死体を発見して大騒ぎになったことを報じていた。矢代の身許もまだ割れていないようだし、田島たちもまだ嫌疑外のようだが、安心は出来ない。

駒場の邸宅街にポルシェが着いたとき、夕方から強くなった風が、樹々の葉を翻えさせていた。酒井の邸宅から三軒ほど離れたところの路上にポルシェを駐めた田島は、尻ポケットに突っこんでいたワルサーPPK拳銃を、ズボンの裾をまくった脛《すね》にゴム輪で留めた。尾行《つけ》てきたタクシーの姿は見えない。ズボンの裾を降ろした田島は、酒井家の門に歩みよる。鉄柵の門は半開きになって、奥の洋風平屋の建物には灯がついてない。

田島は門のなかに身を滑りこませた。門からY字型に車道が通じ、分れた一本はガレージに、一本は玄関に向っている。

「動くな。射たれたくなかったらな」

灌木《かんぼく》の植込みの蔭から鋭い声がかかった。三十八口径スペッシャルのS・W拳銃を構えた中

年の男が歩み出て、手をあげた田島の服装を検査し、銃器を携帯してないと見て、

「さあ、歩くんだ」

と、銃口で背を小突く。建物の窓から明るく灯が流れだした。

玄関の飾りは王朝風で悪趣味であった。奥の応接室に田島を押しこんだ中年男は、一礼して前庭に戻っていく。

フランス窓とその向うの凝った裏庭を背にして、肥満した五十男が肘掛け椅子に埋まっていた。これが酒井らしい。壁ぎわでは、矢代を乗せたアバルトを運転していた若い男が、九ミリ・ルーガーの長い銃身を田島に向けている。

「お待ちしてましたよ」

酒井は愛想笑いをしてテーブルのブザーを押し、葉巻を勧める。

「結構ですよ。あんたの部下にもう少しで殺されるとこだった」

「殺すなんて、とんでもない。その気なら矢代はあなたを仕留《しと》めてますな。ちょいと嚇《おど》かして、あなたに手を引かそうとしただけでね」

酒井は大袈裟《おおげさ》に丸い手を振った。

「その矢代も今は生きてないようですな」

「ニュースで聞いて奴だと直感しました。矢代も馬鹿な奴だ。秋子の誘惑に乗って、罠《わな》のなかに跳びこんだんだからな」

酒井が言ったとき、銀盆を持った二十四、五の女が入ってきた。どことなく秋子に似ている。

コーヒーのカップを田島の前に置き、酒井の襟《えり》の糸屑を払って部屋を去った。

「話は何です？」

カップを手にして、田島は言った。

「取引きしたい。秋子を売ってくれ。秋子をどこに隠してるか教えてもらいたい。理由はきかないで欲しい」

酒井は内ポケットから百万円の札束を出してテーブルに置いた。

「いいですか。俺は秋子の色香に迷って、矢代の死体を動かした。それだけじゃない、警察《サツ》に言えないことをいろいろとやってきた。だから、腹を割っての話なら乗りますが、そうでなければ勝手に料理してもらいましょう」

田島は立上った。若い男のルーガーが動いた。

「よろしい。あなたの度胸に惚れました。実は、さっきの女は女房で、秋子はその姉なんです……要点を言いますと、ここに藤倉という第一流の印刷彫刻の技師がいた。秋子は私の命令で、色仕掛けで藤倉を仲間に引っぱりこんだ。そして藤倉は本物と寸分変らぬ千円札の凹版と凸版の原版を彫ったのです。だが、秋子は矢代をそそのかして、藤倉が口を割らないようにと殺させた。そうしておいて、秋子は原版を持って逃げたのです。買い手がつくまでに私たちがこの世から消えるのが秋子の望みでしょうが、私のほうはそうはいかない。原版が出来上るまでに莫大な原価がかかっている上に、二度とあの原版のようなものを彫れる人間を捜すことが出来ない。秋子の居所を教えてくれますね？」

酒井は疲れたような笑いを浮べた。

そのとき、ドアが開いた。銃声が響き、若い男が額を吹っとばされてくずおれた。戸口には、庭を見張っていた男の三十八口径を握った秋子が立っていた。ギラギラ輝く瞳は、息を呑むほどの美しさだ。

「二人とも覚悟して、二人で射ちあって死んだことになるのよ」

秋子は叫んで、まず酒井に向けて発砲しようとした。田島の体が沈み、ズボンの裾の奥からワルサーを手品のように抜出していた。二発の銃声は重なった。肩を射抜かれた酒井は絶叫をあげて転げまわり、拳銃をフッとばされた秋子は痺《しび》れた右手を押えて立ちすくんだが、一瞬にして表情を変化させ、

「冗談だったのよ。あなたを殺せるわけがないわ。原版は新宿ビルの貸しロッカー、鍵は靴のなかにあるわ。二人で逃げましょう」

と、泪《なみだ》ぐんで、田島の胸に倒れこむ。

「御免だね、藤倉や矢代の二の舞いは」

田島は呟いて、秋子の涙を吸った。

国道一号線

1

「今夜、わたしのところに寄っていただきたいの」

二月のある日の午後、秘書兼受付の千津子からそう言われたとき、俺《おれ》は鼻の下がのびるのを自覚した。

「どういう風の吹き回しだい？　やっと俺にお鉢がまわってきたのか。長いこと我慢したぜ」

と、俺はニヤニヤしながら高木のデスクを一瞥《いちべつ》する。高木は仕事で出張中であった。

「嫌だわ、所長さん。そんな意味でお願いしたわけではないのよ」

千津子は耳を染めた。

「そんな意味って、どういうことだい？」

「意地悪！」

「分かった。分かったよ。一風呂浴びてせいぜい男前をあげてから参上することにしよう。まあ、八時にはなるだろうな。それとも君んところで一緒に風呂に入れてくれるかい？」

俺は千津子の肩に腕を回した。抱くと折れそうに繊細な手触りだが、それかといって千津子の体は骨張っているわけではない。

千津子は素早く俺の腕から逃れた。

「じゃあ、ご馳走を用意してお待ちしていますわ。部屋は二〇三号よ、忘れないでね」

と、呟《つぶや》きドアの向こうの待合室に消えた。

俺は口笛でも吹きたいような気分であった。千津子のように清楚《せいそ》で深みのある美しさを持つ女はそうざらにはお目にかかれない。このところ千津子が俺の相棒の高木と熱々《あつあつ》らしいことは知っているが、高木と何か揉《も》めたに違いない。

据膳《すえぜん》食わぬは男の恥というから、今夜はちょいと失礼して……ともかく俺は上機嫌であった。

事務所の家賃を取りに来たこのビルの管理人にまで愛想を振りまいて不審顔をされたほどだ。

五時が来た。今日は依頼人がなかったが俺は気にもとめない。去年稼いでおいた、税務署には申告しないで済む分の金がまだいくらか残っている。

千津子は俺が送ろうと言うのを断わって先に帰っていった。俺は事務所の戸締まりをすると、裏通りに駐《と》めてある、ポルシェ一六〇〇のエンジンと四速フル・シンクロ・ギアを乗せた特製ルノーにもぐりこんだ。

神宮のボーリング場に付属したヘルス・クラブで蒸し風呂につかり、レスラーのようなマッサージ師に体中の筋肉から毒素を揉みだしてもらった。シャワーを浴び、理髪師に髭《ひげ》を当たってもらうと、鏡に写る俺の顔は艶々《つやつや》と光って自惚《うぬぼ》れたくなるほどだ。

千津子のアパートは鷹番町《たかばんちょう》にある。これまで何度か、仕事で帰りの遅くなった千津子を送ったことがあるので、狭い曲がりくねった道を迷わずに千津子のアパートにたどり着くことができた。鉄筋三階建てのこぢんまりとしたアパートの前の道路に駐めたルノーから、強盗に等しい高い金を花屋がふんだくったランの花束を抱えて俺が降りたのは八時きっかりであった。

アパートの玄関から奥に入ったのは今夜がはじめてだ。二階の二〇三号室のドアをノックしたとき、俺の膝《ひざ》は震えてはいなかったが、少々脈搏《みゃくはく》が早いようだ。

覗《のぞ》き窓のカーテンが開かれ、千津子の顔が覗いた。ドアが開かれる。千津子は和服を着ていた。ひどく新鮮だ。

入ったところは少女趣味に飾られた十畳ほどの洋間であった。テーブルをはさんで片側にソファ、反対側に肘掛《ひじか》け椅子《いす》が二つ置かれている。テーブルにはバランタインやオールド・パーなどのスコッチの壜《びん》とグラスなどがあった。ここのほかにも一部屋あるらしい。

俺は花束を千津子に捧《ささ》げた。そして、花束に頬《ほお》ずりする千津子を後ろから羽がい絞めにし、

「うちの給料だけではこんな部屋は借りられないだろう。何なら特別手当を出したっていいんだぜ」

と、囁《ささや》いて千津子の襟足《えりあし》に唇を寄せた。

「お断わりですわ。ここは親友と共同で借りているの。すぐに紹介しますわ」

千津子は俺を押しのけようとしながら、奥の部屋に向かって、由紀子さんと、呼びかける。

「おい、どういうことになってるんだい？」

俺は少々拍子抜けし、千津子の乳房をさぐろうとした手を離した。

千津子は俺から逃げると花束をテーブルに置き、肘掛け椅子に坐《すわ》ってバランタインの栓を抜いた。

「なんだ、君一人でなかったのか?」

俺は思い切りの悪い態度でぼやきながらソファに体を投げだした。グラスを突きだす。

奥の部屋のドアが開き、ハムやアスパラガスなどのオードヴルを載せた盆を持って一人の女が入ってきた。

千津子も美人だが、その女も素晴らしかった。大柄な花が咲き匂《にお》うような美しさなのだ。年は千津子と同じ二十三、四で、彼女も和服姿であった。

俺は反射的に立ち上がり、ふてくされた態度を捨てると、上品で魅惑的と自分では思っている微笑を浮かべ、優雅だと自認しているスタイルで軽く頭をさげた。

「こちら、宮田由紀子さん。日本橋の東邦商事にお勤めのB・Gで、短大時代からのわたしの親友なの——」

千津子は女を紹介し、

「こちらが話していたうちのボスよ」

と、俺のことを女に知らせた。

2

「まるで見合いのようですな……あなたはお美しい。美しい方のそばにいると人生に対するフアイトが湧《わ》きあがってくる……」

俺はあらぬことを口走り、盆をテーブルに置いた由紀子の手にくちづけして隣りの席を勧めた。

それから一時間半ほど、俺は二人の美女にかしずかれて飲みかつ食った。酔ったふりをして由紀子の腰に腕を回し、はちきれそうにヴォリュームのある腿《もも》の感触を楽しむ。

俺が由紀子の和服の八ツ口に手を差しいれたとき、困惑しきった表情で俺の手の動きを眺めていた千津子が甘い声で言った。

「ねえ、所長さん。お願いがあるの」

「給料の値上げか？」

「ちがうわ。由紀ちゃんの妹を捜してもらいたいの。仕事の話になって悪いんですけど……」

「なんだって？　一杯くわしたのか？」

俺は坐り直した。

「ご免なさい。騙《だま》したわけではないのよ。でも所長さんはこのごろ、高い料金でないと依頼を引き受けたがらないでしょう……」

「それで、俺を酔い潰《つぶ》させておいてオーケイさせようと企んだのか、悪い娘だ」

俺は苦笑いした。

「由紀ちゃんは、所長が引き受けてくださったら貯金を全部はたくと言ってるのよ」

「貯金と言ったって、全部で十五万しかないんです。それでもお願いできますかしら」

由紀子は大きな瞳で俺を見つめた。瞳に恥ずかしそうな色がある。

「しようがないな。儲《もう》けにならん仕事は敬遠するのが私の主義だが、あなたのような女性から頼まれては嫌と言えない。今回だけは主義を破ることにしましょう」

俺は答えた。

「感激だわ」

由紀子は俺の手を執った。俺は抜け目なく由紀子の手首の先にまで唇を這《は》わせた。

「わたしの郷里は静岡なんです。静岡の吉原市の近くの今田という街道町で、生家は代々酒屋をやっていますの」

「妹さんがいなくなったのは、その町で?」

「三年前、幸子《さちこ》——妹の名前は幸子というんです——が、高校二年のときでした。わたしはそのときにはもう上京してましたからはっきりとは分からないんですけど、幸子は古い家に反発して不良がかっていたということです。そして三年前の夏——六月の十七日だったと覚えていますけど、夕食を済ませてから、近所のクラス・メートのところに宿題の参考書を見せてもらいに行くと言って外出したまま、とうとう翌朝になっても戻ってこなかったのですわ」

由紀子は一気に言った。

「警察には届けたんでしょうな?」

「ええ。でも父は外聞をはばかって、失踪届《しっそうとど》けを出したのは翌々日になってからでした。警察は調べてみてはくれましたが、幸子がいなくなった夜の午前二時ごろ、国道に並んでいる深夜食堂のうちの一軒〝ライナー軒〟の主人が、食堂に寄ったトラックの寝台に乗っている幸子らしい女の子の姿を見たような気がする、と証言しただけで、それもあとになってカン違いだったとその主人は言うんです。

でも警察は幸子がトラックに便乗して、憧《あこが》れていた東京に出た、という可能性があるというので、その夜のトラックを捜そうとしたのですけど、なにしろ国道一号線でしょう。トラックが一晩に何万台通るのか……それに無法トラックの編隊に、捜査は妨害ばかりされたようで、結局、幸子のことは分からずじまいでした」

「なるほど、そして当時の幸子さんには恋人がいましたか? 恋人とまでいかなくても、ボーイ・フレンドのようなものは?」

「武田という町会議員の息子さんが幸子を特に追っかけていたようですわ。幸子はわたしと違って殿方に好かれるタイプでしたから。でも、武田の息子さんはその夜はずっと自分の部屋で勉強していたことが認められています」

「………」

「うちの父は、幸子ははじめっからいなかったものと思って諦《あきら》めていますけど、わたしは幸子が不憫《ふびん》でならないのです。もし生きているのならどうにかして捜していただきたいと思って、厚かましくお願いしたわけなんです」

由紀子は帯のあいだの紙入れから写真を出した。

セーラー服の襟を広く開き気味にした女子学生が写っている。ニキビ面の男生徒を夢中にさせるだけでなく、分別ざかりの中年男でさえも狂わしそうな幸子の美貌《びぼう》であった。

それから二時間ほど俺は由紀子に質問をした。そして再びウイスキーをガブ飲みして、泥酔した振りをして彼女たちの部屋に泊まりこもうとしたが、千津子に耳を引っぱられて追いだされた。

翌日、俺は午後になって初台の家で目を覚ました。二日酔いで頭が痛い。通いの家政婦が作ってくれた遅い朝食のうち、味噌汁《みそしる》だけを三杯もおかわりしてから家を跳びだした。

事務所に着いてみると、高木は出張から戻っていた。手をつけた秘書を伴って志摩《しま》半島めぐりを楽しむある二流会社の社長を、その夫人の依頼で尾行していたのだ。

千津子がウインクするので、俺は高木から報告を聞き終わると、彼女のアパートを訪ねたことは口に出さず、宮田幸子の捜索に乗りだすことにしたことを高木に告げた。金庫から十万円を引き出して事務所を出る。

ポルシェのエンジンを積んだルノーを、神田《かんだ》にある立法大学に向けた。その途中、デパートに寄り、ゲランのミツコの香水の小壜を無断でポケットに滑りこませる。

エレヴェーターとネオンまでついている立法大はマンモス大学と呼ぶにふさわしかった。俺は区役所ほどもある大学事務所に入ると、学生課でヒステリー持ちらしい二十八、九の女事務員に目をつけた。オールド・ミスらしい。俺は情熱をこめた瞳でその女のサメ肌の不細工な顔を見つめ、

「経済学部二年の武田光夫の住所を知りたいんです。私は親戚《しんせき》のものですが……」

と、言う。彼がこの学校に入学していることを由紀子から聞いておいたのだ。

「クラスは？」

女事務員は金属的な声で尋ねた。

「残念ながら……夜間部でないことだけは確かなんですが」

「じゃあ駄目です。経済学部の昼の学生だけで二千人いますから」

女は視線を書類に戻したが、俺の熱っぽい瞳を意識してほつれ毛を震わせている。俺はミツコの香水を書類の上に置いた。

「何ですの、これ？」

女の声までが震えた。

「私の商売は香水の輸入でしてね。ときどき半端物《はんぱもの》や見本がタダで手に入るんです。どうぞお使いください」

「本当に頂いていいの？　すてき！　調べてみますわ。ロビーで待っていてください」

女は冷淡なポーズを捨て、香水壜を平べったい胸に押しあてた。

騒々しいロビーのソファで十五分ほど待たされたあと、女の事務員がメモを持って出てきた。経済学部二年F組の武田は、豊島の高田豊川町《たかだとよかわちょう》に下宿していることが書かれてあった。女事務員は香水の礼をくり返し、俺にデートの申し込みをしそうな口振りであった。

3

それから二時間ほど俺は学校の構内をうろつき、経済学部二年のF2のバッジをつけている学生を摑《つか》まえては武田を知っているかを尋ねた。そして、武田はあの男だと示されるまでに、武田がなかなかのプレイ・ボーイで、実家からたっぷり仕送りを受けて遊びまわっていることを聴きこんだ。車も持っているらしい。

武田は髪をクルー・カットにしたハンサムで薄っぺらな感じの男であった。真紅のスウェーターに革の背広の襟を立て、文学部のバッジをつけた女子学生二人のあいだにはさまって、大講堂から出てくるところであった。

俺はその場で武田に話しかけず、二十メーターほど間隔を置いてそのあとを尾行《つけ》た。武田は女子学生と共に駐車場に向かった。

武田の車はナッシュの中古車、というより大古車であった。買えば四、五万の代物だろうが、ナッシュの強味はシートが倒れてベッドになることだ。俺も駐車場にある自分の特製ルノーに乗りこむ。

短い冬の日はすでに暮れかけていた。ラッシュの街でも、俺にとってナッシュを尾行することは楽な仕事であった。

ナッシュがエンジンを止めたのは、西巣鴨《にしすがも》三丁目の保養院の近くにあるモルタル二階建てアパートの前であった。俺は少し離れて自分の車もとめる。武田は女子学生たちとアパートに入った。

すでに夜であった。車のシートの下の隠しポケットからモーゼルHSC小型拳銃を取り出してルノーを降りた。俺は、先端を潰した針金でナッシュのドアを開くと、後ろのシートの前のフロアに蹲《うずくま》った。

武田が出てきたのは三十分ほどたってからであった。エンジンを掛けようとして俺に気づき、悲鳴をあげる格好に口を開く。

「俺はハジキを持ってる。騒がなければ射《う》ちはしない。知らん顔をしてスタートさせ、裏通りの暗がりに車をとめるんだ。そうだ、ついでにカー・ラジオをつけてくれ。ヴォリュームを上げてな」

俺は命じて後ろのシートに坐った。

武田はラジオのスウィッチを入れるとナッシュをスタートさせた。ガクガクしながらナッシュは動きだす。裏通りに回り、人気のない小学校の横の暗がりで、俺は停車を命じた。車が停《と》まるとモーゼルHSCの銃口を武田の後頭部に圧《お》しつける。

今度は武田は本当に悲鳴をあげた。しかしラジオの音に弱められる。俺は拳銃をさげ、

「ハジキを持ってると言ったのが威しでないことを知ってもらっただけだ。まあ、これで俺の尋ねることに素直に返事してもらえるだろう」

「分かった。何でもしゃべる。悪かった。あんたが誰《だれ》の兄貴か知らないけど、落とし前は払う！」

武田は呻《うめ》いた。

「三年前のことを想《おも》い出してくれ。女の名は宮田幸子。場所は静岡。あんたも女も高校生だった。女が行方をくらます直前に何があったんだ？　俺は警察の人間ではない。本当のことを聞きたいだけなんだ。それに、他人の色事についてお説教する気もない」

「想い出した……勘弁してくれ。あの晩僕は三島寄りの東田子《たご》ノ浦の海岸の松原に幸子を誘いだしたんだ。幸子が欲しくて我慢できなかった。やりたい一心だった。それでも幸子は口ではズベ公のようなことを言ってても、あのほうはまだ子供だったんだ。僕がなんと言っても許してくれない。とうとう十一時ごろになって僕は力ずくで幸子を押し倒したんだが、僕も若かったし、半分以上は下着にこぼしてしまった」

「…………」

「幸子は男なんか軽蔑《けいべつ》すると言って泣きながら逃げた。僕は追っかけたけど幸子が必死に逃げるんで追っつかない。国道まで幸子が逃げたとき、長距離トラックの編隊が急停車して先頭の一台が幸子を運転台に拾いあげた。紅色《べにいろ》の派手なシャツを着た運転手か助手だった。僕は家に戻ると、もし何かが起こって警察が来たら、ずっと家で勉強してたことにしてくれとお袋に頼んだんだ」

「トラックのナンバーは？」

「大阪ナンバーだったことしか覚えていない」

「女を拾いあげたトラックの男の人相は？」

「特徴なんてない。シャツの色しか覚えてない。勘弁してくれ。一隊の連中みんなが紅色のシャツだったから、あれが紅シャツ部隊だったんだろう。もしかしたら今田町の〝ライナー軒〟っていう深夜食堂のオヤジが知っているかもしれない。そこのオヤジが警察に何かしゃべりかけたんで、うちのオヤジが圧力をかけてくれたとか聞いたことがある。それに、食堂のオヤジはトラックの連中から何か警察にしゃべったら店をボイコットされるとおどかされたというし……」

「よし分かった。説教はするつもりはないが、素人娘を騙すときはもうちょいとスマートにやるんだぜ。俺に会ったことは誰にもしゃべるんじゃねえぜ。俺は昔の事件をほじくりかえしてどうこうしようっていうんじゃねえんだ。幸子の行方を知りたがっている人のために働いているだけだからな」

俺は銃口で武田の襟首を撫《な》でた。

「分かった……」

と、呟くと武田はあっけなく気を失った。

俺はナッシュについた自分の指紋を拭《ふ》き消し、特製ルノーに戻った。ルノーを発車させると事務所に戻った。

事務所では高木も千津子も帰ったあとであった。俺はロッカーから革ジャンパーや臑《すね》にもポケットのついたジーパンを出すと、手がかりが掴めるかもしれないから静岡に行ってみる、というメモを残して事務所を出た。

行きつけのガソリン・スタンドで四十五リッター入りに改造した燃料タンクを満タンにし、五反田《ごたんだ》のラーメン屋で焼きソバの大盛りを食って空腹をごまかした。そして、第二京浜から右折し、横浜バイパスに入ったのが午後九時であった。

小田原から箱根バイパスを通れば八十キロから百キロを保って三島に抜けられる自信があったし、また何度もそうやってきたのだが、今はバイパスの料金を浮かすために旧第一国道をわが物顔にブッ飛ばす長距離トラックや陸送車の様子を見るため、湯本から直進した。西下する長距離トラックはそんなに多くないが、東上するトラックが編隊を組んで、自家用車を道ばたに押しのけながら坂道をくだってくる。

箱根峠を越えて坂がくだりになったとき、坂をのぼってくる三十数台編成の愛知のディラー・ナンバーの陸送小型トラックとぶつかった。新車の慣らし運転どころか、エンジンがこわれそうにアクセルを踏み、警笛の合唱で先行する自家用車を威嚇し、次々に追い越しをかけては俺の車とぶつかりそうになる。近ごろは乱暴な新車陸送マンはチェックして傭ってない、というメーカー側の発表が嘘《うそ》っぱちであることは東海道を深夜通ればすぐに分かることだ。

三島の手前のなだらかな下りで、守口輸送と横腹に書いた三台の大阪ナンバーの長距離トラックがつながって駐まっていた。その先に後部トランクを潰された千葉ナンバーのコロナが駐まり、トラックの運転手や助手がそのまわりに群がっている。

コロナのなかでは、二歳ぐらいの幼児を抱えた女が震え、幼児は泣きわめいている。その夫らしい眼鏡をかけたサラリーマン風の男はトラックの男に胸ぐらを摑まれていた。

4

俺は少し離れて車を停めた。車から降りてコロナのほうに近づく。

「どうしたんだ?」

と、声をかけた。

「なんだ、この野郎」

トラックの運転手や助手が俺に身構えた。

「助けてください。後ろからブッつけられたんで交番まで一緒に行ってくれと言ったら、このとおり嚇《おど》かされてるんです!」

コロナの男が泣き声で言った。

「この野郎がトロトロ走りやがるからオカマ掘っちまっただけや。おまはんの出る幕やない。はよ消えな。怪我せんうちにな」

一番年かさ、といっても四十前のトラックの運転手が俺を冷笑した。

俺は返事のかわりに、その男の睾丸《きんたま》を潰してやった。呻き声と共に後ろ向きにフッ飛んでアスファルトで頭を打ったその男は失神した。

「野郎！」

「死にてえのか！」

残り五人のトラックの男はポケットからモンキー・レンチやスパナーを取り出した。俺は唇だけで笑うとモーゼルHSCを抜いた。

男たちの反応は不様《ぶざま》であった。武器を捨てると、口々にお袋の名を叫びながらガード・レールに向かって逃げだす。俺は空に向けて一発ブッ放した。

銃口から火箭《ひや》が舌なめずりする。銃声は山々と闇《やみ》に反響した。男たちはガード・レールをまたぎ越え、急角度の斜面を転がり逃げた。

俺は拳銃を仕舞うと空薬莢《からやつきよう》を拾った。気絶しているトラックの運転手の財布を開いた。十万円ほど入っている。俺はその中身を茫然《ぼうぜん》としているコロナの男のポケットに突っこみ、

「拳銃はオモチャですよ。アメリカ製の精巧な奴《やつ》でね。さあ、馬鹿どもが戻ってこないうちに早くスタートして、嫌なことは二度と忘れることですね。静岡の警察は奴らとグルだからお寄りにならないほうがいいでしょう」

と、言う。コロナの一家が警察に連絡したりしたら俺が困る立場になるからだ。サラリーマン風の男はしきりに俺に礼をのべてから車をスタートさせた。

俺は気絶しているトラックの男の背骨を蹴《け》とばして活を入れた。意識を取り戻した男は這って逃げようとする。

「尋ねたいことがある。しゃべらないとあんたは死ぬ。威勢のよかった紅シャツ部隊は最近はどうなったんだ？　東海道の鬼とうたわれた無法部隊さ」

俺はその男のアスファルトに投げだした右手を靴で踏んだ。

「わいは違う。紅シャツ部隊は西成運送の奴らだったんや。西成運送が二年前に潰れると、みんな別々の会社に傭われていったんや」

男は呻いた。

「俺は紅シャツ部隊にいたある男を捜してるだけだ。さあ、本当のことを言え。あんたも紅シャツ部隊だったと睨《にら》んだが、違うか？」

「違う。そやけど、紅シャツにいた誰を捜しとるんや？　あそこには助手を入れて三百人からの男がおったと覚えとるが……」

「三年前の六月に、吉原市の近くの今田という町で、泣きながら第一国道に逃げてきた十七ぐらいの娘を乗せたトラックの男だ」

「誰だかは知らん。そやけど、その女《スケ》は輪姦《まわ》して東京かどっかの暴力団に売りとばしたんと違うか？　ともかく、わいは何も知らんのや。紅シャツ部隊のことやって、街道ですれ違ったり食堂で一緒になるだけのことやったし……それも食堂では奴らは殿様や。下手にこっちから話しかけたりしたら張りとばされるさかい」

「よし、分かった。俺のことは警察には言うなよ」

「医者代はどうしてくれる気や……睾丸《きんたま》が潰れてしもうた。嫁はんにどやされるわい」

「甘えるな」

俺は言い捨て、その男の罵声《ばせい》を背にルノーに戻った。ルノーを発車させるとタイアがスキッドする寸前にまでスピードをあげて飛ばす。三島口で先ほどのパブリカを追い越した。

三島の街を抜けるとトラックの群れは八十から百で深夜の国道を飛ばしていた。やはりポルシェのミッションをつけた俺の車はサードで百三十までのびるから、トラックの編隊を一気に追い越せる。トラックに囲まれるのが怖いからか、白バイやパトカーは一台も見当たらない。

国道に沿ってのびた今田の町の入口に十軒ほど終夜営業の食堂や飲み屋が向かいあっていた。数十台のトラックが道端にとまって右のフラッシャーを出している。お先にどうぞ、という意味だが、追突よけの方法でもある。〝ライナー軒〟はすぐに見つかった。俺はルノーをわざと国道から外して、裏通りの戸を閉じた雑貨屋の前に駐め、革ジャンパーとジーパンに着替えた。三分ほど歩いて〝ライナー軒〟に入った。

コンクリート土間の真ん中で大型の石油ストーヴが燃える店内には、十個ほどのテーブルがあった。土間の横手に一段高くなった畳敷きの細長い席が六畳分ほどあって和風の食卓が置かれてあった。突き当たりが調理場になっている。

土間のテーブルの三つはトラックの運転手や助手たちが占め、ブドー酒割りの焼酎《しょうちゅう》で焼き餃子《ギョーザ》やクジラのテキなどをつめこんでいた。畳の間では毛布をかぶった男が二人仮眠している。

俺は畳の間に上がりこみ、入口に近い壁を背にして坐った。運転手たちは給料やバクチやエロ話に興じている。

眠そうな顔をした十八ぐらいの店員が、俺のところに注文をとりに来た。俺は餃子を五人前と高粱酒《こうりやんしゆ》を大コップで注文した。俺は大食のほうだから、朝食はトースト二枚と野菜ジュースしか摂らない連中の気が知れない。

餃子が運ばれる前に仮眠していた連中は去っていった。テーブルの客は入れ替わった。

俺が餃子を食い終わったときには一つのテーブルにしか客はなかった。俺は食事の料金を払うと、毛布をかぶって畳に横になった。先ほどちょっと痛めつけてやった連中が仕返しのために俺を追ってくるかと思ったが、奴らにはその気はないらしい。

二十分ほどでテーブルの客は去った。俺は立つと、突き当たりの潜り戸から調理室に入る。いくつかの大鍋《おおなべ》が湯気をあげる調理場の粗末な椅子で、店のオヤジはタバコの煙を無心な表情で吐きだしていた。俺の姿を見て軽く眉《まゆ》をしかめる。その横では、女房らしい女がキャベツを刻んでいる。

「トイレはあっちですが……」

オヤジは店の左を指さした。五十近い男だ。

「失礼とは分かってますがね。お尋ねしたいことがあって……」

「勝手に入られては困る」

「じゃあ、向こうの店で一杯いかがです……」

「何を尋《き》きたいんだね？」

店のオヤジは怒鳴《どな》った。女は包丁の動きをとめる。店員はテーブルを片付けて戻り、流しに食器を置いた。

「三年前のことです。宮田さんのお嬢さんが紅シャツ部隊の小隊に連れていかれたときのことについて……」

俺は言った。

「何のことだか分からん。三年前のことなんかいちいち覚えておれん」

「そうじゃなくて、三年もたったんだからもうしゃべってくれてもいいころだと思ってね」

「あんたは警察の人か?」

「似たようなもんですがね――」

俺は呟き、一万円札を出して、

「あのときの紅シャツ部隊のリーダーが誰かを教えてもらえるだけでいいんです。リーダーでなくてもいい。当時あの事件に関係したと思える連中の誰でもいい。紅シャツ部隊は潰れてしまったらしいが、部隊にいた連中はほかの会社にもぐりこんでるわけだ。この店にも寄るでしょうな。そんな男の誰でもが来たら、私に合図してください。これはお礼の前金です」

俺はオヤジのエプロンのポケットに一万円札を押しこんだ。

「そんなこと言われても……」

オヤジの濁った瞳が光った。

「この店に迷惑はかけません。合図してもらうだけです。そうですね、私は畳の間で眠った振りをしているから、目的の男が入ってきたら私を揺り起こしてください。そして、万が一、当時のリーダーだった奴が来た場合には、時間に間にあわなくなると私に言ってください。そして、目的の男のうしろを通りながらアクビをするなり頭を掻《か》くなりしてください。私は店の外で待ち伏せますから、あなたに疑いがかかることは絶対にない」

俺は言い、一万円札を二枚出して、その一枚を店のオヤジにつけ足し、一枚を店員に渡した。

「分かった。儂《わし》じゃまずいから、こいつにやらせる。うちの養子だから信用してくれ」

オヤジは店員のほうに顎《あご》をしゃくり、

「ところで、残金はいくらほど貰《もら》えるのかな?」

と、俺に瞳を据えた。

5

残金は二万ということに話がついたが、俺は払う気はなかった。畳の間に横になり、毛布を鼻の近くまでかぶって薄目でテーブル席のほうを眺めているうちに睡気《ねむけ》に襲われた。タヌキ寝入りどころか、本式に眠りこんでしまったらしい。

「時間に間に合わなくなりますよ」

という店員の声と共に揺り起こされたとき、反射的にはね起きて腕時計を覗く。午前三時であった。

五番テーブルに四人の客がいた。ふてぶてしい面構えの男たちだ。ヒッチ・ハイカーの女子学生を強姦《ごうかん》した話をタネに傍若無人な笑い声を立てて、ポケット壜のウイスキーをラッパ飲みしながらオデンを突ついている。

店員は戸口に顔を向けた男のうしろを通りながらアクビをすると、壁にかかった映画女優の色彩写真の額の角度を直した。俺のほうに顔を向けている男のうしろを通りながら頭を掻く。かつての紅シャツ部隊の小隊長とその部下が来ているのだ。

俺は店を出た。店の前に二台のトラックが駐まっている。ひどい寒さだ。俺は手袋をはめると、後ろ側のトラックの前輪タイアの虫ピンを針金の先で押してタイアの空気を抜く。高圧空気が逃げる鋭い音が注意をひかないように徐々に両前輪の空気を抜いた。

次いで先端を潰した針金で前のトラックの運転席のドアを開いてなかに入る。シートのうしろにカーテンが垂れている。俺はドアを内側からロックした。

カーテンをはぐると簡易ベッドが見えた。俺はベッドに靴ごともぐりこんでカーテンを閉じた。

俺がもぐりこんだトラックに運転手と助手が戻ってきたのは三十分ほどたってからであった。

「鈴鹿《すずか》まで頼む。眠とうなりよった」

男の一人が言った。声からしてかつての紅シャツ部隊の小隊長だ。

「まかしとき。免許停止中にハンドル握るのも乙なもんやで。この時間は白バイもウロチョロしとらんしな」

助手が言った。小隊長の部下の声だ。

かつての小隊長はカーテンをはぐってベッドに頭を突っこんだ。ジーパンの臑ポケットから拳銃を抜いて待っていた俺はその前額部を銃身で強打する。小隊長はベッドに顎を叩きつけられた格好で失神した。

「どうしたんや！」

運転席に移ってエンジンを掛けていた助手が振り向いた。俺はそいつに銃口を突きつけ、音たてて撃鉄を起こした。鋭く命じる。

「スタートさせろ。早く。それとも死にてえのか？」

助手はエンジンを猛烈に吹かしてクラッチをつなごうとした。そのとき後ろのトラックから一人の男が、

「待ってくれ！　パンクしとるんや……」

と叫びながら走り寄る。

「構うな。行け」

俺は助手に命じた。助手は発車させた。

吉原の街の手前で俺は左折を命じた。トラックは悪路をバウンドしながら海岸に出る。防風林の横でトラックはとまった。

額の骨を割られた運転手——かつての小隊長は気絶から醒《さ》めて唸《うな》っている。ハンドルを握る助手は背を震わせていた。

「さあ、三年前のことを想い出すんだ――」

俺は拳銃で威嚇しながら質問していった。

やはり幸子は紅シャツ部隊の小隊に輪姦され、死んだようになってトラックで東京に運ばれたことが分かった。けだものたちはその幸子を平井の場末にあるお座敷売春バーに売りとばしたのだ。そのバーは、関西に本拠を持ち、五、六年前から関東にも勢力をのばしてきている神戸川口組の経営であった。

「――そやけど、あの女子《おなご》は磨いたらえらい別嬪《べっぴん》はんやいうことが組のお偉方に分かったそうや。それからあの女は、錦糸町《きんしちょう》・上野・池袋・新宿と移されて、そのたびごとにバーは高級になっていきよったし、あの女子もますます綺麗《きれい》になっていったと聞いとる。銀座の最高級クラブ〝向日葵《ひまわり》〟も川口組の陰の経営やが、そこでナンバー・ワンだったそうや。そして今は高級コール・ガールになりよって、女王さまのような暮らしとか聞いた。コール・ガール言うても金で体を売るわけやない。川口組が利権を回してもらうとき、大臣や次官級や一流会社の社長に抱かす女や――」

運転手は口から泡を吹きながらしゃべりまくった。助手も相槌《あいづち》を打つ。

「女はいまどこに住んでる?」

「白金三光町《しろがねさんこうちょう》の有村いうもと公爵のお屋敷が、金が払いきれんようになって国に取り上げられてしもうたんや。そこを川口組が手を回して国から安う払い下げてもろうた。そしてあの女子のような女を何人か住まわせとるらしい。ときどきそこに高官や財界の大物を呼んで乱痴気パーティやらかすとか聞いた……さあ、わいらは組のお偉方の耳に入ったら殺されても文句ないことをしゃべってしもうたんや。射たんどいてくれ。そして、わいらがしゃべったことも組には内緒にしといてほしい。頼む、実はわいら、こうやってアホ臭いワッパ商売しよるけど、荷抜きでちょいと溜《た》めこんどるんや。命を助けてくれたら、その稼ぎの半分をあんたに吐きださかい……」

男は本気のようであった。額から汗がしたたり落ちて湯気をあげる。

「明日の百万より今日の一万だ。軍資金にいま持ってるゼニを全部吐きだしな」

俺はニヤリと笑ってみせた。

その日の午前八時ごろ、東京に戻った俺は、昼過ぎまで一休みしてから白金三光町の屋敷に車を回してみた。

その屋敷は、もと有村公爵のものだったと白金台のタバコ屋で尋ねるとすぐに分かった。高級住宅街のなかにある、一万坪ほどの屋敷を高い大谷《おおや》石塀が囲んだ屋敷だ。閉ざされた正門に表札は出てなかった。

俺は車を表通りの有料駐車場に預け、小型だが八倍の倍率を持つ双眼鏡とチーズと果物を持って屋敷につくと、電柱を伝って屋敷の庭に跳び降りた。武蔵野《むさしの》の面影を残した雑木林や古池を見ていると、表通りにひしめく車の騒音が嘘みたいだ。

庭にはカービンを肩から吊《つ》った見張りが二人一組で見張っていたが、彼らの目をかすめるには林や築山が役に立った。俺は雑木林の外れ近くにたどりついた。

芝生のなかに煉瓦《れんが》張《ば》りの三階建ての巨大な本館が見えた。そして太陽が降りそそぐ芝生には十人の女がいた。いずれもショート・パンツとブラウスだけの姿であった。目がくらむようなみごとな姿態の娘ばかりだ。

彼女たちは体操教師らしいトレーニング・パンツ姿の中年男の指導のもとで、長い脚を宙に跳ねあげたり、上体を思いきり反《そ》らして乳房を突きだしたりしながら、美容体操に励んでいる。

俺は下腹が熱くなるのを覚えながら、双眼鏡を目に当てた。肢体だけでなく美貌の点でも彼女たちは申し分なかった。

幸子の顔は、俺に渡された写真の面影をとどめていた。しかし、下着を汚されて泣きながら第一国道に逃げた小娘のときから三年、曲がった階段を昇りつめた今の幸子には垢《あか》抜《ぬ》けた美貌だけでなく、貴婦人のような冷たさと男を引きずりこむ翳《かげ》りがある。

体操はそれから半時間ほど続いた。体操が終わったとき、教師が、

「シャワーを浴びてから、三時まで午睡のお時間です」

と、言っているのがかすかに聞こえてきた。

女たちは軽やかな足さばきで本館のなかに消えた。俺は雑木林のなかを少し後退し、ケヤキの梢《こずえ》近くの枝にまたがって建物の窓に双眼鏡の焦点を合わせる。

やがて二階から上の部屋部屋に女たちが姿を現わしたのがガラス窓越しに見えた。一人一人が、三間続きの部屋をあてがわれているらしい。女たちは着けている物を脱ぎ捨ててバス・ル

ームに跳びこむ。

幸子の部屋は三階の左端であった。全裸の幸子の美しさを見たときには俺は久米《くめの》仙人になったような気がした。

ともかく――その夜、俺は屋上から背広を裂いて編んだロープを作って暖房のきいた幸子の寝室に忍びこんだ。

「だあれ？」

幸子は目を覚ましていた。圧《お》し殺した囁き声は身震いするほど官能的であった。ベッドのスモール・ランプをつけて半身を起こす。毛布の下には何もまとっていないらしかった。

「姉さん……由紀子さんの依頼で君を捜してた。やっと会えたね」

俺の声は渇きで嗄《か》れていたに違いない。

「不粋《ぶすい》な方。無駄なことだわ。幸子は死んだと姉に伝えて。幸子には今のままが一番いいの。わたしが大きな声をあげないうちにお引き取りになって……」

「俺はメッセンジャー・ボーイでない。君だって爺《じじ》いの相手ばかりじゃ体が承知しないだろう」

俺は幸子を襲った。

幸子のように激しく微妙に反応する完璧《かんぺき》の女体を俺は知らない。幸子は声を殺すために毛布を嚙《か》み裂き、終わるたびに膝から上は透明なバターに浸ったようになった。

いつしか夜が明けかけていた。由紀子に幸子は死んだと伝えようか、それとも生まれ変わったと伝えようかという煩悶《はんもん》が俺を一瞬捕えたが、俺はそれを押し流すように幸子を抱いた腕に再び力をこめた。

廃銃

1

煤煙とも靄《もや》ともつかぬヴェールに包まれた十二月の江東の街に夜がゆるやかに明けはじめていた。

墨田横川橋に近い警視庁倉庫の前に、無線アンテナを長くのばした警察ジープが二台、ひっそりと駐まっていた。ジープは、ホロを張っている。運転席の若い警官が吐く息が、タバコの煙のように白い。

牛乳配達の自転車が、眠気を誘うような音を残して通りすぎた。そのあとの、凍《い》てついた路上に人影はない。倉庫のなかも静まりかえっていた。

やがて東の空が鈍い灰色に染まってきた。そして、黄色いフォッグ・ランプをつけた一台の大型トラックが近づき、窓に鉄格子の入った警視庁倉庫の正面入口の前に停まった。

そのトラックの横腹には〝新多摩鉄工所〟と書かれてあった。荷台では六人ほどの上乗りがキャンヴァスの上に蹲り、寒さしのぎにウイスキーのポケット壜を傾けている。

二人乗れるトラックの助手席から一人の制服警官が降りた。警視庁装備課装備係長の平沢警部だ。トラックを前後からはさむような位置に駐まっている警察ジープの前のほうの一台に歩み寄った。

平沢警部は、部下であるその警察ジープの運転手に二、三の簡単な命令を与え、倉庫の正面入口に近づいた。

覗き窓から見ていたらしく、倉庫のなかにいた警官の手で、正面入口のシャッターが開かれた。倉庫の窓々のブラインドの隙間から蛍光灯の光が漏れた。

ジープの警官は、マイクを使って本庁の無線指令室にトラックの到着を告げていた。平沢は倉庫に入り、そのなかに待機していた六、七人の部下たちに笑って見せた。左手に仕切られた事務室から、装備課長の小林が巨体を運んできた。

倉庫の一階には被服関係の梱包が積まれていた。そして、床の右隅に、地下倉庫に通じる階段が見える。

「御苦労。さっそく仕事にかかってもらおうか」

装備課長は大儀そうに言った。

「了解」

平沢は倉庫の外に走り出てトラックに手を振った。トラックからジャンパーにゴム長姿の上乗りの男たちが跳び降りた。トラックの助手が荷台の踏み板を渡す。トラックの運転手はタバコの煙を気忙しげに吹きあげていた。

トラックの上乗りたちは、平沢に案内されて倉庫に入った。倉庫にいた警官たちは地下倉庫の階段からトラックにかけて、三、四メートルの間隔を置いて並んだ。課長は指揮棒を腰に当てて、重そうに歩きまわる。

平沢は上乗りたちをしたがえて地下倉庫に降りていった。そこには、やはり同じ装備課の警官たちで倉庫係りをしている連中が五人待っていて、平沢に挙手の礼をした。

地下倉庫には、ミカン箱ほどの大きさの岩乗な木箱が数十個並べられていた。木箱に蓋はついてなく、そのなかに無造作に突っこまれた百数十丁の拳銃や散弾銃などが見えていた。総計して一万丁近い。

過去五年間に全国の警察から集められた品だ。不法所持の廉《かど》で暴力団などから押収したり任意提出の形で受領した銃器、それに老朽や磨滅で廃銃になった警察用拳銃などであった。

そのおびただしい銃器を見てトラックの上乗りたちは感嘆の口笛を吹いたが、

「さあ、早いこと頼むよ」

と、平沢警部に催促され、威勢のいい掛け声をあげて木箱に跳びついた。拳銃というと軽そうだがブローニング〇・三八〇のようなポケット・タイプでも百五十匁《もんめ》、G・Iコルト級だと三百匁近いので、二人がかりでないと容易に木箱は持ちあがらない。

警官たちの監視のもとで、上乗りたちは半時間がかりで木箱をトラックに積みこんだ。積み荷の上にキャンバスのカヴァーをかけて、その上に腰を降ろす。警官も二人、彼等に混って積み荷の上に乗った。

平沢はトラックの助手席に乗った。装備課長はトラックの前のジープに乗りこむ。倉庫の一階にいた警官たちは、それぞれジープに分乗した。

前側のジープがゆっくり走りだした。拳銃を満載したトラックがそれに続き、その後をもう一台のジープが追う。

　一行の車は業平橋から駒形橋に抜ける。クズ拾いがゴミ箱をあさり、朝靄が汚れきった水面を隠した隅田川に焼き玉エンジンの単調な音が響いていた。その頃からトラックの運転手戸川と助手の辻が顔に薄く汗を浮かせていたが、緊張のせいかも知れぬと思って、その横の平沢警部は大して気にもとめなかった。

　幾多の人命を奪った過去を秘めた一万丁近いこれらの拳銃は、トン当り一万円の屑鉄値で、何代か前の装備課長を勤めていた男が経営する立川の新多摩鉄工に払いさげられたのだ。工場に着くと即座に平炉に叩きこまれて灼熱の鉄塊と化せられ、自動車の部品に加工されていく。

　前後を二台の警察ジープに護られたトラックは、六十キロ平均で都内を抜け、甲州街道を立川に向った。甲州街道が左に折れる立川ロータリーを直進した時が午前七時であった。夜は明け、路上には駅やバス停に急ぐ通勤者の姿が目立ちはじめる。

　富士見町で中央本線とぶつかる少し手前で、先頭のジープは左折して坂をくだっていく。坂道の左右には雑木林が続いていた。新多摩鉄工はそこから半キロほど先の多摩川のそばにある。坂の途中の左手の空き地に、小型の有蓋トラックがとまっていた。先頭のジープにしたがって左折して坂をくだるトラックは急ブレーキをかけた。強力なハイドロ・ブレーキは重い荷にもかかわらず急激にトラックを停める。

　平沢警部は前のめりにダッシュ・ボードに叩きつけられそうになった。助手の辻がその体に抱きつく。

次の瞬間、痺《しび》れるような衝撃がきた。後の警察ジープが避けきれずに追突してきたのだ。トラックの上乗りたちは路上や雑木林に放りだされ、大破したジープのなかの警官たちも吹っとんだ。

平沢が茫然としているあいだに、助手が平沢の腰から拳銃を抜いた。運転手は素早くギアを入れ替え、慌てて急停車した前側のジープに斜めの角度から突っこんでいった。

再び衝突の轟音が響き、拳銃を奪い返そうと腰を浮かしていた平沢は、トラックのフロント・グラスを突き破って、立木をへし折りながら横転した先頭のジープに叩きつけられた。

それと同時に、雑木林の空き地に駐まっていた有蓋の小型トラックから、銃身と銃床を短く轢き切った散弾銃を手袋をはめた手に構えた覆面の男たちが五、六人跳びだしてきた。ショックから覚めない警官たちや上乗りたちに、たっぷりと霰弾《さんだん》の雨を浴せかける。

2

重傷を負いながらもただ一人生き残った平沢警部の依頼で、現場を通りかかったタクシーが最寄りの交番に連絡してきたのは、それから二十分ほどたってからであった。ジープの無線器は衝突によって壊れていたのだ。無論、タクシーが現場を通りかかった時には拳銃を満載した大型トラックも消えていた。

ただちにパトカーが現場に駈けつけると共に主要道路に非常線が張られ、一時間後に、多摩川の河原に乗り捨てられていた大型トラックと有蓋トラックが発見された。しかし大型トラックの荷台は空《から》になり、有蓋トラックは盗難車と判明した。

事件は報道されなかった。公安委員長の要請でだ。組立て直せばそのうちの半分は使用に耐える一万丁の拳銃がギャングどもの手に渡ったことが国民に知れると社会不安を惹き起すというのが理由だが、本当は警察の恥を知らせたくないためのようであった。

トラックの運転手戸川と助手の辻の顔写真は、架空の殺人事件の容疑者として各交番や飲食店などに貼りだされたが、年が明けて二月が近づいてきても、何の反響も無かった。

二人の過去について徹底的な調査が行われたが、二人とも八王子の同じ高校を卒業してから新多摩鉄工に入り、真面目な勤務ぶりを続けていたこと……昭島市内のアパートの一室を共同で借りていたが、週に一、二度はそこに戻らないことがあったこと……私生活については工場の同僚にもアパートの住人たちにも話したがらないことが分っただけであった……。

事件の内容は、警視庁捜査四課に所属する秘密捜査官である私にも知らされていた。そして一月の末のある午後、二日酔いで四谷のアパートのベッドに転がっていた私は、主任の遠藤から電話を受けた。

トラックの運転手戸川が裸の死体となって発見されたと言うのだ。発見したのは千葉の五井沖で鴨を射っていた猟船で、死体の体にはコンクリートの塊りが重しとして結びつけられていたが、腹にたまった腐敗ガスが浮き袋の役をしたらしい。死因は脳に射ちこまれた二十五口径弾であった。

戸川の顔は原形をとどめてなかったが、指紋までは消えてなかったので彼と分ったわけだ。それに脳内でとまっている二十五口径弾の条痕《ライフル・マーク》は、運送中に強奪されたもののうちの一丁から発射されたことを示していた。その拳銃は数年前に山口でヤクザの出入りに使われて押収された品であるため、科学検査所物理科でライフル・マークを採取してあったから、すぐに照合出来たのだ。

「……面白いのは、戸川を解剖したら、胃のなかから、マリファナ・タバコのインド大麻の葉が出てきたことだ。マリファナを吸ったり嚙んだりして無意識に呑みこんだのかも知れない。ともかく君の仕事は、マリファナを扱ってる暴力団にもぐりこむことだ。そこから何か糸口が開けるかもわからないからな」

主任は私にいった。

「仕方ない。無駄骨になるでしょうが、やってみましょう。捜査費の方はガッチリ頂きますよ」

「ところが、いつもと同じで、大して出せんのだ。正式捜査の費用が予算をオーヴァーしそうなんでな。まあ、不足の分は君の才覚にまかせるから……それと、今度の捜査での君の名前は青木ということにする。網走から出所した男という触れこみでやってくれ」

主任は猫撫で声を出して電話を切った。

私はベッドから降り、鼻をつまんで迎え酒のウイスキーを三口ほどラッパ飲みした。鞣《なめ》し革のケースに入れた三十二口径ベレッタ自動拳銃を臑《すね》につけてから身仕度する。公称重量わずか百三十匁のベレッタは、すぐに重みを忘れさせる。

アパートを出て近くのドイツ料理店に行った。封筒に入れられた三万円の捜査費用と青木名義の偽造運転免許証はすでにそこのレジに届いていた。迎え酒が効いてきたらしく頭痛が鎮まってきたので、羊の腿の炙《あぶ》り肉を注文してそれを平らげた。

店を出た時は三時を過ぎていた。私はタクシーを拾って麻布に向った。こんな仕事をしているから、私は暴力団の分布図については精通している積りだ。

捜査四課は暴力団を専門に扱うのだ。だから私は、麻布の新和会だけがマリファナを扱っていることは知っていた。新和会には私の顔は知られてない筈だ。

新和会は竜土町の新京飯店の二階から上を事務所にしている。会長は大崎という日本人だが、実権は決して表面に出ない、ある三国人グループが握っているらしい。

彼等は新和会の暴力を楯にして、銀座で五軒、麻布から青山にかけて七軒のクラブやキャバレーを乗っ取り、それぞれを彼等のロボットの名義で登録している。だから、その三国人グループの顔を知っているのは、新和会としても大幹部より上の者だけだ、という聞込みであった。

新京飯店は都電通りに面していた。三階建てのビルの一階と地下の半分が店となっている。営業時間は午後三時から午前四時までなので、私が着いた午後四時には……建物の前のパーキング・ロットにすでに二十台近い車が並び、制服のボーイがチップに飢えた表情で立っていた。

タクシーを降りた私は、建物の裏側の通りに廻ってみた。建物の裏側は営業関係の駐車場になっている。二階三階の窓にはブラインドがおりている。非常階段は絶えず利用されているらしく、靴跡が無数についていた。

3

私は小銭を残して高額紙幣を靴の敷き革の下に隠した。表通りに戻り、正面玄関から新京飯店に入った。ボーイに案内され、回廊を廻って薄暗い一階の店に入った。

ナイト・クラブのような道具立てだ。違うのはホステスがいないだけだ。ハモンド・オルガンが物憂気な音楽を流している。

三十ほどあるテーブルの半分ほどがアヴェックだ。外人も多い。私は調理場に一番近い末席のテーブルにつかされた。私はボーイが差し出したメニューをゆっくりと眺めてから、

「ここに書いてあるものを、みんな持ってこい。出来た順番でなく一度にな」

と、命じた。

生意気な表情のボーイは薄い眉を吊り上げた。

「御冗談を……百種類からある料理を一度にお一人で召上れるわけはありません」

「俺は客だ。この薄汚い店では、客のいうことが聞けねえっていうのか?」

「分りました」

ボーイはふてくされた足運びで調理場のドアの奥に消えた。私はカウンターに移り、腹に溜

らないブランデーを注文した。一口飲んでは香りが失せていると文句をつけて捨てさせ、次々にバーテンに新しい壜の栓を抜かせていく。この店の自慢のものらしいナポレオンのコニャックにまで文句をつけた時には、銀髪のチーフ・バーテンは怒りに震えはじめた。

料理が出来てきて、テーブルに並べられていった。一つのテーブルには乗りきらないので、

「あのテーブルを五つほど集めている。勘定は料理と一緒につけといてくれ」

といい捨てて、並べられたテーブルに向った。客たちも、あまりにも多い料理の皿に呆れかえったような表情を見せている。

「お望み通りにいたしました。どうぞ、ごゆっくりと」

ボーイは私を冷笑した。

暴飲暴食にかけてはいささか自信がある私も、五つのテーブルに満載された百数十種の料理を前にしては、箸をつける前からゲップが出そうであった。しかし、各皿から少しずつ口に運んでは味だけ見て、嚙みかすをそれぞれの皿の料理の残りの上に吐き戻す。

全部の皿を汚すのに二時間以上かけた。顎がくたびれてきた。私は立上り、回廊に通じる出入口に歩いた。ボーイが、二、三人、あわてて私を追ってくる。

出入口のドアに近いレジスターの女が、私を憐れむような愛想笑いと共に勘定書きを差しだした。合計二十万と書かれてある。私はそれをポケットに突っこみ、ドアを引いて回廊に出た。レジの女が金切声で私を呼びとめ、ボーイたちが走りだした。

回廊には三人の男が立ちふさがっていた。蝶ネクタイにタキシードの痩身の男を真中にして、一見して用心棒と分る二人の男が左右に立っている。

「当店のマネージャーでございます。事務室まで御同行願いたいと存じますが」

蝶タイの男は慇懃無礼に一礼した。

私は返事のかわりに、その男の顎を蹴りあげた。顎を砕かれて、そのマネージャーは仰向けに転がった。

二人の用心棒が私に摑みかかってきた。私は左側の用心棒の睾丸を蹴り潰し、右側の用心棒の鎖骨を右の拳で叩き折ってやった。

「もういい。大人しくするんだ！」

回廊の突き当りの壁についたドアが開き、陰気な声が私に呼びかけた。

ドアの蔭から二人の男が姿を現わした。二人とも黒っぽい背広の襟に、新和会の幹部であることを示す銀バッジを光らせている。背広の裾の蔭に隠した右手の先から拳銃の銃口が覗いている。

「さあ、両手を首の後に組んで、こっちにくるんだ」

窖《あなぐら》のように落ちくぼんだ暗い瞳の幹部が命じた。犯罪者カードで見たことがある木島という男だ。もう一人の幹部は吉川だ。

私は肩をすくめ、足許に転がって呻いている男たちをまたぎ越えて二人に歩み寄った。二人の幹部は私の脇腹に拳銃を突きつけて、ドアの奥の倉庫のような小部屋に引きこんだ。その小部屋には階段が上下に通じている。

それから私は二階の新和会事務所の大広間に連れこまれた。幹部候補生、幹部、大幹部の面々が勢揃いして私を待ち受けている。肘掛け椅子にふんぞり返った会長の大崎の顔も見える。

「調べろ」
四十五、六の年だがもう頭髪が薄くなりかけた大崎が、木島たちに傲然《ごうぜん》と命じた。
私のポケットは徹底的に調べられた。しかし、贓に隠したベレッタは気づかれなかった。

「ハジキは持ってません。名前は青木というらしいです。ゼニは、ほとんど持ってません」

私の偽造免許証に書かれた名前を見て、木島は会長に報告した。私は免許証を取返してポケットに戻した。

「どういう積りだ？　不具にされたくて、食い逃げをやったのか？」

大崎会長は唇を歪《ゆが》めた。

「御冗談を……ゼニさえ払えば文句ないんでしょう。ところがあいにくオケラなんで話がこんがらかるってわけだ。だから、そのゼニをお宅さんから前借りするのが一番手っとり早いと思ってね」

「前借りとは何のことだ。ふざけるのも、いい加減にしろ！」

「真面目ですよ。私は働き口を探してるんでね。まず手はじめに、下の店の用心棒にでも傭ってくださいよ。うまい具合に、いままでの用心棒たちは、しばらくのあいだ入院していないとならんでしょうからな」

「貴様、気は確かか？――」

大崎は犬歯を剝きだした。木島たちに、

「この馬鹿を可愛がってやれ。二度とデカい口を叩けねえように、たっぷりとだ！」

と、わめいた。

吉川がモーゼルＨSCの自動式を振りあげ、無造作に私の頰を殴りつけてきた。私は右の膝を吉川の下腹にめりこませながら吉川の手からその拳銃をもぎ取り、撃鉄を起して銃口を木島の胃に埋めた。

吉川は海老《えび》のように体を丸めて苦悶している。木島は喘《あえ》ぎ、振りかぶったＳ・Ｗ三十八口径の短銃身リヴォルヴァーを落した。広間のなかの男たちは茫然としていた。

私はモーゼルを左手に持ち替え、床に転がっているリヴォルヴァーを拾いあげた。

「話の分らん会長さんだな。分ったよ、俺はこんなところでなくて、俺を高く買ってくれるところに身売りするさ、こいつはこのビルを出るまでの人質として預かるぜ」

私は木島を楯にして後じさりしていった。

4

人質の木島は、新京飯店ビルから三百メートルほど離れた交番のそばで釈放してやった。

そして、その夜の午前四時——私は新京飯店ビルの裏側の暗い非常階段にひそんでいた。二時間以上前からだ。

コートの襟を立て、手袋をはめた手をポケットに深く突っこんで蹲っていても、寒気で体が痺れるようだ。タバコが吸いたくて気が狂いそうだが、それは出来ない。

二時間ほど前、新和会の大幹部の竹森が、木島を連れて車で出ていったのを私は見ている。私の予感に狂いがなければ、竹森が提げたバッグにはマリファナ・タバコがつまっている筈であった。

マリファナは鎮痛、鎮静などに薬用として使われることもある麻薬だ。粉末にすると抹茶そっくりの外形になり、溶かして飲んだりそのまましゃぶったりして使用することがあるので〝お茶《ティー》〟の陰語で呼ばれるが、ほとんどの場合は刻んでタバコのように巻いたりパイプにつめて吸煙する。日本では一般人にあまり知られていないので、ヘロインのようにうるさく取締られてない。

幻覚と道徳心の喪失、それに強烈な催淫作用がマリファナの特性といわれている。ティー・パーティと言えば、マリファナに酔って集団乱交することだ。日本では主に外人グループや芸能関係に蔓延《まんえん》している……。

午前四時十分、竹森たちが乗って出たコロナが裏手の駐車場に戻ってきた。竹森と運転していた木島とが車から降りて非常階段に近づいてくる。

竹森が出ていく時とは変り、バッグを提げていた。取引きは無事に終ったらしい。二人が非常階段に足をかけたとき、私は靴下に石をつめた棍棒を握って疾風のように襲った。

頭骨や頬骨を砕かれた二人は、悲鳴をあげて転げまわった。私は竹森が持っていたバッグを奪い、木島のポケットから車のキーを取上げた。素早くコロナにもぐりこむ。

二階の裏窓が開き、新和会の連中の拳銃が突きだされた。しかし、銃声が響くのを心配したらしく、発砲してこない。私はコロナを運転して未明の街に消えていった。

車を三軒茶屋で乗り捨て、タクシーに乗り継いで四谷のアパートに戻る。バッグの中味は五十万にのぼる現ナマであった。マリファナの代金に違いないから、大崎は警察に訴え出るわけにもいかないであろう。

翌日——私は遠藤主任に電話で簡単に中間報告をした。主任は私が名前を借りている青木についてくわしく教えてくれた。

青木は三月ほど前、二十年の刑を十二年に短縮されて出所したが、何かの揉《も》め事に関係して先月広島で死体となって発見された。

しかし、当局は青木の顔写真が私とそっくりなので、将来役に立つだろうと計算して、わざとその発表を伏せておいたそうだ。

電話を終えた私は、奪った五十万のうちの半分を使って青山南町にある神宮南マンションの一室を借りた。

そしてその夜は、麻布一帯を遊び歩いた。

午前一時過ぎに神宮南マンションに戻った私には、尾行がついていた。新和会の準幹部が私の顔を覚えていたのだ。

私の部屋は地上七階のマンションの五階にあった。十畳ほどの居間兼客間と八畳ほどの寝室、それに狭いダイニング・キチンとバス、トイレだ。すべて洋式であった。家賃は四万以上する。

私は廊下に通じるドアの内側に千切って丸めた新聞紙を敷いた。寝室にそなえつけになっているベッドの寝具をふくらませ、集中暖房装置のスウィッチを入れた。寝室の隣の浴室に肘掛け椅子を持って入った。全部の部屋の電灯を消しておいた。浴室のドアは細目に開いておく。

浴室に持ち込んだ肘掛け椅子に体を沈めてじっとしていると睡気が襲ってきた。三時間ほどたった頃、居間に敷いた新聞紙の鳴る音で意識がはっきりした。私はそっと立上り、ドアの隙間から寝室を覗く。

三十八口径のリヴォルヴァーを抜きだした。

二人の男の影が居間をゆっくりと横切り、寝室に入ってきた。右手に拳銃、左手に懐中電灯を持ち、懐中電灯の光をベッドに浴せる。

「よし、動くな。ちょっとでも動いたら二人とも孔だらけにしてやる。この部屋は完全防音になってるんだ」

私はハッタリをかけた。

二人の男は化石したように動かなくなった。新和会の幹部だ。私は浴室から歩み出た。

「待ってくれ！　あんたを消そうとしてやってきたんじゃないんだ。あんたを連れてくるように会長にいわれたんだ！」

右側の男が呻いた。

「ハジキを捨てたら信用してやる」

私は答えた。

「ハジキを捨てた途端にブッ放すんじゃないだろうな?」

左側の男は震えだした。

「射とうと思えば、今でもやれるんだ」

私は冷笑した。

二人の男は拳銃を捨てた。

私は二人を銃口で追いたてて、自動エレヴェーターで一階のロビーに降りた。二人に合鍵を貸したらしい管理人が慌てて自分の部屋に逃げこんだ。

マンションの前の駐車場に、新和会のセドリックが駐まっていた。運転台の準幹部は私に拳銃を突きつけられてマンションからよろめき出てくる二人の幹部を見て、酸素不足の金魚のように口を動かした。

二人の幹部は助手席に並ばせ、私だけが後のシートに坐った。十分後、私たちは新和会事務所の大広間に着いていた。

「よし、分った。お前の腕が大したもんだということは分ったさ。こいつらを放してやれ」

大崎は私に言った。

「俺を傭ってくれるっていうわけですか」

私は三十八口径の銃口をさげた。私に背中を狙われていた三人の男は、転がるようにして仲間たちのあいだに逃げこむ。

「傭ってやる。月給は十万だ。俺のボディ・ガードをやってもらう。仕度金は俺のとこからお前が捲きあげた五十万で十分と思うが——」

大崎は薄ら笑い、

「そのかわり、これからは俺の命令に絶対服従だ。どんな仕事でも、いわれた通りにやるんだな」

と、釘をさした。

5

こうして私は新和会の一員となったが、それから三、四日ほどは、飼い殺しに近い状態でしかなかった。

あとで知ったのだが、そのあいだに大幹部の一人村上が、ひそかに撮った私の顔写真を持って北海道に飛び、網走刑務所で私が青木に違いないかを調べていたのだ。

村上の大崎会長に対する報告は、私の身許が三カ月前に出所した凶暴な拳銃使い青木に間違いない……というものであった。

その報告が会員たちに伝わると、彼等は一変して私に対する警戒心と憎悪を捨て、尊敬の眼差しで私を見るようになったのには苦笑いした。

大崎も私を信用したらしい。それからは、どこに行く時でも私を用心棒として連れていくようになった。

私も忠義づらをして、銀座のバーで大崎にからんできた東光会の拳銃使いを二人、半殺しの目に会わせてやった。

そうやって半月もたつうちに、私は新和会のマリファナ・ルートが分ってきた。東京や横浜に入港する外国船の中国系船員を使い、食糧倉庫に隠してインド大麻の乾燥葉を運ばせるのだ。

そのインド大麻は、蛍光灯で目じるしをつけたタイヤ・チューブに詰められて、夜間海上に投げ出され、モーターボートや漁船をチャーターした新和会の手で拾い上げられるのだ。原価は運搬人に対する謝礼を含めて一キロ五万にも満たないが、一キロの葉は二千本のマリファナ・タバコに巻け、ブローカーに卸す値で四十万になるから、新和会はボロ儲けをしているように見えた。

タバコに巻く工場は世田谷の住宅街に架空名義で借りた民家の地下室であることも分った。

しかし、新和会の稼ぎの半分は、スポンサーである三国人グループに捲きあげられていた。そして、その三国人グループの代表者が横浜に本社を持つ、ある有名なインスタント・ラーメン会社の社長で福富という日本名の男であることを知ったとき、私は少しばかり驚いた。ただし、大崎と福富たちの会見の場には私は一度も同席を許されなかった。

だが、私が新和会に潜入して二十日以上たっても、肝腎の一万丁の拳銃の行くえについて、具体的なことはまだ何も分らなかった。噂で聞いたのだが、と前置きして幹部連中にそれとなく尋ねてみても骨折り損であった。ただ、私がその話題を持出すと、彼等が異常に硬ばった表情を見せるところから、新和会とあの事件は無関係でない、という確信を持つことが出来ただけだ。

ところが、二月も終りに近づいたある日の夕方——大崎が私の機嫌をうかがうような表情で、

「お前はハジキにかけては玄人だろう。どんなハジキでも分解したり組立てたり出来るか?」

と尋ねた。

「どんなハジキでもっていうわけにはいきませんがね。まあ、大体のものなら……」

私は答えた。

「じゃあ都合がいい。俺と一緒に行ってもらうところがある。ちょっと手伝ってもらいたいんだ」

「どこなりとお伴いたしますよ」

私は答えた。動悸が早くなった。

「よろしい。ただし、途中で眼隠しをしてもらう。いや、お前を信用してないわけでは決してないが……」

大崎はいった。

私たちは新京飯店のセドリックのステーション・ワゴンで出発した。大崎は自分専用のフォ

ードを使わないほど用心しているのだ。

運転は大幹部の竹森がした。

ステーション・ワゴンは放射四号から多摩川を渡った。大崎は私に向けて、

「考えが変った。眼隠しはしないでいい」

と言う。

車が着いたのは、百合ケ丘の先の柿生《かきお》から左に折れ、丘と丘にはさまれた谷間にある農家風の建物の前であった。まわりには、ほかの人家は一軒も見えない。車を見て、新和会の幹部が二人建物から跳びだしてきた。時々しか事務所に顔を見せないので、私が不審に思っていた男たちだ。

その農家風の建物の奥の仏壇の間《ま》の壁を押すと壁が半回転し、地下室に通じる階段が見えた。コンクリート造りの地下室は広かった。発電機や旋盤やリューターまで置かれてある。一方の壁には着色乾燥過程に入った再生拳銃が数百丁吊されている。美事な出来ばえであった。

地下室の左側には、まだ手入れしてない拳銃が数千丁山積みになっていた。右側には梱包《こんぽう》された箱が重ねられている。

三人の男が拳銃を組立てている中央の大テーブルの上の箱からは、破損部品がこぼれそうであった。

「凄えもんだ」

私は溜息をついた。

「ここで働いてる職人たちは名人揃いだ。弾も作ってくれる。銃砲店から引っこ抜いてきた連中だが、それだけにライフルや散弾銃の分解組立ては手慣れたもんだが、ハジキになると時々、どうやって組立てたらいいのか見当がつかないのが出てくる」

大崎はいった。

職人たちは手を休めた。デスクの抽斗からビニールに包んだ十数種の拳銃の分解部品を取出し、

「お願いします。一度手本を見せていただけば何でもないんですが……」

と、私の前に並べる。

いずれも自動式で分解組立ては簡単なように見えて一つ順番を狂わせると納まりがつかなくなるモデルばかりであった。

職業上、私はすべての銃器の取扱いや分解組立てについて熟知している。緊急の場合、銃の種類を選んではおられないからだ。だから私は、その十数種を職人たちの前で組立てて見せることが出来た。

帰りの車のなかで私は大崎に尋ねてみた。

「物凄い量のハジキですね。どこからあんなに沢山手に入れたんです？」

「そんなことをお前は知る必要はない！——」

大崎は怒鳴ったが、声を落して、

「噂では知ってるだろうが、警視庁倉庫から鉄工場に運ばれる拳銃を載せたトラックが襲われ

たことがあった。それをやったのは俺たちだ。福富の命令でな……福富は中国の反共秘密結社黄衣団の日本支部長なんだ。中共圏内で活動している黄衣団に送るために多量の拳銃が必要なんだそうだ」

と、唇を歪めた。

「ポリたちを襲ってから、うまく逃げることが出来ましたね」

「簡単だ。ハジキの箱をジャリトラに乗せ替えて、その上に砂を積んで走ったのさ。手引きした鉄工場の運転手と助手はあとで片付けたから大丈夫だ」

大崎は乾いた笑い声をたてた。

私も笑顔を見せた。これで私の任務は終ったのだ。

大崎や福富たちの逮捕は制服の連中にまかせればいい。

今度の仕事では青木という名であった私がこれからやらなければならないことは、ひっそりと消えていくことだ。

港を一人で散歩中に背中から射たれて即死したという発表を本庁が流してくれるだろう。

私は何とかして車から降りる口実を考えはじめた。だが、沈黙は大崎の罵声によって破られた。

「畜生、何が黄衣団だ。福富の野郎……もうこれ以上甘い汁を吸われてたまるもんか！」

「まったくですよ、会長。あれだけヤバイ仕事をさせておきながら、一丁五千円の手取りでは、さすがの大和魂も、堪忍袋《かんにんぶくろ》の緒が切れました！」

同乗の竹森がわめいた。

中国人グループに対して叛乱を起す気らしい。私はもうしばらく大崎に付き合って様子を見ることにした。

事務所に戻ると、さっそく準幹部から上の連中が招集され、緊急会議が開かれた。私もオブザーヴァー格で同席した。

神農道だとか天照大神だとか黄色い手から日本を奪い返せなどという大義名分を大崎は振りかざしたが、結局のところは今夜熱海の福富の別荘で開かれる黄衣団日本支部の創立十周年パーティを襲い、福富たちの持物である銀座や麻布のクラブなどを新和会のものと化そうということであった。それに、一万丁の拳銃を新和会が占有すれば、ほかのどんな暴力団も怖くなくなるというわけだ。

「……黄衣団の行動隊は、今夜のパーティでも阿片に酔って桃源郷をさまよってるだろうから、我々は赤子の首をひねるように奴等を叩き潰すことが出来る——」

大崎は断言し、拍手の波が一段落すると、

「これはありえない事だが用心するに越したことはない。万が一、このなかから裏切り者が出るようなことがあっては大変だから、これから決行の時までは個人行動を許さん。三人ずつ一組になって、トイレに行くときも一緒に行動しろ」

と、結んだ。

その命令は、私には痛かった。遠藤主任と連絡をとることが出来ない。

やがて、下の飯店から料理の大皿や老酒の壺がふんだんに運ばれ、男たちは景気をつけはじめたが、私の腋の下は焦慮の汗で濡れてきた。

午前一時——十台の車を連ねて新和会の男たちは熱海に向った。無論、私もそのなかに混っている。

車が信号で停まるごとに私は車から跳びだして赤電話に走り寄りたい衝動をこらえた。

だが、結果は大崎の考えた通りにはいかなかった。熱海大観山にある敷地三万坪の福富の山荘に新和会の車がなだれこんだとき、用心深い福富たちが警備に残しておいた黄衣団の行動隊の半数が新和会より先に発砲してきたのだ。

乱闘からうまく真っ先に逃げだしたのは私であった。そして、静岡県警と本庁に連絡を取ってから山荘に引き返してみると、双方の男たちは恐怖のあまり同志射ちまで犯して壊滅的な損害を受けていた。

翌日の新聞には、三十数人を数える死者の顔写真のなかに、青木名の私の写真も混っていた。事件が一段落してからのちもしばらくは、柿生の農家の地下室から押収された多量の拳銃の平炉行きの運命を思って私はしばしば不機嫌になった。

どう考えても勿体ない。

黒革の手帖

1

午前零時半。

煙るように降り続く霧雨がアスファルトを洗っていた。褪《さ》めやらぬネオンが冷たい路面に落ちて五彩の光を反射していた。

新宿歌舞伎町《かぶきちょう》のキャバレー〝モンパルナス〟の裏口から、毒々しい化粧を薄めた女給たちが吐き出された。白ナンバーやタクシーを停めて待つ男たちが一斉にドアを開いた。

〝モンパルナス〟の裏口と向かいあって、目だたぬバーがあった。小さな店だった。止まり木も七つほどしかなかった。

疲れた目をしたバーテンが、丹念にグラスを磨いていた。バーテンも一人、客も一人だった。女給はもう帰ってしまっていた。

客は鳩《はと》色のソフトを目深にかむっていた。硬い感じの瞳《ひとみ》は暗かった。水割りのサントリーを、思いだしたように薄い唇に運んでいた。

客の名前は三村といった。警視庁淀橋《よどばし》署捜査第一課の警部補だ。

ドアに人影が映った。三村の広い背にかすかに緊張が走った。

〝マルタ〟と銀文字でさらしたドアが開き、飾り棚に嵌《は》めこんだ鏡に、細っそりとした若い男の姿が浮かんだ。チャコール・グレイの服装に身をかためていた。その上にクリーム色のダスターをひっかけている。ネクタイは渋いダーク・グリーンだった。チックとヘア・クリームで整えた髪には、小粒の水玉が露のようにきらめいていた。

その男は、三村から四つほど離れた止まり木に腰をおろした。

「いらっしゃい、大塚さん。銀座のお帰り？」

バーテンはウインクした。

「ああ、いつものやつを頼むよ」

大塚と呼ばれた男は、落ちつきのない目を三村に走らせた。バーテンは唇に刻んだ職業的な微笑を微妙に変化させ、心配ない、と言いたげにジョニーの黒をダブルのグラスに注いだ。

バーテンと大塚は、シニカルに世間話を交していた。三村は水割りウイスキーをお代わりして、ひっそりと飲んでいた。グラスを握る節くれだった指の関節がかすかに白くなっているほか、何の変化も現われてない。

バーテンがポケットをさぐって、ピースの箱を出した。蓋《ふた》を開いて、「チェッ、空っぽか」と呟《つぶや》いて、クズ箱に投げすてた。

大塚は背広の内ポケットから新しいピースの箱を抜き、軽くバーテンに投げた。

「とっとけよ。昼間パチンコで稼いだんだ」

「これはどうも」

器用にそれを受けとめたバーテンは、ゆっくり蓋を開こうとした。

「いま吸うんなら、こっちのほうがいい。そいつは多分、匂《にお》いがとんでしまってるだろうぜ」

大塚はカウンターに開いた自分のシガレット・ケースから一本抜いてバーテンに差しだした。

「これは、どうも……」

バーテンは、受けとったタバコの箱をポケットにしまって大塚の差し出したタバコに火をつけた。

その様子を盗み見ていた三村は、唇を動かさずに目だけでニヤリと笑った。さり気なくダブルのレインコートの胸ボタンをはずした。

「そろそろ、帰るとするかな。たまには女房にサービスしないと……後《あと》を頼むよ」

大塚は立ち上がった。

「いい夢を見てください」

バーテンは伝票をカウンターの裏側に突っこもうとして身をかがめ、大きく笑いながら紙包みをひっぱり出した。煉瓦《れんが》の大きさだった。

「これ、もう一寸《ちょっと》で忘れてしまうところでしたよ。前にいらっしゃった時おあずかりした……」

「ああ、これか？　うっかりしてた……じゃあまた」

大塚は包みを、右の手縫《てぬ》いの大きな内ポケットに捩《ね》じこみ、足早に出ていった。三村も止まり木から滑り降りて、カウンターに五千円札を置いた。

「おつりはとっとけよ」

と言い捨て、ポケットに両手をつっこんで不精ったらしい足どりで外に出る。

まだ細かな霧雨が降り続いていた。ダスターの襟をたてた大塚は、斜め向かいのラーメン屋を目ざしていた。酔っぱらった学生が四、五人、肩をくみ蛮声をはりあげて通りすぎた。

三村は歩を早めた。道路の真中で大塚が足をとめ、敏捷《びんしょう》に振り向いた。

「大塚浩《ひろし》だな？」

追いついた三村は、唇を動かさずに尋ねた。

「それがどうした？」

大塚は三村の顔を見上げた。

「警察の者だ。署までついてきて欲しい」

「へっ、驚かすなよ。身分証は？」

三村の左手がレインコートのポケットから流れ出た。掌の中には黒褐色の革表紙の日章の下に金文字をさらした警察手帖《てちょう》があった。三村はそれを開いた。大塚はしばらくそれを睨《にら》みつけていたが、ペッと唾《つば》を吐き散らした。

「見慣れねえ野郎と思ったら、捜査課のデカだな。一体何をネタに俺《おれ》をパクろうとするんだい？　逮捕状を見せなよ」

「防安課の保安係でなくて悪かったな。黙って大人しくついてくるんだ」

三村の瞳は細められて凄味《すごみ》を帯び、圧《お》さえつけたような声には有無を言わさぬ強い響きがあった。大塚の右肘《みぎひじ》を自分の左手でしめつけて歩きだした。

大塚は低い声で罵《ののし》りながら身を振りほどこうとしたが、急所を握られているため無駄だった。

二人は並んで、無言のまま歩いた。黄色っぽく蒼《あお》ざめた大塚の額はしっとりと濡《ぬ》れてきた。雨のせいだけでない。

人気のない花園公園の境内に、所々わびし気な柱燈が潤んでいた。大塚の筋肉がひきつり、喘《あえ》ぐような息の中から呻《うめ》き声が漏れはじめた。三村は大塚をひきずるようにして境内に入っていった。

三村は立ちどまった。境内の真中だった。あたりは暗かった。ほてった顔を冷たい雨足が撫《な》でた。

「じっとしてろ」

三村は、小刻みに震えだした大塚の前に廻りこみ、そのポケットをさぐった。背広の両方の内ポケットから、ピースの箱が四つと紙包みが出てきた。

「この事が知れたら、あんたの命はないぜ」

大塚は肚《はら》をすえたらしい。震えはとまり、喉《のど》の奥からざらざらした声を絞りだした。

「そうかい？」

三村は奪った品を、自分の特製の内ポケットに移したが、思いなおしてピース一個だけを大塚のそれに戻した。

「俺をどうする気だ！」

大塚は叫んだ。

「その心配はこっちがする。じっと立ってろ」

三村はニヤリと笑った。ひどく暗い笑顔だった。大塚から目を離さずにじりじり後ろに退《さ》がっていく。二人の距離は七メーターほど離れてきた。

三村の右手が、腋《わき》の下にむけて閃《ひらめ》いた。一瞬後には、電光の素早さで引き抜かれたコルト口径〇・三八スーパーの自動拳銃《オートマチック》が、安全止めを外《はず》され、露出した撃鉄を起こされ、三村の手の中で鈍く光っていた。

大塚の顔が化石したようになり、続いてその唇は、悲鳴をあげる格好に開かれた。

三村はあたりじゅうに響く鋭い声で絶叫した。

「大塚、拳銃《けんじゅう》を捨てろ！　捨てぬと射《う》つ！」

大塚の瞳に信じられぬという色がつっ走り、顎《あご》がガクンと垂れた。三村は〇・三八スーパーの銃口を斜め下に向け、唇に薄く微笑を浮かべて引金を絞った。

青白い閃光《せんこう》をほとばしらせた銃口は、発射の反動に生き物のように踊った。遊底から跳ねとばされた空薬莢《からやっきょう》のピーンという金属音を、発射の轟音《ごうおん》が粉々に叩《たた》き消した。

大塚の足もとから、バシッと泥が跳ねた。大塚は腰を抜かして坐りこもうとした。

微笑を消さずに、三村はその心臓を狙《ねら》って射った。轟音が木霊《こだま》となって跳ね返ってきた時、衝撃を喰らって尻餅《しりもち》をついた大塚は、地響きをたてて仰向けにブッ倒れていた。

三村は自動拳銃の撃鉄の前に左の親指を挟み、引金を絞った。引金から人差し指を離し、動きかけた撃鉄を右の親指でおしながら、左の親指を抜いていった。撃鉄が安全に倒れた。三村はその拳銃を、肩から腋の下に吊《つ》った革ケース《ホルスター》に突っこんだ。

左のヒップ・ポケットからハンカチにくるんだ口径〇・二二のアメリカン・ルーガーを抜き出し、大塚のそばに駆けよった。

そのスターム・ルーガーは、一と月ほど前の暴力団狩りの時、関森組事務所の床下から見つけて、秘《ひそ》かにポケットに滑りこませて隠し持ってきたものだ。

大塚は即死していた。誰でも、心臓をえぐって、背に肉の爆《は》ぜた大きな射出口を残した三十八口径スーパー弾を喰らったらたまらない。

背の下の地面は赤黒く染まっていた。

三村はハンカチでアメリカン・ルーガーの銃把《じゅうは》を握り、指紋を残さぬようにハンカチの角で丸い安全止めを下に圧し外した。円筒型の遊底のコックを引いて離し撃発装置にした。

絶命した大塚の右手をこじあけてルーガーを握らせ、人差し指を引金にかけさせた。ルーガーの銃口を自分のいた方向にむけて、高く低く五発射たせた。二十二口径弾の乾いた鋭い銃声はコルト〇・三八スーパーの轟音の後では、ひどくつつましく聞こえた。

三村は大塚の右手を離し、奪ったピースの箱を一つ開いてみた。包装の銀紙は何重にもなっていた。その中に白い粉末がつまっていた。鼻を近づけて強く吸いこんでみた。頭が痺《しび》れるようだった。ヘロインだ。

2

四時間後の淀橋署。タバコの吸いがらが床を埋めた刑事部屋。署長室から戻った三村は、新聞記者たちに愛想よく答えていた。

「……そうなんだ。僕は歌舞伎町をぶらついていたら、挙動不審の男を見つけた。もう務めの帰りだったんだが、そこは職業意識が働いたんだな。そっとあとをつけたよ。大塚は三光町を通って花園神社の境内に逃げこんだんだよ」

「追っかけると、いきなり射ってきたんですか？」

蒼白《そうはく》の額にパラッと髪を垂らした若い記者が気負いこんで尋ねた。

「いきなり、とは言えないね。奴さんは拳銃を抜きだして、僕に〝止まれ〟って命令するんだ。仕方がないからこっちも抜いたよ。〝拳銃を捨てろ、そうでないと射つ！〟って警告したんだが……奴さんも逆上してたんだね。幸い弾は僕の頭を掠《かす》めたから命びろいしたがね——」

三村は乾いた声ではッはッと短く笑った。

「僕も覚悟を決めたさ。奴さんの足許に向けて一発威嚇《いかく》射撃した」

「それでも、大塚はやめなかったんですね？」

ベレーの記者が尋ねた。

「そう滅多射《めった》ちだよ。俺だって死にたくないから応射した。気がついてみたら大塚は死んでいた。もっとも、いくら正当防衛でも人を殺すというのは後味が悪いもんだね」

三村はフッと溜息《ためいき》をついた。

「その気持ちは分りますよ。でも、大手柄だったじゃありませんか。大塚が持ってたピースの箱の中にペー《ヘロイン》が三十グラム入ってたそうですね。初めっから麻薬関係と睨んでたんですか？」

先ほどの若い記者が言った。

「そこまでは知らなかったよ。大塚は関森組の一人だそうだ……僕は運がよかったんだ。本当だよ。おかげで、保安係りの縄張りに鼻をつっこんだりしたところで、署長さんに大目玉をくわずに済んだし……」

三村は朗らかに笑った。

六時すぎに三村は署を出た。雨はやんでいた。濃い朝靄《あさもや》の中に鈴蘭燈《すずらんとう》が弱々しくまたたきながら空《あ》きのバスがのろのろと通りすぎた。人影はあまりなかった。

三村は胸一杯に柔らかな空気を吸いこんだ。今日は二十四時間の非番日だった。夜の間に不《ぶ》精髭《しょうひげ》が薄黒くのびた顎を撫でながら、三村はしばらくそぞろ歩きした。

空いたタクシーが見つかった。三村は親指をたてた。歩道寄りに急ブレーキをかけたダットサンの軋《きし》みに、バーから掃きだされたピーナツに群がる鳩が、鈍く重々しい羽音をたてて飛びたった。

中野の城山《しろやま》町まで、と運ちゃんに言って、目をつむった。胸の中では充実感と不安がたたかっていた。やがて単調な車の動揺に瞼《まぶた》が重くなってきた。

車は宮園《みやぞの》通りの郵便局の近くで右に曲がり、緑の深い住宅街に入った。新聞配達や納豆売りの少年たちだけが動いていた。

三村はブロック建ての平凡なアパートの前で車を捨てた。アパートの玄関はいつでも鍵《かぎ》がかかってなかった。管理人の家は庭をへだてていた。

三村の部屋は一階の右側にあった。二年前、妻が去ってから一人ぐらしだ。六畳の部屋では、ほとんど寝るだけの生活だ。

鍵を外してドアを開けた。電燈のスイッチを入れた三村の額に、鋭い立て皺《じわ》が刻まれ、瞳は素早くあたりに走った。

部屋の右隅のマットレスの上には万年ブトンが敷きっぱなしになり、枕許にはウイスキーのビンが乱立していた。机の上も乱雑だった。

部屋の様子は昨日のままだった。しかし何か違ったものがあった。三村はコンクリートのタタキに立ちどまったまま、鼻をピクピクさせた。甘ったるい匂いがしていた。チョコレートのようなポマードの匂いがこもっていた。

三村の瞳は凄みを帯びて輝き、唇のまわりが白っぽくなった。拳銃を抜き出し、靴をぬいで部屋に上がり、押入れを引きあけた。荷物の位置が、少しずれたように見えた。

誰かが、ここにしのびこみ、部屋じゅうをひっかきまわして、もとどおりに直したのだ。まだポマードの匂いの残っているのを見ると、三村と一足違いに去ったのかも知れない。

三村の瞳から、凶暴な光が消えていった。

「お気の毒に、無駄な骨折りをおかけして」と呟いた。

コルト〇・三八スーパーをホルスターに収め、内ポケットから取り出したピース三箱と、かなり大きな紙包みをフトンの上に投げる。

紙包みをナイフで開くと、一万円札の束が転がり出た。丁度五百枚、五百万円あった。ヘロインは三箱で約九十グラムだ。一箱が五百万で売れたところを見ると、金にして千五百万になる。合計したら、一生働き続けてポイされる時の退職金よりはるか上だ。

三村はピューッと口笛を吹いて、フトンに寝転がった……。

雨にあたった拳銃を念入りに分解掃除し、手早く組みたてて、弾倉にも補弾した。差し出し人の三村の名や住所は正確に書く。ヘロインのピース箱と、四百五十万円を小包みにし、表に九州の出たらめな地名と、架空の宛名《あてな》を書いた。受取人不明で戻ってくるまでには、四、五日以上はかかるだろう。その間、危険な証拠物は無事に貨車の腹にある。

五十万円は自分の財布に入れ、その小包みをポケットに突っこんで、三村は外に出た。もう街はとっくに目覚めていた。

近くの食堂で天丼《てんどん》を二つたいらげると急に疲れがでてきた。中野局で小包みを発送し、ぶらぶらとアパートに戻った。小さくたたんだ受取りは汚れた靴下につっこんで、押入れの中に転がした。

拳銃を枕の下に差し入れて泥の眠りにおちていった。

3

目が覚めたのが夕方の五時だった。無意識に枕許のタバコをくわえた。火をつけて深く吸いこんだが、口の中がネバネバして、気分爽快《そうかい》とは言えなかった。

トリスのビンを傾け、ゴクン、ゴクンとラッパ飲みした。けだるい体にアルコールがゆっくりしみ通り、カビ臭いタバコの味もうまくなりだした。

廊下にひそやかな足音が近づき、ドアが静かにノックされた。三村は発作的に枕の下のホルスターから拳銃を引き抜き、逞《たくま》しい裸身を起こしていた。

「誰だ？　新聞の勧誘ならお断りだぜ」

三村は安全止めにかけた親指に力をこめて押し倒した。カチッと乾いた音をたてて安全装置が外れた。

「ジョーと呼んでもらおう。大塚のことで話がある。私についてきてくださいな」

圧し殺したような声がドア越しに聞こえた。

「いやだ、と言ったら？」

「人に聞かれたくないんなら、俺の言うようにしたほうが身のためですよ。俺は大塚の兄貴分なんだ」

ジョーは言った。

「よし、分った。今から着替えするから門の外で待ってろ」

三村は言った。

「男の約束ですぜ」

ジョーの足音が廊下のコンクリートを遠ざかっていった。

三村は洋服ダンスから出したスポーツシャツを着こみ、肩から拳銃を入れたホルスターを吊ってホックで留めた。グレイの服をつけ、ダブルのレインコートを羽織った。胸の拳銃のふくらみはまったく目だたなくなった。

濡れたタオルで顔をふき、鋭い目を配りながら、落ちついた足どりで外に出る。外は青い夕《ゆう》闇《やみ》が、しめやかに景色を包みはじめていた。

道路には飛魚のように尻尾《しっぽ》を張ったダッジが停車していた。ボディの低いスマートな外車に、大塚が着ていたと同じチャコール・グレイの背広に身を固めた男が二人、粋《いき》な格好でもたれていた。

睫毛《まつげ》の濃い混血児のような男が、車から身を離して近づく三村に呼びかけた。ジョーと名乗った声の男だった。

もう一人のがっちりした男がふてくされたように車のドアを開いた。

「お呼びだてしてすいません。どうぞお乗りになって」

ジョーは、後ろのシートを身振りで示した。三村はシートに寛《くつ》ろいだ。ジョーが体を斜めに開くようにしてその左側に坐った。ダッジは発車した。

「どこに案内する気だい？」

三村はタバコをくわえて、念入りに火をつけた。

マッチの炎から目を離した三村は、脇腹にリヴォルヴァーの銃口がつきつけられているのを認めた。

「手が早いな」

三村は冷笑した。ジョーは極端に銃身の短いスナッブ・ノーズのＳ・Ｗチーフス・スペッシャルの銃口を、さらに強く三村におしつけた。ハンドルを握るがっちりした男は素知らぬ顔で運転している。

「こうでもしないとね。お宅のハジキはいただいとくよ。動いたらお釈迦《しやか》だぜ」

ジョーはリヴォルヴァーの撃鉄を起こし、左手を無造作に三村の襟の下につっこもうとした。

三村の左手が、獲物にとびかかる蛇の鎌首のように走り、ジョーが圧しつけたチーフス・スペッシャルの撃鉄と輪胴の間に親指を挟んだ。

狼狽《ろうばい》したジョーは、力一杯引金を絞ろうとした。しかし、指を挟まれた撃鉄はわずかに動いただけだった。三村はリヴォルヴァーの左側の弾倉止めを押して、弾倉を内側におした。フレームの左側に蓮根《れんこん》状の弾倉がとび出してきた。

三村は力をこめて、拳銃の銃口を上向きにさせた。弾倉の前に突き出た排莢子桿《はいきようしかん》を押して、弾倉から五発の弾を床に捨てさせる。

ジョーは歯をくいしばり、空《から》になったリヴォルヴァーを振りかぶろうとした。三村は冷笑に唇を歪《ゆが》めながら、ハンマーのような拳《こぶし》をジョーの歯に叩きこんだ。

ジョーの口のあたりは、熟《う》れすぎたトマトのようになった。後頭部で窓ガラスをブチ割ったジョーは、手足を痙攣《けいれん》させて昏倒《こんとう》した。

急ブレーキをかけられた車がスリップした。三村はジョーのリヴォルヴァーを奪い、装塡《そうてん》してから弾倉を閉じた。

ハンドルから手を離した男が、ポケットに右手をつっこんだ。三村はその男の肩のつけ根を力一杯リヴォルヴァーの銃身でひっぱたいた。グシュッと無気味な音がした。苦痛の呻きを洩らした運転手の右腕がガクンと垂れさがった。

4

右腕を潰《つぶ》された運転手は、左手でハンドルをあやつっていた。赤紫のネオンに染まった新宿の空を背に、ダッジは黒布のような闇をヘッドライトで貫いて走った。

大通りを外れて、ダッジは工場地帯に入っていった。枯草の間から新芽が顔を覗《のぞ》かす空地に大きな倉庫が見えてきた。天井に近い明りとりの窓から、ぼんやりした燈火が見えていた。

ダッジはその近くに停車した。倉庫の分厚い扉が重々しくきしみ、燈を背に二人の男のシルエットが浮かんだ。

三村はジョーと運転手を楯《たて》にして地面に降りたった。戸口の男たちは身を翻《ひるがえ》して倉庫の内に駆け戻った。

倉庫の中には天井から裸電燈がぶらさがっていた。三村は後ろ手で重い扉をしめた。倉庫の奥にはダンボール箱がうず高く積まれ、その前の木の椅子《いす》には三人の男が坐っていた。

中央の男は、太鼓腹をつきだしていた。油でべったり撫でつけた髪が、土気色の額に垂れさがっていた。暴力団狩りで追われて潜伏中の関森だった。

その両脇に、先ほど駆けこんだ二人が拳銃を両手で構え、喰いしばった歯の間からシューッ、シューッと荒い息を漏らしていた。右側の男には見覚えがあった。大幹部の新巻だ。左側の若者は焼きを入れられた名ごりか顎の先が欠けていた。

「ハジキを捨てろ。そうでないとジョーの背を射つ！」

三村は言った。

「そうは、いきませんや。二対一だ。そっちのほうがお捨てになったら」

関森が鼻先で嘲《あざけ》った。

「ジョーが死んでもかまわぬのか？」

「ちっとも」

関森が応じた。

「親分！」

ジョーと運転手はコンクリートの床にだらしなく膝《ひざ》をついてしまった。

三村は低く罵ってチーフス・スペッシャルの撃鉄を起こし、扉のところまで退《さ》がった。

「よろしい、無理にハジキを捨てろ、とは言いません。このままでも話は出来るからね――」

関森はニヤリとした。

「さてと、どうして私が君をここに呼んだか分ってるね？」

「さっぱり見当がつかん」

三村の顔が木彫りのように無表情になった。ジョーと運転手は床を這《は》って、左右の壁ぎわに蹲《うずくま》った。

「そうかね？　じゃあ、分りやすいように言ってやろう。君はバー〝マルタ〟から出た大塚を神社につれだして射った。バーテンはサツに言ったらヤバいことになるから口を噤《つぐ》んでたがね。わしは何も君が大塚を射ったことをとやかく言うつもりはないが……」

「じゃあ、文句はないはずだ」

三村は言った。

「確かに。だがね、問題は奴が身につけて運んでた薬《ペー》の大半がなくなったことだ。あれはわしのものだ。大塚はただの使い走りのパイラーにすぎん。わしに返してくれ」

「虫のいい注文だな」

三村は鼻先であしらった。唇は不敵な微笑に歪んだ。

「ハッハッ、君も中々話が分る――」

関森はひきつるような笑いを浮かべた。

「ただで渡してくれとは言ってない。バーテンから受けとった五百万は君に進呈する。何なら一寸色をつけてもいい。ペーだけは返してくれ」

「だから虫がいい注文だと言うんだ」

三村は静かにくりかえした。

「君！　君はわしのほうだけ弱みがあると思ってるか知らんが、それは大間違いですぞ！」

関森はギラギラ光る目を据《す》えた。

「だから、どうしたっていうんだい？」

三村は言った。沈黙がのしかかってきた。

「よし、分った。ペーも三分の一の五百万で買い戻そう」

関森が言った。

「安すぎるね」

「しかし、持ってるだけでは金にならん」

「捌《さば》き口はあるさ。あんたはどうして、そんなに薬《ペー》を欲しがるんだい？」

三村は言った。関森は泣き笑いの顔をした。

「手のうちを晒《さら》しましょう。薬《ヤク》がきれた客が、早く渡さんとわしらの隠れ場をサツに密告しそうなんだ。仕方ない。ぎりぎりの半値だす。七百五十万だ」

「よし、それで手をうとう。金は？」

「薬はどこだ？」

「まずゼニの面《つら》をおがましてくれ」

「今、手もとに百万しか用意してないが……」

関森は内ポケットに右手をつっこんだ。三村は鋭く光る目をあたりに配った。関森は一万円札の束をパラパラとめくった。三村は乾いた唇を舐《な》め、空唾《からつば》をのんだ。

「で、薬は？」

札束を弄《もてあそ》びながら、関森がうながした。

「誰が俺が持ってると言った。俺は刑事だ。ヤクザに恐喝《かつあげ》られるほど落ちぶれてない」

三村の声だけは穏やかだった。

「何いっ！」

三人の男が一斉に呻いた。関森の頰《ほお》に赤みがさし、急速に消えていった。

三村は左側の顎なし男に向けて、S・Wリヴォルヴァーの引金を絞りながら身を沈めた。

ブローニング六・三五ミリの引金を絞りかけていたその男の額に、ポツンと小さな穴があいた。その男は巨大なハンマーでブッ叩かれたかのようにダンボールに背を打ちつけて崩れ落ちた。射出口となって吹っとばされた後部頭蓋骨《ずがいこつ》がコンクリートの床に当たって金属性の音をたてた。暴発したブローニング弾が天井に当たり、もうもうたる埃《ほこり》が舞い降りた。

右側の新巻が握ったブローニング七・六五ミリが、青白い閃光を吐いた。ビシッと三村の頭上をかすめた弾は、ドアをひき裂いた。木片がとびちり、鋭い銃声は壁にはね返って轟音と化した。

向こうむきに倒れながら、三村はその男の心臓を一発で射ちぬいた。新巻はブローニングを放りだして、ダンボールに叩きつけられた。

目をひきつらしたジョーは顎なし男の落としたブローニングに、バッタのように跳びついていた。あまり勢いよく摑《つか》んだので、ブローニングはキーンと吠《ほ》えたてて暴発した。

三村はジョーの拳を狙ってチーフス・スペッシャルの引金を絞った。ジョーは痺れた右手首に嚙《か》みついて転げまわった。遊底を潰されたブローニングはコンクリートの上をはずみながら滑っていった。

運転手はがっくり首をたれて気絶していた。関森は札束をとり落とし、呆然《ぼうぜん》と坐り続けていた。三村はリヴォルヴァーを構え、新巻のブローニングに駆けよった。ハンカチを出して指紋を残さぬように左手ですくい上げる。

床に流れる血を踏んで、関森の後ろに廻りこみ、その背にリヴォルヴァーをぐりぐり喰いこます。悲鳴をあげる関森の口から、とめどもなく唾液が垂れ始めた。

「俺の言う通りにしたら命を救けてやる」

三村は関森の耳にしゃがれ声で囁いた。関森は無我夢中でうなずいた。

「さあ、これでジョーを射つんだ。俺の方に銃口をむけたら、あんたの心臓はズタズタだぜ。わかったな?」

三村は関森の肩越しに、ハンカチで包まれたブローニングを手渡しハンカチを外した。無論、安全装置は外れたままだ。

関森は、それを両手でつかんだ。三村はリヴォルヴァーの銃口をさらに強く背におしつけた。

「待ってくれ、親分！」

ジョーは哀願した。ズボンの前にしみが拡がっていった。関森は目をつぶって引金をひいた。

黄色い空薬莢が舞い上がった。銃声は倉庫をゆるがした。ジョーの喉が裂け、声帯が露出した。

関森は狂ったように射ち続けた。軽やかに銃口は踊り続け、空薬莢は黄色の雨のように四散した。弾はジョーの肉にくいこみ、コンクリートを削ってシューッ、シューッと青紫の閃光を走らせた。

関森はブローニングの弾倉を射ちつくした。三村はリヴォルヴァーの引金を絞った。関森は、心臓を引き裂いた物凄い三十八口径弾の衝撃に、コンクリートに顔からつっこんだ。三村は低く口笛を吹きながら、素早く札束を自分のポケットに移した。運転手の顔を一発で吹っとばした。

リヴォルヴァーから自分の指紋をぬぐい、ジョーの指紋をつけた。リヴォルヴァーを捨て、扉のところで一度たちどまって手落ちはないかと確かめた。空地を外れて通りに出た時、興奮した面持ちの自警団の青年たちにとりかこまれた。

「誰だ？　あやしい者なら交番につき出すぞ」

六尺棒を握った青年が叫んだ。

「一体何の騒ぎだね、警官ならここにいるが……」

三村は警察手帖を示してニヤリと笑い、黙りこんだ彼等を後に、闇の中に消えていった。

乳房に拳銃

1

麻布《あざぶ》鳥居坂の高級住宅街には青い霧が流れていた。霧で赤っぽい光に変ったヘッド・ライトを下向きにして、一台のタクシーが近づき、園井と表札が出た大邸宅の前で停《と》まった。

タクシーから、タキシードをつけた男が降りた。浅黒くクールな顔には、しかし、憔悴《しょうすい》の翳《かげ》が濃い。

園井は素早くあたりを見廻《みまわ》してから、メルトンのタキシードのポケットに手を突っこんだ。クシャクシャになった千円札を二枚摑《つか》みだして、釣《つ》りは要らない、という風に運転手に手を振り、門の脇戸《わきど》をくぐった。

庭は広かった。ガレージには妻の麻矢子《まやこ》のベンツ二五〇SEが見える。お抱え運転手はガレージの二階に寝泊りしている。

母屋《おもや》の石造りの建物には灯《ひ》がついていた。玄関の前に、メガフォーン・マフラーをつけたグリーンのロータス・エランのクーペが駐《と》まっていた。窓は開いている。

園井はその車内を覗《のぞ》きこんだ。助手席には男性ファッション雑誌や派手《はで》なスウェーターなどが置いてあった。

園井は肩をすくめ、玄関へ石段を登った。キーを使って静かにドアを開き、中世の甲冑《かっちゅう》や剣が飾られたホールを抜けて廊下を歩く。女中《メイド》は外出しているらしく姿を現わさない。

園井の寝室は廊下の突き当たりの左側にあった。突き当たりの寝室が麻矢子のものだ。園井は足音を忍ばせるようにして自分の寝室に入る。

部屋の造りも調度品も渋く金がかかっていた。ベッドに腹から外した腹飾帯《カマー・バンド》を放り投げた園井は、麻矢子の寝室との仕切りが細目に開いて、スチームで暖められた空気が流れこんできているのに気付いた。ドアの向うから、異様な物音が聞える。

園井はドアの隙間《すきま》から覗《のぞ》いてみる。柔らかなダブル・ベッドの上で、何も着けていない麻矢子がヘッド・ボードと平行に仰向けになっているのが見えた。

麻矢子はスペイン系のような顔だちと、熟しきった体を持っていた。その体は圧倒的なボリュームだが、しかし、贅肉《ぜいにく》がついている、というわけではなかった。皮膚はぬめるように白く光っている。

その麻矢子は、ベッドのフチから脚を垂らしていた。そして、その前の絨毯《じゅうたん》にモヤシのような若い男が膝《ひざ》まずき、麻矢子の真っ白な体のうちでただ一つ黒いあたりに顔を埋めていた。

麻矢子は、くすぐったそうに笑っていた。笑いながら、若い男の長い髪を撫《な》でている。青年もまた裸であった。絨毯の上には酒壜《さかびん》が転がっている。

園井の瞳《め》が一瞬歪《ゆが》んだが、静かに踵《きびす》を返す。そのとき、我慢しきれなくなった青年が、麻矢子に挑《いど》んでいくのが見えた。

園井は首を振って苦痛の表情を隠した。壁の一方につけられた洋服戸棚《ワード・ローブ》を開く。そこには五十着ほどの服が吊《つ》られていた。みんなイギリス製だ。みんな麻矢子に買ってもらった服であった。

園井はワード・ローブの床にあるサムソンのスーツ・ケースに、気にいっている服を撰《えら》んで詰めはじめた。

麻矢子は強欲に私腹をこやすので有名な保守党の実力者河島の末娘であった。園井は彼女の夫ではあるが実際はヒモ同然の身であった。

二人が結婚したのは五年前であった。海軍特攻隊の生き残りとして復員してきた園井は、敗戦後の混乱時代をいつしかプロのバクチ打ちとして生きるようになっていた。どうせ自分は死ぬ筈《はず》だった人間なのだという捨《す》て鉢《ばち》の気持と、死んでいった戦友に対して自分だけが生きているという自責の念のようなものが、大バクチのときでも園井の心を水のように冷静にした。

そのためか、はじめて麻矢子と会う二年前に、園井は当時の金で千五百万を摑《つか》み、六本木に銃砲店を開くことが出来た。

色々のイザコザがあり、想《おも》い出したくないような手荒なこともやらなければならなかったが、ともかく園井はバクチの世界から足を洗うことが出来た。

人生は無だ、虚だ、という思いが、園井を好きな射撃と狩猟の道にのめりこませた。店はほとんど支配人に任せきりであった。

当然、店は赤字が続いた。密輸銃を扱《あつか》えば儲《もう》かることは分っていたが、園井は危い商売から足を洗った以上、無理はやりたくなかった。そんなとき、財閥の息子のサディストと結婚してから、莫大《ばくだい》な慰謝料と共に離婚した麻矢子が園井の店に客として姿を現わしたのだ。

園井はそのとき店に出ていた。園井の優雅で物憂げな身のこなしと、沈痛ななかに甘さをたたえた顔……そして時々見せる、一変して輝くように清潔な笑顔が、ギラギラした人間関係に疲れていた麻矢子の心をゆさぶったらしい。

麻矢子はその頃《ころ》から、銀座に大きな宝石店を持っていた。父である河島の持っているビルの一つに店はあり、経営のほうは税務署をいかにごまかすかだけを考えていればいいほど順調であった。

麻矢子のほうから園井を誘い、二人はトラップやスキートの射場やゴルフ場でしばしば会った。園井が始めたばかりのゴルフのほうはボールが裂けるほど強烈なドライバーを飛ばすぐらいが取柄《とりえ》に過ぎなかったが、射撃のほうの園井は沈痛な表情を変えずに、百発百中に近い腕でクレーを吹っとばしていった。

人生を諦《あきら》めきったような園井の表情と、その重い口から漏れる暗い過去が、麻矢子の母性本能を刺激した。はじめて二人がベッドを共にしたのも麻矢子の誘いによってであった。

麻矢子は父親の強い反対を押しきって園井と再婚した。しかし、弁護士の強い勧めもあって、店や麻布の土地家宅は園井との共同名義に変えなかった。それに、いかにロマンチックな夢にひたっているように見えても、麻矢子には物欲と権勢欲の権化である父親の血が流れている。

二人の間は、はじめの二年ぐらいはうまくいった。しかし、麻矢子の店が発展を続けているのに反し、園井の銃砲店が赤字続きなのが二人の間をこじらせた原因の一つになった。

店を任せてあった支配人が輸入代理店に渡す筈の七百万の手形を現金に替えて持ち逃げしたとき、園井は倒産をまぬがれるために麻矢子に頭をさげるほかなかった。調べてみると、支配人は持ち逃げした金のほかに五百万近い金をここ三年間ほどのあいだに横領し、粉飾《ふんしょく》帳簿でごまかしていた。

麻矢子はそんな銃砲店など人手に渡してしまっても自分が食べさせてやる。無職が体裁悪いというのなら、自分の宝石店でのんびり働いてみたら、と言った。

しかし園井は、麻矢子のヒモになりたくはなかった。だから、

「麻矢子、考え直してくれ。いま不渡りを出して倒産したら、売れ残っている二百丁もの銃はタダ同然で債権者に捲《ま》きあげられてしまうんだ。それより、いま手形を無事に落としておいて、銃が売れてしまってから店を畳んだほうがいい」

と、言って、無理に五百万の金を出してもらったのだ。それからの園井は毎日店へ出て自分で帳簿をつけた。

しかし、五百万は焼け石に水であった。運悪く、当時は銃砲の輸入自由化直後でインチキ輸入代理店が乱立した頃で、そのなかには園井から手付けをもらったあと倒産したり夜逃げしたりしたところが少く無かったのだ。おまけに銃の小売値はさがる一方だし、園井の店にストックしてある旧型の銃は人気がなくなって原価を割らなければ売れないようになった。

だから、それからあとも、二百万、三百万と、園井は麻矢子に金を出してもらわなければならなかった。

金を出すごとに、麻矢子は園井を見下した態度をとるようになった。そして去年、麻矢子の出した金が二千万に達したあと、麻矢子は弁護士と共に園井の店を訪れ、これ以上は一円たりとも出すわけにはいかない、と直言したのだ。

銃砲店が自分の土地建物なら、それを担保に入れて金が作れたが、店は借り物であった。仕方なく園井は店の銃を担保に入れて高利貸しから金を借り、それを元手に、再びバクチ場に通うようになった。

2

昔の仲間に紹介された賭場《とば》は、昔のフィリッピンやアメリカの特務機関に替って、今はイタリー系のアメリカ人ギャング団〝コルシカ協会〟によって運営されていた。

賭場の開かれる場所はレストランやナイト・クラブの地下、マンション、借り切った遊覧船などと毎夜変ったが、どこで開かれるかは、青山にある二十四時間営業のイタリアン・レストランに顔を出すと、マネージャーが教えてくれるようになっていた。

ゲームはカードではブラック・ジャックとポーカー、ダイスではセヴン・イレヴンのクラップが主であった。米軍基地のなかで行われるときにはルーレットも使われる。

賭場でも園井の腕は冴《さ》えなかった。迷いと焦りが園井からツキをもぎ取ってしまったのだ。中年に入った園井は人生に執着を覚えるようになっていた。

弁護士を連れて麻矢子が銃砲店に来てから、園井は一度も麻矢子とベッドを共にしない夜が続いた。麻矢子が寝室に鍵《かぎ》をかけるようになったためもある。

惨敗したあとなど、園井はバーやクラブで知りあった女の体に自分を忘れようと努めた。あとはただ虚《むな》しいだけであったが、京橋に小さなアクセサリーの店を出している小宮紀子のマンションにいるときだけは、心の安らぎを感ずることが出来た。紀子は驕慢《きょうまん》な麻矢子と反対の女のようであった。

「あなたがバクチと女に夢中になるのなら、わたしも好きなことをするわよ。わたしが男に抱かれても、あなたに責める権利はないわ。それに大体、あなたにわたしを責めることが出来て?……意気地なし、見そこなったわ」

と、麻矢子が言ったのが半年ほど前であった。そして、その言葉通りに、園井が朝帰りしたとき麻矢子の姿が家に無いことも珍しくなくなってきた。

園井はバクチで負け続けた。結婚記念に麻矢子が買ってくれたコルチナ・ロータスの車も金に替えた。店の銃はみんな担保に入れてしまった。

ついには、〝コルシカ協会〟に借金を申しこむようになった。協会は園井が政界の実力者河島の娘の夫であることを知っていた。だから園井に元手を貸したのだ。

何度か返済の催促を受けながら、園井は借金を重ねていった。ツイてないときにはあっさり降りて、ツキが廻《まわ》ってくるのを待つにかぎる、ということを知りすぎるほど知っていながらも、借金に追われる園井は、自転車操業のように賭《か》け続けなければならなかった。

しかし、それも今夜で最後らしい。今夜、いつものようにタキシードに身を固めて調布のエア・ステーションの前の通りにあるサパー・クラブの地下の賭場に降りると、〝コルシカ協会〟の幹部に呼びとめられ、奥の事務室に連れていかれたからだ。

園井の背後で、重い鉄のドアが軋《きし》んで閉じられた。その前に、残忍な顔をした二人のイタリー系の用心棒《ようじんぼう》が立った。

〝コルシカ協会〟の日本支部長ロベルト・ビアンキは、派手な靴下《くつした》をはいた脚をデスクの上に投げだし、チョッキのポケットに両の親指を突っこんで、細巻きの葉巻を横ぐわえにしていた。狐《きつね》のような顔付きの男だ。瞳《め》の色も髪の色も、金茶色狐とそっくりの色をしていた。

「ソノイ君、あんたが、私のところから借りた金額はいくらになったか、自分でも覚えているかね?」

ロベルトは、そのままの姿勢で園井に浴せた。捲舌《まきじた》の日本語だ。

「二万三千ドルだと思いますが」

園井は無表情に答えた。

「違う、違う。二万三千二十一ドル三十セントだ」

「分りました。早急にお返ししますから……」

「そのセリフは聞き飽きた。あんたではラチがあかん。そこで、河島代議士のところに交渉に行った。あんたの話と違って、あのかたは、あんたを好きではないようだ。あんたを煮ようが焼こうが勝手にしてくれ、と言われた」

ロベルトは言った。唇《くち》の端にくわえた葉巻がピクピク躍る。

この部屋に連れてこられた瞬間から、園井の決心は固まっていた。ともかく、生きてさえいられたらいいのだ。もう一度決意すると、昔のように心が透明になってきた。ロベルトの葉巻にたまった長い灰がいつ落ちるのだろうか、とぼんやり考えていた。

「ソノイ君、聞いているのか?」

ロベルトが鋭い声を出した。

「ああ。それでは、女房から金を引き出して見せましょう」

「いい加減にしろ。奥さんにも会った。君のためにはもうビタ一文も出さない、と言っていた。どうするね、君?」

「どうするって?」

「とぼけるんじゃない。バクチの借金を踏み倒したバクチ打ちに対する判決はどんなものだか知ってるだろう?」

「死でしょう。それとも、日本流に指でも詰めろ、と言うんですかね?」

「指を詰めさせる、などという生ぬるいことはしない。覚悟は出来てるんだろうな?」

ロベルトは靴をデスクから降ろし、上体を立てた。そのとき葉巻の灰が崩れ、縦縞《たてじま》の背広の胸を汚した。

「私を消したら、貸した金は二度と取れなくなることぐらい分ってるんだろうな?」

園井は言った。

「分ってるさ。しかし、あんたが死ねば、うちから借りてる連中や、これから借りようとする連中への見せしめになる」

ロベルトは狡猾《こうかつ》な笑いを見せた。

「あわてるな!——」

園井はニヤニヤと残忍な笑いを浮かべながら、拳銃《けんじゅう》を抜きかけていた二人の用心棒の腕の動きがとまるほど凄味《すごみ》を帯びた声を出し、

「金を作るには、何も女房から借りなくたってほかに方法がある。強盗をしてでも、殺しを引き受けてでも、金は作れるわけだ。ともかく、金を作って返しさえすれば文句は無いんだろう」

と、ふてぶてしい笑いを見せた。

「なるほど。そこまで覚悟を決めているなら待ってやる。ただし、三日間だ。それ以上たっても金を返さないときは死刑執行人を差し向ける。分ったな?」

ロベルトは葉巻をグシャグシャ嚙《か》みながら言った。

3

そういうことで園井の死は引きのばされたが、園井は強盗をやる気も殺し屋になる気もなかった。逃げたいだけであった。

スーツ・ケースに服を詰めた園井は、タキシードと襞《ひだ》のついたワイシャツを脱ぎ、スポーツシャツとスポーティな感じの背広をつけた。

麻矢子の寝室からは湿った肉がぶつかりあう音が聞こえていた。やがて青年はわめき声をあげてから、ぐったりとなったようだ。

「おばさま、御免ね。今度はもっと長続きする自信あるんだけど」

青年の恥ずかしそうな声が聞えた。

「心配しないでいいわよ、謙坊ちゃん。すぐ元気になるでしょう?」

苛立《いらだ》ちを押さえた麻矢子の声が聞えた。

「勿論《もちろん》……おばさまって素敵《すてき》。ヤサグレをコマしちゃうときは、ダチのあいだじゃ、僕《ぼく》は強いんで有名なんだけど、おばさまのように素敵だと、ブレーキが効かなくなっちゃうじゃない」

謙坊と呼ばれた青年は甘えた声を出した。麻矢子が原宿ででも拾ってきたのであろう。

「また、頑張《がんば》ってくれたら、ご褒美《ほうび》に何を買ってあげようかしら。マルシャルのドライヴィング・ランプなんかどう？」

「痺《しび》れる！　おばさま、ますます素敵！」

あとは麻矢子の体じゅうに謙坊が唇をつける音が続いた。

園井は本棚《ほんだな》の百科辞典から「さ」の部を引っぱりだして開いた。くり抜いたなかに、モーゼルHSCの小型自動拳銃が入っていた。ここ数年は仕舞《しま》いっ放しにしていた銃だ。本を読むとすぐ眠気に襲われるという麻矢子はその存在を知らない筈だ。特製の長い銃身が遊底被《スライド》いから突きだし、その銃身の先には大きな消音装置がついている。

園井は少しだけ遊底を引いてみて、薬室に実包がつまっているのを確めた。モーゼルHSCはダブル・アクションだから薬室に装填《そうてん》したまま携帯出来るし、保存するときも撃鉄を倒しておけばスプリングを休められる。

園井はそのモーゼルを護身用に上着の下でズボンのベルトに差し、麻矢子の寝室との境いのドアを開いた。

謙坊は泡《あわ》をくらって麻矢子から跳《と》びのいた。縮みあがったものを慌ててスラックスをはいて隠そうとする。スラックスは調子の悪いエレヴェーターのように、ガタガタ震えながら脚の上に昇っていった。

麻矢子は昂然《こうぜん》と半身を起した。

「あんた、帰ってたの？　泥棒猫《どろぼうねこ》のようにコソコソしないでよ」

と、体を隠しもせずにタバコをくわえた。肩のあたりに謙坊の歯型がついている。

「お楽しみのところ邪魔したな。別れを言いにきた」

「そう？　女のところに出て行くのね？　紀子とかいう女のとこね」

「言いづらいが、餞別《せんべつ》をもらえないだろうか？　ここまでのタクシー代で無一文になってしまった」

園井は呟《つぶや》いた。

「あんた、恥を知ってるの？」

「知っているつもりだ。だから、なるべくお前に迷惑をかけないようにしようと思ってきた。だけど、運命は俺《おれ》に裏目、裏目と出たんだ」

「何を寝ごと言ってるのよ。もう、その偽《にせ》キリストのような顔に騙《だま》されないわよ――」

麻矢子は鼻で笑い、

「謙坊ちゃん。こいつを思いきり叩《たた》きのめしておやり。弱い男なのよ。自分の女房と坊やが寝てるところを見ても何にも言えないような男なの」

と、言った。

「でも、僕……」

謙坊は後ずさりした。

「さあ、男になるのよ。強いところを見せて」

麻矢子は励ました。

謙坊は深呼吸すると、スラックスの尻《しり》ポケットから飛びだしナイフを出した。気取った手つきでボタンを押して刃を飛びだすと、震えながらも悪党ぶってニヤリと笑い、奇声をあげて園井に突っこんできた。

園井は無造作に振りおろした右の拳《こぶし》の一撃で謙坊の鎖骨を砕いた。ナイフを放りだし、顔から絨毯に突っこんで、

「ママ！　ママ、助けて……」

と、泣きわめく謙坊の顔を鋭く蹴《け》る。謙坊は顔を熟れすぎたトマトのように潰《つぶ》されて失神した。

「動かないで！」

麻矢子がベッドから声をかけた。視線を移した園井は、麻矢子が二十五口径ブローニング・ベイビーの超小型自動拳銃の狙《ねら》いを自分につけているのを見た。

「うまく罠《わな》にかかったわね。あんたが帰ってたことぐらい知ってたわ。わざとあんたに見せつけてやったの」

麻矢子は鬼ババのような表情に変っていた。

「どういうことだ？」

「とぼけないでよ。カンづいてるんでしょう？　このピストルは、そのチンピラがあんたに向けて射《う》ったように見せかけるわ。それからあと、そのナイフをあんたの死体に握らせてチンピラの喉《のど》を掻《か》き切る。わたしをめぐって二人の男が争った、というわけね」

「俺をそれほど殺したかったのか？」

「あんたには、あんたに内緒で五千万の生命保険をかけたわ。保険会社のお抱えの医者をこの体で買収したの。あんたが死ねば、あんたが湯水のように使ってくれたお金を取り返せた上にお釣りがくる」

「それで、俺と離婚しなかったのか?」

「そうよ。あんたでも、割りに頭の回転がいいこともあるのね……本当はわたし、自分で手を汚す気は無かったの。それで、〃コルシカ協会〃にあんたを殺させようとしたわ。でも、土壇《どたん》場《ば》になって、あんたはうまく逃げた。わたしから力ずくで絞れるだけ絞り取って、女と高飛びしようという気だったんでしょう。お気の毒ね」

麻矢子は毒々しく笑った。

「当座の生活費だけ恵んでもらおうと思った。だけど、こうなったら、お前が邪推した通りにしたい気になったよ」

「笑わせないでよ。……ともかく、わたし、あんたの命が助かったことを調布に電話を入れて知ったわ。それで、女中と運転手に遊びに行かせてから、いそいでそのチンピラを拾ってきた。あとは大体計算通りだわ。ただ一つ計算違いは、あんたがなかなか跳びこんでこなかったことよ。わたし、そんなに魅力ないのかしら? 嘘《うそ》だわ。行きずりの男でさえ、すれちがいながら目で犯してくれるほどのわたしなのよ」

ブローニングを構えたまま、麻矢子はさまざまな奔放なポーズをとった。

「しかし、お前の心は蛇《へび》の心だ」

「蛇は賢いわ。あんたは駄目《だめ》な人。人生の敗残者よ。早く楽にしてあげるわ」

麻矢子はベッドから滑り降りた。銃口で園井を壁のほうに追いやり、倒れている謙坊にかがみこんで、その手にブローニングを握らせようとした。視線が園井を外れた。

園井はモーゼルを抜き、引金を絞った。消音器で圧縮された銃声は鈍かった。麻矢子の腿《もも》のあいだの花弁が血しぶきをあげた。

ブローニングから手を放した麻矢子は、不様《ぶざま》に尻餅《しりもち》をついた。信じられぬといった表情で園井を見上げた。

「俺も変ったさ。お前の悪霊が乗り移ったのかな。お前を早く楽にしてやったりはしない。出来るだけ苦しみをのばしてやるよ」

物悲しげな表情を崩さずに、園井は麻矢子の左の乳首から、ゆっくり時間をかけて射ち飛ばしていった。

白い夏

1

その日――渋谷南平台《なんぺいだい》は、スクラムを組んだ群衆で路面はふさがっていた。地鳴りのような響きが、高く低くあたりの空気を震わせていた。

灰色に黄昏《たそが》れた空に、黄色っぽい土埃《つちぼこり》が舞いあがっていた。赤旗がたなびき、労働歌の大合唱が空高くのぼり、やがて虚《むな》しく宙に散った。

野々宮登志夫《ののみやとしお》は、デモの流れから少し離れ、冷ややかな瞳《ひとみ》をそれらに放っていた。フィルターを嚙《か》んだタバコの煙を、唇のあたりからたなびかせていた。

登志夫は傍観者としての姿勢を崩さなかった。その季節には少し早いリゾート・ウェアをラフに着こなし、ブルーのジーン・パンツでぴったりと腿《もも》をおおっていた。胸には銃弾を象《かたど》った金色のペンダントが輝いていた。

シュプレヒコールの声が高まり、群衆へ津波のように拡がった。ヘルメットと乱闘服に身を固めた警官たちが右に左に走り、ホイッスルが痙攣《けいれん》するように鋭く断続的に鳴りひびいた。

登志夫の前を、警官を満載したジープが、土埃をまきあげて通りすぎようとした。

「ポリ公、降りろ!」

群衆のなかから野次がとんだ。拳大《こぶしだい》の石がジープに投げこまれ、座席に当たってはねっかえった。

若い警官は顔を歪《ゆが》め、唇に薄い笑いを刻んだ。それを見て、学生たちは殺気だった。

「犬！」

「税金泥棒、死んじまえ！」

怒声がとび交い、登志夫の耳に沈んでいった。登志夫の冷たい瞳に嘲《あざけ》りの色が浮かんだ。胸の中を、とげとげしい感情が横切った。

放送局の中継車の上で、プレスの腕章もつけぬ青年がアイモを廻し続けていた。デモ隊から投げられた小石がその男の頬《ほお》に炸裂《さくれつ》した。

空色のヘルメットの下で、真赤な血が顎《あご》を伝い、見る見る埃に汚れたカッター・シャツを染めていった。

だが、その青年は雰囲気に酔ったかのように、誇らしげな面持ちでアイモを廻し続けた。

生臭い血の匂いが風に乗り、学生たちの野性の血をたぎらせた。学生たちはジグザグ・デモに移り、青春の怒りを吐きだすように労働歌の悲壮な調べを合唱した。

登志夫はタバコを捨て、静かにその場を離れた。人いきれと泥靴がたてる土煙で街々はかすんで見えた。

脇道《わきみち》にそれると、またたきはじめた渋谷の灯が意外な近さに見えた。登志夫は口笛を吹きながら歩を運んだ。

まわりの邸宅は、デモ隊に踏みこまれるのを怖れて、固く門を閉じていた。道のむこうから黒シャツの男たちが二人、登志夫のほうに駆けよってきた。

二人とも若かった。手には長い棍棒《こんぼう》を持ち、まくりあげたシャツの腕には、右翼団体の名を入れた腕章をつけていた。頭は白いヘルメットで固めていた。

登志夫は、ジーン・パンツの尻《しり》ポケットに片手をつっこみ、無表情に彼等を眺めた。右翼の男たちは登志夫の前に立ち止まった。

「よお、そんなチャラチャラした格好で、こんなところをうろつくんじゃねえよ」

目を吊《つ》りあげて、平べったい顔の男が言った。登志夫は無言だった。

「今どきの若いもんは、愛国心がなくていけねえよ。てめえのような奴は、軍隊にでも入れて、土性骨《どしょうぼね》を叩《たた》き直さんといかんな」

細い体つきの男がネチっこい口調で言った。

登志夫は薄ら笑いに唇の端をつりあげた。大通りの無数の足音は、ここまでくると遠い怒濤《どとう》のように聞こえた。

「なにがおかしい?」

平べったい顔の男が叫んだ。兇暴《きょうぼう》な目つきになっていた。

「なにね、おたくたち、一日にいくらお涙金をもらってるんだ? スポンサーは気前がいいかい?」

登志夫は冷笑した。

「野郎、舐《な》める気か?」

「おたくの面を舐めたところで、しょっぱそうだよ。まあ、やめとこう」

登志夫の声は平然としていた。

「野郎！」

細い体の男は怒鳴り、棍棒をふりかぶった。その棍棒は桜で出来ていた。表面を火で炙《あぶ》って、油をしませてあった。

素早く後退した登志夫は、スッと瞳を細めた。危険な目の光だった。

身を固くしながら、右翼の男たちは迫ってきた。登志夫は体を移動させ、高いコンクリート塀を背にした。

蒼《あお》い夕闇があたりを包んでいた。空は刻々と色調を落としていった。デモ隊の騒音が、地を這《は》うように低く聞こえてきた。

登志夫は、両手をダランと垂らしていた。喧嘩《けんか》なら慣れている。

男たちの額に玉の汗が光ってきた。平べったい顔の男が、喘《あえ》ぎながら登志夫を目ざして棍棒を振りおろした。

登志夫の腰が低く沈むとともに、右足が一閃《いっせん》した。兇器と化した靴先が、その男の胸に鋭くめりこんだ。

「…………！」

男は棍棒を放りだした。肺じゅうの空気を吐きだして尻餅《しりもち》をついた。体を二つに折り、胸を両手でおさえて血塊を咳《せ》きこんだ。顔は緑がかった無気味な色になった。

「や、やりやがったな！」

痩身《そうしん》の男が吠《ほ》えた。棍棒を捨てると、黒シャツの下に巻いたサラシの間から、大型の飛出しナイフをひきぬいた。抜きながらボタンを押して刃を閃《ひらめ》かせた。

登志夫は唇だけで小さく笑った。

痩身の男は目をつむり、奇声を発して、体ごとナイフを突きだしてきた。刃は斜め上にむけて登志夫の内臓を抉《えぐ》ろうとしていた。

登志夫は体を斜めに開き、ナイフを握った男の右腕に鋭く手刀を振りおろした。

飛出しナイフは、あっけなく地面に落ちた。痺《しび》れた腕を抱えてキリキリ舞いをした男を目の隅で覗《のぞ》き、登志夫は敏捷《びんしょう》にナイフをすくいあげた。

ナイフを握った途端、登志夫の瞳に暗い炎が走った。反射的に、鋭い刃先をその男の左胸に突きさした。

男は電流にうたれたかのように、体を硬直させた。刃先は肋骨《ろっこつ》の隙間《すきま》にくいいっていた。

登志夫はナイフに力をこめた。ほとんど抵抗もなく、ナイフは柄のあたりまでくいこんだ。

登志夫はナイフから手をはなした。痩せた男は虚《うつ》ろな瞳を見開いて立っていたが、やがて、ナイフを胸に刺しこまれたままズルズルと崩れ落ちた。

傷口から滲《にじ》み出た血は、黒シャツを重く濡《ぬ》らしていった。背を伝い、乾いた土に吸いこまれた。

血の匂いは重かった。沈黙がのしかかってきた。登志夫の瞳は、二つの黒いボタンのように無表情になった。

胸を蹴《け》られて咳きこんでいた平べったい顔の男は、茫然《ぼうぜん》とその光景を眺めていたが、ハッと我にかえると、這いながら逃げはじめた。登志夫は躍りかかっていって、その男の尻を蹴とばした。その男は地面に平べったくなり、犬コロのような泣き声をたてた。

登志夫は死体のそばに戻り、ハンカチでナイフの柄の指紋をぬぐった。

罪の意識はなかった。むしろ、スポーツに熱中したあとのような虚しさが登志夫の体を包んでいた。

デモの騒音をあとにして、登志夫の足は渋谷にむかった。銜《くわ》えタバコの煙が風に吹きさらされた。

2

毒々しいネオンが夜の街に咲き乱れていた。光の渦は目映《まばゆ》く人々の横顔に反射した。渋谷駅のまわりの雑踏はあいかわらずだった。移されたハチ公の像の前には、恋人を待つ娘たちが、駅から吐きだされる人波と腕時計に、交互に視線を移していた。

「いつ来ても同じだな……」

登志夫は呟《つぶや》いた。

登志夫は、すっかり体をもてあましていた。右翼の若者を殺《や》ったことは、かすかなしこりとなって胸の中にわだかまってはいたが、それとても大したことではなかった。

信号が赤に変わったのだろう。横断歩道のそばには人がいっぱいだった。

人ごみをかきわけて登志夫は前に出た。肥満した中年女が登志夫を睨《にら》んだが、涼しいほどに整った若々しいその顔を見て、ひそやかな笑いを目にうかべた。

信号は赤のままだった。車の流れははげしく、クラクションの音が登志夫を苛《いら》だたせた。駅前のビルが倒れかかるような錯覚に襲われた。

不意に、登志夫は中年女の尻の割れ目に左手を押しつけた。

夫人は小さな悲鳴をあげ、発作的に車道に跳び出した。

黒塗りのクライスラーが急ブレーキをかけた。車輪の下に夫人は吸いこまれるように倒れたように見えたが、車輪は夫人のスカートを汚しただけだった。

夫人は胸をおさえ、恐怖に蒼ざめて口もきけなかった。クライスラーから降りた外人が駆けより、野次馬が騒ぎはじめた。

登志夫は素知らぬ顔で騒ぎを離れ、道玄坂《どうげんざか》を登っていった。風が埃をまきあげ、登志夫の髪をなぶった。

車道で急ブレーキをかける音がした。

「登志夫じゃないの」

華やいだ若い娘の声が呼びかけた。

登志夫は立ちどまった。唇のあたりが白っぽくなった。あきらめたように肩をすくめて振り返った。

美子《よしこ》だった。銀灰色のジャガーXK一五〇ロードスターの座席から、緑色のスカーフを振って笑顔を向けていた。

しかし、笑顔と見えたのは光線の具合だった。実際は冷たく睨みつけていた。登志夫の顔も不機嫌だった。

「しばらくね、登志夫。どうして電話してくれなかったの」

美子は沈んだ口調に変わった。

「お前とのことは、遠い昔のことだったよ。もう顔も忘れかけたとこだった」

登志夫は呟き、視線をそらした。唇の片端が、かすかにひきつった。

「そんな……」

「…………」

登志夫は黙っていた。

「お願い、もう一度だけ付き合って……」

美子はホロをオープンにしたジャガーのなかで哀願した。しかし、心は冷たく凍っているようであった。

登志夫は、遠くを見る目つきで美子を眺めた。登志夫のそばを絶え間なく人波が流れ、美子のジャガーのそばを無数のタクシーや自家用車がかすめ過ぎた。タクシーのクラクションが登志夫の耳にとびこんで身体のなかを貫くと、あの日のことが甦《よみがえ》ってきた。

――昨年の夏のことだった。うだるような暑さに、登志夫たちはいい加減自分を失いかけていた。狂ったような熱気に、アスファルトは溶け、靴の裏にねばりついた。

登志夫は仲間の健と有二を誘って、遊び慣れた街、新宿に出た。ビルの間から熱波がゆらめき、登志夫たち三人組は汗でシャツを濡らしながら歩を進めた。

二幸《にこう》の脇《わき》を抜けるとき、一見して上流階級の娘とわかるハイティーンと鉢《はち》あわせしそうになった。

「暑いですね」

登志夫は気さくな口調で声をかけた。清潔な笑顔を陽焼《ひや》けした頰に浮かべた。健と有二も、馴々《なれなれ》しく娘のそばに寄った。

「夏は暑いものよ」

娘は唇をまるくすぼめた。黒目がちの瞳が大きく可愛らしかった。

それをきっかけに、四人は三越裏のジャズ喫茶に入った。

薄暗い店内は若い男女で一杯だった。スピーカーはヴォリューム一杯に耳鳴りするようなビート音楽をがなりたて、紫煙の渦のむこうで、壁にかけたルイやチコのレコードのジャケットがニヤニヤ笑いをうかべていた。

抱きあったまま憑《つ》かれたように体を揺する男女、アクメのときのような表情で絶叫をあげる娘、床に坐《すわ》りこんでドラムを叩く真似をする若い男……。

「面白いとこ、知ってんのね」

鳶色《とびいろ》がかった髪を細い指でかきあげながら、美子は口を開いた。蒼みがかった白服が、透きとおるように光った。綺麗《きれい》だ、と登志夫は思った。

健と有二は、収穫のあったことですっかり興奮していた。昼間からハイボールを喉《のど》に放りこみ、欲望に燃える瞳で美子の体を舐めまわした。

「よう、登志夫さんよ、なんか面白いことをして遊ぼうや」

じっとしていることに耐えられず、健はアルコールのまじった息を吐きながら口を切った。

登志夫は無意味に笑った。すべてのことに興味を失い、何をするにしても明確な意志というものをともなわない日常なのだ。それに、何をするにしても、その結末が見えてしまうような錯覚におちいっていた。

登志夫の笑いは、健と有二に決断をあたえた。何かしなければしようがない、という気分になった。

美子は黙って金口のウィンストンの煙を吐いていた。

「ちょっと待っててくれよな」

健と有二は、そう言い捨てて外に姿を消した。新宿の街はいよいよ人が増え、午後の陽《ひ》と人いきれで息苦しかった。

二人きりでむかいあった登志夫と美子は、アート・ペッパーのトランペットの悲鳴に包まれ、値踏みするような視線を交していた。

「お待ちどお」

健と有二が跳びこんできた。健は白い歯をきらめかせた。

「大して変わりばえもしないが、ドライブでもやらかそうや。車、こっちに持って来といたぜ」

「済まんな」

登志夫は、いつもの癖で、唇だけで小さく笑った。

男たちは、盗んだヒルマンに美子を乗せ、青梅《おうめ》街道を疾走した。ハンドルは健が握った。灼熱《しゃくねつ》の陽光がアスファルトを焼き、照りかえしで瞳が痛んだ。車内の温度は四十度を越した。汗が腋《わき》の下から脇腹を伝わった。登志夫は物憂げな身振りで汗をぬぐった。

蒼い空に、入道雲が刻々とふくれあがっていた。健と有二は御機嫌で騒ぎまわったが、登志夫だけは表情を変えようとしなかった。

不意に美子が笑った。これから何が始まるのか、美子には分からなかったに違いない。楽しそうに、銀鈴のような笑い声をたて続けた。

車のスピード・メーターは百キロ近くにはねあがった。窓から吹きこむ風が、美子の髪を渦巻かせた。

西多摩に入ったヒルマンは、カーブを切って林の中に突っこんだ。

梢《こずえ》の間から射しこむ太陽は目ばゆかった。車のボディに反射した陽光は小さな光の玉を散らした。

池をとりまく草むらが見えるところへきた。草を車輪で轢《ひ》き折ったヒルマンは、ブレーキを軋《きし》ませて停車した。

「ここはどこなの？」

舌がもつれたような口調で、美子は尋ねた。

「降りろよ」

先に降りた健は、素早く後部座席のドアを開いて美子の上むきに尖《とが》った乳房をつかんだ。

「何をするのよ！」

美子は顔色を変えた。

「いいじゃないか」

健は美子を強く引き寄せ、草むらに転がした。

「…………！」

女は声にならぬ悲鳴をあげた。

フレアのスカートがめくれ、薄くすけたナイロン・パンティがむきだしになった。汗で光った太腿の肉が動いた。

登志夫は、その美子を冷たく見下ろした。

彼等の習慣で、順番は決まっていた。草いきれが、女の匂いと混じって、男たちの鼻腔《びこう》をくすぐった。

「よして、よしてよ、そんなこと」

澄ました表情は女から消えていた。立ち上がって逃れようとした。

登志夫は、重い彼女の体を背後から抱えあげた。暴れる女を、少し離れた場所に運びはじめた。

運んだ女を、そっと草の上に置いた。美子は嫌々をして草むらを転げまわった。

雑木林で蟬《せみ》が鳴いていた。池の上で蚊がとび交っていた。

登志夫の手と唇は、女体を扱うのに慣れきった仕草で絶妙に動きまわった。美子は意思に関係なく腿を開いていった。

登志夫は唇と左手を活動させながら、器用に美子のブラウスとスカートをはぎとった。下着も脱がせた。

「好き、とだけ言って」

登志夫の指が、濡れた柔らかい部分を愛撫《あいぶ》し、刺激させているとき、美子は目をつむったまま喘《あえ》ぐように言った。

「好きだよ」

登志夫は女の体に自分の体を滑りこませた。

登志夫は、永い時間をかけて女の体を楽しんだ。女は初めてらしかった。

登志夫のあと、健と有二は乱暴なやりかたで終わった。

女は目を開き、仰向けになったまま身じろぎもしなかった。真夏の太陽が白い裸体を照らし続け、女の瞳は不透明なガラス玉のように鈍く光っていた。血の池で、蟻《あり》が溺《おぼ》れていた。

3

銀灰色のジャガーは、日比谷《ひびや》方面に向かって疾走した。ネオンの海を、車の列がとめどなく続いて流れた。

「あれから、三回会ったわね」

ハンドルにかけた手を滑らせながら、美子が沈黙を破った。声は重かった。

「そうかも知れない」

登志夫は言った。

美子は女の中の一人にすぎないのだ。何回会おうとも、そのことには何も必然性はない。ただ、そのときに美子がいて、寝たのだ。

「俺は、ああしよう、こうしよう、と考えることをやめたんだ」

登志夫は虚ろな笑い声をたてた。

二人が、意味のない会話を続けているうちに、ジャガーは国会付近に近づいた。ここにも、デモの群衆が道をふさいでいた。

「ずいぶん、人がいるのね」

美子は言った。

「お前のようなブルジョア娘には、デモだってお祭りのように見えるんじゃないのか?」

「そんな……」

「俺、さっき、人を殺したよ」

タバコに火を点《つ》けながら、登志夫はさりげなく言った。

美子は驚かなかった。嘘《うそ》をいって……という風に軽く登志夫を睨んだ。

ニュース・カメラマンのたくマグネシウムに照らされ、ジャガーのボディは鮫《さめ》の腹のように光った。

まわり道をとったジャガーは、半蔵門《はんぞうもん》近くの「新東京ホテル」の玄関に滑りこんだ。白服のボーイが跳びだしてきて、うやうやしく車のドアを開いた。

「いらっしゃいませ」

「車、頼むわね」

美子はジャガーのイグニッション・キーを差し出した。

「はあ」

ボーイは、乗りつけた二人よりも、ジャガー自体のほうに関心があった。いとしげにそのスポーツ・カーのボディをさすった。

フロントでは、登志夫は適当に偽名をサインした。ボーイは二人を三〇一号室に案内した。落ち着いた調度を揃えた部屋で、登志夫はソファに腰を沈め、暗く物憂げな表情を崩さなかった。ボーイは飲物を置いて早々に部屋から退《さ》がった。

美子はカーテンを開き、夜の街を見下ろした。無数の黄色い豆ランプをばらまいたような家家の灯が、夜空を焦がすネオンの下で息づいていた。

「体を洗ってこいよ」

登志夫は言った。

美子は素直にうなずいた。

登志夫は素裸でベッドにもぐりこんだ。バス・ルームから、シャワーの音がうら悲しげに聞こえてきた。

登志夫は天井を見上げ、銜えタバコの煙が長い尾をひいてゆらめいた。

胸にナイフを刺され、虫ケラのように死んでいった右翼の若者のことを想い出していた。後悔や憐憫《れんびん》の情はわかなかった。

バス・ルームのドアが開き、風を受けてタバコの灰が登志夫の顔に降り落ちた。

美子はバス・タオルをまいただけで姿を現わした。肩のところまで垂れた栗色の髪が野性的だった。裸身のプロポーションは申し分なかった。

「登志夫!」

圧しつぶしたような声で囁《ささや》き、美子はベッドに滑りこんだ。盛りあがった乳房を押しつけた。

登志夫はその乳首をくわえて舌で愛撫しながら、膝《ひざ》と手で次々とツボをおさえこんでいった。

やがて、登志夫の体の下で美子は自分から積極的に腰を動かした。登志夫の肩に噛みついて声を殺した。

ひそやかな吐息を漏らして、登志夫は身体を離した。背は汗で一杯だった。

虚脱したように、美子はぐったりと動かなかった。その顔には、しかし、憎悪の表情が甦っているのがかすかに漏れていた。登志夫はわけのわからぬ苛だちを覚えた。

「ねえ、登志夫。また会えて？」

素早く表情を変えて、美子はかすれ声で囁いた。

「また、今夜のように街で会えたらな」

登志夫は呟いた。

「ひどい！」

美子はヒステリックな金属音で叫んだ。思わず美子の乳房に歯をたてた。あの美子の視線がたまらなかった。

美子を殺《や》ってしまおうか……不吉な思いが突然脳裏《のうり》をかすめた。登志夫はドキッとして、荒荒しく乳房をはなした。

美子はベッドから降りた。怯《おび》えた瞳で立ちすくんでいた。乳房に歯形が赤く刻まれていた。

二人は無言のままで視線を交えた。美子はくるっと背をむけ、バス・ルームに駆けこんだ。

登志夫は、卓子《テーブル》に置かれた美子のハンド・バッグに手をのばした。バッグの止め金を外した。

一万円札が十二、三枚入っていた。

登志夫はそれを摑《つか》みだし、紙幣の半分ほどを自分の服のポケットに移した。柔らかな笑い声をたてはじめた。

4

ホテルを後にして、ジャガーは深夜の街に滑り出た。腕時計に目をやって、美子は媚《こ》びたような笑いかたをした。

「まだ、十二時半よ。もう少しドライブしない？」

「どっちだっていいさ」

登志夫は答えた。

本当に、どうでもいいと思っていた。別に帰らねばならぬ理由はないのだ。そういえば、生きる理由だって持ってない。

「気のない御返事ね？」

「何ごともあなたまかせの世の中さ。流れ流されて、どうにか生きていってるんだ」

登志夫は言った。

酒をくらい、人を刺し、女と寝る……この無意味な行動だけが、登志夫の生きることのすべてだった。

ヘッドライトの光芒《こうぼう》を受けたアスファルトは陰翳《いんえい》を深めた。美子は低くハミングしながらハンドルを握っていた。スピード・メーターは七十キロを示していた。

「どうして黙りこんでるのよ。何か言って……」

美子は歌うように言った。登志夫は、乾いた瞳で前方を見続けていた。

貨物便のトラックが、気違いじみたクラクションの音と地響きを残してジャガーを追い越した。トラックの助手台の男が大声で野卑《やひ》な言葉を投げつけた。

「もっとスピード出るだろう?」

登志夫は言った。

「出るわよ。トップ・ギアで二百三十キロまで出るんですもの……」

美子はアクセラレーターを踏みこんだ。スピード・メーターは百五十キロまでに上がった。その凄《すさ》まじいスピードでは、吹きこむ風の音も耳に感じないほどだった。

ジャガーはすぐにトラックを追い抜いた。むこうから来たステーション・ワゴンと、一瞬にしてすれちがった。

「ちょっとしたスリルだわね」

美子は蒼白な顔に微笑を浮かべた。車のスピードを落としていった。

「あれで、衝突さえしてたらな」

登志夫は呟いた。

横浜を過ぎたのは大分前だった。やがてジャガーは、小田原から海岸沿いに走る有料道路に入った。

チケットは登志夫が買った。もうすぐ熱海《あたみ》の筈《はず》だ。美子が何を考えているのかちょっと知りたかったが、そんなことはすぐに頭からはらいのけた。ただわかっていることは、自分の行動が他人の手によって、コンベアーに乗ったように流れていくということだけだ。

「美子ね、この道なら、目かくししたって運転出来るのよ」

美子はポソンと言った。

左側は断崖《だんがい》になっていた。はるか下に、暗い海は灰色の牙《きば》をむいて吠えていた。危険防止の夜光塗料をぬったガード・レールが、長く帯のように続いていた。ヘッドライトの光を浴びると、真紅と黄色に燃えあがった。

「無理するなよ。目かくし運転なんて」

登志夫は凍ったような瞳で美子を見た。

「あなたは、出来て？」

美子は挑むように笑った。

「出来るわけがない」

登志夫は不機嫌だった。

「じゃあ、これで目隠しして……」

美子は緑色のスカーフを差し出した。

「いいのか、本当に？」

重苦しい声で登志夫は言った。

ジャガーは短いトンネルをくぐり、カーブの多い道にさしかかった。

「目隠しをしてくれたら、あなたが指図するのよ」

美子は乾いた口調で言った。

登志夫は乾いた唇を舐めて、美子の両眼をスカーフでしばった。

道の左側を、ガード・レールが蛇のように曲がりくねっていた。美子は目隠しされたまま七十キロのスピードでジャガーをとばした。

「もっと右に……今度は左だ……！」

登志夫の喉はカラカラになった。ジャガーはジグザグを描きながら、いまにもガード・レールや右側の岩肌にぶつかりそうになった。

止めてくれ……と叫びたかった。登志夫の心臓は口からとびだしそうになった。下腹は冷たく濡れていた。

「こんどは真っすぐ……左……右……！」

登志夫の声は悲鳴に近かった。ポーズはどこかにけしとんでいた。

美子は薄く笑っていた。登志夫の動揺を見すかしたような笑いかただった。

不意に——曲がりかどから八トン積みの大型トラックが姿を現わした。強烈なヘッドライトが一瞬登志夫の瞳を盲目にさせた。

「トラックだ。左にハンドルを切ってくれ！」

登志夫の声の後半は悲鳴にかわっていた。

美子は乱暴にハンドルを切った。登志夫の眼下に、暗い海が大きな拡がりを見せていた。海には鋭い岩が突きだしていた。

凄まじい衝撃音を発し、ジャガーのフロントはガード・レールをへし折った。ジャガーは空中に浮き、火を吹きながら、一回転して落下していった。登志夫の悲鳴と美子のけたたましい笑い声が重なりあい、そのあとを追って落ちていった。

やがて大きな渦巻きがおさまると、海の下から争うようにしてガソリンの泡が波間に浮いてきた。血も混じっていたが、暗くてわからなかった。盲目の灰色の牙をむく波は、海面に漂うスカーフと登志夫のハンカチを遠くに運び去った。

殺してやる

1

気配を感じて、石井は動きをとめた。裸の背を、汗が筋をなして流れていた。

「どうしたのよ?」

石井の下で、悦子が酔ったような瞳を開いた。かすれた喉声《のどごえ》だ。

「いや。なんでもないんだ」

石井は再び悦子の首に手をまわしたが、その目はドアの鍵孔《かぎあな》のほうにむけられている。

「続けて——」

悦子の声は苛立《いらだ》った。

「ここでよしたりしたら、殺しちまうわよ」

「誰かが覗《のぞ》いているような気がするんだ」

「馬鹿ねえ。あの人は、いまごろ熱海でマージャンに夢中になっているわよ」

「…………」

「ねえ、じらさないで……それとも、たった三回で、もう駄目になってしまったの? 見掛け倒しね」

悦子は石井の胴を脚で締めた。

「奥さんにはかなわねえ」

石井は苦笑いして、ドアの鍵孔から目をはなした。この女の相手を続けるには、種馬でも連れてこないことには、と思いながら、肉の陶酔のうちに不安を打ち消そうとつとめた。

やがて、さすがの悦子も、汗にまみれて鱶《ふか》のような眠りにおちた。脂を浮かせたその顔は、眠っている間も男を誘うような表情をうかべていた。

悦子の顔は彫りが深く整っている。だが理知的な面影は微塵《みじん》もなく、牝《めす》の塊りといった匂《にお》いを放射していた。

石井はその悦子の顔から視線をそらせた。嫌悪の表情が石井の唇を歪《ゆが》めさせていた。悦子から体をはなして、仰向《あおむ》けに転がった。

体が冷えてきて、ベッドのシーツを濡《ぬ》らした汗が不快だ。石井はベッドから降りて、バス・タオルで強く体をぬぐった。

悦子は、白い脂の乗った二十七歳のムチムチした体を、カーテンの隙《すき》から洩《も》れる昼さがりの陽光のもとにさらけだし、鱶の眠りをむさぼり続けていた。

カーテンの隙間の窓ガラスには、アフリカや南方の怪奇な面を飾った寝室の模様が映り、窓のむこうには神宮の杜《もり》が見えていた。

石井は悦子よりもずっと若い。二十歳を越したばかりだ。しかし、週に四日のジム通いで、その体は見事な筋肉の発達を見せている。

バス・タオルを腰に捲《ま》きつけた石井は、ベッドの足許《あしもと》に蹴《け》とばされた毛布をひろげ、悦子の上にかけてやった。それから、いきなりドアにむけて走った。

ドアを開いた。ドアのむこうの居間に人影はなかった。だが石井は、タバコのヤニ臭い男の体臭がそこに残されているのを嗅《か》ぎつけた。

やっぱり、気のせいだけでなく、情事を覗いていた者がいたのだ。石井は客間や台所まで捜してみたが、見つけ出すことは出来なかった。

ここは、代々木初台のマンションYの五階だ。悦子の夫であり、石井が準幹部として働いている豊島組の組長が借りている続き部屋だ。もっとも豊島は家賃を払ったことがない。

石井は客間についた、玄関とも言うべき入口のドアを調べてみた。ドアを閉じると外側からは鍵無しでは開かない自動錠はこわれてなかった。鍵を使って錠を開けたに違いないから、侵入者は豊島自身なのかも知れない。

石井は唇を嚙《か》んだ。悦子から誘われたのだが、それは言いわけにならない。ともかく、石井が親分の女に手を出した事実だけはくつがえせない。

石井が豊島組の身内になったのは、三年前、十七の年だ。両親が病死したあと、中野の叔父の家に預けられて夜間高校にかよっていたが、下男同様にコキ使われた。

飯の量のことで嫌味を言われたときは完全に頭《トサカ》にきた。石井は役人である叔父を殴り倒して跳びだしたのだ。

それからは、食うためには何でもやった。殺人だけはまだ出来なかったが、傷害、強盗で幾度も八王子の少年院に叩《たた》きこまれた。そこで知りあったチンピラの口ききで、豊島組にもぐりこんだのだ。

抜群の喧嘩《けんか》上手を買われて石井が準幹部に昇格したのは、半年ほど前のことであった。そのとき、はじめて石井は悦子を見た。

悦子は、はじめて会った石井に、豊島に隠れてコナをかけてきた。石井は悦子をつとめて避けたが、年増女のしつこさに負けて、先月の九月にはじめて悦子と寝た。そのまま、関係が続いているのだ。

寝室に戻った石井は、バス・ルームで熱いシャワーをあびた。手早く服を着け、そっと寝室から脱《ぬ》けだそうとした。

「ねえ、どこ行くの。今日は帰さないわよ」

トロンとした目を開いた悦子が、眠たげな声をかけた。

「用事を思いだしたんだ。組の大事な用事だ。すぐ戻ってくるよ」

石井は言って、部屋を出ていった。

玄関を通って、マンションの廊下に出た。廊下に人影はなかった。自動エレベーターを避けて、小走りに階段を降りた。

マンションの玄関近くで、管理人に出くわした。だが、管理人は石井を見ても狼狽《ろうばい》しないところから考えて、管理人が合鍵でさっきの部屋に忍びこんだわけではないだろう。

マンションの地下は駐車場になっている。芝生や花壇の前庭を突っきると、そこが道路だ。

石井はタクシーを拾って、角筈《つのはず》のガス・タンクのそばにある、自分の貧弱なアパート〝時雨《しぐれ》荘〟

に戻った。あたりは家屋が密集していて、もう陽《ひ》の光はむこうの屋根の陰にかくれてしまっていた。

2

石井はその木造モルタル建てアパートの二階の六畳に、恭子という女と同棲《どうせい》している。恭子は新宿の喫茶店〝ジャンヌ〟のレジスターとして勤めている。

石井は部屋代だけしか入れないので、恭子はやりくりが大変だ。しかし、石井にまとまった金が入ったときには、二人そろって豪遊するのだ。

その恭子は、まだ勤めから帰ってなかった。しかし、部屋の隅のチャブ台には、石井のための食事が用意されて新聞紙がかぶせてあった。

いつもの石井は、昼すぎに起きだすのだ。今日の石井は、悦子から電話で呼びだされ、恭子が用意しておいてくれた飯も食わずに飛びだしたのだ。悦子は、ベッドに入る前に、いつも石井に三万円の小遣をくれる。

今日のオカズは、目玉焼とタラコと干物であった。石井は失ったエネルギーを取り戻そうとするかのように貪《むさぼ》り食った。

腹がおさまると、反対に胸のなかに空洞がひろがった。情事を覗き見たのは豊島自身に違いないという想像は、確信にかわっていった。

この六畳の部屋でめぼしいのは、月賦で買ったテレビと冷蔵庫、それに恭子の服だけであった。

早く出世したかった。顎《あご》で若い者に命令するだけで金が転がりこんでくる身分になりたかった。そのために、石井は仕事だけは真面目にやってきたのだ。それが、あんな色情狂に近い女と関係が出来たために水泡に帰すかも知れない。

それどころか、オキテを破った廉《かど》で処刑される。石井は、覗き見たのが豊島でないことを祈った。

フトンをひきずりだして、もぐりこんだ。何も考えないことにして眠りこんだが、悪夢にうなされどおしであった。

目を覚ますと、陽は落ちていた。体じゅうが脂汗にまみれていた。石井は起きあがり、タオルで汗をぬぐってからバック・スキンのジャンパーをつけたが、思いたってズボンの折り返しのなかに、ごく小型の飛びだしナイフを忍ばせた。六センチほどの刃は、ステンレスの安物と違って、焼きいれして剃刀《かみそり》のように鋭利な鋼《はがね》がついている。

恭子はまだ戻ってなかった。そういえば、今日は遅番だといっていた。気がすすまなかったが、石井は新宿西口のバス停留場に面した豊島組の事務所に出かけることにした。特別な事情のないときのほかは、ネオンが咲き乱れるより前の時刻に、事務所に顔を出して、与えられた仕事にとりかかるのが石井の日常なのだ。

新宿駅の西口から人波にまきこまれて吐きだされた。路上に出ると、夜は風から埃《ほこり》っぽさを失わせていた。

歩道に台やゴザを並べた香具師《やし》たちが、石井を認めて声をかけた。石井はそれに手を振り、車道を横切って、広場のむこうに歩いた。

事務所の一階は、大会社とまぎらわしい〝大丸不動産〟と看板をかかげていた。無論、まともな商売はしていない。

ビルは鉄筋コンクリートの三階建てだ。韓国人から豊島組が捲きあげたものだが、敷地は二十坪しかなく、続々と近くに建てられているマンモス・ビルにはさまれて肩をすぼめているようだ。

二階と三階が、仮面を脱いだときの豊島組の巣になっている。石井はバック・スキンのジャンパーの襟を直し、一階のドアを肩で押しあけた。

不動産部の事務所に客の姿は見えなかった。地面師やブローカーが、額を集めて密談していた。入って来た石井にチラッと視線をなげたままだ。

石井は、二階に続く階段を昇った。二階が準幹部や幹部の溜《たま》り場だ。大幹部や組長は三階に陣取っている。

「よう」

「遅かったな」

石井を迎えた六、七人の兄弟分たちの表情はいつもと変わらなかった。十五畳ぐらいの板の間に置かれたソファや椅子《いす》にくつろぎ、漫画本を読んだり紫煙を吹きあげたりしていた。

「社長は？」

石井は空いた椅子に腰をおろしながら尋ねた。豊島のことを社長と呼ばねば叱《しか》られるのだ。

「まだお帰りじゃない。だから俺たちはまだここでブラブラしてるわけさ」

幹部の佐川がニヤリとした。頬《ほお》の刀疵《かたなきず》が凄《すさ》まじいが、髭《ひげ》をそっていたとき地震に驚いて自分で傷つけたのだ。

「そうですかい。じゃあ、遅れて来ても助かったな」

石井も笑った。本当に豊島がまだ熱海から戻ってないとすれば、祝杯をあげたいぐらいだ。心にわだかまりは残っていたが、それでも石井は浮き浮きとはしゃいだ。兄弟分たちと冗談や猥談《わいだん》を言いあっていた。その間にも、チンピラたちが入れかわり立ちかわり大部屋に出入りした。店屋物《てんやもの》をとればツケは組で払ってくれることになってるので、注文の電話がにぎわった。

組長の片腕と言われる大幹部の土浦が三階から降りてきたのは二時間ほどのちであった。眼鏡をかけたインテリ面だ。弁護士崩れだが、経理や税金関係にもくわしい。

「社長はもうすぐここに戻ると連絡があった。それまでに食事を済ませておいてくれ……それから石井君、ちょっと……」

土浦は言った。

「僕ですか？」

「ああ、ちょっと頼まれてほしい事がある。飯が済んだらでいいから、上に来てくれ」

土浦は眼鏡の曇りをふいた。

3

三階の中央の部屋が豊島専用の事務所だ。デスクの奥の大きな金庫には二丁の自動ライフルをはじめ、十数丁の拳銃《けんじゅう》が隠されている。石井たちは事が起こるたびにそれらの銃を渡されたが、仕事が済んで返すときには使用した弾数を報告しなければならない。

いまその大金庫を背にして、デスクに豊島組組長が収《おさ》まり、その左右には主《おも》だった大幹部が並んでいた。

豊島は三十七、八の精悍《せいかん》な男だ。頭の天辺《てっぺん》は禿《は》げかけているが、その顔は脂ぎって光っている。

デスクの前に、瞳を伏せて石井は立っていた。やはり危惧《きぐ》した通り悦子とのことがバレたと思った。しかし、処刑されるぐらいなら、逆にこちらから先手を打って襲いかかる覚悟をきめていた。二十歳で死ぬのは早すぎる。

だが、豊島は予想に反して、顔じゅうに笑いを浮かべていた。

「ここに君を呼んだのはだな——」

と、低い声で言って一息つき、

「君の腕を見込んで、ぜひやってもらいたい仕事があるからなんだ」

「と、いいますと？」

　ホッと肩の力を抜いた石井は尋ねた。

「人を片付けてもらいたい」

「誰です？」

「きまっている。花谷組の組長だ」

　豊島は無造作に言った。

「でも……しかし、お言葉を返すようですが……」

　石井は当惑した顔つきになった。

　花谷組は南口に勢力を張っている。西口の豊島組とは幾度も協定が結ばれて、互いの縄張りを侵さぬ取決めになっている。事実、両派は今日まで、ともかく表面上は仲良くやってきたのだ。

「とまどったか？　無理もない。だけど、相手が安心しきってるときでないと勝ち目はないんだ」

　豊島はデスクを指ではじいた。

「奴には用心棒が……」

「そんなことが怖《こわ》くて出世は出来んぞ。なるほど奴の二人の用心棒は早射ちだ。だけどもな、いくら相手が早く抜いても、お前のほうがはじめっから抜いておけば、そのほうが早いわけだ。

それから、無論、お前のアリバイは作っておいてやる」

「…………」

「まさか、嫌だとは言わないだろうな？　言えないはずだ」

豊島は、強く光る瞳で石井の瞳を覗きこんだ。

石井の背に軽い震えが走り、腋《わき》の下に汗が滲《にじ》みでた。なぜ、断わることは出来ないのだ？

しかし、豊島の次の言葉が、石井の心を軽くした。豊島は押しつけがましく言ったのだ。

「お前は断わることは出来ない。俺はここまで腹を割った。お前を信用しているからだ。裏切り者になりたくないんだろう」

「わかりました」

「よし、それでこそ男だ。そのかわり、仕事が成功したら、お前を平幹部でなく大幹部として取り立ててやる」

豊島は唇だけで笑った。

「有難うございます」

「そのかわり、一つだけ条件がある。つまりだな、万が一にでもポリに包囲されても絶対に手をあげるな。射ちまくって血路をひらくんだ」

「気絶させられて捕まったら？」

「そのときは、仕方がない。絶対に俺や組の名を出すな。あくまでも、自分の考えで殺《や》ったんだと言うんだ」

豊島は声に凄味《すごみ》をきかせた。

「やるだけ、やってみます。任せてください」

石井の覚悟はきまった。

「よし、頼むぞ。この賭《か》けに勝てば、お前は若手のなかの出世頭だ。大幹部の待遇なら、車も買えるしマンションにも住める。高級な酒と高級な女も好きなだけ手に入る。デラックスな生活が気にくわんと言うのなら別だが……」

豊島は笑った。立ち上がって手袋をはめた。デスクの抽出《ひきだ》しを開き、四十五口径コルト・ガヴァメント・モデルの軍用自動拳銃と、七発装塡《そうてん》した弾倉を取り出した。緑色に赤い斜めの筋の入った五十発入りのレミントンの弾箱をズシンとその横に置いて、

「扱い方は知ってるはずだな」

と、ウインクした。

石井がビルの裏口から出たのは一時間ほどのちの事であった。バック・スキンのジャンパーに突っこんだG・Iコルトが重かった。裏通りの暗がりに、組のほうで用意しておいてくれた盗品の車が停まっていた。目だたぬルノーだ。石井は豊島が渡してくれた鍵を使って、運転台に乗りこんだ。

ダッシュ・ボードの淡い灯を頼りに、自動拳銃をざっと分解してみた。毀《こわ》れてはなさそうだ。手早くそれを組み立てて弾倉を叩きこみ、石井はルノーを発車させた。

4

ナイト・クラブ〝蘇州〟は、南口の甲州街道から千駄ケ谷の旅館街に入る途中にある。三百人を収容出来る店内は、淡い紫の間接照明が人影を幻のようにぼかし、黒人の演奏するハモンド・オルガンがムードを盛りあげる。

ステージには、芸能プロに圧力をかけて、出演させた売れっ子の歌手が連夜のように立つ。ハモンド・オルガン奏者にしても、ラス・ヴェガスの人気者であったが、来日してから麻薬をフンダンに与えてくれるこのクラブから離れることが出来なくなったと言われている。

このクラブは、また本物に近い上海《シャンハイ》料理を食わす。それでいながら、二人連れで適当に飲んで食って四、五万円だから、連夜満員の盛況であった。ホステスも粒よりを揃《そろ》え、腰のあたりまでスリットの切れあがった中国服を着せていた。

このクラブ〝蘇州〟が、花谷組の本拠なのだ。二階に事務所を置いている。各方面に手を出していた事業も、このところこのクラブに主力を集中している。

薄利多売も案外稼ぎになると気付いたからだけではない。客のなかから身許が確実でしかも金離れのいいカモに目をつけて地下の秘密クラブに勧誘し、賭博《とばく》と麻薬と女にしびれさせ、資産の最後の一銭までも絞り取るのだ。

ほとんどの者は麻薬で正常な自分を失わされ、快楽のためには莫大《ばくだい》な借金を重ねても通いつめる。しかし、なかには後悔と恐怖に耐えきれずに、脱会を企てる者もいる。すると、翌朝交通事故の死体となって発見される仕組みになっているから、警察に密告しようなどという気を起こす者はいなかった。しかし、密告しないでも、借り場がなくなった者は、脱会を計《はか》った者と同じ運命をたどるのだ……。

〝蘇州〟の駐車場は広かった。まわりは奥多摩から運んで移植した巨木にかこまれ、百台近い自家用車が並んでいる。

そのなかに、石井が乗ってきた灰色のルノーも混じっている。石井は駐車係のボーイが見廻《みまわ》ってくる車を離れ、ニレの巨木の陰に身を潜ませていた。

石井の位置からは、群を抜いて立派なクライスラーのニューヨーカーが見通せる。そのナンバーは、豊島が教えてくれた花谷の乗用車のそれと一致していた。

長いこと立っていたので、脚が少しくたびれてきた。しかし、午前零時に近く――クラブの裏口からそのニューヨーカーに歩みよる人影を認めて石井は緊張した。

花谷だ。フィリッピン人に似た顔にコールマン髭をチックで固め、服装には一分の乱れもない。いかにも身のこなしの滑らかな二人の用心棒、国村と三谷をしたがえている。

三谷がクライスラーのハンドルを握り、国村と花谷が後ろの座席に坐《すわ》った。石井は駐車している車の陰を抜けて、自分の乗ってきたルノーに忍びよった。

クライスラーは発車した。それが駐車場の出口にかかったのを見てから、石井はルノーを発車させた。

石井のルノーに続いて、出口の近くに停まっていた黒青色のルノーが発車した。クライスラーを追うのに専念している石井は、それを気にとめなかった。

クライスラーは、神宮の杜とワシントン・ハイツを左に見て走った。八十キロ近く出していた。石井はルノーのアクセルを踏み続けた。黒青色のルノーも、百メーターほど離れてついてくる。

車は駒場を抜け、世田谷若林で左に折れた。上町を通ると、あとは農大通りの道が続いていた。

快速で飛ばすクライスラーに、ルノーは喘《あえ》ぎながらついていった。このときになってはじめて石井は、罠《わな》にかけられようとしているのは自分のほうでないかと気付いた。クライスラーは、わざと自分をおびきよせ、待伏せする気だ。

石井の疑惑は的中した。農大に近づいたクライスラーは、スピードを百五十キロ以上にあげてルノーをみるみる引きはなし、ブレーキから煙を吐き、車体を横転しそうに傾《かし》げながら左折して、大学の広大な農場を貫く道路に消えていったのだ。

石井も最大限にアクセレーターを踏みこんだ。スピード・メーターなど見る余裕はなかった。まして、バック・ミラーを覗いて、黒青色のルノーがまだ執拗《しつよう》につけてくるのを確かめることも。

ブレーキを軋《きし》ませて石井のルノーはターンし、農場のなかに入っていった。その道路をふさぐようにしてクライスラーが横向きに停車しているのがヘッド・ライトに浮かんだ。車のなかに人影はなかった。石井はさらに強くブレーキを踏みこんだ。

横向きになったクライスラーのエンジン・フードとリア・トランクのむこうから、国村と三谷が顔と拳銃を突きだした。二丁とも、銃身の極度に短いスナッブ・ノーズのリヴォルヴァーだ。

石井は惰性で前のめりになり、ハンドルに顔を伏せるようにした。同時といってもいいほどに、花谷の用心棒二人の拳銃が火を吐いた。銃身が短すぎるので火薬の燃焼が足らず、文字通り赤い発射の炎が三十センチは吹きだした。轟音《ごうおん》も凄《すさ》まじかった。ルノーのフロント・グラスに着弾の孔があき、放射状にヒビが入ると、音たてて石井の頭に降りかかった。

やっとルノーは停車した。クライスラーとの距離は三十メーターほどだ。再び銃声が吠《ほ》え、フロント・グラスの破《わ》れ目から襲ってきた弾が、石井の髪を四、五本フッとばした。

ルノーの外に転がり出ると集中弾を浴びる。石井は助手席の上に蹲《うずくま》って、車内から応射することにし、ギアをニュートラルにして、重いG・Iコルトを抜いた。

G・Iコルトの遊底バネはかたい。撃鉄を先に起こしてやらないと、女子供の力では遊底が引けぬほどだ。しかし石井は素早く左手で遊底をひいた。

後退した遊底が、弾倉上端のドングリのような弾頭を持つ四十五口径弾をひっかけて前に閉じるバシッという反響音が、石井のファイトを燃えあがらせた。

ガラスの破《わ》れた前窓から、その自動拳銃を突きだした。クライスラーから再び発射の閃光《せんこう》がほとばしった。

これから首をすっこめたところで、弾速のスピードに追いつくものでない。ルノーのフロント・トランクの前部を貫いた二発の弾がトランクのなかで暴れまわる凄まじい音に鼓膜が破れそうになりながら、石井はクライスラーのエンジン・フードを狙《ねら》って、目にもとまらぬ早さで三度、引金をひいた。続けざまの反動で手首が反《そ》りかえりそうになった。

二発はエンジンを破壊したにとどまったが、三発目に手ごたえがあった。国村の顔面の半分がフッとぶのがライトの光に照らされた。

怖《お》じ気《け》づいたのか、三谷の顔はトランクのむこうにひっこみ、応射もしてこなかった。

石井は運転席に移った。エンジンはとまってなかった。ギアをローに入れ、発車するとセカンドに切りかえた。三十メーターの距離でもかなりスピードが上がりはじめた。

石井は右手に自動拳銃を握り、左手だけでハンドルを握っていた。道の横の木柵《もくさく》を車輪でバリバリと踏み倒し、クライスラーの後方にルノーをまわそうとした。逆上した三谷が、立ち上がってリヴォルヴァーを乱射した。たちまち弾倉が尽きた。

ルノーはエンストした。石井は畠《はたけ》に跳び降り、夢中で弾倉をつめかえている三谷の心臓を一発で射ちぬいた。

衝撃でブッ倒れた三谷の体は、蹲って耳をおさえていた花谷に激突し、押し倒した。射出口から噴出した血を浴びた花谷は、わめきながら三谷の死体をおしのけ、両膝《ひざ》をついて上体を起こした。

5

花谷は悪夢を振りはらうように両手を振りまわした。粋《いき》がったポーズは、もうどこにも見当たらない。

「射つな、石井！……」

石井の瞼《まぶた》に血がのぼった。

「どうして俺の名前を知ってる？」

「電話があった……豊島から……あんたが俺を殺しに出かけたって……俺はあんたに恨まれる覚えはない……」

花谷の顔は面白いように痙攣《けいれん》した。

「社長が電話を？」

「あんたは俺を殺して抜けがけの功名をたてる積りだと言ってた。豊島たちはあんたを仁義破りとして捕まえようとしている」

「そうだったのか。俺もあんたも豊島にだまされたよ。奴があんたを殺せと命じたんだ。あんたを殺すのは、もう馬鹿馬鹿しくなってしまった。俺はこれから、俺が殺したいと思ってる奴を殺しにいく」

石井はG・Iコルトの撃鉄を静かに倒した。花谷は安堵《あんど》の溜息《ためいき》を漏らして気絶した。石井は拳銃をズボンのベルトに差しこんで、静かに踵《きびす》を返そうとした。

「動くな！」

「警察の者だ、動くと射殺する！」

激しい二つの声がクライスラーのむこうから飛んできた。石井はベルトに差したG・Iコルトを抜きながら振りかえった。

クライスラーのむこうに、私服の男が二人立っていた。二人とも、引金の用心鉄が三角形をしたモーゼルHSCの中型拳銃を握っていた。刑事だ。

二人のモーゼルが、同時に発砲された。二発の弾は石井の首の左右をかすめた。石井は頭の芯《しん》が痺《しび》れ、よろめいて手にした拳銃を落とした。鼓膜が破れ、血管が千切れたのではないかと思った。

右側の刑事が駆けよった。必死に石井が拾いあげようとするG・Iコルトを蹴り、右手首に手錠をくいこませた。

もう一人の刑事が、石井の拳銃を拾い、石井の服をしらべた。弾箱は取りあげられたが、ズボンの裾《すそ》の折り返しに隠したナイフは見つからずに済んだ。

「手こずらすんじゃない。さあ、歩け」

石井の右手首にかけた手錠の片側を自分の左手首にはめた刑事が、モーゼルの銃口で背をつついた。

「じゃあ、頼むよ」

石井の拳銃を拾ったほうの刑事が声をかけた。

「ああ、君はここで見張っててくれ。私はさっそく無線で本庁と連絡をとってから、こっちに車をまわしてくる」

二人の刑事の乗ってきたルノーは、ライトを消して、百メーターほど離れたところに停まっていた。近よってみると、覆面パトカーだ。

「一つだけ教えてくれ。どうして尾行した？」

石井は喘いだ。

「密告の電話があった。念のために尾行《つけ》てみた。さあ、なかに入れ」

刑事は、撃鉄安全をかけたモーゼルを腋の下の革ケースに仕舞い、覆面パトカーのドアを開いた。

石井はわざとよろけ、座席に左手をつく振りをして、ズボンの折り返しから小さな飛びだしナイフを自由な左手で摑《つか》みだした。ボタンを押して刃を飛びださすとともに石井の左腕が一閃《いっせん》した。

刑事の喉笛がパクッと口をあけた。血がほとばしった。刑事はもがくようにモーゼルを抜きだそうとした。石井のナイフが、刑事の目を刺し貫いた。

刑事の絶叫は声にならず、喉の傷から泡を吹きだしただけであった。石井はモーゼルを奪い、力をこめて引金を絞った。自動式だがダブル・アクションなので、撃鉄を指で起こしてやらなくても発射した。

刑事はズルズルと崩れた。石井はその右手首に三発射ちこんだ。手錠の片側に刑事の手首をぶらさげたまま、石井の右手は自由になった。刑事の手首は、弾をくらった千切れ口と骨と肉がグシャグシャになっているためか、手錠から簡単に外れそうもなかった。

石井は、死体から弾薬サックを奪い、覆面パトカーに跳びのった。

ライトをつけると、銃声に驚いたもう一人の方の刑事がクライスラーの陰から跳びだすのが見えた。しかし、百メーターの距離があるので咄嗟《とっさ》には何のことかわからず、

「どうした?」

と、叫ぶだけであった。

石井は、覆面パトカーをバックさせ、大通りに出した。ギアを切り替えて、スピードをあげていった。

石井が運転するルノーの覆面パトカーが、屋根から突きださせた赤いスポット・ライトを点滅させて夜の街路を突っ走り、新宿西口の豊島組事務所に着いたのは、わずか十五分後であった。ビルにはまだ灯がついていた。

二階の大部屋にたむろしていた連中は、血まみれの刑事の手首をぶらさげた右手にモーゼルを握って跳びこんできた石井の形相を見て、腰の力が抜けて動けなかった。

三階の応接間では、絨毯《じゅうたん》の中央に、恭子と悦子の二人が、素っ裸で寝かされていた。豊島を

はじめ、大幹部連中がウイスキーを舐《な》めながら嗜虐《しぎやく》性を満足させている視線のなかで、ズボンをずりさげて壁ぎわに並んだチンピラたちが、ニヤニヤしながら入れかわり立ちかわり、二人の女を犯していた。

さすがの悦子も悲鳴を洩らしていた。細《ほ》っそりした体つきの恭子は、血の筋を絨毯にひいたまま動かない。すでに失神しているのだろう。

「みんな、もっとやれ。俺の顔に泥を塗りやがった女と、相手の男の女だ」

スコッチの壜《びん》を振りまわしながら豊島がわめいた。興奮しきっていた。

「筋書きは読めたぜ。貴様らの酔いが醒《さ》めてから、一人ずつ料理してやる」

ドアを蹴りあけて石井が跳びこんだ。モーゼルの銃口で豊島に狙いをつけると、手錠でブラさがった刑事の手首が大きく揺れ、新しい血が絨毯にシミをつくった。

暗い星の下に

変身

1

地下室には、ギラギラ光るスポット・ライトが置かれ、その光線は、椅子に後手にくくりつけられた一人の若い男を照らしていた。

地下室のコンクリート壁は湿っていた。陰惨な匂いが充満している椅子に縛りつけられた男のそばで熾《おこ》っている七輪の炭火も、部屋の冷たさをゆるめるのに役立ってないようであった。

縛られた男は、蒼ざめた顔にどこか気弱げな趣きを宿していた。体格は立派であったが、撫で肩が淋しそうであった。名前は土井といった。土井士郎だ。

土井のまわりを、四、五人の男が取り囲んでいた。黒っぽい服を着ていた。

「一体、どうしたっていうんだ。いきなり目隠しをして、こんなところに連れこむなんて?」

土井は、正面の男を見つめた。

その男は、ドスキンの背広の上下に、輝くばかりの白い絹のワイシャツを着込んでいた。ネクタイは光った銀鼠色であった。これも絹の白手袋をはめた指を突きだして、

「とぼけるんじゃねえよ。利口なお前さんのことだ。大体の察しはつくだろうぜ」

と、嘲笑った。

「僕はこんな目にあう道理はない。君たちが誰だかも知らないんだ」

土井の瞳の奥に恐怖の表情が浮かんでいた。

「知らなきゃあ、知らねえでいいんだ。かえって、そのほうがお前さんの身のためかも知れねえ」

白手袋の男は鼻を鳴らした。土井の背後に立った男たちが、とってつけたように馬鹿笑いした。

笑い声は天井の低い地下室に反響した。土井は思わず胴震いした。

「そう怖がることはねえよ。もっとも、俺等が誰だかわかったら、お前さんの歯はカタカタ鳴りすぎて、口からとびだしてしまうかも知れねえけどもな」

白手袋の男は、気取った手つきでポケットをさぐり、金のシガレット・ケースを開いて、ウエストミンスターを薄い唇にくわえた。横に立っている額に十文字の刃痕の残る男が、火を点けたロンソンのライターをサッと差し出した。

白手袋の男は、土井の顔にプーッとタバコの煙を吹きつけた。ヴァージニア葉の芳香が土井の鼻を刺激した。

「用件は？」

土井はいった。喉がカラカラに乾き、舌がもつれていた。

「言おう。中田先生から手を引け」

「嫌だ」

「手をひけ。告訴を思いとどまるんだ」

白手袋の男は、声に凄味を加えた。

「断わる」

土井は、震えてはいたが、はっきりとした声でいった。

「もう一ぺん言ってみろ！」

白手袋の男は、指にはさんでいたタバコを爪で弾《はじ》いた。タバコの火口は土井の唇に当たって火花を散らした。

土井は呻《うめ》いた。呻きながら、精一杯に顔を反らせた。タバコは膝を滑って、コンクリートの床に落ちた。

「これでも、まだ、でかい口が叩けると思ってるのか？」

白手袋の男は鼻に皺をよせた。

「無抵抗の僕をいじめて、そんなにうれしいのか？　何といわれようと、僕は僕の思ったとおりにする」

土井はいった。火傷《やけど》した唇が赤く腫れはじめていた。

「この野郎！」

白手袋が横殴りに叩きつけてきた。土井は思いきり頭を反らせて、その打撃をさけた。

「野郎、洒落《しゃれ》た真似をしやがる」

背後から、土井の髪を誰かが摑んで、顔が動かぬようにした。白手袋が再び殴りつけてきた。今度は鼻柱に命中した。飛びちった血で、白手袋は赤く染まり、その色はたちまち黒味を帯びてきた。

「ひどいことをする……」

土井は、喉につまった声とともに、口のなかにたまった血を吐きだした。

「これで、ちっとは物事がわかってきたろう。おとなしく俺等の言うことを聞いたほうが身のためだってこともな」

土井の背後の男が憎々しげに呟き、髪を摑んでいた手に力をこめて、土井の頭を突きとばした。

「…………」

土井は、縛りつけられた椅子ごと、前につんのめろうとした。白手袋の男が土井の胸を蹴りあげてもとの位置に戻した。

「ど、どうして僕は、こんな仕打ちを受けなければならないんだ?」

苦痛に霞んだ土井の瞳から、涙の筋が頰を伝い、鼻血と混じって胸にしたたり落ちた。

「うるせえ。俺等は理由を聞く耳は持たねえよ。さあ、早く決心するんだ。ふた目と見られない身体になりたくなかったらな」

「君たちは、どういうわけで僕が中田を訴えようとしているのか知ってるのか?」

土井の声は、もう震えてなかった。

「強情な奴だ。お利口さんかと思ったら、お前さんはとんでもねえ大馬鹿野郎らしいな」

白手袋の男は冷笑し、七輪のそばに転がっている焼き鏝《ごて》を、真赤に熾った炭火の上に乗せた。

2

それを横目で盗み見た土井の瞳は恐怖にひきつったが、憑《つ》かれたようにしゃべりはじめた。

「僕たち……僕と順子は家が欲しかった。どんなに小さくともいい、二人だけの家が欲しかったんだ。家が見つかれば僕たちは正式に式をあげることになっていた」

「結婚の餌をちらつかせねえと、女も口説《くど》けねえのかよ?」

血に染まった白手袋の男がせせら笑った。

「僕の大学時代の友だちで、六和不動産で働いている加藤が、うまい話をもってきた。中野に割に広い土地がついて格安の家が出ているというんだ。値段は三千万。とても僕の手におえる金ではない」

「安サラリーマンが家を買おうなんて、贅沢だぜ」

「ところが、順子の父がそれを聞いて乗り気になった。八十坪もの土地がついてその値では投資としても大いに有利だ、というわけだ。とうとう、退職金を会社から前借りして、僕たちに貸してくれたんだ」

「ミミッちい野郎がそろいやがったな」

「僕は加藤を信用していた。奴にまかせっきりにしてたんだ。ところが、金をはらってから、登記する段になって、加藤となかなか連絡がつかぬので、僕一人で登記所に行ってみて、その土地家屋が担保に入っていることがわかったんだ。おまけに、十年計画の道路予定線にまで入ってるんだ」

土井はしゃべり続けた。炭火がはぜ、焼き鏝が赤みをおびはじめていた。

「お可哀そうに、鼠の巣はオジャンか」

土井の背後の男が冷笑した。

「あわてて加藤を問いつめようとしたんだ。ところが加藤は逃げたあとだった。六和不動産でも、そのころ加藤の使いこみがバレて、大騒ぎをしていた。無論、僕の件にしても奴が個人的にやったことで、会社としては責任はとれぬ、といわれた——」

土井の瞳は据わってきた。腫れあがった唇をなめて、

「売り主の渡辺に掛けあってみたが、奴、自分のほうこそ被害者だ、というんだ。奴の話では、加藤からまだ手付けしか受け取ってないそうだ」

「騙《だま》されたお前さんが悪いんだ」

「あの家を抵当に取っているのは市会議員の中田だ。僕は……」

「呼びすてにするなんて、生意気だぜ」

手袋の男は犬歯をむきだしにした。

「僕は中田に頭をさげて頼んだ。あの家を競売に掛けるのは待ってくれと……奴は親切づらを

して、いかにも相談に乗ってやるといったツラをして、何度も僕たちに足を運ばせた。あの忙しい人がよく嫌な顔もせずに――と感謝した僕らの間抜けさ加減よ。奴は家のことの話と偽って順子を待合に呼びだし、首を絞めて意識を失わせ、無抵抗になったところを犯した！」

土井の瞳は暗く光った。

「フン、無理やりどころか、喜んで転がったのかも知れんぜ。あれが好きな女だったそうじゃないか」

土井の背後から、野卑な声が浴びせかけられた。

「よせ――」

憤怒に燃えた土井の瞳は、熱病患者のように光り、

「順子は、気がついたとき、その場で死のうと思ったそうだ。だけど、それが出来なかった。僕にあわす顔がないと、書き置きして、順子はひっそりと去っていってしまった」

「美談だぜ」

手袋の男は笑い、七輪の炭火で真赤に熱してあった焼き鏝を取り上げた。

「嚇《おど》しても無駄だ！　僕は中田を許せない！」

土井は叫んだ。

「そうかい？」

手袋の男は冷たくいって、足許の角材の切れっぱしに灼熱した焼き鏝を圧《お》しつけた。

青灰色の煙が濛々と立ち昇り、鏝は角材を焦がして深くくいこんでいった。

「ちょうどいいようだな……」

男は呟き、焼き鏝を土井の顔に近づけた。

「よ、よしてくれ！」

土井は必死に顔をそむけた。

その背後から、三人の男が跳びつき、土井の肩や頭をおさえつけた。

「さあ、返事を聞かせてもらうぜ。告訴を思いとどまるか？」

血で汚れた手袋で鏝の柄を持った男は、鏝をさらに土井に近づけてきた。

耐えがたい熱さだった。土井の目には脂汗《あぶらあせ》が流れこんで、開いてはいられなかった。睫毛がチリチリと音をたてて焦げはじめた。

「ま、待ってくれ！」

土井は悲鳴にも似た声で叫んだ。

「決心はついたかい？」

男は焼き鏝を、すこし土井の顔から遠ざけた。

「わかった。僕はもう何もいわないことにする」

土井は口惜し泣きに泣いた。

「フン、それでこそお利口さんというものだ。いまお前さんがいった言葉、忘れるんじゃないぜ」

「…………」

土井は、力なく頭を垂れてうなずいた。黒と白とのコンビネーションの、手袋の男の靴が、朦朧《もうろう》とした土井の瞳に写った。

「俺たちのやってることは、ただの威しではねえってことを覚えといてもらいてえな。いざとなったら、お前さんのようなのを消しちまうことぐらい簡単に出来るのさ」

男は、フラノのズボンをはいた土井の左腿に、無雑作に焼き鏝を当てた。

毛が焼ける悪臭が漂った。呻き声をあげた土井は、縛られた両膝をそろえ、夢中で男を蹴りあげた。

両足の靴先が、男の胃に命中した。男は焼き鏝を落とし、両足を跳ねあげて尻餅をついた。ゲーゲーと、夕食をコンクリートの床に吐きはじめた。雪のように白かったワイシャツが汚れた。

3

「野郎、やりやがったな！」

「太え野郎だ！」

土井の背後の男たちは、罵声をあげて土井の顔を殴りつけた。ズボンの左足から煙をたたしたまま、土井はパンチング・ボールのように頭をふりまわされた。

「もういい、勘弁してやれ、あとは俺がやる」

手袋の男は、咳きこみながらゆっくりと立ち上がった。焼き鏝を拾いあげて、力一杯に土井をめがけて振り下した。

土井は左の肩口に、焦げるような熱さと鋭い打撃をうけ、椅子ごと床にひっくりかえった。焼き鏝は急速に冷《ひ》えていたので、大火傷だけは受けずに済んだ。

椅子ごと床に転がった土井の顔を、白手袋の男は蹴った。土井は急速に闇のなかに落ちていった……。

気がついたとき、土井は重く垂れさがった瞼を無理やりに開いた。体じゅうが痛みに疼《うず》いていた。服を濡らした夜露の冷たさが、かえって快いほどであった。

河原だった。仰向けに転がされた土井のまわりに、枯れた茅《かや》が生えていた。泥と砂のまじった土は重く湿っていた。

茅の原がと切れたあたりに砂地が続き、そのむこうに川水が広い幅を持ってほの白くゆるやかに流れていた。

土井は茅のあいだに埋まって、凍《い》てついたように硬い光を放つ星空を見上げていた。手足は縛られてなかった。

これまでに自分の生きてきた短い人生をぼんやりと想い出してみた。挫折《ざせつ》続きの人生であった。いつも、チャンスがめぐってきて、あと一息で一つの目的が成就の果実を結ぶ寸前に運命に見放されてきた。あるときは、みずからの暗い意思によって、すべてを投げだしてしまったこともある。

医者は、土井は破滅型の人間だと決めつけた。自殺本能が根強く心の底に巣くい、それが自分を正常な人生コースから踏みはずさせているのだ、といった。

自分には、ささやかな家庭を持つことさえも許されてないのであろうか。自分が心から望んでいるのは、静かで落ち着いた生活なのに……いつしか、夜露とともに、涙の筋が土井の頬を濡らしていた。

涙が頬の傷にしみて、土井の顔をしかめさせた。土井はポケットに手をつっこんでハンカチをひっぱりだそうとした。

土手を駆けおりてくる荒々しい足音が、土井の手の動きを中断させた。土井はそっと腹這いになって、足音のほうを覗きみた。茅は深かったが、土井の視界を完全にさえぎるほどではなかった。

背を丸め、転げるように堤を駆けおりてくる革ジャンパーの男の右手に、黒光りする拳銃が鈍く光っていた。輪胴式拳銃《リヴォルヴァー》であった。

男は、狡猾そうな瞳に恐怖の色を露わにしていた。鼻腔を大きくひろげ、開いた口から舌をつきだし、火のような息を吐いていた。

その男は、駆けているのでは間にあわぬと思ったのか、斜面に尻をついて滑りおりながら、身をよじって背後にむけて一発盲射した。オレンジ色の火箭《ひや》がほとばしった。

静寂を破った銃声は、茅のあいだに身をひそめた土井にとって、とてつもなく鋭く聞こえた。日頃、和製装弾の散弾銃しか射ったことのない土井には、まるで銃身炸裂のときの音のように聞こえた。

背後に一発盲射した革ジャンパーの男は、喘ぎながら斜面を滑りおりると、手負いの猪《いのしし》のようにガサガサと枯葉を鳴らしながら、土井から三十メートルほど離れた茅原にもぐりこんだ。

「逃げられるとでも思ってるのか？」

堤の上から、冷たい声がかかった。ソフト帽をあみだにかぶった灰色のトレンチ・コート姿の男が、長身を堤の上に現わした。土井は自分が呼ばれたように、ぴたっと湿った地面に体をへばりつけた。

「うるせえ！」

茅原にもぐりこんだ革ジャンパーの男は、罵声をあげると共に発砲した。弾道に入った枯枝が吹っ飛んだ。

ソフト帽の男の足許から五メートルほど離れた堤の斜面の土が、爆薬でもしかけてあったかのようにもりあがり、炸裂した。

ソフト帽の男は、星明りの下に薄笑いを浮かべながら、悠々と堤の斜面を降りてきた。両手はコートのポケットにつっこんでいた。

「寄るな！」

革ジャンパーの男は、左手で茅原をかきわけて後ずさりしながら、ザラザラした喉声で叫んだ。叫びながら、引金をひいた。

撃針は空薬莢を打って乾いた音をたてた。輪胴弾倉《シリンダー》のなかの六発の実弾を射ち尽くしてしまったらしい。

男は呻いた。茅原のなかに転がり、半身を起こし、ラッチを前に押して、左側に輪胴弾倉を開いた。スミス・アンド・ウエッスンだ。男はポケットから摑みだした弾頭の平べったい三八口径スペッシャル弾を夢中で弾倉につめはじめた。

ソフト帽の男は、斜面の中腹に立った。背広の下の腋《わき》の下に右手をつっこみ、スラリと銃身ののびた自動拳銃をつまみだした。遊底のトッグル・ジョイントについた丸いつまみのコネクチング・ノブは、それがドイツの誇るルーガーＰ０８自動拳銃だということを示していた。

ソフト帽の男は、銃把の左上についた安全装置を外し、慎重に狙いをつけて引金をしぼった。閃光と鋭い発射音とともに、目にみえぬ高速で長い銃身が短く後退し、遊底リンクが逆Ｖ字形に突きあがった。ピーンと音をたてて、排出された空薬莢がはじきとばされた。

革ジャンパーの男は、腹部を貫通した着弾の衝撃に大きくぐらついた。弾倉を閉じ終わったリヴォルヴァーを握ったまま、眼窩《がんか》から両眼がとびだしたようにみえた。

ソフトの男は薄笑いをうかべたまま、再び慎重にルーガーの狙いをつけはじめた。

革ジャンパーの男は、昏迷していく意識のもとで、リヴォルヴァーを両手で握り、機関銃のような早さで速射した。

ソフト帽の男の顔に、愕然とした表情が浮かんだが、次の瞬間、額から上を数弾に吹っとばされて即死した。血煙が凄まじくとびちった。ソフトがクルクルと舞い落ちた。

革ジャンパーの男は残りの数弾を堤の地面に叩きこんでいたが、弾倉を射ちつくすと共に、その手からリヴォルヴァーが滑りおちた。男はガックリと頭をたれると前のめりに倒れた。背の射出孔から腸がはみでて湯気をたてていた。

土井は草原に身を伏せたまま、震えていた。四肢をガクガクさせながら、ソフト帽の男の死体に這いより、その右手からルーガー自動拳銃をひきはなした。

血濡れた銃は、ずしりとした重量をたたえて土井の手に移っていた。凶暴な破壊力を秘めて静かに眠っているかのようなこの銃には、土井を魅してはなさぬ凄まじいまでの磁力があった。

土井はルーガーを握り、引金に人差し指をかけてみた。ルーガーは土井の腕の一端のように、かれの肉体の一部のように快適なバランスを保って底光りしていた。

土井の震えはいつしかとまり、瞳は憑かれたような光を放って暗く燃えていた。

この銃を手にした己れの運命が大きく狂っていくであろうことは、神ならぬ身の土井にとって知るべくもなかった。

憑かれて……

1

夜露に濡れた河原の土手に蹲《うずくま》ったまま、土井はルーガーの狙いを、近くの柳の細い幹につけてみた。

そのルーガーは、銃身四インチの陸軍モデルより二インチも長い海軍モデルであった。スラリとのびた六インチ銃身の後端に、八百ヤードまで照準を調整出来る照尺型の谷照門がついていた。いまは、五十ヤードにあわせてあった。

のばした土井の腕の続きのように美事なバランスを保ったルーガーは、身のひきしまるように冷たい鋼鉄の銃身に星屑の淡い光を反射させ、目標にくいついて狂いをみせなかった。

土井は肺の奥から絞りだすような深い溜息をついてその自動拳銃をおろし、目に近づけてみた。

遊底の左側、連結リンクの丸いノブと銃把にはさまれた受筒《レシーヴァー》後部に、細長い安全弁がついていた。

土井は引金から人差指をはなし、親指でその安全弁を弄《いじ》くってみた。安全弁は後に倒れて、鋼鉄の受筒面に彫られたドイツ文字をあらわした。

“Gesichert”——と、その文字は読めた。大学時代にドイツ語を齧《かじ》ったことのある土井には、それが“安全装置を掛けた”という意味であることがわかった。

土井は試しに引金を絞ってみようとした。引金は動かなかった。無論、発射出来ない。

土井の暗く輝く瞳に、チラッと満悦の表情が閃いた。その安全装置をかけたルーガー自動拳銃を左手に持ちかえ、革ジャンパーの男を追って相撃ちとなったソフト帽の男の死体に右手をかけた。

額から上を三八口径S・Wスペッシャルの鉛頭弾にフッとばされたその男の人相は、血と脳《のう》漿《しょう》にまみれて、見分けのつけようがなかった。

土井は、ぬるぬるするその男のトレンチ・コートを脱がし、ポケットをさぐってみた。

内ポケットから、七発の口径九ミリ・ルーガー弾がつまった予備の弾倉《マガジン》と、五十発入りの平べったいレミントンの緑色の弾箱が二つ出てきた。

その弾倉は、ニッケル・メッキしてあるとみえ、鈍い銀色に光っていた。横腹にあいた細長い点検孔から、一列につまった弾薬が、真鍮《しんちゅう》の肌をのぞかせていた。

土井は予備のマガジンと二つの弾箱を自分のポケットに移した。ポケットは重量にたれさがる。

男の背広を脱がせにかかった土井の手は、遠くからかすかに聞こえてくるパトカーのサイレンの音を聞きつけ、一瞬逡巡した。

サイレンの唸りは近づいてきているようであった。土井は舌打ちして、背広を脱がす手にスピードを加えた。

男は、スポーツ・シャツの左肩に肩掛け拳銃サック《ショルダーホルスター》を吊っていた。黒いなめし革で出来ていた。ホルスターの一本の吊革《スリング》の先はそのままズボンのベルト、もう一本の吊革は首のうしろを廻ってベルトの右側にひっかけるようになっていた。

土井は死体からホルスターを外し、左手に持っていたルーガーを突っこんだ。ぴったりと合った。ホルスターの先端が切ってあるので、そこから長いルーガーの銃身の先が突き出ていた。

死体の背広から財布を奪った。どういうわけか、罪の意識はなかった。

「兄貴……兄貴、どこにいるんです？　早く車に戻らねえと、パトカーがやってきますぜ！」

おびえた声とともに、荒々しく喘ぎながら堤の反対側を這いあがってくる男の気配がした。

土井はくるっとふりむいた。ふりむきざま、拳銃ケースからルーガーを抜きだしていた。

「兄貴、どこへいっちまったんだよう？」

心細そうな声をはりあげて、まだ二十歳を越してなさそうなチンピラが堤の上に半身を現わした。

チンピラは、星明りにおぼろに照らされる惨劇の場を見て、胃のあたりに一発くらったように愕然とした。顔がクシャクシャとゆがんだ。

「野郎っ？」

と、ヤケ糞じみた罵声を発し、枯草の露で濡れた右手の拳銃を突きだした。戦前からまだ闇の世界に数多く残っている、旧式のアイヴァー・ジョンスンの中折れ式リヴォルヴァーだ。

その三二口径五連発の銃身の短い不格好な代物《しろもの》は、錆《さび》をサンド・ペーパーで乱暴に削り落としたのか、チンピラの手のなかで安っぽく光っていた。

「銃を捨てろ！」

両手でルーガーを握りしめた土井は、よく透る声で呼びかけた。声は震えてなく、自分でも驚くほど自信に満ちていた。

「な、なにをぬかしやがる！」

ニキビの跡も消えやらぬチンピラは、引攣《ひきつ》るようにアイヴァー・ジョンスンの輪胴式《リヴォルヴァー》の引金をガク引きした。

弾《たま》も古いのか、不発だった。カチッと撃鉄が雷管を撃つ音がしたが、発火はしなかった。

「……！」

チンピラは慌てた。狙いもせずに引金をガク引きした。輪胴がまわり、撃鉄が往復した。今度は不発でなかった。銃が裂けるような轟音と、赤味がかった閃光をほとばしらせた。発射された弾頭は、はるかに土井をはずれた。

土井は無意識のうちにルーガーの安全弁を親指で前に押しあげてはずし、撃発準備をととのえていた。両手でしっかり銃把を握り、さらに射ってこようとしているチンピラの胸を狙って銃口を上げた。

ルーガーの引金は、土井が想像してたよりもはるかに軽かった。そして、その銃声と反動は想像よりも大きかった。

衝撃波が土井の顔をひっぱたき、土井は一瞬目がくらんだ。ピーンと乾いた音をたててはじきとばされた空薬莢の音も耳に残った。

中折れ式リヴォルヴァーを構えて引金を絞ろうとしていたチンピラが、胸の軟骨を砕き貫いた着弾の衝撃にのけぞった。銃を放りだして、堤の斜面を転げ落ちていった。背骨も砕かれているから、あとはそう長く生きられるものではない。

2

銃口から薄く漂う無煙火薬の匂いを、河面を渡ってくる夜風が吹きちらかした。土井はしばらくのあいだ、自分が手にしたルーガーを茫然と見つめていた。

すぐに我に戻った。気がつくと、パトカーのサイレンの唸りは聞こえなくなっていた。近くに音もなくしのびよってきた証拠だ。

土井はルーガーに安全装置をかけた。足許に落ちていた拳銃ケース《ホルスター》を拾いあげ、そのなかにルーガーを突っこんだ。

一気に堤を駆けあがった。夜露に濡れたズボンの裾が足首にまつわりついたが、そんなことは気にしていられなかった。体の痛みと疼《うず》きも忘却した。

土手の上に立つと、むこうに広がる黒い麦畠が見渡せた。点在する農家は、すべて灯を消していた。

土手をくだって三百メートルほど先……横に細長く人家が並ぶ旧道らしいところに、まるで接触せんばかりになってルーム・ライトをつけた二台の車が停《と》まっていた。幾条もの赤いスポット・ライトの流れが、旧道路の左右から、停車したその二台の車に忍びよっていた。

土井は唇をかんで、土手道の左右を見廻してみた。土手道は孔ぼこだらけの悪路で、その孔ぼこには、ところどころたまった雨水が乾ききってなかった。

上流のほうの遠くから、サイレンを殺したパトカーのスポット・ライトが近づいてきていた。悪路に車体が猛烈にバウンドするため、あまりスピードは出せないようであった。スポット・ライトが上がったり、さがったりしていた。

この道には見覚えがある。そうだ、想いだした。夏ごろ、よく夜釣りの船を借りにきた千葉の行徳のあたりだ。はたして、右手の下流の方に、なじみのある森が黒く盛りあがっていた。

土井は、一度土手の斜面を、もといた位置に降りた。下流のほうにむかって駆けだす。苦しくならぬように、鼻で規則的に呼吸しながら走り続けた。

枯草の根や野バラの蔓に足をとられ、何度か前のめりに倒れそうになった。一キロほど走って振りかえってみると、置きざりにしてきた死体のそばの土手道に数台のパトカーが停車していた。

土井はさらに走り続けた。さらに三分ほど走ったところで、ついに捜しもとめているものを発見した。船着き場だ。

その板を簡単に水面に張りだしただけの船着き場は、河原の葭《よし》の茂みの奥にあった。河原に跳び降りた土井は、枯葭をかきわけて、船着き場に続く小路に進んでいった。

茂みのなかで寝ていた水鳥が、けたたましい羽音をたてて飛びたった。土井は本能的にルーガー自動拳銃をホルスターから抜き出し、闇をかすめる鳥影に狙いをつけた。自分ながら感心するほどに精悍な動作だった。

粗末な船着き場には、三艘の小船がつながれていた。長さ五メートルほどの釣船だ。船床の上にまで浸水していた。

土井は素早く血痕と焦目のついた上衣を脱いだ。ルーガーをおさめたホルスターをシャツの左肩から腋《わき》の下にかけて吊った。二本の革紐《スリング》をズボンのベルトにひっかけて、ホルスターを固定させた。

こうやって吊ると、銃は土井の腋の下にぴったりおさまり、ほとんどその重量を感じさせなかった。上着を着ると、大柄な体格なので、外から見たところでは拳銃を携帯しているとはわからない。

拳銃を携帯しているということは、土井に無限の信頼感をいだかせた。土井は釣船の一つを泥でぬめる地面にひきずりあげ、渾身《こんしん》の力をふるって、それをひっくりかえして水を吐かせた。釣船をもとになおし、棹《さお》を探した。船宿の連中が持って帰ったらしく見当たらなかった。土井は、船を繋いでいた長い杭《くい》を引き抜いて棹のかわりにした。身軽に釣船に跳びのり、江戸川の河面に押しだしていった。流れはゆるやかであった。

土井は舳先を対岸の江戸川区の工場地帯にむけた。棹先は川底の泥に深くくいこみ、単調な労働をくりかえす土井の額に汗の粒をうかばせた。

淡い星明りが暗さをかすかに弱める闇のために、あたりの風景はすべての本質を隠し、遠く対岸に消えのこっている灯のまばたきすらも幻想的であった。土井は会社がひけてから順子と共にウナギの夜釣りにやってきたころのことを想いだしていた。遠い遠い昔のことのように思えた。

3

土井が雑司ケ谷の墓地に近い木造二階建てのアパートに戻りついたときには、すでに朝の四時を過ぎていた。静まりかえった道路を、朝刊を満載した新聞社のトラックが、地ひびきたてて通りすぎた。

アパートは、石畳の坂を登りつめたところにあった。土井の部屋は、二階のはずれだ。薄暗い電灯の光が落ちている階段を登る途中で、土井は二度も立ちどまって体を休めなければならなかった。それほどくたびれはてていた。

自分の部屋の前まできて、土井はドアの鍵孔が、硬い金属にこすられたように白く光っているのを認めた。

果して、ドアの錠は解かれていた。ドアはスルスルと開いた。土井はルーガー拳銃を腋の下のホルスターから抜き出し、親指を安全弁にかけて、狭いコンクリートのタタキに足を踏みいれた。

タタキの右側は簡単な台所のついた八畳間だった。人影は見当たらなかったが、ウエストミンスターのイギリス・タバコの匂いが残っていた。そして——部屋のなかは無茶苦茶に荒されていた。土足の靴跡も、一面についていた。

土井も、土足のまま部屋にあがりこんだ。ルーガーの安全装置をはずし、用心のために押入れの襖を引き開けてみた。誰も隠れてはなかった。

土井の唇が苦い笑いに歪《ゆが》んだ。荒された部屋の真中にあぐらをかき、そばに転がっているトリスの安ウイスキーの壜から、息もつかずにコップ一杯分ぐらいを飲んだ。

空っぽだった胃が、カーッと熱くなった。血管をアルコールが駆けめぐった。土井は右手に握ったままだったルーガーを畳の上に置いて、あたりを見廻した。

机の抽出しは、中味をブチまけられて転がっていた。ラジオとテレビのセットは倒されていた。本棚の本が、あたりじゅうに散乱していた。

土井はその本のなかから、アポリネールの詩集〝アルコール〟をさがしだし、頁《ページ》をめくってみた。奴等のやりかたは徹底的であった。詩集にはさんであった順子の書き置きが消えていた。

土井は壜に四分の一ほど残っていたウイスキーを飲みほし、壜を捨てて、ルーガーを取り上げた。

銃把の左側、引金の用心鉄のうしろについたボタンが弾倉止めである。安全装置をかけておき、ルーガーをいじくりまわしていた土井の指がその弾倉止めボタンを圧《お》した。

予備の弾倉《マガジン》とそっくり同じニッケル・メッキされたものが、自分の重みで銃把から抜け、畳の上に落ちてきた。弾倉には四発の実弾が残っていた。

「四発《しはつ》か……縁起がいいが……」

暗い声で呟いた土井は、ポケットから全弾装塡《そうてん》された予備の弾倉を出して、ルーガーの銃把の弾倉室に叩きこんでみた。カチッと金属音をたてて、弾倉は弾倉室におさまった。

死体から奪った大型の財布も開いてみた。手の切れるような一万円札が三十枚以上入っていた。足がつかぬように、財布は燃やしてしまわなければならない。

土井は三十枚の一万円札を勘定してみた。自分にとっては、手取り二カ月分の給料にあたる。

立ち上がった土井は、散らばった本や家具を足で蹴って部屋の隅に空間を作った。そこに、これも押し入れからひきずりだされていた蒲団を敷いて横になった。濡れた上着とズボンだけは脱いだ。

安全装置を掛けたルーガーを胸の上に抱き、土井は泥の眠りにおちこんだ。

悪夢の連続だった。夢のなかで土井はさまざまの無残な死体を見た。

夢はかわり、中田に犯される順子の痴態を克明に追っていった。跳ねおきようとしたがおそかった。土井は夢精し、おびただしい体液で下着を汚していた。

頭が割れるように痛んでいた。生暖い下腹部が粘って冷《ひ》えていった。土井は白々しくささくれだった天井を眺めてじっとしていた。

昨夜のことまでが夢でなかった証拠に、右手には、ルーガーが握りしめられていた。

時計を見ると、もう午前十時近かった。日当たりの悪い部屋だったが、ガラス戸をかすかな陽が明るくしていた。

土井はのろのろと立ち上がり、素っ裸になった。殴られたり蹴っとばされたりした跡が痣《あざ》になり、焼き鏝を当てられた左肩は赤く腫れていた。

体を冷水でぬぐった土井は、新しい下着をつけた。スポーツ・シャツを着てホルスターを吊った。背広も、ただ一着だけ持っているスポーティな感じのに変えた。

ホルスターにルーガーをつっこみ、札束を内ポケットにおさめた。レミントンの弾箱から三発抜いて、さきほどの弾倉に補弾した。

思いだして、タタキのところに落ちている朝刊を開いてみた。

江戸川堤での射ち合いについての記事は、締切りに間にあわなかったためか、簡単にしか報じられてなかった。まだ死者たちの身許は不明だ、と伝えていた。

コートをひっかけた土井は、水だけ飲んでアパートを出た。都電停留所のそばで、奮発してタクシーを拾い、シートにゆったりと腰をおろして瞼を閉じた。せめて自家用車で通勤する身分になりたい、というのがもとの土井の夢だった。

土井の勤め先は日本橋にあった。従業員七十名ばかりの岩本商事だ。土井は経理課に勤めていた。五階建ての岩本ビルの三階までを、岩本商事が占領していた。

一階の経理課の広い部屋に土井が入っていくと、課長の飯田と係長の松本が、白い目をむけた。

土井は素知らぬ顔で自分のデスクについた。同僚の須田のデスクからタバコを取り上げて、ライターの火を移した。須田はおびえた顔をした。

「土井君、ちょっとこっちにきたまえ！」

ヒステリックな声で、課長の飯田が呼びかけた。ゆっくりふりむいてみると、小男の飯田は、額の太筋をふくらませて唇を怒りに震わせていた。課長と机を並べた係長の松本は青白い頬を冷笑で歪めていた。

漫才コンビだ。叩き殺してやりたいと思いながらも、現実ではあんな奴をカミナリおやじといって怖がった昨日までの自分が不思議なほどだった。土井は二人に歩みより、タバコの煙を飯田の顔にフーッと吹っかけた。

広い部屋はシーンと静まりかえった。飯田の咳こむ音だけが、ヤケにはっきり聞こえた。

「な、なにをする？　貴様のその格好は何だ？　遅刻してきたのなら、ちゃんと理由をいえ。それを何だ、街の兄《あん》ちゃんのような態度をして！」

飯田は怒鳴った。

「謝れ、手をついて課長さんに謝るんだ」

係長の松本が冷たい声でいった。

「俺は手めえたちに給料をはらってもらってるんじゃねえ」

土井の口から伝法なセリフがとびだしてきた。飯田の襟をつかんで、引きずりあげた。喉を絞められて宙吊りになった飯田は、短い足をバタバタさせた。顔色は紫色になっていた。

「社、社長に訴えてやる！」

係長の松本が、血相かえて駆けだそうとした。

「待ちなよ。社長のところに行くんなら俺も一緒に行くぜ。安い給料で働かしやがったあの野郎に挨拶しておかねえとな。退職金でも精一杯もらわねえと引き合わねえから、口ぞえを頼むぜ」

左手で松本を一撃のもとに殴り倒し、靴先でその下腹部のあたりを弄《なぶ》りながら土井は不敵に笑った。

ブローカー

1

四年間馬車馬のように働かされて、そのあげくの退職金がたった六十万円であった。それも、社長が渋々ながらその伝票にサインしたのは、揉《も》め事を求めて血に飢えたように輝く土井の眼に怖れをなしたためであった。

会社を出た土井は、コートの襟をたてた。昼をすぎると、乾燥した風が強く吹きすさびだして、葉を落とした街路樹の梢を震わせていた。

タクシーを拾って、高田馬場に近い六和不動産の事務所までとばさせた。

六和不動産は、名前だけは立派だが吹けば飛ぶような木造二階建てバラックで、表のガラス戸や立看板に、実物のない客寄せ用の安値をつけた土地家屋のチラシをベタベタはりつけていた。

外から戻ってきたトヨペット・クラウンの中古車が、郊外の土埃で白っぽくなった車体のなかに、新しいカモをつめこんで、勢いよく発車していった。売りつけようとする辺鄙《へんぴ》な土地や家屋と一番近い駅との距離感をごまかすための手段だが、周旋屋にいわせるとサーヴィスということになる。

タクシーを捨てた土井は、一面に貼りつけられたチラシで内部の様子がよく見えぬガラスに近よった。

「いらっしゃい」

事務所のガラス戸が内側から開かれ、ずんぐりした男が愛想笑いを顔一杯にひろげた。金とサンプラの入歯がむきだしになり、お祭りの唐獅子を想わせた。

「なんだ、あんたか?」

男は所員の平間だった。素早く営業用の笑いをひっこめ、分厚い唇を突きだした。土井の前に立ちふさがったまま、場所をあけようとしなかった。

「ちょっとばかり邪魔させてもらうぜ」

土井は、左肩で平間をおしのけるようにして、事務所のなかに足を踏みいれた。

突きとばされた格好になった平間は、ダダッとうしろによろけ、椅子につまずいて尻餅をついた。太いズボンに包まれた短い両足が空中に跳ねあがった。

一階は板張りの床になっていた。中央より手前にストーヴが燃え、ヤカンが湯気を立てていた。ストーヴのまわりに置かれた数脚の椅子にまじった粗末な小卓の上に、茶色っぽく変色した湯呑みがあった。左側に手洗い場がついていた。

部屋の中央は、衝立《ついたて》がわりの長い机で仕切られ、そのむこうに置かれた三つのデスクに、ジャンパーや背広を着た所員がついていた。ブローカーの集団といった感じの男たちであった。

土井は後手にガラス戸を閉じた。仕切りのむこうの男たちが険しい目つきで土井を睨んだ。

「何度来ても、儂等《わし》は何も知らん。いそがしいんだ。いいかげんにしてくれ」

腰をさすりながら立ち上がった平間が、嚙みつくようにいった。

「そのセリフは、俺のほうで聞きあきたぜ。もっと気のきいたセリフを考えつかねえのかい？」

ストーヴに手をかざしながら土井はいった。

仕切りのむこうの男たちは、呆気《あっけ》にとられたように顔を見合わせたが、とってつけたようにゲラゲラ笑いだした。

「ラチがあかんので、ヤー公の真似か、よしたほうがいいですぜ。怪我しないうちに」

平間は歯をむきだした。

「所長は二階か？」

土井は尋ねた。

「いまは留守してるけど、居たところであんたには会わんよ。さあ、早く帰った帰った。こう見えてもその平間さんはもとは憲兵隊の特務曹長さんだから、本気で怒らしたら怖いぜ」

デスクの上で頰づえをついていた蒼白い美男の菊田がニヤニヤ笑った。唇の上の髭が動いた。

土井は平気で階段を昇りかけた。

「待たんか！」

平間は土井のコートに手をかけて、ひきずりおろそうとした。土井の右腕は流星のような弧を描き唸りを生じて平間の首の付け根に叩きこまれた。ビシッ……と鋭い音がした。平間は階段の角に額を突っこませて昏倒した。鼻血が毀《こわ》れた蛇口から漏る水のような音をたてて階段を伝った。

笑おうとしていた男たちの表情が、化石したようになった。土井が彼等を睨みつけながら階段を降りかけると、みっともない悲鳴をあげて部屋の隅にかたまった。

「みんな、下手に動くんじゃないぜ」

土井は警告を発しておき、気絶した平間の体を二階にひきずりあげた。平間の手足は階段の角に当たって、ゴツン、ゴツンと音をたてた。

一階の隅にかたまった男たちが怯《おび》えた瞳で見上げるなかを、土井は平間の体をひきずったまま、二階の所長室のドアに体当たりした。

薄っぺらなベニアのようなドアはすぐに破れた。所長の姿はなかった。土井はソファの上に平間を寝かせ、もう一度激しく首筋を殴りつけて気絶から覚めないようにした。

素早く階段を降りた。ブローカーたちが逃げだしたかと心配していたが、杞憂だった。彼等は度胆をぬかれて、その場に立ちすくんでいた。

2

おずおずと、表のガラス戸を開けて、初老の夫婦が入ってきた。二人とも、憔悴した顔に、すがりつくような表情を浮かべていた。

「相手をしてやってくれ」

土井は、ブローカーたちに命じた。

菊田がストーヴのそばに歩み出た。椅子の一つに崩れるように腰をおろし、無愛想に、

「どうぞ、おかけになって……」

「有難うございます」

初老の夫婦は、ペコペコ頭をさげた。夫のほうが咳ばらいして、

「実は、申しあげにくいことですが、五日ほど前、手付け金を百万入れました江古田の家についてですが……」

「失礼ですが、あなたがたの名前は何とおっしゃるんで？」

「まさか……私たちは藤野というんですが、まさかお忘れではあるまい？」

夫の顔色が変わった。夫人はハンカチを握りしめた。

「いや、知りませんねえ。私たちは、てっきりあなたがたは加藤のお知合いでここに遊びにいらっしゃったものとばかり思ってましたよ」

チラッ、チラッと不安げに土井のほうに視線を走らせながらも、菊田の口はよく廻った。

「そんな無茶な！」

「御用件は何です？」

「あなたがたは、私どもが今度渡辺さんから買うことになっていた江古田の家は都市計画による道路区画整理にかからないといって、区役所に私たちを連れていき、おまけにもっともらしく巻尺まで持って現地で測る真似をなさった。そして今度の家の五メートル先を計画道路が通るといった」

興奮で藤野の声は高まった。

「それで？」

「ところが今日、内金の五百万を入れなければならないので、今朝都庁の都市計画課にいって念のために調べてもらったんです。ところが、どうだ、道路予定では十字路のまっただなかになるんですぞ！　それに違反建築で登記も出来ないといわれたんだ」

「それはお気の毒ですね」

「気の毒と思うなら、契約を解除しますから、手付けを返してください。ここに受取りを持ってきてます！　はじめっから私たちは、道路計画にひっかかる場合には手付け金を返してもらうという約束でくどいほど……」

藤野は風呂敷包みを開きかけた。

「ちょっとお待ちください。私どもは、何もそんな約束をした覚えはありませんよ。それとも、我々が一筆入れてでもあるのなら話は別ですがね」

チョビ髭を生やした菊田はいいのがれた。

「その点が私の間抜けなところだ。だけど、加藤さんは、何度も何度も約束してくれたんだ！」

「口約束でしょう。我々は知らなかった。おまけに、あなたが手付け金を払ったことさえも我々は知らないんですから」

「詐欺だ！」

「そう、詐欺ですとも。いいですか、よく思い出してください。あなたは自宅で加藤に手付け金を出しましたね。そのとき受取りを書いた加藤以外に、ここの所員はその場にいませんでしたね？」

菊田は唇を舐めた。

「どういう意味ですの？」

色の褪せかかった和服に身を包んだ夫人が、震える唇で口をはさんだ。

「売主にも手付けの金は廻ってないんです。つまり、売主も我々所員も、買主のあなたも、みんなそろって加藤に欺されたわけですよ。加藤はいま、横領とうちの所長の印鑑を偽造して詐欺行為を働いたかどで、手配中です。奴の姿を見かけたら、すぐ警察に連絡なさってください」

菊田は肩をすくめた。

気も狂わんばかりになった藤野夫妻が転げるようにして表に去った後姿を見つめながら、土井は呟いた。

「これで、いろんなことが分ってきたぜ」

菊田は、ふてくさった顔つきで、デスクのほうに戻ろうとした。

「待ちなよ」

土井は、鋭く菊田の背に浴せた。菊田の肩がビクッと動いた。

「みんな、二階に上がるんだ」

土井は命じた。

「何を、若造が！　さっきから、おとなしくしてればいい気になりやがって、みんな総がかりでこいつの鼻っぱしらを叩き折ってやろうぜ」

菊田は仲間の二人に呼びかけ、自分から真先に土井にむしゃぶりついてきた。

土井は左にとび、上体を低くして跳び込んできた菊田が目標を失ってよろけるところを、思いきり凄まじい右フックを放った。

菊田の顎がガラスのように砕けた。尻餅をつこうとするその髪を左手で摑んで、引っぱりあげた。菊田の前髪は、毛根をつけたまま一握りほど抜けた。悲鳴をほとばしらせようとする歯を蹴りあげた土井の靴先が深く口のなかに埋まった。菊田は三本足を挫いた犬のように転倒した。

菊田の体を、残り二人のブローカーに二階に運ばせた。二階ではまだ平間が昏睡を続けていた。

二階の所長室は、下と同じように、殺風景ではあったが、大きな緑色の金属ロッカーや、平間が寝かされている革張りのソファが、ある程度の貫禄を見せていた。デスクも下のよりは立派だ。

床の上に転がされた菊田は、罵りと呻きとともに、血のあぶくと折れた歯を吐きだした。あとの二人は、デスクにもたれて、あわただしい視線を左右に走らせていた。

ドアを背にした土井の右手が、ゆっくりと背広の裏の腋の下にすべっていった。掌は冷たいルーガーの銃把の感触を楽しんだ。肩をひねり、電光のような素早さでルーガーを抜き出した。デスクにもたれて体を支えていた二人の男が、腰をぬかしてズルズルと坐りこんだ。二人の濁った瞳は吊り上がり、開いた口から舌をつきだして、ゼーゼーと荒い呼吸をつきはじめた。

「まだ文句あるか?」

土井は、床の上の菊田にルーガーを振り向けた。死の威嚇を秘めて無限に暗い銃口に視線を吸いよせられた菊田は、血塊を喉につまらせ、白目をむいて気絶した。

3

腰を抜かして坐りこんだ二人の男は、兄弟ではないかと思えるほど、顔の造作や骨格が似ていた。二人とも頬のたるんだブルドッグ型の顔に猪首だ。

土井は親指を安全装置にかけたルーガーの銃口を、菊田から二人の男の中間に移した。デスクのむこうの窓越しに、風に煽られるアドバルーンが見えていた。クラクションやブレーキの軋《きし》み、人声や商店でがなりたてるレコード音楽などが渾然《こんぜん》と一体になって街の騒音を形づくり、窓の下から流れてきた。土井はいまこうやって銃を構えている自分が、現実のものでないように錯覚さえした。

「前からこんなことだろうとは思ってたけど――」

土井は苦く物憂い声でしゃべった。

「いまさっき菊田のいっていることを聞いて確信出来た。お前たちと加藤はいまでもグルなんだ。お前たちの悪事の尻ぬぐいを、今度は全部加藤がひっかぶってるんだよ」

「………」

「前にもよその土地で、こういうやり方で荒稼ぎをやってきたんだろう。そのとき、そのときで誰かが表面上の悪役を引き受けるんだろうな。今度は加藤にその順番がまわってきたのかも知れない――」

土井はしゃべり続けた。急に声の調子を変えて、

「さあ、いえ！　貴様らがまだこの世に未練があるんなら、まだ生きていたい、と思うんなら、どこに加藤が隠れているかしゃべるんだ！」

と、凄味のきいた声で命じた。二人の男は、喘ぐばかりでしゃべらなかった。土井は右側の男の襟首を摑んでひきずり起こし、その眉間にルーガーの銃口をグリグリくいこませた。

「う、射つな、射つのは待ってくれ！」

その男は泣き叫んだ。

「加藤はどこだ？」

「所長……所長だけが知っている。所長が毎日連絡をとっているが、俺にはわからないんだ！」

「よし、所長はいつごろここに戻る？」

土井は圧《お》し殺した声で尋ねた。

「も、もうすぐだ。あと、十分か二十分……」

「そうかい？」

土井は銃身でその男の頬を払った。照星に頬を削られ、パックリと傷口をあけたその男は気絶した。

左側の男も、土井が拳銃を振りあげただけで昏倒した。

ズボンの前が、漏らした小便で見る見る黒く濡れてきた。

所長の吉野は、それから七分後に戻ってきた。自家用車を建物の横の空地に駐《と》め、大股に事務所のなかに踏みこんだ。長身白皙のなかなか押し出しのいい四十男だ。

「誰もいないのか、物騒なことだ……」

眉をしかめた吉野は、階段を登ろうとして血に気づき、よく点検しようとかがみこんだ。

手洗い場のドアが開き、腰のあたりに長い六インチ銃身のルーガーＰ０８を構えた土井が歩み出た。

吉野はハッと振り向こうとした。目の隅に土井の拳銃をとらえて、化石したように身を固くした。

「何もいうな。そのまま階段を昇るんだ」

圧し殺した声で土井は命じた。吉野に歩みよって、洗濯板のように硬《こわ》ばらせた背に銃口をくいこませた。照星には、肉がこびりついていた。

「わ、わかった。射たないでくれ……」

吉野は操り人形のようなギコチなさで、ギクシャクと階段を昇っていった。ルーガーで威嚇しながら、土井がそのあとを追った。

所長室のドアを開き、思い思いの格好で昏倒している男たちを見た途端、吉野は大きく身震いした。

「立ち止まるんじゃない。デスクのうしろに腰をおろすんだ」

土井は嘲笑った。

土井の命令にしたがって吉野は、カタカタと歯を鳴らし続けた。土井はデスクのむこうの窓のブラインドを閉じた。部屋は薄暗くなった。

「用件は簡単だ。加藤はどこに隠れてるかを聞こう」

土井は無気味に静かな声でいった。

「か、勘弁してくれ。そ、それをいったら私の命はなくなる」

吉野はやっと声をふりしぼった。

「なぜだ？　いま死ぬのは怖くないというのか？　俺が本当に射たぬとでも思ってるんだな」

土井は、吉野の耳許でルーガーの遊底をひいた。

薬室の実弾をはじきだしてデスクの上に転がした遊底は、バシッと鋭い音をたてて閉じ、弾倉上端の新しい実弾を薬室に送りこんだ。

「この弾の弾速は物凄い――」

デスクの上に転がった九ミリ・ルーガー弾を左手で拾いあげ、その弾頭で吉野の額をつつきながら土井は淡々といった。

「弾道学でいえば肉は軟体で、水は硬体だそうだ。ということは脳漿は硬体で衝撃波をよく伝達するということだ。水をはったドラム罐に大口径ライフル弾を射込んだら、炸裂してドラム罐はあとかたもなくなる。それと同じで、この弾をこの距離からお前さんの額に射込んだら、脳天は綺麗にフッとんでしまうんだぜ」

「加藤は、加藤は中田先生の屋敷にかくれている。頼む、このことを私がしゃべったと誰にもいわないでくれ！　中田先生が顧問をしている関屋組に知れたら、私は腕をへし折られるぐらいでは済まされない！」

吉野は顔中を涙で濡らして哀訴した。

「関屋組か、俺を痛めつけたのは……」

土井は聞きとれぬほどの声で呟いた。

関屋組は新宿に本拠を持つ町田一家の直系で、いままでにも数知れぬほどの事件を起こしている。

「中田先生は顧問とはいえ、会長のようなもんだ。私は下手にさからって死にたくない！」

吉野は肩を震わせた。

「お前さんは、毎日、加藤と連絡をとってるそうだな。俺は加藤にちょいとばかり礼をしたいんだ。御苦労だが、そいつを使って加藤をおびき出してくれないか？　いや、とはいわさねえぜ」

土井はルーガーの銃口でデスクの上の受話器を示した。

破滅への途

1

「さあ、事は簡単なはずだ。中田の家に電話して、加藤を呼びだしたらいいだけのことだからな」

土井は薄笑いした。冷たい笑いだった。吉野は震える手で、ダイアルをまわした。その後頭部にルーガーの銃口をつきつけながら、土井は光る瞳で電話のダイアルを見つめていた。

吉野は三五一……とまわした。

「下手にあがくのはよせ――」

土井は吉野の薄い耳を左手でひっぱり、その顔を仰向かせて皮肉に笑った。

「その局番は四谷局だぜ。それとも、加藤が匿《かくま》われてるのは、中田の二号さんか三号さんのところだとでもいうのかい?」

吉野は力なく受話器を戻した。

「中田の屋敷は、吉祥寺にあるんだ。俺は何度も頭をさげに行ったことがあるから忘れはしない」

土井は追打ちをかけた。

吉野は哀れっぽく溜息をついたが、諦めきったと見え、素直に武蔵野市吉祥寺の中田の家のダイアル番号をまわした。

土井も吉野の握った受話器に耳を寄せた。

「加藤をおびきだす場所は高田馬場の〝リッツ〟にしろ。〝リッツ〟の二階だ。あすこならことも近いから、奴はあやしまないだろう。時間はいまから一時間後だ」

土井は早口で囁いた。

しばらくして、受話器のむこうから応答があった。声からして、中田の秘書と察しがついた。

「はっ、私です。六和不動産の吉野でございます――」

後頭部をルーガーの銃口で小突かれた吉野は、上ずった声で続けた。

「恐れいりますが、加藤を呼んでくださいませんか?」

「さっき、彼のほうから連絡したようだが、また何か用件がおこったのかね?」

秘書の不機嫌な声が聞こえてきた。

「え、ええ? ちょっとばかり……」

吉野はどもった。

「ちょっと待ってくれ、呼んでくるから」

「有難うございます」

吉野の額から流れた脂汗が、筋をなして頰を伝った。涙のように見えた。

二分ほどして加藤が出た。土井の唇の両端は吊り上がり、瞳は憎悪の念をむきだしにギラギラ光った。

吉野は土井に命じられたとおりのことを受話器にむかってしゃべった。吉野がしゃべり終わるとともに、土井はそれ以上の余計なことを吉野に口外させぬため、左手をのばして電話を切らせた。

「御苦労だったな。お礼のいいようもないくらいだ」

土井はルーガー自動拳銃を振りおろした。短い弧を描いた六インチ銃身は、吉野の後頭部の骨を砕いた。吉野は昏倒し、額をデスクにぶつけて床に這った。

土井はその吉野の体を靴先で仰向けにさせた。吉野の白い額には、パックリと傷が口を開いた。

土井は思いきり吉野の顎を蹴った。全体重を乗せたような蹴りかただった。土井の脇腹にまで衝撃がきた。

吉野の首は不自然に傾いた。首の骨がはずれたらしい。ルーガーをデスクに乗せた土井はそのそばに蹲り、両手に渾身の力をこめて吉野の顔を捩じった。無気味な音がして吉野の頸骨は軋み、完全に付け根からはずれて、その顔は反対側にまわってしまった。

意識が無いまま、吉野の四肢は宙を蹴るように痙攣し、鼻と口だけでなく耳からも出血して床を汚した。脱糞の悪臭が土井の顔をしかめさせた。

絶命した吉野を離れた土井は、昏睡を続けている菊田や平間と残りの所員たちを、次々に同じ目にあわせた。

死者たちの悪臭に満ちた所長室から土井は大股に歩みでた。安全装置を掛けたままのルーガー自動拳銃は、腋の下のホルスターに突っこまれていた。

急勾配の階段を降りると、下の事務所では電話がけたたましく鳴っていたが人影は見当たらなかった。土井は素知らぬ顔で雑踏する歩道に足を踏み出した。

〝リッツ〟は、六和不動産と二百メートルほど離れたところにある。ホテルではない。早稲田の学生がよく利用する大きな喫茶店だ。

土井はそこへ行くまえに、駅によってスタンドで三種類ほど夕刊を買った。立売りのスタンドにぶらさがったビラには、赤いマジック・インキで、〝殺し屋の健、返り討ちにあう!〟と書きなぐってあった。

その場でひろげてみたい誘惑をこらえ、夕刊をポケットに突っこんだ土井は、〝リッツ〟にいそいだ。

〝リッツ〟の重いガラス戸を肩で押した。薄暗い店内は暖房と換気がよくきき、一階の左側の壁面はすべて熱帯魚の水槽になっていた。時間が時間なので、客の入りは三分ほどであった。

店の構えは、奥にいくほど高く、バルコニー式のようになって、三階まであった。土井は三階の隅に席を占め、コーヒーを注文した。ここからなら、二階のテーブルのほとんどは無論、店のドアをあけて入ってくる客の姿を見おろせる。

2

夕刊の社会面を開いた土井の瞳に、トップに出ている昨夜の黒いソフト帽の男と、犯行現場の江戸川堤防の写真がとびこんできた。

事件を報じた記事の見出しもセンセーショナルだった。記事は詳細であった。ただ一つ、ルーガーとともに消えた土井のことをのぞけば……。捜査当局は、まだ土井の存在に気付いていないようだった。

昨夜、ルーガーを発砲しながら土手をくだってきた男は、夜の世界では高名な流れ者であり、殺人請負業者〝殺し屋の健〟であった。本名は分ってないが、好んで使用する偽名が中井健介であるところから、その名で通っている。

健はいままでにも当局がつかんでいるだけで十指にあまる殺人を重ねてきた。仕事ぶりは迅速でかつ確実なため、いかに指名手配になっていても、その身柄は闇から闇にかくまわれ続けていた。

密告《ささ》れて、刑事たちに踏み込まれても、愛用のルーガーを速射して血路を切りひらいてきた。

健と河原で射ちあって共倒れとなった革ジャンパーの男は、浅草の田原組の代貸三田信夫であった。そして、土井が射殺したチンピラは、月島を縄張りとする紅葉会の準幹部岡本とわかった。

　当局は、紅葉会に雇われた健が、縄張りのことから、これも拳銃に生きるヤクザの一人である三田を片付けようとしたことまでは推察したが、三田の命を奪ったルーガーが、なぜ岡本までをも血祭にあげたかの謎は、まだ解きえないでいた。

　だが、そんなことよりも、紙面に熱っぽい視線をそそぐ土井の注意をひいたのは、戦後いずこの国からか日本に流れてきたこのルーガーP08が行なってきた悪行の数々であった。

　警視庁の拳銃台帳には、このルーガーが魔手をふるった数多くの死体から摘出された弾体の条痕《ライフルマーク》の拡大写真が記録されている。このルーガーを握ったものは、すべて破滅への道をまっしぐらに突っぱしり、持主は転々とかわっては、前者の轍を踏んでいくのだ。当局は全力をあげて消えたルーガーの行方を追求している……。

　夕刊から瞳をあげた土井は、冷えはじめたコーヒーを一気に半分ほど飲み、タバコに火をつけて二階のほうを見下した。

　加藤はまだ姿を現わしてなかった。土井は左肩から腋の下に隠し吊ったホルスターのルーガーの快い重みを味わっていた。

　隣りのテーブルでは、女をまじえた学生たちが、決定した就職先の会社の自慢話を、口先だけは自嘲的に交わしていた。彼等の会社は、いわゆる一流会社が多かった。

　土井は、来年のボーナスの皮算用に夢中になっている学生たちの会話を背で聞きながら、ルーガーを手にして以来、正常な社会と訣別《けつべつ》した自分を惨めなものとは考えなかった。いまの自分には、バックや組織を頼りにせずとも、己れの分身ともいうべきルーガー自動拳銃がついている。破滅して死んでしまったところで、灰になるだけだ。

待っていた加藤は、約束の時間の十分ほど前に入ってきた。トレンチ・コートの襟を深々と立てて顎を埋め、太いロイド眼鏡をかけて顔の印象を変えようと努めていた。

眼鏡の奥で、瞼の厚い加藤の瞳があわただしく左右に走った。二階の奥に空席を見つけて腰をおろした。腕時計と店の壁の柱時計を見くらべてみた。

加藤の瞳が三階のほうにむけられたので、土井は手にした夕刊を体の前にひろげて、顔を隠した。

加藤の視線は店の入口のほうに移った。苛立った表情だった。

土井は伝票を摑んで立ち上がった。トイレに入り、腋の下のホルスターに隠していたルーガーを、コートの右ポケットに移し、冷たい銃把を右手で握りしめた。

トイレを出た土井は、二階に続く階段を降りていった。店内の薄暗さに安心したためか、加藤は偽装のロイド眼鏡をはずし、ストローをくわえて、ウエイトレスの運んできたオレンジ・ジュースの上にのしかかるようにしていた。

土井は、コートのポケットからはみだしそうになる長銃身のルーガーの銃把を握りしめて、静かに加藤のそばに歩みよった。隣りのテーブルの空き椅子を加藤のそばによせた。

加藤はギクッとしたように顔をあげた。

「邪魔かい？」

土井は引き寄せた椅子に腰をおろして、加藤と並んだ。

「き、君……」

加藤は狼狽し、ひきつるようなごまかし笑いに頬をこわばらせた。

「しばらくだったな、元気かい？」

土井は加藤のジュースの伝票を、左手で自分のポケットにつっこんだ。

「わ、悪かった。急用でちょっと旅行してたんだ。君と連絡をとろうと思いながら、つい……」

「そうかい。俺の三千万を使って旅行してたとでもいうのかい？」

土井は薄く笑った。

「と、とんでもない……」

今までに見たこともない土井の冷たく男性的な表情を見て、加藤の顔色は変わった。

「まあ、こんな女子供の来るところでは男同士の話は出来そうにない。場所を変えてゆっくり話し合おうぜ」

土井はいった。

「ち、ちょっと待ってくれ。ここで会う約束の人がいるんだ。そうだ、ちょうどいいところだった。ここに来るのは所長の吉野なんだ。俺が悪いんじゃない。みんな、奴の差金なんだ。奴に金を返してもらうように交渉しよう」

加藤は喘ぐようにしゃべった。

「残念だが、吉野はここには来ない。いや、来ないんでなく来られないいんだ。奴はいま眠っているよ。首の骨は砕かれ、心臓は機能を停止して、長い長い眠りについたのさ。さあ、ぐずぐずしてないで早くここを出ようぜ。勘定は俺が払ってやるからさ」

土井はコートのポケットのなかで握りしめたルーガーの銃口を、服越しに加藤の脇腹につきつけ、グリグリとくいこませた。

3

宙を踏むような足どりで表のガラス扉にむかう加藤のそばには、無表情な顔つきに戻った土井がぴったりとくいついていた。

レジスターの横を通るとき、土井は二人分の伝票と千円札を左手で摑みだして、

「おつりは要らないぜ」

と、レジの娘に言いすてた。

重いガラス扉を肩で押し開いて歩道に出ると、街はすでに夕闇が薄いヴェールをおろしていた。ネオンがまたたきはじめ鈴蘭灯がぼやけた乳白色の光を放っていた。

「許してくれ！」

加藤は口から泡を吹いて歩道に坐りこもうとした。

「歩くんだ。変な真似をすると、ブッぱなすからな。所長をはじめ、菊田や平間をみな殺しにしてきたところだ。ここは人なかだから俺がブッぱなせるわけはない、などと思ったら、大い

に当てがはずれるぜ」

土井は、自分より七センチほど背の低い加藤の耳に囁いた。二人は肩を並べ、駅の反対側にむけて歩きはじめた。空車のタクシーを見つけ、左手をのばしてそれを停めようとした。

加藤はその土井の一瞬の隙をとらえ、全身の力で突きとばして逃げようとした。

土井は二、三歩よろけたが、左手をのばして加藤の襟を摑んだ。力まかせに引き戻した。ブレーキを軋ませて、タクシーが停まった。

運転手がドアを開いたタクシーの後部シートに、土井は加藤の体をはたきこむようにした。自分も素早くそのそばに乗り込んで、ドアを閉じた。

「真直ぐにやってくれ」

土井は運転手に命じ、バックミラーに写らぬ位置でルーガーを抜き出して、加藤の太股に銃口をくいこませた。

運転手は、無言のまま、ニュー・コロナのタクシーを発車させた。加藤も頰の筋肉を痙攣させるだけで声を出さなかった。

二人の乗り込んだタクシーが発車するとともに、商店にはさまれた露地から車首を突きだしていたルノーが、独特のエンジンの唸りをたてて、グウンととびだした。三台ほどの車をへだてて、ニュー・コロナのタクシーを追いはじめた。

その緑色のルノーのハンドルを握っているのは、ゴルフ帽をかむった二十五、六の男だった。冬だし、おまけに宵だというのに、褐色のサングラスをかけていた。

勢いよくルノーをとびださせた拍子に、助手席にひろげてあった大型のハンカチがめくれ、青黒く光る大型自動拳銃がむきだしになった。

それは、G・Iコルト・ガヴァメント・モデル四五口径オートマチックと、形も大きさもほとんどそっくりであった。

ただ違うのは、遊底《スライド》がかぶさった銃身の直径が少し細目なのに、全体の仕上げが軍用〇・四五よりははるかに良好な点である。

これは、コルトの誇るスーパー・〇・三八口径自動拳銃だ。弾倉に、四五オートマチックより二発多く九発の弾がつまる。〇・三八スーパー・オートマチック弾は、米国生まれの弾種のなかでは最も貫通力の大きい弾の一つであり、弾速も輪胴式《リヴォルヴァー》の〇・三五七とか〇・四四等のマグナム系統につぐ。

助手台に置かれたそのコルト・スーパー〇・三八は、露出した撃鉄が半起状態《ハーフ・コック》になって、撃鉄安全装置となっていた。これなら薬室に実弾を装塡したままでも、安全に携帯することが出来る。

コルトの大型自動拳銃のうちの〇・四五口径自動拳銃が米軍の制式護身銃として採用され、百万丁を越える数量が生産された理由の一つに、コルト四五自動の弾薬の薬莢底部が、これも米軍の制式小銃M一《ワン》ガーランド・オートマチック・ライフルの口径である三〇―〇六スプリングフィールド弾の薬莢底部と同寸法であり、弾薬の大量生産に有利なことがあげられよう。

これは、三〇口径のM一カービンの弾薬底部が〇・三二自動拳銃のそれと同じであることと同じだ。

だが、それよりももっと大きな理由にコルトの誇る確実な安全装塡がある。つまり、撃鉄安全と普通の安全弁と把式安全止《グリップセーフティ》の三段がまえになっているのだ。したがって、コルト大口径自動拳銃の引金は驚くほど軽くなっている。

〇・三八スーパーは、〇・四五オートより十数年あとに出た改良品だ。〇・三八口径でも突進してくる蕃敵を倒すことも出来なかった昔の〇・三八ロング・コルト弾とはくらべものにならぬほど強力である。

ゴルフ帽の男は、慌ててその自動拳銃を大形のハンカチで隠した。土井と加藤の乗ったニュー・コロナのタクシーを執拗につけていった。

タクシーは中野で右にまがって、哲学堂の森のほうに進んでいった。行き交う車は数少なくなっていった。

タクシーの運転手は様子がおかしいと感じたのか、防犯灯のボタンにしきりに手をのばそうとしたが、バック・ミラーに写る土井の凄まじい眼光に圧倒されて自分の気の弱さを叱るほかに手はなかった。

哲学堂公園の車道は、公園の遊園地と野球場にはさまれたところにあった。この公園は、夜間も開放しているが、利用者はほとんどいない。

奥まった公園の入口近くでタクシーを停めた。タクシーが停車すると同時に、土井のルーガーの銃身が、鋭い唸りを発して、運転手の後頭部に叩きこまれた。

運転手は、ハンドルに額を激突させて昏倒した。土井はもう一度運転手の後頭部を殴りつけておき、

「出ろ！」

と、氷よりも冷たい声で加藤に命じた。

「勘弁してくれ。許してくれ！」

加藤は涙をこぼして哀願したが、土井はきかなかった。力まかせに加藤の体をひきずりおろした。

起伏のはげしい庭園となった公園のなかは、ほとんど常夜灯はなく、懐中電灯でもなければ足許は定かにはわからぬほどの暗さであった。

啜り泣く加藤をルーガーの銃口で追ったてて、土井は築山のむこうの川の縁に降りていった。

滔々《とうとう》と流れる瀬音が、加藤の荒い息と啜り泣きの声を弱めた。

川にかかった吊橋のそばに、築山の断崖のなかにくぼんだ洞《ほら》のような場所があった。土井はそのなかに加藤をひきずりこみ、眉間に銃口をつきつけた。

「ここはお前のような鼠の墓地にふさわしいらしい。それとも、何もかもしゃべってもう少し生きのびるか、どっちのほうを択ぶかい？」

土井はルーガーの安全装置をカチッと音高くはずして、夜よりも暗く笑った。

自　爆

1

追いつめられた加藤は喘いだ。断崖の小さな洞《ほら》を背にして両膝をつき、開いた唇から涎《よだれ》を垂らして喘いだ。

闇のなかに、熱い呼吸の粒子が白く光った。落葉のなかで、コオロギがすだいていた。

土井はルーガーの銃口で加藤の額をつついた。感情を圧した声で語をついだ。

「俺はお前を友達だと思っていた。それが、そのお前に裏切られ、家も妻も一切を失ってしまった。俺の気持が、お前にはわかるか？　お前が口を割らねば、俺は殺す。ハッタリでないんだぜ」

「許してくれ。射たないでくれ！　悪かった。このとおり謝るから」

加藤は両手をあわして拝もうとした。

「手を動かすんじゃない！　泣きごとを並べる前に、俺の質問に答えろ」

「君が買おうとしていたあの家は――」

加藤は喘ぎながらしゃべりはじめた。

「あの家の実際の持主は中田なんだ」

「何？　持主は渡辺じゃないのか？」

土井の左手は、思わず加藤の左肩を摑んだ。恐ろしいほどの力だった。加藤の骨がミシッと音をたてた。

「痛い！　は、はなしてくれ」

加藤は身をよじろうとした。

「先を続けろ」

「わ、渡辺は中田の忠犬なんだ。あの家はただ名儀だけ渡辺のものになっている。中田はああいった家を百軒近く持ってるんだ。そして、僕の勤めていた六和不動産とグルになって、ポーッとしてる連中から甘い汁を吸ってきたんだ」

加藤は口早にまくしたてた。

土井が蹲った小路の脚下を、河水が滔々《とうとう》と流れ、吊橋が風にかすかに軋んでいた。河のむこうも公園の続きとなり、下流には金網をへだてて大通りが走っていた。

「なるほど……中田が本当の持主だったのか。そこまでは気付かなかったぜ」

土井は頰を歪めた。

「そうして中田は、名儀だけ渡辺のものにした家に抵当権を設けてある形にしてあったのだ。六和不動産とグルだから、手付け金サギだって出来るはずだ」

「フン、そして責任はみんなお前がひっかぶる、という見せかけにしたんだな。俺のときにはいくら分け前をもらった」

「…………」

加藤は白目を光らせて頭《かぶり》をふった。

土井は冷酷な笑いを唇に漂わせて、加藤の肩を摑んでいた左手を、その首に移動させていった。

「百、百万だ。二百万を所長が引いて、残りはみんな中田のところにいった」

加藤は、わめくようにいった。

「百万で友を裏切ったわけか。ドブ鼠にも劣る畜生だな」

「惚れた女がいたんだ。金を注ぎこんでも注ぎこんでも、下水に流すように無駄遣いしてしまう……それなのに、僕はその女と別れられなかった。その女に甲斐性《かいしょう》無しと罵られ、まとまった金が欲しくて、危《やば》い仕事に足をつっこんだのだ。しまいには良心が麻痺してしまって君にまで大迷惑をかけてしまった、かならず、つぐないはするから、許してくれ！」

加藤は必死に哀訴した。

「仁義を破ったヤクザを待っているものは何だか、知らないことはあるまいな」

土井はポツンと呟いた。

「知らん、僕はヤクザでない」

「ヤクザにも劣る奴だ。銃の弾がもったいないくらいだぜ」

「いやだ、殺されたくない。死ぬのは嫌だ――」

加藤は断末魔のけもののように口から泡を吹き、顔じゅうをグチャグチャに涙で濡らして、

「あれほど惚れてた女も、実は中田の情婦なのだと、つい最近わかった。僕を悪の仲間にひきずりこもうとする中田や吉野たちが、あの女を餌に使ったんだ。だけど、僕はあの女が忘れられない。僕は死にたくない。生きていたい。もう一度あの女と……」

加藤は狂ったようにわめきながら、震える手でルーガーの銃身を摑み、銃口を自分の顔からおしのけようとした。

「死ね！」

土井は体じゅうにたまった毒素を銃口から吐きだす勢いで引金を絞った。

発射の轟音とともに、加藤の体は背にした断崖に叩きつけられた。弾は発射の閃光で加藤の前額部を焦がし、後頭部をフッとばし、平べったく潰れて変形し、崖にくいこんで凄まじい土煙を吹きあげた。

土井は銃から腕に伝った不快な反動を感じてよろめいていた。普通のときとちがう。加藤の即死体の掌は、発射の反動で、目に見えぬ速度で後退した銃身の照星で切れていた。

よろめいた土井は、バランスを失して尻餅をついた。

同時に——二十メートルほど離れた銀杏《いちょう》の木蔭のあたりで銃火がひらめき、衝撃波と熱く焦げた弾が、土井の肩口をかすめて闇のなかに消えていった。

バランスを崩す前の姿勢でいたら、土井は確実に心臓を射抜かれていたことであろう。尻餅をついたことが、土井の命をたすける結果になったのだ。

土井は右手にルーガーを握ったまま、転がるように洞のなかに身を移した。鼓膜を引き裂くような発射とともに第二弾が襲い、左にそれて石ころを粉砕した。火花が散った。

洞にとびこんだ土井の左手には、生暖い加藤の死体が触れていた。土井は地面に尻をつけたまま、ルーガー拳銃を突きだして応射しようとした。

2

闇のなかから、敵の第三弾が発射された。

土井はその発射の閃光をめがけて照準をつけようとし、ルーガーの遊底リンクが低くつきあがり、遊底が排出しきれぬ空薬莢を潰して閉鎖しきれないでいるのを発見した。

発射したとき加藤が銃身を摑んでいたため、銃身がうまく後退しなかったのだ。近代大口径自動拳銃のほとんどの形式は、銃身短後退式という。発射時の高ガス圧で遊底がフッとぶのを防ぐため、発射とともに銃身は遊底が閉鎖したまま何分の一インチか後ろにさがる。

その間に銃腔を通った弾体は発射され、ガスの大部分は銃口から噴出する。そうして、銃身と遊底は、閉鎖を確保しなければならない短い距離――すなわち弾体の銃口離脱と安全時間――をすぎると、銃身は後退運動を停止し、遊底のみが後退運動を続けて、抽莢、排莢、撃発準備の作動をしながら、緩衝装置に当たってとまる。

そうして、後退のあいだにスプリングで圧縮されていた遊底は逆に前進をはじめ、弾倉上端の弾薬をひっかけて銃身後端の薬室に装填しながら再び銃身を閉鎖し、一緒に前進して発射オーケイの位置に戻る。

したがって、自動散弾銃に多い銃身長後退式と同じく、コルト〇・四五オートマチックやワルサーやＰ０８等にも代表されるルーガーのこの銃身短後退形式半自動銃も、銃身の重さが、遊底の回転の良不良に大いに関係する。銃身が重すぎると、ガス圧で十分に後退せず、遊底の回転不良を起こすのだ。

第二次大戦中、日本海軍は民間から徴発したブローニング自動散弾銃に一粒弾を使用し、銃身に着剣させて軍用に供しようとしたが、銃剣の重量のために遊底の回転不良を起こして失敗したことは、あまり世に知られていない事実だ……。

加藤がルーガーの銃身を摑んでいたために、銃身が発射時に後退する力を弱められて、遊底の回転不良を起こしたのだ。不快な反動がきたのもそのためだ。

土井はどういう原理でルーガーが回転不良を起こしたかは知らなかった。しかし、反射的に身を伏せながら、左手で力まかせに遊底を引いた。非常な力がいった。

潰れてひっかかっていた空薬莢がピーンとはじきだされた。遊底は新しい実弾を薬室に送りこんでバシッと音高く閉じた。

土井はホッと安堵の溜息をついた。銀杏の木蔭のあたりで再び銃火が閃き、衝撃波と風圧で土井のズボンを引裂いて砂煙をまきあげた。

腹這いになったまま、土井はルーガーの引金を絞った。

銀杏の幹の樹皮が、弾着に鉤形《かぎがた》にめくれるのが夜目にも白く光った。幹を楯にしていた相手の男は、けもののような悲鳴をあげて横倒しにブッ倒れた。ルノーで土井たちのあとをつけていた男だ。

口径九ミリ・ルーガー弾は直径三十センチほどの幹を貫いて、その男の肺を深く破壊したのだ。幹を貫いたとき弾頭が変形していたので、肺の傷は無残であった。

ルーガーを腰だめに構え、土井は用心深い足どりで、肺の射入口をおさえて転げまわるその男に近づいた。地面に落ちているコルト・スーパー自動拳銃を、下の河面に蹴りこんだ。

男は、掌でおさえた肺の傷と口からゴボゴボと空気の混じった血を漏らして苦悶していた。

土井は左手にルーガー拳銃を持ち替え、背を波打たせている男の髪を右手で摑んだ。力まかせにその顔を仰向かせた。

「苦しい、早く殺せ！　いや、医者、医者を呼んでくれ！」

男は血塊を吐きだした。

「いえ、俺に何の恨みがある？」

土井は、歯をむきだした。

「た、頼まれたんだ」

「誰に？」

「中田先生に……加藤をそっと監視するように……」

男は白目をむいた。

「そして、俺を消すこともか。俺が誰だか、わかってるだろうな?」

「土井は弱虫だから、一コロだと聞かされたんだが……」

男は喉を血塊につまらせ、背をエビのように曲げて咳こみはじめた。土井の右手に、男の頭から一摑みの髪が抜けて残った。

土井は、毛根から血のしたたるその髪を捨てた。ベッと唾を吐いた。

「医、医者を……俺を見捨てないでくれ」

男は必死の声をふりしぼった。

「とどめをさして早く楽にしてやりたいが、それでは弾が勿体ない。貴様はそのまま苦しむがいい。貴様に今まで射たれた者が、どんな苦しみを味わったか、自分でも十分味わってみるんだ」

土井はルーガーを右手に持ち替えて、踵をかえそうとした。肩が淋しそうであった。

「ど、どこへ行く? 水、水をくれ! 肺が焼けそうだ」

「中田に礼をいいにいくのさ。この拳銃でな」

「無茶だ。先生にはこの頃いつも関屋組の連中が、四、五人ついている。それに……」

「それに何なんだ?」

「先生はあんたの奥さんがバーの勤めに出ているのを探しだしてきて、屋敷に軟禁している。きっと、あんたがいけば人質にとる……」

「そいつはいい事を聞かせてくれた。喉がかわいてるんなら、嫌になるほど水を呑ましてやるぜ」

土井は男の体を抱きあげ、低いコンクリートの柵越しに、五メートルほど下の河の流れにその体を投げこんだ。水柱と飛沫がおさまったあとに、脂《あぶら》を含んだ血の筋が、スーッと下流に漂っていった。

3

中田の邸宅は吉祥寺とはいえ、練馬の石神井に寄ったほうにある。武蔵野グラウンドのそばに五千坪の広大な庭園をかまえていた。

あたりは、農地と雑木林となったなだらかな丘が多かった。そして、その丘のところどころは、ブルドーザーで踏みにじられ、分譲地となった赤い旗のついた杙《くい》で仕切られたり、小ぢんまりとした文化住宅が建てられたりしていた。

中田の邸宅の高いコンクリート塀は、昔の武蔵野の面影を残した雑木林と瓢箪池の庭をかこんでいた。門からまがりくねった長い車道を伝って奥まったところにある建物は、平凡な洋館二階建てだった。

午後九時——歓楽街はやっと本式に目覚めたころだというのに、このあたりの道路には人影はまばらであった。

中田の邸宅のまわりを囲む高い塀。その裏門のあたりに、塀に身をよせた土井の姿があった。

塀の高さは三メートルを越していた。その上には、有刺鉄線が張りめぐらされてあった。中田はよほど用心深い性質らしく、塀を乗り越えようにも、塀の外には踏台となるべき木が一本もなかった。

表門の内側の詰所には、門番の書生という名目の用心棒が二人頑張っていることは、これまで中田を訪ねたときのことから分っていた。目だたずに庭のなかに侵入する方法として残るのは裏門だけしかない。

裏門は頑丈な樫《かし》で出来ていた。道に面した表面は板の継ぎ目一つはっきり見えず、足がかりとなりそうなところはなかった。

土井は唇をかんだ。仕方なく、表門のほうにまわった。すでに、弾倉に補弾したルーガーを腋の下のホルスターから引き抜いていた。

表門の内側の詰所にインターフォーンがついていることは、土井に分っていた。土井は開かれた鉄柵の門をくぐるとともに、凄まじいダッシュで、四坪ほどの詰所の建物に突進した。

詰所の建物は、壁とドアで二つに仕切られていた。裏側がデスクとインターフォーンなどを置いた受付けの事務室で、その奥が宿直室だ。

事務室にいた若い男は机に両脚を投げだして、ポルノ本を読みふけっていた。土井の姿を認めて慌てて回転椅子から転げ落ち、半身を起こしてデスクの抽出しを開いた。そのなかに、ありふれたブローニング〇・三八〇の中型自動拳銃が鈍く光っていた。

その若い用心棒は、ブローニングに手を走らせた。跳びこんできた土井が、力一杯その耳をルーガーの銃身で殴りつけた。

昏倒したその男を見むきもせず、土井は次の部屋に躍りこんだ。もう一人の用心棒は、煎餅蒲団から起き上がり、寝ぼけ眼をこすっていた。パジャマ姿だった。

この男も、ルーガーの銃身の一撃が片付けた。用心のため男の両眼を殴りつけて潰しておき、土井は事務室に戻った。

昏倒したデスクの男は、長々と床にのびていた。

土井は、この男の両眼も潰し、抽出しのブローニングを奪って外に出た。

雑木林の庭は、身を隠しながら洋館の建物に近づくのに絶好だった。土井は途中でブローニングを捨てた。

建物の一階の窓口から灯火が漏れていた。土井は足音を殺して、応接間の外壁に忍びよった。窓に目を寄せると、カーテンの隙間から、思い思いの格好でくつろぎ、ウイスキーを舐めている男たちの姿が覗けた。土井の視野には、地下室で昨夜自分をリンチにあわせた白手袋の男も入ってきた。

土井は、居間の窓のほうにもまわってみた。居間のなかに人影はなさそうであった。寝室は二階だ。

土井は応接間の窓ぎわに戻った。銃口で窓ガラスを叩き割り、サッとカーテンを開いた。

愕然とした関屋組の五人の男たちは、手からグラスを滑り落とした。腋の下やポケットの拳銃にその右手を走らせた。

土井はルーガーを機銃のような早さで続けざまに八発速射した。轟音と衝撃波に建物がゆらいだ。

白手袋の男の顔面がフッとぶのと、あと一人の男の腹にポツンと射入孔があくところまでは認めた。

弾倉を射ち尽くした土井は、装弾した弾倉を、素早く銃把の弾倉室に叩きこみながら、転げるように雑木林に駆けこんだ。応射してくる弾が、土井の肩や頭をかすめた。

応接間の灯が消えた。窓のあたりから次々に銃火が閃いた。暗さで土井がどこにいるのかはっきりしないらしく、乱射に近かった。

灌木の蔭に蹲った土井は、両手でルーガーを握りしめ、慎重に窓を狙って射った。ブスッと相手の体に弾のくいこむ衝撃がはねかえってきた。

それを契機として、建物からの銃声はピタッととまった。苦しげな呻きと悲鳴だけが聞こえてきた。

土井は弾倉に二発補弾し、建物の反対側にまわりこんでいった。枯れた下生《したば》えが折れる音にも気をつかった。

土井が建物の反対側の木蔭に身を隠したとき、玄関のドアが開けはなたれ、玄関ロビーの灯がサーッと前庭に流れ出た。

息を殺し、汗ばんだ手に握りしめたルーガーを構えて土井は待った。玄関までの距離は約三十メートルであった。

玄関から、よろめきながらもつれあった人影が現われた。順子であった。

中田に左手を逆手にとられ、後頭部に〇・二二口径ベレッタ・ジャガーのスマートな軽量自動拳銃を圧《お》しつけられていた。

中田と順子の左右に、生残りの関屋組の二人の男が、腰のあたりにそれぞれリヴォルヴァーを構えていた。

「土井、拳銃《ハジキ》を捨てて出てこい」

眉が太く肉の厚い顔の中田は、さきほど土井が窓にむけて発砲した位置にむけて、凄味のきいた声で叫んだ。

土井は答えなかった。

中田は叫んだ。

「出てこねえと、この女を射殺するぞ！　拳銃を捨てて出てくれば、命だけは助けてやる」

順子は銃口を後頭部に突きつけられた顔を思いきり前に突きだしていた。頬の痙攣が、土井の目にも見えた。

「射て……」

中田は二人のヤクザに命じた。二人のヤクザはさきほど土井のいた位置にむけてS・Wリヴォルヴァーを乱射した。弾に削られた枝や、葉が次々にフッとんだ。

ヤクザたちは、たちまち弾倉を射ち尽くした。シリンダー弾倉を左に開き抽莢子桿を押して空薬室を抜くと、あわただしく弾倉に装塡しはじめた。

いまがチャンスだ……土井は、慎重に中田の頭部に九ミリ・ルーガー弾を叩きこんだ。

中田は、鉄槌でひっぱたかれたかのように、コマのように廻りながらブッ倒れた。暴発したベレッタの〇・二二口径弾が順子の髪を四、五本宙に吹きあげた。

順子は前のめりに転がった。二人のヤクザは、罵声をあげて土井のほうにむきなおり、装塡し終わったリヴォルヴァーを乱射した。

土井のルーガーは、二人のヤクザを倒した。しかし、その土井も、右肺を〇・三八スペッシャル弾に貫かれて尻餅をついた。

昏迷していく意識のなかで、土井はルーガーを握ったまま、フラフラと立ち上がった。喉から血塊がこみあげてきた。必死に土井の名を呼びながら駆けよってくる順子にむかって、よろめきながら歩きはじめた。

もう、目がかすんで何も見えなくなった。背の射出孔から噴出する血を吸ったズボンの膝がガクンと折れた。ルーガーがその手から滑りおちた。

三度《みたび》の邂逅《かいこう》

馳《はせ》 星周《せいしゅう》

大藪春彦《おおやぶはるひこ》の小説を狂ったように読みまくったのは高校生の頃だった。

書店に行っては片っ端から買い込み、熱に浮かされたように読みふけった。

社会的道義など歯牙《しが》にもかけず、己の定めたルールにのみ従う主人公、マニアックな銃撃戦。

十代の少年には大藪春彦作品は強い中毒性があった。

なにを読んでも同じと揶揄《やゆ》する向きもあったが、それでかまわなかった。いや、大同小異の大藪春彦こそを望んでいたのだ。

だが、熱はいつか冷める。

わたしの大藪春彦熱もいつしか冷め、大学に入る頃には見向きもしなくなっていた。

大藪春彦を再発見するのは社会人になってからだ。

大学を卒業したわたしは小さな出版社に入社し、文芸編集部に所属した。そこで単行本や文庫の編集に携《たずさ》わったのだが、あるとき、大藪春彦の短編集を文庫で出すことになった。

その文庫に収録する作品を選ぶために、わたしは多くの短編に目を通した。

そして、大藪春彦は単なる活劇小説の書き手ではなく、日本独自のノワールを書き続けた作家だったと再認識したのだ。

長編では派手な活劇シーンに目を奪われてしまうが、短編にはその書き手の本質が如実に現れる。

大藪春彦が短編で描くのは、暗く、鬱屈《うつくつ》した男たちだった。社会になじめず、背を向け、心の奥底では黒くて冷たい炎が揺らいでいる。

男たちは鬱屈のはけ口を求めて街をさまよう。

胸が締めつけられるような作品が多かった。

わたしは二十代の前半あたりから、いわゆるハードボイルドや冒険小説と呼ばれる作品群に物足りなさを感じるようになっていった。

男の友情だの誇りだの、そんなものは絵空事に過ぎない。もっとリアルで切実な物語を読みたい。

そうしてわたしはノワールと呼ばれる作品群に出会い、どっぷりとのめり込んでいった。

ノワールとは、一言でいえば、人間の暗い情念にスポットを当てた小説のことだ。

地べたを這いずり回るようにしか生きてこられなかった人間、道徳だの道義だのとは無縁な世界で生きざるを得なかった人間。そんな人間たちが生きようと必死で足掻《あが》く様を描く。そんな小説にわたしは激しく惹かれ、やがて、自分でも小説を書くようになっていくのである。

そんなわたしに、再読する大藪春彦の小説は新鮮だった。

活劇やお色気シーンをとっぱらえば、そこに描かれているのは孤独な男たちの、生きるために必死で足掻き回る姿だ。だれもが超人的な戦闘力を持ち合わせ、敵を次から次へと殺していくが、どれだけ殺しても、どれだけの金を手に入れても、彼らの心が満たされることはない。心の奥底でくすぶる炎が消えることもない。

生きることは苦行なのである。目の前の敵を倒しても新たな敵が現れるだけだし、すべての敵を倒しても苦行から逃れられるわけでもない。平安は決して訪れない。

傭兵だったりスパイだったりレーサーだったり、大藪春彦の主人公たちはどんな背景を与えられたとしても本質は同じだ。

底なしの孤独と怒りを抱え込んだ憐れな男たち。

切ないなあ。

編集した文庫が出版された後も、わたしは折にふれて大藪作品を読み返した。

『野獣死すべし』、『汚れた英雄』、『蘇える金狼』——

十代の時は爽快感を求めて読んでいたのだと思う。しかし、ノワールに出会った後での大藪作品は、読めば読むほど切なさが募っていく。

その切なさは、しかし、後期の作品になっていくと薄れていってしまう。

あるところまで作品を読み返すと、わたしはまた大藪作品から離れた。

ベストセラー作家、それも昭和のベストセラー作家の宿命だが、書きまくることを強いられ、書き続けていくうちに本質が薄れていくのである。致し方ない。

わたしは三年ほどで勤めていた出版社を辞めた。フリーの物書きになり、書評を書いたり、パソコンのゲームの攻略法を書いたりして糊口《ここう》をしのいだ。

そんな中で諸々の事情が重なり、一九九六年に『不夜城』で小説家としてデビューした。『不夜城』は当時としては異常な売れ方をして、わたしには新作の依頼が殺到した。だが、わたしはそのほとんどを断った。

本質を見失うのが怖かったのだ。

わたしは内なる衝動に突き動かされて『不夜城』を書いた。売れたかったわけでも、ベストセラー作家になりたかったわけでもない。たまたまデビュー作が売れたが、わたしが書きたいものに多くのニーズがあるとも思えなかった。

職業作家として食べていくには、内なる衝動にだけ頼ってはならないということはわかっていた。それでも、できうる限り、書き手としての本質を失わずにいたい。

そんなことを考えながら、手探りで小説を書き続けた。

そして、三度《みたび》、大藪春彦と巡り会うことになる。徳間書店が大藪春彦賞という新たな文学賞を創設し、その第一回の候補作にわたしの作品が選ばれたのだ。

『漂流街』というその作品は、大藪春彦賞を受賞した。若い頃にのめり込み、再発見して感激した作家の名を冠した、それも第一回の賞をいただいたのだ。とても嬉しかった。

馳星周という書き手の中に、間違いなく大藪春彦のエッセンスが染みこんでいる。

すでに大藪春彦は鬼籍に入っていたが、天上から「頑張ってるじゃないか」と声をかけられたような気がしたものだ。

大藪春彦賞をいただいてから数年が経った後、今度は選考委員をやってくれないかという打診が来た。

わたしは文学賞の選考は好きではない。できれば関わりたくないと思っている。

だが、大藪春彦賞となれば、断れなかった。思い入れのある作家の名を冠した賞で、なおかつ、わたしは第一回目に賞をいただいているのだ。

今も、数年前に新設された大藪春彦賞新人賞の選考委員を務めさせてもらっている。おまえはもう用なしだと言われるまでは続けようかと思っている。わたしなりの恩返しだ。

大藪春彦賞はハードボイルド、冒険小説の優れた作品に送る賞ということになっているが、わたしが選考委員になった頃には、純粋なハードボイルドや冒険小説は候補作にも上がってこなくなっていた。

書き手が減っている。つまりは、市場のニーズが減っているということでもある。

文芸不況と呼ばれるようになって久しいが、ハードボイルドや冒険小説は輪をかけて売れない。

これでは輝かしい才能を有した新人が現れるわけもない。

時代は移り変わる。八十年代から九十年代にかけて隆盛を誇った我が国のハードボイルド、冒険小説シーンも、それ以前は低調だった。

またいずれ、勢いを取り戻す日がやって来るかもしれない。

かつてのわたしのように、たまたま大藪春彦の作品を手に取った若者が、その魔力に魅了されるかもしれない。わたしのように自分なりの小説を書きはじめるかもしれない。その若者はとてつもない才能を有しているかもしれない。

そんな淡い期待を抱きながら、毎年、送られてくる候補作の原稿に目を通している。

大藪春彦の名にふさわしい書き手が現れることを切望している。

解説

杉江《すぎえ》松恋《まつこい》

ハードボイルドの中核とは暴力小説である。

文体や小説の様式など、さまざまな角度から定義可能な文学用語ではある。だが、ハードボイルド小説の原型とは二十世紀前半にアメリカのパルプ雑誌に掲載された作品群だ。それらは、粗野な人間の暴力が描かれた、読み捨ての小説だった。その中から現れた才能ある書き手たちによって洗練され、一個のジャンルと見なされるまでに成長したのである。

暴力が、生き方に不満を抱く個人が社会に対して抵抗する意志の表明として描かれるとき、犯罪小説が成立する。犯罪小説の主人公としての個人に着目したものが、いわゆるハードボイルドであると私は考える。一人称視点の叙述を用いた作品がハードボイルドの典型と見なされることがあるのは、個人の目を通じて社会を描くという様式が徹底しているからだ。しかし、それは絶対条件ではない。重要なのは、作品を通じて個人と社会の関係がいかに浮かびあがらせられているかということだ。犯罪を描いてもその関係性が見えなければ犯罪小説とは呼びがたく、ハードボイルドとして成立はしない。

その意味では、大藪春彦《おおやぶはるひこ》こそ最もその名にふさわしいハードボイルド作家である。大藪ほど個人と社会の対立関係を描くことに執念を燃やした作家は他にいないからだ。社会と敵対する個人の破壊活動を描き続けた大藪は、やがて暴力行為そのものに関心を集中させていくようになる。純粋な暴力小説の唯一無二の書き手となったのだ。そのため、狭義のハードボイルド概念からは外れたように見えるが、中核にあったものは変わっていない。

個人と社会は根本的に相容れない。ゆえに破壊しなければならない。

この境地に到達しえた作家は日本だけではなく、世界にも比肩しうる者はほぼいない。しかし、それゆえに孤高でもあった。大藪作品を対象にした評論の少なさがその事実を物語っている。個人の著作としての大藪評論は野崎六助《のざきろくすけ》『大藪春彦伝説　遙かなる野獣の挽歌《バラード》』（ビレッジセンター出版局。一九九六年）のみと言ってもいい。資料的価値も高く、本稿でも書誌のデータは同書を参考にしている箇所が多い。ムック及びその書籍化としては『別冊新評　大藪春彦の世界』（新評社。一九七六年→『大藪春彦の世界』新評社。一九七九年）、『問題小説一九九六年七月号増刊　蘇える野獣　大藪春彦の世界』（徳間書店。一九九六年→『蘇える野獣　大藪春彦の世界』徳間書店。一九九九年）の二冊が必読である。

大藪作品は一人称私立探偵小説を典型と考えるような狭義のハードボイルド定義には収まりきらない。それゆえ評論の対象外になってしまうのだが、先駆者ゆえの時代性も不利に働いた。小鷹信光《こだかのぶみつ》『私のハードボイルド　固茹で玉子の戦後史』（早川書房。二〇〇六年）に従えば、大藪がデビューした一九五八年当時にはレイモンド・チャンドラーをハードボイルドの代表と見なすジャンル観がすでに成立していた。系統だったハードボイルド作品紹介が行われたのは戦後だが、一九四〇年代のアメリカはミッキー・スピレインの全盛期だった。それゆえスピレイン型のヒーロー小説がまず紹介され、遅れてハメット、チャンドラーら戦前デビュー組の代表作が翻訳されるという順序になった。ハメット・チャンドラー・マクドナルドのいわゆる御三家が一派の正統と見なされるようになった時点で、スピレイン型の作品には亜流という烙印が押された。事実とは異なるのだが、情報の不足した時代ゆえに仕方のない誤解でもある。その狭い視野からは、大藪暴力小説の本質を理解することも難しかっただろう。

大藪作品は銃器の説明を取ったら何も残らないという物言いがある。神は細部に宿るの謂《い》いがあるが、ディテールを描いて小説内の現実を確保することは創作上の重要事の一つである。だが大藪の場合、しばしばそれが破綻しているかに見える場合があった。主として銃器について書く場合に、叙述の流れを無視し、時には物語内の時間進行を止めてまで、その銃についての説明を続けることがあったのである。それを指して言われた揶揄《やゆ》だ。

船戸与一《ふなどよいち》は「小説作法に関する若干の考察」(『蘇える野獣』所収)の中で、実作者の立場から興味深い指摘を行っている。ハンティング・ツアーでの出来事について大藪が語ったことを元にしたエッセイであり、薬莢の罅《ひび》に気づかず引《ひ》き鉄《がね》を引いてしまったため、ライフルは破損したが銃弾自体は凄まじい威力を発揮した、というのが体験談のあらましだ。

大藪はその体験から着想を得て、薬莢にわざと罅を入れた銃弾を撃つ主人公を書こうとしていると語ったのだという。銃弾を逸らしてしまった場合、主人公は無防備になるのですさまじい賭けを選択することになる。では、どういう物語でこのシーンを描くべきか。
——わたしはこれを聞いて、あっと思った。ふつうの作家とは発想が逆なのだ。（中略）ふつうの作家は小説を発想するとき、まずストーリーからはいりプロットへと移行する。そのプロットを最大限に効果的にするためにシーンを想い浮かべる。しかし、大藪さんはまず最初にシーンがある。そのシーンを効果的にするためにプロットやストーリーが産みだされるのだ。

重要な指摘である。大藪作品においてストーリーに拘泥《こうでい》することにはあまり意味がない。それよりも何が描かれるか。さらに関心を絞って言えば、どのような形の暴力が描かれるかという点に着目して読むべきなのである。そうしなければ、暴力の発露という瞬間の心情を描く大藪の小説は読者の心に響かない。

では、なぜ大藪作品は暴力描写の小説となるのか。それを理解するために、まず作家の内面を形成した、デビュー以前の来歴について紹介しておこう。大藪春彦は創作と個人史とが分かちがたく結びついている作家だからだ。

大藪春彦は一九三五年二月二十二日、父・静夫《しずお》と母・フジノの間に現在の韓国・ソウルで生まれた。教師であった静夫の転勤に伴って一家は引っ越しを繰り返し、現在の北朝鮮・新義州《シニジュ》にいたときに太平洋戦争が勃発する。

一九四五年、日本敗戦。日ソ中立条約を破棄したソ連軍の侵攻が始まる。ここから翌年の九月十七日に帰国を果たすまでの日々は、一家にとって地獄そのものであった。父は釜山《プサン》の守備隊に召集されて不在で、十歳の春彦と母、三人の妹だけで押し寄せてくる運命と闘わなければならなかったのである。進駐したソ連兵による略奪とレイプが始まる。「銃声が響き、グリーンやオレンジ色に光る曳光弾の中で、ソ連兵たちはやりたい放題、一晩中女性の悲鳴が起きるという夜」(「《聞き語り》私の終戦前後」『蘇える野獣』所収)に続き、日帝支配下から解き放たれた朝鮮人たちの復讐が始まり、「日本の下級の警官たちがなぶり殺しにされるのを何度も目撃」(同)することになる。

一週間ほどで惨劇は終息したが、今度は貧窮の日々が始まる。一家は逼迫《ひっぱく》し、二番目の妹がジフテリアにかかり死にかかる。このときは父の友人が総督府の薬品室に忍び込み、血清を盗み出してくれたために一命をとりとめた。他に手段がなく、大藪もやむを得ず盗みに手を染めた。貨車に忍び込んだ際には、ソ連兵に銃剣で背中を刺されたが必死に耐え無言でやり過ごした。このときの創傷と、中学時代に喧嘩で作った傷と高校時代に脊椎《せきつい》カリエスにかかった際の手術痕、三つの傷が聖痕のように大藪の背中には刻まれていたのである。

北朝鮮に取り残された人々に日本政府からの救いの手が差し伸べられることはなかった。棄民である。大藪の中にある徹底した国家への不信はこのときに刻まれたものだろう。

自力で脱出するしかないと決断した者たちがなけなしの金をはたいて闇の船を雇い、南朝鮮までの渡航を試みる。小さな漁船で身動きもできず大小便はその場で垂れ流し、嵐に見舞われれば船から投げ出されて溺死する者が出るというこの世の地獄であった。しかし、死なずに仁《イン》川《チョン》にたどり着き、そこからソウル、議政府《ウイジョンブ》を経由して釜山の難民キャンプにたどりつく。そして船で佐世保へ。一家は命からがら帰国を果たした。

帰国後の大藪家は初め香川県善通寺に落ち着く。そこで再会を果たした父は高校教師として働き始めており、県内の赴任地を転々とすることになる。当時はよそ者に対する排他的な空気があり、降りかかる火の粉を避けるために大藪も喧嘩を繰り返したという。作中で描かれた格闘場面の原点だ。県立木田高校に進学後、帰国後に悩まされていた脊椎カリエスが再々発、病院のベッドで左翼系の文学書をむさぼり読み、ミハイル・レールモントフ『現代の英雄』(光文社古典新訳文庫他)と出会う。大藪に影響を与えた作品の一つである。

同作を含む十作を大藪は「僕の作品スタイルに一番影響を与えたと思われる作家と作品」として挙げている(風戸潤《かざとじゅん》「孤狼、荒野を疾駆す　実録・大藪春彦」『蘇える野獣』所収)。残りは、ミハイル・ショーロホフ『静かなるドン』(新潮文庫他)、ニコライ・オストロフスキー『いかに鋼鉄は鍛えられたか』(角川文庫他)、ロバート・ルイス・スティーヴンスン『バラントレーの若殿』(岩波文庫他)、ノーマン・メイラー『裸者と死者』(新潮文庫他)、アーネスト・ヘミングウェイ「二つの心臓の大きな川」(新潮文庫『ヘミングウェイ全短編1』他所収)などのニック・アダムス物、ダシール・ハメット『血の収穫』(創元推理文庫他)、レイモンド・チャンドラー『ロング・グッドバイ』(ハヤカワ・ミステリ文庫)、ロス・マクドナルド『動く標的』(創元推理文庫)、ウィリアム・P・マッギヴァーン『ファイル7』(ハヤカワ・ミステリ文庫)である。

木田高校から転校した高松一高では新聞部に入り、反体制的な紙面を一人で作り上げて教師と対立、天皇を批判した文章の載った号が回収、焼却処分になって、言葉の無力と敗北を知ったという。その後は演劇部などに属して無軌道な日々を送り、一九五五年、二十歳で四国クリスチャン・カレッジに入学する。ほとんどの教師がアメリカ人の牧師という全寮制の学校であり、英語をマスターして原書でハメットやチャンドラーのペイパーバックを読みふけるようになる。信仰の偽善に愛想を尽かして退学、翌一九五六年に早稲田大学教育学部英文学科を受験して合格した。すでに十代で銃声を聞いていた大藪だったが、ここで射撃部に入り、初めて自ら銃を手にするのである。一九五八年、二月から三月にかけて高松に帰郷、ノートに書き溜めていた「野獣死すべし」を完成させる。

『婦人公論』一九六〇年七月号初出の「野獣の青春」(荒地出版社『鉛の腕』所収。一九六〇年)は、「僕は敗戦後の混乱によって、幼年期からひととびに青年期に突入した」「人殺しはよくない。しかし、殺されるのと殺すのと、どちらを選ぶかと問われれば、僕は殺す方をえらぶ」という生々しい本音が連ねられた自伝的エッセイだ。「野獣死すべし」を書きあげた経緯を記して文章は締めくくられている。「体中にくすぶっている毒をはき出そうというように、おさえていた怒りを」叩きつけて小説を書き上げたノートブックを持って大藪は帰郷の途に就く。列車が大森を過ぎるとき、窓外に火事を見たという。「火の粉が夜空に映えて美しかった」という述懐は、創作かもしれないが作者の心象風景を映したものとして鮮やかな印象を残す。文章の結びはこうだ。

——僕は主人公伊達邦彦のなかに、アプレゲールの生き残りである一人の青年の、裏がえしになった青春像を創りえたとうぬぼれた。（中略）青春は二度と戻らず。血みどろで、そしてときに甘悲しく胸をしめつける青春の感動に精一杯生きたものが人生を真に生きたものとも言えようか。

デビュー作には作家のすべてが詰まっているという表現がある。厖大な作品群を産みだした執筆への情熱、原動力となったものは間違いなく「野獣死すべし」の中にある。ここで得た推進力をそのままいささかも減じることなく、大藪は約四十年間走り続けたのだ。スプリンターのように全力で、マラソンランナーの挑む長い距離を。

「野獣死すべし」前夜については風戸潤「孤狼、荒野を疾駆す　実録・大藪春彦」に詳しい。当時の大藪は「日本女子大にほど近い裏通りの、賄《まかない》付き素人下宿の二階」にHという級友と同居していた。大藪の主人公は友人を必要としない孤独な闘士として描かれるが、デビュー作には唯一、伊達邦彦の同志として真田という男が登場する。彼は伊達の中にもわずかに残っていた俗人らしさの名残なのだ。真田の主なモデルはかつての同居人であったHだという。素顔の大藪は家族や友人を大切にする優しい人物だったというが、そうした一面がこのエピソードにも現れている。

「野獣死すべし」が最初に発表された『青炎』は、早稲田大学教育学部の学生が制作した同人誌である。大藪が編集長の室岡博《むろおかひろし》に同人参加を希望したときには、まだ創刊の準備段階であった。大藪が文学に興味を持っていると知って、室岡は一瞬耳を疑うほど意外に感じたという。

「何か人間の一部が欠落しているような異能者」というような印象を大藪に対して抱いていた

ためだ（室岡博「『青炎』創刊の頃」『大藪春彦の世界』所収）。

高松から帰京した大藪が室岡に手渡した「野獣死すべし」は、原稿用紙にして二百枚ほどあった。そのままでは同人誌の半分以上のページを取られてしまう。初稿では、大藪の原点である大陸からの引き揚げ体験、四国時代の出来事が私小説のような形でかなりの分量を取って書き込まれていたという。大藪の原風景が伊達邦彦という受容器を通して再現されていたのだ。室岡は編集長権限でこの部分の圧縮を命じ、現在知られている百六十枚の完成稿ができる。それを掲載した『青炎』は一九五八年五月に無事刊行された。

当時の大藪はワセダミステリクラブにも属していた。会長は千代有三《ちよゆうぞう》こと、早稲田大学教授・鈴木幸夫《すずきゆきお》である。その縁により大藪から『青炎』を手渡された千代はすぐに「野獣死すべし」を読み、クラブの顧問だった江戸川乱歩《えどがわらんぽ》に電話で連絡を入れる。乱歩は一九五七年八月号から探偵小説専門誌『宝石』の経営及び編集に携わっており、有望な書き手の出現を渇望していたのだ。その結果、一九五八年七月号の同誌に「野獣死すべし」は一挙掲載されることになる。掲載ページの冒頭に乱歩は紹介文を書いた。掲載に至る経緯の後に、こう続く。

——これは異常の人生観を持つ一青年の大量殺人物語。拳銃による十人斬り、二十人斬り、三十人斬り、ハードボイルドの机竜之助である。

——作者大藪さんは、早大大学院でハードボイルド文学を研究している人。この作の主人公は「ハメット＝チャンドラ＝マクドナルド派に於けるストイシズムの研究」という卒論を書くが、作者の研究題目もこれと無縁のものではないであろう。（R）

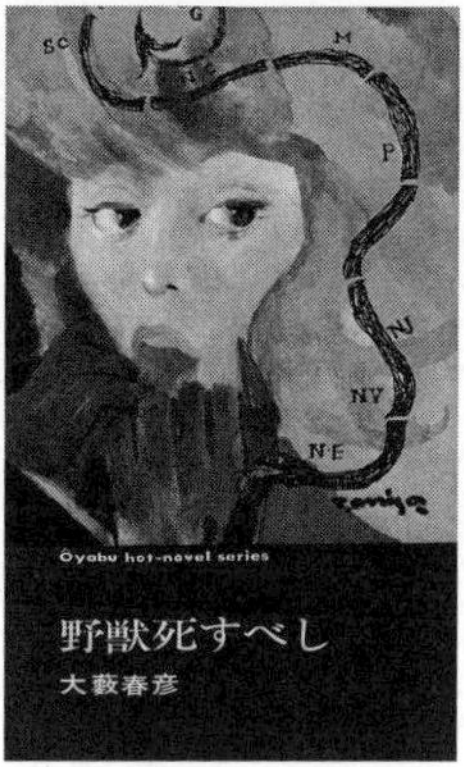

『野獣死すべし』
〈大藪春彦活劇選集〉
徳間書店（1965 年 2 月）

「野獣死すべし」掲載
『宝石』1958 年 7 月号
宝石社

『鉛の腕』
荒地出版社（1960 年 8 月）

『野獣死すべし』シナリオ
東宝・非売品（1959 年）

大学院というのは勘違いか、それとも下駄を履かせてくれたものか。この商業誌デビューは話題となり、すぐに複数社から単行本出版と映像化の引き合いが来た。大藪から交渉を一任されていた乱歩は、単行本は講談社、映画化は東宝に決断する。乱歩本人は日活と深い関係があったのに、仲代達矢《なかだいたつや》を主演にするという東宝が「一番いい映画を作れそうだ」ということで選ばれたのである（「乱歩先生の想い出」『蘇える野獣』所収）。

須川栄三《すがわえいぞう》監督の「野獣死すべし」は翌一九五九年に封切られた。脚本の白坂依志夫《しらさかよしお》は、原作には登場しない楠見妙子（団令子《だんれいこ》・演）というヒロインを付け加えた。伊達に弱さを露呈させるためのキャラクターだ。代わりに真田が削られ、伊達が自身の人間らしい心と訣別するという〈大藪ヒーロー・サーガ〉の出発点としての要素は失われた。もう一つ削られたものは引き揚げなどの犯罪者誕生に至る前日譚で、戦争小説としての要素も欠くことになった。

本作の映像化は複数回行われている。読者の記憶に残っているのは、一九八〇年に公開された村川透《むらかわとおる》監督・松田優作《まつだゆうさく》主演の角川映画版だろう。すでに敗戦から時が経っており、主人公に戦争を背負わせるには無理があった。それを見越したか脚本の丸山昇一《まるやましょういち》は、伊達を犯罪によって世界を転覆させることを望む夢想家に作り替えた。本作で最も有名なのは、横須賀線の車内で主人公が室田《むろた》日出《ひで》男《お》演じる刑事を射殺する前にリップ・ヴァン・ウィンクルについて語って聞かせる場面だ。浦島太郎に似た、アメリカの古いほら話である。

デビューの経緯について長々と記したのは、大藪が「野獣死すべし」の時点ですでに完成しており、識者やマスメディアに注目されてベストセラー作家になるのにふさわしい存在であったことを示すためだ。社会に対して決定的な不信感を抱く主人公が、独力で闘いを挑もうとするワンマン・アーミーの物語を大藪は終生書き続けることになる。言い換えれば一つの物語を繰り返していたわけだが、縮小再生産に陥らなかったことは驚異と言うしかない。日本の小説史上において空前絶後であるし、世界規模で見渡してもすぐには似た存在を挙げることができない。扱った題材は異なるが、フランスのジョルジュ・シムノンが唯一それに匹敵するのではないだろうか。作家としての膂力《りょりょく》も並外れていたのだろうが、疾走しながら少しずつ作品のまとう衣を変えていく、軌道修正が巧みに行われたことも執筆活動が停滞しなかった一因だろう。

チャンドラー的な定型からは外れているものの、初期作品においては大藪はハードボイルドの作家と見なされていた。しかし、やがてそこから飛び出していく。狭義のジャンルに収まった存在であったのはデビューから一九六〇年代半ばまでの十年足らずの期間に過ぎない。その後に十年近くエージェント・ヒーローの時代が続くが、ヒーローの物語が大藪から奔流を受け止めきれていたのはそこまでで、一九八〇年代以降はより直接的な形で怒りが表明されていくことになる。暴力革命の時代とでも名付けるべきか。

初めの十年間に多く書かれたのは、「野獣死すべし」から派生したような犯罪小説だった。私立探偵小説も書かれるが稀な例外で、強奪や復讐、組織間の抗争を描いた犯罪小説がほとんどである。叙述形式は三人称がほとんどで、一人称小説の大藪作品は極めて少ない。後述するように人間の内面を掘り下げることよりも、暴力の行為者としての主人公の肉体に関心があったためだろう。自らの分身ともいえる伊達邦彦を描いた「野獣死すべし」からすでに、主人公の外形と行動が主な描写の対象になっている。

　社会に対して孤独な闘争を挑む主人公の物語が長篇として頂点に達するのは、『週刊アサヒ芸能』一九六二年十一月四日号から一九六四年五月三十一日号に連載された『蘇える金狼』においてだ。この小説は『野望篇』が一九六四年一月、『完結篇』が同七月に刊行された（共にアサヒ芸能出版）。本作の主人公である朝倉哲也は、現金輸送車襲撃の綿密な計画を練るが、あくまで表向きは会社の経理部員として過ごす。昼は冴えない勤め人、夜は淡々と刃を研ぎ続ける犯罪者という二面性がその特徴だ。自らの身体を鍛え上げ、一個の機械のように正確に分刻みのスケジュールを送っていくというキャラクター造形は前例のないものだった。リチャード・スタークが創造したプロの強盗、悪党パーカーが強いて言えば最も近いか。その第一作『悪党パーカー／人狩り』（ハヤカワ・ミステリ文庫）が本国アメリカで刊行されたのは一九六二年だから、ほぼ同時に生を受けた主人公ということになる。

　すでに「野獣死すべし」でそのことは明らかだが、大藪が物語において最重視する要素は二つあった。一つは闘争のために必要不可欠な武器である。前述したように、拳銃の機構や操作方法について詳述するのを偏執的な趣味と見るのはあまりにあさはかであり、それが武器として物語を動かすからこそ、徹底的に精確でなければならなかった。もう一つが主人公の身体で、作者から噴き出す情念、物語の中で動き続ける状況を読者にわかりやすく示すための指標として、それは必要であった。しばしば超人的な働きをするように見える大藪の主人公たちだが、その肉体はあくまで血肉を備えた等身大の人間のものである。そうした主人公造形は伊達邦彦から試行が始まり、朝倉哲也で完成を見たのだ。
『蘇える金狼』の連載が終了すると、入れ替わりに『諜報局破壊班員』が『週刊アサヒ芸能』で始まる（一九六四年六月十四日号〜一九六五年三月十五日号）。『野獣死すべし』（講談社。一九五八年）、『同（復讐篇）』（新潮社。一九六〇年）、「同（渡米篇）」（『ヒッチコック・マガジン』一九六〇年三月号→荒地出版社『歯には歯を』所収。一九六〇年）、『血の来訪者』（新潮社。一九六一年）と続いた伊達邦彦の物語がここに来て新展開を迎える。彼はイギリス外務省情報部員として働くことになるのだ。大藪エージェント・ヒーロー小説がこうして始まる。

　伊達邦彦には特別の愛着があったはずで、大藪は最晩年の『野獣は、死なず』（光文社カッパ・ノベルス。一九九五年）まで空白期間を置きながらも彼を主人公とした作品を書き続けた。終わらない物語としてのサーガ化は『諜報局破壊班員』から始まったと言える。同作にはもう一つ意味があり、一九六五年に徳間書店から刊行された単行本は〈大藪春彦活劇選集＝オオヤブ・ホット・ノベルス〉の第一巻となった。ＯＨＳの略称を持つ新書判の選集は、ミステリー史でも類例の少ない個人叢書である。山野《やまの》辺進《べすすむ》がカバーと挿絵を担当したこの叢書によって活劇小説の魅力を知った読者は当時多かっただろう。そうした形で大藪春彦は、メディアの中で一つのシンボルとして上り詰めていく。

　さらなるエージェント・ヒーローが次々に創造されていく。『ベトナム秘密指令』（ＯＨＳ。一九六五年）で登場する内閣調査室の秘密捜査官・水野洋治、『破壊指令№１』（『宝石』一九六六年五月号〜十月号→光文社カッパ・ノベルス。一九六六年）の業界紙発行人を隠れ蓑にする矢吹貴、『死はわが友』（桃源社。一九六八年）のインターポール秘密捜査官・島崎徹、『孤狼は挫けず』（『週刊プレイボーイ』一九六八年一月二十二日号〜五月十四日号→集英社。一九六三年）の内務省諜報部特務課破壊工作員・宮内猛、『特務工作員01』（『問題小説』一九六七年十二月号〜一九六八年九月号→OHS。一九六八年）の内閣情報室特務課破壊班員・石坂晃などなど。挙げていくと切りがないが、わずかな期間にこれだけの物語が量産されたことに驚かされる。さらに大藪版教養小説の最高峰である『汚れた英雄』（『週刊アサヒ芸能』一九六六年九月十一日号〜一九六九年四月十日号→徳間書店。全四巻。一九六七年〜一九六九年）や、『獣を見る目で俺を見るな』（桃源社。一九六一年）などの初期作風に近い犯罪小説も並行して発表されているのだ。

無数のエージェント・ヒーロー小説はやがて一つの形に集約されていく。『東名高速に死す』（『週刊ポスト』一九六九年八月二十二日号〜一九七〇年五月一日号→光文社カッパ・ノベルス。一九七〇年）で初登場する西城秀夫の〈ハイウェイ・ハンター・シリーズ〉である。警察庁刑事局の秘密捜査官として登場する西城が他の主人公と決定的に異なる点は、彼には個人史がないということである。職業上の任務をこなすという以外、彼には闘う動機もない。純粋な暴力装置なのである。小説の中で暴力を振るい、事態の進行を促進するためだけに彼は存在する。暴力は暴力を生み出す。連鎖の果てに崩壊が訪れるしかなくなるまで、暴力を増幅することが役割の、生まれついての破壊者だ。

初めは短篇連作形式であったシリーズが第三作『狼は暁を駆ける』（『週刊ポスト』一九七一

年三月十二日号〜十月十五日号→光文社カッパ・ノベルス。一九七二年）で長篇化した後は、作者は物語に収まりのいい決着をつけることを放棄するようになる。やがてシリーズ名が〈エアウェイ・ハンター〉に変わり、西城は組織を離れる。そこからはエージェントが事件解決を請け負って任務に成功するまで、というプロットは必要条件ではなくなり、西城が暴力をどこまで増幅させられるかが物語の関心事となった。収束できない暴力とはすなわち、戦争だ。伊達邦彦が戦争によって受けた傷から生み出されたとすれば、西城は自らの手によって戦争状態を招き寄せる主人公なのである。〈エアウェイ・ハンター〉シリーズ第四作『獣《ウルフ》たちの黙示録』は『第一部』（『週刊ポスト』一九八一年五月一日号〜一九八二年十月八日号→祥伝社ノン・ノベル。一九八二年）のみで未完に終わり、西城は自らの作り出した紛争を収めることなく退場する。

一九七〇年代以降の大藪作品を方向づけたもう一つの重要な作品は『黒豹の鎮魂歌』（『問題小説』一九七〇年六月号から中断を挟みつつ一九七五年二月号まで→徳間書店。全三巻。一九七二年〜一九七五年）だ。後期作品の重要な主題である要人処刑は、ここから始まった。国内外の政治経済情勢について取材し続けた大藪は、自作に情報小説の要素を加えるようになる。実在の権力者をモデルとして要人を登場させ、それを主人公に処刑させるという物語の形式である。『黒豹の鎮魂歌』の連載時期はロッキード事件発覚の前夜で、田中角栄内閣総辞職とほぼ同時期に完結している。権力者の腐敗が単なる虚構ではなく、現実に進行しつつある醜聞であるということをロッキード事件で知らされた当時の読者は仰天しつつも大藪の先見の明に舌を巻いたに違いない。

ここから大藪は、ただ一人で日本という国を否定し、権力者の処刑を描くという形でそれを表明し続けていくことになる。『蘇える金狼』のような緻密なプロットはもはや必要ではない。不可欠なのは現在を否定し、秩序を崩壊させるための暴力だ。

伊達邦彦が「野獣死すべし」という内なる声を聞いたのは、「戦後」という平和な時間の中に安住できなかったためである。すべての大藪ヒーローは、目の前にある平和が偽りのものではないかという同じ違和感を抱き続けた。それゆえに暴力によって現実を否定しなければならなかったのである。やがて大藪は、その暴力行使こそが自身の創作にとって不可欠なものであると気づき、それを無限に連鎖させる主人公を描くようになる。暴力によって何かを成し遂げる小説ではないから、突き詰めれば物語すら不要である。暴力が描かれるということ自体が重要なのだ。

社会と個人の闘争を描くという犯罪小説の基本主題に大藪は、暴力の連鎖が見せかけの平和と秩序を崩壊させ、戦争状態を到来させるという独自の解をつきつけたのであった。作品は絶大な支持層によって支えられたが、理論的な支援は得られにくかった。ハードボイルドの側から大藪春彦についての定まった評価が行われなかったことは、このジャンルが三十年近い間停滞していたという歴史的事実と無関係ではないはずである。

遺作となった『暴力租界』は『問題小説』一九九四年二月号〜一九九六年四月号に連載され、未完に終わった。徳間書店より一九九六年五月刊。同年二月二十六日の夕刻に大藪は、すでに呼吸停止状態になっているのを龍子《りゅうこ》夫人に発見された。死因は肺繊維症・肝繊維症、六十一歳の誕生日から四日後の急逝だった。

以降は収録作の解題である。

本書には大藪春彦の創作が狭義のハードボイルド・ジャンルと最も融和していた、一九五〇年代末から六〇年代中盤までの作品を収録した。選定に当たっては現在入手可能な書籍で読むことの難しい作品をなるべく選ぶようにしたが、「野獣死すべし」は別格である。大藪春彦の原点であると同時に、日本ハードボイルド史における里程標でもあり、外すことはできない。いわゆる強奪《ケイパー》小説に分類される作品で、主人公が狙うのが大学の入学金である点に独自性がある。大陸からの引き揚げ後、「戦後」に欺瞞を感じて生きてきた伊達にとって、大学は最も身近な、打破すべき権威だったであろう。

犯罪小説が青春小説の性格を備えているという点で、本篇にはジャック・フィニイ『五人対賭博場』（ハヤカワ・ミステリ文庫。一九五四年）とも共通した要素がある。一九五〇年代には同作やライオネル・ホワイト『逃走と死と』（ハヤカワ・ミステリ。一九五五年）、ジェイムズ・ハドリー・チェイス『世界をおれのポケットに』（創元推理文庫。一九五八年）などの強奪小説の名作が書かれたが、「野獣死すべし」はそれらと比較しても遜色がない。

次の『無法街の死』は刊行順では『血の罠』（『週刊アサヒ芸能』一九五八年十月十二日号〜一九五九年一月十八日号↓アサヒ芸能出版。一九五九年）、『火制地帯』（『週刊漫画Ｔｉｍｅｓ』一九六〇年三月二十三日号〜七月六日号↓浪速書房。一九六〇年）に続く第三長篇である。

『血の収穫』型の物語で、東海道線沿いにある杉浜という町でヤクザ同士の抗争が起こり、そこに金で腕を買われた高城という殺し屋がやってくることから事態が動き出す。

主人公の武器がヴァイオリンケースにしまった短機関銃だというのがいい。高城自身も射撃の名手ではあるのだが、彼が強いのは機関銃という他を圧倒する火力の武器を手にしているからだ。銃器の性能が物語を作っていくという、大藪作品の本質が最初に現れた作品なのではないかと思う。ハメットに倣ってはいるが、決定的な違いもある。ポイズンヴィルにやってきたコンティネンタル・オプは殺し合いを起こさせることによって街にはびこる悪の温床を一掃せんと企む。暴力はあくまでそのための解決手段なのだが、本作においては、高城の出現は火に油を注ぐことにしかならない。暴力が暴力を呼ぶ終わりなき闘争に突入してしまうのである。これをプロットの崩壊と見るのは、何度も書くように近視眼的な誤りだ。

デビューが突然のものであっただけに、職業作家として立つ準備がどの程度初期の大藪にあったかは疑わしい。これも繰り返しになるが、ハードボイルドというジャンルについての理解が十分ではなかった時代でもあった。それゆえに当時の大藪は、周囲から批判の声を向けられることも多かったのである。

一九五八年に講談社から刊行された『野獣死すべし』単行本には、表題作以外に中篇「揉め事は俺に任せろ」と『講談倶楽部』一九五八年十一月号に掲載された「街が眠る時」が収録されている。後者が野口博志《のぐちひろし》監督・長門《ながと》裕之《ひろゆき》主演で映画化された際（一九五九年五月公開。日活）、『マンハント』一九六〇年七月号掲載のフランク・ケーン「特ダネは俺に任せろ」からの

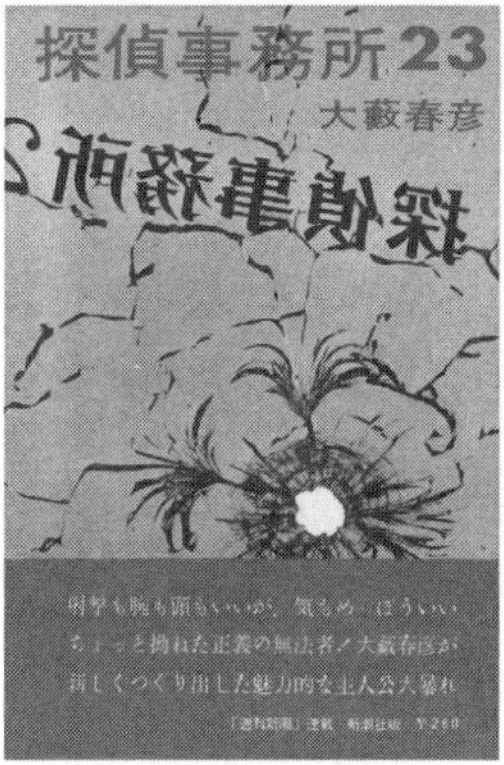

『探偵事務所 23』
新潮社（1962 年 12 月）

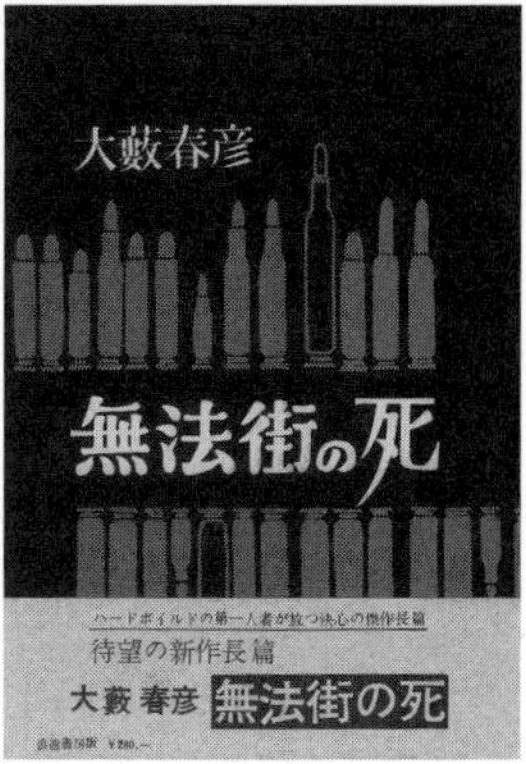

『無法街の死』
浪速書房（1960 年 7 月）

『凶銃ルーガー 08（第一部）』
アサヒ芸能出版（1961 年 8 月）

『雇われ探偵』
東京文芸社（1964 年 8 月）

剽窃《ひょうせつ》を指摘する声が上がってしまう。それ以外にも短篇「ある決闘」（『別冊週刊漫画Times』一九五九年十二月号↓『歯には歯を』所収。一九六〇年）が『マンハント』一九六〇年八月号掲載のエヴァン・ハンター「危険な遊戯」、第二長篇『火制地帯』がロス・マクドナルド『青いジャングル』（創元推理文庫。一九四七年）との類似を指摘されることになり、大藪は手厳しい批判を受けた。その結果として、一九五九年三月に入会したばかりだった親睦団体・他殺クラブを九月に脱会している。どの団体とも交わらずに独自の道を歩むという姿勢はここに始まるのだ。

問題となった三作品は決して優れたものではない。学生時代に濫読したペイパーバックにいくらでも溢れていたであろう趣向・展開であり、後世に残るようなものではなかった。既製の着想から脱しきらない揺籃期《ようらんき》にまだ作家としての大藪春彦はいたということである。前後するが一九五九年三月に刊行された第一長篇『血の罠』は、やはり『血の収穫』型の物語である。この作品には「銃は知っている」という原型になる中篇があったが、なぜか寝かされたままになり、執筆から五年も経ってから単行本に初収録されている（東京文芸社『崩潰』所収。一九六三年）。短期間で二度も同じ型のプロットを用いていたわけであり、自らの進路を模索する中でこの方面に手ごたえを感じていたことの証左ではないだろうか。現在進行形で暴力が続く中で終わる『無法街の死』と『血の罠』が異なる点は事件の決着がつくことで、後者では掉尾《ちょうび》で刑事が撃つ弔砲が鮮やかな印象を残す。こちらは近年になって光文社文庫に収録されたので、読み比べてみていただきたい。

ここからは短篇である。「狙われた女」「国道一号線」と私立探偵ものをまず二篇並べた。

大藪作品において私立探偵小説はむしろ例外的だが、講談社版『野獣死すべし』所収の「揉め事は俺に任せろ」という最初期の作例がある。同作で初登場した私立探偵の津村雅信は後に伊達邦彦ものの長篇『血の来訪者』でも重要な役割を担った。津村の造形を活かしつつ新しく創造されたのが、連作集『探偵事務所23』（『週刊新潮』一九六二年五月二十一日号〜十月二十九日号→新潮社。一九六二年）の主人公・田島英雄である。「都会の墓場」「鼠退治」「死の商人」「狙われた女」「沈黙の掟」「警戒標識」の六篇から、最も私立探偵小説の定型に近い作品を採った。展開や主人公・田島の言動から、ハメットが『マルタの鷹』（創元推理文庫他。一九二九年）に登場させたサム・スペードの影を感じる読者も多いのではないか。

『雇われ探偵』（『推理ストーリー』一九六三年十月号〜一九六四年八月号→東京文芸社。一九六四年）も同工の私立探偵小説連作集で、〈俺〉こと東邦秘密興信所の津島が主人公だ。「依頼者を捜せ」「白い汚れた粉」「肩すかし」「カモ」「国道一号線」「ハイエナ」「アンプルを洗え」「藪へび」「パクリ屋」「泥試合」「鉄の掟」の中から、美人所員の千津子を口説く場面から始まる、いわゆる軽ハードボイルド風味が満載された一篇を採用。こうしたコミカルなものも、大藪は書こうと思えば書けたのだ。私立探偵小説の作例はこのへんが最後で、一九六四年には『諜報局破壊班員』の連載が始まり、作風は大きく変わっていく。この他、『名のない男』（『推理ストーリー』一九六二年十月号〜一九六三年九月号→東都書房。一九六三年）が、名前の明かされない捜査員〈私〉を主人公とした連作集で、私立探偵ものの要素と、後年のエージェント・ヒーローものの要素を併せ持つ重要作である。

続いては「廃銃」「黒革の手帖」と悪徳警官ものを二篇並べた。エージェント・ヒーローの時代においては主人公が世俗的な善悪を超越した存在になってしまうが、それ以前の大藪はこのテーマを好んで書いていた。前者は拳銃の物語でもあって、実に大藪作品らしいオチがつく。後者は選集によく入る作品なのだが、主人公・三村の存在感が素晴らしく、初期大藪の到達点を示す短篇の一つとして外せなかった。特に味わい深いのは四百八十八ページだ。拳銃を用いた格闘場面でここまでの臨場感を出せる作家が他にいるだろうか。

「乳房に拳銃」は人としての尊厳を奪われた男の復讐譚で、初期に多用されたプロットの物語である。主人公の園井が特攻隊の生き残りに設定されているのが肝だろう。幕切れなどにミッキー・スピレインの影響が見られるが、大藪の主人公が用いる暴力にマイク・ハマーのような大義名分などなく、自分の人生を惨めにした者に報復するという情念に貫かれている。その点がまったく異なる。

作家生活の初期に大藪は短篇を濫作《らんさく》したが、前出の「黒革の手帖」のような秀作も多く、書きながら成長していったことがわかる。一九六〇年に刊行された三冊の短篇集『歯には歯を』、『鉛の腕』、『殺す者殺される者』（浪速書房）の収録作はどれも捨てがたい。ゆえに「黒革の手帖」の他にもう一作、『殺す者殺される者』から「白い夏」を採った。「酒をくらい、人を刺し、女と寝る」という無軌道な暮らしを送る若者がその勢いのままに突然の最期を迎える。一九六〇年代初頭を描いた風俗小説としても興味深い内容だ。

続く「殺してやる」は、流されるままに生きて暴力団という組織に加わった男が、自分の運命を変える決断をする物語である。この作品が最初に収録された中短篇集『死を急ぐ者』（浪速書房。一九六二年）には、〈凶銃ルーガー08〉連作の第七作にあたる表題作と、最終作の「凶銃の最期」という二つの中篇も収録されていた。つまり野崎六助のいう〈凶銃三部作〉と同時期に書かれた短篇なのであり、次の「暗い星の下に」とはいとこ同士のような関係にある。〈凶銃三部作〉は三つの作品群で構成される。第一は『みな殺しの歌　凶銃ワルサーP38』（『週刊アサヒ芸能』一九六〇年一月十日号～十二月二十五日号→『みなごろしの歌　凶銃ワルサーP38』アサヒ芸能出版。一九六一年／『みなごろしの歌　凶銃ワルサーP38 第二部』アサヒ芸能出版。一九六一年）、第二は『ウィンチェスターM70』（『週刊スリラー』一九六〇年四月二十九日号～十一月十八日号〔雑誌休刊に伴う中断〕→新潮社。一九六一年〔結末部分は書き下ろし〕）、そして第三が『凶銃ルーガー08』（『週刊アサヒ芸能』一九六一年一月一日号～十月八日号→『凶銃ルーガー08』アサヒ芸能出版。一九六一年／『若者の墓場　凶銃ルーガー08〈2〉』アサヒ芸能出版。一九六一年）／「死をいそぐ者」「凶銃の最期」浪速書房『死を急ぐ者』所収）だ。これら作品の共通点は、銃を手にしたものが殺戮を繰り返し、自滅していくということだ。物語の形自体はばらばらである。『みな殺しの歌』は衣川恭介による復讐譚、『ウィンチェスターM70』は強奪小説である。だが、そうした前提は主人公たちに銃を握らせるためのもので、彼らを待つゴールはない。ひたすら殺し続け、力尽きたところで物語は終わる。『無法街の死』で始まった血の祝宴小説の系譜にこれらの作品は連なるのだ。

『凶銃ルーガー08』で大藪はついに、銃そのものを主人公に据えた。「暗い星の下に」に始まる八つの中篇は、すべて同じ構成をとる。偶然からルーガーを手にした者たちが殺戮者への変貌を遂げるのだ。銃という究極の暴力手段を手に入れたことにより、押し込められていた欲望を発散する。だが、それによって得られた力はひとときのもので、彼らはやがて自滅していくのだ。

「殺してやる」と「暗い星の下で」の違いは、銃を手にした者が職業的犯罪者か、平凡な一市民かという点にある。銃という究極の暴力手段を与えられれば、普通の人間でも社会の敵である殺戮者に変貌しうる。そのことを端的に示した〈凶銃ルーガー08〉連作は『蘇える金狼』と並ぶ初期大藪ハードボイルドの精華であり、以降の執筆活動を通じて孤高の暴力小説作家として昇華していく礎《いしずえ》を作った作品だったのである。大藪はここから飛翔し、彼だけが見ることができた蒼穹へと上り詰めていく。硝煙と、血の匂いと共に。

初出・底本一覧

野獣死すべし
初出：〈宝石〉一九五八年七月号
底本：新潮文庫（一九七二年八月）

無法街の死
初出：〈週刊喫煙室〉一九六〇年一月六日号～五月二十五日号（初出題：「無法地帯」）
底本：角川文庫（一九七八年十一月）

狙われた女
初出：〈週刊新潮〉一九六二年八月二十日号～九月三日号
底本：『探偵事務所23』新潮文庫（一九八〇年八月）

国道一号線
初出：〈推理ストーリー〉一九六四年二月号
底本：『傭われ探偵』角川文庫（一九八二年十一月）

廃　銃
初出：〈宝石〉一九六三年十一月号
底本：『最後の銃声』徳間文庫（一九八四年四月）

黒革の手帖
初出：〈週刊スリラー〉一九五九年五月八日号（初出題：「黒革の手帳」）
底本：『復讐は俺の血で』角川文庫（一九八二年十一月）

乳房に拳銃
初出：〈週刊プレイボーイ〉一九六七年一月三日・十日合併号
底本：『殺し屋たちの烙印』角川文庫（一九八六年十一月）

白い夏
初出：〈別冊小説新潮〉一九六〇年十月号
底本：『復讐は俺の血で』角川文庫

殺してやる

初出：〈講談倶楽部〉一九六二年七月号
底本：『ザ・殺し屋《ヒットマン》』徳間文庫（一九八六年七月）

暗い星の下に

初出：〈週刊アサヒ芸能〉一九六一年一月一日号〜一月二十九日号
底本：『凶銃ルーガーP08』徳間文庫（一九八四年十一月）

本文中における用字・表記の不統一は明らかな誤りについてのみ訂正し、原則としては底本のままとしました。また、難読と思われる漢字についてはルビを付しました。現在からすれば穏当を欠く表現がありますが、作品内容の時代背景を鑑みて、原文のまま収録しました。

（編集部）

編者紹介

北上次郎（きたがみ・じろう）一九四六年東京都生まれ。明治大学卒。評論家。二〇〇〇年まで「本の雑誌」の発行人を務める。主な著書に『冒険小説論』『感情の法則』『書評稼業四十年』などがある。

日下三蔵（くさか・さんぞう）一九六八年神奈川県生まれ。専修大学卒。書評家、フリー編集者。主な著書に『日本ＳＦ全集・総解説』『ミステリ交差点』、主な編著に『天城一の密室犯罪学教程』〈中村雅楽探偵全集〉〈大坪砂男全集〉などがある。

杉江松恋（すぎえ・まつこい）**【本巻責任編集】**一九六八年東京都生まれ。慶應義塾大学卒。書評家、ライター。主な著書に『路地裏の迷宮踏査』『読み出したら止まらない！海外ミステリーマストリード100』などがある。

検印
廃止

著者紹介　1935年朝鮮・京城生まれ。58年、大学在学中に「野獣死すべし」でデビュー。迫真のアクション描写を武器に、終生ベストセラー作家として活躍した。代表作に『蘇える金狼』『汚れた英雄』など。96年没。

日本ハードボイルド全集2
野獣死すべし／
無法街の死

2021年10月22日　初版

著者　大《おお》藪《やぶ》春《はる》彦《ひこ》

編者　北上《きたがみ》次郎《じろう》・日下《くさか》三蔵《さんぞう》・杉江《すぎえ》松恋《まつこい》

発行所　(株)東京創元社
代表者　渋谷健太郎

162-0814／東京都新宿区新小川町1-5
電話　03・3268・8231-営業部
　　　03・3268・8204-編集部
URL　http://www.tsogen.co.jp
暁印刷・本間製本

乱丁・落丁本は、ご面倒ですが小社までご送付ください。送料小社負担にてお取替えいたします。

ISBN978-4-488-40022-4　C0193

ミステリと時代小説の名手が描く、凄腕の旅人の名推理

RIVER OF NO RETURN◆Saho Sasazawa

流れ舟は帰らず

木枯し紋次郎 ミステリ傑作選

笹沢左保／末國善己 編

創元推理文庫

◆

三度笠を被り長い楊枝をくわえた姿で、
無宿渡世の旅を続ける木枯し紋次郎が出あう事件の数々。
兄弟分の身代わりとして島送りになった紋次郎が
ある噂を聞きつけ、
島抜けして事の真相を追う「赦免花は散った」。
瀕死の老商人の依頼で家出した息子を捜す
「流れ舟は帰らず」。
ミステリと時代小説、両ジャンルにおける名手が描く、
凄腕の旅人にして名探偵が活躍する傑作10編を収録する。

収録作品＝赦免花《しやめんばな》は散った，流れ舟は帰らず，
女人講《によにんこう》の闇を裂く，大江戸の夜を走れ，笛が流れた雁坂《かりさか》峠，
霧雨に二度哭《な》いた，鬼が一匹関わった，旅立ちは三日後に，
桜が隠す嘘二つ，明日も無宿《むしゆく》の次男坊